D1995091

Mark Childress

Verrückt in Alabama

MARK CHILDRESS

Verrückt in Alabama

ROMAN

Deutsch von Rudolf Hermstein

Goldmann Verlag

Der Roman erschien 1993 unter dem Titel »Crazy in Alabama«
bei G. P. Putnam's Sons, New York

Dieses Buch und der Schutzumschlag
wurden auf chlorfrei gebleichtem Papier gedruckt.
Die Einschrumpffolie (zum Schutz vor Verschmutzung)
ist aus umweltschonender und recyclingfähiger PE-Folie

Der Goldmann Verlag
ist ein Unternehmen der Verlagsgruppe Bertelsmann

3. Auflage
Copyright © 1993 by Mark Childress
All rights reserved
Copyright © der deutschsprachigen Ausgabe 1994
by Wilhelm Goldmann Verlag, München
Belichtung: Compusatz München
Printed in Austria · Wiener Verlag
ISBN 3-442-30471-7

Für Mark Daniel Chastain,
dem die Idee gefiel

Alice wurde es langsam mulmig; bis jetzt hatte sie zwar noch keinen Streit mit der Königin, aber das konnte sich ja jeden Augenblick ändern. »Und dann«, dachte sie, »was wird dann mit mir? Die haben hier so eine schreckliche Vorliebe fürs Köpfen. Ein Wunder, daß überhaupt noch jemand am Leben ist.«

– Lewis Carroll, *Alice im Wunderland,* 1865

Der Schwarze steckt voller Ressentiments und aufgestauter Frustrationen. Die muß er loswerden. Laßt ihm also seine gelegentlichen Protestmärsche und seine Gebetswallfahrten zum Rathaus, versucht zu verstehen, warum er seine Sit-ins und Freedom Rides braucht. Wenn sich seine unterdrückten Emotionen nicht auf solch gewaltlose Art Luft machen können, werden sie sich in unberechenbaren Ausbrüchen von Gewalt äußern. Das ist keine Drohung; es ist eine geschichtliche Tatsache.

– Martin Luther King, Jr.,
Brief aus einem Gefängnis in Birmingham, 1963

PETER JOSEPH / San Francisco, 1993

Ich bin hier draußen in Kalifornien und warte darauf, daß die Mauern einstürzen. Wir haben böse Vorzeichen gehabt. Zehn Jahre Pestilenz. Sieben Jahre Dürre. Brandkatastrophen. Erdrutsche. Überschwemmungen. Seuchen. Unruhen. Erdstöße. Erscheinungen der Jungfrau Maria.

Das nächste Jahrtausend nähert sich mit Riesenschritten. Keiner weiß, ob 1999 das Ende bringen wird oder den Beginn von etwas Neuem.

Ich sitze gemütlich in meiner Mini-Einzimmerwohnung und schaue hinaus auf die schimmernden Nachtlichter des Telegraph Hill und der Eastern Bay. Ich frage mich, wie das aussehen wird, wenn alles zusammenbricht.

Erinnern Sie sich an Jimmy Stewarts Haus in »Vertigo«, wo er Kim Novak zum Trocknen hinbringt, nachdem er sie aus der San Francisco Bay gefischt hat? Ich wohne ein Stück oberhalb von diesem Haus. Sie haben es blaugrau gestrichen, und die Büsche sind höher gewachsen. Ansonsten sieht es noch genauso aus.

Ich sitze in meinem Schaukelstuhl am Fenster, von wo aus ich gleichzeitig Jimmy Stewarts Haus und meinen Fernseher sehen kann. Ich halte die Laserdisc bei der Totale von dem Haus an: Die kühle blonde Kim Novak geht mit raschen Schritten zu ihrem Auto, läßt Jimmy auf der Veranda zurück.

Ich vergleiche die Szene, so wie sie jetzt ist, in der Wirklichkeit, mit dem vierzig Jahre alten Bild aus Hitchcocks Kamera. Ich trinke Bourbon und sitze stundenlang da und registriere die feinen Unterschiede.

Alle anderen machen sich Sorgen um die Zukunft. Ich hab's mit der Vergangenheit.

Eines Abends ließ ich Kim auf einer Endlosschleife in Zeitlupe immer wieder von Jimmys Haustür zu ihrer grünen Limousine und wieder zurück laufen, da läutete das Telefon.

Jemand fragte mit zittriger Stimme: »Peejoe?«

Peejoe sagt keiner mehr zu mir. »Tante Lucille?«

»Mein Gott, bloß deine Stimme zu hören, wie mich das an die alten Zeiten erinnert«, sagte sie.

»Mich auch, Tante Lucille.« Ich hatte seit Jahren ihre Stimme nicht gehört. Ich schaute zu meinem Gesicht auf dem Titelbild der alten Ausgabe von *Life* hinauf, das gerahmt an der Wand hing, und auf einmal war ich wieder im tiefsten Sommer meines Lebens, dem Sommer 1965, als sie in Alabama alle verrückt wurden.

1
PEEJOE / Pigeon Creek, Alabama, 1965

Meine Großmutter hatte auf dem Bügelbrett eine Flasche, in der ursprünglich Formalin zum Balsamieren von Leichen gewesen war. Sie meinte, aus der raketenförmigen Spitze käme gerade die richtige Menge Wasser zum Einsprengen der Wäsche.

Ich war schrecklich gern in Meemaws Zimmer, wenn sie bügelte, diesem großen, anheimelnden Raum mit dem geschnitzten Bett und den eingerahmten Bildern von Jesus, George Wallace und Opa Joe Wiley. Meemaw hatte nichts dagegen, daß ich mit meinen dreckigen Füßen auf ihr Bett kletterte. Ich liebte das Zischen und den Stärkegeruch, wenn das heiße Eisen auf den feuchten Stoff gedrückt wurde. Ich liebte die Geheimnisse dieses Rituals: Die Kleider werden beim Waschen naß, dann trocknen sie in der Sonne, dann feuchtet man sie mit der Sprühflasche an und trocknet sie wieder mit dem Bügeleisen – eine unaufhörliche Taufe für Kleider und weiße Baumwollhemden.

Meemaw summte »O mein Papa«, während ich mich in ihren Kissen räkelte und Grundrisse des Bestattungsinstituts zeichnete, das ich mir eines Tages bauen wollte.

»Schau mal, Meemaw, schau dir den mal an.« Ich kletterte vom Bett herunter. »Guck, das ist die Vordertür, wo die Leute reinkommen, das hier ist die Sargausstellung, und hier sind die Aufbahrungsräume.«

Sie zeigte mit der Flasche auf eine Ecke meiner Zeichnung. »Und was ist das da mit der Kuh?«

Ich verdrehte die Augen. »Das ist keine Kuh, das ist ein Hund. Und das ist der Zwinger.«

»Der Zwinger?«

»Damit die Leute ihre Hunde zur Beerdigung mitbringen können.«

»Du hast ja wirklich an alles gedacht«, sagte Meemaw. »Und was ist das schnörkelige Ding da hinterm Haus?«

»Ein Swimmingpool.«

»Aber wofür brauchen die denn einen Swimmingpool?« Sie strich ein weißes Hemd auf dem Bügelbrett glatt. »Also wer zu einer Beerdigung muß, dem steht doch wohl kaum der Sinn danach, schwimmen zu gehen.«

»Doch nicht *die*«, erklärte ich. »Der ist für mich. Ich wohne nämlich im ersten Stock. Und an meinem freien Tag kann ich dann schwimmen.«

»Ach so. Naja, das seh ich ein«, sagte sie. »Läßt du mich dann bei dir oben wohnen, Peejoe?«

»Na klar. Du kriegst das Zimmer über der Sargausstellung, ja? Das ist das schönste.«

»Du bist ein Schatz«, sagte sie.

Beerdigungen liegen bei uns in der Familie.

Mein Großvater, Joe Wiley Bullis, war Totengräber. Eines Tages stand er bei einer Beerdigung hinter den Trauergästen und hatte Mühe, sich das Lachen zu verbeißen, weil ein anderer Totengräber einen Witz gemacht hatte. Da riß ihm ein erboster Trauergast die Schaufel aus der Hand, haute sie ihm über den Schädel und machte damit nicht nur der pietätlosen Heiterkeit, sondern auch Opa Joe Wiley den Garaus.

Großvater ließ Meemaw mit drei Söhnen und einer Tochter zurück.Die Tochter, meine Tante Lucille, träumte davon, Filmstar in Hollywood zu werden, saß aber statt dessen in Cornelia, Alabama, mit sechs Kindern und einem Mann fest, der sie nicht verstand.

Die drei Brüder gingen alle in die Beerdigungsbranche. Onkel Franklin war Sargvertreter. Onkel Dove betrieb ein Bestattungsinstitut in der Kleinstadt Industry. Das Nesthäkchen war mein Vater, John Lewis Bullis, und er führte in Süd-Alabama das Konzept der ständigen Grabpflege ein. Er gestaltete Friedhöfe von Andalusia bis zur Wolf Bay. Er und Mama waren auf der Rückfahrt von einem Friedhofskongreß in Mobile, als Daddy am Steuer einschlief und auf einen Langholzlaster auffuhr, wodurch er mich und meinen Bruder Wiley zu Waisen machte.

Da war Wiley fünf. Ich war drei. Ich hab nur die verschwommensten Erinnerungen an Mamas weichen Schoß, und überhaupt keine an meinen Daddy. Wiley sagt, er sei ein großer Mann gewesen, der nach Bier und Lucky Strikes roch und sich auf die Schenkel schlug, wenn er einen Witz erzählte. Mama, sagt Wiley, war hübsch und lieb und hatte das lauteste Niesen, das man je gehört hat, aber sonst kann er sich auch kaum noch an was erinnern.

Nach dem Unfall hat uns Meemaw zu sich genommen. Ich weiß heute, daß sie sich uns gar nicht leisten konnte. Daddy hatte wohl gedacht, er sei noch zu jung für eine Lebensversicherung, und uns keinen roten Heller hinterlassen. Onkel Dove übernahm das Balsamieren selbst, und die Parzellen im Shady Acres Memorial Park waren natürlich umsonst, weil Daddy ja selbst den Friedhof mitten in den Kiefernwäldern hatte anlegen lassen. Onkel Franklin beschaffte die Särge zum Einkaufspreis. Pfarrer Lambert stiftete seine Predigt.

Meemaw verkaufte zwei Hektar Land am hinteren Rand ihres Besitzes, um einen schönen marmornen Grabstein erstehen zu können. Als alles vorbei war, hatte sie nur noch uns zwei kleine Jungen und ein baufälliges Haus auf hundertachtzehn Hektar Strauchkiefern. Nach und nach nahm sie auch Bügelwäsche von anderen weißen Frauen in Pigeon Creek an. So sehe ich sie heute noch vor mir: summend, seufzend und bügelnd.

»Hör mal, Schatz«, sagte sie. »Wenn Lucille mit deinen Cousins und Cousinen kommt, zeigst du ihnen besser nicht deine Zeichnungen, was meinst du?«

»Warum nicht?«

Meemaw nahm den Hemdsärmel in Angriff. »Ja, weißt du, es ist noch nicht mal ein Jahr her, daß ihre Großmama Vinson heimgegangen ist. Es könnte Erinnerungen wecken. Nicht jeder denkt über Beerdigungen so wie du.«

Ich war zwölf in dem Sommer. Mir konnte keiner was vormachen. »Du meinst, sie sind Heulsusen«, sagte ich.

»Nein, eigentlich nicht . . . Aber du willst doch nicht, daß sie traurig werden, oder?«

»Versteh ich nicht, warum die traurig sein sollten.« Ich spielte mit der Chenille-Bettdecke. »Gut, ihre Oma ist gestorben, na und? Meine Mama und mein Daddy sind auch tot, und ich heul trotzdem nicht andauernd.«

Meemaw blinzelte und strich sich eine silberne Haarsträhne aus der Stirn. »Das liegt daran, daß du dich nicht mehr erinnerst«, sagte sie.

Im Wald knallte Wileys .22er.

»Meemaw, was meinst du passiert, wenn du mal stirbst?«

Sie zog mit einem heftigen Ruck das Hemd vom Bügelbrett und steckte einen Drahtbügel in die Ärmel. »Willst du nicht ein bißchen rausgehen und mit Wiley Schießübungen machen?«

»Ich finde Gewehre widerlich.«

»Geh trotzdem raus.« Ihre Stimme war heiser. »So ein schöner Tag, und du hockst hier drin bei deiner alten Oma.«

»Mir wär's am liebsten, wenn ich die ganze Zeit bei dir sein könnte, Meemaw.«

Sie bedachte mich mit einem ihrer O-Gott-Blicke. »Wenn Wünsche Nigger wären, hätte jeder von uns Sklaven«, sagte sie. »Und jetzt ab mit dir. Ich läute die Glocke, wenn sie da sind.«

Ich kletterte vom Bett herunter und ging schmollend in den Nachmittag hinaus. Adolf kam angesprungen, leckte mir die Hand und peitschte mich mit seinem buschigen Schwanz. Adolf war Meemaws deutscher Albino-Schäferhund, benannt nach dem einzigen Deutschen, dessen Namen sie kannte. Ich stieß ihn weg: »Hau ab, du Nigger.«

Das Wort schmeckte gefährlich. Meemaw gebrauchte es nie, wenn ein Nigger in der Nähe war; dann gab es für sie nur »Farbige«. Immer wenn einer kam, um den Rasen zu mähen, Laub zusammenzurechen oder ihr einen Schrank zu verrücken, war sie nett und freundlich, als ob er ein ganz normaler Mensch wäre. Aber wenn ein Schwarzer sie um einen Schluck Wasser bat, hat sie es ihm immer in derselben abgestoßenen roten Kaffeetasse gegeben, die sie in der Anrichte ganz hinten auf einem hohen Bord stehen hatte.

Meemaw muß sich vorgestellt haben, daß auf dem Rand dieser Tasse phantastische Krankheitskeime lauerten, zurückgelassen von den Niggern, die daraus getrunken hatten. Vielleicht dachte sie, man verwandelt sich in einen Nigger, wenn man nach einem von ihnen daraus trinkt. Ich holte die Tasse eines

Tages runter und untersuchte sie, als Wiley zufällig in die Küche kam.

»Was hast du denn mit der Niggertasse vor?« fragte er.

»Nichts«, sagte ich und stellte sie zurück. Aber diese Tasse hatte für mich eine besondere Faszination. Ich wollte daraus trinken. Ich wollte den Unterschied schmecken.

Adolf tollte vor meinen Beinen herum. Ich kroch unter dem Stacheldraht durch und stieg in die kleine Schlucht hinunter, in die wir unseren Müll kippten.

Meemaw hatte recht, es war ein schöner Tag. Schon Mai, aber noch nicht heiß – ein leises Lüftchen, wilde Azaleen und frische grüne Blätter im Überfluß. Die Insekten machten im Gras rhythmisch *siss siss*. Ich hatte nichts zu tun, aber jede Menge Zeit dafür. Adolf beschnüffelte und bepißte alles.

In der Ferne ein Gewehrschuß.

»He, ich bin's! Nicht schießen!« Ich kämpfte mich durch das Brombeergestrüpp und schaute nach vorn, wo sich die Bäume lichteten. Blauhäher machten in den Wipfeln einen Riesenspektakel. »He, Wiley, wo bist du?«

Ich kam auf die Lichtung. Auf einem umgestürzten Baumstamm nicht weit von dem großen Abfallhaufen hatte Wiley Sodawasserflaschen in einer Reihe zur Exekution aufgestellt. Glassplitter glänzten im Sand wie Edelsteine.

Ich erschrak, als über mir jemand sagte: »Ich könnte dich auf der Stelle erschießen.«

Mir wurden die Knie weich. Wiley saß in einer Astgabel direkt über mir, und die Mündung des Gewehrs zeigte direkt auf mich.

Adolf rannte zu der Eiche und bellte wie verrückt.

Mein Verstand sagte mir, daß ich weglaufen sollte, aber ich war wie gelähmt vom Anblick dieses kleinen runden Lochs, aus dem die Kugel kommen und mich töten würde. »Hör auf damit!« sagte ich. »Setz es ab!«

Wiley zielte genauer. »Du würdest einen lausigen Green Beret abgeben, Peejoe. Du bist durch den Wald getrampelt wie eine ganze Kuhherde.«

»Hör auf, mit dem Ding auf mich zu zielen, oder ich sag's!«

Das war meine einzige Waffe gegen ihn, die Drohung, *es zu sagen*, und Wiley wußte sehr gut, daß ich jederzeit davon Gebrauch machen würde. Nach der großmächtig langen Predigt, die Meemaw ihm hielt, bevor er das Gewehr bekommen hatte, war uns beiden klar, daß sie ihm das Fell über die Ohren ziehen würde, wenn ich ihr das erzählte.

Er ließ den Lauf sinken, hängte sich das Gewehr über die Schulter und sprang herunter. »Komm, wir nehmen die Patrone raus und spielen Green Berets«, schlug er vor. »Erst töte ich dich, und dann kannst du mich töten.«

»Mir sind die anderen Gewehre lieber«, sagte ich. Ich meinte die aus Sperrholz, die uns Onkel Dove ausgesägt hatte, als wir noch klein waren. Bei meinem war mit breitem Filzstift PEEJOE auf den Schaft geschrieben.

»Du hättest keine Angst mehr davor, wenn du dich mal trauen würdest, damit zu schießen«, meinte Wiley. Er stieß Adolf weg, der zwischen seinen Beinen schnüffeln wollte, und warf mir das Gewehr zu. »Du bist einfach ein kleiner Schisser.«

Wiley war mein allerbester Freund, aber es machte ihm besonderen Spaß, mich zu quälen. So verschieden, wie wir waren, hätte keiner geglaubt, daß wir Brüder waren. Er war groß und dünn, mit schlaksigen Armen und Beinen, wirren schwarzen Haaren und harten, steingrünen Augen; er sah gut aus und hatte ein kantiges Kinn wie Daddy auf den Fotos. Nichts ging ihm über Angeln und Schießen. Ständig rannte oder sprang er oder spielte im Obstgarten mit verfaulten Pfirsichen Baseball.

Ich wünschte mir nichts sehnlicher, als genau wie Wiley zu sein, aber tief im Innersten war ich unwiderruflich Peter Joseph. Ich war Peejoe. Hatte ein rundes Gesicht, war blauäugig und blond, bekam leicht Sonnenbrand, war ungeschickt und ein bißchen pummelig. Konnte noch nicht mal einen Ball fangen, wenn er mir direkt in die Hände flog. Hatte eine Heidenangst vor Schußwaffen. Ich haßte das Jagen, seit ich »Bambi« gesehen hatte, und verabscheute das Angeln – diesen schrecklichen Moment, wenn meine Gebete mißachtet wurden und ich tatsächlich einen Fisch am Haken hatte und das arme zappelnde Wesen anfassen mußte.

»Komm schon. Du kannst es.« Wiley hielt mir die .22er hin. »Geh näher ran und sieh zu, ob du die hinterste Flasche triffst.«

Hektisch suchte ich den Müllhaufen nach einer Ablenkung

oder einer zündenden Idee ab. Die Fliegen schwammen glücklich in der übelriechenden Luft. »Ich weiß was. Wir binden Maikäfer an.«

Er sah mich eine volle Minute lang an. »Das ist langweilig.«

»Nein, ist es nicht.« Ich reckte das Kinn vor und legte die Hände auf die Hüften, um ihm zu zeigen, daß er genausogut auf meinen Vorschlag eingehen könne, weil ich das Gewehr sowieso nie und nimmer anrühren würde, auch wenn er eine Million Jahre da vor mir stehenblieb.

Schließlich sagte er ziemlich überheblich: »Na schön, von mir aus. Wir brauchen Bindfaden.«

Wir gingen zu dem Abfallberg hinüber und fingen an, mit Stöcken darin herumzustochern, wobei wir uns die Nase zuhielten, würgten und über unseren Ekel lachten. Wiley fand ein geeignetes Mayonnaiseglas. Ich entdeckte vier Stück dreckigen Faden.

Umsummt von den Geräuschen eines Sommertages gingen wir los, suchten die Äste und die Gräser zu unseren Füßen ab und horchten nach dem typischen klickenden Schnarren – »He, hier rüber!« –, folgten dem Geräusch hinunter zu einem Grasbüschel, in dem ein harter, glänzender Käfer wie ein winziger flaschenbrauner Volkswagen saß. Vorsichtig jetzt – Maikäfer waren nicht schnell, konnten sich aber trotzdem auf unerklärliche Weise oft der Verfolgung entziehen.

Wiley und ich brauchten fast eine Stunde, um vier zu fangen, und dann stellte sich heraus, daß die ersten beiden tot waren, weil wir vergessen hatten, Luftlöcher in den Glasdeckel zu stechen.

»Verdammte Scheiße!« Wiley fluchte gern, wenn Meemaw außer Hörweite war. »Ich hab keine Lust, noch weiterzusuchen. Machen wir's halt bloß mit den beiden.«

Er schraubte den Deckel ab, griff in das Glas und holte den größeren der zwei Überlebenden raus. Er hielt den glänzenden Panzer zwischen Daumen und Zeigefinger, machte eine Schlinge und versuchte, den Faden um eins der winzigen zappelnden Hinterbeine zu legen. Beim dritten Versuch gelang es ihm, die kleine Schlinge zuzuziehen. »Fertig?«

Ich packte das andere Ende des Bindfadens. »Fertig.«

Wiley machte die Hand auf. Laut brummend stieg der Käfer in die Höhe, dann straffte sich die Schnur, und er war an der Grenze seines neuen Universums angekommen.

Ich ruckte am Faden. Der Käfer zerrte und tanzte, sauste hierhin und dorthin, unentrinnbar gefangen.

»Zieh nicht zu fest, Peejoe, sonst reißt du ihm das Bein aus.«

»Behalt deine Ratschläge für dich.« Ich drehte mich mit ausgestreckten Armen im Kreis. Der Maikäfer war mein Gefangener, mein kleiner gefesselter Helikopter, mein surrendes, lebendiges Jo-Jo.

Wiley kniete im Gras und legte dem zweiten Maikäfer die Fessel an. Nicht lange, und wir hatten zwei kleine Flieger, die uns durch den Wald zurück zu dem Abfallhaufen führten. Adolf jaulte und rannte im Kreis um uns herum.

Unermüdlich versuchten die Käfer, die Schnur auszutricksen. Sie ließen locker, als wären sie drauf und dran aufzugeben, und setzten dann plötzlich zum Sturzflug an, um sich nach der Seite davonzumachen, aber nichts da! Wir waren ihre Götter! Wir hielten die Fäden in der Hand. Wir ließen sie tanzen! Sie würden ein bis zwei Stunden tanzen und praktischerweise an Erschöpfung sterben, wenn uns das Spiel sowieso schon langweilig wurde.

Für die Begräbnisse war ich zuständig. Ich machte Särge aus Joghurtbechern, die ich mit Klopapier auslegte. Ich grub mit einer rostigen Schaufel Löcher in die rote Erde, setzte die Becher hinein, sprach ein paar feierliche Worte und warf die erste Hand Erde auf die Särge.

»Meiner heißt Rattenschnauze«, sagte Wiley. »Und deiner?«

»Weiß nicht.« Mein Käfer vibrierte an der Schnur. »Vielleicht ... Steve oder so ähnlich.«

»Steve?« Wiley guckte ungläubig. »Das ist das Dümmste, was ich je gehört hab. Ein Käfer namens Steve.«

»Ich bin mir ja noch nicht sicher«, sagte ich und dachte: *Wieso eigentlich nicht Steve? Ist doch ein hübscher, modern klingender Name. Ich wär froh, wenn ich Steve heißen würde.*

Wileys Käfer landete auf seinem Knie und krabbelte abwärts. »Das war dein letzter Fehler, Rattenschnauze«, sagte er. Er nahm den Käfer von seinen Jeans, trug ihn zu dem umgestürzten

Baumstamm und band seinen Faden an den Hals einer Sodaflasche. Der Maikäfer zerrte an der Leine.

Wiley hob sein Gewehr auf.

Ich ging aus der Schußlinie. »Was hast du denn vor?«

Mit dem Daumen richtete er den Lauf auf den Maikäfer. »Bewegliches Ziel.«

Adolf trottete schwanzwedelnd zu dem Baum und schnappte mit gefletschten Zähnen nach dem Käfer. Wiley schrie: »Hau ab! Geh *heim*!« und stieß drohend mit einem imaginären Stock nach ihm, bis Adolf sich trollte.

»Nicht, Wiley. Der wird doch ganz zermanscht. Dann können wir ihn nicht mehr begraben.«

»Ich erschieß meinen«, sagte er. »Du kannst deinen ja begraben.«

»Aber die Beerdigung ist doch das beste dran!« Für mich gehörte es sich einfach, den Käfer am Ende der Schnur zappelnd sterben zu lassen und ihn dann ordentlich zu begraben.

Für mich, aber nicht für Wiley. Oder vielleicht reizte es ihn auch nur im Moment, grausam zu sein. Er legte an, nahm die Zunge zwischen die Zähne, kniff ein Auge zu und zielte.

Er drückte ab.

Der Maikäfer war inzwischen derart in Panik, daß ihm eine vorbeipfeifende Kugel auch nichts mehr ausmachte.

»Mist.« Wiley lud nach.

Ich hielt mir die Ohren zu. »Hör auf! Das ist unfair!«

»Das Leben ist nun mal unfair«, sagte Wiley. Der zweite Schuß – wieder daneben. »Außerdem ist er gar nicht so leicht zu treffen. Halt still, Rattenschnauze!«

Mein Maikäfer zupfte wie aus Mitgefühl an der Schnur in meiner Hand.

Wiley durchwühlte seine Hosentaschen nach Patronen. »Bring deinen auch her und bind ihn an, Peejoe.«

»Das ist meiner. Auf den schießt du nicht!«

»Mann, bist du ein Waschlappen.«

»Du bist ja bloß wütend, weil du ihn nicht triffst.«

»Ach ja?« Wiley setzte das Gewehr an und drückte ab. Der Käfer explodierte, ein braunflüssiges Puff! Die Schnur legte sich um den Baumstamm.

Wiley blieb der Mund offen.

Ich tat unbeeindruckt, obwohl das bis zum heutigen Tag der spektakulärste ungezielte Treffer ist, den ich je gesehen habe.

»Wir können ja wenigstens noch die Schnur begraben«, sagte ich.

»Ich hab ihn *erwischt*!« Wiley steckte die Daumen in den Gürtel, voller Ehrfurcht vor sich selbst. »Na los, Peejoe, bind deinen an. Mal sehen, ob's noch mal klappt.«

Oben beim Haus fing die Glocke zu läuten an – Meemaw rief uns heim.

Ich wickelte mir den Faden ums Handgelenk. »Zu spät. Wer als letzter ankommt, ist ein dummes altes Schwein.«

»Warte«, sagte Wiley, »ich kann mit der .22er nicht richtig rennen.«

»Dein Pech!« Ich lief los, mit meinem Käfer in der Hand.

Adolf blieb mir auf den Fersen. Ich rannte die ganze Strecke.

Mir tat der arme Käfer leid, er war ohne Vorwarnung ausgelöscht worden, ohne die geringste Chance. Sogar ein simpler Maikäfer hatte ein Anrecht auf ein besseres Ende. Ich stellte mir eine Maikäferwitwe mit einem runden Hütchen auf dem Kopf vor. Ein winziges Maikäferkind, das zum letzten Gruß feierlich die Hand hebt. Und ich sah eine Maikäferseele zum Himmel aufsteigen, aller irdischen Sorgen ledig.

Ich blieb stehen. Ich machte die Hand auf. Der Käfer saß wie benommen auf meiner Handfläche und wartete ergeben auf das, was ihm als nächstes beschieden sein mochte.

Ich beugte den Kopf und biß in den Faden, einen Zoll oberhalb des Knotens. Er schmeckte leicht nach Spaghettisoße. Ich knabberte, bis er durch war.

Der Käfer krabbelte ein Stückchen, probierte, ob er wirklich frei war. Dann klappte er die Flügel hoch, hob ab und flog weg und kam nicht mehr wieder.

Wiley brach keuchend und schnaufend durch die Büsche. »Da, schau«, sagte er. »Tante Lucille.«

2
PEEJOE / Pigeon Creek

Tatsächlich, da stand Lucilles weißer Galaxie verlassen unter dem Pekanbaum, die Türen sperrangelweit offen. Die Kinder machten den Garten unsicher. Tante Lucille und Onkel Chester hatten sechs Stück, im Alter von einem bis dreizehn Jahren, allesamt nach Hollywoodstars benannt. Die Vinsons kamen nicht einfach zu Besuch, sie suchten einen heim wie eine Plage; sie wimmelten herum, schrien, quietschten, schaukelten an unserem Seil, kletterten in unser Baumhaus, trieben unseren Reifen mit Stöckchen über die Sandstraße. Tante Lucille saß mit Meemaw in der Verandaschaukel und kümmerte sich nicht um den Tumult.

Wiley war ganz geknickt. »Sie hat sie alle mitgebracht.«

»Wenigstens einmal hätte sie die Sandra zu Hause lassen können«, sagte ich. Sandra war von allen Vinsons bei uns am unbeliebtesten. Sie nahm sich alles mögliche heraus, weil wir Waisen waren. Im Moment lümmelte sie beispielsweise in unserem Baumhaus, als ob's ihr eigenes sei.

Meemaw entdeckte uns und winkte uns zu sich.

Lucille blinzelte über ihre Katzenaugensonnenbrille. »Hallo, Jungs«, sagte sie, »kommt her und gebt uns ein Küßchen!« Ich ging hin und ließ eine Umarmung und einen Schmatz in die Luft dicht an meiner Wange über mich ergehen; Lippenstift war Tante Lucille wichtig. »Hallo Wiley, hast du mit deiner Flinte geschossen?«

»Ja, Ma'am.«

»Sei vorsichtig damit. Ich mußte Cary seine wieder wegnehmen. Er hat damit auf Louise Simmons Katzen geschossen.« Lucille trug ein Dutzend klimpernde Armbänder an jedem Handgelenk, eine hellgrüne, über die Schultern gehängte Strickjacke, eine enge Bluse mit großen gelben Punkten und weiße Strandshorts, die ihre langen, gebräunten Beine zur Geltung brachten. Blauer Rauch stieg in Kringeln von ihrer Zigarette auf. Sie kam mir nervös vor, als ob irgendwas sie aufgeregt hätte.

»Wiley ist sehr vorsichtig mit seinem Gewehr«, sagte Meemaw. »Nicht wahr, Wiley?«

»Ja, Ma'am.« Mit den Augen drohte er mir: Wehe, wenn du widersprichst!

Ich sagte nichts. Besser, wenn er mir was schuldig war.

Unsere Cousins und Cousinen waren viel zu beschäftigt, mit unseren Sachen zu spielen, um uns auch nur im geringsten zu beachten. Wiley ging seine Flinte verstauen. Ich streckte mich auf der weißen eisernen Gartenliege aus und hörte Lucille und Meemaw zu.

»Ich bin so aufgeregt, daß ich mich kaum auf den Beinen halten kann«, sagte Lucille gerade. »Das ist meine große Chance, Mama. Ich weiß es einfach.«

Meemaw schüttelte den Kopf. »Ich hoffe, du weißt, was du tust.« Lucille war Meemaws Sorgenkind. Meemaw meinte, Lucille sei seltsam, und bei ihr müsse man jederzeit mit allem rechnen. Sie hätte den Kopf voller Hollywood-Träume. Und in der Tat witterte sie ständig ihre »große Chance« – ob sie nun bei den Baptisten in Cornelia die Rolle der Maria in »Meine Lieder, meine Träume« bekam oder mit einem Osterhut fotografiert wurde und der *Montgomery Advertiser* dann das Bild mit der Unterschrift »Eine Frühlingsblume« brachte.

Lucille wollte nicht Mutter und auch nicht die Frau von Chester Vinson sein. Sie wollte ein Hollywoodstar sein.

Schön genug dafür war sie, davon war ich absolut überzeugt. Sie hatte große, glitzernde, swimmingpoolblaue Augen, wunderschöne volle Lippen und langes blondes Haar, das über die eine Gesichtshälfte floß wie bei Veronica Lake. Die winzigen Fältchen um ihre Augen sah man nur, wenn man ganz nahe heranging.

»Harry meint, das ist eine Chance, wie man sie nur einmal im Leben bekommt«, sagte sie jetzt. »Ich hab das Geld, um hinzufahren. Chester wird sich mir diesmal nicht in den Weg stellen. Marlon Vinson, wenn du deine Schwester noch mal an den Haaren ziehst, setzt's was.«

Ich drehte mich auf die andere Seite und sah zu, wie Marlon sich über Meemaws Okrabeet an die kleine Judy anpirschte.

»Harry meint, ich könnte genau die Richtige dafür sein«, fuhr Lucille fort. »Er sagt, mein Akzent wär absolut perfekt. Ich muß es einfach probieren, verstehst du? Es ist fürs überregionale

Fernsehen. Es ist eine Chance, auf die manche Mädchen ihr Leben lang warten.«

»Alles gut und schön, Lucille«, sagte Meemaw, »nur bist du kein Mädchen mehr. Und überhaupt, wer ist denn der Mann, der dich da angerufen hat? Du kennst ihn ja nicht mal.«

»Er heißt Harry Hall. Er ist ganz groß drin, Mama, er ist ein Talentsucher, er lebt in Hollywood. Kannst du dir das vorstellen, er hat bloß mein Bild gesehen und sich die Mühe gemacht, mich anzurufen, persönlich.«

Ich hielt es nicht mehr aus. »Kommst du im Fernsehen, Tante Lucille?«

»Ich weiß nicht, Schatz, vielleicht ja«, sagte sie. »Ich weiß nur, daß ich die einmalige Chance hab, für eine Rolle in einer Fernsehserie vorzusprechen.«

»Mann, ist ja wirklich super! Welche denn?«

»Das darf ich nicht sagen«, sagte Lucille, aber dann konnte sie es sich doch nicht verkneifen. »›The Beverly Hillbillies‹.«

»Wow. Ist ja super.« Alle fanden diese Serie toll. Für mich war Elly Mae Clampett das hübscheste Mädchen auf der Welt.

»Peejoe sieht sich die Serie an«, sagte Meemaw. »Das ist die, wo sie immer in so einem alten Ford rumfahren.«

Lucille sah Meemaw an, als ob sie nicht ganz richtig im Kopf wäre. »Danke, aber das ist eine der beliebtesten Fernsehsendungen«, sagte sie. »Ich spiele Jethros Jugendfreundin von zu Hause. Ich komme nach Beverly Hills, um ihn rumzukriegen, daß er mich heiratet. Wenn ich die Rolle bekomme. Ich darf nicht die Haut verkaufen, bevor ich den Bären habe. Mein Gott, hoffentlich kriege ich sie.« Lucille durchwühlte ihre Handtasche nach einer neuen Zigarette. Sie steckte sie an, machte drei Züge und drückte sie aus.

Sandra setzte sich neben Meemaw. »Hallo, Peejoe.«

Ich murmelte hallo.

»Mama kommt ins Fernsehen«, sagte Sandra.

Meemaw strich ihr übers Haar. »Ja, ich weiß, Süße, sie hat's uns gerade erzählt.« Sandra war auch Meemaws Enkelin und hatte genauso einen Anspruch auf eine Umarmung und einen liebevollen Klaps wie ich – aber ich ertrug es einfach nicht, daß Meemaw außer mir noch jemanden liebte.

»In ›The Beverly Hillbillies‹«, sagte Sandra.

»*Wenn* ich die Rolle bekomme«, wies ihre Mutter sie zurecht. »Verschrei's nicht.«

»Was sagt denn Chester eigentlich dazu?« erkundigte sich Meemaw.

»Er sagt nicht viel dazu.« Lucille schüttelte den Kopf. Ein grimmiges Lächeln. »Chester hat nie an mich geglaubt, Mama. Er hat meine Träume abgeschossen, einen nach dem anderen.«

»Ich will auch nach Hollywood«, sagte Sandra. Die Ärmste hatte nichts von Lucilles gutem Aussehen geerbt. Man konnte ihr durch ihre großen Pferdenüstern richtig in die Nase sehen. Mit Wiley und mir wollte sie immer Küssen spielen, und wir hätten auch gar nichts dagegen gehabt, wenn diese Nase nicht gewesen wäre.

»Sandra, paß auf, daß deine Schwester sich nicht umbringt.«

Wir drehten alle den Kopf und sahen die hellblonde kleine Marilyn stracks durch ein Narzissenbeet tapsen, direkt auf die Straße zu. Sandra rannte ihr nach.

Ich duckte mich, um mich unsichtbar zu machen.

»Chester hat nie verstanden, wieviel mir das bedeutet«, sagte Lucille. Ich hörte das *Ritsch!* von ihrem Zippo-Feuerzeug. »Weißt du, was er gesagt hat, als Harry Hall anrief, Mama? Als ich den vermutlich wichtigsten Anruf meines ganzen *Lebens* bekam?« Sie machte einen tiefen Lungenzug. »Er sagte, leck mich, Lucille. Du fährst nirgendwo hin.«

»Lucille! Doch nicht vor Peejoe . . .«

»Aber das hat er gesagt! Cary und Sandra waren keine zwei Schritt weg, die haben es auch gehört! Ich hab gesagt, Chester, du Scheißtyp, jetzt hör mir mal gut zu. Ich *hab* dich geleckt. Dreizehn Jahre häng ich in diesem Haus fest, zieh deine blöden Kinder groß, koche und racker mich für dich ab, und unterdessen geht mein Leben den Bach runter! Jetzt hab ich mal eine Chance, selber ein paar Kröten zu verdienen. Und *du* wirst mir das nicht vermasseln.«

»Das hast du nicht gesagt«, sagte Meemaw.

»Und ob ich das gesagt hab, so wahr ich hier sitze.« Lucille lächelte. »Ich hab's gesagt, und er hat mich geschlagen. Und ich hab zurückgeschlagen.«

»Sag, daß das nicht wahr ist. Lucille, schlag nie einen Mann. Das hab ich dir oft genug eingeschärft. Das ist bloß eine Einladung.«

Lucille lächelte und ließ Rauch aus ihrer Nase quellen. »Chester wird mich nicht mehr schlagen.«

»Lucille«, sagte Meemaw mit einem seltsamen Unterton.

Lucille zog die Beine auf die Schaukel hoch und pulte an einer Zehe herum. »Mein Gott, es ist das überregionale Fernsehen! Versteht denn keiner, wie wichtig das ist?«

Ein kleiner Marienkäfer flog ihr auf die Schulter. Meemaw streckte den Finger aus, um ihn wegzunehmen. »Natürlich versteh ich das, Schätzchen. Du weißt, ich hab immer gesagt, du bist hübscher, als gut für dich ist.«

»Er hat gesagt, ich bin verrückt«, sagte Lucille. »Eine Verrückte hat er mich genannt.«

»Lucille.«

»Er hat gesagt, ich darf nicht fahren. Und er hat gesagt, daß er sich nie von mir scheiden läßt, niemals.« Die Zigarette zitterte in ihren Fingern.

»Lucille.« Der Käfer spreizte die Flügel und schwirrte davon.

»Mama, ich hab ihn umgebracht.«

»Nein, Lucille, das hast du nicht getan. Das ist gar nicht witzig. Sag nicht so was.«

»Ich hab's getan.«

»Nein. Hör auf mit dem Unsinn.«

»Vorgestern abend, nachdem ich die Kinder ins Bett gebracht hatte.«

»Schluß damit!« Meemaw beugte sich in der Schaukel vor. »Über so was solltest du nicht deine makabren Scherze machen!«

»Mama!« Lucille lächelte. »Du glaubst mir nicht, nein? Du glaubst nicht, daß ich so was fertigbrächte?«

»Nein«, sagte Meemaw.

»Na herrlich. Mach nur so weiter.«

Ich konnte mich nicht mehr beherrschen. »Hast du ihn wirklich umgebracht, Tante Lucille?«

»Worauf du dich verlassen kannst, Schätzelchen. Er hatte es nicht besser verdient.«

»Hör endlich auf damit!« Meemaw wurde ganz rot im Gesicht. »Du bist ja verrückt!«

Lucille nahm die Sonnenbrille ab und sah uns mit zusammengekniffenen Augen an. »Ja, vielleicht«, sagte sie. »Aber ich lebe, und Chester ist tot. Und ich geh nach Hollywood. Und er hat sich nie träumen lassen, daß es mal so kommen würde.«

»Du machst mir angst, wenn du so redest, Lucille. Man könnte fast meinen, du sprichst im Ernst.«

Lucille sagte: »Ich brauch nur ein bißchen Unterstützung von dir.«

Meemaw hörte zu schaukeln auf. »Was für Unterstützung?«

»Ich brauche dich, du mußt dich um die Kinder kümmern«, sagte Lucille hastig. »Solange ich in Kalifornien bin. Drei bis vier Wochen, im aller-alleräußersten Fall. Ich weiß, das ist viel verlangt, Mama, aber sie werden wirklich brav sein, sie haben's mir schwören müssen.«

»Soll das heißen, du willst sie mir hierlassen? Heute?« Der erschrockene Ausdruck auf Meemaws Gesicht sagte mir alles: Tante Lucille war mal wieder nicht zu bremsen, und wir würden jetzt das ganze Haus voller Vinsons haben.

»Ich muß los, Mama. Das Vorsprechen ist nächste Woche. Mit dem Zug sind es achtundvierzig Stunden von New Orleans aus. Farley, wenn du nicht auch mal die andern damit spielen läßt, nehm ich's euch weg, und dann hat keiner mehr was davon.«

Farley lockerte seinen Griff für einen Moment. Das Kätzchen rannte jaulend davon, als ob sein Fell in Flammen stünde.

Meemaw sagte: »Lucille, Schätzchen, du weißt, ich würde sie nehmen, wenn ich könnte. Aber ich kann nicht. Es geht einfach nicht. Du vergißt, daß ich nicht mehr die Jüngste bin. Mit Peejoe und Wiley und mir ist das Haus schon gut voll.«

»Mama, jetzt hör mir mal zu.« Lucille lächelte nicht mehr. Ihre Augen waren hinter flaschengrünen Gläsern verborgen. Sie zog den dünnen Sweater enger um sich. »Ich hab Chester umgebracht, ehrlich. Verstehst du? Ich mach dir nichts vor. Ich hab ihn umgebracht, und jetzt fahr ich nach Hollywood, mit Verlaub. Ich bitte dich, auf meine Kinder aufzupassen. Ich hab dich noch nie um was gebeten.«

Meemaw schüttelte den Kopf. »Ich glaube, du brauchst einen Arzt.«

Ich wußte nicht, was ich denken sollte. Lucille kam mir völlig normal vor – und sehr zufrieden mit sich selbst.

In dem Moment kam Wiley angeschlendert. Er ließ sich auf meine Füße fallen, um mich zum Schreien zu bringen, aber ich zog die Beine an, so daß er genug Platz hatte. »Tante Lucille sagt, sie hat Onkel Chester umgebracht«, sagte ich ihm.

»Ach ja?« Wiley grinste sie an. »Warum?«

»Das ist eine lange Geschichte.« Sie zuckte die Achseln. »Er hat nein gesagt, wo er hätte ja sagen müssen.«

»Lucille, jetzt hört sich der Spaß aber wirklich auf. Ich will kein Wort mehr davon hören, hast du mich verstanden?« Meemaw erhob sich mühsam aus der Schaukel und schüttelte den Kopf. »Ich geh rein. So was Verrücktes.«

»Warte, Mama, nicht weggehen.« Lucille sprang auf. »Ich muß dir was zeigen.« Sie ging zu dem weißen Galaxie und kramte im Kofferraum herum.

Meemaw blieb stehen, die Hände zusammengepreßt.

Lucille kam mit einem Salatbehälter aus durchscheinendem grünem Plastik zurück. Es war etwas Dunkles drin. Sie trug ihn zu Meemaw.

»Sehr hübsch«, sagte Meemaw. »Tupperware.«

Lucille legte den Daumen an die grüne Plastiklasche. »Da hab ich Chester drin.«

»Mein Gott, Lucille.« Meemaws Stimme klang erstickt. »Du bist wirklich übergeschnappt.«

Lucille öffnete den Patentverschluß der Salatbox und nahm den Deckel ab. Drinnen war was Wirres, Fettiges – Haare.

»Ich mußte sicher sein, daß er wirklich tot ist«, sagte sie.

Sie griff in die Haare und hob den tropfenden Kopf von Onkel Chester aus dem Plastikbehälter. Seine Augen starrten mich an.

3
PEEJOE / Pigeon Creek

Das schlimmste war der Ausdruck auf den Gesichtern der Kinder, als ihnen klar wurde, was ihre Mutter da in der Hand hielt. Es sah aus wie der Kopf einer Puppe oder einer Statue, der ihrem Vater auf grausige Weise nachgemacht worden war – bis auf die Haare, die einfach zu echt wirkten.

Sie rannten schreiend aus dem Garten.

Ich dachte, *das muß ein Scherz sein*. Ich weiß nicht, ob ich überhaupt noch atmete. Wiley stand kreidebleich neben mir – ich fürchtete, er würde jeden Moment in sich zusammensinken, sich auflösen, so daß nur noch ein Häufchen Krümel von ihm übrigbliebe. Ich wußte, ich selber würde mich nicht auflösen, denn ich konzentrierte mich darauf, Wiley mit den Augen zusammenzuhalten.

Meemaw fing an, mit ruhiger Stimme Fragen zu stellen, um Lucille abzulenken, während sie schrittweise auf sie zuging.

»Wie hast du's gemacht, Lucille?«

»Mit dem elektrischen Tranchiermesser. Kaum zu glauben, oder, daß ich schließlich doch noch eine Verwendung für das Ding gefunden habe? Für einen Truthahn hat es nie getaugt.« Sie drehte Chesters Kopf hin und her.

»Du hast es selber gemacht?«

»Die Kinder haben schon geschlafen.« Ein Licht blitzte in ihren Augen auf. »Es war schrecklich, Mama . . .«

»Aber warum, Schätzchen? Warum?«

»Ach, ich weiß nicht, was soll ich dir sagen? Ihn umzubringen, war mir nicht genug. Er hat nicht genug gelitten.«

Meemaw hielt Onkel Chester die Ohren zu, als ob er das nicht hören sollte. Sie nahm Lucille den Kopf aus der Hand, legte ihn in den Behälter zurück und drückte den Deckel fest.

Vor dem Haus hörte ich jemanden kotzen.

»Komm, setz dich in die Schaukel, Lucille«, sagte Meemaw.

Lucille tat, wie ihr geheißen.

Wiley sah mich an. Mein Gesicht muß irgendwas in ihm ausgelöst haben. Er ergriff die Flucht. Rannte in den Wald.

Meemaw trug die Tupperware-Salatbox zum Auto und stellte sie auf den Rücksitz.

Das schlimmste: daß Lucille so ruhig war. Sie saß in der Schaukel und hatte dieses seltsame dünne Lächeln im Gesicht.

Meemaw sagte: »Peejoe, du bleibst hier bei ihr«, und lief ins Haus. Gleich darauf hörte man bis in den Garten hinaus ihre Telefonstimme.

Neben blankem Entsetzen bemächtigte sich meiner nach und nach auch eine unbeschreibliche Faszination, ein eiskaltes Brennen, wie die Taubheit, wenn man die Füße in eine Wanne mit kochendheißem Wasser steckt. Lucille war meine einzige Tante, sie hatte mich gewiegt und mir Lieder vorgesungen. Sie gab sich so normal, daß es mich zum Lachen reizte, aber ich wußte, sie war verrückt, und, mein Gott, es war alles real, es war real. Die körnigen Kleckse im Sand waren richtiges Blut. Onkel Chesters Blut.

Das schlimmste war, hier draußen mit ihr allein zu sein, während Meemaw telefonierte. Ich starrte wie gebannt auf die glänzenden Radkappen des Galaxie, um nur Lucille nicht ins Gesicht sehen zu müssen. Sie fing wieder an zu reden, mit leiser, gefaßter Stimme, erzählte eine Art Gutenachtgeschichte. Sie erzählte, wie Chester jeden Abend mit demselben mürrischen Gesicht aus dem Eisenwarenladen heimgekommen war, statt einer Begrüßung nur einen Grunzer von sich gegeben, sich in den Sessel gefläzt und die Zeitung gelesen hatte, wie er Abend für Abend gegessen, sich vor den Fernseher gehockt, bei den Zehnuhrnachrichten eine Tasse Kaffee getrunken hatte . . .

Sie tat ihm drei gehäufte Eßlöffel Rattengift in den Kaffee. Versuchte, den Geschmack mit Milch und Zucker zu überdekken. Chester trank einen Schluck und sagte, es sei der schlechteste Kaffee, den er je getrunken habe. Lucille bot ihm an, ihn wegzuschütten und neuen zu machen, aber er sagte: »Nein, du bist doch bloß drauf aus, mein Geld zu verschwenden«, und kippte den Kaffee auf einen Sitz hinunter.

Nach dreißig Sekunden hatte er schon Schaum vor dem Mund.

Er spuckte und stürzte sich auf sie, packte sie an der Gurgel. Sie konnte sich losreißen. Er taumelte und fiel hin. Er schlug so hart auf dem Boden auf, daß sie dachte, bestimmt sind die Kinder davon aufgewacht. Er machte keinen Muckser mehr.

Sie lief durch den Flur zu den Kindern. Wie durch ein Wunder schliefen sie alle noch. Als sie zurückkam, lag Chester hingestreckt auf dem Boden, und seine Augen starrten ins Leere. Sie habe lange Zeit neben ihm gesessen, sagte sie. Er atmete nicht mehr. Sie konnte es nicht fassen, daß es so einfach war.

Sie rollte ihn in den Teppich ein und schleifte ihn ganz alleine durch den Flur, zur Haustür hinaus und quer durch den Garten zum Geräteschuppen. Es regnete. Sie glitt in dem Schlamm aus, verhob sich bei dem Versuch, ihn durch die Tür in den Schuppen zu wuchten.

Als sie ihn aus dem Teppich wickelte, hatten seine Augen nach wie vor den starren Blick, aber sie konnte es immer noch nicht fassen, daß es so leicht sein sollte.

Allein mit ihm im Geräteschuppen bildete sie sich nach einer Weile ein, er sei noch am Leben, stelle sich nur tot. Das hätte Chester ähnlich gesehen. Sie sah prüfend seinen Hals an und überlegte, was für ein Werkzeug man dafür haben müßte. War ein einziger kraftvoller Schlag mit der Axt nötig, oder konnte man auch eine Säge nehmen?

In dem Moment fiel ihr das elektrische Sunbeam-Tranchiermesser mit den vibrierenden gezähnten Klingen ein. Sie holte es aus der Küche, schloß es an der Steckdose an und machte sich ans Werk.

»Es war mühsam«, verriet sie mir. »Mühsamer, als man denken würde.«

Mich schauderte. Wenn sie imstande war, Onkel Chester das anzutun, was konnte sie dann erst mit mir anstellen? Mich juckte der Hals an der Stelle, wo sich das Messer reinfressen würde.

»Und wieder mal mußte ich seinen Dreck wegmachen«, sagte sie.

Ich hätte in den Wald rennen mögen, einfach losrennen und Wiley suchen, und Wiley würde Rat wissen, was wir tun sollten. Ich wußte, ich konnte nicht mehr lange mit diesem belemmerten Gesichtsausdruck hier sitzen bleiben.

Ein Windstoß fuhr durch den Garten, von Ost nach West. Von den Vinsons, ihren Kindern, war nichts zu sehen und zu hören.

Ich stellte mir vor, daß sie immer weiter weg rannten und nie mehr wiederkommen würden.

Lucille sagte: »Peejoe, ich hab's tun müssen. Man lebt nur einmal, verstehst du? Man kann nicht rumsitzen und auf sein nächstes Leben warten. Jedenfalls nicht, wenn es was gibt, was man einfach tun muß. Verstehst du das?«

»Ich weiß nicht«, sagte ich tonlos. »Ich hab Onkel Chester eigentlich immer gemocht.«

»Du hast ihn nicht richtig gekannt.«

Genau in dem Augenblick erschien Meemaw in der Tür, mit aschfahlem Gesicht. Sie mußte sich am Geländer festhalten, kam dann zu uns und lehnte sich an die Schaukel.

»Lucille, ich hab mit Dove telefoniert. Er kommt her, ist schon unterwegs.« Ein schreckliches Beben unter der ruhigen Oberfläche ihrer Stimme. »Ein paar Leute kommen aus der Stadt, uns helfen.«

Lucille sagte: »Du hast doch nicht etwa die Polizei angerufen?«

»Na ja, doch, Schätzchen, ich hab den Sheriff angerufen, sicher. Dove hat gesagt, ich soll's tun. Er meint, der Sheriff kann uns helfen.«

»Du hättest mich fragen müssen.« Lucille stand von der Schaukel auf. »Ich hab gedacht, ich könnte ein bißchen hierbleiben. Das geht jetzt nicht mehr.«

»Dove hat gemeint, je eher, je besser. Die werden dich nicht einsperren, Lucille. Die werden dir nur ein paar Fragen stellen. Du mußt sagen, daß es Notwehr war.«

Lucille lachte – ein Scheppern wie von zerbrechendem Glas. »Sei nicht albern, Mama. Man schneidet nicht in Notwehr jemand den Kopf ab. Die bringen mich auf den elektrischen Stuhl.«

»So was darfst du nicht sagen, das darfst du nicht mal denken. Du warst verwirrt. Du hast nicht gewußt, was du tust.«

»Den Rest von ihm hab ich versteckt«, sagte Lucille. »Ich hätte nach Kalifornien fahren und die Rolle kriegen können, bevor jemand dahintergekommen wäre, und dann hätte es nichts mehr gemacht. Weil ich es dann schon geschafft gehabt hätte und glücklich gewesen wäre. Ein klein bißchen Unterstützung von dir, mehr hab ich gar nicht verlangt.«

»Lucille, du hättest das den Kindern nicht zeigen dürfen.«

»Ich weiß, ich weiß.« Sie seufzte und fuhr sich mit beiden Händen durchs Haar. »Ich weiß auch nicht, was mit mir los ist.« Ihr Gesicht verzerrte sich. Hinter der Sonnenbrille weinte sie. »Ich muß los, Mama. Vielleicht sehen wir uns nie mehr wieder.«

Meemaw klammerte sich an sie, aber Lucille entwand sich ihrem Griff und rannte zum Auto.

»Schätzchen, wo willst du hin?« Meemaw hastete hinter ihr her.

Lucille sprang ins Auto und ließ den Motor an.

»Lucille, warte!«

»Sag du's ihr, Peejoe, sag ihr, warum ich es getan hab. Ich muß los. Die kriegen mich nicht.« Sie klappte die Sonnenblende herunter und fuhr mit aufheulendem Motor an, daß der Sand spritzte. Mit schleuderndem Heck schoß der Wagen auf die Straße hinaus.

Meemaw umschlang mich.

Bald war von dem Auto nur noch ein fernes Reifenquietschen zu hören, und Tante Lucille war weg.

»Was hat sie gesagt, Peejoe?«

»Sie hat gesagt, sie hat nur ein Leben. Sie kann nicht auf das nächste warten.«

Stunden später kroch Judy unter der Veranda hervor, zusammen mit Marilyn, die behauptete, schlecht geträumt zu haben. Die anderen Vinsons trudelten einzeln über den ganzen Nachmittag verteilt wieder ein. Sandra tauchte auf, ging ohne ein Wort zu sagen stracks in Meemaws Schlafzimmer und vergrub sich unter Bettdecken. Cary kam nach Einbruch der Dunkelheit angestolpert, mit Kratzern und Dornenzweigen übersät, und dann Marlon, der immerzu weinte und nicht aufhören konnte.

Farley blieb verschwunden.

Der Hilfssheriff fuhr mit heulender Sirene vor. Das war ein großmächtiges Geräusch bei uns in Pigeon Creek, wo man nie was Lauteres als einen Flintenschuß hörte. Es lockte im weiten Umkreis die Leute auf ihre Veranden. Nicht lange, und eine Prozession von Feldarbeitern und Kindern und alten Frauen hastete die Straße herauf, um zu sehen, was los sei.

Der Deputy rief mich zu sich herüber, ich solle ihm Lucilles Auto beschreiben, weil Meemaw nicht mehr wußte, als daß er weiß war. Ich sagte ihm, es sei ein Ford, ein Galaxie 500.

Ich verriet ihm nicht, daß ich die Nummer auswendig gelernt hatte, Alabama 9-10878, während Lucille mir ihre Geschichte aufgedrängt hatte. »Ich glaub, es war eine Acht drin«, sagte ich.

Er ließ mich gehen.

Die Nachbarn drängten sich am Zaun, gafften, deuteten, steckten die Köpfe zusammen.

Der Hilfssheriff erklärte Meemaw, da sich der Todesfall im Cotton County ereignet habe, liege er eigentlich außerhalb seiner Zuständigkeit – er schaute enttäuscht drein –, aber er fuhr trotzdem hinter Lucille her.

Ich kauerte mich hinter das Jasminspalier. Der Ausdruck in Onkel Chesters Augen verfolgte mich. Der Mund stand ihm offen. Die Augen wirkten überrascht. Es gelang mir nicht, mir vorzustellen, wie er vor seinem Tod ausgesehen hatte.

Dann kam Wiley aus dem Wald. Er sagte »hallo« und ließ den Kopf hängen.

»Wo bist du gewesen?«

»Hab's mit der Angst gekriegt. Bin auf einen Baum geklettert. Wo ist Lucille?«

»Weg.« Ich schlang die Arme um meine Knie. »Meemaw hat Onkel Dove angerufen.«

»Die kriegen sie bestimmt«, sagte Wiley.

Ich schüttelte den Kopf. »Ich halte ihr die Daumen.«

»Warten wir, bis Onkel Dove kommt«, sagte Wiley. »Er weiß bestimmt, was zu tun ist.«

4
PEEJOE / Pigeon Creek

Wiley und ein paar Nachbarn fanden Farley drei Meilen vom Haus, zusammengekauert neben einem Grabstein bei der *African Methodist Episcopal Church* in Spring Hill. Sie brachten ihn in Decken gewickelt nach Hause. Er nahm mich gar nicht wahr. Seine Augen waren runde, schwarze Fenster, weit aufgerissen.

Er sah aus, als sei ihm durch die Löcher seiner Augen die Seele ausgesaugt worden.

Nachtvögel raschelten in den Bäumen. Ich saß auf der Verandatreppe und wartete auf Dove. Ich hörte die andern drinnen im Haus, die Kleinen weinten. Meemaw versuchte sie zu beruhigen. Ich hätte nicht schlafen können und wußte nicht, wie ich mich da drinnen hätte verhalten sollen. Ich sah Onkel Chesters Kopf vor mir, wie er sich in Tante Lucilles Hand drehte. Er ließ mich nicht aus den Augen.

Das Geräusch von einem Auto, noch weit weg auf der Straße, dann ein Fleck hell werdender Bäume. Ich sprang auf. Blendendes Scheinwerferlicht schwenkte durch den Garten, und dahinter glitt ein Leichenwagen, ein langer, wolkenweißer Cadillac Eldorado, lautlos wie auf Kissen in unsere sandige Einfahrt.

»Onkel Dove!« Ich lief ihm entgegen.

»Peter Joseph! Komm her zu mir!« Dove stieg aus und zog mich in seine Umarmung. »Alles in Ordnung mit dir, Junge?« Er hielt mich im Scheinwerferlicht auf Armlänge von sich. »Wo ist meine kleine Schwester?«

»Sie ist weg. Abgehauen.«

»Mist. Das hatte ich befürchtet. Das macht alles noch schlimmer.« Er schaltete das Licht aus und ging mit mir zum Haus. Dove war ein imposanter Mann mit breiten Schultern und einem Kugelbauch, über dem das Hemd spannte. Seine Körperfülle machte ihn sanftmütig. Er hatte leuchtend blaue Augen (genau wie meine Augen, wie Lucilles Augen), einen skeptischen Mund. Seine Nase war groß und schwammig und von blauen Äderchen durchzogen. Sein Haaransatz war ein Stückchen weiter hochgerutscht, seit ich ihn das letzte Mal gesehen hatte. Er roch nach Hai Karate und Bourbon und hatte außerdem einen undefinierbaren chemischen Geruch an sich, den das Hai Karate nicht ganz verdrängen konnte.

»Na komm, gehen wir rein«, sagte er.

»Ich möchte lieber hier draußen bleiben.«

»Aber geh, Peter Joseph, die Moskitos fressen dich bei lebendigem Leibe auf. Hier. Das ist für dich.« Er wühlte tief in seiner Hosentasche unter den Schlüsseln und brachte einen Vierteldollar zum Vorschein. Von Onkel Dove bekam man schon auf den fadenscheinigsten Vorwand hin einen Vierteldollar. Das war einer der vielen Gründe, warum ich ihn so mochte.

»Da drin hält's doch kein Mensch aus«, sagte ich. »Die heulen wie die Schloßhunde.«

Dove legte mir die Hände auf die Schultern. »Ach, Junge. Es ist schon eine furchterregende Welt, oder?« sagte er. »Du hast was gesehen, was du nicht hättest sehen dürfen. Das war fies von der kleinen Schwester, daß sie dir das gezeigt hat. Ich weiß nicht, was mit ihr los ist.«

»Meemaw sagt, sie ist verrückt.«

»Wahrscheinlich hat sie recht.« Onkel Dove hob mich hoch und drückte mich an sich. »Ich hab nie gemerkt, *wie* verrückt sie ist. Hat sie Chester mitgenommen?«

»Bloß seinen Kopf. Das übrige hat sie irgendwo versteckt.«

»Mann, das hat sie sich schlau ausgedacht«, sagte Dove. »Sie hat ihrer Lebtag nie auch nur eine Minute an jemand anderen als sich selbst gedacht. Das heißt wohl, daß ich jetzt nach Cornelia fahre. Willst du mit?«

Ich wußte nicht, was ich sagen sollte. Sonst fragte mich nie jemand, ob ich irgendwohin mitkommen wollte.

»Ich könnte dich ganz gut gebrauchen jetzt«, sagte er. »Dich und Wiley. Wo ist er denn?«

»Im Bett.«

»Aha. Also dann geh und weck ihn auf. Ihr Jungs kommt mit mir mit.«

Wir gingen in die Küche, wo Meemaw mit den Kindern saß. Cary hatte so viel geheult, daß er aussah, als ob er die Grippe hätte. Meemaw fing auch zu weinen an, in dem Moment, wo sie Dove sah. Er nahm sie in die Arme, beugte sich runter und sagte ihr leise was ins Ohr.

Ich konnte es nicht ausstehen, wenn Erwachsene weinten. Dann war mir immer, als würde die Welt zerbrechen, der Himmel sich vom Horizont losreißen.

Ich fand Wiley im Wohnzimmer, zusammengerollt auf einer Matte auf dem Fußboden. Ich zupfte ihn an der Schulter. »Onkel Dove ist da. Er will uns mitnehmen.«

Wiley drehte sich herum und rieb sich den Schlaf aus den Augen. »Wohin?«

»Nach Cornelia.«
»Was sollen wir da?«
»Nach dem Rest von Onkel Chester suchen.«
»Ich hab wohl doch nicht geträumt, hm?« fragte Wiley.
»Nee.«
Onkel Dove kam mit einem großen blauen Pappkoffer von Meemaw herein, der über und über mit Aufklebern von ROCK CITY beklebt war. »Wie geht's dir, mein Junge?« fragte er und streckte die Hand aus, um Wileys Tolle glattzustreichen.
»Wie lange sollen wir dortbleiben, Onkel Dove?«
Dove machte den Koffer auf. »Ich weiß nicht. Eure Großmutter hat jetzt alle Hände voll zu tun mit Lucilles Kindern. Ich halte es für das beste, wenn ihr beide für eine Weile zu mir nach Industry kommt. Natürlich nur, wenn ihr einverstanden seid.«
Wiley sah mich an. »Na ja, hier können wir wohl nicht bleiben.«
Ich sagte nichts. Dove blickte mich lange prüfend an, als ob er mit seinen großen traurigen Augen tief in mich hinein bis dorthin schauen könnte, wo mich Chester beobachtete.
Er klopfte mir auf die Schulter. »Wir machen uns eine schöne Zeit, Peter Joseph. Du wirst schon sehen.«
Ich suchte schweigend meine Unterwäsche zusammen. Der Gedanke, mit Dove in dem schönen glänzenden Leichenwagen mitfahren zu können, war zugleich aufregend und furchteinflößend. Ein ganz neues Leben sollte für mich anfangen, ehe ich auch nur ahnte, daß mein bisheriges Leben zu Ende war.
Ich war noch nie eine ganze Nacht von Meemaw getrennt gewesen, außer einmal an Silvester, wo ich mit den Vinsons Völkerball gespielt und mich in eine solche Begeisterung hineingesteigert hatte, daß ich Tante Lucilles Einladung annahm, in Cornelia zu übernachten. Alles ging gut, aber zur Schlafenszeit bekam ich auf einmal Heimweh und wurde richtig hysterisch. Lucille war nichts anderes übriggeblieben, als mich heimzufahren, achtzig Meilen mitten in der Nacht.
Diesmal war ich wenigstens nicht allein. Wiley würde mitkommen.
Meine ganzen Habseligkeiten paßten bequem in die linke Hälfte des Koffers: Schulhemden und -hosen, Sonntagskrawat-

te, T-Shirts, Schlafanzüge, Jeans, Batman-Anstecknadel, Glücksstein.

»Dürfen wir irgendwann zurück, Wiley?«

»Woher soll ich das wissen?« Er nahm sein Sportabzeichen, seine Urkunde über vorbildliches Betragen in der vierten Klasse und das Foto von Mama und Daddy von der Wand.

Ich stand vor dem Koffer und sah mir das Bild an. Ich kannte es genau. Es wurde auf ihrer Hochzeitsreise in Panama City gemacht. Sie sind jung und glücklich, Arm in Arm, in bunten Strandsachen. Hinter ihnen weht eine Palme im Wind, und ein ruhiges Meer erstreckt sich ins Unendliche. Mama posiert wie ein Filmstar, mit ihrem breitkrempigen Strohhut und ihren schönen Beinen, und lächelt vamphaft wie Tante Lucille. Auf dem Foto ist ihr Lippenstift schwarz; ich konnte ihn mir in der Wirklichkeit nur rot vorstellen. Daddy lacht über eine Bemerkung von ihr.

Wiley deckte die beiden mit einem zusammengelegten Sweatshirt zu. Meemaw kam herein, ohne Tränen in den Augen, aber blaß. »Ihr werdet es bestimmt gut haben bei Dove.«

Ich sagte: »Meemaw, ich möchte hierbleiben. Ich kann dir helfen.«

»Du mußt mitfahren, Schätzelchen.« Sie biß sich auf die Lippe, drehte sich um und ordnete unsere Sachen im Koffer. »Ihr wißt, daß ihr immer hier zu Hause sein werdet. Es ist nur einfach im Moment zuviel für mich. Ihr bleibt eine Zeitlang bei Dove, und dann kommt ihr zurück.«

»Aber ich will nicht weg.«

»Halt die Klappe, Peejoe«, sagte Wiley. »Du bist doch kein Baby mehr.«

Ich drehte mich zu ihm um. »*Ich* hab mich nicht auf einem Baum versteckt.«

Meemaw legte mein Sonntagshemd zusammen. »Schätzchen, es ist doch nicht für immer. Irgendwie renkt sich schon alles wieder ein. Lucille hat nicht gewußt, was sie tat. Sie ist einfach – mein Gott, ich weiß auch nicht. Sie ist völlig durcheinander.«

»Wieso dürfen die blöden Vinsons hier wohnen und wir müssen weg?«

»Nicht so laut, Peejoe.« Meemaw ging rüber und machte die

Tür zu. »Ich muß mich ja für dich schämen. Sie können doch nichts dafür. Im Moment brauchen sie mich dringender als du.«

Ich warf mich mit dem Gesicht nach unten aufs Bett. Zum erstenmal kam ich mir vor wie eine arme Waise. Ich zählte nicht. Ich gehörte zu niemandem. Meine Eltern waren auf dem Foto unter Wileys Sweatshirt. Meine toten Eltern liebten mich, aber allen anderen war ich bloß lästig – noch ein Maul zu stopfen.

Meemaw strich mir mit dem Daumen übers Schulterblatt. »Es ist schön da unten in Industry. Es ist eine ganz andere Stadt. Na komm schon, Schätzelchen, sei nicht aufsässig. Es war ein schlimmer Tag.«

Ich drückte mich mit dem Gesicht an Meemaw. Ich kämpfte mit den Tränen.

Onkel Dove kam herein und schnappte sich den Koffer. »Mama, ich ruf dich an, sobald es was Neues gibt. Also, Jungs, ab geht's.«

Und da mußte ich Meemaw loslassen, weil Wiley auch noch an die Reihe kommen wollte. Ich stand daneben, meine nutzlosen Hände in den Hosentaschen.

Ich mochte Onkel Dove gern, aber das war nicht dasselbe. Ich hatte immer gedacht, Meemaw würde sich um mich kümmern, aber jetzt mußte ich einsehen, daß das töricht gewesen war. Und dabei rief doch jedes Möbelstück, jedes Porzellanhuhn und jedes Nadelkissen: *Sieh her! Vergiß nicht, Peejoe! Hier ist dein Zuhause!* Aber ich hatte keine Zeit, mich von jedem Ding einzeln zu verabschieden.

Onkel Dove schulterte den Koffer. Wir gingen hinter ihm her durch die Küche. Ich hatte die Spielzeuggewehre aus Sperrholz unter dem Arm. Wiley trug die Tasche, die uns Meemaw mit gebratenem Huhn, Keksen, Bananen und Milch vollgepackt hatte.

Adolf lief uns winselnd nach bis zu dem Leichenwagen. Er wollte immer mitfahren.

»Daß ihr mir ja eurer Tante Earlene folgt, ihr beiden«, sagte Meemaw. »Und du, Wiley, sorgst dafür, daß sich Peejoe die Zähne putzt.«

»Da brauch ich den nicht dazu«, sagte ich.

»Na schön, dann tu's selber.«

Wiley sagte: »Onkel Dove, du hast ja einen neuen Wagen!«

»Wir Bullis' müssen eben immer standesgemäß reisen.« Das Lämpchen an der Decke beleuchtete Sitze aus blauem Velour, ein Armaturenbrett mit Holzmaserung und alle möglichen neumodischen Finessen. Hinten im Wagen stand ein glänzender kupferfarbener Sarg auf einem fahrbaren Stahlrohrgestell. Unser Koffer paßte gerade noch daneben. »Er ist nagelneu, ein Caddy Baujahr fünfundsechzig. Rein mit euch.«

»Ein schöner Wagen, Dove.« Meemaw strich mit der Hand über die Polsterung. »Bestimmt läuft dein Geschäft gut.«

»Ich kann nicht klagen«, sagte er. »Paß auf, falls Schwesterchen anruft, sagst du ihr, sie soll bleiben, wo sie ist. Ich fahr hin und hol sie.«

Ich rutschte auf dem Vordersitz in die Mitte. So ein schönes Auto hatte ich noch nie von innen gesehen. Eine Limousine für Tote. »Onkel Dove, ist da hinten ein Toter drin?«

»Nein, der ist noch leer.«

Meemaw stand im Dunkeln und kraulte Adolf hinter den Ohren. Sie wirkte älter als die große alte Eiche hinter ihr. Ihre Schultern hingen herab. Ich machte ein Foto mit meiner inneren Kamera.

»Fahr nicht zu schnell, Dove.«

»Keine Sorge, Mama. Du mußt jetzt unbedingt ein bißchen schlafen.«

»Ich bin mit meiner Bügelwäsche weit im Rückstand«, sagte sie.

Dove wendete um den Baum herum, und der Wagen setzte sich Richtung Straße in Bewegung. Meemaw winkte mit beiden Händen. Wiley und ich streckten die Arme aus dem Fenster und winkten, bis Meemaw in der Dunkelheit verschwunden war.

Dove drückte auf einen Knopf, und das Fenster ging surrend hoch. Wir ließen uns in die Veloursitze sinken.

Wiley legte den Finger auf einen sechseckigen Knopf im Armaturenbrett.

»Das ist die Sirene«, sagte Dove.

»Wozu brauchst du die?«

»Ich bin der Coroner von unserem Landkreis, weißt du, und manchmal helfen wir aus, wenn die Krankenwagen anderweitig unterwegs sind.«

»Mach sie an!« sagte Wiley. »Darf *ich*?«

»Warte, bis wir weit genug weg sind, daß Meemaw sie nicht hört.«

»Was ist das, ein Corner?« erkundigte ich mich.

»Co*ro*ner. Als Coroner hab ich die Aufgabe, bei jedem Todesfall im Cotton County hinzufahren und den Totenschein auszustellen.« Er suchte in seinen Taschen nach einer Zigarette und schaltete das Radio ein. Herman's Hermits sangen mit ihrem sonderbaren Akzent *Meeses Brown you've got a lovely daw-ta* . . .

Ich sah mir den Sarg genauer an und schauderte bei dem Gedanken, man könnte mich auch mal irgendwann in so eine Kiste legen. Da drin mußte es stockfinster sein. Grauenhaft, wenn die sich geirrt hätten, und man wäre noch am Leben und würde da drin aufwachen.

»Hat Lucille wirklich nicht gesagt, wo sie ihn hingeschafft hat?«

»Sie hat gesagt, er war schwer«, sagte ich. »Wahrscheinlich konnte sie ihn alleine nicht sehr weit schleppen.«

»Wir finden ihn.« Dove fuhr mit zwei Fingern am Lenkrad. Die Tachonadel kletterte auf über siebzig. Der Leichenwagen schoß über dunkle Hügel und durch Kiefernwälder, und auf der linken Seite war schon der Sonnenaufgang zu ahnen.

Wiley richtete sich auf. »Jetzt, Onkel Dove?«

»Ja, laß sie zeigen, was sie kann.«

Wiley zog den sechseckigen Knopf heraus. Ein kehliges Schnurren kam unter der Kühlerhaube hervor, wurde lauter und ging in einen hohen, durchdringenden, an- und abschwellenden Heulton über.

Dove griff unter seinen Sitz und brachte eine kirschrote Polizeilampe zum Vorschein. Er leckte den Saugnapf auf der Unterseite, drückte die Lampe ans Armaturenbrett und steckte das Kabel in die Zigarettenanzünderbuchse.

»Okay, Peter Joseph«, brüllte er mir zu, »zeig ihnen, daß wir kommen.«

Ich drückte auf den Schalter. Das Licht flammte auf. Ein greller roter Strahl beleuchtete den Wagen und drang in die Nacht hinaus. So rasten wir durch die letzte Stunde vor dem Morgengrauen.

5
LUCILLE / Auf Achse

Lucille hatte überhaupt nicht vorgehabt, ihrer Mutter Chesters Kopf zu zeigen. Sie machte sich die größten Vorwürfe wegen ihrer Kinder. Sie hatte nicht mal gemerkt, daß sie zusahen, bis sie dann schreiend aus dem Garten gerannt waren. Sie hatte die Orientierung verloren. Das war in letzter Zeit öfter passiert, daß sie die Orientierung verlor. Diese weiche graue Stimmung kam einfach über sie, breitete sich über sie wie ein dichter Nebel. Dann sah sie nichts mehr, ging nur noch in diesem Nebel umher. Wenn diese Stimmung sich wieder verzog, waren die Dinge ein Stück weiter als vorher, und manchmal hatte Lucille dann auch etwas getan. Hinterher war ihr Kopf immer so klar wie die Luft nach einem Gewitter, kein Wölkchen zu sehen, nicht das kleinste Staubkörnchen, nur klare, saubere, reingewaschene Luft und die eine oder andere Idee.

Nach diesen Phasen hatte Lucille manchmal Einfälle, bei denen den meisten die Haare zu Berge stehen würden, aber sie selbst war in dem Moment immer überzeugt, es seien gute Ideen.

Sie hätte nicht genau zu sagen gewußt, warum sie Chesters Kopf zu ihrer Mutter mitgenommen hatte. Es war ihr als das einzig Richtige vorgekommen. Irgendwie hatte sie das Gefühl gehabt, daß es nicht ratsam wäre, die beiden Teile von Chester zu nahe beieinanderzulassen. Sie mußte an die Szene in »Fantasia« denken, wo Mickeymaus Kleinholz aus dem wildgewordenen Besen macht und jeder der zahllosen Splitter sich in einen weiteren Amok laufenden Besen verwandelt. Sie hatte Angst, Chester könnte ihr einen ähnlich bösen Streich spielen.

Kaum zu glauben, daß der ganze Kopf von einem Mann in einen Tupperware-Behälter paßte, der für einen Salatkopf gedacht war, aber Chester hatte für einen Mann seiner Größe einen kleinen Kopf gehabt. Sogar der Deckel ließ sich draufsetzen und mit dem Patentverschluß verschließen. Sie drückte die Luft heraus, damit er länger frisch blieb.

Daß ihre Mutter den Behälter in den Galaxie zurückgebracht hatte, merkte sie erst, als dreißig Meilen nördlich von Mobile die Sonne aufging und sie zufällig einen Blick auf den Rücksitz warf.

»Ach, du meine Güte. Hallo, Chester.«

Chester sagte nichts.

Das gefiel Lucille.

Sie steckte sich eine Salem an und blies das Auto voll Rauch. Jeder Zoll Alabama, der unter den Rädern zurückglitt, war ein Zoll näher zur Freiheit. Sobald sie die Staatsgrenze überquert hatte, würde sie ihren Namen ändern und ein neues Leben anfangen. Sie würde ihre Kinder vermissen, aber jetzt hatte sie ja Chesters Kopf zur Gesellschaft.

Arme Mama. Es war wirklich nicht nett, ihr diese Last aufzubürden und wegzulaufen. Aber sie würde besser auf die Kinder achtgeben als Lucille es je vermocht hätte. Lucille war nie mit dem Herzen dabei.

In einer Stadt namens Axis hielt sie an, um zu tanken. Der junge Tankwart starrte sie an, während er den Tank auffüllte. Er war keinen zweiten Blick wert, aber sie hatte trotzdem den verrückten Gedanken, mit ihm da hinten hin zu gehen, in den Schuppen, ihm zwischen den Rasenmähern und fettigen Werkzeugen von seinem Daddy die Hosen runterzuziehen und ihn zu vernaschen.

So etwas hatte sie noch nie gemacht. Aber das hier war ihr neues Leben. Ihr altes Leben lag hinter ihr. Sie schlenderte mit ihrem Samsonite-Kosmetikkoffer an dem Jungen vorbei. »Bitte unbedingt auch die Windschutzscheibe putzen, ja?«

»Ja, Ma'am.« Sein Adamsapfel hüpfte. Er zog sie förmlich mit den Augen aus.

Sie ging um das Haus herum zur Toilette. Wie sie dort saß, hoffte sie die ganze Zeit, der Junge würde ein bißchen Mut zusammenkratzen. Sie pinkelte, ganz atemlos, mit klopfendem Herzen wie ein Schulmädchen, brünstig und bereit. Sie vertauschte ihre Shorts gegen ein sexy bedrucktes Kleid, Tiefviolett auf Rot, mit einem knalligen mexikanischen Rock. Im Licht der von der Decke baumelnden Glühbirne frischte sie ihr Make-up auf. Fand der Junge sie alt? Wußte er, daß er sie haben konnte? Ahnte er, daß sie eine Mörderin war?

Als sie hinausging, war der Junge fertig. Er hatte den Kopf

unter dem Kühler eines anderen Autos. Er sah Lucille nicht einmal an, als sie ihm das Geld gab.

Sie lief rot an. Jeder, der sie in dem Moment sah, hätte sich gesagt, *diese Frau hat ein schlechtes Gewissen*, und er hätte recht gehabt.

Sie stieg in ihr Auto und kratzte die Kurve.

Sie zitterte bei dem Gedanken, was sie beinahe getan hätte, was sie hätte tun wollen.

Während sie Meile um Meile zurücklegte, kroch langsam ein Lächeln über ihr Gesicht. Sie *hätte* es tun können, wenn sie es wirklich gewollt hätte. Vielleicht das nächste Mal.

»Er war kein bißchen attraktiv, Chester«, sagte sie. »Wäre er ein bißchen attraktiver gewesen, ich hätte es vielleicht getan.«

Chester auf dem Rücksitz gab keinen Ton von sich. Lucille dachte daran, wie seine Launen jedesmal das Auto verdunkelt hatten, wenn sie irgendwohin fuhren. Sein Orientierungssinn war katastrophal, er hätte nicht mal aus einer Einkaufstüte herausgefunden. Er verfuhr sich regelmäßig und gab Lucille die Schuld. Dann wurden die Kinder unausstehlich – Ausbrüche und Streit und Tränen. Nichts davon heute morgen. Lucille wußte genau, wohin sie fuhr: nach Süden und Westen, nach New Orleans, zu einem langen silbernen Zug, der sie quer über den Kontinent nach Hollywood bringen würde.

Manche sind zur Hausfrau und Mutter geboren. Lucille war keine von denen. Da war sie schon als kleines Mädchen im Kino draufgekommen. Sie sah Margaret O'Brien mit Judy Garland in »Treffpunkt St. Louis« herumtollen, und eine Stimme flüsterte ihr ins Ohr: *Das kannst du auch haben*. Seit diesem Augenblick war ihr ganzes Leben ein einziger langer Traum vom Kino gewesen, mit ihr selbst in allen Hauptrollen.

Aber dann war ihr Chester in die Quere gekommen. Sie konnte sich nicht mal mehr erinnern, ob sie ihn jemals geliebt hatte. Sie heiratete ihn, um von zu Hause wegzukommen, das war die Wahrheit. Sie briet ihm seine Schweinekoteletts und zog seine Kinder groß, sechs Kinder, mein Gott, und dabei war sie noch nicht mal vierunddreißig – aber die ganze Zeit brachte sie sich bei, wie man tanzt, singt, geht, lächelt, sich hübsch anzieht, sich richtig schminkt. Sie las *Silver Screen* und *Hollywood Confi-*

dential und straffte ihren Busen mit einem Expander. Chester bestärkte sie nie, kein einziges Mal. Als einmal jemand einen ihrer Auftritte in der Laienspielgruppe lobte und meinte, ihre Darstellung der Maria von Trapp habe sich durch ein »inneres Leuchten« ausgezeichnet, grinste Chester und sagte: »Hört sich an, als wärst du eine Glühbirne.« Genau in dem Moment hatte sie beschlossen, ihn umzubringen.

Sie hatte dann noch eine Weile gebraucht, aber sie hatte es getan. Jetzt war sie auf dem Weg nach Hollywood.

Seit Wochen hatte sie Listen mit Namen aufgestellt. Sie dachte an etwas in der Art von Lana Loveman, Lauren Rainier, Lucille D'Evereaux oder Linda Marcelle. Der leicht französische Klang von D'Evereaux und Marcelle sagte ihr zu ... Lucille Marcelle? Nein. Lana Marcelle – hörte sich an wie eine Hüftgürtelmarke. Es sollte etwas Exotisches sein, und doch einfach. Wie zum Beispiel: Grace Kelly. Kim Novak. Marilyn Monroe. Das war doch der perfekte Name! Lucille war überzeugt: Falls es nicht schon eine Marilyn Monroe gegeben hätte, wäre sie bestimmt selbst auf diesen Namen gekommen.

Marilyn: Evelyn: Carolyn. Carolyn. Nicht übel. Carolyn was? Carolyn Monroe. Carolyn: Adams. Jefferson. Washington. Lucille ließ die amerikanische Geschichte Revue passieren. Franklin. Madison. Webster. Clay. Carolyn Clay.

Sie sah sich im Rückspiegel in die Augen. »Hallo, du«, flüsterte sie laut. »Ich bin Carolyn Clay.«

Das rollte nur so von der Zunge. Es klang seriös, aber sexy, raffiniert, mit einem Beat, zu dem man tanzen konnte. Es klang berühmt.

Carolyn Clay in »Das Mädchen aus Alabama«. Unser Gaststar diese Woche, Carolyn Clay. Meine Damen und Herren, begrüßen Sie auf der Bühne die reizende, die talentierte ... Miss! Carolyn Clay.

»Carolyn Clay«, wiederholte sie. »Gefällt dir das, Chester?«

Sie nahm sein Schweigen für Zustimmung.

In dem Moment wischte ein Schild vorbei: die Konföderiertenflagge, ein paar Worte und eine weiße Magnolienblüte.

»Hallo«, sagte Lucille. »Ich heiße Carolyn Clay. Willkommen in Mississippi, dem Magnolienstaat.«

Mississippi sah genauso aus wie Alabama, aber Lucille spürte, wie die Last der Ewigkeit von ihren Schultern genommen wurde. Der perfekte Name war wie durch Magie in dem Moment aufgetaucht, als sie die Grenze zu ihrem neuen Leben überquert hatte. Das war ein Zeichen. Ihr Glück wendete sich.

6
PEEJOE / Cornelia, Alabama

Wir fanden hinten am Haus ein offenes Fenster. Dove hob mich mit dem Knie hoch und schob mich hinein. Ich kroch über einen Heizkörper und fiel auf den Boden. Ich erkannte das Jungenzimmer wieder: ungemachte Stockbetten, halbfertige Modellflugzeuge, verstreute Schlafanzüge und Spielsachen. Mein Heimweh damals – in dem Zimmer hatte es angefangen –, eine schreckliche Unruhe, eine verstörende Ahnung, daß ich nicht hierher gehörte. Wie ich jetzt diesen Sauermilchgeruch in der Luft roch, kam das Gefühl wieder.

»Na los«, sagte Dove durch das Fenster, »geh mach die Tür auf.«

Der Fußboden knarzte unter meinen Schuhen. Alles war ganz normal, ein bißchen unordentlicher als in Meemaws Haus, aber nichts, was nach Mord aussah.

Dann fiel mir ein Fleck auf dem Wohnzimmerteppich auf, und ich bückte mich, um ihn mir genauer anzusehen – ein dunkler Fleck in der Form von Louisiana.

Wiley rüttelte an der Tür.

Ich ließ ihn herein. »Wo ist Dove hin?«

»Rüber zum Werkzeugschuppen.« Die Fliegentür fiel hinter ihm zu.

Ich zeigte ihm den Fleck. Er kniete sich hin und befühlte ihn. »Könnte Blut sein, aber ich bin mir nicht sicher. Hier, schmeck mal.«

Ich zuckte zurück. »Ekelhaft!«

Er lachte. »Denk doch mal, Peejoe, er könnte irgendwo hier drin sein. Er könnte gleich da nebenan liegen. Komm, wir suchen ihn.«

»Ich finde, wir sollten auf Dove warten«, sagte ich, aber Wiley schlenderte in die Küche, und ich folgte ihm, weil ich nicht allein bleiben wollte.

Auf dem Tisch Frühstücksreste – halb aufgegessene Doughnuts, Löffel in Cornflakes-Schüsseln –, als ob die Vinsons mitten im Frühstück aufgestanden wären und das Haus fluchtartig verlassen hätten. Ich stellte mir Lucille vor, wie sie die andern zur Eile angetrieben hatte, schnell, schnell, macht schon. Sie wußte ja, was sie getan hatte, sie wußte, was sie in der Salatbox hatte.

»Es ist zu still hier drin«, sagte ich.

»Schau. Chesters Zigaretten.« Wiley zeigte auf eine Packung Pall Mall auf dem Couchtisch. »Man spürt, daß hier was passiert ist. Die Luft riecht tot.«

Als wir Schritte hörten, klammerten wir uns aneinander, zwei verängstigte kleine Jungen – dann grinste Wiley schwach und ließ mich los. »Wir sind hier drin, Onkel Dove.«

Dove kam herein; er wischte sich mit einem Taschentuch den Schweiß aus dem Gesicht. Er stiefelte durchs ganze Haus, sah in jeden Raum.

»Na, hast du was gesehen?« fragte Wiley.

»Sie hat's tatsächlich im Schuppen gemacht. Sie hat versucht sauberzumachen, aber . . . mein lieber Jolly.« Er schüttelte den Kopf.

»Dürfen wir's auch sehen?« erkundigte sich Wiley.

»Vergeßt es, ich will nicht, daß ihr da rausgeht.« Dove wischte sich den Mund am Handrücken ab. »Es sind zwei Schleifspuren da, eine führt hinein, die andere heraus. Er muß irgendwo hier im Haus sein.« Er ging an den Kühlschrank, riß die Tür auf – *ei, was haben wir denn da* –, nahm eine Tüte Orangensaft aus dem obersten Fach und trank aus der aufgeschnittenen Lasche. »Wollt ihr auch was, Jungs?«

Den Orangensaft von einem Toten? Wir schüttelten den Kopf.

»Peejoe, hat sie gesagt, wann sie ihn umgebracht hat?«

»Am Mittwoch. Nach den Zehnuhrnachrichten.«

»Zwei Tage.« Dove machte den Kühlschrank zu. »Dann müßte man ihn schon riechen.«

Ich wurde bestimmt grün im Gesicht. Dove sagte, ich könne

ja im Wagen warten, aber Wiley tat so gefaßt, daß ich auch bleiben mußte. Ich hielt mich dicht hinter Dove.

Wiley bot sich an, in den Dachboden hinaufzuklettern, wenn Dove ihn auf die Schultern nahm – ein verzweifelter Versuch, Mut zu beweisen, dachte ich, nach dem, wie er sich tags zuvor bei Meemaw benommen hatte.

Für mich stand eins fest: *Ich* wäre da nicht hinaufgestiegen, nicht für Geld und gute Worte.

Lange Minuten stöberte er mit einer Taschenlampe da oben im Dunkeln herum. Endlich ließ er sich wieder durch das Loch herab, schwindlig vor Erleichterung. »Nichts da.«

»Moment mal«, sagte Dove. »Sie hatte seinen Kopf in einer Tupperschüssel, stimmt's? Sie will also, daß er sich möglichst lange hält.«

»Ja . . .«

»Kommt.« Dove lief den Flur entlang, so schnell, wie ich es noch kaum je bei ihm gesehen hatte. Mit eingezogenem Kopf verschwand er durch eine schmale Tür und trampelte die Kellertreppe hinunter, wir dicht auf seinen Fersen.

Er riß an der Kette. Die Glühbirne warf schwankende Schatten über alles mögliche Gerümpel und abgestorbene Zimmerpflanzen, Umzugskartons, Waschmaschine und Tiefkühltruhe, Fahrräder, Holztruhen, kaputtes Spielzeug. Dove hielt das baumelnde Licht mit der Hand an. Er ging zu der uralten Tiefkühltruhe und riß den Deckel auf.

Eine Dampfwolke brodelte hoch. Gefrorene Lebensmittel glänzten und rauchten in dem grellen Licht.

Mit beiden Händen warf Dove die Sachen aus der Truhe hinter sich – Brathähnchen, Schinken, Dosensuppen, Putengeschnetzeltes. Ein Suppenhuhn traf Wiley an der Zehe, und er jaulte.

Dove stöhnte und hörte auf, die Truhe auszuräumen. »Ach, Schwesterchen. Was hast du getan?«

Ich schlich mich neben ihn. Eine gefrorene Hand ragte zwischen Beuteln mit gemischtem Gemüse hervor, die Finger starr, aber elegant gekrümmt, als wollten sie eine Blume pflücken.

Mich überlief es eiskalt.

Dove legte mir den Handballen auf den Kopf und schob mich

sanft weg. »Im Leichenwagen liegt ein schwarzer Kunststoffsack, ein Leichensack mit Reißverschluß. Lauf und hol ihn mir. Wiley, du gehst mit.«

Unsere Schatten tanzten wild die Treppe hinauf. Wir stapften durch die Küche und ins Freie, wo die Sonne warm schien.

Ich holte einmal tief Luft. »Sie hat ihn eingefroren.«

»Ja, nicht zu fassen, oder? Wie ein Eis am Stiel.« Wiley sank ins Gras, fiel hintüber und rollte auf die Seite, eine annehmbare Imitation eines Sterbenden.

Ich rieb meine kalten Hände an der Hose. »Weißt du was, ich kann mich nicht mal erinnern, wie er ausgesehen hat. Richtig unheimlich. Ich krieg die beiden Teile nicht mehr zusammen.«

Wiley rappelte sich auf, blieb aber in der Hocke. »Er hat gern ferngesehen. Er hat immer die ›Weite Welt des Sports‹ geschaut, weißt du noch?«

»Nein, weiß ich nicht mehr.«

Wiley sagte: »Ich frag mich bloß, warum sie ihm den Kopf abgesägt hat.«

»Vielleicht, weil sie's Meemaw beweisen wollte.«

»Das kann man auch anders beweisen«, meinte Wiley, und genaugenommen hatte er recht.

Der Leichensack war unter das Gestell von dem Sarg gestopft.

Wir gingen ins Haus zurück und in den Keller; auf der Treppe schallte uns das Geräusch von Tiefgefrorenem, das auf einen Betonboden kracht, entgegen.

Dove schaute über seine Schulter. »Gib ihn mir.«

Ich ging zu ihm hin und reichte ihm den Sack. Unwillkürlich mußte ich in den strudelnden Nebel der Kühltruhe schauen. Onkel Chester lag auf dem Boden der Truhe und hatte eine Hand ausgestreckt, die andere unter der Achsel. Wo sein Kopf hätte sein sollen, sah man nur den Stumpf von seinem Hals, glasartig und marmoriert wie tiefgefrorener Braten.

Wiley berührte mich am Arm. Ich fuhr zusammen.

»Entschuldigung.« Er drückte sich an mir vorbei, um besser zu sehen.

Doves Brillengläser beschlugen sich. »Versucht mal, ob ihr ihn an den Beinen packen könnt.«

Wiley und ich faßten Chester unter den Knien. Dove nahm

seine Arme. So hievten wir ihn ein Stück hoch. Er war steinhart und schwer wie Blei, wie wir ihn so an die Wand der Kühltruhe preßten. Seine Kleider knackten und sprühten Eiskristalle, wo wir ihn anfaßten. Er fühlte sich an wie etwas, das nie lebendig gewesen war.

Ich redete mir ein, das wäre alles nur ein Traum.

Chester blieb mit dem Schuh am Truhenrand hängen. »Na komm schon, hier geht's lang«, sagte Dove.

Das Gewicht verlagerte sich. Ich sank aufs Knie, meine Hände rutschten ab. Wiley verlor die Balance. »Paßt auf!«

Onkel Chester glitt uns aus den Händen und schlug mit einem satten *Plopp!* auf wie ein Granitblock. Ich dachte, er würde zerspringen, aber er lag in einem Stück vor uns und dampfte, als hätten wir ihn aus einem heißen Bad gehoben.

Dove rollte den Leichensack der Länge nach neben ihm aus. Er öffnete den Reißverschluß und fing an, den Sack wie eine Decke um Chester zu legen. Nur mit allerlei Tricks gelang es ihm, Chester ganz in das Ding einzuwickeln und den Reißverschluß über der abstehenden Hand zu schließen.

»So kriegen wir ihn nie in den Sarg«, sagte Dove. »Und vor morgen fängt er nicht an aufzutauen. Sieht aus, als ob wir Hilfe brauchten.«

Wir gingen mit Dove zum Telefonieren in den ersten Stock. Er rief John Doggett an, den Sheriff von Industry, der Kreisstadt, zwanzig Meilen südlich.

Der Sheriff legte diese zwanzig Meilen in zwölf Minuten zurück, und gleich nach ihm trafen drei Autos voller Hilfssheriffs ein. Sie schwärmten über den Garten aus, und schon bald drängten sich Neugierige an Onkel Chesters Maschenzaun.

»Den Zirkus könnt ihr euch sparen, John«, sagte Dove. Wir standen hinter ihnen auf der Veranda und sahen auf die schwarzweißen Wagen mit den rot flackernden Lichtern hinunter. »Hier könnt ihr keinen verhaften. Es ist bloß eine einzige Leiche, und ich brauche jemanden, der mir hilft, den Sarg aus dem Leichenwagen zu heben.«

»Wir müssen eine Fahndungsmeldung an alle Dienststellen herausgeben«, sagte Sheriff Doggett. »Die Frau ist gemeingefährlich.«

»John, du meine Güte, das war ein Ehestreit. Ich hab dir doch gesagt, sie hat's getan. Und damit basta.«

Der Sheriff legte Dove die Hand auf die Schulter – ein massiger, starker Mann mit einem glänzenden Abzeichen und einem protzigen Bauch, den er vor sich herschob wie einen Rammbock. Sein gewelltes braunes Haar und das Grübchen in seinem Kinn erinnerten mich an Kirk Douglas. »Bei uns hier tut sich die meiste Zeit nicht viel. Ich muß meinen Jungs da ein bißchen was von abgeben. Ist was Besonderes. Ich mach das jetzt zwanzig Jahre, und das ist meine erste Enthauptung.«

Vier Hilfssheriffs luden den Sarg ab und trugen ihn in Chesters Garage; Dove würde ihn sich später holen. Andere Hilfssheriffs trugen die fahrbare Trage ins Haus, was aufgeregtes Gemurmel bei den Schaulustigen auslöste.

»Das ist ein furchtbarer Schlamassel.« Sheriff Doggett hielt Dove eine Klemmtafel hin. »Weißt du, ich bin ja auf deiner Seite. Lucille hatte bestimmt ihre Gründe. Sie wird einen fairen Prozeß bekommen. Wahrscheinlich werden sie sie ins Bryce schicken, wenn der Fall abgeschlossen ist.«

Das Bryce Hospital war die Klapsmühle in Tuscaloosa. Die fiesesten Lehrer an unsere Schule sagten immer, wenn sich einer allzu wild aufführte, brauchten sie nur ein Formular zu unterschreiben, und er würde ins Bryce eingeliefert.

Dove kritzelte seinen Namen und gab Doggett die Klemmtafel zurück. »John, wir kennen uns schon sehr lange. Ich verlass mich drauf, daß du für meine Familie tust, was du kannst.«

Sheriff Doggett senkte die Stimme. »Wenn du weißt, wo sie hin ist, solltest du's mir vielleicht sagen. Ich kann dafür sorgen, daß sie wohlbehalten zurückgebracht wird.«

»Ich weiß es nicht, hab keine Ahnung.« Dove wedelte mit der Hand. »Aber auf jeden Fall weiß ich, daß keinem gedient ist, wenn hier so ein Riesentamtam gemacht wird.«

»Die Leute sehen es gern, wenn sich ihr Sheriff ins Zeug legt, im Herbst haben wir Wahlen.« Jetzt erst schien der Sheriff zu merken, daß Wiley und ich hinter ihm standen. »Welcher von beiden ist der Junge, mit dem sie gesprochen hat?«

»Der hier, Peter Joseph.« Dove zauste mir die Haare. »Gib Sheriff Doggett die Hand.«

Sein Händedruck war ganz kurz. Er musterte mich von oben bis unten. »Er ist Zeuge für ihr Geständnis«, sagte er. »Er muß sich zu meiner Verfügung halten.«

»Er wohnt vorerst bei mir«, sagte Dove.

»Vorsicht!« rief jemand aus dem Haus. Ich trat hastig zur Seite. Die Hilfssheriffs rollten Chester auf dem Gestell aus dem Haus wie eine schwarze Kunststoffplastik.

Wiley und ich kletterten vorne in den Leichenwagen. Die Männer hoben Chester hinten hinein, schoben, klapperten, zurrten Gurte fest. Dove knallte die Heckklappe zu.

Einen unbehaglichen Moment lang waren wir allein zu dritt.

Dove stieg ein. »Nichts wie weg hier.« Er drückte auf einen Knopf, und die Trennscheibe zwischen vorne und hinten ging hoch. Er stellte einen kühlen Luftstrom an und schaltete das Radio ein – die erhabenen Harmonien der Righteous Brothers vor einem großen, gläsern hallenden Chor, *wo-ho that lovin' feelin* . . .

Ich saß zwischen Wiley und Dove. Langsam glitten wir durchs Gartentor. Die Leute am Zaun gafften uns an. Es war ein gutes Gefühl, da hinauszurollen.

Onkel Dove kam täglich mit dem Tod in Berührung. Jetzt war ich mit ihm in Berührung gekommen, und Wiley auch. Wir waren Mitglieder des Todesclubs. Wir gaben uns Mühe, nicht an Chester hinten im Auto zu denken. Wir sangen mit dem Radio mit und versuchten, ihn ganz und gar zu vergessen.

7
PEEJOE / Industry, Alabama

Im Zentrum jeder Kreisstadt in Alabama findet man das Gerichtsgebäude, ein stattliches altes Bauwerk, ein Denkmal für den ewigen Bestand der Gerechtigkeit. Das Gerichtsgebäude ist immer von einem Platz umgeben: Läden und Bäume und eine graue Konföderiertenstatue; ein Flaggenmast, an dem die Stars and Stripes über (aber nur knapp über) der Flagge von Alabama (rotes X auf weißem Grund) flattern; alte Männer, die an Autos und Steinsockeln lehnen, ausspucken, Vermutungen übers Wetter austauschen. Als wir an jenem Maitag auf den Gerichtsplatz von Industry rollten, machten die Läden gute Geschäfte; die Weißen wirkten gutgelaunt, die Farbigen waren großenteils unsichtbar, und die Hunde waren vernünftig genug, im Schatten zu liegen.

Die alten Männer auf den Parkbänken richteten sich auf, als wir vorüberglitten. Sie nahmen den Hut ab und hielten ihn sich vors Herz. Mir taten sie leid; nicht mehr lange, und sie würden Kunden von Onkel Dove werden.

Auf der ganzen Fahrt von Cornelia hierher hatte ich beobachtet, wie stark der Leichenwagen andere Verkehrsteilnehmer beeindruckte. Sie wandten den Blick ab, fielen zurück oder überholten uns und gaben Gas, um von uns wegzukommen.

Industry hatte ein Kino und einen Dairy Dog, eine Baumwollsamenmühle, eine Purina-Futtermittelhandlung, einen John-Deere-Landmaschinenhändler, eine Gebrauchtwagenhandlung und ein paar Cafés, aber kaum Industrie. Dove erklärte uns, den Namen der Stadt hätten sich während der großen Depression ein paar Kaufleute ausgedacht, die sich erhofft hatten, damit die eine oder andere Fabrik anzulocken, aber bislang sei da nichts draus geworden.

Ich besah mir das verschlafene grüne Städtchen durch die Autofenster. »Und wie hat sie vorher geheißen?«

»Snobville«, sagte er. »Also war's wohl auf jeden Fall eine Verbesserung. Da drüben ist unser neues Schwimmbad.« Er zeigte auf eine Grünanlage in einem schattigen Tal, ein Stück unterhalb vom Dairy Dog. Ein weißes Betonsteingebäude stand neben einem Rechteck von überirdisch blauem Wasser mit einem Sprungbrett und glänzenden Chromleitern.

Ich kannte Swimmingpools aus Zeitschriften und aus dem Fernsehen; die »Beverly Hillbillies« hatten ihren »Zementpool«. Immer wenn Wiley und ich in der Quelle hinter Meemaws Haus schwammen, stellte ich mir vor, wir badeten in einem richtigen Schwimmbad wie dem da. »Können wir da mal hingehen, Onkel Dove?«

»Sobald es eröffnet ist. Sie haben gerade erst das Wasser eingelassen. Ich glaube nicht, daß schon jemand drin geschwommen ist.« Er fuhr eine Steigung hinauf zur Lee Street. »Ihr beiden wart nicht mehr hier, seit wir die Konkurrenz ausbezahlt haben, stimmt's?«

»Ja«, sagte Wiley. »Meemaw sagt, du hast jetzt ein großes Haus.«

Wir kamen auf eine Anhöhe, von der aus man die Stadt überblickte.

»Das gibt's nicht«, sagte ich.

Es mußte mal das schönste Haus weit und breit gewesen sein – ein riesiges, altersschwaches Herrenhaus, das sich am oberen Ende eines großen, mit Unkraut überwucherten Rasens ausbreitete, ein weitläufiges Gebilde aus Brettern und Säulen, das einmal weiß gewesen war, bevor die Zeit und das Wetter es sich vorgenommen hatten. Der Reichtum, dem es seine Entstehung verdankte, war schon lange vergangen, und so hatte man es herunterkommen lassen: abblätternde Farbe, fehlende Schindeln. Entlang der Vorderfront stützten zwölf Säulen einen breiten, stellenweise durchhängenden Balkon im ersten Stock. Im Garten ein handgemaltes Schild: BESTATTUNGSINSTITUT CROAKER-MOSELEY.

Dove hielt am unteren Ende der Auffahrt an, damit wir das Haus in Ruhe bewundern konnten. »Na, was sagt ihr?«

Ich traute meinen Augen nicht. »Hier wohnst du?«

Er strahlte: »Gefällt's dir?«

»Es ist *riesig*.« Meine Vorstellung von Bestattungsinstituten beruhte auf einem einzigen kurzen Besuch in Doves früherem Firmensitz, einem rechteckigen Backsteinbau am ärmeren Ende von Industry. Meine Skizzen und Grundrisse waren verklärte Varianten dieses Anwesens. Ich hatte mir nie eine so majestätische Ruine vorgestellt.

»Ich hab euch ja gesagt, daß wir viel Platz haben«, sagte er. »Es braucht natürlich einen Anstrich, aber es ist trotzdem ein herrliches altes Anwesen, oder?«

»Es ist das größte Haus, das ich je gesehen hab«, sagte Wiley. »Ein richtiges Herrenhaus!«

»Naja, es war jedenfalls früher mal eins. Jetzt ist es schon seit dreißig Jahren ein Bestattungsinstitut.« Wir fuhren die lange Auffahrt hinauf in den asphaltierten Hof hinter dem Haus. Ein schwarzer Leichenwagen, ein älteres Lincoln-Modell, stand auf einem überdachten Abstellplatz. »Moseley hat Mr. Croaker ausbezahlt.«

Dove drückte auf die Hupe.

Ein Metalltor rollte zurück, gezogen von der Hand eines alten Farbigen mit grauen Haaren wie Stahlwolle. Ein Grinsen machte sich auf seinem Gesicht breit. Er hieß Milton. Er arbeitete schon seit ewigen Zeiten bei Onkel Dove. Ich hatte ihn noch nie in was anderem als seinem blauen Arbeitshemd und dazu passender Hose gesehen.

»Seh mal einer an«, krächzte er, »hab gar nich gewußt, daß Sie Gesellschaft mitbring, Misser Dove! Seh einer sich die netten jungen Herren an; wie geht's denn immer so?«

»Hallo, Milton.« Wiley drückte ihm die alte Hand.

»Schießt ja hoch wie Maisstauden, ihr zwei«, sagte er. »Hab euch ums Haar nich erkannt.«

Dove kam auf unsere Seite des Leichenwagens. »Milton, das ist Chester Vinson da hinten drin. Wir müssen ihn reinschaffen.«

»Doch nich etwa – also Moment mal, Misser Dove, Sie meinen doch nich etwa Misser Chester?«

»Doch. Ihm ist was zugestoßen.«

»Ah, nein. Die armen Kinder – wieviel hat er gehabt?«

»Er hatte sechs. Hol eine Trage raus. Ich bring nur rasch die Jungen rein und helf dir dann.«

»Mhm, *mhm*. Und war noch so jung. Tschuldigung, Sir, aber Miss Lucille, wie geht's ihr denn?«

»Hält sich tapfer«, sagte Dove. »Kommt, Jungs.«

Wir gingen hinter ihm her in einen blitzsauberen Linoleumflur. Der hintere Flügel des Hauses war abweisend und leer wie ein Krankenhauskorridor. Dove blieb vor einer grauen Tür stehen. »In diesem Haus gibt es *eine* Regel«, sagte er. »Hört ihr mir zu? Nie, *niemals*, wird diese Tür geöffnet. Habt ihr verstanden?«

Wir sagten: *»Ja, Sir.«*

Natürlich wollte ich deswegen die Tür erst recht aufmachen. Ich fragte mich wirklich, was da um Himmels willen so Schreckliches drin sein konnte, nachdem ich beide Teile von Chester gesehen hatte.

»Dieser hintere Flügel ist die Leichenhalle«, sagte Dove im Weitergehen. »Die Salons und die Sarg-Ausstellungsräume sind auf der Vorderseite. Und wir wohnen im ersten Stock.«

Der vordere Teil des Hauses war hundert Jahre älter – schale

Luft und unebene Fußböden, fadenscheinige braune Läufer. Eine Standuhr zählte mit ihrem trägen *Tick-Tack* die Augenblicke. Wuchtige dunkle Möbel ragten in Salons auf, Türbogen waren mit muffigen Samtvorhängen umrahmt. In der vorderen Eingangshalle führte eine doppelarmige Treppe in den ersten Stock.

Im Vorbeigehen konnte ich einen kurzen Blick in einen Raum voller Särge werfen, die kunstvoll unter Spotlights arrangiert waren.

Dove war schon auf der Treppe. »Komm weiter, Peter Joseph. Du kriegst noch genug Gelegenheit, dich umzusehen.«

Der Flur im ersten Stock war gleich am Treppenabsatz mit einer Wand aus Gipsplatten abgeschlossen. Dove machte eine Tür auf. Kalte Luft schlug uns entgegen.

»Mann«, sagte Wiley, »eine Klimaanlage.«

Wir gingen hinein. Der erste Stock war zu einer modernen, abgeschlossenen Wohnung umgebaut worden – ein riesiges Wohnzimmer mit hoher Decke, das durch Herausreißen von Zwischenwänden entstanden war, eine offene Küche und nach hinten noch zwei Zimmer. Klimageräte in den Fenstern bliesen gekühlte Luft herein. Belebt wurde das Zimmer durch Tante Earlenes futuristisches Mobiliar: ein blausamtenes, zu prall gepolstertes Sofa mit rosa Kissen, dazu passende Sessel, ein weißer Schafwollteppich, ein nierenförmiger Jetson-Couchtisch mit eingelegten rosa und blauen Bumerangs, ein teures Standfarbfernsehgerät, ein schmiedeeisernes Gestell mit einem riesigen Aquarium, in dem Wasser und Bläschen waren, aber keine Fische.

Ich hörte im Bad Wasser plätschern. Onkel Dove warf seine Jacke aufs Sofa. »Earlene, bist du da?«

»Das ist ja toll«, sagte Wiley. »Man würde gar nicht auf den Gedanken kommen, daß man in einem alten Haus ist.«

»Ihr beiden schlaft im zweiten Stock«, sagte Dove. »Da ist zwar keine Klimaanlage, aber ihr habt jede Menge Platz.«

»Also noch mehr Räume?« Ich konnte es nicht fassen. Dieses Haus nahm kein Ende.

»Es sind vierundzwanzig, glaub ich. Ihr könnt sie ja mal durchzählen und mir's dann sagen. Wir stellen euch einen Ventilator rauf, dann haltet ihr's schon aus. Milton wird euch eure Sachen bringen. Earlene, wo steckst du?«

»Höchste Zeit, daß du kommst.« Sie kam wie ein Wirbelwind aus dem Badezimmer, in einem seidigen, karminroten Morgenmantel mit Federkragen. »Hallo, Jungs. Dove, hast du noch ein sauberes Hemd für heute abend?«

Dove sah sie verständnislos an. »Was ist denn heute abend? Hab's vergessen.«

»Nein, sag das nicht, Schatz, es ist die erste anständige Cocktailparty, zu der wir seit über einem Jahr eingeladen sind. Du weißt schon, die McGuires.«

»Die McGuires.«

»Ich hatte schon Angst, du würdest mich versetzen. Was war denn?« Earlene war eine ansehnliche, kräftig gebaute Frau mit einem Mund, dessen Winkel sich nach unten bogen, und einer gewissen Ähnlichkeit mit Lady Bird Johnson, nur daß sie kupferrote Haare hatte. Die waren im Moment um stachlige Lockenwickler gewickelt. Ich hatte Earlenes abrupte Art vergessen, und ihre laute Stimme, durchdringend wie eine Lastwagenhupe. Sie sprach mit uns immer genau wie mit Erwachsenen, und wir mußten uns auch entsprechend verhalten; keine rührseligen Begrüßungen, keine Küsserei.

»Wir mußten über Cornelia fahren«, sagte Dove, »und dann noch der Ärger mit John Doggett, der sich auf einmal in den Kopf gesetzt hat, daß er den Großstadtsheriff spielen muß, frag mich nicht, warum.«

Earlene ließ Wasser in die Kaffeemaschine laufen. »Was ist passiert?«

Dove zuckte die Achseln. »Nichts. Außer daß Schwesterchen wegen Mordes gesucht wird und abgehauen ist, weiß der Himmel wohin.«

»Hat sie ihn wirklich vergiftet und ihm den Kopf abgeschnitten?«

»Behauptet sie jedenfalls.«

Earlene löffelte Kaffeepulver aus einer Maxwell-House-Tüte. »Ich weiß ja nicht, Dove, aber wenn du's irgendwann mal zu weit treibst, mach ich's vielleicht mit dir genauso.« Sie drohte ihm mit dem Meßlöffel und lachte. »Macht euch nichts draus,

Jungs, ich rede immer solchen Quatsch. Wenn ihr Hunger habt, es sind Ritz-Cracker da und Erdnußbutter. Mabel muß auch irgendwo sein. Und du, Dove, sieh zu, daß du unter die Dusche kommst.«

Wiley fragte: »Können wir fernsehen?«

»Nur zu«, sagte Earlene. »Wir haben nur zwei Programme. Hoffentlich ist eins nach euerm Geschmack.«

Wiley und ich knallten uns auf den Schafwollteppich und machten den Fernseher an. Industry war so weitab vom Schuß, daß wir nur die Wahl zwischen »Romper Room« aus Pensacola und einer alten Folge von »Rifleman« aus Mobile hatten. Ich überlegte, wieso sich Dove und Earlene bei dem miesen Empfang so einen feudalen Fernseher gekauft hatten.

Dove sagte: »Earlene, ich muß noch was mit Milton erledigen.«

»Meinetwegen, aber beeil dich. Wir sollen um halb sieben dort sein.« Sie tätschelte ihre Lockenwickler und ging in ihr Zimmer.

Dove verdrehte die Augen und verschwand ebenfalls.

Wiley rieb seine Handflächen an dem Teppich und stand auf. »Lausige zwei Programme!«

Wir gingen aus der Wohnung hinaus in die stickige Luft des alten Hauses. Eine enge Treppe führte in den zweiten Stock. Als wir oben angekommen waren, wußte ich sofort, daß das unser Reich sein würde, dieser riesige Raum ganz oben unterm Dach. Die Luft roch geheimnisvoll, wie alte Bücher. Der Raum war von einem Ende zum andern sechzig Fuß lang; er war leer bis auf einen Stapel Kisten und ausrangierte Vorhänge, ein paar Liegestühle und zwei Feldbetten mit dünnen Matratzen. Der Boden war glatt wie gefegtes Eis.

Wiley machte ein verdrecktes Dachfenster auf, und Süd-Alabama lag vor uns, grün und leicht hügelig bis an den Horizont – Flüsse, Wolken, Häuser, Scheunen, die Stadt und Bäume über Bäume, so weit das Auge reichte.

»Wenn der First ein bißchen höher wäre, könnte man hier oben Körbe werfen.« Wiley machte ein paar tänzelnde Schritte und dribbelte mit einem imaginären Ball.

Ich glitt auf den Schuhsohlen wie ein Eisläufer über den Fußboden. »Komm, wir gehen uns die Särge ansehn.«

Wir polterten die Treppe hinunter. Nach dem hellen weiten Raum unter dem Dach war es im Erdgeschoß auffallend dämmrig; das einzige Licht kam von Wandleuchtern mit elektrischen Kerzen, die kleine rote Birnen in Flammenform hatten. Aus unsichtbaren Lautsprechern ertönte Orgelmusik, so leise, daß man keine Melodie erkennen konnte – es war nur ein gespenstisches Gequieke irgendwo hinter den Ohren. Ich ging um einen Vorhang herum in den Ausstellungsraum, wo Cousine Mabel zwischen zwei offenen Särgen auf einem Barhocker saß.

Ich prallte zurück und stieß mit Wiley zusammen.

Sie hatte uns gehört, ließ aber die Augen zu und hielt die Hände vor sich hin wie eine Schlafwandlerin. Sie sah unheimlich aus. Ihre Haare waren feuerrot wie die von Earlene, aber lang und gekräuselt, ein brennender Busch aus rotem Haar. Ihre blasse Haut ließ es noch kräftiger rot erscheinen. Das grelle Licht der Spotlights zeichnete dunkle Schatten in ihr Gesicht.

Neun Särge standen auf fahrbaren Untersätzen herum, neun leere Särge mit abgestützten offenen Deckeln. Das Satinfutter sah weich und einladend aus, man mußte es da drin bequem haben wie im Bett.

»Hallo, Mabel«, sagte Wiley. »Machst'n da?«

»Nicht reden.« Ihre Hände fingen an zu zittern. »Du störst sie. Sie wissen nicht, warum ihr hier seid.«

»Schon gut.«

Das Beben ihrer Hände wurde heftig, unkontrollierbar, und dann griff sie nach mir. Ich wich zurück. Sie packte mich an den Armen und zog mich an sich. Auf einmal riß sie die Augen auf. »Hallo, Peejoe!«

»Uff – hallo, Mabel! Was ist denn mit dir los?«

Sie grinste. »Mann, seid ihr beide gewachsen!« Mabel war fünfzehn. Sie hatte schon immer etwas leicht Mysteriöses an sich gehabt. Als wir klein waren, hatten wir immer Verstecken gespielt, und Mabel hatten wir nie gefunden. Sie löste sich einfach in Luft auf, weg, auf Nimmerwiedersehen verschwunden. Wenn wir schließlich aufgaben und zur »Heimat« zurücktrotteten, saß sie schon dort und wartete auf uns.

»Mit wem hast du eben geredet, Mabel?«

»Mit den Leuten.«

»Was für Leuten?«

»Dieses Haus ist voller Leute. Mutter meint, ich bin neurotisch. Freut mich, daß ihr da seid.«

Wiley inspizierte die Särge, befingerte den Spitzenbesatz von einem Kissen. »Verdammt kostbares Zeug, dafür, daß es irgendwann in einem Loch in der Erde verschwindet«, sagte er. »Was kostet eigentlich so einer?«

»Der da hinten kostet zweitausend Dollar«, sagte Mabel. »Massiv Bronze.«

Wiley pfiff anerkennend.

Auf der Treppe ließ Tante Earlene ihre Trompetenstimme erschallen: »Mabel!«

»Hier unten bin ich, Mutter.«

»Wir fahren jetzt. Die Nummer von den McGuires liegt auf dem Kühlschrank.« Earlene steckte den Kopf um den Vorhang herum in den Türbogen. Sie sah in ihrem roten Cocktailkleid wie ein Püppchen aus und hatte ihr toupiertes Haar mit so viel Haarspray behandelt, daß es der Schwerkraft spottete. »Ruf aber wirklich nur im Notfall an, ja?«

»Viel Spaß, Mutter.«

Earlene entfernte sich den Flur entlang. »Dove? Bist du so weit, Schatz?«

Mabel beantwortete meine unausgesprochene Frage. »Die macht sich vollkommen verrückt mit diesem Gesellschaftskram«, sagte sie. »Ständig macht sie sich Gedanken über diese ganzen blöden Weiber, was die von ihr halten, wer von wem eingeladen wird.« Sie schloß die Augen. »Paß mal auf, Peejoe. Hörst du das?«

Wiley interessierte sich lebhaft für einen prächtigen Zinnsarg mit türkisgrünem Satinausschlag. »Möcht wissen, wie das ist, in einem von den Dingern zu liegen«, sagte er und stellte einen Klappstuhl neben den Sarg. Er setzte sich darauf und fing an, seine Schnürsenkel aufzuknoten.

»Onkel Chester ist tot, stimmt's?« erkundigte sich Mabel. »Tante Lucille hat ihn umgebracht.«

»Ja.«

Sie schlug die Hände vors Gesicht. »Ich möchte wissen, was sie dazu gebracht hat.«

»Sie wollte nach Hollywood fahren. Chester hat sie nicht gelassen.«

»Ist sie jetzt dort?«

»Wahrscheinlich. Zumindest auf dem Weg.«

»Die Leute sind unglücklich«, sagte sie. »Das muß an Chester liegen. Er spricht nicht mit ihnen.«

»Er hat keinen Kopf mehr«, sagte ich.

Sie sah mich verträumt blinzelnd an. »Ihr sollt ihn wegbringen. Sie können ihn nicht leiden. Sie wollen ihn nicht hier im Haus haben.«

»Tante Lucille konnte ihn auch nicht leiden.« Das war Wiley, hinter uns. Er lag lang ausgestreckt in dem Sarg, die Hände über der Brust gefaltet.

Ich ging hin und begutachtete die seidige Polsterung, das Kissen unter seinem Kopf. »Na, wie ist es da drinnen?«

»Bißchen hart«, sagte er. »Längst nicht so bequem, wie's aussieht.«

»Ist einem wahrscheinlich egal, wenn man tot ist. Ist es unheimlich?«

»Es ist irgendwie friedlich. Ich könnte fast ein Nickerchen machen.« Er schloß die Augen. »Horch, Peejoe! Sie sprechen mit mir! Ich kann sie hören, huu-huuuu . . . Sie sagen, Mabel ist verrückt geworden, Mabel ist verrückt geworden.« Er grinste und blinzelte mir mit einem Auge zu.

Mabel stand von dem Barhocker auf. »*Dich* können sie überhaupt nicht leiden, Wiley. Sie wollen nicht mit dir sprechen.«

»Ach, das macht mir ja richtig angst. Peejoe, schau, wie ich zittere.« Er setzte sich in dem Sarg auf. »Gib mir die Hand und hilf mir raus.«

»Peejoe ist viel erwachsener als du«, sagte Mabel.

Wiley sprang heraus. »Mabel, du bist mir nicht ganz geheuer. Ich geh raus. Komm, Peejoe.« Er blieb stehen, um sich die Schuhe wieder anzuziehen.

Mabels Spiel verursachte mir ein wohliges Kribbeln. »Vielleicht bleib ich noch eine Weile hier«, sagte ich.

Wiley warf mir seinen Beweg-deinen-Arsch-Blick zu.

Ohne mein Zutun öffnete sich mein Mund und sagte: »Mabel, ich glaub, ich möchte jetzt doch rausgehen.«

»Dann geh doch. Mir ist das egal.«

Ich ging hinter Wiley her nach draußen. Über dem Rasen wurde es Abend.

»Wer zuerst an der Straße ist«, sagte er.

»Ach, du gewinnst ja doch immer«, jammerte ich, um ihn abzulenken – und dann rannte ich ohne Vorwarnung los, ein Start mit Überrumpelungseffekt. Das war meine einzige Chance, ein Wettrennen gegen Wiley zu gewinnen. Die hohen Unkrautbüschel verbargen Furchen und Feuerameisenhügel, aber ich hatte einen guten Vorsprung und hielt ihn auch bis ans andere Ende des Gartens. Ich hörte, wie er dicht hinter mir lachte und sich Mühe gab, mich zu überholen.

Sein Fuß erwischte meinen, und wir fielen als ein Knäuel ins Gras, wälzten uns und bekamen Unkraut zwischen die Zähne. Wir lachten und schlugen mit den Händen auf die Erde.

Ich drehte mich auf den Bauch. »Glaubst du an Geister?«

»Warum, wegen Mabel? Die ist fünfzehn. Mädchen sind so in dem Alter.« Mit vierzehn mußte er es wissen.

»Aber ich hab was gespürt da drinnen. Wirklich.«

»Was, daß du einen kleinen Ständer gekriegt hast? Mabel ist zu alt für dich.«

Ich spürte, wie ich rot wurde. »Sei nicht so ordinär.«

»Sie ist ziemlich mager. Nicht gerade mein Typ. Paß auf, Peejoe, sie ist unsere Cousine.«

»Meinst du, sie spielt Theater?«

»Was die Mädchen angeht, mußt du dir eins merken. Sie sind nicht ganz bei Trost, und wenn sie groß werden, verwandeln sie sich in Frauen.«

Ich sah über das Tal hinweg in die Ferne. Wiley konnte das mit einem Achselzucken abtun, aber ich wußte, daß Mabel recht hatte, daß tatsächlich Geister in dem Haus umgingen, Geister und andere unsichtbare Wesen. Onkel Chester, der dastand, ohne was zu sagen. Tante Lucille irgendwo da draußen in der flimmernden Weite. Meemaw hundert Meilen weit weg, es hätten genausogut eine Million sein können. Ob sie in dem Moment aus dem Fenster sah und an mich dachte? Ich wollte heim, aber ich war kein kleiner Junge mehr. Ich konnte mich nicht mehr zu ihr zurückheulen.

8
LUCILLE / Auf Achse

Lucille verabscheute Brücken. Sie hielt die Luft an, immer wenn sie über eine fahren mußte. Sie wußte, solange sie den Atem anhielt, würde die Brücke nicht auseinanderbrechen und sie mitsamt dem Auto ins Wasser kippen. Süd-Mississippi bestand aus einer furchterregenden Brücke nach der anderen, nichts als Sümpfe, Flüsse und Buchten und nur hier und da ein Stück trockenes Land dazwischen.

Bei Mandeville kam sie ans steile Nordufer des Lake Pontchartrain. Eine Brücke erstreckte sich von diesem Ufer meilenweit in die Ferne, gerader als jede von der Hand Gottes gezogene Linie.

Lucille fuhr rechts ran, um sich zu sammeln.

Der See war so breit, daß man das jenseitige Ufer nicht sehen konnte. Die Brücke zog und zog sich, ihr Ende verlor sich im Morgendunst.

Lucille fischte die Straßenkarte aus dem Handschuhfach. Natürlich hatte sie diese Brücke auf der Karte gesehen, den Gedanken daran aber einfach beiseite geschoben. Jetzt erstreckte sich die Wahrheit vor ihren Augen, zweispurig, dreißig Meilen lang, über einen See so riesig wie der Golf von Mexiko.

Die Strecke um den See herum wäre bestimmt ein Umweg von rund zweihundert Meilen gewesen. Der *Southern Crescent* nach Los Angeles fuhr in New Orleans um drei Uhr siebzehn. Auf Lucilles Uhr war es zwölf Uhr mittags.

Sie schalt sich: Wenn sie ein Star werden wollte, würde sie viel schwierigere Dinge meistern müssen als eine Autofahrt über eine Brücke. Das war nichts weiter als ein simpler Test. Überhaupt, was hatte sie nicht bisher schon alles getan, wozu sie sich nie für fähig gehalten hatte!

Sie nahm allen Mut zusammen und fuhr bis zur Zahlstelle. Fünfzig Cent zahlte sie für das Privileg, auf die Huey P. Long Memorial Causeway fahren zu dürfen, ein verdammt handfester Name für so eine zierliche Brücke. Lastwagen donnerten in atemberaubendem Tempo vorbei.

Lucille umklammerte das Lenkrad. »Chester, ich wollte, du könntest mich sehen. Deine Frau ist so tapfer.«

Sie heftete den Blick auf die Fahrbahn. Sie roch die Salzluft, redete sich aber ein, was sich da platt und endlos auf beiden Seiten erstreckte, sei das Grün von Baumwollfeldern und nicht etwa Wasser. Sie machte das Radio aus, um sich besser konzentrieren zu können. Reden half.

»Ich wollte, es wäre nicht so gekommen«, sagte sie, »aber du weißt ja, daß mit dir von Anfang an kein Auskommen war.«

An der Fünfzehn-Meilen-Markierung stieg die Brücke hoch in die Luft hinauf, immer höher und höher . . . Lucille biß die Zähne zusammen und fuhr weiter bis an den höchsten Punkt. Dankbar registrierte sie den Blick auf das Südufer, einen grünen Strich in der Ferne. Es verschwand, als sich die Fahrbahn wieder bis knapp über die Wasseroberfläche senkte.

Unter wütendem Hupen überholte sie ein Lastwagen und schleuderte Steinchen an Lucilles Windschutzscheibe.

Die letzten Meilen zogen sich wie Kaugummi. Lucille starrte auf die doppelte gelbe Linie und erzählte Chester, was ihr gerade in den Kopf kam. »Unser Leben lang sind wir nie wohingefahren«, sagte sie. »Weißt du noch, wie wir nach Rock City gefahren sind? Während der ganzen Fahrt immer wieder diese Schilder an Scheunen, BESUCHEN SIE ROCK CITY, SEHEN SIE SIEBEN STAATEN. Und als wir ankamen, hat es so gegossen, daß wir nicht mal bis ans Ende des Parkplatzes sehen konnten. Mein Gott, hast du da eine Stinkwut gekriegt, ich dachte, du würdest uns alle umbringen. Sind wir wenigstens über Nacht geblieben? Nichts da. Du hast kehrtgemacht und bist auf dem schnellsten Weg heimgefahren. Hast dir nicht mal von dem Mann den Aufkleber ans Auto machen lassen, obwohl du genau gewußt hast, daß man einzig und allein deshalb nach Rock City fährt, um den verdammten Aufkleber zu kriegen. Du warst so was von einem Ekel, *immer*.«

Nach einer Ewigkeit hob sich endlich das Ufer der Straße entgegen. Noch nie war Lucille so froh gewesen, ein Einkaufszentrum und ein paar Tankstellen zu sehen. Am liebsten hätte sie angehalten und die Erde geküßt, aber dafür war keine Zeit.

Mit der Autofahrerei war jetzt bald Schluß. Und von da an

war die *Southern Pacific Railroad* für alle Brücken verantwortlich, und sobald Lucille in Kalifornien war und ein Star wurde, wollte sie sich einen Fahrer mieten, der sie überallhin chauffierte.

Die Außenbezirke von New Orleans waren nichts Besonderes, Motels und Gebrauchtwagenhandlungen und Reklametafeln: BESUCHEN SIE DAS WELTBERÜHMTE MONTELEONE HOTEL IN DER ROYAL STREET – DAS HERZ DES HISTORISCHEN VIEUX CARRÉ. TRINKEN SIE JAX BIER?

Sie hatte vor, den Galaxie in einer Seitenstraße beim Bahnhof stehenzulassen, aber vorher wollte sie ihre Fahrkarte kaufen und sich überlegen, was sie mit Chester machen sollte. Ursprünglich wollte sie ihn gar nicht mitnehmen, dann hatte sie gedacht, sie hätte ihn bei Mama gelassen. Aber so leicht ließ sich Chester nicht abschütteln.

Sie hatte den Tupperware-Behälter nicht mehr aufgemacht, seit sie bei Mama losgefahren war. War wohl auch ratsam, es nicht zu tun, solange der Patentverschluß dichthielt.

Sie konnte Chester ja nicht gut in einer Frischhaltebox für Salat auf eine Eisenbahnfahrt quer über den Kontinent mitnehmen, aber es kam auch nicht in Frage, ihn im Auto zu lassen, wo ihn jeder vorbeikommende Fremde entdecken konnte. Genausogut hätte sie seinen Leichnam im Geräteschuppen liegen lassen können, anstatt ihn mühsam in die Kühltruhe zu bugsieren.

Jetzt, wo Chester tot war, empfand Lucille ein ganz klein bißchen Achtung vor seinem Kopf. Irgendwie war sie allmählich sogar froh über seine Gesellschaft, auf eine merkwürdige Art. Sie hätte es nicht über sich gebracht, ihn in die nächste Mülltonne zu stecken und einfach in den Sonnenuntergang davonzufahren.

Sie wünschte, sie hätte sich das alles mitten auf dieser dreißig Meilen langen Brücke überlegt (obwohl sie niemals den Nerv gehabt hätte, anzuhalten). Jetzt verdichtete sich um sie herum die Stadt – von großen Eichen beschattete Straßen, anheimelnde, von Glyzinen überwucherte Häuser. Hier konnte sie ihn nirgends so ohne weiteres beiseite schaffen.

Lucille hielt neben ein paar schwarzen Kindern, die auf dem Bürgersteig Kickball spielten. »Weiß einer von euch, wo's zum Bahnhof geht?«

»Ja, ich«, sagte ein ungefähr zehnjähriger, sehr dunkler Junge mit zerlumptem Hemd und abgeschnittenen Hosen. »Für zehn Cents sag ich's Ihnen.«

»Ich muß schon sagen«, sagte Lucille, »da, wo ich herkomme, sind farbige Kinder nicht so vorlaut.« Aber sie hatte keine Zeit zu verlieren. Sie fand ein Zehncentstück in der Sitzfalte und hielt es zwischen Daumen und Zeigefinger hoch. »Also, jetzt sag's mir.«

»Drei Blocks da runter«, sagte der Junge, »dann sorum abbiegen. Dann fahrn sie wieder drei Blocks und biegen sorum ab. Und dann immer gradeaus. Da unten is der Bahnhof.«

Er griff nach der Münze, war aber nicht schnell genug. Lucille trat das Gaspedal durch. Der Galaxie machte mit quietschenden Reifen einen Satz. Der Junge sprang zurück, damit sie ihm nicht die Zehen abfuhr.

Lachend fuhr Lucille die drei Blocks entlang, bog links ab, kicherte noch drei Blocks lang, bog nach rechts ab. Dann verging ihr das Lachen. Sie war in ein dubioses Viertel mit schmalen Häusern und engen, in schiefen Winkeln verlaufenden Straßen geraten.

Schließlich fragte sie vor einem Spirituosenladen eine dicke Frau. Die Frau sagte: »Schätzchen, da sind Sie ganz falsch hier. Fahren Sie da lang, das ist die Esplanade . . .«

Lucille dankte ihr und fuhr durch ein winziges Sträßchen, kaum breit genug für den Galaxie. Das war das New Orleans von den Abbildungen, aneinandergebaute Häuser mit filigranen gußeisernen Balkongittern. Wenn Lucille erst ein Star war, würde ihr Traumhaus genau solche Geländer haben, und einen Hof mit viel Grün und einem Backsteinweg.

»Schau dich um, Chester. Das alte New Orleans.«

Die Royal Street mündete in die Canal Street, einen belebten breiten Boulevard mit Hotels und Kaufhäusern und glitzernden Lichtern.

Lucille sah einen Namen, den sie aus Modezeitschriften kannte: Maison Blanche. Eine Idee kam ihr, und als sie die Canal Street schon halb überquert hatte, ging ihr auf, daß das Maison Blanche genau der richtige Ort dafür wäre. Unversehens setzte sie zu einer absolut verkehrswidrigen Wende an.

Reifen quietschten. Lucille gestikulierte entschuldigend und hielt die Hand aus dem Fenster, bis sie sechs Spuren überquert hatte und wieder stadtauswärts fuhr, in Richtung auf das Maison Blanche, verfolgt vom wilden Gehupe der Taxifahrer.

Sie fand einen großen freien Parkplatz am Straßenrand, hielt an, überprüfte, ob sie sich die Lippen nachziehen mußte, stieg aus.

Ein Hydrant starrte sie an.

Sie konnte es nicht riskieren, daß ein Polizist in den Wagen sah und sich fragte, was wohl in dem Tupperware-Behälter sein mochte, aber sie hatte auch keine Zeit, sich einen Platz zu suchen, wo kein Parkverbot war. Also nahm sie den Tupperware-Behälter vom Rücksitz und klemmte ihn sich unter den Arm. Er war warm von der Sonne. »Komm, Chester, wir gehn einkaufen.«

Der Straßenlärm wich einer zivilisierten Geräuschkulisse, dem Summen und Klicken eines teuren Kaufhauses. In vollen Zügen sog Lucille das reiche Gemisch aus verschiedenen Parfums ein. Eine höfliche Dame in der Damen-Sportbekleidung zeigte ihr die Rolltreppe.

Die Hutabteilung befand sich hinter einem Gestell mit eleganten Nerzmänteln. Sie waren wunderschön, und das Bündel Geldscheine fraß ohnehin ein Loch in Lucilles Handtasche: dreitausendvierhundert Dollar in Hundertern und Fünfzigern, die gesamten Ersparnisse von Chester Vinson, gut verstaut neben Chesters stumpfnasiger .45er Automatikpistole, mit der er Jagd auf Ratten gemacht hatte.

Ach was. Sie brauchte sowieso keinen Nerzmantel. In Hollywood war es immer sonnig und warm.

Eine grauhaarige Verkäuferin trat mit geübtem Lächeln auf sie zu.

»Hallo«, sagte Lucille, »ich bin Carolyn Clay. Ich suche einen Hut.«

»Guten Tag, Miss Clay, ich heiße Dorothy. Würden Sie mir bitte hier entlang folgen?«

Lucille gab es einen Stich: Miss Clay! »Ich stelle mir was Großes, Freches vor«, sagte sie. »Erinnern Sie sich an den, den Audrey Hepburn in dem Tiffany-Film trug?« Die Verkäuferin starrte den Tupperware-Behälter an. Lucille stellte ihn auf eine Vitrine. »Mein Mittagessen.«

»Ich verstehe. Dann wollen wir mal sehen – ein großer, frecher Hut. Wir haben mehrere . . .«

Die ersten drei lehnte Lucille ab – zu verspielt, nichts als Bänder und anderer Zierat. Sie wollte ein einfaches, attraktives Modell, das ihr Gesicht verbergen würde, vor allem aber wollte sie eine schöne große Hutschachtel. Schnell entschied sie sich für einen sehr, sehr breitkrempigen Strohhut, wie ihn Mata Haris Großmutter getragen haben konnte. Vierzig Dollar. Sie wollte schon das Geld hinblättern. »Und was für eine Hutschachtel gibt es dazu?«

»Oh, keine Schachtel«, sagte die Verkäuferin. »Aber Sie können eine hübsche Tragtüte bekommen.«

»Ich will ihn nicht, wenn ich keine Schachtel dazukriege.«

»Tut mir leid, aber Hutschachteln bieten wir nur zu unserer Couture-Kollektion an.«

»Na gut, dann zeigen Sie mir die.«

»Ich glaube nicht, daß wir in unserer Kollektion etwas Passendes für Sie haben.« Dorothys Nase hob sich. Ihr Lächeln wurde schmal. »Aber Sie können gerne mit nach rückwärts kommen und sich umsehen.«

»Vielleicht könnten Sie mir doch diesen Hut verkaufen«, sagte Lucille, »und eine Hutschachtel extra.«

»Das verstieße gegen unsere Richtlinien. Tut mir leid.«

Es tat ihr kein bißchen leid. Sie war eine Großstadtzicke, die sich für was Besseres als alle anderen Leute hielt. Lucille hatte gute Lust, es ihr hinzureiben, aber sie durfte ihren Zug nicht verpassen, und sie brauchte dringend eine Hutschachtel für Chester.

Sie nahm ihn von der Vitrine und stelzte hinter Dorothy her in den plüschigen Couture-Raum. Inmitten der Pelze und Cashmere-Pullover saßen sechs Hüte auf Puppenköpfen aus Ebenholz. Die meisten waren eher was für alte Damen oder zu extravagant, aber einer war ein schlichtes, breitkrempiges Modell aus Samt, sattes Schwarz mit einem eleganten goldenen Zweiglein vorne dran.

»Dies ist die neueste Creation von Chanel«, sagte Dorothy.

Lucille stellte Chester auf einem Tisch ab und probierte den Hut an. Unter einem Spotlight konnte sie sich in einem Spiegel von drei Seiten gleichzeitig betrachten: kostbarer Samt, ein goldenes Glitzern, ihr Gesicht im Schatten. Das war nicht Audrey Hepburn, das war . . . Ingrid Bergman als Spionin, drauf und dran, mit ihrem verbotenen Liebhaber und einer Geheimformel in einen Zug zu steigen.

Sie fuhr mit einem Finger an der Krempe entlang. »Wieviel?«

»Vierhundertfünfzig Dollar.«

»Ich nehme ihn. Und ich möchte eine wirklich hübsche Schachtel dazu.« Lucille genoß den verblüfften Gesichtsausdruck der Frau. Vierhundertfünfzig Dollar, das waren die Hypothekenraten für viereinhalb Monate, in ihrem alten Leben. Aber das hier war ihr neues Leben. Sie schlitzte mit dem Daumennagel den Umschlag auf, zählte fünf Hunderter ab und nahm sie gefaltet zwischen zwei Finger.

Dorothy kam mit einer eleganten achteckigen Schachtel aus hochglänzendem weißem Karton mit schwarzen Schmuckbändern zurück. Lucille gab ihr das Geld.

Sie nahm den Deckel ab und drückte den Tupperware-Behälter auf das Seidenpapier. Paßte genau. Sie setzte den Deckel wieder auf die Hutschachtel und verknotete die Bänder.

»Es ist ein wunderschöner Hut.« Dorothy gab ihr das Wechselgeld und die Quittung. »Sie haben einen sehr guten Geschmack.«

Es ging doch nichts über eine Handvoll Geld, um jemanden ein neues Lied singen zu lassen. Lucille faßte die Schachtel an den Bändern. »Bis dann.«

»Vielen Dank. Bitte beehren Sie uns wieder.«

Lucille hatte sich noch nie so mondän gefühlt wie jetzt – auf ihren hohen Absätzen stöckelte sie *klick-klick-klick* durch das Kaufhaus und scheuchte die Leute mit ihrem fabelhaften Hut aus dem Weg.

Sie trat auf die Straße hinaus. Und sah einen Polizisten, der den Fuß auf die hintere Stoßstange des Galaxie gestellt hatte, und einen rückwärts in Position rangierenden Abschleppwagen.

Sie machte zwei Schritte in dieser Richtung und öffnete schon den Mund, um zu protestieren, als eine innere Stimme ihr *Nein! Nicht!* zurief und sie damit rettete. Sie machte abrupt kehrt, zog sich den Hut in die Stirn und eilte davon.

Zwischen der nächsten und der übernächsten Seitenstraße blieb sie möglichst unauffällig vor einem Juweliergeschäft stehen und zog eine Zigarette aus ihrer Handtasche. Das Streichholz zitterte in ihrer Hand. Sie machte einen tiefen Zug und blies den Rauch aus, während sie angelegentlich die Zirkoniaringe in dem Schaufenster betrachtete. Erst dann wagte sie einen Blick zurück.

Die breite Kühlerhaube des Galaxie hing jetzt an einem Abschleppkabel in der Luft. Der Polizist stieg auf sein Motorrad und trat mit seinem ganzen Gewicht den Kickstarter herunter.

Lucilles Gepäck war in dem Wagen, ihre Sachen, ihr Make-up, ihre Schuhe . . . was noch? Die Zulassung auf Chesters Namen. Sie hatte das Handschuhfach ausräumen wollen.

Zu spät.

Der Abschleppwagen fuhr an. Lucille stand vor dem Schaufenster des Juweliergeschäfts und sah dem Galaxie nach, wie er die Canal Street hinauf verschwand.

Ihr Instinkt hatte sie gerettet. Derselbe Instinkt befahl ihr jetzt, zum Bahnhof zu gehen, in den Zug zu steigen und schleunigst aus dieser Stadt abzuhauen, bevor sie erwischt wurde. New Orleans konnte sie auch ein andermal besichtigen. Möglicherweise war die Nachricht von ihrem Verbrechen schon von Alabama bis hierher durchgedrungen.

Sie sah ein Taxi auf sich zukommen und stellte sich ihm direkt in den Weg.

Der Wagen kam mit rauchenden Reifen zum Stehen. »Passen Sie doch auf!«

Lucille beugte sich hinein. »Können Sie mich zum Bahnhof fahren?«

»Steigen Sie schon ein, sonst überfährt Sie noch einer«, sagte der Fahrer. »Was ist denn los mit Ihnen? Sind Sie blind oder bloß verrückt?«

Sie knallte die Tür zu. »Ich hab's eilig. Ich darf meinen Zug nicht verpassen.«

Der Fahrer fuhr los und schüttelte immer noch den Kopf. Sah

gar nicht übel aus, dieser Kopf, dachte Lucille. Anfang dreißig, vielleicht fünfunddreißig. Ein Riesenkerl, wie gemeißelt, und so was fuhr in New Orleans Taxi. Sein Arm auf der Rücklehne war so muskulös und mit dichtem blondem Pelz bedeckt, daß sie am liebsten hineingebissen hätte.

Er bemerkte im Rückspiegel, daß sie ihn ansah. Mit mahlendem Kiefer kaute er seinen Kaugummi. »Wo soll's denn hingehen?«

»Kalifornien.« Sie strich sich den Rock glatt. »Ich bin Schauspielerin. Ich werde im Fernsehen auftreten.«

Das Taxi fuhr durch ein Viertel mit feierlichen Bürogebäuden. »Sind Sie ein Star? Müßte ich Sie kennen?«

Lucille lächelte seinen Augen im Rückspiegel zu. »Ich hoffe, ich werde eines Tages einer sein. Ich bin Carolyn Clay.«

»In welcher Sendung spielen Sie mit?«

»›The Beverly Hillbillies.‹«

»Ach was, das sehen wir uns immer an, meine Frau und ich«, sagte er. »Sie gerät bestimmt ganz aus dem Häuschen, wenn ich ihr das sage.«

Lucille sah, daß er einen Ehering trug. »Ihre Frau«, sagte sie. »Wie reizend. Eine beneidenswerte Frau.«

Er grinste. »Nett, daß Sie das sagen.«

Lucille spielte mit den Hutschachtelbändern. Wenn sie nicht so in Eile gewesen wäre, hätte sie dem Kerl vorgeschlagen, seinen Taxameter auszuschalten, mit ihr irgendwohin zu fahren und alles mit ihr zu tun, was er mit seiner Frau nie machte. Sie stellte sich vor, wie sie sich auf dem Rücksitz den Rock hochstreifen und es dann gleich da mit ihm treiben würde, die nackten Füße an die Fensterscheibe gepreßt.

Chester und sie hatten es das erste Mal im Auto gemacht, einem klapprigen alten Dodge. Danach war es nie mehr aufregend gewesen, kein einziges Mal.

Komm schon, sagte sie unhörbar zum Nacken des Fahrers. Komm mit in den Zug und zeig's mir die ganze Fahrt bis nach Hollywood.

Du liebe Güte. Die Großstadt stieg ihr schon zu Kopf. Jetzt war kein grauer Nebel der Verwirrung mehr da. Diese Idee kam aus dem klaren, heiteren Himmel.

Der Taxifahrer sagte: »Wahrscheinlich verdienen Sie damit einen Haufen Geld?«

»Auf das Geld kommt's mir nicht an«, sagte sie. »Ich tu's aus Liebe zur Schauspielerei.«

Das Taxi fädelte sich in einen Kreisverkehr ein und bog bei dem Schild UNION PASSENGER TERMINAL ab. Lucille hatte sich einen marmornen Eisenbahnpalast vorgestellt, aber dieser moderne Flachbau wirkte eher wie der Hauptsitz einer Versicherungsgesellschaft. Nur die vielen Taxis und rotbefrackten Gepäckträger mit ihren Karren wiesen darauf hin, daß hier irgend jemand irgendwohin fuhr.

»Kein Gepäck?« fragte der Taxifahrer.

»Ich reise unbeschwert.« Lucille gab ihm einen Fünfdollarschein. »Der Rest ist für Sie.«

»Vielen Dank, Ma'am.« Sie bildete es sich nicht bloß ein – es war etwas Warmes, Bedauerndes in seinen Augen. »Ich werde die Augen nach Ihnen offenhalten im Fernsehen.«

Was soll's, dachte sich Lucille, den seh ich nie wieder. Sie schürzte die Lippen und blies ihm ein Küßchen von den Fingerspitzen. »Mach's gut, Süßer.« Sie trat mit ihrer Hutschachtel in die Sonne hinaus.

Er grinste hinter ihr her bis zur Tür. Ein Gepäckträger öffnete sie schwungvoll. Lucille zögerte. Zwei schwarzweiße Polizeiautos standen unter den Taxis am Straßenrand.

Sie zog die Hutkrempe tiefer und ging rasch hinein.

Die Bahnhofshalle war modern und erstrahlte in Neonbeleuchtung. Lucilles Puls beschleunigte sich. Angenommen, die Polizisten hielten nach ihr Ausschau? Sie hatte Mama und Peejoe alles erzählt, ihren Plan, New Orleans, die Zugfahrt. Angenommen, der Bahnhof wurde von der hiesigen Polizei überwacht? Der Hut würde sie auch nicht retten. Wenn die Polizisten ein Bild von ihr hatten, würde sie ihnen geradewegs in die Arme laufen, mit Chesters Kopf in einer Hutschachtel.

Lucille gab sich einen Ruck. Sie hatte keine Wahl. Ihr Auto war futsch. In einer Woche war der Vorsprechtermin. Sie mußte es riskieren.

Sie ging zum Fahrkartenschalter. »Einmal einfach nach Los Angeles, bitte.«

Der bebrillte Mann sagte: »Name?«

»Carolyn Clay«, antwortete sie. »C-L-A-Y.« Sie ließ ihre Blicke durch die Halle schweifen.

Da standen sie – zwei Blauuniformierte, am Eingang zu dem Tunnel, der zu den Bahnsteigen führte.

»Einfache Fahrt, vierundneunzig Dollar.«

»Wieviel würde ein Schlafwagen kosten?«

»Da muß ich erst mal nachsehen, ob noch was frei ist.« Er verschwand.

Lucille spielte mit ihrem Hut. Die Polizisten gaben sich ganz leger, hatten die Arme verschränkt, unterhielten sich, behielten dabei aber den Strom der Reisenden im Auge.

»Ja, Ma'am, ein Schlafwagenplatz ist noch frei, das wären dann zweihundertelf Dollar einfach nach Los Angeles. Möchten Sie ihn haben?«

»Ja. Ich zahle bar.« Lucille fummelte in ihrer Handtasche. Ihr Blick wanderte wieder ans Ende der Halle.

Einer der Polizisten hielt eine junge blonde Frau an und fragte sie etwas.

Lucille klopfte das Herz bis zum Hals.

Dreh jetzt bloß nicht durch, überleg wie ein Geheimagent, der in der Klemme steckt. Beweg dich ganz ruhig. Fall nicht auf.

»Reservieren Sie mir den bitte. Ich muß mal schnell telefonieren.« Sie marschierte über den glänzenden Fußboden zu einer Reihe von Telefonzellen und betrat die am einen Ende.

Sie nahm den Hörer ab und tat so, als würde sie eine Münze einwerfen. Von hier aus konnte sie den Polizisten genau sehen, er sprach lächelnd mit der Blondine.

Dann kam noch ein blondes Mädchen daher, ein junges Ding, vielleicht neunzehn oder zwanzig. Sie schleifte einen schweren Überseekoffer hinter sich her. Der andere Polizist nahm sie beiseite. Er ließ sie den Koffer aufmachen und wühlte kurz darin herum, bevor er sie gehen ließ.

Ein alter Mann ging vorbei, dann zwei brünette Matronen mit Koffern. Die Polizisten würdigten sie kaum eines Blickes.

Warum hingen zwei Polizisten an einem Dienstagnachmittag auf einem Bahnhof herum und holten junge Blondinen aus der Menge?

Vielleicht standen sie einfach auf Blonde.

Unwahrscheinlich.

»Okay, also dann bis bald, vielen Dank«, sagte Lucille zu dem Freizeichen und hängte ein. Sie nahm Hutschachtel und Handtasche, trat aus der Zelle und verließ die Bahnhofshalle, ohne noch einen Blick zum Fahrkartenschalter zu werfen.

Vielleicht sah sie ja auch Gespenster. Diese Polizisten konnten nach wer weiß wem Ausschau halten, vielleicht wollten sie bloß Mädchen für heute abend aufreißen. Sie wußte nicht, was sie denken sollte. Sie war noch nie von der Polizei gesucht worden.

Ihr Instinkt befahl ihr, das Weite zu suchen, eine andere Möglichkeit zu finden, kein Risiko einzugehen, denen keine Chance zu geben, ihr Fragen zu stellen.

Sie musterte die wartenden Taxis; ihr muskulöser Traumfahrer saß in keinem davon. Sie stieg bei einem dunklen, griechisch aussehenden Mann in den Fünfzigern ein und sagte: »Fahren Sie mich ins French Quarter.«

Keiner von beiden sprach ein Wort, bis der Fahrer ihr den Fahrpreis nannte und sie an der Ecke Canal und Bourbon Street aussteigen ließ. Das war eine berühmte Straße, die Bourbon, berühmt als Sündenpfuhl. Der Name schmeckte auf der Zunge wie *Sour Mash Jack Daniel's*. Lucille knotete die Bänder der Hutschachtel zu einem Griff zusammen und lief in ihren Stöckelschuhen über den holprigen Bürgersteig los.

Der Anblick von zwei schwarzen Jungen, dic für Geld steppten, machte ihr bewußt, daß ihr die Füße weh taten. Sie sah sich nach einem ruhigen Plätzchen um, wo sie sich einen Drink genehmigen und Ordnung in ihre Gedanken bringen, sich überlegen konnte, was in aller Welt sie jetzt machen sollte. Sie trank eigentlich kaum, aber jetzt hätte sie einen kräftigen Schluck wahrhaftig gut vertragen können.

Schrille Trompetenklänge hallten in den Straßen wider – Bars und Stripteaselokale wetteiferten um Aufmerksamkeit. Die Türsteher schrien Unaussprechliches. Halbnackte Frauen posierten auf verschwiemelten Plakaten. »Hereinspaziert, kleine Dame, ich spendier Ihnen einen Drink.« Das *Famous Door* machte einen halbwegs seriösen Eindruck, aber eine Dixieland-Band dröhnte so laut, daß Lucille ihre eigenen Gedanken nicht mehr hören konnte.

Sie schlenderte weiter, bis sie ein uraltes, abbruchreifes kreolisches Haus erblickte, bei dem die alten Ziegel durch die Risse und Löcher im Putz hervorschauten. Auf einem Schild stand JEAN LAFITTE'S BLACKSMITH SHOP.

Drinnen sah es kühl und dunkel aus. Durch ein offenes Fenster kam Klaviermusik.

Lucille ging hinein. Eine sehr alte Frau saß mit krummem Rücken an einem ramponierten Piano in einer Ecke und klimperte mit knotigen Fingern »Just In Time«. Sie war so alt, daß man meinen konnte, sie spiele hier schon seit der Eröffnung des Lokals.

Ein bulliger Barkeeper in einem feuerroten Hawaiihemd stand an der hufeisenförmigen Bar und wusch Gläser ab. Fünf oder sechs Leute tranken Bier an kleinen Tischchen und lasen Zeitung in den Lichtstreifen, die durch die geschlossenen Fensterläden hereinfielen. Keiner schaute auf.

Lucille setzte sich an die Bar und stellte die Schachtel auf den Hocker neben sich. Zwei dickbäuchige Touristen in Polohemden, die am einen Ende der Bar saßen, brachen in lautes Gelächter aus. »Sie hat's in den falschen Hals gekriegt!« sagte der in dem grünen Hemd immer wieder, und jedesmal prustete sein Freund wieder los. »In den falschen Hals gekriegt!«

Lucille betrachtete ihre Nacken und dachte, daß es manche Männer doch wirklich verdienten, einen Kopf kürzer gemacht zu werden.

Der Barkeeper merkte, daß sie die beiden beobachtete, und kam herüber. »Was möchten Sie?«

»Irgendeinen Drink.« Lucille nahm die Puderdose aus ihrer Handtasche. »Was ist denn ein typischer Drink für New Orleans?«

»Herbsaint«, sagte der Mann. »Oder ein Sazerac, oder ein Hurricane.«

Lucille kannte keinen davon, wollte aber nicht weltfremd erscheinen und bestellte einen Tom Collins.

Die kleine verkrümmte Alte war mit ihrem Lied fertig und machte eine Pause, während die Gäste höflich klatschten. Dann stürzte sie sich mit erstaunlichem Schwung in »What's New, Pussycat?«, hämmerte drauflos und ließ die hohen Tasten lustig miauen.

Der Barkeeper knallte einen roten Drink auf eine Serviette, ließ eine Orangenscheibe und eine Kirsche hineinfallen und schob ihr das Glas hin. »Zweifünfzig. Sie sind nicht von hier, oder?«

Lucille tupfte sich mit einer Serviette den Lippenstift ab. »Nein, nur auf der Durchreise.«

Der Barkeeper musterte sie kalt. »Der Drink macht zweifünfzig.«

Sie gab ihm einen Fünfer und sagte, der Rest sei für ihn.

Das machte ihn erst recht mißtrauisch. »Die Dame wirft mit Geld um sich«, sagte er. »Hören Sie, ich will Sie ja nicht beleidigen, aber Sie können hier drin nicht arbeiten.«

Die Touristen waren bei einer anderen Pointe angekommen und brachen wieder in haltloses Gelächter aus.

»Ich verstehe nicht«, sagte Lucille.

»Wir dulden hier keine berufstätigen jungen Damen.« Er stützte die Hände auf die Hüften. »Das ist kein Lokal von der Sorte. Kapiert?«

»Ich bin nicht auf Arbeitssuche. Ich bin Schauspielerin.«

»Natürlich, und ich bin Fred Astaire.« Er holte ihre Fünfdollarnote hervor und knallte sie auf die Theke. »Sie nehmen jetzt Ihr Geld, trinken aus und machen, daß Sie weiterkommen.«

Auf einmal begriff Lucille, was der Kerl mit seiner dreckigen Phantasie meinte. »Allmächtiger«, sagte sie, »Sie denken, ich bin ... Sie halten mich für ... Sie *Mistkerl!*« Ohne zu überlegen griff sie sich den Tom Collins und schüttete ihm das Zeug über sein Hemd.

Er wurde puterrot im Gesicht und kam um das Ende der Bar herum auf sie zu.

»What's New, Pussycat?« endete abrupt.

Lucille machte ihre Handtasche auf und nahm Chesters Pistole heraus. »Keinen Schritt näher!«

»Sachte, Lady!« Der Barkeeper blieb wie angewurzelt stehen und hob die triefenden Hände. »Ist doch nichts passiert!«

Lucille entsicherte mit dem Daumen die Pistole. »Was erlauben Sie sich«, schäumte sie, »wie können Sie es wagen, mich zu beleidigen. Wofür halten Sie mich? Dieser Hut hat vierhundertfünfzig Dollar gekostet!«

»Also bitte«, stammelte er, »bloß ein Mißverständnis . . .«

Sie drückte ab. Die Pistole ging los. Der Klavierdeckel knallte zu.

Die Leute verkrochen sich unter den Tischen.

Rauch und Tumult, aber kein Blut. Lucille hatte ein Loch in den Fußboden zwischen den Füßen des Mannes geschossen. Jetzt hob sie den Lauf an und zielte direkt auf seine Männlichkeit. Der völlig verdatterte Barkeeper bedeckte sich mit den Händen.

»Haben Sie ein Auto?« herrschte Lucille ihn an.

»Ja, sicher, vor der Tür. Schöner neuer Caddy. Ich fahr Sie, wohin Sie wollen, nur . . .«

»Die Schlüssel!« Sie schob die Pistole vor. »Da sind noch sieben Schuß drin.«

Er fuhr mit der Hand in seine Hosentasche und setzte dabei eine kummervolle Miene auf, als sei er drauf und dran, seinen besten Freund zu verraten. »Nur bitte nicht mehr schießen.«

Lucille klangen die Ohren von dem Knall. Ohne die Pistole sinken zu lassen, riß sie ihm den Schlüsselring aus der Hand. Die Pistole gab ihr Macht. »Auf den Boden legen!«

»Mein Gott, Mann, was hast du der bloß in den Drink getan?« sagte der Tourist hinter der Eismaschine.

Der Barkeeper sank auf die Knie. »Bitte nehmen Sie mir nicht meinen *Wagen*«, bettelte er.

»Ganz runter! Den Kopf auf den Boden!« Lucille war verblüfft über sich selbst. Sie hatte das nicht geplant, aber sie tat es, und bei Gott, sie war richtig gut! Der pure Instinkt. Ihr angeborenes Schauspielertalent. Ein einziger kleiner Knall, und schon zitterten alle vor Angst.

Die Schublade der Registrierkasse stand offen. *Wenn schon, denn schon.* Lucille beugte sich über den Tresen und zog ein fingerdickes Bündel Zwanziger unter der Metallzunge hervor. Sie packte ihre Schuhschachtel und die Handtasche und ging mit der Pistole fuchtelnd rückwärts zur Tür.

»Hör zu, Fuzzy«, sagte sie, »irgendwann mußt du noch lernen, was der Unterschied zwischen einer Nutte und einer Dame ist.«

Mit drei Schritten war sie am Bordstein. Sie warf die Pistole und die Hutschachtel durchs offene Fenster in den blitzenden schwarzen Coupe de Ville und sprang hinein. Der Schlüssel paßte. Der Motor heulte auf. Lucille legte den Automatikhebel auf *Drive* und raste mit quietschenden Reifen los. Ein astreiner Abgang.

9
PEEJOE / Industry

Es dauerte zwei Tage, bis Chester so weit aufgetaut war, daß Dove die gesetzlich vorgeschriebene Autopsie durchführen konnte. Inzwischen war klar, daß Lucille nicht mit seinem Kopf zurückkommen würde, deshalb beschloß Dove, den Rest von Chester zu balsamieren und ihn in aller Stille zu beerdigen. »Wir könnten den Sarg natürlich auch offen lassen«, meinte er mit einem müden Lächeln. »Aber nur die untere Hälfte.«

Er rekrutierte Wiley, Mabel und mich als Trauergäste. Earlene mußte zu einer Versammlung der Vereinigten Töchter der Konföderation; außerdem, meinte sie, wäre es ohnehin Heuchelei, wenn sie mitginge. »Ich sage ja nicht, daß es Chester recht geschehn ist«, meinte sie, »aber ich werd mir auch nicht die Augen ausweinen wegen ihm.«

Wir zogen unsere besten Sachen an und kletterten in den weißen Leichenwagen. Wiley saß hinten mit Onkel Chesters Sarg und drei Töpfen orangefarbener Chrysanthemen. Ich setzte mich vorne neben Mabel, die in ihrem hochgeschlossenen schwarzen Kleid blaß und damenhaft wirkte.

Wir fuhren zum *Meadow Acres Memorial Park*, einem der Friedhöfe, die mein Papa vor seinem Tod angelegt hatte. »Ich kann mich an die Zeit erinnern, wo da noch die Kühe geweidet haben«, sagte Dove.

Für mich sah das Gelände immer noch wie eine Kuhweide aus, eine Weide mit einem Gips-Jesus, ein paar dürftigen Ziersträuchern und einem Wohnwagenpark gleich hinter dem Zaun.

Anstelle von Grabsteinen gab es hier nur flachliegende bronzene Platten, so ließ sich der Rasen leichter mähen.

Außer Milton, der schon früher hingefahren war, um den Aushub mit dem Löffelbagger zu überwachen, hatten sich neun Leute eingefunden, um Chester das letzte Geleit zu geben – Arbeitskollegen aus Johnsons Eisenwarenladen und ein paar Frauen vom Kondolenzausschuß der Baptisten von Cornelia. Die Damen machten einen Riesenwirbel um Wiley und mich und sagten, wir seien zwei tapfere Jungen. Dann bekamen sie mit, daß wir gar nicht Chesters Kinder waren, und von da an waren wir Luft für sie.

Ich trat vor und schaute in das Grab. Der Bagger hatte glatte Wände in den Lehm geschnitten und auf dem Grund Zahnspuren hinterlassen. Es war dunkel da unten. Ein Schauder ließ seinen Finger mein Rückgrat hinaufgleiten.

Dove stellte Wiley und mich dem Prediger Nathan vor, einem runzligen alten Mann in langem Gehrock, der durch seine dikken Brillengläser blinzelte wie Meister Propper.

Aus irgendeinem Grund war mein Name dem Prediger im Gedächtnis geblieben. Mitten in seiner Grabrede fing er plötzlich an, »Peter« statt »Chester« zu sagen. Er beerdigte *mich*! »Wir sollten nicht um Peters Seele fürchten, denn er war ein guter Mensch . . .« Das ging so weiter bis zum Segen. Keiner traute sich, ihn auf seinen Irrtum hinzuweisen. Mir stieg das Blut in den Kopf. Dove drückte mir die Schulter, wie um zu sagen: *Mach dir nichts draus, ich weiß, daß du am Leben bist.*

Ich sah mir der Reihe nach alle Leute an, die da mit geschlossenen Augen beteten, die Gesichter ganz fromm und dümmlich. Wiley betete auch nicht. Er beobachtete mich mit verkniffenem Gesicht und mußte sich das Lachen verbeißen.

Ich streckte ihm die Zunge heraus.

Dove gab mir einen Stoß mit dem Handballen.

»Amen«, sagte der Prediger und erlöste uns.

»Richtig lustig, Peejoe«, sagte Wiley.

Mabel meinte: »Ich fand's überhaupt nicht lustig. Mir ist dabei ganz anders geworden.«

»Ach was, den kann das nicht erschüttern«, sagte Wiley. »Stimmt's, Peejoe?«

Ich nickte, aber es war schon sehr seltsam gewesen, meine eigene Grabrede anzuhören.

Milton drückte auf einen Knopf. Die Versenkungsmaschine surrte und ruckelte. Onkel Chester fuhr in die Grube.

Alle gingen zu ihren Autos. Ich blieb noch da und sah zu, wie der Sarg auf dem Boden des Lochs zum Stehen kam. Der Baggerführer setzte seine Maschine in Bewegung und schüttete Chesters Grab zu.

Sheriff Doggett wartete vor dem Bestattungsinstitut auf uns. »Sie haben ihren Wagen gefunden«, sagte er. »Die Polizei in New Orleans hat ihn am Freitag abschleppen lassen, wegen Falschparken.«

Dove zuckte zusammen. »Und der Kopf?«

»Nichts. Zwei Koffer. Jede Menge Schuhe.«

»Dann war sie es. Irgendwas vom Bahnhof?«

»Nein, nichts. Die haben seit Freitag jeden einzelnen Zug überwacht. Ich war angenehm überrascht, die Burschen da unten sind richtig hilfsbereit für einen Haufen Katholiken.«

Dove wandte sich uns zu. »Ihr geht jetzt rein und zieht euch um.«

»Er nicht.« Der Sheriff zeigte auf mich. »Ich muß mit ihm reden.«

»Mabel, Wiley, ab mit euch.«

Sie sahen mich neugierig an und verschwanden ins Haus.

»Hör mal, Junge.« Der Sheriff ging in die Hocke. »Als deine Tante Lucille mit dir an dem Tag geredet hat, hat sie da gesagt, wie sie ihn umgebracht hat?«

»Nein, Sir«, log ich.

»Hat sie gesagt, was sie mit dem, du weißt schon, mit dem Messer gemacht hat oder was sie sonst benutzt hat, um ihm den Kopf abzuschneiden?«

»Nein, Sir.«

»Hat sie einen Namen genannt, irgend jemand, mit dem sie sich in Kalifornien treffen wollte?«

Ich hatte mir den Namen Harry Hall gut gemerkt, ließ ihn aber schön in meinem Kopf, wo der Sheriff nicht rankam. »Nein, Sir, nicht daß ich wüßte.« Ich wollte ihm überhaupt nichts sagen. Ich wollte, daß Tante Lucille es schaffte.

»Hat sie gesagt, warum sie nach Kalifornien wollte?«

»Sie wollte zum Film.«

»Zum Film?«

»Davon hat sie immer schon geträumt«, erklärte Dove. »Sie hat auch ständig bei so Laienspielen mitgemacht, weißt du, in der Kirche und so.«

»Junge, hat sie irgendeine Adresse erwähnt, einen Film oder einen Firmennamen?«

»Ich glaub nicht«, sagte ich.

»Hatte sie eine Pistole, irgendeine Waffe?«

»Hab keine gesehen.«

Der Sheriff wandte sich Dove zu. »Eine Weiße, auf die ihre Beschreibung paßt, hat gestern im French Quarter einen Barkeeper mit einer .45er Automatik bedroht und ihm das Auto geklaut.«

»Das ist doch lächerlich«, sagte Dove. »So was würde Schwesterchen nie und nimmer tun.«

»Tjaaa, ich bin überzeugt, sie war's. In ihrem Wagen wurde nämlich eine Schachtel .45er-Patronen gefunden. Wir gehen jetzt davon aus, daß sie bewaffnet und gefährlich ist«, sagte Doggett. »Und wir kriegen sie. Ich glaube, es wäre besser für dich, uns nach besten Kräften zu unterstützen.«

»Was soll ich tun?« fragte Dove.

»Irgendwann wird sie dich bestimmt anrufen. Sie wird den Bericht in der Zeitung lesen, sie wird wissen wollen, was wir unternehmen, um sie zu kriegen. Sag ihr irgendwas, was sie veranlaßt, zurückzukommen. Irgendwas, was, ist mir gleich.« Er stieg in seinen Wagen und kurbelte das Fenster herunter. »Ich wette zehn zu eins, daß sie nicht mehr in New Orleans ist. Die hat bestimmt gemerkt, daß wir den Bahnhof überwachen lassen, und hat's mit der Angst bekommen. Ich ruf dich an, wenn ich was Neues höre. Und du machst bitte dasselbe.«

»Danke, daß du gekommen bist, um es mir zu sagen, John.«

Der Sheriff nickte und fuhr rückwärts die Einfahrt hinab.

Dove legte mir die Hand auf die Schulter. »Weißt du, Peter Joseph . . . was Schwesterchen auch gesagt hat, du kannst mir ruhig alles erzählen. Ich muß es ja nicht unbedingt dem Sheriff weitersagen.«

»Er heißt Harry Hall«, platzte ich heraus. »Der Mann, zu dem sie fahren wollte. Kann man ins Gefängnis kommen, weil man gelogen hat?«

»Nur, wenn man unter Eid steht«, sagte Dove. »Noch was?«

Seine Ruhe ging auf mich über. Ich wollte ihm alles sagen. Ich wußte, er würde für mich sorgen. »Sie dürfen sie nicht erwischen, Onkel Dove. Sie darf nicht auf den elektrischen Stuhl kommen. Ich meine, was sie getan hat, ist schrecklich, aber es wird doch nicht besser, wenn sie sie auch noch umbringen, oder?«

»Ich glaube nicht, daß sie sie umbringen werden«, sagte Dove. »Um die Wahrheit zu sagen, ich glaube noch nicht mal, daß sie erwischt wird.«

»Nein?«

»Peter Joseph, du darfst eins nicht vergessen: Ich bin mit Lucille aufgewachsen. Ich kenne sie. Sie ist gerissen, sie mußte es sein, um sich gegen die vielen Brüder zu behaupten. Sie hat nie was gekriegt, wenn sie es sich nicht selber genommen hat.«

»Meinst du, sie hat wirklich ein Auto geklaut?«

»Allerdings, das ist ihr zuzutrauen«, sagte Dove. »Wenn Schwesterchen ein Auto brauchte, hat sie auch eins gekriegt, da hat sie sich bestimmt durch nichts abhalten lassen. Ich sag dir noch was. Ich wette, sie macht sich ein schönes Leben, so allein, ohne die Kinder . . . Ich wette, sie läßt sich's gut gehen. Ich hoffe es. Weil, wenn sie sie doch erwischen, dann hört der Spaß auf.«

»Schätzelchen, bist du's? Wie geht's euch denn da unten? Seid ihr auch nett zu Earlene?«

»Ja, Ma'am.«

Ich hatte noch nie mit Meemaw telefoniert. In dem Apparat klang ihre Stimme alt und ungewohnt. »Dove hat gesagt, bei der Beerdigung ist alles gut gegangen. Ich wollte, ich wär auch dabei gewesen, mein Schatz.«

Ich erzählte ihr von dem Mißverständnis des Predigers, von Sheriff Doggett und seiner Fragerei.

»Bei mir waren sie auch«, sagte sie. »Denk dran, Peejoe, du brauchst denen nicht mehr sagen, als sie dich fragen. Gebrauch deinen Verstand. Lucille hat in Notwehr gehandelt.«

»Meemaw, wann kann ich wieder heim?«

»Ich weiß es nicht, Süßer. Im Moment ist es kein Zuckerlecken hier. Die armen Kleinen ...« Sie verstummte. »Gibst du mir jetzt noch mal Dove, Peejoe?«

Er nahm den Hörer. »Ja, Mama. Mhm. Na ja, weißt du, ich kann ihm ja nicht vorschreiben, wie er – was? Ich weiß, aber er ist auch ein Zeuge. Ich weiß, ich weiß. Ich glaub immer noch, sie wird anrufen. Bestimmt geht's ihr gut ...«

Langsam ging ich aus der Küche; ich dachte nach über das, was Meemaw gesagt hatte. *Du brauchst denen nicht mehr sagen ...* Auf einmal kam mir Lucilles kleine Gutenachtgeschichte in Meemaws Garten ungeheuer wichtig vor. Sie hatte sich mir und keinem anderen anvertraut, während Meemaw im Haus war und Dove anrief. Nur mir hatte sie erzählt, wie sie Chester umgebracht hatte, und warum.

Unschlüssig ging ich die Treppe hinunter. Die Uhr tickte. Leise Orgelmusik fiepte vom Endlosband. Von draußen ein sattes *Plopp!* – Wiley hatte mit der Keule den Ball getroffen. Blauhäher kreischten.

Lüg sie an. Denk dir eine Geschichte aus. Das hätte Meemaw nie gesagt, aber ich hatte es in ihrer Stimme gehört. Sie wollte, daß Lucille es schaffte, genau wie ich.

Chester war tot. Ihm war nicht mehr zu helfen. Lucille hatte etwas Schreckliches getan, aber sie gehörte zu unserer Familie, und das war jetzt wichtiger. Es war unsere Aufgabe, sie zu retten.

Ich linste an dem Samtvorhang vorbei. Mabel saß im Sarg-Ausstellungsraum und führte Selbstgespräche.

»Ich kann es nicht fassen, daß sie mich in dem Kleid begraben hat«, sagte sie. »Ich konnte dieses Kleid nie ausstehen. Sie wußte, daß ich es scheußlich finde, ich hab's kein einziges Mal getragen. Es macht mich dick. Sie hat bloß darauf gewartet, daß ich sterbe, um mich auf diese Art zu demütigen.«

Ihre Stimme verwandelte sich in die von jemand anderem, wurde tiefer. »Ich weiß«, sagte sie. »Mich haben sie in einem Nachthemd beerdigt. Können Sie sich das vorstellen? Im Nachthemd! Als ob ich nicht vernüftig genug wäre, mir was Ordentliches anzuziehen.«

Mir sträubten sich die Nackenhaare. Ich warf noch einen Blick hinein, um mich zu überzeugen, daß wirklich sonst niemand da war.

Sie schlug träumerisch die Augen auf. »Ach, hallo, Peejoe. Hast du sie gehört?«

»Ich hab dich gehört«, sagte ich. »Mit wem redest du?«

Sie lächelte. »Das sind Mrs. Morton und Mrs. Stubbs. Mrs. Stubbs ist die mit dem Kätzchen.«

»Hast du sie jemals gesehen?«

»Sie sind ziemlich scheu«, sagte Mabel. »Sie zeigen sich nicht gerne.«

10
PEEJOE / Industry

Vermutlich wäre mir das Essen, das uns Earlene auftischte, gar nicht so übel vorgekommen, wenn ich vorher nicht mein Leben lang an Meemaws Tisch gegessen hätte. Earlene hatte eine Vorliebe für moderne Fertiggerichte. Wenn etwas nicht in der Dose, tiefgefroren oder wenigstens in einer Packung mit Kochanleitung zu haben war, interessierte es sie nicht. Wir bekamen süße Törtchen zum Frühstück, Ravioli zum Mittagessen und Fischstäbchen mit Pommes frites am Abend. Ob wir es aßen oder nicht, war Earlene gleichgültig. Wenn sie das Zeug warmgemacht und auf die Teller geklatscht hatte, dachte sie, sie hätte ihre Pflicht und Schuldigkeit getan. Meistens hat Dove alleine am Tisch gegessen, während wir übrigen mit einem Teller auf dem Schoß vor dem Fernseher rumlümmelten.

Das entsprach genau Wileys Vorstellung von gutem Essen. Außerdem war Wiley ein ganz Süßer, und auf die eine oder andere Art gerieten Earlene alle Mahlzeiten süß, sogar die tiefgefrorenen Pommes frites, sogar Campbell's Buchstabensuppe. Ich sehnte mich nach Meemaws Bohnensuppe und Maisbrot, nach ihren Brathähnchen und den in dicke Scheiben geschnittenen Tomaten aus ihrem Garten. Wiley meinte, ich wär blöd, das sei Bauernessen.

Zugegeben, die Fertiggerichte faszinierten mich; zwei versalzene Stücke Hühnerfleisch mit so weichen Knochen, daß man sie durchbeißen konnte, zähe goldgelbe Mais-Nuggets, ein Dreieck Kartoffelbrei wie Luft mit Butter und ein bräunliches Apfeldings in der Ecke, das immer von den Kartoffeln salzig schmeckte.

Walter Cronkite erzählte von Astronauten, die in riesigen Wassertanks schwebten, um sich an die Schwerelosigkeit zu gewöhnen. Sie wirkten glücklich wie Delphine, wie sie da Purzelbäume schlugen, Blasen blubberten, herumalberten. Ich bildete mir ein, ich sei ein Astronaut, der seine Fertigmahlzeit in einer Kreisbahn um die Erde verzehrt. Ich wischte jedes Staniolfach mit dem Finger aus, bevor ich mich ans nächste machte.

Das Telefon läutete.

Earlene nahm ab: »Hallo? Ja, Moment bitte, er kommt gleich.« Sie hielt die Sprechmuschel zu. »Mach's nicht zu lang, Dove, ich erwarte einen Anruf von Myrtle Yelverton wegen dem Mittagessen vom Azaleenclub.«

Dove wischte sich die Finger ab und nahm den Hörer. »Ja, Dove Bullis hier. Oh, hallo, J. D. Wie geht's?« Sein Gesicht wurde ernst. »Oh, das tut mir leid, wirklich, sie war so eine nette Frau. Wann ist es – mhm. Nicht zu glauben. Unternimm nichts, ich bin in einer Viertelstunde da. Ja, gut. Bis dann.« Er legte auf. »Die Mutter von J. D. Eldridge.«

»Nein«, sagte Earlene. »Was ist passiert?«

»Sie ist von der Leiter gefallen und mit dem Kopf aufgeschlagen. Angeblich war sie im Garten und wollte Pfirsiche pflükken.«

»Zu dieser Jahreszeit?«

»Mhm. Und es war eine Kiefer.« Er spülte sich unter dem Hahn die Hände ab. »Die Ärmste war schon seit fast einem Jahr nicht mehr ganz bei sich. Vor drei Wochen haben sie sie im Hühnerstall gefunden, sie hat da ohne einen Faden am Leib gehockt. Wahrscheinlich ein Segen, daß sie endlich heimgegangen ist. Wollt ihr mitkommen, Jungs?«

Ich sprang auf. »Klar!« Dove war, seit wir in Industry angekommen waren, schon mehrmals als Coroner unterwegs gewesen, aber das war das erste Mal, daß er fragte, ob wir mitwollten.

Wiley gab ein unverbindliches Geräusch von sich und streckte sich noch flacher auf dem Schafwollteppich aus.

Das Telefon klingelte schon wieder.

»Komm doch mit, Wiley.«

»Ich wette, da ist wieder bloß ein Haufen Leute, die heulen und jammern«, sagte Wiley. »Davon hab ich für eine Weile die Nase voll. Ich bleib lieber hier und seh fern.«

»Sicher, Myrtle, sie ist da«, sagte Dove. »Sekunde.« Er knöpfte sich den Kragen zu und griff nach seiner Krawatte. »Peter Joseph, geh sag Milton, er soll alles herrichten für Mrs. Eldridge. Ich komme gleich runter, wir treffen uns am Wagen.«

»Tut eure Teller in den Abfall, bevor ihr geht.« Earlene nahm die Hand von der Sprechmuschel. »Myrtle! Wie geht's, meine Liebe?«

Milton bewohnte einen kleinen Raum unter der Treppe, zwischen den Aufbahrungsräumen und dem Sarg-Ausstellungsraum. Ich klopfte vorsichtig an seine Tür.

Seine Hausschuhe machten Schlurfgeräusche. Er öffnete die Tür einen Spaltbreit, und es roch nach bratendem Schweinefleisch.

»Ah, hallo, Junge.« Er grinste, als ob ich die freudigste Überraschung des ganzen Tages wäre. Unter seinem offenen Arbeitshemd sah man eine eingefallene Brust und glänzenden Schweiß auf dem silbrigen Brusthaar. Würstchen brutzelten hinter ihm auf einer Kochplatte.

»Hallo, Milton. Ihr Abendessen riecht lecker.«

»Willst du reinkommen und mitessen?«

»Nein, danke, wir haben beim Fernsehen gegessen. Ich soll Ihnen sagen, eine Frau ist gestorben, und Sie sollen alles herrichten, sagt Onkel Dove.«

»Mach ich, mach ich. Ist sie schon hier?«

»Nein, wir fahren sie gleich abholen.«

»Na, dann is ja noch Zeit, ein bißchen was zu essen«, sagte er. »Dank dir sehr, junger Mann.«

»Bis gleich, Milton.« Ich hüpfte den Gang entlang, durch die Leichenhalle und hinaus zu dem weißen Leichenwagen.

Jetzt würde ich mitbekommen, was man als Bestattungsunternehmer zu tun hatte. Ich würde mich ganz still verhalten und genau aufpassen, und vielleicht durfte ich Dove helfen.

Ich stieg ein. »Nehmen wir keinen Sarg mit?«

»Nein, wir holen sie so ab.« Er fuhr die Auffahrt hinunter. »Man muß sie balsamieren, bevor man sie in einen schönen Sarg legt, wie ihn J. D. Eldridge für seine Mutter kaufen wird.«

»Wieso bist du da so sicher?«

»Weil ich ihm einen verkaufen werde. Sein Daddy hat bei der Eisenbahn gearbeitet, also war seine Mutter gut versichert. Außerdem ist J. D. kein armer Schlucker. Er kann schon noch was drauflegen, damit's ein besonders schöner wird. Er hat immer viel für seine Mutter übrig gehabt.«

»Und das weißt du alles von dem einen Telefongespräch?«

»Es gehört zu meinem Beruf, daß ich jeden in der Stadt kenne«, sagte Dove. »Man muß wissen, wie alt die Leute sind, und was für Versicherungen sie haben. Man kann ja bloß warten, bis die Leute von alleine sterben, also muß man aus jedem Begräbnis soviel wie möglich herausholen.«

Wir fuhren über den dunklen Stadtplatz und die Old Goshen Road hinaus. Man kann ja bloß warten, bis die Leute von alleine sterben . . . Ich hätte also Dove zu besseren Geschäften verhelfen können, wenn ich ein paar alte Leute um die Ecke gebracht hätte. Der Gedanke regte meine Phantasie an: Der beste Freund eines Bestattungsunternehmers ist der Mörder, der rücksichtslose Autofahrer, der absurde Unfall, die verirrte Kugel, die unheilbare Infektion. Außerdem war es aufregend, einen Beruf auszüben, den sonst keiner haben wollte. Mochten die Leute auch immer wegsehen und so tun, als ob es den Tod nicht gäbe, wenn einer starb, mußten sie doch Dove kommen und die ganzen Formalitäten erledigen lassen. Und ich durfte ihm helfen.

»Kannst du's mir beibringen?«

»Was denn, mein Junge?«

»Bestattungsunternehmer zu sein. Das werde ich nämlich, wenn ich groß bin.«

»Ach, Peter Joseph, hoffentlich nicht.« Er fuhr sich mit der Hand durch das schütter werdende Haar. »Du mußt mal Raumfahrtexperte oder ein großer Komponist werden oder so was. Das Zeug dazu hast du, und Wiley auch, ihr alle beide. Ihr könnt alles werden, was es auf dieser Welt gibt.«

Ich hatte immer gedacht, Dove sei vollkommen glücklich in seinem Beruf; daß es anders sein könnte, hätte ich nicht für möglich gehalten. »Was ist denn mit deinem Beruf. Gefällt er dir nicht?«

»Er ist eigentlich gar nicht so schlecht. Man hat regelmäßig zu tun, und man ist so ziemlich sein eigener Herr. Man muß sich allerdings dran gewöhnen, daß man ständig mit Toten zu tun hat. Manche macht das richtig fertig.«

»Mich aber nicht, ich bin tapfer. Ich hab dir schon bei Onkel Chester geholfen, weißt du noch?«

»Ja, sicher. Ich war stolz auf dich.« Er griff tief in seine Hosentasche und brachte einen Vierteldollar zum Vorschein. »Hier. Kauf dir morgen im Schwimmbad eine Coca-Cola.«

»Danke.« Ich steckte die Münze ein. »Heute früh hat Mabel wieder mit ihren Geistern geredet.«

»Das würde ich gar nicht beachten. Mabel hat die verrücktesten Ideen«, sagte er. »Na gut. Wir sind da.«

Helles Licht strahlte aus allen Fenstern des ranchartigen Backsteinhauses der Eldridges. Der Hof war voller Autos. Zwei Männer warteten unter der Verandalampe.

»Vergiß nicht, die alte Dame ist erst vor ein oder zwei Stunden gestorben«, sagte Dove. »Die Angehörigen sind bestimmt noch ganz verstört. Sag nichts und versuch, ein ganz normales Gesicht zu machen. Bleib einfach hinter mir und verhalt dich ruhig.«

»Kann ich was helfen?«

Er lächelte. »Du leistest mir Gesellschaft, das ist bei so was schon Hilfe genug. Manchmal fühlt man sich doch sehr einsam.«

Eine umgestürzte Trittleiter und ein Strohkorb lagen am Fuß einer Kiefer, nur ein paar Meter von der Vordertreppe entfernt. Dove fuhr mit dem Leichenwagen rückwarts bis dicht an die Stufen heran und stieg aus. »Hallo, J. D.«

Ich stieg hinter ihm aus und bemühte mich, im Schatten zu bleiben.

Der größere der beiden Männer kam die zwei Stufen herunter und schüttelte Dove die Hand. »Ich kann's noch gar nicht glauben, Dove.« Seine Stimme war unsicher. »Mama hat uns verlassen ...«

Dove klopfte ihm auf die Schulter. »Ich weiß, J. D., es ist schrecklich. Aber wir sind da, um euch zu helfen. Peter Joseph, kletter schon mal rein und mach die Klemmen an den vorderen Rädern los, ja?«

Ich tat, wie mir geheißen, froh, von der schrecklichen Leere in den Augen dieses Mannes wegzukommen. Ich machte die Bahre los und zog sie auf den Knien rutschend aus dem Wagen.

Mr. Eldridge nahm mir mein Ende ab. Der andere Mann hielt die Tür auf.

Im Wohnzimmer drängten sich Eldridges jeden Alters. Sie standen um den Fernseher, lehnten am Kamin, lümmelten auf dem L-förmigen Kunstledersofa. Als wir reinkamen, schauten alle von »Hootenanny« auf. Ihre Gesichter waren verschlossen, unsicher.

Ich ging rasch hinter Dove her.

Mrs. Eldridge lag unter einem weißen Laken auf einem klobigen Bett. Dove kurbelte die Bahre auf Matratzenhöhe hoch und beugte sich über das Bett.

»Tu ihr nicht weh!«

»Keine Angst, J. D.« Behutsam schlug Dove das Laken zurück.

Das einzige Licht kam von einer schwachen Lampe auf einer antiken Frisierkommode. Das Haar der Toten war ein grellweißes, zu Berge stehendes Büschel, der Mund klaffte, die Wangen waren eingefallen, die Augen starrten. Sie sah aus wie ein furchtbares Kinomonster, das gerade lacht oder schreit.

Dove drückte ihr mit zwei Fingern die Augen zu und schloß ihr den Mund. Seine Bewegungen waren richtig zärtlich, er nahm sich sogar die Zeit, ihr das Haar glattzustreichen. Ihr Mund ging wieder auf.

»Er bleibt nicht zu«, sagte Mr. Eldridge.

Wiley würde sich schön ärgern, wenn ich ihm erzählte, was er verpaßt hatte.

»Jetzt mußt du mir mal helfen, J. D. Ich fasse sie unter den Armen, und du nimmst bitte die Füße. Wir legen sie ganz sachte auf die Bahre rüber, das Laken nehmen wir mit. Fertig? Halt die Bahre gut fest, Peter Joseph. Eins, zwei . . .«

Sie hoben sie auf die Bahre. Dove zog ihr das Laken übers Gesicht. »Hat jemand gesehen, wie sie von der Leiter gefallen ist?«

»Nein. Wir haben sie nur da draußen gefunden.«

»Sieht nicht so aus, als ob sie mit dem Kopf aufgeschlagen ist. Wahrscheinlich ein Herzanfall, oder der Schlag hat sie getroffen. Bestimmt hat sie gar nichts gemerkt.«

»Ach, Mama . . .« sagte Mr. Eldridge mit erstickter Stimme. »Mein Gott, ich habe gebetet, daß dieser Tag kommen möge, und jetzt – so hab ich mir das nicht vorgestellt.« Er ließ sich auf einen Stuhl sinken und vergrub das Gesicht in den Händen.

Aus dem Fernseher kam Beifall. Ein Telefon klingelte.

»J. D., wir bringen sie jetzt raus.« Doves Stimme war farblos, fast unpersönlich. Ich merkte, daß er zurückwich, um dem anderen Platz zu machen. »Komm doch nachher zu mir rüber, dann können wir alles besprechen. Am besten so gegen zehn. Oder sonst ruf mich an.« Er kurbelte die Bahre herunter und schickte mich mit einem Kopfnicken ans andere Ende.

Alle schauten wieder auf, als wir Mrs. Eldridge durchs Zimmer rollten. Eine Frau mit Lockenwicklern rief aus der Küche: »Mr. Bullis, Telefon.«

»Danke, Ma'am, ich komme gleich.« Dove ging wieder hinein. Der Mann, der mit Mr. Eldridge vor dem Haus gewartet hatte, half uns, die Bahre in den Leichenwagen zu heben, aber das hätten wir auch alleine geschafft. Die alte Dame war schwerelos.

»Peter Joseph, schnall sie an und warte auf mich.«

Ich arretierte die Räder der Bahre, eins nach dem anderen. Ich kam mir sehr wichtig vor bei der Erledigung dieser Aufgabe; der Mann auf der Veranda sah mir dabei zu. Ich schlug die Heckklappe zu, erwiderte sein respektvolles Nicken und setzte mich vorne ins Auto.

In einer Minute war Dove wieder da. »Wir müssen auf dem Heimweg noch wo vorbeifahren. Ein farbiger Junge ist in Dog Junction ums Leben gekommen. Ich muß den Totenschein ausstellen.«

Er fuhr eine Meile auf die Stadt zu und bog in einen zerfurchten Fahrweg ein. Das Licht von den Scheinwerfern tanzte auf den Bäumen. Ich überzeugte mich mit einem Blick nach hinten, daß Mrs. Eldridge noch auf der Bahre lag.

»Hast deine Sache gut gemacht, mein Junge. Du hast gute Nerven.«

Eine Katze rannte über die Straße. Sie hatte unheimlich glitzernde Juwelen anstelle von Augen. Wir fuhren an der städtischen Müllkippe vorbei nach Dog Junction, dem ärmsten der über Industry verstreuten Schwarzenviertel. Durch die Fenster der Hütten sah man die Leute beim Licht einer einzigen Glühbirne sitzen. Wir holperten weiter, bis Dove bremsen mußte, weil sich im Scheinwerferlicht etwas bewegte. Eine Menschenansammlung vor einem Haus. Ein alter schwarzer Leichenwagen stand unter einer flackernden Straßenlampe im Vorgarten.

Sanft kam das Auto zum Stehen. Eine Frau löste sich aus der Gruppe und warf sich über unsere Motorhaube. Sie kreischte und trommelte mit den Händen auf das Blech.

Zwei Männer kamen und zerrten sie weg.

Dove stieß Luft durch die Zähne aus. »Ich muß dich warnen. Farbige können ganz schön emotional werden. Wirst du das durchstehen?«

»Ich denk schon.«

»Du kannst auch im Wagen bleiben.«

»Ich will dir aber helfen.«

Das Wehklagen wurde lauter, als Dove die Autotür aufmachte – drei bis vier Frauen im Vorgarten, noch welche im Haus. Die Männer standen murmelnd herum; ihre tröstenden Worte waren in den Wind gesprochen. Alle traten zurück, um uns den Weg freizugeben. Ein paar von den Kindern jammerten mit ihren Müttern. Andere standen stocksteif da und starrten uns mit entsetzt aufgerissenen Augen an, als ob Dove und ich Sendboten des Teufels wären.

Eine kniende dicke Frau versperrte die Tür zum hinteren Zimmer; sie heulte und schluchzte und schlug immer wieder mit der flachen Hand auf den Fußboden.

»Das ist Mattie, seine Mutter«, sagte jemand hinter mir.

Dove wollte sich an ihr vorbeidrücken. Die Frau rappelte sich hoch und schlug mit beiden Händen auf ihn ein. »Ne ne ne ne, nehmt mir mein Klein nich weg, nehmt ihn mir doch nich weg.«

Dove stand mit erhobenen Armen da und ließ sich von ihr schlagen. »Ich muß ihn mir nur ansehen, ich nehm ihn nicht mit.« Er packte die Frau an den Handgelenken und schob sie weg, ein seltsamer Tanz. Ich wäre am liebsten zum Auto zurückgerannt, weg von diesem Geruch von Schweiß und Verzweiflung. Ich hätte mir nie träumen lassen, daß Trauer ein solches Spektakel sein kann.

Geschickt übergab Dove Mattie einer jüngeren Frau, und wir schlüpften durch die Tür in den hinteren Raum.

Eine einzelne Glühbirne hing an einer Kette, die durch eine lange Schnur mit der Frisierkommode verbunden war, so daß man sie auch im Dunkeln finden konnte. An der Wand nebeneinander zwei gerahmte Fotos: John F. Kennedy und Martin Luther King.

Der tote Junge lag mit nacktem Oberkörper auf einem gußeisernen Bett. Er sah jedenfalls aus wie ein Junge, aber genau konnte man das nicht wissen; Kopf und Gesicht waren nichts als Wunden und Blutergüsse. Das Blut, das ihm aus dem rechten Ohr lief, hatte schon eine Lache auf dem Kopfkissen gebildet und tröpfelte seitlich an der Matratze herunter. Sein Arm stand in einem unnatürlichen Winkel ab, wie der gebrochene Arm einer Puppe. Mir drehte sich der Magen um. Ich mußte wegschauen.

Dove sagte: »Großer Gott.«

Eine tiefe Pastorenstimme aus dem Dunkel: »Guten Abend, Mr. Bullis.« Der Mann, der jetzt ins Licht trat, war viel kleiner, als seine sonore Stimme vermuten ließ: adrett und liebenswürdig, mit kurzgeschorenem Kräuselhaar, Schleife, Brille und gepflegtem Schnurrbart. Wie hieß noch dieser Fernsehkomiker? Wally Cox. Wenn Wally Cox dreißig Jahre älter und schwarz gewesen wäre, hätte er ungefähr so ausgesehen wie dieser Mann.

Ein Junge stand hinter ihm im Schatten, ein dunkler, schlanker Bursche mit ausgeprägten Gesichtsknochen und einem fassungslosen Blick.

»Abend, Nehemiah«, sagte Dove. »Was ist hier passiert?«

»Das ist David Jackson«, sagte er. »Und das da hinten ist sein Bruder Taylor.«

Der hagere Junge im Dunkeln zuckte zusammen und sah auf seine Schuhspitzen. Das Weiß seiner Augen war gelb. Er hatte Blut auf dem Hemd.

»Die haben David hinten aus einem Lieferwagen geschmissen. War schon tot, wie Taylor ihn gefunden hat.«

»*Wer* hat das getan?«

»Immer dieselben«, sagte Nehemiah. »Die Kumpel vom Sheriff. Sie wissen schon, wen ich meine.«

»Hatte er was ausgefressen?« erkundigte sich Dove.

»Ein bißchen bei der Wählerregistrierung mitgearbeitet hat er.«

»Aha.« Dove beugte sich über das Bett und berührte den Jungen auf seine zärtliche, vorsichtige Art. Er drehte den Leichnam mit den Händen um, drückte hier und da, tastete mit den Fingern. »Er heißt David, sagen Sie?«

»David Jackson. Der älteste Sohn meiner Schwester.« Man sah, daß er Mühe hatte, die Fassung zu bewahren.

Dove entließ einen langen Seufzer. »Mein Gott, Nehemiah, das tut mir leid, ich wußte nicht, daß er ein Verwandter von Ihnen war. Haben Sie den Sheriff gerufen?«

»Der hat gesagt, ich soll Sie anrufen. Er wär da nicht zuständig, hat er gesagt.« Der kleine Mann schüttelte ein weißes Laken aus und warf es über das Bett. Es legte sich wie ein schlaff gewordener Ballon über den Toten.

»Was soll ich hier reinschreiben?« fragte Dove.

»Tja, Sir, ich will keinen Ärger machen.«

»Und ich auch nicht. Ich schreibe ›Schwere Kopfverletzungen, mehrfacher Schädelbruch, wahrscheinlich infolge eines Sturzes aus einem Fahrzeug. Genauere Untersuchung erforderlich.‹ Was meinen Sie?«

»Das wäre aber kaum die ganze Wahrheit, meinen Sie nicht, Mr. Bullis?« Nehemiahs Augen blitzten. Er zupfte mit einem Finger an seinem Hemdkragen. »Wir beide haben da ja schon öfter drüber gesprochen. Soll das denn ewig so weitergehen?«

Ich hörte das Kratzen von Doves Füller und aus dem vorderen Zimmer lautes Heulen und Jammern. Dunkle Flecken erschienen auf dem Laken und wurden größer.

»Sie wissen ja, ich vertrete nicht das Gesetz, Nehemiah. Ich bin nur hier, um die Todesursache festzustellen, mehr nicht.«

Der kleine Mann straffte sich. »Vielleicht könnten Sie es dann ein bißchen genauer ausdrücken. ›Gelyncht‹, vielleicht.«

»Das wissen Sie nicht«, sagte Dove. »Und ich auch nicht. Dafür ist der Sheriff zuständig.« Dove unterschrieb den Totenschein und riß eine Durchschrift für Nehemiah heraus. »Ich weiß nur eins: Wenn dieser Junge sich in Sachen eingemischt hat, die ihn nichts angingen, würde es mich nicht wundern, wenn er hier nicht allzu viele Freunde hatte. Es tut mir furchtbar leid, Nehemiah. Wirklich. Ich werde mich umhören. Lassen Sie mich wissen, was Sie herausbekommen.«

»Ja, Sir. Das will ich tun.« Nehemiah Thomas steckte den Totenschein in seine Jackentasche und gab Dove die Hand. »Ein netter Junge«, sagte er. Damit meinte er mich.

»Das ist mein Neffe Peter Joseph. Er will meinen Beruf erlernen.«

»Ein bewundernswerter Vorsatz, mein Junge. Auf diesem Gebiet gibt es immer Arbeit für den Nachwuchs.«

»Komm, Peter Joseph, wir müssen weiter.«

Als ich auf die Tür zuging, flackerten die Augen des Jungen auf, unsere Blicke begegneten sich, nur für einen kurzen Moment – aber ich spürte etwas wie einen Hitzeblitz. Schierer Haß kam in ihm hoch, schwappte über und verbrühte mich. Irgendwie machte der Ausdruck in den Augen des anderen, daß ich mich verantwortlich fühlte für das, was da zwischen uns auf dem Bett lag.

Dove nahm mich bei der Hand. Ich folgte ihm durch den Raum, in dem die vielen Menschen weinten. David Jacksons Mutter lag ausgestreckt auf dem Boden, ein nasses Handtuch auf dem Gesicht. Zwei kleine Mädchen hielten ihr die Hände und sprachen beruhigend auf sie ein.

Die Nachbarn draußen unterhielten sich leise und bewegten sich, um uns durchzulassen. Wir stiegen zu Mrs. Eldridge in den Leichenwagen und fuhren zurück über den holprigen Weg.

»Warum haben wir ihn nicht mitgenommen?«

»Nehemiah Thomas wird sich um ihn kümmern«, sagte Dove. »Er führt das farbige Bestattungsunternehmen. Auf der Südseite der Stadt.«

»Also du kannst keine Farbigen zu dir nach Hause mitnehmen?«

Dove kniff die Augen zusammen, um im Dunkeln besser zu sehen. »Na ja, ich könnte schon, aber damit würde ich Nehemiah Arbeit wegnehmen. Und manche wollen nicht, daß ihre Angehörigen in der Leichenhalle neben einem Farbigen liegen. Ich sehe zwar nicht ein, was das den Verstorbenen noch ausmachen könnte, aber die Leute sind, wie sie sind, da kann man nichts machen.«

»Wer hat ihn umgebracht, Dove?«

»Ich weiß es nicht, mein Junge. Aber ich kann's mir denken. Es gibt in unserem Kreis ein paar harte Burschen. Aber die werden nie erwischt.«

»Wieso nicht?«

»Der Sheriff kriegt nur die, die er kriegen will.«

Ich dachte darüber nach. »Was hat der Junge denn eigentlich getan?«

»Du weißt doch, wer Martin Luther King ist, oder?«

»Klar. Die hatten sein Bild an der Wand hängen.« King war mit Abstand der eindrucksvollste Schwarze, von dem ich je gehört hatte, mit Ausnahme von Nehemiah Thomas, neuerdings.

»Na ja, ein paar von seinen Leuten haben in unserem Gerichtsgebäude herumgeschnüffelt, und das gefällt den Leuten in Industry kein bißchen. Drüben am Dothan Highway ist ein Schild, auf dem steht: ›Martin Luzifer Kong, laß dich hier bloß nicht blicken.‹ Wenn dir das was sagt. Die haben hier alle schreckliche Angst vor dem, was überall dort passiert ist, wo er gewesen ist, in Montgomery oben, in Selma. Es ist, als ob er eine Krankheit verbreitet, verstehst du? Und die Leute in unserer Stadt wollen nicht, daß sie sich auch hier ausbreitet.«

Mir war nicht ganz klar, was Martin Luther King mit dem fürchterlich zugerichteten toten Jungen in dem kleinen Haus und der stummen Wut seines Bruders in der dunklen Ecke zu tun hatte. War es ein Verbrechen, sich ein Bild von Martin Luther King an die Wand zu hängen?

Mir war so gewesen, als ob mich die Wellen von Gefühl in diesen Zimmern versengt hätten. Diese Menschen waren von ihrem Kummer besessen. Sie überließen sich ihm mit Haut und Haar. Es machte mir angst, wie kalt mein eigenes Herz angesichts solchen Grams blieb.

11
LUCILLE / Auf Achse

Zuerst gefiel Lucille Texas viel besser als Louisiana. Das Land wurde allmählich trockener. Ihre Nerven erholten sich langsam von den vielen Brücken.

Dann kam sie an einem Schild vorbei, auf dem »El Paso 748« stand, und dachte, sie würde gleich ohnmächtig.

Mit der freien Hand tastete sie nach der Karte. Siebenhundertachtundvierzig Meilen, nur um ans andere Ende von Texas zu kommen? Und das war noch nicht mal die halbe Strecke bis Kalifornien! Unmöglich! Von solchen Entfernungen hatte sie sich noch nie einen Begriff gemacht. Seit New Orleans hatte sie dreimal zum Kaffeetrinken gehalten und zweimal zum Pinkeln, und dabei war sie jetzt erst in der Gegend von Houston, um zehn Uhr abends, und hatte noch Tausende von Meilen vor sich. Sie spürte, wie sich der graue Nebel senkte, und es ging eine starke Kraft von ihm aus, als ob ihr jemand über die Schulter langte und nach dem Lenkrad griff. Wahrscheinlich wäre es besser gewesen, nicht mehr weiterzufahren, sondern sich ein Motel zu suchen und Rast zu machen, aber der Rhythmus der weißen Linien und ihrer Reifen auf der Straße hüllte sie in die leuchtende Wolke ein.

Jemand anderer fuhr den Wagen. Lucille hatte nur die Hände am Steuer. Irgendwie rollten die Meilen sich von selbst unter ihren Reifen ab, Hunderte von Meilen durch plattes Texas, Stunde um Stunde. Unklar erinnerte sie sich, daß Texas früher einmal ein eigenes Land gewesen war, und weiß Gott, groß genug dazu war es.

Irgendwo westlich von Luling vergaß sie auf einmal, wo sie war.

Ein Traum überfiel sie, ein Wachtraum im Sitzen, von der Zeit, wo sie schwanger war, das erste Mal. Das Baby war schon Wochen überfällig. Lucille war ein Fußball auf zwei Beinen, ein geschwollenes, weinerliches, verzweifeltes Häufchen Elend, sie wollte das Kind nicht, das Gewicht drückte so auf ihre Blase, daß sie alle Augenblicke pinkeln mußte. Sie haßte das Kind, und den Vater ebenso. Ihre Figur war im Eimer. Sie würde nie ein Star werden. Eine simple Tatsache: Schwangerschaftsstreifen währen ewig.

Ihre Mutter sagte, Lucille hätte das Kind schon längst kriegen können, sie halte es bloß durch ihre ständigen depressiven Gedanken in ihrem Schoß fest.

Schließlich platzte die Fruchtblase, und Chester fuhr sie in die Klinik. Irgendwie wurde aus dem schäbigen Zwanzig-Zimmer-Krankenhaus von Industry ein blitzender moderner Komplex, ein unpersönlicher Betrieb mit endlos langen glänzenden Fluren. Schwestern setzten Lucille in einen Rollstuhl und fuhren sie im Eiltempo durch einen Gang nach dem anderen, sie gerieten in Sackgassen und standen plötzlich vor Wänden ohne Türen.

Eine Wand glitt dann doch zur Seite. Zwanzig Personen in weißen Arztkitteln warteten schon auf Lucille. Eine beruhigende Stimme sagte: »Kommen Sie herein, Lucille, es ist Zeit für Ihr Baby«, und sie spürte, wie das Leben in ihr sich einkrallte, ein furchtbarer, Übelkeit verursachender Schmerz, von dem sie aufzuplatzen drohte wie eine Wassermelone. »Holt es aus mir raus!« schrie sie. Die Leute in Weiß wimmelten um sie herum und hoben sie auf ihre Schultern. Sie trugen sie in einen riesigen Saal, legten sie auf einen weißen Marmortisch. Das Licht blendete sie. Das Kind krallte sich ein, um rauszukommen, und der Arzt sagte: »Pressen Sie, holen Sie tief Luft und pressen Sie!« Und als der unglaublich große Kopf herauskam, mein Gott, was für ein Schmerz, so etwas Schreckliches.

Es war geboren. Es war kein Mädchen und kein Junge, sondern ein Ding. Es saß aufrecht in der Hand des Arztes, voll ausgebildet, aber so winzig und ganz grau, auf dem Gesicht einen uralten Ausdruck ohnmächtiger Wut. Es schrie sie an: »Geh weg von mir, Mutter! Ich hasse dich!«

Lucille zuckte entsetzt zurück und fiel von dem Tisch. Sie hielt sich ein weißes Laken vor die Brust und rannte um ihr Leben. Das Baby kroch wieselflink auf allen vieren hinter ihr her, verfolgte sie, beschimpfte sie unflätig.

Das war der Traum von Texas. Als sie merkte, daß die Sonne schon hoch stand und sie am Leben war und nicht von einem Monsterbaby verfolgt wurde, überquerte sie gerade die Staatsgrenze von New Mexico, dem Bezaubernden Land.

Die Gegend war platt wie ein Brett, unwirtlich trocken und weiß unter einem makellos blauen Himmel. Lucille erinnerte sich nicht, an einer Tankstelle gehalten zu haben, aber sie mußte getankt haben, die Anzeige stand auf dreiviertelvoll.

Sie rieb sich die Augen. Was für ein seltsamer Traum, und das beim Autofahren! Zweifellos hatte sie andere Verkehrsteilnehmer gefährdet, aber sie fühlte sich jetzt gut, hellwach und erfrischt. Kaffee nicht nötig. Ihr Kopf war weit offen, ein frischer Wind blies durch ihn hindurch. Der Alptraum verblaßte zu einem unangenehmen Summen in der hintersten Ecke ihres Bewußtseins.

Nach und nach dämmerte ihr, daß New Orleans erst einen Tag hinter ihr lag. Sie hatte in einer Nacht und ein paar Morgenstunden ganz Texas durchquert.

Sie sah sich in dem Cadillac um nach Anzeichen dafür, was für ein Mensch sein Besitzer sein mochte. Ein Paar Plüschwürfel baumelten am Rückspiegel. Eine Packung Papiertaschentücher, eine leere Bierflasche auf dem Wagenboden, eine Abfalltüte mit einem Bild von Lady Bird Johnsons Gesicht drauf. Auf dem Rücksitz Lucilles Handtasche und die Hutschachtel aus der Maison Blanche.

Abgesehen von der Bierflasche war das ganze Wageninnere ein Traum aus nagelneuem, wohlriechendem, schwarzem Vinyl. Lucille schaute auf den Zähler und stellte fest, daß sie das Glück gehabt hatte, ein Auto mit weniger als viertausend Meilen drauf zu konfiszieren. Kein Wunder, daß der Barkeeper so mitleiderregend auf den Boden geschaut und sie angefleht hatte, ihm den Wagen nicht wegzunehmen.

Pech gehabt. Künftig würde er es sich zweimal überlegen, bevor er jemanden beleidigte.

In dem flimmernden Licht vor sich sah Lucille ein gedrungenes Gebäude mit Flachdach, das Flügelroß von Mobil Oil, ein handgemaltes Schild:

CAFÉ NAMENLOS
ERSTE GELEGENHEIT IN N. MEX.
WENN SIE NICHT ANHALTEN KÖNNEN, HUPEN SIE.

Das war richtig lustig. Lucille wollte schon auf die Hupe drücken, aber die Vision eines gegrillten Käsesandwichs ließ sie statt dessen auf die Bremse treten. Sie fuhr auf den staubigen Kiesparkplatz, stellte sich zwischen zwei Lastzüge und griff nach ihrer Handtasche.

Der stumpfe Glanz der Pistole schimmerte unter dem Bündel neuer Zwanziger hervor, das sie sich aus der Kasse in *Jean Lafitte's Blacksmith Shop* geschnappt hatte. Sie konnte es nicht glauben, daß sie das viele Geld gestohlen hatte, wo sie doch nur einen Wagen brauchte. Welche Macht diese Pistole ihr verlieh! Sie hatte sich an diesem Machtgefühl berauscht und völlig die Beherrschung verloren.

Sie sah im Magazin nach. Noch sieben Kugeln. Die Schachtel mit der Munition war in dem Galaxie geblieben, und der war jetzt im Gewahrsam der Polizei von New Orleans. Sie stopfte sämtliche Papiere aus dem Handschuhfach in die Lady-Bird-Tüte, schob das Magazin wieder in den Pistolengriff und verstaute die Waffe. »Du bleibst, wo du bist, Chester. Ich bin gleich wieder da.«

Sie trat in das weiße Sonnenlicht hinaus. New Mexico war ziemlich anders als Texas: flacher, mit geraden Linien, wie ein Road-Runner-Cartoon. Immer hatte sie Angst, die Orte, von denen sie träumte, würden sich in Wirklichkeit als enttäuschend erweisen, weniger charakteristisch und interessant, als sie sich vorgestellt hatte. Das war ihr altes Leben gewesen – eine einzige ununterbrochene Serie enttäuschter Erwartungen. Aber die Landschaft, die sich hinter diesen geduckten Gebäuden erstreckte, war kalkweiß und sonderbar wie der Mond.

Ein Hund erhob sich vom Treppenabsatz vor der Tür und kam ihr steifbeinig entgegen.

»Hallo, Hund.« Sie wich seiner Nase aus. »Jetzt geh wieder, los.« Er war schwarz und räudig, aber seine begehrlichen Augen erinnerten sie an Mamas alten weißen Hund, Adolf. Zum erstenmal, seit sie durchs Gartentor hinausgefahren war, dachte Lucille: *Arme Mama, ich sollte sie wirklich anrufen und fragen, wie sie zurechtkommt*, aber sie schob den Gedanken brüsk beiseite und stieß die Tür des Cafés auf.

Hank Williams jaulte aus der Jukebox *If you looooved me half as much as I love you.* Lucille schob ihre Sonnenbrille hoch. Vier alte Männer in der Ecknische sahen von ihren Kaffeetassen auf, sichtlich erfreut über ihren Anblick. Sie lächelte und strich sich das Haar glatt.

Fast an jedem Tisch saß ein Trucker, ganz für sich allein, und verschlang ein riesiges, von Fett triefendes Frühstück. Die Luft war verräuchert von Zigaretten und von der Bratpfanne, an der ein bulliger Imbißkoch sich um Pfannkuchen und Pommes frites kümmerte. Lucille setzte sich an die Theke.

»Hallo, Schätzchen.« Die Kellnerin kam zu ihr, die Kaffeekanne schon schräg in der Hand. »Tasse Kaffee gefällig?«

»Milch«, sagte Lucille. »Etwas Milch, und ein gegrilltes Käsesandwich, bitte.«

»Einmal gegrillten Käse«, rief die Kellnerin nach hinten. Ihr tiefschwarzes Haar trug sie in einem altmodischen Haarnetz. Sie mußte früher mal ausnehmend hübsch gewesen sein, aber zu viele Jahre mit diesem Haarnetz und dem vielen Make-up hatten ihr Gesicht ausgezehrt und verhärtet. Sie zog an ihrer Zigarette. »Wohin geht's denn?«

»Kalifornien.« Lucille nahm eine Salem aus der Packung.

Die Kellnerin bot ihr Feuer an. »Ja, hab ich mir gedacht. Ich bin da selber mal hingefahren.«

»Wie weit ist es noch von hier?«

»Ein ganzes Ende. Ich hoffe, Sie haben ein gutes Auto, weil eine Panne mitten in der Wüste ist kein Vergnügen. Reisen Sie allein?«

»Ja«, log Lucille.

»Junie!« rief einer der alten Männer in der Ecke. »Bringst du uns noch Kaffee?«

Die Kellnerin drückte ihre Zigarette aus und ging mit der Kaffeekanne los.

Lucille nahm das Lokal unauffällig in Augenschein. Die unrasierten Trucker sahen beim Essen stur auf ihre Teller, und ihre Kiefer bewegten sich wie bei wiederkäuenden Kühen.

»Der gegrillte Käse!« rief der Koch.

Junie schob Lucille ein Glas Milch und den Teller mit dem Sandwich hin. »Darf's sonst noch was sein, Schätzchen?«

»Das sieht ja prima aus«, sagte Lucille. »Ich sterbe vor Hunger.« Sie biß ein heißes, knuspriges, von Butter triefendes Stück ab. Ja. Geschmolzener Velveeta und kalte Milch dazu, der anheimelndste Geschmack auf der Welt. Und hinterher eine von ihren Menthol-Zigaretten. Wunderbar.

»Ganze Nacht gefahren?«

»Allerdings. Seh ich denn so schlimm aus?«

»Ein bißchen müde vielleicht«, sagte Junie. »Wollen Sie da hin, um Filmstar zu werden?«

»Warum nicht«, sagte Lucille. »Film, Fernsehen.«

»Mit anderen Worten, Sie machen jede Arbeit, die Sie kriegen können.«

Lucille zuckte die Achseln. »Bis ich mich etabliert habe.«

»Ich heiße Junie. Und Sie?«

»Carolyn Clay.«

»Ihr richtiger Name?«

»Natürlich.« Lucille lächelte. »Warum?«

»Hört sich an wie ein Künstlername beim Film. Meiner war June Fontana, als ich in der Branche war.«

»Sie waren – Sie waren beim Film?«

»Allerdings. Ich hab die vierte weibliche Hauptrolle in einem Film von Darryl F. Zanuck gespielt.«

Lucille war begeistert über dieses gute Omen. Eine echte Filmschauspielerin hier draußen in der Wüste! »Das ist ja wundervoll. Wie hieß der Film?«

»Ich bin auf dem Fußboden des Schneideraums gelandet«, sagte Junie. »Möchten Sie noch ein Sandwich? Das da haben Sie ja förmlich verschlungen.«

»Ja, bitte.« Sie setzte sich gerade hin. »Schauen Sie, verstehen Sie mich nicht falsch, aber was um Himmels willen machen Sie hier am . . . mitten in New Mexico?«

Junie senkte die Stimme. »Ich sag's Ihnen, Schätzchen, ich hab alles so gemacht, wie sich's gehört. Ich hab jeden dämlichen Produzenten in Hollywood kennengelernt, wenn Sie wissen, was ich meine. Und was hat's mir eingebracht? Null. Eine dicke fette Null. Ich bin schon froh, daß ich das hier habe. Einen sicheren Job und keinen Kerl in meinem Bett, den ich da nicht haben will, kapiert? Passen Sie bloß auf da draußen.«

»Ich würde mir das niemals gefallen lassen, von keinem.«

»Hm.« Junie verschränkte die Arme und musterte sie. »Ich glaube, Sie wären besser beraten, zu Ihren Kindern und Ihrem Mann zurückzugehen.«

»Dafür ist es zu spät«, sagte Lucille. »Damit ist Schluß.«

»Dann kann ich bloß hoffen, daß Sie bedienen gelernt haben.«

Lucille richtete sich noch mehr auf. »Machen Sie sich um mich keine Sorgen. Ich kann auf mich aufpassen.«

Junie tippte sich mit dem Fingernagel an die Schneidezähne. »Glaub ich Ihnen aufs Wort.«

»Sie können mir das Sandwich einpacken«, sagte Lucille. »Ich muß weiter.«

»Ach, nein, nicht beleidigt abhauen. War nicht bös gemeint. Bestimmt werden Sie da draußen gut zurechtkommen.«

»Ich bin ja gar nicht beleidigt, ich muß wirklich weiter. Ich hab am Dienstag einen Vorsprechtermin.« Sie angelte einen Fünfer aus ihrer Handtasche, glättete ihn auf dem Tresen, stand auf.

»Warten Sie, Sie kriegen noch was raus.«

»Behalten Sie's. War schön, mit Ihnen zu plaudern.«

Junie reichte ihr eine fettfleckige Papiertüte herüber. »Schauen Sie auf dem Rückweg nach Osten wieder bei uns rein.«

»Wieso sind Sie so sicher, daß ich zurückkomme?«

»Vielleicht irre ich mich ja«, sagte Junie. »Wir sind in Amerika. Hier ist alles möglich.«

Lucille sagte »genau« und ging in die strahlende Sonne hinaus. Der räudige Hund trottete ihr mit wackelndem Hinterteil bis zum Auto nach.

Sie blieb stehen und sah nachdenklich zu der Telefonzelle am Rand des Parkplatzes hinüber, neben dem falschen Bohrturm. Nur ein kurzer Anruf, um sich zu überzeugen, daß es den Kindern gut gehe – nicht lang genug, daß irgend jemand ihn zurückverfolgen oder Mama irgendwelche Fragen stellen könnte.

Ach was. Man kann nicht ewig am Schürzenband hängen. Dieses Leben ist vorbei. Mach weiter mit deinem neuen Leben. Du bist Carolyn Clay.

Aber wenn nun aus Farleys Geschniefe was Ernstes geworden war? Oder Sandra vergaß, ihre Antihistamintabletten zu nehmen? Und der arme Cary weinte wahrscheinlich immer noch um seine Mama.

Oder womöglich hatte der Sheriff ihre Kinder weggeholt und sie in ein Erziehungsheim gesteckt?

Ein einziger kleiner Anruf konnte nicht schaden.

Sie fuhr mit offener Tür über knirschenden Kies ans andere Ende des Parkplatzes. Dort ließ sie den Motor laufen und den Automatikhebel in der Park-Stellung und schaltete die Klimaanlage auf höchste Stufe, Chester zuliebe.

Die Telefonzelle war ein viereckiger gläserner Backofen. Lucille hielt mit dem Knie die Tür auf und wählte 0. Sie verlangte ein R-Gespräch und konnte nur beten, daß Mama abnehmen würde.

Beim fünften Läuten meldete sie sich und übernahm die Gebühren. »Bitte sprechen Sie.«

»Ach, Baby, ich hab gebetet, daß du es bist. Wo bist du? Geht's dir gut?«

»Alles bestens, Mama, ich bin . . . ich bin in Florida«, sagte Lucille.

»In Florida? Ich dachte, du willst nach Kalifornien.«

»Hab's mir überlegt. Ich dachte, ich hätte in New Orleans ein paar Polizisten gesehen, die nach mir Ausschau gehalten haben.«

»Na ja, die suchen tatsächlich überall nach dir. Sie haben mir schon fünfzehnmal dieselben Fragen gestellt. Und den armen Peejoe, den fragen sie auch aus.«

»Ist er da? Laß mich mit ihm sprechen.«

»Nein, er ist bei Dove. Er und Wiley sind beide mit Dove mitgefahren. Lucille, was um alles in der Welt machst du bloß?«

»Weiß ich eigentlich selber nicht. Ich glaub, ich bleib noch eine Weile in Florida. Du weißt schon: für eine Zeitlang auf Tauchstation gehen.«

»Aber wie kann ich dich erreichen?«

»Ich ruf dich wieder an. Mama, wie geht's den Kleinen?«

Langes Schweigen, dann sagte Mama: »Ein Wunder, daß du überhaupt fragst. Sieht dir ähnlich, sie einfach hier abliefern und dich aus dem Staub machen und dann anfangen, dir Sorgen um sie zu machen.«

»Komm, Mama, sei doch nicht so, ich hab getan, was ich tun mußte. Geht's Cary gut?«

»Er weint viel. Im Moment sind sie alle draußen. Ich hab sie rausgescheucht. Sie treiben mich allmählich zum Wahnsinn.«

Es gab Lucille einen Stich, wegen Cary. »Nimmt Sandra ihre Heuschnupfenmedizin?«

»Ja doch.« Mamas Tonfall war gekränkt, als hätte Lucille alles nur getan, um ihr Ungelegenheiten zu machen. »Es geht ihr gut. Aber sie sind alle völlig durcheinander.«

»Ist Farley noch erkältet?«

»Nein, ist schon viel besser. Hör zu, Lucille, du mußt mit diesem Unsinn aufhören und heimkommen. Du mußt dir von uns helfen lassen. Also sag mir jetzt, wo du bist. Dove kommt dich holen.«

»Dafür ist es zu spät«, sagte Lucille. »Ich muß jetzt weg. Ich ruf dich wieder an, Mama. Es tut mir leid.«

»Warte, Liebes, leg nicht –« Klick, und ein Summen.

Lucille sank gegen das heiße Glas. Wenn sie jetzt weich wurde und bereute, was sie getan hatte, würde sie in diesem Leben nie mehr irgendwohin kommen.

Sie drückte auf die Gabel und suchte in ihrer Handtasche Kleingeld für ein Ferngespräch nach Kalifornien. Die Nummer hatte sie in die Rückseite ihres Scheckbuches eingekratzt. Am anderen Ende klingelte es zweimal, ein seltsam flüssiges, hallendes Klingeln. Eine Frau mit nasaler Stimme meldete sich: »Hall und Fliegleman.«

Lucille benutzte ihre Theaterstimme: »Guten Morgen. Kann ich bitte Harry Hall sprechen.«

»Wen darf ich melden?«

»Carolyn Clay.«

»Weiß er, worum es geht, Miss Clay?«

»Ja, schon – sagen Sie ihm, es ist Lucille aus Alabama.«

»Lucille.«

»Ganz recht.«

»Lucille Clay?«

»Lucille Vinson. Er hat mich angerufen. Er wird sich erinnern.«

»Moment bitte.« Die Frau schaltete um. Eine muntere Melodie

kam jetzt aus dem Hörer. Lucille überlegte, wie tollkühn es war, ihre beiden Namen in einem einzigen Gespräch preiszugeben.

Das Fräulein in der Vermittlung sagte: »Bitte werfen Sie vierzig Cent für die nächsten drei Minuten ein.«

Durch die Tür der Telefonzelle sah Lucille einen Trooper des Staates New Mexico in die Parklücke einbiegen, die sie eben freigemacht hatte. Hektisch fummelte sie auf dem Boden ihrer Tasche nach Kleingeld.

»Miss Clay, es tut mir leid, Mr. Hall ist im Moment in einer Besprechung. Darf ich mir Ihren Namen notieren und –«

Tüüt! »Vierzig Cent für die nächsten drei Minuten.«

»Bitte nur noch eine Minute!«

»Hallo«, näselte die Sekretärin. »Sind Sie noch dran? Mr. Hall ist in einer Besprechung.«

»Ich rufe morgen wieder an.« Lucille knallte den Hörer auf die Gabel und ging zu ihrem Cadillac zurück.

Der schlaksige Trooper stand mit verschränkten Armen vor ihr und musterte sie durch seine spiegelnde Sonnenbrille. Versuchte er, ihr Nummernschild zu lesen? Blitzartig begriff Lucille, wie idiotisch es war, ein gestohlenes Auto zu fahren, ohne die Nummernschilder auszuwechseln, was jeder Autodieb in einem Film automatisch macht.

Sie winkte ihm kokett mit drei Fingern und stieg ein. Ganz ruhig jetzt, fahr einfach los, überhaupt kein Grund zur Aufregung.

Mit angehaltenem Atem fuhr sie auf die Straße hinaus.

Der Trooper fuhr hinter ihr auch aus dem Parkplatz.

»O mein Gott. Chester, er verfolgt mich.«

Chester antwortete natürlich nicht. Sie stellte sich vor, daß ihm ihre Zwangslage großen Spaß machte.

Sieben Schuß im Magazin. Wenn sie die Alternative hatte, ins Gefängnis zu kommen oder einen Polizisten zu erschießen, was würde sie tun? War es mit ihr schon so weit gekommen?

Eins stand fest: Sie war nicht so weit gefahren, um sich in einem Kaff in New Mexico verhaften zu lassen.

Sie mußte einen kühlen Kopf behalten. Einen Plan machen. Irgendwas, um ihn abzulenken, damit es erst gar nicht so weit kam.

Sie kontrollierte ihr Make-up im Rückspiegel. Sie wirkte ein bißchen abgespannt und zerknittert, aber trotzdem noch attraktiv genug. Vielleicht konnte sie ihre Haut retten, wenn sie dem Kerl schmeichelte und auf die Tränendrüsen drückte.

Der Trooper folgte ihr in gleichbleibendem Abstand.

Lucille wußte sehr gut, welches Verbrechen sie begangen hatte und welche Strafe darauf stand. Vorsätzlicher Mord war ein Kapitalverbrechen, und sie hatte Chester weiß Gott vorsätzlich umgebracht. Wenn sie gefaßt und verurteilt wurde, hatte sie gute Aussichten, auf den elektrischen Stuhl zu kommen. Der elektrische Stuhl von Alabama war notorisch defekt. Alle paar Monate las man von irgendeinem bedauernswerten Mörder, dem durch die ersten Stromschläge nur die Haare angesengt wurden und der dann da schwelend und benommen sitzen und warten mußte, bis die ihre Drähte richtig hinfummelten. Das war Grund genug, sich jeden Gedanken an eine Verhaftung aus dem Kopf zu schlagen.

Dennoch, das Bewußtsein, das denkbar schlimmste Verbrechen schon begangen zu haben, verschaffte Lucille ein bemerkenswertes Freiheitsgefühl. Alle Lebensregeln waren aufgehoben worden durch das Rattengift, das sie Chester in den Kaffee gerührt hatte. Jetzt begriff sie, wie diese Verrückten zu Massenmördern wurden. Wenn man schon einen Menschen umgebracht hat, wieviel schlimmer kann es dann noch werden, mit der Strafe? Warum nicht gleich einen ganzen Leichenberg? Warum nicht alle Rechnungen begleichen und jedem verzweifelten Drang nachgeben, der einen überkommt?

Mehr als einmal können sie einen nicht hinrichten.

Sie traute es sich zu, den Trooper zu erschießen. Wenn es sein mußte. Sie hätte es lieber nicht getan. Aber sie wäre dazu imstande gewesen. Und wenn sie es tat, würde sie nicht bloß schießen, um ihn zu verletzen oder ihm Angst einzujagen. Sie würde keinen Zeugen zurücklassen.

Als ob er ihre Gedanken gelesen hätte, schaltete der Trooper genau in dem Moment seine roten Lampen und die Sirene ein.

Nur kein Händezittern. Alles in Ordnung. Ganz folgsam rechts ran fahren.

Sie brachte das Auto unter einer Reklametafel zum Stehen, auf der ein Mann und eine Frau durch die Luft auf ein offenes Kabrio zuschwebten: »Lassen Sie sich von HERTZ in den Fahrersitz heben.« Sie suchte ihren Führerschein hervor und legte die Handtasche mit offenem Verschluß so hin, daß sie die Pistole gut erreichen und mit einer zügigen Bewegung auf den Kerl richten konnte. Falls sie mußte.

Der Trooper, ein schlaksiger junger Mann in graubrauner Uniform, fädelte sich aus dem Auto. Er kam angeberisch auf sie zu und tätschelte dabei sein Pistolenhalfter.

»Morgen, Officer.« Sie setzte ihr herzlichstes Lächeln auf.

»Ihren Führerschein bitte.«

Wäre Lucille raffiniert gewesen, hätte sie sich längst einen falschen Führerschein beschafft, aber so gab sie ihm den echten mit ihrem echten Namen und ihrer Adresse.

Er sah ihn sich genau an. »Diese Führerscheine aus fremden Staaten sehen anders aus als unsere«, sagte er. Nach seinem hübschen, nichtssagenden Gesicht zu urteilen hatte er erst vor kurzem die Polizeischule absolviert.

»Hab ich was falsch gemacht?« sagte Miss Unschuld 1965. »Zu schnell gefahren bin ich jedenfalls nicht.«

»Nein, Ma'am«, sagte er. »Es ist wegen Ihrem Kleid.«

»Was?«

»Ihr Kleid.« Er zeigte mit dem Daumen darauf. »Sie haben es in der Tür eingeklemmt.«

»Ach du meine Güte.« Lucille sah hinunter, und tatsächlich, der Saum ihres bunten mexikanischen Rocks steckte zwischen Holm und Tür. Sie öffnete die Tür; ein Fettfleck, und zwei Handbreit Stoff, die draußen hingen. »Stimmt auffallend.«

»Ich dachte mir, Sie würden lieber nicht so weiterfahren«, sagte er, »und sich das hübsche Kleid verderben.«

»Tja.« Sie lächelte. »Das ist sehr aufmerksam von Ihnen.«

»Darf ich bitte auch Ihre Zulassung sehen?«

Lucille kramte umständlich im Handschuhfach. »Tut mir leid, Officer. Das Auto gehört meinem Freund. Ich kann sie da drin nicht finden.«

»Aha, Ihrem Freund.« Seine Augen waren hinter den spiegelnden Gläsern nicht zu sehen. »Und der ist aus Louisiana?«

»Ja. New Orleans.«

Der Trooper trat von einem Fuß auf den anderen. Sie stellte sich den harten, mageren Körper in der geräumigen Uniform vor. »Ich nehme an, er weiß, daß Sie mit seinem Wagen unterwegs sind?«

»Ja, sicher.« Sie dachte sich rasch eine Story aus. »Er weiß es. Wir hatten einen Riesenkrach. Ich sagte ihm, das Auto wäre das mindeste, was mir zustünde, nach allem, was er mir angetan hat. Er hat zugesehen, wie ich weggefahren bin.«

»Sie sind eine eigenwillige junge Dame, stimmt's? Würden Sie bitte aussteigen?«

»Danke, aber mein Rock ist ja wieder ganz im Auto. Und ich habe noch eine lange Fahrt vor mir.«

»Miss Vinson, dieses Fahrzeug wurde letzten Freitag in New Orleans als gestohlen gemeldet.«

»Also dieser Dreckskerl. Ich hätt's mir ja denken können, daß er mir so einen fiesen Streich spielen würde.« Sie legte sich ins Zeug, zog eine Show ab. Mit der rechten Hand nestelte sie an der falschen Kroko-Handtasche auf dem Beifahrersitz. »Officer, Sie sehen aus, als wären Sie ein netter Mensch. Ich weiß, was Sie denken. Aber Sie können mich nicht zurückschicken. Ich mußte weg von diesem Mann. Sie können sich nicht vorstellen, was der alles mit mir gemacht hat.«

Der Trooper räusperte sich. »Tut mir leid, Ma'am, aber wenn ich ein Fahrzeug sehe, das auf unserer Liste steht, kann ich es nicht einfach weiterfahren lassen.«

Er hatte nicht viel Phantasie, aber dieses nervöse Räuspern klang ganz verheißungsvoll. Lucille entschied sich für den Direktangriff. Sie streckte das Bein aus, so daß der Rock übers Knie rutschte. Und sie ließ ihre Stimme in Femme-fatale-Tiefen absinken. »Er hat keine Ahnung gehabt, wie man eine Frau glücklich macht«, sagte sie. »Er war ein grober Klotz. Er hat mich« – sie schauderte – »er hat mich gezwungen, alle möglichen Sachen zu machen.«

Der Trooper schluckte und machte einen Schritt vorwärts. »Was denn zum Beispiel?«

»Oh, das kann ich Ihnen nicht sagen. Diese Wörter könnte ich niemals aussprechen. Er ist Barkeeper von Beruf, wissen Sie. Er trinkt, kommt heim, und dann – nein, es ist einfach zu schrecklich. Ich kann's nicht sagen.« Sie beobachtete ihn aus dem Augenwinkel. »Schon gar nicht zu so einem großen, kräftigen Polizisten wie Ihnen.«

Er fuhr sich mit der Zunge über die feuchte Oberlippe. »Sie können es mir ruhig sagen«, sagte er. »Nur zu.«

Lucille zog das andere Knie an und nahm die Sonnenbrille ab. »Ich kann's Ihnen nicht sagen, aber ich kann's Ihnen zeigen.«

Seine Reaktion war unübersehbar. Sie war froh, daß sie ihn nicht würde umbringen müssen. Alle Männer sind gleich. Der Weg zu ihrem Herzen führt durch die Vorderseite ihrer Hosen. Und wenn man sie in eine Uniform steckt, ihnen eine Kanone und eine Polizeisirene gibt, bleiben sie trotzdem genau wie alle anderen Männer – nur daß sie noch mehr daran gewöhnt sind, zu kriegen, was sie wollen.

»Gefällt es Ihnen?« fragte er. »Ich meine, wenn er sie zwingt, so Sachen zu machen.«

Lucille liebkoste ihn mit Blicken; sie fing bei seinem Reißverschluß an und arbeitete sich langsam zum Gesicht hoch. »Er hat gesagt, ich seh aus wie eine Nutte. Finden Sie, daß ich wie eine Nutte aussehe?«

»Nein, Ma'am, natürlich nicht.« Er wurde zusehends begehrlicher. »Ich finde Sie sehr schön.«

»Ich könnte wetten, Sie wissen, wie man mit einer Frau umzugehen hat«, sagte Lucille. »Ich wette, Sie sind richtig lieb.«

»Ja, Ma'am.« Gleich würde ihm der Kragenknopf platzen. »Ich glaube schon.«

»Sagen Sie doch nicht andauernd ›Ma'am‹ zu mir. So alt bin ich noch nicht. Sind Sie verheiratet?«

Er ließ die linke Hand in der Hosentasche verschwinden und streifte sichtlich mühsam den Ring ab. »Verheiratet?«

»Sie wissen schon. Mit einer Frau und so.«

»Um Gottes willen«, sagte er. »Ich doch nicht.« Auf der Stirn brach ihm der Schweiß aus.

Zuerst hatte Lucille gedacht, es würde reichen, mit ihm zu flirten, bis er verlegen wurde und sie weiterfahren ließ, aber sie wäre noch keine drei Meilen weg gewesen, da hätte der Polizist in ihm die Oberhand gewonnen und er wäre ihr doch wieder nachgefahren. Nein, da mußte sie jetzt durch. Aber bei Licht besehen war der Gedanke gar nicht so abstoßend. Vielmehr sogar ziemlich aufregend.

»Wie heißen Sie?« fragte sie.

»Bill.«

»Hi, Bill. Ich bin Lucille. Wüßten Sie ein Plätzchen, wo wir hinfahren könnten?«

»Hinfahren?« Er sah zu dem Hertz-Paar auf, das wie durch Zauberkraft in das Auto gehoben wurde.

»Na ja, hier können wir uns ja nicht besser kennenlernen, so vor Gott und aller Welt, oder?«

Er grinste. »Nein, das wohl nicht. Ich weiß nicht. Ich hab noch nie . . . das heißt, ungefähr eine Meile von hier zweigt ein Fahrweg ab, der geht zu dem alten Gipsbergwerk. Da draußen sieht man nie eine Menschenseele.«

»Na, dann fahr ich Ihnen doch einfach nach«, sagte Lucille. »Ich war noch nie in einem richtigen Polizeiauto.«

Trooper Bill war so restlos von den Socken, daß er bei den paar Schritten zurück zu seinem Auto fast über die eigenen Füße gestolpert wäre. Lucille stellte sich vor, wie andere Trooper diesem schlaksigen Jungen wilde Geschichten von Liebesabenteuern am Straßenrand erzählten und er mitlachte und sich dabei die ganze Zeit dachte: *Eines Tages mach ich das auch*. Und heute war dieser Glückstag.

Er fuhr an ihr vorbei und grüßte mit einem breiten, dümmlichen Grinsen.

Lucille startete den Cadillac und setzte sich hinter ihn. Sie kam sich ein bißchen billig vor. In all den Jahren mit Chester hatte sie es nie am hellichten Tag getrieben. Die Vorstellung war pervers und verlockend. Vielleicht war sie zur Kurtisane geboren und hatte es bis jetzt nur nicht gewußt. »Pfoten weg vom Funkgerät, Bill«, flüsterte sie. »Denk nur an das, was du jetzt gleich erleben wirst.«

Er bog ab, wo eine Autospur über einen Hügel führte, durch struppige, gespenstisch weiße Büsche, die von feinem weißen Pulver bedeckt waren. Von der Anhöhe aus sah man in der Ferne eine Ansammlung verfallener Fördertürme und dahinter die endlose platte Wüste. Der Trooper wurde am Fuß des Hügels langsamer und hielt an.

Lucille ließ den Verschluß ihrer Handtasche zuschnappen und stieg aus. »Ich hab so was noch nie zuvor getan«, sagte sie. »Wahrscheinlich kann ich einfach dieser Uniform nicht widerstehen.«

Trooper Bill öffnete seine Tür. Sein Grinsen war ihm geblieben. »Sie sind ein richtig loses kleines Mädchen, hab ich recht?« sagte er und drohte ihr mit dem Finger.

Sie schlenderte auf seinen Wagen zu und warf lässig die Handtasche hinein. »Wenn du's genau wissen willst: Ich bin auch ziemlich gut.«

Er schlang den Arm um sie und zog sie hinein. Sein Atem roch angenehm süß; er hatte schnell noch ein Pfefferminzbonbon zerkaut, sie sah kleine Bröckchen davon zwischen seinen Zähnen. Dann küßte er sie, küßte sie zu fest, er preßte seine Zähne in ihre Lippen und polkte mit seiner Zunge in ihrem Mund herum. Er hatte bestimmt noch nicht mehr als zwei oder drei Mädchen geküßt und dann eine geheiratet, die nichts vom Küssen verstand. Er ging ran wie ein Pferd, das seine Box niederzutrampeln versucht.

»Sachte, Tiger, immer mit der Ruhe, nicht so wild. Mach einfach den Mund auf und – entspann dich.« Sie nahm ihm die Pilotenbrille ab. »Du hast hübsche Augen«, sagte sie, kuschelte sich an ihn und küßte ihn sanft, um ihm zu zeigen, wie's geht.

Er lernte rasch. Seine Hände krochen um sie herum, tasteten sich an den Seiten zu ihrem Po vor. »Oh, Baby.«

Sie schob das Knie zwischen seine Beine, ließ ihre Zunge um seine kreisen, hielt ihn auf Trab, während ihre Finger das Schloß seines Pistolengurts fanden, es mit einem Ruck aufrissen und den Gurt neben ihre Handtasche auf den Wagenboden warfen.

Sie stieß ihn zurück, kroch über ihn. Mit dem Handballen rieb sie über die harte Stelle in seiner Hose. Sie hakte seinen Hosenbund auf, zerrte am Reißverschluß.

»Warte, laß mich das machen.« Er war außer Atem, seine Stimme vor lauter Begeisterung ganz fahl. Unter Verrenkungen streifte er sich die Hose ab, und zum Vorschein kamen gestreifte Boxershorts, durch deren Schlitz ein kräftiges rotes Monster den Kopf herausstreckte.

Lucille rutschte höher hinauf, bis sie rittlings auf ihm saß. Sie zupfte an seinen Hemdknöpfen und legte eine magere Brust frei, so weiß wie die Wüste. Überall, wo sie ihn mit den Fingernägeln berührte, bekam er sofort Gänsehaut. Seine kleinen braunen Brustwarzen richteten sich auf. In seinen Augen stand der wunderbarste Glanz freudiger Überraschung. Er packte sie am Nakken und zog sie zu sich herunter, küßte sie und schnurrte leise, die Finger im Bund ihres Höschens.

»Moment mal, Großer.« Sie zog ihm das Hemd übers Gesicht und leckte und knabberte sich über seine Brust zum Nabel hinunter.

Mit der freien Hand tastete sie den Pistolengurt nach dem U-förmigen Lederetui ab, in dem seine Handschellen waren. Mit der Zungenspitze kitzelte sie seinen Nabel. Er stöhnte und wand sich.

Sie umfaßte mit der anderen Hand sein großes Ding, richtete sich auf und stülpte sich über ihn, verschlang ihn.

»O Gott«, rief er, »o mein Gott!« Jäh stieß er hoch, und Lucille japste. Er zitterte, das Hemd wurde ihm über den Kopf gezogen, und dann ritt sie auf ihm, yippie-yeah! Sie schaukelte und schaukelte, blitzartig kam die Erinnerung, wie sie als Kind auf dem Schaukelpferd geritten war, schaukelnd und reitend – aber wohin? Ein Blitz und ein Schauder, ein sich ausbreitendes Netz aufzuckender Nerven, köstliche kleine Kracher, die auf ihrem ganzen Körper explodierten.

Mann o Mann. Sie legte sich mit ihrem ganzen Gewicht ins Zeug, ließ Schweiß auf ihn tropfen. Es war herrlich, daß er da unter ihr war, ganz und gar in ihrer Gewalt.

Er warf den Kopf hin und her. Er schnaufte und keuchte. Sie preßte ihm die Knie an den Brustkorb. »Na komm«, sagte sie heiser, »komm schon, komm.«

Er war jung und hart. Lucille nahm ihn, wie sie selbst immer hatte genommen werden wollen, hart und schnell, ja, das war es, was in ihrem Leben fehlte, ein richtiger Mann, der sie zu ihrem Vergnügen nahm, wann immer sie wollte.

Ihre Schreie kamen von ganz tief drinnen, Geräusche, die sie noch nie gemacht hatte, urtümlich wilde Tierlaute in der Wüste. Sie hörte ihn grunzen, spürte seinen Strahl.

Sie ließ sich auf ihn fallen und behielt den Rhythmus bei,

streckte aber zugleich die Hand aus und tastete auf dem Boden nach der Handtasche, der Pistole. Sie fand sie, entsicherte sie und brachte sie in Anschlag, die Mündung auf seine Nasenwurzel gerichtet.

Blinzelnd machte er die Augen auf. »Was zum Teufel soll das?«

Lucille schob ihm die Spitze des Laufs ins linke Nasenloch. »Ganz ruhig, Süßer«, sagte sie. »Du bist jetzt mein Gefangener.« Sie schenkte ihm ihr lüsternstes Grinsen und spannte ihre inneren Muskeln an.

Er verzog das Gesicht. Seine Augen weiteten sich. »Verdammt«, grunzte er und ruckelte sich von ihr los. »Was – tust du denn da? Leg das Ding weg.« Ein Speichelfaden lief ihm aus dem Mundwinkel.

»Das war schön«, sagte sie. »Richtig schön. Aber jetzt wirst du genau das tun, was ich dir sage. Sonst erschieß ich dich auf der Stelle, glaub mir. Hab's schon einmal gemacht.« Naß glitt sie von ihm herunter und richtete sich auf die Knie auf. »Dreh dich auf den Bauch. Die Hände auf den Rücken.«

Er stöhnte und drehte seinen pickligen Hintern himmelwärts. Sie hielt ihm die Pistole ins Genick, während sie überlegte, wie die Handschellen aufzuschließen waren.

»Du bist wahnsinnig«, sagte er. »Weißt du nicht, was du dir damit für Ärger einhandelst?«

Sie ließ die Handschellen um das eine Gelenk zuschnappen, dann um das andere.«Schätzchen, du bist mein geringstes Problem«, sagte sie. »Du hast nicht zufällig zwei übrige Nummernschilder dabei, oder?«

Er trat mit beiden Beinen gleichzeitig nach ihr, aber Lucille wich ihm aus, löste sich ganz von ihm und stieg aus, fand ihren Slip im Staub und zog ihn an. Der Trooper bäumte sich auf, flappte wie ein Fisch auf dem Trockenen.

Lucille sammelte seine Sachen, ihre Handtasche, den Pistolengurt und das Gewehr vom Vordersitz ein und trug alles zum Cadillac.

Sie fesselte ihm mit zwei Paar Handschellen die Hände an die Fußgelenke, dazwischen der Fensterholm, sein nackter Hintern auf dem heißen Vinyl. Sie rechnete damit, daß er jeden Moment versuchen würde, nach ihr zu treten oder sie niederzuschlagen, aber seine Nacktheit und der Pistolenlauf an seinem Kopf hatten ihn plötzlich kirre gemacht.

»Danke für alles, Bill. Genau so was wie dich hab ich gebraucht. Tut mir leid, daß ich dich so behandeln muß.«

»Das zahl ich dir heim«, fauchte er. »Da kannst du Gift drauf nehmen.«

Sie setzte sich auf den Fahrersitz, ließ den Motor an, lenkte den Wagen von der Fahrspur herunter und richtete ihn auf die flache weiße Wüste aus. Das Funksprechgerät zischte sie an.

Der Trooper schrie seine Flüche heraus, belegte sie mit den übelsten Schimpfwörtern. Lucille beachtete ihn nicht. Sie suchte sich einen Steinbrocken fürs Gaspedal. Sie legte den Automatikhebel auf *Drive* und stieg aus.

Das Auto fuhr los, mit zwei bis drei Meilen pro Stunde, rollte durch die brettebene Wüste auf den flimmernden Horizont zu. Das Geheul des Troopers verklang mit dem Knirschen der Reifen.

Lange Zeit stand Lucille da und sah zu, wie der Wagen dahinkroch und immer kleiner und kleiner wurde, bis er nur noch ein Pünktchen in der Ferne war. Sie stieg in den Cadillac und fuhr mit aufheulendem Motor in einer weißen Staubwolke zum Highway zurück.

»Hallo, Chester«, sagte sie. »Ich hab's getan. Am hellichten Tag. Und stell dir vor, er war besser, als du jemals gewesen bist.«

Sie mußte laut auflachen. Sie setzte die Sonnenbrille auf, wickelte das Sandwich mit gegrilltem Käse aus und raste hinaus ins Bezaubernde Land.

12
PEEJOE / Industry

Beim Monopoly, wie wir es immer mit Meemaw gespielt hatten, kam es darauf an, daß das Spiel Stunden um Stunden dauerte und der Reichtum rings um den Tisch verteilt wurde. Meemaws Großzügigkeit würzte unsere Regeln; sie meinte, die Regeln im Schachteldeckel seien von Menschen geschrieben, die selber nie viel gespielt hätten und ihren Mitmenschen keine Achtung entgegenbrächten.

Mabel und Dove und Earlene spielten ein ganz anderes Spiel. Sie hielten sich an die auf die Innenseite des Schachteldeckels gedruckten Regeln wie an die Zehn Gebote. Das fing schon damit an, daß mit einem komplizierten Würfelritual bestimmt werden mußte, welcher Spieler welche Figur bekam.

»Peejoe ist der Hund«, verkündete Mabel.

»Ich kann den Hund nicht ausstehen«, sagte ich. »Ich will die Kanone sein. Ich krieg immer die Kanone.«

»Laß ihn halt die Kanone sein, Mabel«, sagte Dove.

»Wiley ist die Kanone. Er hat sich's ehrlich erwürfelt.«

Wiley sagte: »Sei kein Baby, Peejoe.«

»Okay.« Ich verdrehte die Augen. »Dann bin ich eben der Hund.« Es war ein doofer Hund, ein mißlungener Schnauzer. Wiley wirkte ekelhaft selbstzufrieden, wie er meine Kanone auf »Los« stellen konnte.

»Wenn wir nicht bald anfangen, ist es Zeit, ins Bett zu gehen«, sagte Earlene, die der ganzen Welt gram war, seit sie erfahren hatte, daß sie nicht zu Irma Belle Davenports Damentee am nächsten Tag eingeladen war.

Der Leichnam der alten Mrs. Eldridge lag in Raum sechs, direkt unter uns. Den ganzen Tag hatte ich mich zwischen den Beileidsbesuchen immer wieder hinuntergeschlichen, um sie noch einmal anzusehen. Dove hatte hinter den grauen Türen Wunder gewirkt, mit Unterstützung seines Teilzeit-Kosmetikers Randall Mulch, der in die letzte Klasse der High-school ging, eine Brille mit dicken schwarzen Gläsern trug und auf mädchenhafte Weise seine Hände flattern ließ, wenn er redete. Dove und Randall hatten diese eingefallene Knochenhülle in eine glaubwürdige Nachahmung einer schlafenden alten Frau verwandelt, mit einem rosigen Schimmer auf den Wangen und einem feinen Lächeln, das an süße Träume denken ließ.

Wenn abends die Trauergäste kamen, blieben wir oben in der Wohnung. In Raum sechs wimmelte es von Eldridges, deren Kommen und Gehen der alte Milton in geregelte Bahnen lenkte. Jedesmal wenn die Vordertür ins Schloß fiel, pflanzten sich die Erschütterungen durch das ganze alte Haus fort und ließen den Stapel Ereigniskarten auf dem Monopoly-Spielplan erzittern.

»Du bist dran, Peejoe.« Earlene malte sich die Fingernägel rot an, wenn sie nicht gerade an der Reihe war. Sie hob mit Daumen und kleinem Finger die Würfel auf und ließ sie mir in die Hand fallen.

Ich warf zwei Sechsen. »Paßt! Rathausplatz. Kauf ich«, sagte ich. »Die grünen sind mir die liebsten.«

»Du hast aber nicht genug Geld«, sagte Mabel. »Du brauchst hundertachtzig Dollar.«

»Dann gib mir halt ein Darlehen von der Bank.«

Mabel hatte sich selbst zum Bankier ernannt. »Die Bank vergibt keine Darlehen. Hättest halt nicht dein ganzes Geld für die Eisenbahnen ausgeben dürfen.«

»Komm schon, Wiley, sag ihr, daß sie mir ein Darlehen geben muß.«

»Pech für dich, Peejoe«, sagte er und hielt die Schachtel hoch. »Lies die Regeln. Da steht nichts drin über Darlehen.« Wiley hatte schon einen ganzen Stapel erstklassiger Besitzrechtskarten angesammelt, und jetzt gönnte er mir nicht mal so ein lausiges rotes Grundstück. Ich nahm Hypotheken auf zwei Bahnhöfe auf und kaufte trotzdem.

Mabel landete auf dem Ereignis-Feld, dem ominösen Fragezeichen. Sie drehte eine der hellblauen Karten um. »Gehe in das Gefängnis. Begib Dich direkt dorthin. Gehe nicht über Los«, las sie ab. »Kommt mir gerade recht. Ich bleib schön drin sitzen und kassier meine Mieten.«

Earlene würfelte eine Neun und kam mit ihrem silbernen Schuh direkt auf die Schloßallee, die beste Immobilie überhaupt. »Na, die kauf ich doch gleich«, sagte sie und befächelte sich affektiert die Nägel mit der Besitzrechtskarte.

»Immer kriegst du die Schloßallee«, sagte Dove.

»Manche Menschen sind eben zum Reichtum geboren«, meinte Earlene. »Los, Wiley.«

Wiley spielte sein übliches erbarmungsloses Spiel des Erwerbs und der Eroberung und baute ganz ernst kleine grüne Häuser. Mabel schloß einen Tauschhandel mit ihrer Mutter ab und bekam die roten Immobilien für vierhundert Dollar und das begehrte Schloßallee-Parkstraßen-Monopol. Häuser und Hotels wuchsen überall auf dem Spielplan in die Höhe.

»Paß auf, Peter Joseph«, sagte Dove, »die legen uns aufs Kreuz, wenn wir uns nicht zusammentun. Wenn du mir den Opernplatz gibst und ich dir die Haupt- und die Bahnhofstraße, dann könnten wir uns beide ein paar Häuser bauen.«

»Das ist unfair«, sagte Mabel. »Du gibst Peejoe das zweitbeste Monopol überhaupt für ein Butterbrot.«

»Kampf ums Dasein«, sagte Dove.

Wir tauschten die Karten aus und besiegelten die Transaktion per Handschlag. Mit Dove als Verbündetem konnte ich in kürzester Zeit ganze Häuserreihen auf den piekfeinen grünen Grundstücken bauen. Earlene tappte in die Bahnhofstraße und mußte alle ihre Häuser verkaufen, um mir die Miete bezahlen zu können. Ich wandelte meine Häuser in dicke rote Hotels um.

Dove trank einen Schluck Bourbon. »Wiley, würfeln.«

Nach drei weiteren Runden sah es allmählich so aus, als ob ich gewinnen würde. Earlene kam noch einmal auf die Hauptstraße und war bankrott; ihr ganzes Vermögen fiel an mich. Sie schnaubte verächtlich und stand auf, um eine Packung Chun-King-Frühlingsrollen aufzuwärmen. Ich baute die Hotels auf der Parkstraße und der Schloßallee wieder auf und wartete, daß mir einer ins Netz ging.

Es dauerte nicht lange. Schon beim nächsten Wurf landete Mabel auf der Schloßallee. Ihr Gesicht verzog sich zu einer enttäuschten Grimasse. Sie mußte auf alles Hypotheken aufnehmen, um ihre Schulden bei mir zu bezahlen. »Da kann ich ja gleich aufhören«, schmollte sie.

»Ach, komm«, sagte Wiley. »Brauchst du ein Darlehen?«

»Du darfst ihr keins geben«, sagte ich. »Keine Darlehen, hast du gesagt, weißt du noch?«

Mabel warf mir einen vernichtenden Blick zu. »In den Regeln steht, daß die *Bank* keine Darlehen vergibt. Über Privatdarlehen der Spieler steht nichts drin«, behauptete sie frech. »Danke, Wiley, ich glaube, mit dreihundert Dollar könnte ich mich über Wasser halten, bis ich über Los komme.«

Wiley wußte genau, daß den Spielern das Verleihen von Geld untereinander verboten war, aber er tat ihr den Gefallen. Der einsame Wolf, der eingefleischte Einzelgänger war auf einmal ein Ausbund an Nächstenliebe. Mir fiel auf, wie die Machtverhältnisse sich verschoben. Seit wir nach Industry gekommen waren, war Mabel mein Kumpel gewesen und hatte immer eine gewisse kratzbürstige Distanz zu Wiley gewahrt. Jetzt machten sie gemeinsame Sache gegen mich.

»Aha, ich verstehe.« Ich verschränkte die Arme. »Ihr haltet euch nur so lange strikt an die Regeln, bis ihr selber in Schwierigkeiten kommt.«

»Kampf ums Dasein«, erwiderte Wiley. »Wie Onkel Dove schon sagte.«

»Jetzt kommt, Leute«, sagte Dove. »Ist doch nur ein Spiel.«

Das Darlehen von Wiley zerrann; nicht lange, und Mabel saß im Gefängnis, kämpfte mit den Tränen und sah mich böse an, weil sie nicht mal die fünfzig Dollar hatte, um sich freizukaufen.

»Hier hast du fünfzig, May Belle«, sagte Dove. »Nimm's als verfrühtes Geburtstagsgeschenk.«

»Herzlichen Dank«, sagte sie beleidigt. »Ich war am Gewinnen, bis du den Handel mit Peejoe gemacht hast.« Ganz plötzlich war sie zum Sozialfall geworden. Ich machte eine Grimasse zu Wiley hin, um ihm meine Meinung darüber kundzutun, aber er war zu sehr damit beschäftigt, Mabel mit tiefempfundenem Mitgefühl in die Augen zu schauen.

»Hier sind nochmal hundert«, sagte er. »Dann bist du nicht ganz pleite.«

»Danke, Wiley.« Sie schniefte noch ein bißchen und beruhigte sich.

Earlene kam mit den Frühlingsrollen. Ich biß in eine hinein, schrie auf, ließ den Mund offen und blies auf den kochendheißen Brei.

»Paßt auf, die sind sehr heiß«, sagte Earlene.

»Ah na ah ah«, machte ich und wedelte mit der Hand vor dem Mund. Noch Tage danach schmeckte ich rein gar nichts.

Mabel nahm die Würfel, schüttelte sie in den Händen und warf sie. Der eine zeigte die Vier. Der andere sprang vom Tisch und fiel in den zottigen Teppich.

»Eine Drei«, sagte ich.

»Das ist unfair, er liegt schief. Ich muß nochmal werfen.«

»Vergiß es, Mabel. Es ist eine Drei. Vier plus drei ist sieben. Damit kommst du auf die Schloßallee. Du schuldest mir zweitausend Piepen. Du bist draußen.«

»Hör schon auf, Peejoe«, sagte Wiley. »Laß sie doch noch mal würfeln.«

»Er liegt wirklich ein bißchen schief«, sagte Dove und bückte sich, um ihn aufzuheben, »aber von hier aus sieht's tatsächlich nach einer Drei aus.«

»Ja, ja, halt du nur zu ihm«, platzte Mabel heraus, und ihre Augen funkelten. »Du hältst zu jedem, wenn du nur gegen mich sein kannst! Du willst, daß ich verliere!«

»Quengel nicht, Mabel!« sagte Earlene.

»Aber wenn's doch wahr ist, Mutter«, jammerte sie. »Er hilft Peejoe, mich fertigzumachen.«

Ich wußte genau, wie ihr zumute war; mir war es oft genug genauso gegangen. Aber diesmal war ausnahmsweise ich auf der Siegerstraße, und ich brachte es einfach nicht über mich, Gnade vor Recht ergehen zu lassen. »Zweitausend Dollar«, sagte ich. »Du kannst dir ja bei Wiley noch was borgen.«

Mabel starrte mit schrecklicher Intensität auf den Spielplan, als ob sie Supergirl sei und mit ihrem Hitzeblick ein Loch hineinbrennen wollte.

Ein kalter Luftstrom wehte durchs Zimmer.

Ich werde nie erfahren, ob Mabel mit dem Knie von unten an den Kartentisch stieß oder irgendeinen anderen unsichtbaren Trick anwandte. Alles passierte auf einmal. Der Spielplan flog in die Luft und verstreute rote und grüne Plastikhotels und -häuser und Ereigniskarten, daß sie auf den Teppich herunterregneten. Gleichzeitig gab es unten ein Getümmel, eine Tür wurde zugeknallt, dann noch einmal, und das ganze Haus zitterte von schnellen Schritten.

Dove fuhr aus seinem Sessel auf: »Was zum Henker . . .« Als er die Tür aufmachte, hörten wir von unten lautes Geschrei und lautes Fußgetrappel von davonlaufenden Leuten.

Dove rannte die Treppe hinunter. Mabel sah mit einem unergründlichen Lächeln auf das zerstörte Spiel hinunter.

»Hast du fein gemacht, Mabel.« Ich ging zur Tür.

Auf dem Treppenabsatz hörte ich Dove mit beschwörender

Stimme sagen: »Jetzt beruhigt euch doch, beruhigt euch, so was kommt vor.« Ich ging so weit die Stufen hinunter, daß ich um die Ecke schauen konnte. Die Haustür stand sperrangelweit offen. Auf dem Rasen vor dem Haus heulten und schrien Frauen.

»Um Gottes willen, Dove, sie lebt!« schrie ein Mann – es war Mr. Eldridge. »Sie lebt!«

»Aber so hör doch, J. D. ...« Dove brach ab, als er mich und Wiley auf der Treppe sah. Wir drückten uns dicht am Geländer entlang an ihm vorbei, hinunter in den Flur.

Milton stand vor der Tür von Raum sechs und rieb die Hände aneinander.

»Milton! Was ist passiert?«

»Hat sich aufgesessen«, sagte er.

»Was?«

»Sie hat sich aufgesessen. Könn ja selber sehn.«

Ich spähte um den Samtvorhang. Jedes Molekül in meinem Körper sprang eine Handbreit zurück.

Mrs. Eldridge mußte es überdrüssig geworden sein, wie eine Tote dazuliegen, und hatte wohl beschlossen, sich aufzusetzen. In ihrem Sarg. Mit den Händen im Schoß. Und einem feinen Lächeln auf den Lippen.

Ich hörte von meinem Platz aus, wie es Wiley würgte.

Auf einmal lautes Gepolter hinter uns, und Mr. Eldridge stürmte an mir vorbei in den Raum. »Mama!« Er rüttelte sie an den Schultern. »Mama, kannst du mich hören?«

Dove ging zu ihm hin und sagte ihm etwas ins Ohr – daß sich manchmal die Muskeln zusammenziehen, wenn bestimmte Nähte nicht halten oder so ähnlich.

J. D. Eldridge wirbelte herum und sah ihn mit weit aufgerissenen Augen an. »Tu was! Sie lebt! Wir haben's alle gesehen! Sie hat Doris' Stimme gehört und sich aufgesetzt!«

Dove packte ihn an den Handgelenken und zog ihn fort. Mrs. Eldridge blieb völlig gerade und aufmerksam sitzen, als wollte sie gleich auch etwas dazu sagen.

»Laß sie, J. D. Ihr fahrt jetzt heim und laßt uns noch ein bißchen an ihr arbeiten. Und morgen kommt ihr wieder.«

»Aber sie lebt! Du hast sie bei lebendigem Leibe balsamiert!«

Dove schüttelte den Kopf. »Nein, das ist unmöglich.«

Wiley sagte: »Onkel Dove?«

Dove zischte uns aus dem Mundwinkel zu: »Raus mit euch.«

Wie der Blitz waren wir verschwunden.

13
PEEJOE / Industry

Am nächsten Morgen lag Mrs. Eldridge wieder brav auf dem Rücken. Dove kam aus der Leichenhalle herauf und sah uns in Raum sechs herumlungern. »Was macht ihr denn hier?«

»Wir warten drauf, daß sie sich wieder aufsetzt«, sagte ich.

»Ich denke, die hat sich zum letzten Mal aufgesetzt.« Dove hatte müde Augen. Bestimmt hatte er die ganze Nacht mit ihr zu tun gehabt. »Ein paar Nähte waren geplatzt. Das kommt immer wieder mal vor. Wißt ihr was, ihr braucht nicht den ganzen Tag hier rumhängen, ihr müßt mal an die frische Luft. Gestern ist das neue Schwimmbad eröffnet worden. Wie wär's, wollt ihr's euch nicht mal ansehen?«

Wir waren einverstanden.

»Und nehmt unbedingt Mabel mit. Die ist noch besser im Stubenhocken als ihr. Sie ist bleich wie ein Gespenst.«

Wir zogen uns die Badehosen an und gingen über den mit Unkraut durchsetzten Rasen in Richtung Stadt. Mabel trug über ihrem Badeanzug ein knöchellanges schwarzes Totenhemd von einem Kleid, einen breitkrempigen Strohhut und eine ganz dunkle Filmstarsonnenbrille. Es war ein gleißend heller, glühheißer Vormittag, aber die Sonnenstrahlen hatten kaum eine Chance, Mabel unter dieser Aufmachung zu finden.

»Du siehst aus wie das Mädchen in der ›Addams Family‹«, sagte ich. »Ich hab gar nicht gewußt, daß wir zu einer Beerdigung gehn.«

»Halt die Klappe, Peejoe.« Wiley ging mit pendelnden Armen so schnell, daß ich immer zwei Schritte hinter ihm war. »Ich finde, sie sieht richtig gut aus.«

»Danke, Wiley.«

»Ach komm, Mabel, du bist doch nicht immer noch beleidigt wegen dem Monopoly gestern?«

»Daß ich nicht lache.« Sie warf mir über die Schulter einen überheblichen Blick zu.

Mir paßte es gar nicht, die Rolle des kleinen Jungen zu spielen, und diese neue Vertraulichkeit zwischen den beiden kam mir verdächtig vor. Ständig steckten sie die Köpfe zusammen, erzählten sich Witze so, daß ich sie nicht mitbekam, und lachten dann übertrieben laut, damit ich auch ja merkte, daß sie mich ausschlossen.

»Los, wir rennen um die Wette«, krähte ich und lief auch gleich los, um einen Vorsprung zu haben. Ich war schon am Ende der Lee Street, als ich merkte, daß die beiden ganz normal weitergegangen waren und mich überhaupt nicht beachteten.

Sie hielten sich also für ein Liebespaar. Ekelhaft. Solche Gefühle konnten sie gar nicht haben. Sie waren noch Kinder, genau wie ich. Das mußte für sie so was wie ein neues Spiel sein, sie spielten Erwachsene.

Und überhaupt. Mabel war für uns eine Cousine ersten Grades. Jeder wußte, daß Cousins nichts miteinander haben durften, weil sie sonst Babys mit zwei Köpfen und Schielaugen bekamen.

Ich tat das einzige, was man tun kann, wenn man ignoriert wird: Ich ignorierte zurück. Ich hüpfte den Hügel hinunter zur Beauregard Avenue, der breiten Straße, die durch die beste Wohngegend von Industry und zum Gerichtsplatz führte.

Als ich um die Ecke bog, hörte ich Gekreisch und Geplätscher, das Plärren eines Radios über einen großen Lautsprecher – »Little Red Ridin' Hood«, ein verschmitzter Song, den ein Wolf sang: *You're everything a big bad wolf could want*, und dann *houhuuu*!

Das Schwimmbecken war so blau wie der Ozean auf einer Rand-McNally-Karte, so blau, daß der Himmel daneben weißlich ausgebleicht wirkte. Ich bewunderte das Treiben durch den Maschendrahtzaun. Dutzende von Kids planschten und kreischten und sprangen und schrien »Mama! Schau her!«, und die Mütter blätterten in einer Zeitschrift und sagten: »Ich schau ja, Schatz«.

Ein Bademeister mit dicken Muskeln und strohblonden Haaren behielt von einem hohen Stuhl neben dem Sprungbrett aus alles im Auge. Teenager räkelten sich auf Badetüchern und sahen mit ihren Sonnenbrillen richtig cool aus. Ich mußte die Augen zusammenkneifen, um das alles in mich aufnehmen zu können – das glitzernde Wasser, den blendenden Beton und die viele nackte Haut.

Ein kugelbäuchiger Mann in dem Häuschen am Eingang schrieb meinen Namen in ein Buch, nahm meinen Vierteldollar und gab mir ein kleines Metallschild, das ich am Bein meiner Badehose anstecken konnte.

Ich ging zum Kiosk hinüber und las die Karte. Drei laute Teenager-Mädchen kamen angehüpft, kicherten und bestellten sich drei Suicides. Ich fragte sie, was ein Suicide ist. Die Mädchen kicherten noch mehr und stießen sich und sahen mich ungläubig an.

Die Kioskfrau reichte ihnen drei schäumende Becher. Die Mädchen rannten davon und kreischten sich halbtot über meine Ignoranz.

Ich fischte einen Vierteldollar aus dem Geheimtäschchen im Bund meiner Badehose. »Einen Suicide, bitte.«

Die Frau schüttete etwas Eis in einen Becher und hielt ihn nacheinander unter die Düsen des Getränkeautomaten – 7-Up und Pepsi und Nehi Orange und Rootbeer und Grapico. Das Gebräu, das sie so zusammenmixte, war rötlich-braun, sprudelte und war unglaublich süß, wie Hustensirup mit Hawaii-Punsch. Eigentlich schmeckte es mir nicht, aber mir gefiel der gefährliche Name des Getränks.

»Hast'n da?« Wiley, dicht neben mir.

»Das ist ein Suicide. Willst mal kosten?« Ich fühlte mich überlegen, weil ich wußte, wie es hieß.

Er trank einen Schluck und verzog das Gesicht. »Pfui Teufel. Was'n das für'n Dreckszeug?«

»Alle verschiedenen Geschmäcker zusammengemischt«, sagte ich. »Ich finde, es schmeckt toll.«

Das fröhliche Chaos im Schwimmbecken war unwiderstehlich. »Komm, Peejoe, wir gehn rein!«

Wir gingen auf das Becken zu und zogen uns dabei schon die Hemden aus. Mabel kam von der Mädchendusche herüber. »Wart mal, Wiley, da drüben sind Jane und ein paar von meinen

Klassenkameradinnen. Komm schon, ich möchte, daß du sie kennenlernst.«

Also, der Wiley, den ich kannte, hätte sonst was getan, um einer Horde Mädchen auf Badetüchern zu entgehen, vor allem, wenn die Alternative der erste Sprung in ein richtiges Schwimmbad war, aber das hier war nicht Wiley. Das war ein Fremder, der »Geh schon vor, Peejoe, ich komm gleich nach« sagte, sich das Hemd wieder überstreifte und hinter Mabel hertrabte wie ein Hund an der Leine.

Der Bademeister warnte mit seiner Trillerpfeife zwei Burschen, die einen kleineren Jungen tauchten. Aus dem Lautsprecher hallte »Green Tambourine«. Jungen von der High-school absolvierten Sprünge vom Brett am tiefen Ende des Beckens; das Brett machte *ratata* und katapultierte sie hoch in die Luft.

Ich legte mein Hemd und meine Sandalen an den Zaun, stellte den Suicide daneben; dann tappte ich zum seichten Ende hinüber und hielt die Fußsohlen ins Wasser. Es war warm.

Rasch rutschte ich vor, die Hände auf der Kante, und ließ mich hineingleiten.

Es war etwas Besonderes an diesem Wasser, irgendein Zaubermineral, das aus der Erde unter Industry floß – oder vielleicht war es die Temperatur, die samtige Wärme in der Sonne, genau wie ich mir das Wasser in einem tropischen Meer vorstellte. Keine Spur von dem Kälteschock in der Quelle hinter Meemaws Haus. Dort war das Baden immer ein kurzes, von Gänsehaut begleitetes Vergnügen, bei dem man wie wild planschte und alberte, um nicht zu erfrieren. Dieses Wasser hier war ganz weich, einfach phantastisch. Ich schwebte im siebten Himmel. Ich hätte ewig in diesem Schwimmbecken bleiben mögen. Ich hätte den ganzen Sommer hier schwimmen und nie mehr etwas anderes tun können.

Ich hängte mich mit zwei Fingern an den gefliesten Beckenrand und ließ mich schwerelos treiben.

Zwei jüngere Kinder kamen spritzend vorbeigerannt und weckten mich mit ihrem Geschrei aus meiner Trance. Ich stieß mich mit beiden Füßen vom Beckenrand ab.

Hoch oben am Himmel zog ein Habicht einen wackligen Kreis.

Ich holte tief Luft, warf mich auf den Bauch, tauchte ab und schwamm unter Wasser. All das Geschrei und Geplansche verschmolz zu einem einzigen gedämpften Zischeln. Ich schwamm über dem schrägen, sauberen, weißen Boden immer weiter und weiter hinunter bis ans tiefe Ende und ließ dabei Luftblasen aus der Nase steigen. Ich war ein Astronaut bei einem Weltraumspaziergang, ein Vogel, der durch die klare Luft segelt, ein Delphin, der mit kräftig schlagender Schwanzflosse durchs Wasser schießt, ein Nöck mit Kiemen am Hals, der keine Schwerkraft kennt und keine Luft zu atmen braucht. In dem flüssigen blauen Licht sah ich die Gestalten kopfloser Menschen treten, gehen, schweben.

Aber ich war doch nicht frei. Ich konnte nicht unten bleiben. Ich schoß zum Spiegel des Himmels hinauf und durchstieß das Glas in dem Moment, als ich meinte, die Brust würde mir zerspringen.

Gierig sog ich die gute Luft ein, dann tauchte ich wieder hinab.

Ich weiß nicht, wie lange ich so tauchte und wieder heraufkam, die schwerelose Welt unter Wasser erforschte. Die Sonne verströmte sich in leuchtenden Strahlenbündeln. Mit angezogenen Beinen springende Kinder landeten wie Zehn-Tonnen-Bomben auf dem Wasserhimmel. Ich war ein Tümmler, ein Hai. Ich war eine Taucherglocke, ließ langsam die ganze Luft aus den Lungen, um auf den Grund zu sinken, wo ich mich einen köstlichen sauerstoffarmen Moment lang ausruhen konnte, bevor ich wieder in die Höhe schoß.

Nach und nach fiel mir auf, daß die kopflosen Menschen immer weniger wurden. Ich war fast allein im Becken.

Ich durchbrach die Oberfläche und blinzelte durch den regenbogenfarbigen Chlordunst. Alle standen mit verschränkten Armen draußen herum und starrten zum seichten Ende hinüber.

Das Schwimmbecken war leer bis auf mich und zwei Kids, die im flachen Wasser herumplanschten. Die Sonne blendete mich so, daß ich die beiden kaum sehen konnte. *Haaaaaang on Sloopy – uh Sloopy hang on! (Yeah) Yeah (Yeah) Yeah!*

Wiley stand am Sprungbrett und winkte mich heraus.

Ich kraulte zum Nichtschwimmerende. Ich wußte nicht, was

los war. Der Bademeister war von seinem Stuhl heruntergestiegen und drängte sich hastig durch die Zuschauer zum Grund der Aufregung durch.

Ich stieg die Chromleiter hinauf und schaute zurück.

Die beiden Jungen im seichten Wasser waren Schwarze.

Mir war gar nicht aufgefallen, daß in dem ganzen Schwimmbad nur Weiße waren, bis ich diese beiden Jungen sah. Sofort wußte ich, daß sie hier eigentlich nicht sein durften. Vielleicht hatten sie sich danebenbenommen, und ich hatte es nicht mitgekriegt, aber irgendwie ahnte ich, daß ihr eigentliches Verbrechen darin bestand, daß sie ihre schwarze Haut unter all diese weiße getragen hatten.

Sie tummelten sich und spritzten, ohne zu merken, daß alle anderen sie beobachteten.

Mich fröstelte – der leichte Wind und meine Verlegenheit darüber, als letzter mit den beiden im Becken gewesen zu sein. Alle mußten mich gesehen haben, selbstvergessen in meiner Spielwelt da unten im tiefen Wasser. Ich lief mein Hemd holen.

Die Trillerpfeife des Bademeisters schrillte.

Der größere Junge hatte dem anderen die Hand auf den Kopf gelegt und wollte ihn gerade untertauchen. Ein zweites Schrillen der Trillerpfeife stoppte ihn.

»Wer hat denn euch ins Schwimmbad gelassen?«

Die Jungen blinzelten zu dem Bademeister hinauf. Sie waren mager und sehr schwarz und sahen sich so ähnlich, daß sie Brüder sein mußten. Der ältere mußte ziemlich genau in meinem Alter sein. Man konnte sehen, wie es ihnen allmählich dämmerte– das leere Schwimmbecken, die gaffende Menge, die unheimliche Stille, die nur von einem Jingle im Radio unterbrochen wurde: »Pack den Tiger in den Tank.«

Der Bademeister ging am Beckenrand in die Hocke. »Ich hab gefragt, wer euch hereingelassen hat.«

»Niemand.« Die Stimme des Jungen war kaum zu hören. Er zeigte auf das Häuschen am Eingang. »Wir sind, wir sind einfach da drüben rein.«

»Bezahlt habt ihr nicht?«

»Nein, Sir, wir . . .«

»Mr. Peterson am Schalter habt ihr nicht gesehen?«

»Nein, Sir.«

»Habt euch einfach reingeschlichen.«

»Nein, Sir. War keiner da da drüben, wir sind bloß, sind bloß . . .« Er verstummte. Seine Hand schloß sich beschützend um die Schulter seines Bruders. Der jüngere hatte vor Angst die Augen weit aufgerissen.

»Also kommt jetzt raus.« Der Bademeister streckte die Hand aus. Seine Stimme war nicht bösartig, aber die Jungen wichen entsetzt zurück.

In Zeitlupe wateten sie auf die andere Seite hinüber. Die Leute wichen vom Beckenrand zurück, als ob die beiden Aussätzige wären. Alle sahen zu, wie der größere sich aus dem Wasser stemmte, sich umdrehte und seinem Bruder die Hand reichte.

». . . bietet vierzig Prozent mehr Schutz gegen Motorenverschleiß . . .«

Die beiden Jungen standen bibbernd inmitten der Menge, triefnaß. Ich konnte ihre Demütigung auf der Zunge schmecken.

Der Bademeister sagte: »Geht jetzt heim. Hier dürfen nur Weiße rein.«

Der ältere Junge bückte sich nach einem Bündel Hemden und Handtücher und packte seinen Bruder an der Hand. Dann rannten sie in den Duschraum. Die Leute traten zurück, um sie vorbeizulassen. Keiner sagte etwas, bis sie durch die Tür verschwanden, dann sagte eine Stimme in der hintersten Reihe: »Nigger.«

Der Bademeister fuhr herum, und seine Augen blitzten. »Wer war das? Kein Grund, fies zu werden.«

Keiner meldete sich. Ein paar ältere Jungen lachten albern, und auf einmal war die Spannung verflogen. Es war, als hätten alle ein und derselben Stimme gehorcht, die Menge hatte sich wie ein einzelner gewappnet, um die Eindringlinge zu verjagen – und als das erreicht war, löste sie sich wieder in harmlose Grüppchen von Kindern und Teenagern und Müttern auf, die sich miteinander beschäftigten. Die Sonnenhungrigen streckten sich wieder auf ihren Handtüchern aus. Die Radiomusik ging wieder an.

Ich war mit ein paar Sprüngen am Zaun und sah die beiden Jungen über die Wiese rennen. Der jüngere stolperte und fiel hin.

Sein Bruder riß ihn hoch. Sie hasteten weiter, als ob eine unsichtbare Hundemeute hinter ihnen her sei, und verschwanden in dem Unkrautdschungel am Rand des Parks.

Ich sah ihnen noch immer nach. Nach einer Weile steckten sie die Köpfe aus dem Dschungel und sahen zurück. Ihre Gesichter konnte ich auf diese Entfernung nicht sehen.

Ich hob die Hand. Ich winkte ihnen.

Sie verschwanden.

Hinter mir war der fröhliche Tumult schon wieder in vollem Gang. Ich schlenderte zu Wiley hinüber, der mit Mabel und ihren Freundinnen auf einer Decke saß. Mabel hatte ihre schwarze Kutte abgelegt, und jetzt sah man ihre überraschend erwachsene Figur; ihr marineblauer einteiliger Badeanzug brachte ihre Wespentaille, ihre birnengroßen Brüste und ihre langen, weißen, von Coppertone glänzenden Beine zur Geltung. »Hallo, Peejoe.«

»Hallo.« Ich ließ mich mit gekreuzten Beinen auf den Betonplatten nieder und lehnte mich an den Maschendrahtzaun. Wiley beachtete mich nicht. Es war ihm offensichtlich ziemlich heiß in seinem Hemd.

»Ich möchte wissen, wie die ohne zu zahlen reingekommen sind«, sagte eine von Mabels Freundinnen gerade.

»Kann ich mir auch nicht denken, aber ich find's einfach schrecklich«, sagte eine andere. »Daß auch keiner auf die Idee gekommen ist, ein Schild aufzustellen oder so was! Am liebsten würde ich gar nicht mehr ins Wasser gehen.«

»Weißt du was, Jane«, sagte Mabel, »du bist richtig blöd. Denkst du vielleicht, die haben das Wasser vergiftet?«

»Na ja, man weiß doch, daß die fast nie baden«, sagte Jane.

»Die schwimmen auch nicht oben«, warf ein drittes Mädchen ein. »Die gehen auf Grund wie ein Stein. Deswegen sieht man sie nie schwimmen.«

Man hätte meinen können, sie redeten von Marsmenschen oder Tieren im Zoo.

Wiley sagte: »Wozu die ganze Aufregung? Ich meine, wo doch kein Schild da ist und der Typ sie nicht aufgehalten hat. Woher hätten sie's denn wissen sollen?«

»Du bist noch nicht lange hier, Wiley, oder?« sagte Jane. »Hier weiß jeder, wo er reindarf und wo nicht.«

Das Mädchen, das zuerst gesprochen hatte, sagte: »Ich meine, die haben ja auch ihre eigene Schule, oder vielleicht nicht?«

»Haben sie auch ihr eigenes Schwimmbad?«

Jane rollte sich auf den Bauch und musterte mich durch ihre Katzenaugensonnenbrille, die ganz ähnlich war wie die von Tante Lucille. »Nein, sie haben kein *Schwimmbad*«, sagte sie. »Wer bist du überhaupt?«

Jetzt konnte Wiley nicht mehr anders, er mußte sich zu mir bekennen. »Das ist Peejoe. Mein Bruder.«

»Du weißt es also doch noch«, sagte ich.

»Komm, Peejoe, wir gehn rein.« Wiley zog sich das Hemd über den Kopf, machte drei ausgreifende Schritte und hechtete ins Wasser.

Ich sprang ihm nach. Wir kamen gemeinsam hoch.

Wiley schüttelte sich das Wasser aus den Haaren. »Mann, ist das toll, hm? Das Wasser ist ja total warm.«

»Wie kommt's, daß du mit den ganzen – Mädchen rumhängst?«

»Pure Höflichkeit«, erwiderte er. »Das sind Mabels Freundinnen.« Das war etwas ganz Neues, daß Wiley aus freien Stücken zu irgend jemandem höflich sein wollte. Aber jetzt war er mit mir im Wasser, bereit, mit mir zu spielen, also wollte ich nicht weiter darauf herumreiten. »Komm, wir tauchen um die Wette!«

Ich kam besser ab und blieb bis zur Beckenmitte vor ihm, aber dann brachte er seine langen Beine ins Spiel und war mit drei lässigen Zügen an der gegenüberliegenden Wand.

Prustend und keuchend kam ich hoch.

»Ich hab gewonnen«, sagte Wiley und reckte den Kopf, ob Mabel es gesehen hatte. Aber sie war ins Gespräch mit ihren Freundinnen vertieft.

»Okay, noch mal. Diesmal darfst du nur mit den Armen schwimmen. Einverstanden?«

»Ich weiß nicht.« Er warf die Haare zurück. »Ich glaub, ich geh wieder ein bißchen raus.«

»Raus? Du bist doch grade erst reingegangen!«

»Hör mal zu, Peejoe, kannst du dir nicht jemand gleichaltrigen zum Spielen suchen?« Er stemmte sich aus dem Wasser.

»Wiley . . .«

Er muß gewußt haben, was ich dachte. Ich konnte es auf seinem Gesicht lesen. »Quengel nicht«, sagte er und spritzte mich an.

»Aber ich hab doch keinen zum Spielen«, quengelte ich.

»Das ist dein Problem.« Er zog seinen nicht vorhandenen Bauch ein und stolzierte zu Mabel hinüber.

Ich hätte den Ertrinkenden spielen können, dann hätte mich der Bademeister rausholen müssen, und ihm hätte es leid getan. So etwas Blödes, ins Schwimmbad zu gehen und dann die ganze Zeit mit einem Haufen dämlicher Mädchen auf dem Beton in der Sonne zu schmoren!

Ich schwamm in Seitenlage zurück ans andere Ende und paddelte herum, spritzte Wasser durch meine Zähne und tat mir selber leid.

Als ich es nicht mehr aushielt, holte ich den wäßrigen Rest von meinem Suicide und nahm meinen Platz am Zaun wieder ein, am Rande des Gesprächskreises.

Die dickliche Jane drehte sich um, als ich mich hinsetzte. »Du bist der, der den Kopf von eurem Onkel gesehen hat, stimmt's? Wir haben alles darüber in der Zeitung gelesen.«

»Wiley hat ihn auch gesehen.«

»Frau mit Kopf ihres Mannes auf der Flucht«, sagte sie. »Das muß ja schrecklich gewesen sein.«

»Es war sozusagen grauenhaft.«

Die Mädchen schauderten und kamen näher, um Einzelheiten zu hören. Ich sah hilfesuchend zu Wiley hin. Er lag mit geschlossenen Augen auf dem Rücken, die Hände hinterm Kopf verschränkt.

»Ich höre Lucille manchmal«, behauptete Mabel. »Sie spricht mit mir.«

»Mabel, du bist so unheimlich.« Janes Hand hielt auf halbem Weg zur Sonnenmilch inne. Die Kinnlade fiel ihr herunter. »Um Himmels willen.«

Sie guckte so entsetzt, daß ich schon dachte, mir hängt was aus der Nase. Ich tastete mit dem Finger, aber das war es nicht. »Was ist denn?«

Mabel setzte sich auf. »Hinter dir, Peejoe.«

Ich drehte mich um.

Auf der Wiese kam eine Gruppe von jungen Schwarzen aus dem Unkraut. Sie kamen in einer unregelmäßigen Linie auf uns zu, marschierten in ihren abgeschnittenen Hosen barfuß und ohne Hemd mit stetigen Schritten auf das Schwimmbad zu, ein Trupp halbnackter Soldaten.

Am einen Ende der Reihe erkannte ich die zwei Jungen, die der Bademeister aus dem Schwimmbad gewiesen hatte. Sie wollten nicht klein beigeben, kamen wieder! Und diesmal hatten sie ältere Jungen mitgebracht, Verstärkung. Ich war sprachlos vor Bewunderung. Wenn mir das passiert wäre, würde ich mich immer noch irgendwo unter einem Bett verstecken.

Mabel griff nach ihrem Kleid. »Das gefällt mir gar nicht.«

»Was wollen die denn?« fragte Jane.

»Na, was schon?« Mabel zog sich das Kleid über den Kopf. »Sie wollen ins Schwimmbad.«

Die Supremes trällerten in den Lautsprechern: *Stop In The Name of Love*. Die Schwarzen kamen immer näher. Ich zählte dreizehn. An der Spitze ging ein magerer Junge, der seine langen Arme schwang. Er führte sein Häuflein direkt auf unseren Teil des Zauns zu.

Natürlich! Das war der Junge aus Dog Junction, der in der dunklen Zimmerecke, der schweigsame hagere Junge mit den gelben Augen. Der Bruder des toten Jungen. Wie hieß er noch?

Taylor. Taylor Jackson. Er hatte seinen Bruder im Garten gefunden.

Die Neuigkeit sprach sich in Windeseile herum. Auf unserer Seite standen alle auf und wichen vom Zaun zurück. Der Bademeister kletterte hastig von seinem Stuhl herunter und rannte zu dem Häuschen am Eingang.

»Komm, Wiley, wir verschwinden hier.« Mabel hatte ihr schwarzes Kleid wieder an.

»Warte. Ich will sehen, wie's weitergeht.«

Think it o-wo-ver (Haven't I been good to you?)

Die Jungen stiegen auf den Rand der Betonplatten und krallten sich in die Maschen, als wollten sie prüfen, wie stabil der Zaun war. Sie versuchten nicht hinüberzuklettern. Sie standen auf dem Betonrand, die Hände am Drahtzaun, und schauten mit ernsten Augen zu uns herein.

Die Musik brach ab. Der Bademeister kam mit Mr. Peterson, dem kugelbäuchigen Mann, der mich hereingelassen hatte, aus dem Häuschen. Eilig schoben sie sich durch die Menge der Umstehenden. Der Bademeister blies auf seiner Trillerpfeife. »Alles aus dem Becken! Alles raus aus dem Wasser!«

Die noch drin waren, schwammen auf die Leitern zu. Mabels Freundinnen sammelten Handtücher und Zeitschriften auf und strebten im Strom der Kinder und Mütter, die sich immer wieder nervös umsahen, langsam dem Ausgang zu.

Der Bademeister ging an den Zaun und verschränkte die Arme über seiner muskelbepackten Brust. »Was wollt ihr?«

Taylor Jackson antwortete: »Wir wolln in dem Schwimmbad schwimmen.«

»Das geht nicht. Ich hab's den beiden schon gesagt. Ihr dürft hier nicht rein.«

»Moment mal, Bucky.« Mr. Peterson ging auch an den Zaun. »Die Jungs wollen doch bestimmt keinen Ärger.«

»Wolln keinen Ärger nich«, sagte Taylor. »Wolln bloß schwimmen.«

»Wie heißt du, mein Junge?«

»Taylor Jackson.«

»Also, Taylor, tut mir leid, aber dieses Schwimmbad ist nur für Weiße. Ich hab mir das nicht ausgedacht, aber so ist nun mal die Vorschrift. Ihr müßt also alle wieder gehen.«

»Wir gehn nirgends nich hin«, sagte Taylor. »Wir bleiben hier sitzen, bis Sie sich's anders überlegen.« Er musterte seine Truppe und setzte sich unvermittelt auf den Betonstreifen.

Das war offenbar ein vereinbartes Zeichen. Die anderen setzten sich ebenfalls.

Taylor blickte lächelnd zu Mr. Peterson auf. »Das ist ein Sit-in.«

Der Bademeister stieß gegen den Zaun. »Verdammt nochmal, ihr sollt hier verschwinden!« Seine Stimme schnappte über. »Wißt ihr nicht, daß ihr hier nichts verloren habt?«

»Bucky, hör auf und ruf den Sheriff an«, sagte Peterson. Der Bademeister warf ihm einen finsteren Blick zu, tat aber, wie ihm geheißen.

»Ihr macht einen großen Fehler, Jungs«, sagte Peterson. »Warum wollt ihr euch in Schwierigkeiten bringen?«

Taylor hielt die anderen Jungen mit seiner unerschütterlichen Ruhe bei der Stange. »Wir sitzn hier bloß«, sagte er. »Ihr könnt alle weiterschwimmen.«

»Das ist unbefugtes Betreten.« Mr. Petersons Gesicht rötete sich, aber seine Stimme blieb ruhig. »Ich würde von mir aus nicht die Polizei holen, aber ihr zwingt mich ja dazu.«

Taylors Lächeln wurde breiter – selbstbewußt, arrogant, so überheblich, daß es einem den Atem verschlug. »Wir wolln bloß schwimmen.«

Peterson sah aus, als würde er gleich durch den Drahtzaun greifen und Taylor erwürgen, aber statt dessen drehte er sich zu den Gaffern um. »Tut mir leid, Leute. Ihr müßt jetzt gehen. Für heute ist das Schwimmbad geschlossen.«

Allgemeines Murren.

Er hob die Hände. »Also bitte, kein Theater. Nehmt eure Sachen und geht heim. Morgen ist wieder geöffnet.«

Wiley und ich ließen uns zusammen mit den anderen auf das offene Tor zutreiben. Wir gingen hinaus und sahen zum Zaun zurück. Die Jungen saßen unbeweglich wie Statuen.

In dem Moment kam der bronzefarbene Wagen des Sheriffs langsam den Hügel herunter, dahinter noch zwei, die genauso aussahen.

Das sprach sich wie ein Lauffeuer herum. Die Jungen blieben, wo sie waren.

Ich verspürte den wahnwitzigen Drang, einmal herauszufinden, wie das war, so großen Mut zu haben. Ich tippte Wiley auf den Arm. »Gehen wir doch rüber und setzen uns dazu.«

»Bist du verrückt?«

»Aber, Wiley, die tun doch keinem was. Die sitzen doch bloß da.«

»Weiß ich doch, Peejoe, aber mein Gott. Das geht uns nichts an. Willst du, daß wir verhaftet werden?«

»Die verhaften uns schon nicht. Wir sind ja noch Kinder.«

»Da wär ich mir nicht so sicher. Schau hin.«

Sheriff Doggett entstieg dem ersten Wagen und war im Nu von Hilfssheriffs umringt, die ihre Schlagstöcke aus den Gürteln zogen. Mr. Peterson ging zu ihnen hinüber, fuchtelte mit den Händen, erklärte die Lage.

Die Hilfssheriffs liefen unschlüssig herum und sahen verärgert zu den Eindringlingen hinüber.

Mr. Peterson ging vor der Schar der Badegäste auf und ab und beschwor uns, doch heimzugehen. Er redete gegen eine Wand. Wir sahen uns alles mit begierigen, schrecklichen Augen an, wie Schaulustige bei einem Unfall.

Die Hilfssheriffs schlossen sich zu einem kleinen Trupp zusammen und marschierten los. Wir beeilten uns, ihnen aus dem Weg zu gehen.

Sie bogen um die Ecke des Zauns. Sheriff Doggett schritt an der Spitze, das Kinn vorgereckt wie Kirk Douglas. »Ihr habt unbefugt öffentliches Gelände betreten«, dröhnte er. »Das ist eine rechtswidrige Versammlung. Steht jetzt auf und geht nach Hause. Wir dulden so was nicht in unserer Stadt.«

Die Jungen rutschten langsam auf den Hosenboden zu Taylor hin. Der rührte sich nicht vom Fleck. »Das ist ein Sit-in«, sagte er.

Der Sheriff schnaubte verächtlich. »Danke für die Aufklärung, junger Freund. Ich weiß schon, was das ist. Also jetzt lüftet euren Arsch und verduftet, sonst muß ich euch Beine machen.«

»Wenn Sie uns verhaften wollen«, sagte Taylor, »tun Sie sich keinen Zwang an.«

»Nein, danke. Ich versau mir doch mit euch nicht mein schönes sauberes Gefängnis. Los, Männer, schaffen wir sie weg.«

Zwei Hilfssheriffs bückten sich, um Taylor unter den Armen zu packen. Er riß sich los und fiel in den roten Sand, als ob seine Beine das Stehen verlernt hätten.

Sieben Männer rückten vor, die Schlagstöcke in Bereitschaft.

Die anderen Jungen sahen Taylor hilfesuchend an. Er sprang auf die Füße. »Das ist auch unser Schwimmbad«, sagte er laut. »Es ist unser gutes Recht, hier schwimmen zu gehen.«

Der Hilfssheriff gab Taylor einen Stoß, so daß er einen Schritt zurücktaumelte.

Dieser achtlose Stoß empörte mich. So ein brutaler Kerl! War es nicht genug, daß er eine Pistole, seinen Schlagstock und das Gesetz auf seiner Seite hatte? Mußte er Taylor Jackson auch noch so herumschubsen?

Ich weiß nicht, warum ich es tat. Ich dachte im ersten Moment gar nicht darüber nach. Ich trat zwei Schritte aus der Zuschauermenge heraus, dann noch einen, und stand jetzt direkt hinter dem Hilfssheriff.

Ich hörte, wie die Leute hinter mir die Luft anhielten. In diesem Augenblick fühlte ich mich ganz allein.

Ich weiß nicht mehr, was ich sagen wollte, irgendwas wie: *Aufhören! Er tut doch keinem was!* Aber der Hilfssheriff hatte mich gehört, fuhr herum und hob den Schlagstock. »Mach, daß du wieder zurückkommst da«, sagte er.

Taylor Jacksons Augen zuckten ganz kurz zu mir her. Ich weiß nicht, ob er mich wiedererkannte, aber er sah, daß ich, ein lebendiger Mensch, auf seiner Seite war – zumindest so lange, bis der Hilfssheriff drohend einen Schritt auf mich zukam und ich wieder in den Schutz der Menge zurückwich.

Auf Wileys Gesicht stand zu lesen: *Hast du den Verstand verloren?*

Die Hilfssheriffs fingen an, die anderen Jungen vom Zaun wegzuschleifen. Es gab ein Handgemenge, Püffe, Stöße, Tritte in die Rippen. Taylor entkam irgendwie seinen Peinigern und rannte mit dem Kopf voran in den Zaun, daß die Drahtmaschen quietschten. Die Männer packten ihn. Er zog seine langen Beine an und trat zu, so daß einer von ihnen rücklings auf die Erde krachte, und im nächsten Moment waren sie alle über ihm.

Er wollte ihnen durch ein Loch zwischen ihren Armen entkommen, blieb aber irgendwo mit dem Fuß hängen. Er stolperte, stürzte in einem sauberen langgezogenen Bogen rückwärts und schlug mit dem Hinterkopf auf der Betonkante auf.

Die Zuschauer rückten vor, am Zaun entlang. Irgend jemand rempelte mich an. Ich rempelte zurück.

Die Ordnungshüter verloren die Beherrschung. Einer der Jungen riß sich los und rannte auf den Wald zu, verfolgt von einem Hilfssheriff, der mit dem Schlagstock fuchtelte. Andere kamen auf die Beine und wurden wieder niedergeschlagen.

Ein paar von den Zuschauern mischten sich jetzt ein: Fünf weiße Teenager umzingelten einen der Jungen.

Ich sah Taylor in dem Durcheinander auf dem Boden liegen.

Es ging alles viel zu schnell. Der Sheriff brüllte die Weißen an, sie sollten sich da gefälligst raushalten. Beim Klang seiner Stimme hoben die Hilfssheriffs den Kopf und ließen sich lange genug ablenken, daß die schwarzen Jungen sich freimachen und über die Wiese davonrennen konnten.

Drei Hilfssheriffs wollten die Verfolgung aufnehmen, aber der Sheriff rief sie zurück.

Ein paar von den Teenagern lachten und schrien: »Lauf, Nigger!«

John Doggett stand mit verschränkten Armen da und sah auf Taylor hinunter, der immer noch auf dem Boden lag. Er stieß ihn leicht mit der Schuhspitze an. »Aufstehen.«

Taylor rührte sich nicht. Er lag im Sand, den Kopf an die Betonkante gelehnt. Er wirkte ganz friedlich, schlafend.

Die Hilfssheriffs stellten sich um ihn herum und sahen ihn prüfend an.

Die Leute wurden still und wichen langsam zurück. Ich spürte Wileys Atem an meinem Ohr: »Ich glaub, die haben ihn fertiggemacht.«

Ich schluckte. Ich brachte kein Wort heraus.

»Peejoe.« Er drückte mir ein Fünfcentstück in die Hand. »Geh und ruf Onkel Dove an. Sag ihm, er soll herkommen. Schnell!«

Ich rannte tränenblind zu dem Telefon am Kiosk. In fliegender Hast blätterte ich im Telefonbuch, fand die Nummer, wählte. Das Telefon klingelte ewig.

Dove meldete sich: »Croaker-Moseley.«

Ich haspelte alles herunter, das Sit-in, der Sheriff, Taylor Jackson am Boden. »Komm schnell, Onkel Dove!«

»Bleib, wo du bist. Ich bin in zwei Minuten da. Tu nichts!« Der Wählton summte mir ins Ohr.

Ich hängte ein und ging zurück, um mit Mabel und Wiley an der Zaunecke zu warten. Die anderen hatten sich fast alle auf die Straße verzogen oder waren schon verschwunden.

Der Sheriff hockte neben Taylor auf der Erde. Seine Männer standen im Kreis herum und sahen erwartungsvoll hinunter, als ob Taylor jeden Moment aufstehen und ihnen allen verzeihen könnte.

»Diese verdammten Radaubrüder«, sagte der Sheriff mit belegter Stimme.

Dove kam hinter dem Heulen seiner Sirene den Hügel heruntergefahren. Der weiße Leichenwagen holperte über das Gras, das Sirenengeheul wurde leiser und verstummte. Er sprang heraus.

Der Sheriff schaute auf. »Dove, eine Trage. Der Junge ist verletzt.«

Dove ging steifbeinig zu ihnen hin. Die Hilfssheriffs ließen ihn durch. Er kniete sich neben Taylor.

Der Sheriff sagte: »Er ist gestürzt und hat sich den Kopf angeschlagen.«

Dove horchte Taylors Brust ab, hielt ihm die hohle Hand über Nase und Mund. Mit dem Daumen zog er ein Augenlid hoch. »Er ist nicht verletzt, John. Er ist tot.«

Der Sheriff kam mühsam hoch. »Ich hab ihn nicht angerührt. Er ist gestolpert und hingefallen.«

Dove wollte etwas sagen, biß sich aber auf die Zunge.

»Schaff ihn hier weg«, sagte Doggett. Er trat ein paar Schritte zurück. »Bring ihn zu Nehemiah.« Dann drehte er sich zu uns um. »Ich hab euch doch gesagt, ihr sollt verschwinden, verdammt noch mal! Geht heim!«

Dove entdeckte uns und machte eine Kopfbewegung – *ab mit euch ins Auto*. Er ging in die Knie und nahm den toten Jungen auf die Arme. Taylors Kopf hing herunter. Seine Arme baumelten.

Doggett sagte: »Es war ein Unfall.«

Dove sagte: »Bloß daß mir hier in letzter Zeit ein bißchen viel Unfälle passieren, lieber Freund.«

Ich machte die Heckklappe auf und stieg dann mit Mabel und Wiley vorne ein. Dove legte Taylor hinten auf die Bahre und schnallte ihn an.

Schweigend fuhren wir zur Sycamore Street, zum Bestattungsinstitut »Blessed Rest«.

Nehemiah Thomas brach in Tränen aus, als er sah, daß es Taylor war. »Das ist ein Krieg«, schluchzte er. »Ein Krieg.«

14
LUCILLE / Auf Achse

Als Lucille endlich von einer Telefonzelle in Flagstaff, Arizona, aus Harry Hall erreichte, war sie schon ein ganz klein wenig hysterisch – und welche Frau wäre das nicht, nachdem sie ihren Mann umgebracht, ihre Kinder verlassen, ein Auto geraubt, den halben Kontinent durchquert und einen Streifenpolizisten in New Mexico vernascht und dann in die Wüste geschickt hat?

Es war die turbulenteste Woche ihres Lebens gewesen.

Bei aller Begeisterung darüber, endlich ihr eigener Herr zu sein, hatte es auch Momente gegeben, in denen Lucille fast ihr Fernziel aus den Augen verloren hätte. Da war es nicht gerade aufbauend gewesen, daß ihr jedesmal, wenn sie haltmachte, um in Kalifornien anzurufen, dieselbe näselnde Vorzimmerdame denselben Bescheid gab: Mr. Hall ist in einer Besprechung.

Als Lucille das zum fünften Mal zu hören bekam, meinte sie spitz: »Er ist jetzt seit zwei Tagen in einer Besprechung. Für wen hält der sich eigentlich, für die Vereinten Nationen?«

»Tut mir leid, Miss Clay, ich notiere mir gern Ihre Nummer und sage ihm, er möchte Sie zurückrufen.«

»Ich hab Ihnen doch gesagt, ich bin mit dem Auto unterwegs nach Kalifornien. Er kann mich nicht anrufen.«

»Könnten Sie's in einer Stunde noch mal versuchen? Bis dahin ist er bestimmt frei.«

Lucille biß sich auf die Zunge, bedankte sich bei der Frau und hängte ein. Sie konnte nicht die Beleidigte spielen und sich damit ihre große Chance vermasseln, jetzt, wo sie so nahe dran war. Sie hatte sechs Tage kaum geschlafen, abgesehen von den paar unruhigen Stunden letzte Nacht in dem Achtdollarmotel in Pima, Arizona. Das Kopfkissen hatte nach saurer Milch gerochen, und die Wände hatten jedesmal gezittert, wenn ein Laster auf dem Highway vorbeifuhr.

Irgendwann nach Mitternacht hatte sie ihre Einschlafversuche aufgegeben. Sie hatte sich angezogen und war auf dem Parkplatz herumgeschlichen, bis sie das Arizona-Nummernschild UR7717 fand; die vielen Siebenen waren ihr vielversprechend erschienen. Sie hatte die Schilder mit einer Nagelfeile abgeschraubt und sie an ihrem Cadillac befestigt.

Anschließend hatte sie sich in einem *Howard Johnson* mit Kaffee verproviantiert und war in die Nacht hinausgefahren.

Einmal hielt sie an, um die alten Schilder von einer Brücke zu werfen, zusammen mit den Kleidern und Waffen von Trooper Bill – sie hörte sie in dem ausgetrockneten Flußbett aufschlagen.

Lucille fuhr in der Nacht kreuz und quer durch Arizona, auf der Suche nach der State Road 93. Irgendwo mußte sie eine Abzweigung übersehen haben. Als die Sonne vor ihr aufging, wurde ihr klar, daß sie einen Halbkreis beschrieben hatte und nach Osten statt nach Westen fuhr; wenn sie die Richtung beibehielt, würde sie irgendwann wieder in New Mexico landen.

Sie hielt an, um einen gründlichen Blick auf die Straßenkarte zu werfen und in Kalifornien anzurufen. Da sagte ihr die Sekretärin, sie solle in einer Stunde noch mal anrufen.

Sie raste auf der Route 66 westwärts durch die Wüste und sah alle fünf Minuten auf die Uhr. Ihr schlechtes Gewissen piesackte sie inzwischen wie ein fauler Zahn. Auf einen einzigen Anruf von Harry Hall hin hatte sie ihr ganzes bisheriges Leben sausen lassen, und tief drinnen in den skeptischen Winkeln ihres Bewußtseins dämmerte allmählich der Verdacht auf, daß es für ihn nur eine Art Witz gewesen war, ein kleiner Flirt – vielleicht rief er gewohnheitsmäßig alle möglichen Mädchen an und stellte ihnen einen Vorsprechtermin in Aussicht . . .

Mit solch düsteren Gedanken hatte sie sich gequält, bis sie den Stadtrand von Flagstaff erreichte, von wo aus sie wieder anrief. Diesmal sagte die Vorzimmerdame: »Ach ja, jetzt ist er frei. Bleiben Sie bitte dran.« Und stellte sie durch.

»Harry Hall.«

»Gott sei Dank, Harry, ich dachte schon langsam, es gibt Sie gar nicht.«

»Kennen wir uns?«

»Ich hoffe es. Lucille Vinson, erinnern Sie sich, aus Cornelia in Alabama. ›Eine Frühlingsblume.‹«

»Aber natürlich, Lucille! Wie geht's Ihnen, Herzchen? Entschuldigen Sie meine lange Leitung. Auf dem Zettel hier steht, Moment mal . . . Carolyn Clay hat angerufen.«

»Das ist mein neuer Künstlername. Gefällt er Ihnen?«

»Warum nicht?« sagte Harry. »Ich hab mich seit Tagen bei Ihren Anrufen verleugnen lassen. Wo sind Sie? Ich dachte, Sie wollten schon längst hier sein.«

Gott sei Dank. Es war nicht nur ein Hirngespinst von ihr. »Ich mußte zu Hause noch ein paar Dinge regeln«, sagte sie.

»Wo sind Sie jetzt?«

»In Arizona. Ich komme zu Ihnen, so schnell es geht.«

»Ich finde Ihren Akzent einfach herrlich, Schätzchen, behalten Sie ihn«, sagte Harry. »Ach, übrigens, irgend jemand hat aus Alabama angerufen, jemand, der Sie sucht. Wie hieß er noch – Sekunde, Yvonne hat's notiert. Hat sich angehört wie eine Figur von Tennessee Williams. Ja, hier. Dove. Dove Bullis. Mein Gott, was für ein phantastischer Name.«

»Was haben Sie ihm gesagt?« fragte Lucille, aber sie meinte: *Was hat er Ihnen gesagt?*

»Yvonne hat den Anruf entgegengenommen. Sie sagte ihm, wir hätten noch nichts von Ihnen gehört. Um die Wahrheit zu sagen, Schätzchen, ich war schon drauf und dran, Sie aufzugeben. Wollen Sie immer noch zu dem Vorsprechtermin kommen?«

»Worauf Sie sich verlassen können. Spätestens Sonntag bin ich da. Bleibt es bei Dienstag?«

»Zehn Uhr bei Filmways. Am besten, Sie rufen mich Montag vormittag an. Dann gehen wir zusammen essen. Ich hab ein gutes Gefühl bei Ihnen, und unter uns gesagt, ich irre mich nie.«

Lucille dankte ihm überschwenglich und hängte ein, ganz benommen vor Erleichterung. Vielleicht war sie ja verrückt, aber die Begeisterung in seiner Stimme war nicht bloß Einbildung. Mittagessen, und dann Filmways. Das Vorsprechen gewinnen. Ein Star werden. Beweisen, daß man ein besseres Leben verdient, als Chester Vinson es sich je hätte träumen lassen.

Das Amt stellte ihre zweite Verbindung durch. Lucille konnte hören, wie mit Klicken und Rauschen eine Leitung an die nächste angeschlossen wurde, in Zickzacketappen durchs ganze Land bis hin zum Bestattungsinstitut in Industry. Dove hob beim zweiten Läuten ab: »Croaker-Moseley.«

»Hallo, Dove. Ich bin's.«

Er schnaufte hörbar. »Schwesterchen. Wo bist du?«

»In Florida. Hörst du das Meer rauschen?« Sie hielt den Hörer zum Highway hin, in der Hoffnung, der Verkehr würde sich anhören wie eine tosende Brandung. »Es ist schön hier unten, Dove. Und heiß.«

»Geht's dir gut? Mama hat mir gesagt, daß du angerufen hast.«

»Ja, und ich hab gehört, daß du Harry Hall angerufen hast. Bitte laß ihn aus dem Spiel. Kümmer dich um deine eigenen Angelegenheiten. Ich hab den ganzen Plan aufgegeben. Jetzt ist alles anders.«

»Ich wollte dich bloß finden«, sagte Dove. »Sag mal, hast du den Verstand verloren, oder was ist sonst los mit dir?«

»Ich weiß es selbst nicht, Dove. Ich mußte einfach weg.«

»Hey, wir brauchen alle ab und zu mal einen Tapetenwechsel, aber Mann Gottes, Schwesterchen! Du hast ein grauenhaftes Chaos hinterlassen. Du weißt, daß wir Chester gefunden haben?«

»Was geschehen ist, ist geschehen«, sagte Lucille. »Ich will nichts davon hören.«

»Die fahnden nach dir.«

»Was nicht heißen muß, daß sie mich finden.«

»*Ich* finde, du solltest zurückkommen, Schwesterchen. Wir können versuchen, die Sache wieder hinzubiegen.«

»Dafür ist es zu spät, Dove. Ich weiß es, und du weißt es. Ich bin doch nicht blöd. Die kriegen mich nicht.«

»Und, was willst du jetzt machen? Dich einfach nur über Wasser halten?«

»Ich mache eins nach dem andern«, sage Lucille. »Was ist los mit dir, Dove? Du klingst so komisch.«

»Was mit *mir* los ist? Du fragst mich, was mit *mir* los ist?«

»Ja, genau – paß auf, ich muß jetzt weg. Tu mir den Gefallen und ruf nicht mehr bei Harry Hall an. Hast du irgendwem von ihm erzählt?«

»Schwesterchen, ich bin doch auf deiner Seite. Wir haben hier im Moment ein paar Rassenprobleme, und –«

»Danke, Dove. Ich ruf dich aus Miami an.«

»Nicht auflegen«, sagte er, aber sie tat es trotzdem.

Sie stieg wieder in den Wagen. Sie musterte ihr Gesicht im Rückspiegel. Alle Sorgenfalten begannen sich zu glätten. »Hallo«, sagte sie mit ihrer verführerischsten Stimme. »Ich bin Carolyn Clay.« Ihr wurde leichter ums Herz. Sie hatte auf einer sehr langen Straße mehr als nur ein paar Schlaglöcher erlebt, aber sie war weit, weit weg von dort, wo sie gestartet war, und jetzt hob sie ab, schwebte ihrer Zukunft entgegen.

Sie hätte Lust gehabt zu singen, durch die Mitte auf die Bühne zu laufen, die Arme in die Höhe zu werfen und loszujubeln: *The hills are alive . . .*

»Chester, ich hab's geschafft«, sagte sie. »Ich hab's wirklich geschafft. Ich bin aus allem raus. Jetzt passiert's.«

Die Straße war wie mit dem Lineal gezogen, kein Baum, kein Vogel, so weit das Auge reichte. Lucille genoß den endlosen Horizont. Ihr Leben lang war sie von Bäumen, dschungelartigen Wäldern und grünen Blättern und Ziegelmauern umstellt gewesen, von Türen und Fliegenfenstern, von Mann und Kindern. Hier draußen in der Wüste war Raum zum Nachdenken, hier gab es nur sie selbst und sonst nichts, rosa Sand und rote Steine bis an den scharf gezeichneten, sichtbaren Rand des Himmels.

Eine Frage beschäftigte sie: Wie war Dove darauf gekommen, Harry Hall anzurufen? Sicher hatte sich Mama an den Namen erinnert, oder Peejoe. Hatten sie ihn der Polizei gesagt? War Harry auch eingeweiht? Wenn sie nun drauf und dran war, in eine Falle zu tappen, was dann?

Sie hatte auf einmal gute Lust, ein anderes ausgetrocknetes Flußbett zu suchen und die Hutschachtel hineinzuwerfen. Wie konnte sie wahrhaft frei sein, solange sie sich noch an Chester klammerte?

Denk nicht drüber nach. Denk an die Scheinwerfer, die am Ende dieser Straße auf dich warten, darauf warten, dich in ihr Licht zu tauchen. Denk an ein Leben ohne Chester, ohne Mama, ohne Kinder, ohne irgendwelche Verpflichtungen. Denk an Carolyn Clay. Die reizende, begabte . . .

»Lus-siehl.«

Sie fuhr zusammen.

Eine Flüsterstimme in ihrem Ohr.

Gütiger Himmel. Ihre Phantasie spielte ihr einen Streich. Zu viele Tage und Nächte unterwegs, die Aufregung und der viele Kaffee, der wilde, hastige Sex, kein Schlaf . . .

»Lus-siehl.«

Sie umklammerte das Lenkrad. Ein leibhaftiges Flüstern. Keine Stimme in ihrem Kopf. Eine reale Stimme, deutlich hörbar im Innern des Autos.

Sie sah nach hinten. Ihr Chanel-Hut lag neben der Hutschachtel, und die war gut zugebunden mit schwarzen Bändern.

Sie machte das Radio an. Klimpernde Gitarren, ein Hillbilly-Jodler. Sie nahm eine Salem aus der Packung, drückte den Anzünder hinein.

»Lus-siehl. Tu das nicht.«

Sie sah weiter auf die Straße. Es war dichter Gegenverkehr, Richtung Flagstaff. Sie zündete die Zigarette an und blies den Rauch durch die Nase aus.

»Chester«, sagte sie, »wenn *du* das bist, dann laß mich gefälligst in Frieden.«

»Lus-siehl . . .«

Keiner sonst sprach ihren Namen so aus, Lus-siehl, wie ein abgebrochenes Stück Kreide auf einer Tafel. Wie oft hatte sie ihn angeschrien: »Man sagt Lu*cille*! Es heißt Lu*cille*, verdammt noch mal!« Und dann hatte er gegrinst, auf diese Art, die einen rasend machte, und es ihr zum Trotz immer wieder gesagt: »Lus-siehl. Lus-siehl . . .«

»Misch dich lieber nicht in meine Angelegenheiten, Kumpel«, sagte sie, »sonst halt ich auf der Stelle an und werf dich raus.«

»Wirf mich nicht weg, Süße.« Wieder nur ein Wispern. »Ich liebe dich.«

Lucille wußte natürlich, daß sie unmöglich Chesters Stimme durch eine Hutschachtel aus der Maison Blanche, drei Lagen Seidenpapier und die Tupperware-Salatbox mit dem patentierten Verschluß hören konnte. Und es war ausgeschlossen, daß Chester Vinsons Kopf, abgetrennt oder nicht, jemals etwas wie *Ich liebe dich* über die Lippen brachte – aber Lucille war hellwach, sie träumte nicht. Es war eindeutig Chesters Stimme. Er hätte sich vom Rücksitz vorbeugen und ihr ins Ohr flüstern können.

»Ich liebe dich, Lus-siehl. Ich werd nie aufhören, dich zu lieben.«

Drei silbrige Airstream-Trucks schossen auf der Gegenfahrbahn an ihr vorbei. Lucille hielt das Lenkrad fester.

»Das ist ja lächerlich, Chester. Wie kannst du so was sagen? Du hast mich nie geliebt.«

»Wirf mich nicht weg. Wir können lernen, miteinander glücklich zu sein.«

»Das bist du nicht«, sagte Lucille. »Du kannst es nicht sein.«

»Lus-siehl.«

»Halt den Mund!« Sie strich sich die Haare aus den Augen. »Ich will nichts mehr hören.«

Das konnte nur eine Halluzination sein.

Ihr Blick fiel auf eine Straße, die von der Route 66 nach Norden abzweigte, an einer Kette runder blauer Berge entlang. Ein Schild wies den Weg zum Hoover Dam und nach Las Vegas.

Hoover Dam. Sie sah einen riesigen Wasserfall aus erstarrtem Beton vor sich, mit schäumendem weißem Wasser am unteren Ende. Vielleicht konnte sie dort Chester loswerden.

»Tu's nicht«, flüsterte er.

Lucille nahm die Abzweigung. Die Berge wurden zerklüfteter, das Land trocken wie Kreide. Die Straße führte an Weilern vorbei, die chemische Namen hatten: Chloride, Soda Flats, Alkaline City.

Vielleicht hatten ihre Verbrechen sie um den Verstand gebracht. Vielleicht konnte ein normaler Mensch nicht so etwas tun und trotzdem normal bleiben.

Aber wenn sie verrückt war, wenn der graue Schleier der Wahnsinn war, der sich über sie senkte, dann war das nichts Neues. Seit Jahren hatte sie mal in diesem Nebel gelebt, mal außerhalb.

Wirklich verrückt war es gewesen, so lange bei ihm zu bleiben, in diesem Haus ohne Liebe, dieser hohlen Ehe. Erst *seit* sie ihn umgebracht hatte, lichtete sich allmählich der Nebel. Sie hatte sich ihr Leben lang nie klarer im Kopf gefühlt als gerade jetzt.

Zwar: Was sie getan hatte, war unrecht; das konnte sie akzeptieren. Aber: Jetzt, wo es geschehen war, würde jemand anderer ein schlechtes Gewissen deswegen haben müssen. Lucille hatte dafür keine Zeit. Sie genoß ihre Freiheit zu sehr.

»Chester, glaubst du, ich bin verrückt?«

Darauf wußte er natürlich keine Antwort.

»Ich bin einfach durcheinander, basta«, sagte sie. »Ich bin einfach durcheinander. Bloß jetzt keinen Moralischen kriegen!«

Er schwieg.

»Ich weiß, du bist tot. Ich weiß, du bist nur eine Halluzination. Es ist wie ... ich weiß nicht, wie die Stimme des Gewissens oder so was. Und wenn ich dich erst mal los bin, werd ich dich auch nicht mehr hören.«

Unversehens kletterte die Straße in eine Ansammlung brauner Berge hinauf.

»Aber ich hab kein schlechtes Gewissen«, sagte sie. »Oder vielleicht doch. Ich weiß es nicht. Ich rede schon mit mir selber. Ich bin so schrecklich müde vom Autofahren.«

Zweibeinige Stahltürme marschierten über die Bergkuppen, riesige Roboter, die Stromkabel auf den Armen trugen.

Lucille drehte das Radio laut auf, Petula Clark auf ihrem frechen Bummel durch die Stadt, *bah-na-na-baaaa-na na na* ihr ganzes einsames Leben lang. Lucille sang mit – *»You can forget all your troubles, forget all your cares ...«*

Hinter der nächsten Kurve tauchte ein riesiger See auf, eine platte Fläche von überirdischem Blau, direkt vom Ufer aufsteigende Felswände – ein toter See, kein Blatt, kein Zweig, kein Fleckchen Grün.

Die Straße machte eine Kehre. Die Hochspannungs-Roboter schlossen dichter auf, kamen sternförmig aus allen Richtungen die steinigen Berge herab. Die Straße stieg in einer Reihe von Serpentinen an, so daß Lucille nur noch im Schneckentempo fahren konnte. Sie kam auf einer Anhöhe über dem einen Ende des Sees heraus. An einem Kiosk wurden SUWENIERS VOM HOOVER DAM angepriesen.

Die Straße reckte sich gerade für den kurzen Sprung über die Krone der Talsperre. Auf halbem Weg machte Lucille den Fehler, nach links zu schauen: ein schwindelerregender Absturz ins Bodenlose – ihr Magen fiel ebenfalls, tief und immer tiefer, im freien Fall. Lieber Gott, das war ja höher als jede Brücke auf der ganzen Welt!

Sie hielt den Atem an und umklammerte krampfhaft das

Lenkrad, und irgendwie schaffte sie es bis auf die andere Seite. WILLKOMMEN IN NEVADA.

Sie fuhr auf einen Parkplatz, legte den Kopf aufs Lenkrad und atmete tief durch.

Als sie sich erholt hatte, nahm sie die Hutschachtel vom Rücksitz und ging damit ans Geländer.

Von dieser Seite konnte sie beurteilen, was für einen phantastischen Balanceakt der Hoover Dam darstellte: eine ungeheure Menge Wasser auf der einen Seite und ein entsprechendes Volumen Luft auf der anderen, und dazwischen nur eine dünne Mauer, die das eine Element vom anderen trennte. Der Staudamm in seiner abgrundtiefen Schlucht wirkte einfach zu riesig, um real zu sein. Er war das größte Gebilde von Menschenhand, das Lucille je gesehen hatte. Sie wurde schon vom bloßen Hinsehen nervös.

Vom ersten Moment an war ihr klar, daß das nicht der richtige Ort für Chester war. Zu viele Menschen, die sich an dem Geländer drängten und Bilder knipsten. Außerdem hätte sie Olympiasiegerin sein müssen, um die Hutschachtel über die Canyonwand und das Transformatorengebäude am Fuß der Staumauer in das schäumende weiße Wasser werfen zu können.

Sie trug Chester in den Cadillac zurück und holte sich in dem Andenkenkiosk Zigaretten, eine Coca-Cola und eine Broschüre mit dem Titel »Sie können GEWINNEN! Beim Roulette.«

Die Frau an der Kasse sagte, Las Vegas liege eine knappe Autostunde nördlich. »Wenn ich Ihnen einen Rat geben darf: Gehen Sie an die Fünf-Cent-Spielautomaten«, sagte sie. »Da reicht Ihr Geld länger.«

Lucille dankte ihr und ging zum Auto zurück. Sie schlug die Broschüre auf der ersten Seite auf: »Der Kasinoangestellte, der das Spiel leitet, heißt *Croupier*.«

Sie fuhr nach Nevada hinein. Chester blieb still. Vielleicht war er dankbar, daß ihm der Sturz vom Hoover Dam erspart geblieben war.

Der Highway führte durch ödes Gelände bergab zu einer weit aufgefächerten Stadt. Vielstöckige Hochhäuser standen in der Dämmerung herum. Am Straßenrand sprossen Schnapsläden, Motels, Hamburger-Buden, Poker-Buden, Drive-in-Kasinos,

Hochzeitskapellen, Scheidungskapellen, Minigolfplätze, Tankstellen, Drive-in-Restaurants und Gebrauchtwagenhandlungen aus dem Boden. Auf einer Leuchtreklame von einem glitzernden Spielautomaten so hoch wie ein vierstöckiges Gebäude blinkten die Worte GOLDEN NUGGET.

Lucille spürte, wie sich ihr Puls beschleunigte. Zum ersten Mal seit New Orleans war sie in einer Stadt, wo sie gerne die Nacht verbracht hätte: Las Vegas, Weltmetropole des legalisierten Lasters. Eine Tankstelle offerierte »Kostenlos Aspirin & Trost in jeder Lebenslage«.

Lucille ließ sich in einem Strom von Autos auf einen breiten Boulevard tragen, der von hochragenden Hotels gesäumt war. Lichter blinkten in allen Neonfarben, blendende Flächen weißer Glühbirnen gingen an und aus. Riesige Leuchtreklamen verhießen Joey Bishop im *Dunes*, Perry Como im *Aladdin*, Frank und Nancy Sinatra im *Sands*, Patti Page im *Riviera*, Dean Martin im *Stardust*, Robert Goulet und Jack Benny im *Fabulous Flamingo*.

»Schau, Chester, Jack Benny. Dein Liebling.«

»Fang jetzt nicht *damit* an«, sagte Chester.

Ein gigantischer, rosa leuchtender Flamingo zeigte mit dem Schnabel auf CASINO, DINING ROOM, LOUNGE und POOL. Lucille fuhr in die Einfahrt.

Vielleicht hätte sie, wie es sich für jemand auf der Flucht gehörte, in einem der schäbigen Hotels am Stadtrand verkriechen und hinter dem Vorhang hervorspähen sollen. Aber die Lichter waren hier viel heller, die ätherisch blauen Palmen wirkten ebenso einladend wie nachgemacht, der *Fabulous Flamingo* rief ihr entgegen: *Komm herein, Lucille, hier drin ist es kühl. Komm, leg dein müdes Haupt nieder. Hast du nicht den halben Kontinent durchquert? Bist du nicht völlig erledigt?*

Sie konnte schließlich nicht wie eine Abenteurerin, die direkt aus der Wüste angerauscht kommt, in Hollywood aufkreuzen. Sie brauchte ein Zimmer mit einem großen Bett, eine geräumige Badewanne, ein zweistündiges Bad und zwölf Stunden Schlaf. Am Morgen würde sie dann bezaubernd und ausgeruht wirken, gerade rechtzeitig, um sich mit Harry Hall zu treffen.

Aber erst wollte sie noch diesen gutaussehenden braunhaarigen Pagen in dem rosa Smoking kennenlernen, der gerade an ihr Auto trat. »Sie steigen bei uns ab?«

Beim Anblick seines kantigen Kinns fühlte sich Lucille gleich ein paar Jahre jünger. Sie griff nach ihrem Hut. »Worauf du dich verlassen kannst, Süßer.«

»Gepäck?«

»Nur die Hutschachtel auf dem Rücksitz. Die nehme ich selbst.«

»Gestatten Sie.« Er beugte sich hinein.

»Nein!« schrie Lucille. »Warten Sie – Sie müssen sie unten anfassen. Sie ist schwer.«

Sein Grinsen leuchtete auf wie eine Blitzbirne. »Keine Sorge. Mit einer Hutschachtel komme ich schon zurecht.« Aber sie war natürlich schwerer, als er dachte, und seine braunen Augen bekamen lauter hübsche, lustige Fältchen. »Mann, hat die ein Gewicht. Was haben Sie denn da drin, Ziegelsteine?«

Lucille besah sich im Fenster auf der Fahrerseite und rückte ihren Hut zurecht. »Nein, den Kopf von meinem Mann. Den habe ich immer dabei.«

Der junge Mann fand das witzig. »Nur seinen Kopf?«

»Mhm. Den Rest hab ich zu Hause gelassen.« Lucille nahm ihm die Schachtel ab. »Parken Sie bitte den Wagen?«

»Selbstverständlich.« Er hielt die Hand auf.

Sie hielt einen Moment lang seine Finger fest und dachte dabei: In diesem Land wimmelt es von gutaussehenden jungen Burschen. Wo hab ich bisher bloß meine Augen gehabt?

»Die Schlüssel«, sagte er.

»Oh, natürlich. Hier, halten Sie mal.«

Er hielt Chester, während Lucille in ihrer Handtasche kramte. Sein sonniges Aussehen hatte ihre Erschöpfung vertrieben. Mit dem Geschmack des Troopers noch auf der Zunge, fragte sie sich, wie ein Hotelpage wohl schmecken mochte.

Man lebt nur einmal, dachte sie. Und wenn man ich ist, hat man verdammt lange gelebt, ohne je gelebt zu haben. Dann hat man einiges nachzuholen.

»Nagelneuer Schlitten«, sagte er. Er war ein netter Junge, ein College-Student. Wie einer von den Jungs in den Strandfilmen, Tab oder Troy oder Rock.

Sie gab ihm die Schlüssel und musterte ihn dabei wohlgefällig. »Vielleicht könnten Sie ihn jemand anderen einparken lassen«, sagte sie, »und mir statt dessen den Weg zu meinem Zimmer zeigen.«

Seine Augen leuchteten auf. Sein Adamsapfel hüpfte. »Da hätte ich im Prinzip nichts dagegen, aber ich muß leider die neu ankommenden Gäste bedienen.«

Sie fingerte an der Samtkrempe ihres Hutes herum. »Ich *bin* ein neu ankommender Gast.«

Er sah zu den anderen Pagen hinüber, die herumstanden und rauchten. »Wissen Sie was, in zwanzig Minuten habe ich Pause. Vielleicht sehen Sie sich so lange das Casino an. Dann komme ich zu Ihnen und . . . zeige Ihnen den Weg zu Ihrem Zimmer.«

»Gut. Vielleicht.« Sie lächelte. »Aber vielleicht haben Sie gerade eine Chance verpaßt, wie Sie nie wieder eine kriegen werden.« Sie ging den geschwungenen Gehsteig hinauf, durch ein Spalier von Palmetten und Brunnen, die in tropischen Farben glühten. Hätte jemand ihre geheimen Gedanken lesen können, Lucille hätte selbst türkis und rosa aufgeleuchtet.

Sie schaute zurück. Er grinste ihr immer noch nach.

Er war jung und eine Augenweide. Und dieses Lächeln! Lucille fühlte sich wie die aufgehende Blüte der Lust. Sie wollte jeden Mann, den sie sah. Sie brauchte nur die leiseste Andeutung zu machen, und schon konnten sie nicht widerstehen.

Dann betrat sie eine andere Welt: das Casino – und vergaß auf der Stelle den Pagen. Da gab es Meilen von roten Teppichen und überall grünen Filz, schwere Vorhänge, Samt und Spiegel, Reihen um Reihen glitzernder Spielautomaten, Spieler in Abendkleidung von hier bis ans andere Ende – es war besser als im Kino. Besser als der Hoover Dam. Dagegen war das *Admiral Semmes Hotel* in Mobile (bisher das luxuriöseste Haus, in dem sie je gewesen war) eine heruntergekommene Absteige. Die Luft war blau von Zigarrenrauch, Hartgeld klingelte melodisch in Metallschälchen, Glöckchen läuteten, klimperten, eine Combo spielte »Fly Me To The Moon«.

Lucille ging wie im Traum zwischen den surrenden Spielautomaten hindurch und an den Reihen hufeisenförmiger Tische entlang, an denen Männer in Smokings Karten auf kostbarem grünem Samt austeilten.

Alle Kartengeber trugen dieselbe zutiefst gelangweilte Miene zur Schau. Die Leute an den Tischen schlürften Cocktails, rauchten und starrten auf die Hände der Kasinoangestellten, die mit geübten Bewegungen Karten in die Runde schnippten. Nie und nimmer hätte man ihnen angesehen, daß sie irgend etwas gewannen oder verloren.

Am Ende der Reihe stieß Lucille auf ein anderes Glücksspiel, ein buntes Rad, das sich flirrend drehte wie die Radkappe eines Cadillac. Eine weiße Murmel sauste am Rand des Rades im Kreis herum. Als sie in eine Vertiefung mit einer Zahl fiel, juchzte ein Mann auf und riß beide Arme hoch. Seine Begleiter klopften ihm auf den Rücken.

Der Croupier schob drei hohe Stapel weißer Chips über den Tisch und begann, mit blitzschnellen Händen die übrigen Chips zu sortieren.

Man kann GEWINNEN. Beim Roulette!

Die Spieler beugten sich höflich aneinander vorbei, um ihre Einsätze zu machen. Lucille bewunderte den selbstbewußten Schwung, mit dem der Croupier das Rad in Rotation versetzte, das Sausen der Kugel, den atemberaubenden Moment, bevor sie herabfiel... Roulette war eine einzige Folge leiser Mysterien, die auf den großen Augenblick hinführte: den Supergewinn oder ein langes Gesicht.

Manche der Spieler häuften einen ganzen Stapel Chips auf eine einzige Zahl, andere verteilten ihre nach komplizierten Mustern. Manchmal, wenn der Croupier ihnen einen großen Gewinn zuschob, schenkten sie ihm einen Chip, weil er ihnen Glück gebracht hatte.

Lucille wußte, daß sie eigentlich ein Zimmer mieten, ein Bad nehmen und ihre Broschüre hätte durchlesen sollen, aber das Klappern der in die Schälchen der Spielautomaten fallenden Münzen weckte in ihr den unwiderstehlichen Wunsch, wenigstens einmal selbst ihr Glück zu versuchen.

Auf einer vergoldeten Tafel stand, der Mindesteinsatz betrage zwanzig Dollar.

Sie drückte ihre Handtasche an sich, um die Pistole zu verbergen. Sie hatte sich nicht einmal die Mühe gemacht, das Geld zu zählen, das sie bei Jean Lafitte aus der Kasse genommen hatte, aber sie wußte, daß es über tausend Dollar waren. Gestohlenes Geld, Teufelsgeld. Gab es eine bessere Verwendung dafür, als es zu verspielen?

»Zweiundzwanzig!«

Ein Mann hatte seine letzten Chips verloren und stand angewidert auf.

Der Croupier sagte: »Vielen Dank, Sir. Alles Gute.«

Der Mann zog sich im Weggehen die Hosen hoch.

Lucille ließ sich auf seinen Platz gleiten. Sie stellte Hutschachtel und Handtasche vor sich auf den Boden und reichte dem Croupier das ganze Bündel Zwanziger. »Kann ich bitte ein paar Chips haben?«

Das viele Geld – und er zuckte nicht einmal mit der Wimper. Er blätterte das Bündel einmal durch und sagte zu jemandem hinter ihm: »Elfhundertvierzig, bitte einwechseln«.

Hinter ihm warf ein stattlicher Mann im Smoking einen Blick auf die Scheine und sah dann Lucille an, nickte und lächelte fast unmerklich. Er ließ einen kleinen Blechfrosch klacken, den er in der Hand hielt.

Wie aus dem Boden gewachsen, stand ein Serviermädchen dicht neben Lucille. »Cocktail?«

»Ja, warum nicht. Ich nehme . . . einen Tom Collins.«

Der dicke Mann neben Lucille hob sein leeres Glas, aber das Mädchen war schon verschwunden. Der Croupier schob Lucille zwei Stapel rosa Chips und einen Stapel verschiedenfarbiger Chips mit dem Aufdruck 100 zu. »Ihre Einsätze bitte.«

Lucille wartete, bis alle anderen mit dem Vorbeugen und Setzen fertig waren, dann fragte sie: »Kann ich auf die Dreizehn setzen, obwohl da schon jemand drauf gesetzt hat?«

Amüsiertes Gemurmel erhob sich am ganzen Tisch. Das mußte eine dumme Frage gewesen sein.

Der Croupier lächelte. »Aber bitte sehr.«

Lucille nahm einen Hunderter-Chip und legte ihn auf die blauen Chips, die auf der Dreizehn lagen.

Die Serviererin tauchte mit einem leuchtend roten Cocktail auf. Lucille strahlte und trank einen Schluck. »Köstlich.« Sie wollte zahlen, aber das Mädchen sagte, das gehe auf Kosten des Hauses.

Die Leute hier waren unbeschreiblich nett.

Der Croupier versetzte das Rad in Drehung, nahm die weiße Murmel in die Hand und warf sie so, daß sie am Innenrand des Roulettekessels im Kreis herumsauste. Sie machte ein hohles Geräusch wie eine über den Fußboden rollende Münze, wurde langsamer und mußte jeden Augenblick herabfallen.

»Nichts geht mehr«, sagte der Croupier.

Alle hielten den Atem an.

Die Kugel fiel, hüpfte und landete.

»Dreizehn.«

»Juhuuu! Jesus sei Dank!« schrie ein Mann am Ende des Tisches.

Lucille verfolgte mit den Augen die Kugel. Tatsächlich! Sie lag in der Vertiefung mit der Nummer dreizehn!

Der Croupier schob dem Mann, der aufgejauchzt hatte, drei Stapel taubenblaue und Lucille drei Stöße christbaumkugelbunte Chips hin.

»Ich danke Ihnen.« Sie nahm noch einen Schluck von dem Tom Collins und gab dem Croupier den obersten Chip.

»Ich danke *Ihnen*.« Er schnipste den Chip mit einem kräftigen Schlag auf die Kante hoch und steckte ihn weg.

Das war ein hübscher Batzen Geld, den Lucille da vor sich hatte. Hunderte und Aberhunderte von Dollar. Die anderen Spieler sahen sie mit unverhohlenem Neid an.

Man kann GEWINNEN! Beim Roulette!

»Ihre Einsätze bitte.«

Lucille fand Gefallen an diesem Spiel. Es kam ihr absurd einfach vor. Sie nahm einen Stapel 100-Dollar-Chips so hoch wie ihr Fingerknöchel und setzte ihn wieder auf die Dreizehn. Der Mann mit den blauen Chips setzte einen Stapel auf ihren. Sie wechselten einen siegessicheren Blick.

Der Anblick von so vielen teuren Chips hatte eine kleine Zuschauermenge ans Tischende gelockt. Der stattliche Spielleiter stand dicht neben dem Croupier und beobachtete alles.

Das Rad drehte sich wieder, die Murmel sauste in der Gegenrichtung, wurde langsamer – »Nichts geht mehr.«

Lucille holte Luft und schloß die Augen. Sie konzentrierte sich: *dreizehn*. Sie hörte die Kugel klappern.

»Dreizehn.«

Hatte er es wirklich gesagt? Ein Freudengeheul brach los. Der Mann mit den blauen Chips sprang von seinem Stuhl auf, kam tänzelnd um den Tisch herum zu Lucille und krähte: »Ja! Mama, ja!«

Ein säuerliches Lächeln trat auf das Gesicht des Croupiers. Sein Boß starrte Lucille an, als hätte sie ihm einen Schwinger in seinen dicken Bauch versetzt.

»Oh, Lady, wir haben's geschafft!« rief der andere Gewinner. »Wir haben's geschafft! Teufel noch mal.«

Der Croupier schob ihm acht Säulen taubenblauer Chips hin und begann, Stapel rot-goldener 500-Dollar-Chips für Lucille abzuzählen. Der Trubel lockte immer mehr Leute an.

Ein Schwindelgefühl packte Lucille. Der Croupier schob ihr den ganzen Haufen über den grünen Filz, neben das kleine Vermögen, das sie bei der ersten Runde gewonnen hatte.

Gütiger Himmel. Das waren Tausende. Sie gab dem Croupier dreihundert Dollar Trinkgeld.

Diesmal klang sein »Danke, Ma'am« schon ehrlicher. Er verbeugte sich und wandte sich wieder dem Tisch zu. »Ihre Einsätze bitte.«

Alle setzten jetzt auf die Dreizehn und warteten auf Lucille. Sie wußte, daß sie eigentlich hätte aufhören sollen, aber sie wollte einfach wissen, ob das Wunder noch ein drittes Mal geschehen würde.

»Sie hat das alles in zwei Runden gewonnen!«

»Wer ist das denn?«

Das Gemurmel wurde lauter. Manche rissen sich von den Spielautomaten los und kamen neugierig herüber.

Lucille hätte allen Grund gehabt, nicht zur Attraktion eines Spielcasinos zu werden, aber konnte man denn so etwas ahnen? Und wer hätte es fertig gebracht, mitten in einer solchen Glückssträhne aufzustehen und hinauszugehen?

Sie zählte mit dem Daumennagel fünftausend Dollar ab und schob den Stapel auf die Dreizehn. Vielleicht wurde sie so reich, wie sie es sich nie erträumt hätte. Wenn diese Unglückszahl jetzt noch ein drittes Mal fiel, würde es für sie endgültig feststehen, daß es ein direkter, buchstäblicher Wink des Himmels war. Ja, Lucille, Ja! Mach weiter. Du bist auf dem richtigen Weg.

Haufenweise gesellten sich Chips in allen Farben zu ihren, begruben die Dreizehn unter sich, schwappten auf andere Zahlen über.

Der Croupier schichtete die Chips säuberlich zu einem kleinen Berg des Reichtums. Drei untersetzte Männer im Smoking stellten sich hinter ihn, als er das Rad in Rotation versetzte.

Die Serviererin tippte Lucille auf die Schulter. »Cocktail?«

Sie drehte sich um und lehnte dankend ab, sie hatte noch kaum von dem ersten gekostet. Da sagte der Croupier schon wieder: »Nichts geht mehr«. Sie hatte gar keine Zeit gehabt, sich zu konzentrieren.

Die Kugel machte einen Sprung, dann noch einen, und fiel auf das Rad. »Siebenundzwanzig«, sagte der Croupier.

Alle stöhnten auf, als hätte man ihnen ein Messer in den Rücken gestoßen. Mit seiner stumpfen Harke raffte der Croupier den ganzen riesigen Haufen an sich.

Alle, die auf Lucilles Glück vertraut hatten, starrten sie jetzt böse an.

Sie zuckte die Achseln. So schnell hatte sich ihr Glück gewendet. »Offenbar sind doch nicht aller guten Dinge drei.« Sie bückte sich nach der Hutschachtel und ihrer Handtasche. »Besten Dank allerseits, ich glaube, ich gehe jetzt ein Bad nehmen.«

An den hochgezogenen Augenbrauen des Croupiers sah sie, daß er weder damit gerechnet hatte, daß sie so viel in so kurzer Zeit gewinnen würde, noch damit, daß sie schon nach dem ersten Verlust aufhören würde. Er lächelte. »Sehr wohl, Ma'am.« Er tauschte ihre Chips in grüne Chips um. Sein Boß klackte zweimal mit dem Blechfrosch.

Ein stämmiger Mann im Smoking tauchte neben Lucille auf und hielt ihr einen großen Pappbecher mit einem Flamingo in Prägedruck hin.

»Mein Name ist Ralston«, sagte er. »Ich würde mich glücklich schätzen, Sie zum Kassierer zu begleiten.«

»Danke, Mr. Ralston. Alle sind hier so nett zu mir.«

Er half ihr, die Chips mit beiden Händen in den Becher zu

schaufeln, und geleitete sie durch die Menge. Zuschauer traten zurück, um sie durchzulassen. Einige applaudierten. Lucille deutete einen Knicks an und lächelte. Anscheinend kam es nicht oft vor, daß jemand beim Roulette gewann, nach dem Aufruhr zu urteilen.

Ralston war ein untersetzter, ziemlich robust wirkender Mann mit einem Stoppelbart, der, abgesehen von dem Smoking, genausogut Trucker hätte sein können. »Da haben Sie aber Schwein gehabt, Miss äh . . . Entschuldigung, ich hab Ihren Namen nicht verstanden.«

»Clay«, sagte sie. »Carolyn Clay.«

»Wohnen Sie bei uns, Miss Clay?«

»Wenn ich ein Zimmer mit einer schönen Badewanne bekomme.«

»Das müßte sich machen lassen.« Er drückte ihr eine Visitenkarte in die Hand. »Da ist meine Telefonnummer drauf. Einfach anrufen, wenn Sie etwas brauchen. Wie lange bleiben Sie?«

»Nur eine Nacht.« Lucille war noch ganz überwältigt von der Tatsache, daß sie dieses Spielcasino soeben um eine gewaltige Summe erleichtert hatte. Warum war dieser Mann so freundlich zu ihr? Womöglich wollte er ihr das Geld wieder abluchsen . . .

Sie gingen auf eine Reihe von Schaltern zu. »Möchten Sie es in bar?« fragte Ralston.

»Ja, wär mir recht.« Sie reichte den Becher durch das Schalterfenster.

Der Kassierer schüttete die Chips mit gleichgültiger Miene aus, sortierte sie mit atemberaubender Geschwindigkeit und legte Bündel von Hundertdollarnoten mit weißen Banderolen auf die Marmorplatte.

»Sie können es gerne in unseren Safe geben«, hörte sie Ralston sagen. »Damit Sie ruhiger schlafen.«

»Das ist mein Geld, stimmt's?« sagte Lucille.

»Sicher.«

»Dann behalte ich es lieber bei mir.«

»Wie Sie wünschen. Aber passen Sie auf.«

Der Kassierer schob ihr vier ziegelsteingroße Stapel von Dollarscheinen durchs Fenster. »Einunddreißigtausendvierhundert Dollar.«

»Du meine Güte.« Lucille blinzelte. Nach außen hin bewahrte sie die Fassung – aber innerlich machte sie Luftsprünge und schrie vor Freude.

Man!

Kann!

Gewinnen!

Beim!

ROULETTE!

Laut sagte sie: »Das paßt nicht in meine Handtasche.«

Der Kassierer gab ihr einen weißen Leinenbeutel. Lucille packte das Geld hinein, zog die Schnur zu und folgte Ralston, vorbei an einer Reihe von Luxusgeschäften – Couture, Schmuck, Pelze – und direkt an die Spitze einer Schlange von Leuten, die in der Rezeption auf ihren Koffern saßen.

Ralston schnippte mit den Fingern. »Suzanne, das ist Miss Clay. Sie bewohnt heute die Rose Garden Suite.«

Suzanne ließ den Gast stehen, den sie gerade bedient hatte. »Willkommen im Flamingo, Miss Clay.«

»Das klingt ja toll – eine Suite.« Lucille gab sich Mühe, nicht mißtrauisch zu wirken. »Wieviel kostet die denn?«

Ralston senkte die Stimme. »Das ist eine Aufmerksamkeit des Hauses für unsere exklusiven Spieler. Entschuldigen Sie, aber – könnte es sein, daß Sie zum erstenmal in Vegas sind?«

»O nein, ich war schon sehr oft hier. Aber ich habe noch nie Roulette gespielt. Für gewöhnlich spiele ich Karten.« Lucille sah sich zu Hause mit Sandra und Cary auf dem Boden liegen und Mau-Mau spielen.

»Sie haben gut abgeschnitten«, sagte er. »Ich hoffe, Sie werden uns später noch einmal die Ehre geben – wir haben private Tische für Poker, Siebzehn-und-vier, Baccarat, was immer Ihnen zusagt.«

Lucille lächelte von einem Ohr zum anderen. »Mir sagt Roulette zu.«

»Das kann ich verstehen.« Er verbeugte sich. »Wenn Sie zu Abend speisen, eine Vorstellung besuchen möchten . . .«

»Dann rufe ich Sie an.«

»Bitte, tun Sie das.« Er ging ins Casino zurück. Die Empfangsdame läutete mit einer großen Kupferglocke.

Lucilles braungelockter Lieblingspage tauchte wie aus dem Nichts auf. »Guten Abend«, sagte er mit einem köstlichen Grinsen.

Er mußte hinter den Spielautomaten auf die Glocke gewartet haben. Lucille verspürte ein Kribbeln am ganzen Körper – ein ganzer Sack geschenktes Geld und ein gutaussehender Junge! Sie konnte es nicht erwarten, mit ihm aufs Zimmer zu gehen und ihn von seinem rosa Smoking zu befreien.

»Bitte begleiten Sie Miss Clay zur Rose Garden Suite, Jack.« Die Empfangsdame gab ihm einen Schlüssel. »Einen angenehmen Aufenthalt wünsche ich.«

»Danke, den hab ich schon«, sagte Lucille. Und dann, unhörbar: Hallo, Jack.

Jack spielte seine Rolle gut. »Guten Abend, Ma'am. Haben Sie Gepäck?«

»Nur das hier.« Sie gab ihm ihre Handtasche und den Beutel mit dem Geld. »Meinen Mann trage ich selbst.«

Er lachte. Sie folgte ihm zum Lift.

Er drückte den obersten Knopf. »Hatten Sie schon Gelegenheit, sich ein bißchen im Casino umzusehen?«

»Und ob. Ich habe Roulette gespielt.«

»Und, gewonnen?«

»Schauen Sie in den Beutel.«

Jack lockerte die Schnur. Die Augen fielen ihm fast heraus. »Sie . . . Sie haben das alles gewonnen? Das sind ja bestimmt –«

»Einunddreißigtausendvierhundert Dollar.« Sie mußte immerzu lächeln.

»Mann!« Er schlug mit der Hand auf die holzgemaserte Wand. »Lady! Sie sind *reich*!«

»Ich weiß. Ich war noch nie reich. Sie werden mir zeigen müssen, wie man sich richtig benimmt.«

Die Lifttür öffnete sich leise. Jack verbeugte sich mit ausgestreckter Hand, der Knappe der Königin. »Nach Ihnen.«

Lucille trat hinaus. »Sie heißen Jack?«

»Ja.«

»Ich bin Carolyn.«

Blitzartig ging sein Tausendwattgrinsen an. »Willkommen in Vegas, Carolyn.« Er ging voran zu einer Tür mit einem eleganten goldenen Schild: Rose Garden Suite.

»Ich hab noch nie in einem Zimmer gewohnt, das einen eigenen Namen hatte«, sagte sie.

»Ich wette, Sie gewöhnen sich schnell daran.« Seine Hand streifte ihren Arm, als er sich vorbeugte, um die Tür zu öffnen.

Nanu, war Lucille gestorben und in den Himmel gekommen? Dieses Zimmer war größer als ihr ganzes Haus, größer als jedes Haus in Cornelia. Mattrosa Spannteppich, eine Fensterflucht, kunstvoll arrangierte moderne dänische Möbel vor einem Kamin, zwei von Sesseln flankierte Sofas, ein nierenförmiger Couchtisch – alles makellos und nagelneu, geschmackvoll in Rosa und Weiß.

»Mein Gott, das ist ja riesig.« Bett war keins zu sehen. Vielleicht ließ sich eins der Sofas ausklappen.

Jack erklärte ihr routiniert das Zimmer, knipste Lampen an und aus, führte die elektrisch betätigten Vorhänge vor, zeigte Lucille den in einem Ahornschränkchen verborgenen Fernseher. »Das hier ist eine gut bestückte Bar, und wenn Sie bitte hier hereinkommen wollen . . .«

Lucille hatte es für die Tür eines Wandschranks gehalten, aber nein! Da war noch ein ganzes Zimmer. »Das nimmt ja überhaupt kein Ende«, murmelte sie.

Und dann sah sie es, auf einer erhöhten Plattform an der Wand: ein riesiges, herzförmiges rosa Bett, wie das große, plüschige Herz hinter dem Vorspann zu »I Love Lucy«. Das mit rotem Samt bezogene Kopfteil war ebenfalls ein Herz, mit der Spitze nach oben.

Ihr erster Gedanke war: Wo um Himmels willen kriegen die herzförmige Bettlaken her? Ihr zweiter Gedanke ließ sie erröten. Jack war im Bad, drehte Wasserhähne auf, ließ die Spülung laufen und knipste Lichter an.

Wer immer dieses Bett entworfen hatte, an gesunden Schlaf hatte er jedenfalls nicht gedacht.

»Das ist die Hochzeitsreisensuite.« Jack stand unter der Tür. Sein Grinsen bildete eine entzückende gerade Linie mit seiner Kinnlade.

Lucille stellte die Hutschachtel auf die Frisierkommode. »Das wäre dann meine zweite Hochzeitsreise.« Sie schlenkerte ihre Schuhe weg und ging quer durchs Zimmer, wobei sie sich mit den Zehen in den flauschigen Teppich krallte. »Um die Wahrheit zu sagen, es ist meine erste. Chester und ich wollten eigentlich nach Panama City fahren, aber er ist statt dessen auf Waschbärenjagd gegangen.« Sie setzte sich aufs spitze Ende des Herzens.

Jack löste sich langsam von der Tür. »Sie sind verheiratet?«

»Verwitwet.«

»Das tut mir leid . . .«

»Kein Grund. Mir tut's auch nicht leid.« Sie klopfte mit der flachen Hand auf das Bett. »Komm her.«

Er kam herübergeschlendert und ließ den Beutel mit dem Geld auf das Bett fallen. »Ich hab nur zwanzig Minuten Pause.«

»Tja, dann dürfen wir keine Zeit verlieren.« Sie lächelte zu ihm auf.

»Du bist mir vielleicht ein heißblütiges Wesen.« Er streifte die Jacke ab. Seine angesteckte Fliege ging ab, als sie danach griff. Verspielt knöpfte sie sein Hemd auf, einen Knopf nach dem anderen, und ließ ihre Knöchel seine harte Brust hinuntergleiten. Technicolor-Bräune, kräftige Schultern, schlanke Taille. Großer Bizeps vom vielen Koffertragen.

»Ich wette, du machst das oft«, sagte sie.

»Nicht so oft, wie ich gern möchte.« Er grinste und stieß sie aufs Bett zurück. »Und nie mit einer so gutaussehenden Frau wie dir.«

»Ach, mein Lieber, was bist du doch raffiniert.« Sie breitete die Arme aus. »Du kennst alle Zauberworte.«

Er legte sich auf sie, drückte sie mit der ganzen Länge seines jungen Körpers nieder. Er küßte sie. Es schmeckte nach Kaugummi.

Sie zupfte an seinem Hemd. »Moment mal.« Unter ihrer Achsel drückte etwas – der Leinenbeutel. Sie griff hinein.

Jack knabberte an ihrem Hals. Seine Finger nestelten an den Knöpfen ihrer Bluse.

Sie zog ein Bündel Hunderter heraus und kitzelte damit seine nackte Flanke.

Er zappelte. »Aufhören!«

»Sieh dir das an.« Sie ritzte die Banderole mit dem Daumennagel auf, fächerte die Scheine auf und hielt sie sich an die Nase, roch an der grünen Farbe. »Hier, riech mal.«

Er tat es. Seine Augen funkelten. »Wir sind beide Glückspilze.« Sein Knie rutschte an ihrem Schenkel hoch, während er sich ihren Arm hinaufküßte, ihre Kehle . . .

Sie warf das Geld in die Luft. Die Scheine regneten herab wie Konfetti.

»Sag mal, Jack«, murmelte sie, »hast du's schon mal in einem ganzen Haufen Geld gemacht?«

Er murmelte etwas Unverständliches. Sie spürte seinen heißen Atem in ihrem Ohr. Er kam hoch und küßte sie. Seine unverschämte junge Zunge schwamm herein, dann brach er den Kuß ab, sprang vom Bett, streifte die Hosen ab. Er war wunderbar erregt, atmete schnell – und Lucille ging der Gedanke durch den Kopf, wie albern doch ein Mann mit einem Ständer aussah, auch der bestaussehende Mann. Es bringt sie aus dem Gleichgewicht, wie ein überzähliges Bein. Würde es nicht komisch aussehen, wenn eine ihrer Brüste so anschwellen und abstehen würde, wenn sie erregt war?

»Was ist?« fragte er, als er ihr Lächeln sah.

»Nichts.« Sie streckte sich wieder aus. »Du bist schön.«

»Du auch.« Seine Hände glitten an ihren Beinen hinauf, weich und samtig wie Wasser, bis unter ihren Rock, zu ihrer Taille hoch. »Nichts drunter?« Er drohte ihr mit dem Finger, loses Mädchen, und küßte sie auf die Hüfte.

»Dafür ist es zu heiß«, sagte sie und zerrte sich das Kleid vom Leib. Sie öffnete den Verschluß ihres BHs. Nackt lagen sie zusammen auf rosa Satin.

Er küßte einen warmen Pfad ihren Bauch hinauf. »Hier bin ich, ob du willst oder nicht . . .«

Lucille machte die Augen zu und legte sich zurück. Sein Mund wanderte über ihren Körper wie ein unglaublich begabter Schmetterling mit flatternden Seidenflügeln. Er erkundete Hügel und Täler, würdigte jede Stelle einer Berührung, eines Atemzugs, eines Augenblicks.

Dann war das Getändel zu Ende, und es wurde ernst.

Er umkreiste mit der Zunge ihre Brustwarze, und warme

Wellen durchströmten sie. Er knabberte an ihrem Schlüsselbein, seitlich an ihrem Hals, nahm ihr Ohrläppchen zwischen die Lippen. Lucilles Körper bäumte sich vor Verlangen auf unter diesen Liebkosungen. Jacks Beine legten sich über ihre. Er sah jungenhaft aus, aber er war gut, ein guter Liebhaber, er wußte genau, was er jetzt mit den Fingern machte.

Von einem Herzschlag zum nächsten war alle Zärtlichkeit vergessen. Er packte sie, öffnete sie und brach in sie ein, wie Wellen auf einen Strand donnern, wogend und krachend, sich zurückziehend und wiederkehrend, eine Brandung ohne Ende. Sie schrie auf. Sie öffnete die Augen, um zu sehen, wie er zur Sache ging. Sein Gesicht war angespannt, mürrisch. Er wollte, was er bekam, er bekam, was er wollte. Ein leises Grunzen tief in seiner Kehle. Er drehte sie auf dem herzförmigen Bett auf die Seite, um noch tiefer in sie einzudringen.

Hör nicht auf. Jetzt nicht und niemals mehr. Hör nicht auf.

Lucilles Bewußtsein trübte sich. Es war nicht wie der Nebel. Es war schnell und obszön und romantisch. Er machte alles. Er zog sie herunter und drehte sie herum, so daß sie die Spitze des Herzens zwischen die Knie nahm. Und noch vieles mehr, sie erinnerte sich nicht. Zuletzt waren sie wieder oben auf den Kopfkissen und gaben wilde Geräusche von sich, während sie die Nase in das mit rotem Samt bezogene Kopfteil drückte und Blitze durch die schaudernde dunkle Mitte ihres Körpers fuhren. Er schrie: »Ja! O Gott! Hn, hn!«, und sie brachen zusammen.

Lange Zeit lagen sie schweratmend aufeinander, eng umschlungen.

»Uff.« Jack richtete sich auf. Ein Hunderter klebte an seinem schweißnassen Gesicht.

Lucille zog ihn ab und beugte sich hinüber, um Jack zu küssen. Sie wußte, einen schöneren Augenblick würde sie nie erleben.

15
PEEJOE / Industry

Eben war Taylor Jackson noch ein Junge wie ich gewesen, der lebte, atmete, herumlief wie ich, und eine Minute später war er tot, weil er im Schwimmbad schwimmen wollte und der Sheriff dagegen war.

Ich hatte nie viel über das Sterben nachgedacht, weil es mir angst machte, aber ich fand, daß das Leben etwas viel zu Großes und Gewaltiges war, als daß man es wegen so einer Kleinigkeit verlieren durfte.

Dove meinte, er verstehe nicht, was diese Jungen dazu getrieben hatte, da hinzugehen und Ärger zu machen. »Die müssen doch gewußt haben«, sagte er, »daß einer wie John Doggett zurückstößt, wenn er gestoßen wird.«

»Der einzige, der gestoßen wurde, war Taylor«, sagte ich. »Ich hab alles gesehen.«

»Hast du gesehen, wer ihn gestoßen hat?«

»Nicht genau.«

»Na bitte!« Dove schüttelte den Kopf. »Du warst da, du hast alles gesehen, und du weißt nicht mal genau, was du gesehen hast. Es bringt überhaupt nichts, wenn du dich jetzt verrückt machst.«

Ich machte mich nicht verrückt. Ich sah alles ganz klar. Ich wußte, es war unrecht. Es war nicht *recht*. Taylor Jackson hätte nicht sterben müssen. Jeder, der dabei gewesen war, wußte das. Etwas war stärker gewesen als alle, die da waren, als ob eine Art tödlicher Wind durch die Hilfssheriffs gefahren wäre und sie dazu gebracht hätte, mit ihren Schlagstöcken auf diese Jungen loszugehen. Keiner hatte gewollt, daß Taylor Jackson starb. Als er doch starb, wandten sie sich ab und gaben ihm selbst die Schuld.

Wir anderen standen dabei und sahen es uns an wie etwas im Fernsehen. Was war ich stolz auf mich, wie ich vortrat, um ihn zu verteidigen, aber als der Hilfssheriff mich sah und seinen Stock hob, konnte ich mich gar nicht schnell genug in den Schutz der weißen Zuschauermenge zurückziehen.

Für die meisten Leute war Taylor bloß ein Nigger, also eigentlich gar kein Mensch. Sein Tod zählte nicht. Aber ich hatte ihn sterben gesehen. Für mich zählte er sehr wohl. Ich hatte mit eigenen Augen gesehen, wie es passierte, und ich wußte, es war unrecht. Ich wußte das so sicher wie sonst nichts.

An diesem Tag nun hielt ich Ausschau nach irgendwelchen Spuren, nach einem sichtbaren Zeichen dafür, daß sich etwas geändert hatte in der Welt. An der Lee Street sangen die Vögel und schwirrten durch die schwatzenden Rasensprenger. Eine Frau stand an einer Wäscheleine und drosch mit einem Stock auf einen Quilt ein. Zikaden lärmten in den Büschen, ein an- und abschwellendes Schrillen, das von allen Seiten kam und den heißen Nachmittag erzittern ließ. Ein Lastwagen ratterte die Beauregard Avenue entlang. Ein schwarzer Hund bellte und sprang auf, schnupperte an meiner Hand und trabte dann schwanzwedelnd hinter mir her bis an den Rand des Parks.

Ein Junge hockte am Zaun des Schwimmbads und sah auf die Stelle, wo Taylor Jackson gestürzt war.

Der schwarze Hund machte kehrt und lief nach Hause.

Ich trottete über die Wiese, und die Spitzen meiner Turnschuhe wurden naß von dem feuchten Gras. Das Schwimmbecken glänzte wie ein blauer Edelstein, ein vollkommenes, glitzerndes, verlassen daliegendes Rechteck. Auf einem handgemalten Schild stand: WEGEN REPARATUR GESCHLOSSEN.

»Hey, Wiley.«

Er drehte sich erschrocken um. »Was machst *du* denn hier?«

»Ich wollte's mir nur noch mal ansehn.«

Wir starrten auf den roten Sand, das kümmerliche Gras, die Betonkante: Kein Fußabdruck, kein einziger Tropfen Blut – nichts erinnerte an die Auseinandersetzung, die jetzt wie ein böser Traum vor meinem inneren Auge ablief.

»Anscheinend war jemand mit einem Schrubber hier und hat saubergemacht«, sagte ich.

»Ja, sie haben ihn ausradiert.« Wiley zog mit der Zehe eine Linie in den Sand. »Als ob's nie passiert wär.«

Ich sagte: »Die müßten wen verhaften.«

»Denkst du, der Sheriff wird sich selber verhaften? Das möcht ich sehen.«

»Na, er hat aber doch angefangen.«

»Das stimmt nicht, Peejoe. Diese Nigger haben angefangen. Sie waren nicht schuld an dem, was dann passiert ist, aber sie haben sich hier hingepflanzt und wollten nicht mehr gehen.«

»Wahrscheinlich hast du recht.«

Wiley wischte die Linie mit der Schuhkante aus. »Komm, wir hauen ab hier.«

Wir schlenderten den Hügel hinauf in die Stadt. Es war schon so heiß, daß beim Dairy Dog die Eisneger reißenden Absatz fanden. An dem Fenster mit der Aufschrift FARBIGE auf der Schattenseite stand niemand an. Vor dem Fenster WEISSE hatte sich in der prallen Sonne eine Schlange von fünf Leuten gebildet. Wiley und ich sahen ein paar verdreckten Kindern zu, die um einen Picknicktisch herumwuselten – und da kam auch schon ihre große dicke Mutter mit einem Papptablett voller Pommes frites und Waffeltüten mit dampfendem Softeis.

Wiley stieß mich mit dem Ellbogen an. »Hast du Geld?«

Ich schüttelte den Kopf. Ich hatte meinen letzten Vierteldollar tags zuvor im Schwimmbad für den Suicide ausgegeben.

Die üblichen alten Männer saßen auf den Bänken vor dem Gerichtsgebäude und tauschten im Schatten der Bäume ihre Ansichten aus. Vor der *Planter's Bank* stand eine Reihe schöner, chromblitzender Autos in der Sonne. Das schwarze Ende der Beauregard Street war menschenleer.

»Wo sind die alle geblieben?« fragte Wiley.

»Ich wette, die haben Schiß, jetzt, wo das passiert ist.«

Wir bogen in die Stuart Street ein, angelockt von lautem Gehämmer. Eine Zeitlang sahen wir den Bauarbeitern zu, die das Gerüst des neuen Piggly Wiggly montierten.

Dann gingen wir weiter, hinter einem verwilderten Garten vorbei, in dem eine uralte Frau Wäsche auf die Leine hängte.

Sie bemerkte uns und rief: »Ihr da!«

»Weitergehen«, flüsterte Wiley mir zu.

»He, ihr beiden! Kommt doch mal her!«

Wir blieben stehen. Wir sahen uns um. Offensichtlich meinte sie uns.

»Warum?« wollte Wiley wissen.

Sie krümmte den Finger. »Kommt doch mal.«

Sie war wirklich alt. Älter als Meemaw. Vielleicht sollten wir ihr nur beim Wäscheaufhängen helfen? »Komm schon, sehen wir mal, was sie von uns will.«

Widerstrebend folgte mir Wiley durch das hüfthohe Unkraut.

Die Frau trug eine blaue Schürze über einem verschossenen Hauskittel. Ihren Strohhut hatte sie mit einem schwarzen Band unter dem Kinn festgebunden. Sie zog ein Laken auf der Leine straff und steckte es mit den Wäscheklammern fest, die sie im Mund gehabt hatte. »Wem gehört ihr denn?«

»Niemand«, sagte ich. Ich gab mir Mühe, nicht auf die fleischfarbene, behaarte Warze auf ihrem Kinn zu starren.

Ihre Zähne klickten. »Ich hab gehört, es hat ein Unglück gegeben gestern drüben bei dem Schwimmbad.« Sie spie das »Schwimmbad« aus wie ein Schimpfwort.

»Ja, Ma'am«, sagte Wiley.

»Ich weiß alles darüber. Mir will ja keiner was sagen, aber ich hör trotzdem, was sich so tut.«

Das klang nicht wie eine Frage. Also brauchte ich auch nicht zu antworten.

»Ich hab denen gesagt, sie hätten das Ding erst gar nich bauen sollen. Das mußte ja Ärger geben. Als ob's nich genug Badeplätze gäb, für uns ist der Fluß immer gut genug gewesen. Wir haben nie kein *Schwimmbad* nich gebraucht. Es stimmt schon, was der Wallace sagt, jedesmal, wenn was Neues kommt, gibt's Ärger.« Sie hängte mit zitternden Händen einen vergilbten Kopfkissenbezug auf die Leine. »Und ihr, ihr schwänzt die Schule, was?«

»Die Schule ist aus«, sagte ich. »Es ist Sommer.«

»Ja, das kann man wohl sagen.«

Sie kam mir gebrechlich und irgendwie einsam vor. Ganz automatisch bückte ich mich und half ihr, das nasse Bettlaken aus dem Wäschekorb zu heben. Wiley verdrehte die Augen. Er wollte weg.

»Heißt, ein Niggerjunge ist ums Leben gekommen da draußen.«

»Ja, Ma'am«, sagte ich. »Er ist gestolpert und mit dem Hinterkopf aufgeschlagen.«

Sie nahm eine Handvoll Wäscheklammern aus der Schürzentasche. »Wirklich tragisch. Das sollte man nich machen, hergehen und die umbringen. Ich hab ihn im Fernsehen gesehen, sie haben ihn von hier nach Montgomery überführt.«

»Ja, Ma'am.«

»Unsere Farbigen sind glücklich hier bei uns. Hier ist nich Selma. Die Menschen da oben sind gewöhnlich, wenn ihr mich fragt. Sagt mal, könnt ihr mit einem Rasenmäher umgehen?«

Ich bejahte, weil sie nicht denken sollte, daß ich so etwas Kinderleichtes nicht kann. Wiley sah mich böse an.

»Ich hab einen, der ist tadellos in Schuß, aber jahrelang nich mehr benutzt worden«, sagte sie. »Ich würde euch gut bezahlen, wenn ihr mir das Gras mäht.«

Ich fühlte mit den Fingern in meiner Hosentasche. Nichts.

»Wieviel?« erkundigte sich Wiley.

»Zwei Dollar.«

Er zuckte die Achseln. »Das ist ein großer Garten. Und schauen Sie bloß, wie hoch das Gras ist.«

»Also dann drei Dollar.«

»Zehn«, sagte ich.

Die alte Frau riß mir den Kissenbezug aus der Hand. »Zehn Dollar? Mein Grady hat sich immer von früh bis spät halbtot geschuftet beim Pflügen und nie keine zehn Dollar nich verdient.«

»Dann sollten Sie ihn hier mähen lassen«, sagte ich. »Komm, Wiley, gehen wir.«

»Wartet«, sagte sie. »Grady ist tot. Fünf Dollar. Mehr kann ich nich aufbringen.«

Ich wußte, daß sie bloß geizig war. Sie hatte ein schönes altes Haus, wenn auch ein bißchen heruntergekommen. Wahrscheinlich hatte sie ein Vermögen unter der Matratze versteckt. »Tut mir leid«, sagte ich. »Unter zehn Dollar machen wir's nicht.«

»Na gut, aber erzählt ja niemand, daß ich euch so viel gegeben hab. Die würden mich alle für verrückt erklären.«

Sie stellte sich als Mrs. Boggs vor. Wiley sagte, er sei Wiley, und ich sagte, ich sei Peejoe, und sie fragte mich, was das denn für ein Name sei.

Ich sagte, so hieße ich nun mal.

Sie führte uns zu dem Rasenmäher, einem vorsintflutlichen Ding, fast so alt wie sie selber, mit Hinterrädern so groß wie bei einem Fahrrad und einer gefährlich freiliegenden Klinge. Wiley zog ihn unter dem Haus hervor.

Mrs. Boggs setzte sich auf die Veranda und sah uns zu.

Beim Füllen des Tanks schüttete ich mir Benzin über beide Hände. Wiley riß immer wieder vergeblich an der Anlasserschnur. Endlich erwachte die altersschwache Maschine stotternd zum Leben.

Sie fraß sich ein Stückchen in das harte, vertrocknete Gras und blieb wieder stehen.

Wiley zog und schwitzte und brachte den Motor wieder zum Laufen, während ich danebenstand und gute Ratschläge gab. Er stellte die Klinge schräg und konnte immerhin eine Fläche von der Größe des Rasenmähers ausrasieren. Gehäckseltes Gras spritzte nach allen Richtungen und bedeckte uns wie mit feinem Staub. Wiley mußte niesen. Der Rasenmäher gab wieder den Geist auf. Wiley nieste nochmal.

Er schneuzte sich ins Hemd. »Weißt du was, Peejoe, das können wir vergessen. Sieh dir bloß diesen Dschungel an. Ich hab keine Lust, für lausige fünf Dollar den ganzen Tag hier in der Hitze zu schuften und zu schwitzen. Du hast uns das eingebrockt. Sag ihr, daß wir heimgehen.«

»Du kannst ja gehen«, sagte ich. »Dann gehören die zehn Dollar mir allein.«

»Du hast sie wohl nicht alle? Du kannst doch nicht alleine den ganzen Garten mähen.«

»Wetten daß? Drei Dollar, daß ich es doch kann. Dann hab ich dreizehn Dollar und du gar nichts.«

»Onkel Dove *schenkt* uns zehn Dollar, wenn wir ihn drum bitten.«

Ich kauerte mich neben den Rasenmäher.

»Ich geh mal nachsehen, was Mabel so treibt«, sagte Wiley.

Ich riß an der Anlasserschnur. »Viel Spaß.«

Ich dachte eigentlich nicht, daß er wirklich gehen und mich mit dem Riesengarten allein lassen würde, aber er ging tatsächlich, und ich lief ihm nicht nach. Der Garten von Mrs. Boggs war ein Tagwerk für einen Mann oder zumindest für zwei Jungen, aber die Aussicht, zehn Dollar zu bekommen und über Wiley triumphieren zu können, bestärkte mich in meiner Entschlossenheit. Keuchend und schwitzend brachte ich den Rasenmäher wieder in Gang.

Die Klinge fräste sich heulend durch das verschlungene Unkraut und spuckte haufenweise kleingehacktes Gras in die Luft. Ich mähte zuerst am äußeren Rand des Dschungels, und je weiter ich zum Mittelpunkt hin vorrückte, um so dicker wurden die Streifen, die der Rasenmäher in sich hineinfraß. Das Ungetüm wirbelte eine riesige Staubwolke auf und machte einen Lärm, der bestimmt die Zikaden in der ganzen Stadt übertönte.

Wenn ich irgendwo ein paar Halme übersah, kam Mrs. Boggs jedesmal von ihrer Veranda herunter und zeigte mir die Stelle. Ansonsten war ich ganz auf mich gestellt. Die Arbeit nahm mich ganz in Anspruch. Ich genoß den Schweiß und den Dreck. Ich schuftete Stunden um Stunden, sang einen Herman's Hermit Song in der Tonart des Rasenmähers und legte immer nur dann eine Pause ein, wenn das Benzin ausging. Ich war so ins Mähen vertieft, daß ich an nichts anderes denken konnte.

Ich hatte das Loch überhaupt nicht gesehen. Ich hörte nur das Aufjaulen des Rasenmähers, als er darüberfuhr. Später ging ich dann noch einmal in Mrs. Boggs' Garten und suchte alles ab und fand es, ein gar nicht sehr tiefes, faustgroßes, vom Regen ausgewaschenes Loch, das im Unkraut versteckt und mit Kies und Glassplittern angefüllt war.

Als der Rasenmäher darüber fuhr, saugte er die Steine an, wirbelte sie herum und spie sie, *peng peng peng*, wie zerfetzte Querschläger oben aus, genau in meine Richtung.

Ein Stein erwischte mich dicht über dem Ellbogen. Ein stechender Schmerz. Erschrocken sah ich hinunter – ein roter Fleck, herausquellendes frisches Blut.

In dem Moment flog mir etwas ins Auge.

Mehr bekam ich nicht mit, es flog mir was ins Auge, und meine Sicht trübte sich. Ich faßte mir ans Gesicht, und als ich die Hand wieder wegnahm, war sie voller Blut.

Ich taumelte zurück. Ich muß geschrien haben, aber ich kann mich nur noch an das Brummen und Tuckern des Rasenmähers erinnern, der von mir weg den Abhang hinunterfuhr. Ich stolperte und fiel hin und kam wieder hoch und hielt mir die eine Seite des Gesichts. Etwas Glitschiges auf meiner Wange.

Ich spürte keinen Schmerz. Blut tropfte mir auf die Zunge. Ein schrecklicher, eiskalter Schauder breitete sich im vorderen Teil meines Kopfes aus, wie wenn der Schmerz kommen wird, aber noch nicht, noch nicht, und das Warten ist schrecklich, weil man weiß, wie furchtbar er sein wird.

Ich kann mir vorstellen, daß ich einen wahrhaft schrecklichen Anblick für Mrs. Boggs bot, als ich wie ein Monster durch ihren Garten gewankt kam, das Gesicht blutüberströmt, eine Hand zu ihr hin ausgestreckt.

Sie stand mit schreckgeweiteten Augen von ihrer Verandaschaukel auf. Sie wurde kreidebleich und brach zusammen.

Ich stolperte die Stufen hinauf, blieb vor ihr stehen und flehte sie an, doch bitte aufzustehen und mir zu helfen. Dicke Blutstropfen klatschten auf ihre Schürze. Ich bückte mich und rüttelte sie am Arm. Dabei wurde mir auf der Stelle so schwindlig, daß ich gegen das Verandageländer torkelte.

Ich hatte den Eindruck, daß mein Auge nur noch drin blieb, weil ich es mit der rechten Hand festhielt. Blut lief mir den Ellbogen hinab. Ich mußte an mich halten, um mich nicht zu übergeben.

Ich weiß nicht, wer den Rasenmäher abstellte, vielleicht ging ihm das Benzin aus, vielleicht läuft er immer noch irgendwo und sucht mich, um mir noch einen Stein ins Auge zu schleudern. Ich lief um mein Leben, in panischer Verzweiflung, *oh, was hab ich getan, hab ich getan*. In meinem Gesicht kein Schmerz, sondern schwarze, eisige Kälte. *Warum hilft mir denn keiner?* Ich stieß gegen einen Baum. Die Panik trieb mich weiter, eine schrille Stimme kreischte: *Du bist verletzt, schwer verletzt, lauf!*

Ich stolperte in eine Landschaft von Schubkarren, roten Erdhügeln, der künftige Parkplatz des Piggly Wiggly. Ich schaffte es noch bis über den ersten roten Hügel, dann fiel ich auf die Knie.

Ich gab ein Geräusch von mir, das sofort alle Arbeiten stoppte. Sogar die Männer auf dem Dach ließen ihre Hämmer fallen und drehten sich zu mir um.

Zwei Männer kamen auf mich zugelaufen, und in ihren Augen spiegelte sich das Entsetzen auf meinem Gesicht.

Als ich ihre Gesichter sah, wurde ich ohnmächtig.

Viele Stimmen, laut und aufgeregt. Ich spürte, wie ich hochgehoben wurde, wie das Gewicht von zwei Händen auf mein Gesicht drückte, während die anderen Hände mich hochhoben. Ich stöhnte auf, und die Stimmen wurden noch lauter. Keiner sagte etwas zu mir.

Jemand hielt mein Auge fest, ich selber war dazu nicht mehr imstande. Meine Hände waren plötzlich zentnerschwer.

Worte tauchten aus dem Dunkel auf: »Da drüben liegt eine alte Frau. Sie ist tot. Alles ist voller Blut.«

Und eine andere Stimme: »Schnell, ein paar Männer da rüber. Und laßt keinen weg. Macht schon!«

Ich wollte mich bewegen. Ich fiel wieder in Ohnmacht.

Die dachten, jemand habe auf mich geschossen. Die Bauarbeiter warfen nur einen Blick auf die blutige Bescherung hinter meinen Fingern und riefen den Sheriff an: »Ein Junge mit einer Schußverletzung im Gesicht.« Als die Hilfssheriffs Mrs. Boggs zusammengesackt auf ihrer Veranda fanden, mit Blut besudelt und mausetot, nahmen sie an, Unbekannte hätten auf uns beide geschossen, und so kam es auch im Radio. Während ich im Krankenwagen ins Kreiskrankenhaus gebracht wurde, durchkämmten Hilfssheriffs das ganze Viertel nach dem Täter, und der Diskjockey von WCOT erzählte seinen Hörern von einer Schießerei in Industry mit zwei Toten und deutete einen Zusammenhang mit dem Zwischenfall vom Donnerstag an, bei dem ein junger Farbiger am neuen Schwimmbad des Ortes ums Leben gekommen sei.

Ich bekam nichts von alledem mit. Ich war ohne Bewußtsein. Manche behaupten ja, wenn man dem Tod nahe ist, sieht man helle Lichter oder üppige grüne Gärten. Demnach bin ich ihm nicht nahegekommen. Ich sah nichts. Ich erinnere mich erst wieder an Leute mit grünem Mundschutz, die besorgt auf mich herabblickten.

Ich bekam eine Spritze ins Gesicht, dicht über dem Auge. Der Schmerz blühte auf wie eine weiße Wachsblume. Dann war ich wieder weg.

Dove wußte nicht, daß ich es war. Er war auf dem Land draußen, Prämien für die Sterbeversicherung kassieren, als er die Neuigkeit im Radio hörte. Er fuhr sofort in die Stadt zurück und fand Mrs. Boggs' Haus anhand des Sirenengeheuls. In dem allgemeinen Durcheinander erfuhr er, daß eine alte Frau und ein Junge erschossen worden seien, aber nicht, um wen es sich handelte. Er sah auf den ersten Blick, daß die alte Dame nicht erschossen worden war – kein Einschußloch, zu wenig Blut –, aber John Doggett war zu sehr mit der Organisation seiner Verbrecherjagd beschäftigt, um ihm zuzuhören.

Dove legte Mrs. Boggs auf eine Bahre in seinem Leichenwagen und fuhr sie zum Croaker-Moseley.

Wiley kam herunter und sagte ihm, ich sei bei einer alten Frau den Garten mähen und noch nicht zurück.

Ich weiß nicht, wie Dove zumute war, als er das hörte. Bis zum heutigen Tag bin ich froh, daß ich das nicht weiß.

Er raste zum Krankenhaus.

Es war heiß, glühheißer Juli, nichts rührte sich. In der stickigen Luft dieses Nachmittags verbreitete sich die Nachricht in konzentrischen Ringen von jedem Haushalt aus, in dem Radio gehört wurde, schwappte in kleine Gäßchen, lief durch Telefonleitungen, übersprang Gartenzäune und wurde mit jedem Weitererzählen ein bißchen mehr ausgeschmückt. Den ganzen Nachmittag war ich der unbekannte weiße Teenager, der lebensgefährlich verletzt im Krankenhaus lag. Als Dove dort eintraf, kam mein Name schon im Radio, mein Unfall war längst heillos mit dem verquickt, was mit Taylor Jackson passiert war. Es sprach sich herum, daß ich gegen Mittag am Schwimmbad gesehen worden war. Ein paar Leute wußten, daß ich der Junge gewesen war, der vorgetreten war, um das Sit-in zu verteidigen. Alle sahen sofort einen Zusammenhang zwischen den Geschehnissen am Schwimmbad und dem unerklärlichen Angriff auf Mrs. Boggs und mich.

Das war natürlich alles reine Erfindung, aber es klang plausibel, und die Hitze tat das ihre. Die Story breitete die Schwingen aus und erhob sich in die Lüfte. Sie war genau das, was die Menschen glauben wollten. Sie fächelten sie weiter, gaben ihr Auftrieb, bliesen sie mit heißer Luft auf.

Draußen in Dog Junction sprach sich die schreckliche Neuigkeit von Haus zu Haus herum: Schüsse auf zwei Weiße, zwei schwarze Jungen verhaftet, bleibt alle zu Hause und zieht die Köpfe ein.

Dr. Ward, der Chirurg, der mein Auge wieder in mein Gesicht nähte, hörte die Radiomeldung, als er während der Operation auf den Flur ging, um eine Zigarette zu rauchen.

Er ging in den Operationssaal zurück. »Der Junge wurde nicht angeschossen«, sagte er.

»Wie bitte?« fragte die Oberschwester.

»Im Radio sagen sie, jemand hat auf ihn geschossen.« Er nahm einen Schwamm und tupfte damit mein Auge ab. »Debra, Sie rufen jetzt besser den Sheriff an. Die haben zwei junge Burschen verhaftet. Sagen Sie John Doggett, ich weiß nicht, was diesen Jungen am Gesicht verletzt hat, aber es war keine Kugel. Vielleicht ein spitzer Stein oder eine große Glasscherbe. Sehen Sie sich den Schnitt an. Folgt genau dem Verlauf der glatten Muskeln. Er hat eine Menge Blut verloren.« Ganz vorsichtig tastete er mit dem Daumen die Augenhöhle ab. »Ich hoffe, wir können das Auge retten.«

»Was haben die im Radio gebracht?«

»Sie sagen, es hätte was mit dieser Schweinerei gestern beim Schwimmbad zu tun. Die Klammer bitte.«

Mein Körper lag vor ihnen. Sie sprachen mit tonlosen Stimmen, während sie mein Auge mit Nadeln nähten. Ich war in einem Land jenseits der Träume.

16
PEEJOE / Industry

Als ich aufwachte, war ich blind, mein Kopf in Watte verpackt. Ich wußte nicht, wo ich war.

»Kannst du mich hören, Schätzelchen?« Meemaw drückte mir die Hand.

»Ich kann nichts sehen.«

»Ich weiß, Schatz, du hast dich am Auge verletzt. Kannst du dich erinnern?«

Ich erinnerte mich. Es war schrecklich. Ich schluckte den Stein herunter, der mir in der Kehle steckte. »Muß ich jetzt sterben?«

»Um Himmels willen, nein.«

»Mir tut der Kopf weh, Meemaw.«

»Ich weiß.« Ich spürte ihr anheimelndes Gewicht neben mir auf dem Bett. Ihre kühlen Finger streichelten mir unterhalb des Verbandes die Wange.

Ich hörte das Quietschen der Türangel, dann Schritte und Doves dröhnende Stimme: »Na, Großer, bist du aufgewacht?« Er packte mich am Zeh und rüttelte mein ganzes Bein. »Wie geht's dir denn?«

Meemaw entfernte sich vom Bett.

»Bin ich blind, Onkel Dove?«

»Ich glaub nicht.« Es klang fröhlich, aber unsicher. »Du hast einen riesigen Verband um den Kopf. Solltest dich sehen, siehst aus wie eine Mumie.« Er drückte meine Zehe. »Weißt du, was dir ins Auge geflogen ist?«

»Ein Stein«, sagte ich. »Ich glaub, es war ein Stein.«

»Bist du ganz sicher? Keiner hat auf dich geschossen, nichts in der Art?«

»Ich weiß . . . ich weiß nicht, was du meinst.«

»Die Jungs, die am Schauplatz waren, haben gesagt, irgendwer hätte auf dich und Mrs. Boggs geballert. Aber sie ist jedenfalls nicht erschossen worden.«

»Meemaw, sag's ihm. Ich hab bei ihr das Gras gemäht. Irgendwas ist mir ins Auge geflogen.«

Er ließ meinen Zeh los. »Peter Joseph, ich hab den Garten gesehen und kann mir beim besten Willen nicht vorstellen, was in dich gefahren war. Als ob wir nicht selber genug Gras zum Mähen hätten.«

»Sie wollte mir zehn Dollar dafür geben.«

»Junge.« Er legte seinen ganzen Kummer in einen einzigen langen Seufzer. »Wenn du Geld gebraucht hast – weißt du denn nicht, daß du immer zu mir kommen kannst? Du hättest dir wirklich nicht für zehn Dollar das Auge ausschlagen lassen müssen.«

»Tut mir leid.« Ich war zu Tode erschrocken. War mein Auge draußen?

»Was war mit Mrs. Boggs?« wollte Dove wissen.

»Ich weiß nicht, sie ist einfach – in Ohnmacht gefallen, glaub ich. Ich hab so geblutet.« Genau in dem Augenblick bekam ich einen furchtbaren Stich ins Auge. »Meemaw, mir tut der Kopf so schrecklich weh.«

»Peter Joseph.« Doves Stimme war ganz ruhig. »Meemaw ist nicht da. Sie ist zu Hause bei deinen Cousins und Cousinen. Sie will kommen, sie macht sich furchtbare Sorgen um dich. Vielleicht klappt's ja, irgendwann die nächsten Tage.«

»Aber sie war eben noch da, ich hab eben noch mit ihr geredet.«

»Nein, das war ich.«

»Aber du ... du hast sie nicht gesehen, wie du hereingekommen bist?«

»Die Schwester war eben da und hat dir eine Spritze gegeben«, sagte er. »Ich glaube, du träumst ein bißchen. Das ist die Medizin.«

»Nein, sie war's«, protestierte ich. »Sie war da.« Ich war blind, und da wollte mir Dove auch noch einreden, ich sei verrückt.

»Hör zu, Sportsfreund, du brauchst jetzt Ruhe. Und ich muß jetzt Feuerwehr spielen. Hier. Da hast du einen Vierteldollar, mach die Hand auf. Ich komme zum Abendessen wieder und leiste dir Gesellschaft.« Er beugte sich herab und küßte mich auf die Wange. Ich roch sein Hai Karate.

Die Tür quietschte wieder, und er war weg.

»Meemaw, ich weiß, daß du da bist.«

Sie gab keine Antwort.

»Warum versteckst du dich?«

Ich hörte Stimmen draußen vor der Tür. Dunkelheit breitete sich über mich wie ein weiches Tuch.

Ein bißchen später kam eine Schwester und ließ mich eine Pille schlucken und einen Becher lauwarmes Wasser trinken, das ich über meinen ganzen Krankenhauskittel verschüttete. Ich fragte sie, wer außer uns noch im Zimmer sei. Die Schwester sagte: »Niemand. Es ist mitten in der Nacht. Was hast du denn da in der Hand?«

Ich gab ihr den Vierteldollar.

»Ich lege ihn dir hier auf den Nachttisch. Schlaf jetzt weiter.«

Aber ich konnte nicht einschlafen. Ich war nicht allein. Die anderen hielten den Atem an und schlichen im Dunkeln herum, machten sich meine Blindheit zunutze.

Ich horchte auf verräterische Geräusche. Ich wußte nicht, wie schlimm es um mein Auge stand. Bestimmt sehr schlimm.

Fast ohne daß ich es merkte, hatte der Schmerz eingesetzt, und jetzt schlug mir ein Vorschlaghammer gegen die Stirn. Ich versuchte, ihm auszuweichen, aber er traf mich immer wieder.

Meemaw kam herein. Sie setzte sich auf die Bettkante und berührte mein Gesicht. Von ihren Fingerspitzen ging Wärme aus, eine Wärme, die sich immer mehr ausbreitete und allen Schmerz vertrieb, bis ich mich richtig wohl fühlte. Es war Zauberei. Mein Auge war geheilt.

Ein Mann sagte: »Was ist denn mit dir los?«

»Onkel Chester?« Er war ganz nahe – ich tastete nach ihm in der leeren Luft.

»Wir wolln in dem Schwimmbad schwimmen«, sagte Taylor Jackson.

»Ist unser gutes Recht«, sagte eine dritte Stimme.

Das Zimmer füllte sich mit Menschen. Ich wünschte mir, Wiley wäre da, um sie alle zu sehen, um zu sehen, wie Meemaws wundertätige Berührung mich geheilt hatte.

Eine alte Frau sagte: »Ich würde gut zahlen, wenn mir jemand das Gras mähen würde.«

»Du hast sie wohl nicht alle?« Das war Wiley. »Du kannst doch nicht alleine den ganzen Garten mähen.«

»Ich hab das Recht, hier begraben zu werden«, murmelte Chester. »Ich bin hier geboren.«

»So ein schöner Tag, und du hockst hier drin bei deiner alten Oma.«

Mit beiden Händen befühlte ich den steifen Verband, der meinen Kopf umschloß.

»Sieh ihn dir an.« Eine tiefe Stimme, tief und sanft. Ein Fremder. »Hat er sich nicht prächtig entwickelt? Genau so, wie wir's uns erhofft hatten.«

»Der arme Schatz, er hat was am Auge.« Eine Frauenstimme, irgendwie vertraut. »Ich wollte, wir hätten ihm das ersparen können.«

Die anderen Stimmen verstummten, und ich war mit diesen beiden allein.

»Da kommt er schon drüber weg«, sagte der Mann. »Er muß halt mit dem anderen Auge doppelt soviel sehen.«

Die Frau setzte sich federleicht auf das Fußende des Bettes. »Ob er weiß, wer wir sind? Meinst du, er weiß, daß wir hier sind?«

»Morgen wird er glauben, er hat geträumt«, sagte der Mann.

Ich wollte etwas sagen, aber ich hatte das Sprechen verlernt.

Der Mann sagte: »Ich bin stolz darauf, wie gut er sich entwikkelt hat. Und es tut mir leid, weißt du, daß wir weggehen und ihn verlassen mußten.«

Die Stimme der Frau klang bekümmert: »Ich wollte, er wüßte, wie lieb wir ihn haben.«

»Nicht weinen, Schatz«, sagte der Mann. »Er weiß es.«

Und dann waren sie verschwunden.

17
PEEJOE / Industry

Einmal ging Meemaw mit Wiley und mir zum Augenarzt. Er träufelte uns etwas in die Augen zur Erweiterung der Pupillen und gab uns dicht anliegende Sonnenbrillen aus schwarzem Plastik, die wir eine Zeitlang tragen mußten. Auf dem Heimweg ging Meemaw mit uns in den Supermarkt, um Maismehl zu kaufen. Wiley und ich hatten viel Spaß mit den Sonnenbrillen – wir taten so, als wären wir Blinde. Wir lehnten uns an die Geländer, betasteten die Cornflakes-Schachteln in den Regalen, streckten beim Gehen die Hände vor uns aus wie Helen Keller. Meemaw befahl uns, mit dem Unsinn aufzuhören. »Das bringt Unglück«, sagte sie, aber wir lachten sie aus.

Jetzt wußte ich, daß sie recht gehabt hatte.

Ich drückte mich eng an das Eisengestänge des Bettes. Jeder konnte mir etwas antun, und ich würde ihn nicht einmal hereinkommen sehen.

Es gelang mir, mein linkes Auge so weit aufzumachen, daß ich durch die Mullbinde ein paar Lichtflecke sah. Mein rechtes

Auge war ein großer, schwerer, an der Vorderseite meines Kopfes befestigter Stein. Der Verband drückte so, daß mir der ganze Schädel weh tat.

Ich hörte das Quietschen von Gummisohlen. »Hallo, Pete, ich bin Dr. Ward. Wir hatten gestern abend keine Zeit, uns bekanntzumachen.« Mir gefiel sein kräftiger Händedruck. »Ich bin der Arzt, der dich wieder zusammengeflickt hat. Du heißt doch Pete?«

»Peejoe.«

»Na gut. Peejoe.« Er fühlte mir den Puls, horchte meine Brust ab. »Wie geht's dir heute morgen?«

»Der Kopf tut mir weh.«

»Der wird wahrscheinlich noch eine ganze Weile weh tun.«

»Bin ich blind?«

»Deinem linken Auge fehlt überhaupt nichts. Und über das rechte wollen wir uns im Moment keine Sorgen machen. Erzähl mir mal ganz genau, was passiert ist.«

Seine Stimme war klug und fest, wie seine Hände. Ich entspannte mich. Während ich ihm alles über Mrs. Boggs und den Rasenmäher erzählte, fing er an, mit einer Schere an meinem Stoffhelm herumzuschnippeln.

»Weißt du, zuerst haben alle geglaubt, jemand hätte auf euch geschossen, dich und die alte Dame«, sagte er.

»Das hat mir Onkel Dove schon erzählt. Ich versteh das nicht. Ich hab das nicht gesagt. Es war der Rasenmäher.«

»Na, jedenfalls hast du viel Blut verloren.« Dr. Ward wickelte die Mullbinde von meinem Kopf ab. Der Druck lockerte sich mit jeder Windung. »Du hast ein hübsches Loch im Gesicht gehabt und Mrs. Boggs mit deinem Blut vollgespritzt; niemand hat gemerkt, daß es dein Blut war. Sie ist offenbar an einem Gehirnschlag gestorben.«

»Ich hab sie umgebracht.« Ich fürchtete mich nicht, dieses Geständnis abzulegen. »Sie hat mich einmal angesehen und ist tot umgefallen.«

»Na, wie auch immer«, sagte er, »die ganze Geschichte war ein Unfall. Sheriff Doggetts Leute haben zwei junge Farbige unter dem Verdacht festgenommen, sie hätten auf dich und Mrs. Boggs geschossen. Inzwischen haben sie sie wieder freigelassen, aber jetzt sind natürlich alle hypernervös. Die Farbigen halten Zusammenkünfte ab und reden von einem Protestmarsch. Die Menschen neigen zu Überreaktionen.«

»Bin ich in Schwierigkeiten?«

»Nicht, daß ich wüßte.« Er wickelte das letzte Stück der Binde ab. Helles Licht strömte in meinen Kopf – aber nur auf einer Seite.

Ich blinzelte in das gleißende Fenster. Die linke Seite des Zimmers war verschwommen, aber nach und nach erkannte ich Gegenstände.

Mit dem rechten Auge sah ich überhaupt nichts.

Ich drehte den Kopf und sah, daß Dr. Ward mich beobachtete. Er wirkte älter als seine Stimme, hatte silbernes Haar und liebenswürdige Fältchen im Gesicht. »Peejoe, dein Augapfel war ganz aus der Höhle herausgekommen. Wir haben ihn wieder hineingeschoben.« Mir fiel das glitschige Ding ein, das ich mit der Hand an meine Wange gedrückt hatte.

»Kannst du mit diesem Auge irgendwas sehen? Moment mal. Mach das andere zu.« Er legte den Daumen auf mein Augenlid. »Jetzt. Siehst du was?«

»Nein. Ganz dunkel.«

»Na schön.«

Ich bekam einen Schreck. »Ist es blind?«

»Wir müssen abwarten. Es gibt da den sogenannten Sehnerv, das ist sozusagen das Anschlußkabel von deinem Auge. Manchmal schließt er sich von selbst wieder an. Wir müssen abwarten, wie sich die Dinge entwickeln, wenn du dich ein paar Tage ausgeruht hast.«

»Wie schlimm sieht es aus?«

»Gar nicht *so* schlimm.«

»Kann ich es mal sehen?«

»Aber sicher.« Er nahm einen Handspiegel aus seiner Tasche und hielt ihn mir vors Gesicht.

Ich zuckte zusammen. Eine grauenhafte spinnenbeinige Narbe kroch über den Knochen oberhalb meiner Augenhöhle, zusammengehalten von Dutzenden von Nähten, die vom Nasenrücken bis ans Ohr reichten. Das Auge selbst war schwarz. Es sah tot aus, wie das Auge von einem Fisch.

»Wie lange wird das so aussehen?«

»Die Narbe wird schön abheilen, du mußt dir nur eine gute Geschichte ausdenken, die du später deinen Freundinnen erzählst. Das Auge selbst – nun, wir werden sehen. Vorläufig mußt du durch das andere gucken.«

Die Schwester half ihm, einen mordsmäßigen Verband aus Mull und Leukoplast über mein Auge zu setzen. »Ich gebe dir jetzt diese Augenklappe. Die mußt du tragen, damit der Verband nicht abgeht, bis du wieder zu mir kommst.«

Die Klappe sah aus wie ein Körbchen eines kleinen schwarzen BHs mit einem Gummiband. Ich streifte sie mir über den Kopf. »So richtig?«

»Ja, genau. Jetzt siehst du aus wie Long John Silver.«

Als es vorbei war, fuhr Dove mich in dem weißen Leichenwagen nach Hause. Er bestand darauf, daß ich mich hinten auf die Bahre legte, was eigentlich gar nicht nötig gewesen wäre, aber ich hatte nichts dagegen, mich auf dem Rücken liegend wie ein prominentes Unfallopfer durch Industry kutschieren zu lassen. Ich lag ganz still – wenn einer reinschaute, sollte er denken, ich sei tot.

Wiley wartete auf uns an dem überdachten Autoabstellplatz.

Er sah mitgenommen aus. Dove hatte nichts zu mir gesagt, aber wir wußten alle, daß Wiley mich mit dem Amok laufenden Rasenmäher in Mrs. Boggs' Garten alleingelassen hatte, obwohl er doch mein großer Bruder war, der auf mich aufpassen sollte. Er hatte seinen Posten verlassen, unmittelbar bevor das schlimmste denkbare Unglück geschehen sollte.

Ich stellte mir lieber nicht vor, was er seitdem durchgemacht hatte.

»Hey, Wiley.«

»Hey.« Er starrte auf meinen Verband. »Wie geht's dir.«

»Ganz gut.« Ich drehte den Kopf, um ihn anzusehen. »Der Doktor meint, das Auge wird vielleicht wieder gut.«

Wiley mußte wirklich gelitten haben, während ich träumend im Krankenhaus lag. Aber klammheimlich freute ich mich auch: Ich hatte jetzt etwas so Schwerwiegendes gegen ihn in der Hand, daß ich ihn auf alle Zeiten damit unter Druck setzen konnte.

Dove half mir von der Bahre herunter. Von dem vielen Liegen

war ich ganz schwach, ein bißchen schwindlig und weich in den Knien. Ich schleppte mich auf das Haus zu.

»Peter Joseph, du kriegst bis auf weiteres Mabels Zimmer.«

»Ach, komm, Onkel Dove, mir gefällt's da oben bei Wiley.« Das Dachgeschoß war *unser* Reich! Wer hätte schon gerne bei Mabels unheimlichen ausgestopften Tieren und ihren Postern von den New Christy Minstrels geschlafen?

»Laß ihn doch bei mir oben bleiben«, bat Wiley. »Ich kümmer mich schon um ihn.«

»Ich will nur nicht, daß er die Treppe runterfällt.«

»Wird er nicht. Versprochen.«

Die Welt war nur halb so groß, durch ein Auge gesehen. Ich breitete die Arme aus, um das Gleichgewicht zu halten. »Bitte, Onkel Dove.«

»Ich weiß nicht, Peejoe, ich bin für dich verantwortlich. Du hast keine Ahnung, wie das für mich war, Mama anzurufen und ihr zu sagen, was passiert ist.«

Ich mußte an Meemaws sanfte Hand auf meinem Gesicht in dem Krankenhauszimmer denken. Für mich stand fest, daß sie da gewesen war, ganz gleich, was Dove behauptete. Es war einer dieser geheimnisvollen Augenblicke, von denen man im tiefsten Herzen weiß, daß sie wahr sind, was man aber für sich behält, weil man sich denken kann, daß einem keiner jemals glauben wird.

Dove führte mich durch die Leichenhalle ins Vorderhaus. Ich drehte immer wieder den Kopf hin und her, ständig darauf gefaßt, irgend etwas würde mich von meiner blinden Seite her anspringen.

Im letzten Raum war eine Trauergesellschaft um einen Sarg versammelt. »Das ist Mrs. Boggs«, flüsterte mir Wiley zu.

Ich erspähte über dem Rand des Sarges zwei gespenstische gefaltete Hände, die einen Strauß weißer Blumen hielten.

Dove bugsierte mich die Treppe hinauf – vielleicht sollte mich keiner der Hinterbliebenen von Mrs. Boggs sehen. Vielleicht gaben sie mir die Schuld an ihrem Tod.

Mabel und Earlene kamen heraus, um mich zu Hause willkommen zu heißen; sie zuckten zusammen, als sie mich sahen. »Mein Gott«, sagte Earlene. »Du siehst ja schrecklich aus.«

Ich bettelte so lange, daß Dove sich schließlich breitschlagen ließ und ich oben bleiben durfte, wo ich hingehörte. Er kramte ein Messingglöckchen hervor und gab es mir; mit dem sollte ich läuten, wenn ich etwas brauchte. Earlene brachte mir ein zweites Kopfkissen fürs Bett und fuhr dann zum Friseur.

Die Glocke kam den ganzen Nachmittag nicht zur Ruhe. Mabel und Wiley trabten die Treppen rauf und runter, richteten mir mein Nest, brachten mir Decken und Limonaden und Zeitschriften und einen Transistor, erfüllten mir jeden Wunsch. Ich dachte mir immer neue Arbeiten für sie aus.

Ich glaube, ich übertrieb es. Am Abend hörte schon keiner mehr auf die Glocke, und ich war ganz allein in dem riesigen düsteren Raum unterm Dach. In meinem Kopf hämmerte es. Ich hatte schon sämtliche Comic-Hefte gelesen, die im Haus waren. Ich wußte mit absoluter Sicherheit, daß im fertiggestellten Teil der Decke zweihundertelf Dämmplatten waren. Die Minuten schlichen vorüber. Earlene war zu ihrem Vereinsabend bei den Töchtern der Konföderation gegangen. Dove und Milton waren weggefahren, um die Leiche eines alten Mannes abzuholen, der so lange tot auf dem Küchenboden gelegen hatte, daß seine hungrigen Cockerspaniels sich über ihn hergemacht hatten. Ich wäre zu gern auch mitgefahren, aber Dove meinte nur: »Vergiß es.«

Ich rappelte mich vom Bett hoch und erschrak über mein Bild im Spiegel. Kein Wunder, daß alle so fassungslos waren, wenn sie mich sahen. Fünf Spinnenbeine aus Leukoplast hielten den halbkugelförmigen Verband über meinem Auge, und mit der schwarzen Augenklappe darüber sah ich aus wie ein grausiges insektenäugiges Zyklopenmonster aus einem Fernsehfilm im Nachmittagsprogramm.

Bis jetzt war ich ziemlich tapfer gewesen, aber auf einmal kam ich mir furchtbar häßlich und einsam vor. Ich überlegte, ob ich nicht ins Altersheim rübergehen und durch meinen bloßen Anblick Onkel Dove ein paar neue Kunden verschaffen sollte.

Der Verband würde irgendwann runterkommen, aber die schreckliche Narbe würde nie heilen. Und das Auge: Ich hatte es selbst gesehen. Es war tot.

Ich wandte mich von dem Spiegel ab.

Mit beiden Händen am Geländer stieg ich die Treppe hinab und überlegte dabei, wie selbstverständlich einem so etwas wie Treppensteigen ist, bis man eines Tages plötzlich nur noch ein Auge hat und in kalten Schweiß ausbricht, wenn man es probiert.

Ich steckte den Kopf durch die Wohnungstür: Aus dem Fernseher dröhnten die Sechsuhrnachrichten in dem leeren Zimmer.

Ich ging weiter die Treppe hinunter. Die ausgestellten Särge glommen unter ihren Spotlampen. Das ganze Haus kam mir leer vor, bis auf den unsichtbaren Organisten, der seine traurigen Akkorde dudelte.

Am Ende des Flurs, im letzten Raum auf der rechten Seite, fand ich einen Menschen, der nie mehr aus dem Haus gehen würde.

Ich war mit Mrs. Boggs allein. Ich ließ mich auf einen Stuhl sinken.

Sie sah jünger aus, als ich sie in Erinnerung hatte. Der Tod hatte alle ihre Falten geglättet. Sie trug ein elfenbeinfarbenes Nachtgewand, das mit zarter Spitze umsäumt war, ein Kleidungsstück, das sie vielleicht in Papier eingewickelt in einem hohen Schrankfach für eine besondere Gelegenheit aufgehoben hatte. In der Hand hielt sie ein Bukett ganz kleiner weißer Röschen.

Also gut: Es tat mir leid: Ich hatte sie umgebracht. Aber ich hatte es nicht gewollt.

Ich war völlig verzweifelt wegen eines einzigen lächerlichen Auges, und Mrs. Boggs lag hier, tot durch meine Schuld.

Trotzdem. Es war nicht allein meine Schuld. Sie war so alt. Sie starb so schnell. Sie mußte schon kurz vor dem Sterben gewesen sein, als ich auftauchte.

Und überhaupt, hatte sie nicht angefangen, hatte sie mich nicht von ihrer Wäscheleine aus gerufen? Hätte sie das nicht getan, wäre Mrs. Boggs noch am Leben gewesen. Und ich hätte noch zwei Augen gehabt.

Ich saß mit gefalteten Händen auf dem Stuhl und hoffte, sie würde sich nicht ausgerechnet diesen Moment aussuchen, um sich aufzusetzen wie Mrs. Eldridge.

Ich hörte jemanden hinter dem Haus ankommen und überließ Mrs. Boggs dem Dämmerlicht. Es war Milton, der auf einer Stechkarre drei Pakete mit Balsamiermitteln zu der verbotenen grauen Tür schob. »Hallo, junger Mann! Hab gar nich gewußt, daß du schon wieder aufn Bein bist!«

»Dürfte ich eigentlich auch nicht. Sagen Sie's keinem. Mir war so langweilig im Bett.«

»Kann ich mir vorstelln. Hast nich viel Spaß gehabt hier in letzter Zeit.«

Da hatte er recht. »Kann ich Ihnen helfen, Milton?«

»Könnst die Tür aufhalten für mich, daß ich reinfahr.«

Ich wollte schon sagen, ich dürfe nicht in den Balsamierraum, biß mir aber gerade noch rechtzeitig auf die Zunge. Ich drehte den Knauf an der grauen Tür und stieß sie auf.

»Dank dir sehr, halt nur auf bis . . .« Die Karre ruckelte über die Schwelle.

Ich ließ die Tür zufallen und sah mich drinnen um.

In der Raummitte stand ein glänzender Stahltisch mit Abflußrinnen. Ein toter alter Mann lag auf dem Tisch, bis zum Kinn mit einem Tuch zugedeckt.

Er flößte mir keine Angst ein; er war ein Mensch aus Wachs und Puder, die rekonstruierte Maske eines Menschen. Seine Lippen waren zu rosa, um echt zu sein.

Ich hatte mir diesen Raum als einen dunklen, infernalischen Ort voller Stricke und Kessel vorgestellt, mit Reihen von Glaskrügen, in Flüssigkeiten schwimmenden Präparaten und mindestens ein oder zwei Skeletten. Ich war enttäuscht. Dieser Raum war so hell und sauber wie Dr. Wards Sprechzimmer. Der Betonboden war zu einem Abflußloch am einen Ende hin geneigt. Ein Gartenschlauch lag säuberlich zusammengerollt neben einer Reihe von Schränkchen mit Milchglastüren. Ich sah mehrere von den Plastik-Spritzflaschen, die Meemaw beim Bügeln verwendete, aber das hier waren die echten, gefüllt mit Formalin, und der Geruch in der Luft war mir vertraut – es war der Geruch, den Dove immer mit seinem Hai Karate zu übertönen versuchte.

Ich nahm begierig jede Einzelheit des Raums in mich auf, um Wiley alles beschreiben zu können. Ich würde alles ein bißchen dämonischer schildern müssen, als es war, um ihn zu beeindrucken.

Milton fuhr die Schachteln zu den Borden an der hinteren Wand und bat mich, die Leiter zu halten, während er sie verstaute. »Wie lang muß du das Ding da am Auge haben?«

»Weiß nicht. Vielleicht für immer.«

»Und stört dich nich?«

»Na klar, es macht mich wahnsinnig! Ich mein, am liebsten würde ich ausholen und irgendwem eine reinhaun, verstehn Sie? Aber das geht nicht.«

»Wieso nich?« Mit einem Grunzer wuchtete er eine der Schachteln hoch.

»Niemand hat Schuld. Es ist meine eigene Schuld. Ich kann doch nicht hergehen und dem blöden Rasenmäher eine runterhaun.«

»Wieso nich? Vielleicht macht's, daß du dich besser fühlst hinterher, wenn du ihn ein bißchen tritts.«

»Wahrscheinlich würde ich mir dabei den Fuß abhacken.«

»Naja, kann schon sein. Aber paß mal auf, Junge, kein Mensch sagt was, wenn du dich darum aufregst. Solang du nich zu lang brauchs, um drüber wegzukomm.«

Ich wechselte das Thema. »Ich werd selber mal ein Bestattungsinstitut haben, wenn ich groß bin, Milton.«

»Mir gefällt's auch hier«, sagte er. »Is so friedlich hier. Misser Dove is so ziemlich der beste Freund, den einer haben kann. Und Leute wie Misser Brewster da, die machen kein Ärger nich mehr. Die haben keine Meinung nich mehr. Haben schon alles gesagt, was sie zu sagen hatten. Liegen ganz still da und friedlich, wenn man sich um sie kümmert.« Er ging zur Tür. »Legs dich besser wieder ins Bett, Junge. Misser Brewster muß angezogen werden. Dank dir, daß du mir geholfen hast.«

Ich ging hinaus und holte tief Luft, um das Formalin aus dem Kopf zu kriegen. Nach all meinen hochgespannten Erwartungen hatte ich nichts Furchterregendes hinter der grauen Tür gefunden. Nur noch einen Toten.

Ich ging wieder hinauf.

Auf dem Treppenabsatz vor Doves und Earlenes Wohnung war eine schmale Tür, die in den Dachboden über dem schmalen hinteren Flügel des Hauses führte. Wiley und ich hatten da schon mal die Nase reingesteckt – nichts als Staub und alte Zeitschriften. Als ich diesmal oben ankam, hörte ich deutlich ein Geräusch hinter dieser Tür.

Ich blieb stehen. Für eine Maus war es zu laut. Es hörte sich nach Menschen an.

Da. Da war es wieder. Ein leises Wimmern.

In dem Sekundenbruchteil, bevor ich die Tür aufmachte, kam mir eine leise Ahnung, was ich vorfinden würde. Ich machte sie trotzdem auf.

Sie küßten sich. Er mit den Händen auf ihren Brüsten. Ein Schrei, und dann sah ich, wie sich Mabel hastig auf einer Holzkiste aufsetzte. Sie hatte nur einen BH und ihren Rock an. Wiley beugte sich über sie, die Hosen bis zu den Knöcheln runtergelassen, so daß man seinen schmächtigen weißen Po in Jockey-Unterhosen sah.

Er versuchte sich zu verstecken. »Mann Gottes, Peejoe! Tür zu!«

Ich machte sie zu. Und wie. Ich knallte sie so fest zu, daß der Kronleuchter klirrte.

Ich setzte mich auf die dritte Stufe und wartete. Die Zeit verging. Die Tür ging ganz langsam auf. Mabel lief rot an und stolzierte mit hocherhobener Nase über den Treppenabsatz zur Wohnung hinüber. Hinten hing ihr die Bluse aus dem Rock. WUMM! fiel drüben die Tür ins Schloß.

Ich zog mich am Geländer die Treppe hinauf und knallte mich aufs Bett. Mir drehte sich der Kopf. Wiley und ich waren immer schon verschieden gewesen, aber jetzt war er in ein Reich eingetreten, das mir versperrt war.

Ich wußte, was Flaschendrehen und Striptease-Poker waren und hatte schon einmal heimlich einen Blick auf Wileys Sexualkunde-Merkblatt »Wo kommen die kleinen Kinder her?« geworfen, aber das Ganze war für mich noch eine ziemlich verschwommene Angelegenheit – nicht annähernd so anschaulich wie seine Hände auf Mabels Brüsten, die gegen ihren weißen Spitzen-BH drängten. Das hatte ich mit meinem einen Auge ganz gut gesehen ...

Die Tür knarrte. Wiley kam die Treppe heraufgerannt. »Verdammt noch mal, Peejoe, kannst du nicht anklopfen, bevor du irgendwo reingeplatzt kommst? Du dürftest doch noch gar nicht aufstehn!«

»Oh, bitte um Entschuldigung«, schmollte ich. »Ich konnte ja nicht wissen, daß ihr da drin seid und was weiß ich macht.«

»Das war gar nichts.«

Ich drehte mich um. Er sollte mir in die Augen sehen und das noch einmal sagen. »Ach komm, Wiley, wieso wirst du dann so rot?«

»Also, was hast du jetzt vor? Petzen?«

»Nein, ich sag nichts. Von mir aus kannst du tun und lassen, was du willst.«

»Gut. Dann kümmer dich um deinen eigenen Dreck.«

»Worauf du dich verlassen kannst!«

»Gut!« Er warf sich auf sein Bett und ließ seine großen Füße über die Kante baumeln. Nach einer Weile seufzte er. »Peejoe, wir haben wirklich nichts gemacht. Bloß ein bißchen rumgetan.«

»Denkst du, das interessiert mich? Hau ab und laß mich in Frieden.« Ich drehte mich zur Wand.

»Es macht irgendwie Spaß«, sagte er. »Das wirst du eines Tages auch merken.«

»Ich will nichts davon wissen.«

»Ich kann's gar nicht erwarten, dir diesen Raum zu zeigen. Da ist eine Stelle –«

»Ich hab gesagt, ich will nichts davon wissen.«

»Schon gut, ich bin ja schon still.« Die Sprungfedern knarzten unter seinem Gewicht. »Aber ich hab dafür dich und Milton gesehen.«

Ich setzte mich auf. »Was soll das heißen?«

»Da drin ist ein Loch im Fußboden. Mabel hat's mir gezeigt. Man braucht bloß eine Platte verschieben, und schon kann man direkt in den Balsamierraum runtersehen. Ich hab jedes Wort gehört, das ihr gesprochen habt. Wenn du mich verpetzt, sag ich Dove, daß du da drin warst, obwohl er's uns verboten hat.«

»Wiley, paß lieber auf, sonst kriegt sie ein Baby. Ein zurückgebliebenes Baby mit zwei Köpfen.«

»Halt die Klappe.« Er schnaubte verächtlich. »Mach dich nicht lächerlich. Das gibt's gar nicht. Wir haben bloß –«

»Sie ist unsere *Cousine*! Das ist widerlich! Ich hätte dir so was nie zugetraut.«

»Stimmt, sie ist unsere Cousine, aber das ist doch was anderes, wie wenn sie unsere Schwester wär oder so«, stammelte er. »Was kann ich dafür, daß sie mich gut leiden kann. Und ich mag sie auch.«

Ich drückte mit beiden Händen auf meinen Verband, aber dadurch wurde das Hämmern nur noch schlimmer. »Ich wette, es tut dir leid, daß ich schon aus dem Krankenhaus entlassen wurde. Ich stör euch bloß bei eurem Vergnügen.«

Er stöhnte. »Mann, bist du blöd. Ich geh jetzt besser runter und red mit ihr. Du hast ihr einen fürchterlichen Schrecken eingejagt.«

»Was kann ich dafür, daß ich wie ein Monster ausseh?«

Er sah mich lange an. Dann stand er auf und steckte sich das Hemd in die Hose. »Das mein ich nicht. So schlimm siehst du gar nicht aus.«

»Oh, danke. Als ob dich das interessieren würde.«

»Du hast ja keine Ahnung. Wir sind alle fast gestorben vor Angst. Zuerst wußten wir nicht mal, ob du tot bist oder was.«

»Naja, wenn du dageblieben wärst und mir beim Mähen geholfen hättest, statt zu deiner Mabel zu rennen . . .«

»Na los, sag's schon.« Seine Augen brannten. »Du denkst es, also kannst du's auch aussprechen. Wenn ich dageblieben wäre und auf dich aufgepaßt hätte, hättest du dein Auge nicht verloren. Ich bin an allem schuld.«

»Wiley –«

»Vielleicht wär's gar nicht passiert, oder vielleicht wär's *mein* Auge gewesen. Vielleicht hätte's so kommen sollen. Mein Gott, Peejoe, was willst du denn hören? Es tut mir leid, okay? Es tut mir leid. Es tut mir *leid*. Soll ich mir auch ein Auge ausstechen?«

Ich hielt das nicht mehr aus. Er war immerhin mein Bruder, und ich hatte ihn gern. Ich mußte ihn vom Haken nehmen. »Es macht nichts, Wiley. Du hast recht. Es ist nun mal passiert. Es war nicht deine Schuld. Es ist einfach passiert.«

Er ging zur Tür. »Ich muß jetzt nach Mabel sehen«, sagte er.

Und schon war er weg.

18
LUCILLE / Las Vegas, Nevada

Jack der Page schlief tief und fest in Lucilles Armen. Sie verbrachte die Nacht eng an seinen zusammengerollten Körper gedrückt.

Er wachte mit einem Ruck auf und sammelte in fliegender Hast seine Sachen auf. Man würde ihn bestimmt rauswerfen – seine viertelstündige Pause hatte die ganze Nacht gedauert. Lucille fand seine Unterhose unter der Spitze der herzförmigen Matratze eingeklemmt. Sie zog ihm seinen rosa Smoking an, steckte ihm einen Hundertdollarschein zu, als er gerade nicht hinsah, und schickte ihn mit einem Kuß weg.

In dem Moment, als die Tür zuklappte, hörte sie ein Flüstern aus der Hutschachtel auf dem Tisch: »Lus-siehl . . .«

Sie stopfte das Geld wieder in den Leinenbeutel und trug es ins Bad. Sie machte die Tür zu und drehte den Wasserhahn so weit auf, daß er alle anderen Geräusche übertönte.

Es dauerte eine Ewigkeit, bis die riesige muschelförmige Badewanne aus rosa Porzellan voll war. Lucille setzte sich auf den polierten Rand und rieb sich mit einem Finger die Kniekehle, die noch von Jacks Küssen prickelte.

Was für eine Nacht! Sie hatte hundert Jahre geschlafen, und als sie aufwachte, fand sie ein Vermögen in Gold und einen schönen Prinzen in ihrem Bett. Mit einem wohligen Seufzer ließ sie sich in das warme Wasser gleiten.

Sie döste und räkelte sich und planschte und blätterte in einer Nummer von *Vogue*, bis das Papier von der Feuchtigkeit ganz aufgequollen war. Sie tauchte mit dem Kopf unter, um sich den Schmutz aus dem Haar zu spülen. Ab und zu frischte sie den Schaum mit heißen Wasserstößen aus dem vergoldeten Hahn auf.

Nach einer Stunde zog sie mit der Zehe den Stöpsel aus dem Abfluß, ließ sich mit geschlossenen Augen zurücksinken und genoß es, wie die Wasserlinie an ihr abwärts kroch und kühle Luft über ihren Körper strich, wo er eben noch im heißen Wasser gelegen hatte.

Sie trocknete sich kräftig ab und schlüpfte in einen weißen Bademantel mit einem rosa Flamingo auf der Tasche. Sie fühlte sich saubergeschrubbt und rosig und frisch. Sie bestellte beim Zimmerservice Kaffee, Orangensaft, Cornflakes und Blaubeerküchlein. Dann sah sie sich eine Wiederholung von *Have Gun Will Travel* an und putzte alles weg.

Ihr Blick fiel auf ihren schlaffen alten mexikanischen Rock und die blaue Bluse, die auf dem Boden lagen, wo Jack sie hingeworfen hatte. Sie hatte diese Kleider satt. Sie konnte sie nicht mehr tragen. Schließlich war sie jetzt eine reiche Frau. Eine reiche, begehrenswerte Frau.

Aber einmal mußte sie das Zeug natürlich noch anziehen, denn sie brauchte ja erst was Neues.

Sie ließ Chester in der Suite zurück und nahm das Geld mit. Als unten die Lifttüren aufgingen, hörte sie schon wieder den Lärm aus dem Casino: das Läuten von Glöckchen, das Klimpern von Geld, genau dieselben Geräusche wie gestern abend, als sich die Lifttüren hinter ihr geschlossen hatten.

Lucille widerstand der Versuchung. Heute juckte es sie an einer anderen Stelle.

In der ersten Boutique kaufte sie sich acht Paar Schuhe und ein Gepäckset von »Mademoiselle Traveler« in braunem Leder – schnapp, schnapp, vielen Dank, zwölfhundert Dollar.

Dann ging sie daran, ihre neuen Koffer mit hübschen Sachen zu füllen.

Wie ein Wirbelwind tanzte sie durch ein Geschäft namens *Wonderful Woman*: vier Schneiderkostüme, sieben Seidenblusen, zwei enganliegende Jackie-Kennedy-Röcke und ein Sortiment lasziver Unterwäsche, wie sie der neuen sexy Frau angemessen war, in die sie sich nun verwandelte.

Sie gab der Verkäuferin zwanzig Dollar Trinkgeld. (Jetzt, wo sie reich und sexy war, wollte sie sich nie mehr lumpen lassen.) Das Mädchen telefonierte nach einem Boten, der ihr mit den vielen Schachteln und Päckchen helfen sollte. Ein mürrischer alter Knabe erschien – langes Gesicht und rosa Jackett. Er folgte Lucille mit einer Stechkarre und wartete geduldig, während sie bei *Charles of the Desert* Strümpfe und Hosen und Parfüm kaufte, bei *Flamingo Jewels* hinreißende Ein-Karat-Brillantohrringe erstand und sich bei *Monsieur Henri* mit dem neuesten Make-up von Mary Quant eindeckte.

Das letzte Geschäft war das luxuriöseste von allen – *Madelyns Elegant Styles*, Haute Couture in Kleidern und Pelzen. Ein Blick auf Lucille und die überladene Karre, und die Inhaberin strahlte wie ein Kind unterm Weihnachtsbaum. »Hal-*lo*! Ich habe ein paar Sachen, in die Sie sich auf Anhieb *verlieben* werden.«

Lucille lächelte. »Sind Sie Madelyn?«

»Ja, die bin ich.« Sie setzte sich ihre Mondsichelbrille auf die Nase. »Guter Mann, lassen Sie das einfach alles hier stehen, wir rufen Sie, wenn wir Sie brauchen. Nun, meine Liebe, dann wollen wir mal sehen. Was haben wir denn für eine Größe – ungefähr sechs?«

»Zehn«, sagte Lucille, »aber danke für das Kompliment.«

»Und wonach steht uns heute der Sinn?«

»Ich weiß nicht. Ich glaube, ich hab schon genug Vernünftiges gekauft. Ich bin auf dem Weg nach Hollywood zu einem wichtigen Vorsprechtermin und ich möchte noch etwas . . . Wundervolles. Etwas, das in diesem Moment absolut aktuell ist. Etwas wirklich Teures. Haben Sie so was?«

Madelyn nahm die Brille ab und ließ sie am Goldkettchen auf ihrem Busen ruhen. »Meine Liebe, Sie machen mich zur glücklichsten Frau. Vor mir steht eine Dame, die Stil hat, die Geschmack hat, die offensichtlich keine Angst davor hat, Geld auszugeben. Es ist mein Beruf, Sie glücklich zu machen. Ich brauche Ihnen nur ein einziges Wort zu sagen – das eine, aufregendste, aktuellste Wort in der Welt der Haute Couture.«

Lucille wartete.

Madelyn spitzte die Lippen: »Pucci.«

»Pucci?«

»Emilio Pucci. Italiener. Schlichte Linien. Kühne Geometrie. Er ist neu, er ist genial, er ist perfekt. Mit einem Wort, er ist genau das Richtige für Sie.«

»Ist er teuer?«

»Na, und ob«, sagte Madelyn. »Haben Sie viel gewonnen?«

Lucille grinste. »Woher wissen Sie das?«

»Madelyn hat einen Blick dafür. Und ganz unter uns, ich finde, es ist sehr schlau von Ihnen, sich hübsche Sachen davon zu kaufen, anstatt es wieder in die Spielautomaten zu stecken. Also die meisten Leute ... Sie würden sich wundern.«

Schwungvoll zog sie vier Pucci-Tageskleider heraus und trug sie in den Anproberaum.

Kühn waren sie wirklich; aber in diesen großen bunten Mustern kam sich Lucille vor wie ein Zirkusplakat. Das dezenteste kostete eintausendvierhundertfünfundsiebzig Dollar.

Das *eine* Kleid!

Sie probierte es an. Unter Madelyns Entzückungsrufen drehte sie sich vor dem Spiegel hin und her. Jeder sah, daß es ein Modellkleid war, aber Lucille war sich nicht sicher, ob sie es wirklich über sich bringen würde, etwas so Schreiendes in der Öffentlichkeit zu tragen.

Auf dem Rückweg vom Anproberaum fiel ihr Blick auf eine Schaufensterpuppe in einem raffinierten, sehr kurzen Kleid – ein futuristisches Trägerkleid in strahlendem Weiß, mit einem lustigen Streifen aus gelbem Leinen am Ausschnitt und am Saum. Die Puppe trug dazu passende weiße Handschuhe, glänzendweiße Stiefeletten und eine hinreißende viereckige Matrosenmütze mit einem Besatz aus demselben gelben Leinen.

Lucille legte die Hände auf die Hüften. »Das ist ja ganz bezaubernd.«

»Das ist André Courrèges.« Madelyn kniff in den Saum. »Ist es nicht von bewundernswerter Schlichtheit? Courrèges sagt, eine Frau ist nackt immer am schönsten.«

»Solche Männer mag ich«, sagte Lucille. »Wie ich wohl besser aussehe, nackt oder in diesem Kleid?«

»Das läßt sich feststellen.« Madelyn ging Lucilles Größe holen.

Es zeigte sich, daß Lucille in dem Kleid umwerfend aussah – frisch, jung und reizvoll, eine leuchtende Margerite, weiß und gelb. Dazu noch der breitkrempige Hut – sie sah aus wie der Zeitschrift *Life* entsprungen.

»Sie haben aber auch die Beine dazu«, sagte Madelyn. »Im Gegensatz zu den meisten Frauen.«

»Ich finde es toll«, sagte Lucille. »Ich nehme es. Ich lasse es gleich an. Außerdem möchte ich die Handschuhe und die Mütze und diese Stiefeletten. Wieviel macht das?«

»Zwei-zwei, mit allen Accessoires.«

»Zweitausendzweihundert? Dollar?« Lucille versuchte, sich ihren Schreck nicht anmerken zu lassen.

»Das ist schon herabgesetzt von drei-eins. Eine äußerst günstige Gelegenheit, glauben Sie mir.«

»Schön. Schön, ich nehme es. Spielt keine Rolle.«

»Soll ich Ihnen die Kleider, in denen Sie gekommen sind, einpacken?«

»Verbrennen Sie sie oder machen Sie damit, was Sie wollen.«

»Wie Sie wünschen.«

Als Lucille alles bezahlt hatte und aus dem Laden kam, wurde ihr klar, daß sie in knapp einer Stunde achttausend Dollar ausgegeben hatte. Sie fühlte sich draufgängerisch, leichtsinnig und durch und durch lebendig. Sie hatte ihr Leben voll im Griff. Niemand konnte ihr dreinreden, wenn sie, falls ihr das in den Sinn kam, ihr ganzes Geld zum Fenster hinauswarf. Sie hatte immer noch über zwanzigtausend Dollar in dem Leinenbeutel.

Mit dem traurig dreinblickenden Boten im Schlepptau steuerte sie durch die Blackjacktische hindurch auf den Empfang zu. »Ich muß nach Los Angeles«, verkündete sie. »Ich brauche jemanden, der mich hinfährt.«

»Sehr wohl, Ma'am«, sagte der Portier. »Wünschen Sie einen normalen Wagen oder eine Luxuslimousine?«

»Luxuslimousine klingt gut«, sagte sie. »Ich nehme eine.«

Der Coupe de Ville konnte bleiben, wo Jack der Page ihn abgestellt hatte. Er hatte die Schlüssel. Vielleicht behielt er ihn, oder er rief den Barkeeper in New Orleans an, damit er ihn abholte. Lucille war es egal.

Sie fuhr in die Rose Garden Suite hinauf, um Chester zu holen und einen letzten Blick auf das herzförmige Bett zu werfen. Die reine Magie, was sich in der Nacht in dem Bett abgespielt hatte. Solchen Sex hatten sie und Chester nie gehabt, kein einziges Mal in dreizehn Jahren. Und doch brauchte sie nur nach Las Vegas zu fahren und fand ihn gleich bei dem ersten Hotelboy, der ihr die Tür aufhielt.

Sie hob Chesters Hutschachtel an den Bändern hoch. Er war scheinbar jeden Morgen ein bißchen schwerer. Sie wollte nicht darüber nachdenken, warum.

Das Casino rief ›Lucille! Warte! Du kannst noch mehr GEWINNEN im Roulette.‹ Aber sie zog die Schultern hoch und blickte starr geradeaus auf das Bild von ihr selbst, das auf die Spiegeltüren zukam.

Sie sah schick genug aus fürs Fernsehen mit den funkelnden neuen Brillantohrringen und einem beschwingten Gang, als sei sie in Kleidern von Courrèges zur Welt gekommen. Geld und Sex waren gut für ihr Aussehen. Wenn sie genug Geld und Sex hatte, konnte sie die schönste Frau der Welt sein. Sie hätte so gerne Jack gesucht, ihn mitgenommen, ihn in ganz Kalifornien geliebt . . .

Nur Geduld. In Hollywood wird's noch mehr und noch bessere Jacks geben. Filmstar-Jacks mit blauen Augen und blauen Swimming-pools und dicken Brieftaschen.

Sie trat in die gleißende Sonne und den Staub hinaus; der Wind blies heiß wie ein Haarfön. Sie kramte nach ihrer Sonnenbrille. Solange man drin war, brauchte man sich nicht um die Hitze zu kümmern, aber mittags im Freien konnten alle Palmen und Brunnen der Welt nicht darüber hinwegtäuschen, daß Las Vegas mitten in einer sengendheißen Wüste lag.

Eine blitzende schwarze Limousine zog sich den Gehsteig entlang. Lucilles Herz machte einen Extrasprung. Ein kleiner, rundlicher Mann in den Fünfzigern mit Mütze und Uniform machte einen Schritt auf sie zu. »Sind Sie Miss Clay?«

»Na, und ob. Ist der ganze Wagen für mich?«

Er lächelte, und sie sah einen goldenen Schneidezahn blinken. »Mein Name ist Norman Wirtz. Ich bin Ihr Fahrer.«

Sie schüttelte ihm die Hand. »Das ist das größte Auto, das ich je gesehen habe.«

Norman stand stramm, wie um zu zeigen, daß er groß genug war, um diesen Wagen zu fahren. Der obere Rand seiner Mütze reichte kaum bis an Lucilles Schulter. »Ich habe schon Ihr ganzes Gepäck eingeladen. Nach L. A. also?«

»Ganz recht. Wie lange werden wir brauchen?«

»Vier, fünf Stunden, je nachdem, wie der Verkehr ist. Das macht zweihundert Dollar, einschließlich meiner Rückfahrt nach Vegas. Im voraus bitte, wenn es Ihnen nichts ausmacht.«

»Nichts dagegen zu sagen.« Sie zählte ihm die Scheine in die

Hand. »Ich hoffe, Sie haben eine Klimaanlage, Norman. Das ist ja eine Affenhitze hier.«

»Ja, Ma'am, selbstverständlich.« Er hielt Chester und den Geldsack, während Lucille sich überlegte, wie sie mit ihrem neuen, extrem kurzen Modellkleid einsteigen sollte.

Sie zog den Rock ein bißchen herunter, nahm im Damensitz auf der Kante des Polsters Platz und schwang beide Beine zugleich hinein. Sie ließ sich inmitten ihrer Päckchen zurücksinken und schlug die Beine übereinander.

Norman reichte ihr die Hutschachtel durch die Tür. »Sitzen Sie bequem?«

»Worauf Sie sich verlassen können.« Der Fond des Wagens war ein luxuriöses Hotelzimmer auf Rädern: handschuhweiche Ledersitze, eine eingebaute Bar mit langstieligen Kristallgläsern, eine in einem silbernen Kübel nickende Flasche Champagner, eine kleine Tafel mit Knöpfen zur Bedienung der Lüftung, der Fensterheber und der Sprechanlage.

Sie glitten die Auffahrt hinunter. Lucille wußte vom ersten Moment an, daß sie in diesem Wagen um die ganze Welt hätte fahren können, solange Norman vorne am Steuer für die Brücken zuständig war.

Sie drückte auf einen Knopf. »Norman, können Sie mich hören?«

»Laut und deutlich«, sagte seine Stimme über die Sprechanlage.

»Können Sie bitte das Ding da runterlassen, damit ich Sie auch sehen kann?«

Die Rauchglas-Trennscheibe ging lautlos herunter. »Dazu brauchen Sie bloß den Knopf ›Trennscheibe‹ drücken«, sagte er über die Schulter.

»Wir müssen noch einmal halten«, sagte sie. »Ich hab das Schild gestern abend gesehen. Es muß hier irgendwo auf der rechten Seite sein.« Sie ließ das Fenster herunter, um danach Ausschau zu halten.

Bei Tage hatte Las Vegas nichts von seinem berühmten Glamour. Die weißglühende Sonne ließ die Milliarden Watt der Glühbirnen verblassen. Die Stadt wirkte staubig und ausgebleicht, von der Hitze erschöpft.

SCHEIDUNG SOFORT $ 20 / KOSTENLOSE TOURISTENINFORMATION. »Hier«, sagte sie. »Fahren Sie rechts ran. Ich bin gleich wieder da.«

Das war keine von den hübschen Hochzeitskapellen mit ihren Glocken und Bändern und blinkenden Neon-Brautpaaren. Es war ein nüchterner, blauer, doppeltbreiter Wohnwagen auf Betonsteinen. Lucille trug die Hutschachtel die wackligen Stufen hinauf und klingelte.

Der Mann, der den Kopf herausstreckte, war fünfzig, oder vierzig, vielleicht auch sechzig. Schwer zu sagen. Graue Stoppeln, trübe Augen.

»Da steht ›Scheidung sofort‹.« Lucille zeigte auf das Schild. »Genau das will ich.«

Er machte die Tür auf. Sein T-Shirt hatte Flecken in dem vertrauten Orange von Chef-Boyardee-Sauce. »Haben Sie Bargeld?«

»Natürlich habe ich Bargeld.« Es war vermutlich egal, dachte Lucille, von welchem schmierigen Typ man sich scheiden ließ; Scheidung war nun mal eine schmierige Angelegenheit. Irgendwie kam es ihr ganz passend vor, in einen Wohnwagen in der Wüste gehen zu müssen, um einer billigen Ehe ein Ende zu machen.

Lucille war dreizehn Jahre lang übelgelaunt gewesen, seit dem schrecklichen Aprilnachmittag im Jahr 1952, als sie, schon drei Monate schwanger mit der kleinen Sarah, die ihr ständig Übelkeit verursachte, auf dem Standesamt ihr Jawort gab. Jetzt endlich würde sie sich aufraffen und »nein« sagen. *Kann ja sein, daß ich irgendwann mal »ja« gesagt habe, aber das soll verdammt noch mal nicht mehr gelten.*

Sie stellte die Hutschachtel auf einen Registraturschrank. Chester sollte alles mitbekommen.

»Als erstes müssen Sie diesen Vordruck ausfüllen.« Der Mann bot ihr einen Klappstuhl und die einzige Ecke seines Schreibtisches an, die nicht mit Gerümpel vollgestapelt war. Lucille brauchte für das Formular drei Minuten. Sie wußte sogar Chesters Sozialversicherungsnummer auswendig – auch so eine von den nutzlosen Einzelheiten, mit denen ihr Gehirn vollgestopft war. In die Zeile »Scheidungsgrund« schrieb sie »Seelische Grausamkeit«.

Der Mann polkte sich mit einem Zahnstocher im Mund herum und sah ihr zu. »Jetzt noch unterzeichnen, ganz unten an der angekreuzten Stelle.«

Sie unterschrieb schwungvoll. »War das alles?«

»Moment noch. Ich muß Ihnen noch eine Kopie machen.« Er beugte sich mit gerunzelter Stirn über seine Klemmtafel, als ob es sich bei dem Formular um eine Hausaufgabe in der vierten Klasse handelte. »Sie sind seit mindestens dreißig Tagen in Nevada ansässig?«

»Da können Sie drauf wetten. Kommt mir vor wie ein Jahr.« Lucille wippte mit der Schuhspitze und betrachtete ein Kalenderbild von vier grinsenden Hunden beim Pokerspielen.

»Besteht irgendeine Möglichkeit, daß Ihr Ehemann die Scheidung anficht?«

»Nicht die geringste. Ich garantiere Ihnen, daß Sie nie von ihm hören.«

»Um so besser.« Er gab ihr das Papier. »Das war's. Zwanzig Dollar.«

»Sofort« war ein bißchen übertrieben, aber lange hatte es wirklich nicht gedauert. Lucille gab ihm das Geld und floh zurück in die Limousine.

Norman öffnete ihr die Tür. »Alles erledigt?«

»Ja. Und jetzt nichts wie weg hier.«

Er stieg ein und fuhr los. Sie glaubte, im Rückspiegel Mitgefühl in seinen Augen zu sehen. Das war etwas, was sie nicht brauchen konnte, nein danke.

Sie machte es sich zwischen ihren vornehmen Päckchen und Tüten bequem und sah sich die Urkunde an. Das geprägte Siegel sah nicht nur amtlich aus, es fühlte sich auch so an. Sie war nicht mehr Chesters Frau. Nicht einmal mehr seine Witwe. Sie war rechtskräftig geschieden, mit Brief und Siegel vom Staat Nevada. Damit war sie noch endgültiger von Chester getrennt als Chester von seinem Kopf.

Vielleicht ließ er sie jetzt endlich in Ruhe.

Lucille knotete das schwarze Band auf, faltete die Scheidungsurkunde zusammen und steckte sie in das Seidenpapier neben der Tupper-Salatbox. Sie riskierte ein Schnuppern. Überhaupt kein Geruch.

Eines Tages, wenn das alles vorbei war, würde sie eine Tupper-Party geben. Bestimmt. Sie würde die rechte Hand heben und feierlich die exzellente Qualität dieses Patentverschlusses beschwören.

Sie wurde die Erinnerung an den Geräteschuppen nicht los: Es war, wie wenn man einen Braten mit einem ganz besonders harten Knochen aufschneidet. Die elektrischen Klingen hatten knirschend aneinander gerieben, während sie sich durch seine Halswirbel fraßen.

Sie fing an sich vorzustellen, wie sein Kopf jetzt aussehen mußte, nach so vielen Tagen ... *Nur nicht daran denken.*

Sie verstaute auch den Geldsack in der Hutschachtel, verknotete die Bänder wieder und stellte Chester an seinen rechtmäßigen Platz zwischen ihren vielen neuen Schuhen zurück.

Nun, da sie geschieden war, hatte Chester keine Macht mehr über sie. Sie hatte keinen Grund mehr, ihn zu hassen. Er war nur noch ein Kopf in einer Schachtel.

Bis jetzt war das Leben ohne ihn einfach fabelhaft gewesen. Bis jetzt hatte Lucille bereits mit zwei gutaussehenden Männern geschlafen und einen Haufen Geld gewonnen, und im Moment war sie dabei, eine Flasche Veuve Clicquot aufzumachen, im Fond eines langen schwarzen Cadillacs, der mit hoher Geschwindigkeit durch die Wüste Richtung Hollywood fuhr. Die Bläschen trieben ihr entzückende kleine Zwanzig-Karat-Goldschräubchen in die Zunge.

Sie packte alle ihre neuen Sachen in ihre neuen Koffer. Sie rauchte eine Salem. Sie lehnte sich zurück und schloß die Augen, um sich Jacks Gesicht vorzustellen, als er auf ihr lag, die süße Grimasse, die seiner ersten Explosion vorausgegangen war. Sie schlummerte ein.

Als sie die Augen aufschlug, sah sie Palmen, die beiderseits des Highways Spalier standen.

Die Trennscheibe war heruntergelassen. Norman beobachtete sie im Rückspiegel.

»Wo sind wir?«

»In L. A., mehr oder weniger. Schwer zu sagen, wo diese Stadt anfängt.«

»Soll das heißen, ich hab die ganze Fahrt verschlafen?«

»Ja, sicher. Das geht in diesem Wagen den meisten so.«

Das mußte der Champagner gewesen sein. Sie war so schnell und so fest eingeschlafen, daß sie sich an nichts mehr erinnerte.

Sie machte die Hutschachtel auf, um einen verstohlenen Blick auf ihr Geld zu werfen. Es war alles noch da. Sie genierte sich wegen ihres Mißtrauens, aber das war gleich wieder vorbei. »Hab ich was verpaßt?«

»Die Wüste«, sagte Norman. »Keine nennenswerten landschaftlichen Schönheiten. Ach, übrigens, wohin genau wollen Sie?«

»Weiß ich auch nicht ... Welches ist denn das beste Hotel am Platze?«

»Das Beverly Hills.«

»Und, ist es ordentlich?«

»Ja, Ma'am, sehr ordentlich, nach dem zu urteilen, was ich davon gesehen habe.«

»Bringen Sie mich hin.« Lucille lehnte sich zurück, um wenigstens den Rest der Fahrt in der Luxuslimousine zu genießen. Schlanke Palmen mit großen Wipfeln standen in Reih und Glied an der Straße, über die der Autoverkehr in acht Fahrspuren rollte. Meile um Meile pastellfarbene Häuser, auf braunen Hügel errichtete Wohnviertel in Disneycolor. In der hellen Sonne blitzte und funkelte alles. Die Luft roch frisch wie eine Salbe gegen Erkältung. Norman sagte, das komme von den Eukalyptusbäumen.

Sechs Autostraßen trafen in einem einzigen großen Gewirr von Betonspaghetti zusammen. Die Limousine näherte sich auf ansteigender Fahrbahn dem Labyrinth und durchquerte es in so luftiger Höhe, daß Lucille kreidebleich wurde und sich an die Armlehne klammerte. »Norman, Sie dürfen mich nie verlassen.«

Er blickte sich um. »Was haben Sie gesagt?«

»Ich brauche Sie. Sie müssen mich von jetzt an überallhin fahren.«

Seine Augen lächelten im Rückspiegel. Er brauchte einen Moment, um seine Antwort zu formulieren. »Das käme mir durchaus nicht ungelegen. Danke, Ma'am.«

Die Straße machte eine Biegung, und da lag sie vor ihnen, die riesige Stadt Los Angeles, erstreckte sich bis auf die Hügel, bis auf die Berge jenseits der Ebene und an den in dunstiger Ferne blau schimmernden Pazifik.

Ihr Leben lang hatte Lucille von dieser Stadt geträumt. Jedesmal, wenn sie im Roxy-Kino ihre fünfzig Cent bezahlt hatte, reiste sie auf Schwingen aus silbernem Licht in das Zauberland Hollywood. Sie war Margaret O'Brien, die mit Judy Garland schmollte, Elizabeth Taylor, die um ein Pferd weinte, Shirley MacLaine als bezaubernd naives junges Mädchen; zwei Stunden lang war sie Audrey Hepburn, Leslie Caron, Kim Novak, Shelley Winters; sie war Marilyn Monroe, die durch einen Eisenbahnwagen ging und dabei aufreizend ihren rundlichen Po schwang. Und jetzt endlich war sie hier bei ihnen allen, hier in der Stadt, in der sie alle lebten und Filme machten.

Nehmt euch in acht, Mädels. Eine Neue ist in der Stadt.

»Norman, wo ist Marilyn Monroe begraben?«

»In Westwood, glaube ich. Gleich hinter Beverly Hills. Soll ich Sie hinfahren?«

»Nein, hat mich nur interessiert.«

Die arme Marilyn. Sie war mit ihrem Erfolg nicht besser zurechtgekommen als Lucille mit ihrem Versagen. Beide hatten sie ein drückendes Problem gehabt. Beide gingen bis zum Äußersten, um es zu lösen. Lucille brachte Chester um. Marilyn brachte sich selbst um.

Aber Marilyn hatte immerhin Joe DiMaggio, der ihr jeden Tag rote Rosen aufs Grab legte, bei jedem Wetter. Ein solcher Treuebeweis – von keinem geringeren als dem eigenen Ex-Ehemann –, das konnte einem fast Lust auf Selbstmord machen.

Lucille mußte sich den Tatsachen stellen. Sie war dreiunddreißig (obwohl die meisten sagten, sie sehe aus wie sieben-, achtundzwanzig), kein Alter für eine Frau mit sechs Kindern, aber ziemlich alt für Hollywood. Sie hatte keinen Joe DiMaggio, der nur darauf wartete, ihr Rosen zu kaufen; Chester hatte ihr nie welche gekauft; sie hätte nicht einmal gewußt, wie Rosen aussehen, wenn sie sie nicht aus anderer Leute Gärten gekannt hätte. Sie war keine Marilyn Monroe, nicht mal eine Shirley MacLaine. Sie war Carolyn Clay. Sie mußte sich auf ihre eigenen Vorzüge besinnen.

Irgendwie mußte es ihr gelingen, einen Riesenwirbel zu machen – und dabei niemandem aufzufallen, der darauf kommen konnte, wer sie war und was sie auf dem Kerbholz hatte.

Das würde ganz schön knifflig werden. Wie wird man ein Star, während man auf der Flucht ist, weil man einen Mord begangen hat?

Lucille kam zu dem Schluß, daß dies eine Herausforderung war, vor der noch kaum jemals wer gestanden hatte. Sie würde sich einfach von Fall zu Fall etwas einfallen lassen müssen. Vielleicht blieb ihr ja ihre Glückssträhne treu.

Norman fuhr eine Auffahrt hinauf und auf einen breiten Boulevard. Vier blonde Teenager donnerten in einem offenen Mustang vorbei, winkten und wedelten mit ihren Surfboards. Lucille ließ die Fensterscheibe herunter und winkte zurück, um sie glauben zu machen, sie sei ein großer Star und außerdem ein netter Mensch. Dann ließ sie die Scheibe wieder hoch, so daß die vier sich auf der ganzen Fahrt zum Strand streiten würden, wer sie war. Stella Stevens? Tippi Hedren?

»Wenn Sie es nicht furchtbar eilig haben, in Ihr Hotel zu kommen, könnten wir noch ein bißchen herumfahren. Und uns alles ansehen.«

»Nein, danke. Dafür ist später noch Zeit. Ich muß ein paar Anrufe erledigen.« Lucille drückte die Nase an das Glas. Der Sunset Boulevard schlängelte sich an der Flanke eines Hügels entlang, vorbei an schicken Hotels und Geschäften, Theatern, Bistros. Es stimmte schon, was man über Kalifornien sagte: Alles war hochklassig und blankpoliert und neu. Menschen mit herrlicher Sonnenbräune fuhren chromblitzende Lincoln- und Mercedes-Limousinen oder rote Corvette-Kabrios, nicht die ramponierten alten Chevies und Fords, die man in Alabama sah. Diese Menschen wirkten *teuer*. Sogar die Texaco-Tankwarte hatten weiße Zähne und braungebrannte Gesichter wie Filmstars.

Norman bog von dem Boulevard ab, fuhr eine steile Seitenstraße hinauf und hielt vor einem weitläufigen Gebäude, dessen Fassade an das Hexenhaus in »Hänsel und Gretel« erinnern sollte.

Lucille bestaunte das spitzgiebelige Dach, den künstlich auf alt gemachten Schornstein und die planmäßig krumm und schief angeordneten Fenster. »Das kann doch nicht das Hotel sein.«

Norman stellte den Motor ab und saß da, den Blick aufs Armaturenbrett gerichtet. »Ich muß Ihnen etwas sagen.«

Seine Stimme klang komisch. Lucille legte den Arm um die Hutschachtel, in der ihr Geld war. Sie wußte nicht, was sie von der Situation halten sollte. Falls er sie berauben wollte – sie hatte die Pistole griffbereit in der Handtasche. Sie ließ den Verschluß aufschnappen.

Norman drehte sich halb um, ohne Lucille anzusehen. »Ich muß Ihnen ein Geständnis machen, Miss Clay. Während Sie schliefen, habe ich – oh, ich weiß, Sie haben allen Grund, wütend zu werden –, aber Sie sahen so hübsch aus, wie Sie da so lagen, und da habe ich angehalten und, na ja, ich –«

»Was haben Sie *getan?*«

»Ich hab ein paar Bilder gemacht.« Er senkte beschämt den Kopf.

»Bilder? Wovon?«

»Von Ihnen. Nichts Unanständiges, überhaupt nicht. Nur ein paar Porträts, wissen Sie, von Ihnen, wie Sie schlafen.«

»Das ist ja wohl die albernste Geschichte, die ich je gehört habe. Wieso haben Sie nicht einfach gefragt? Ich hätte Ihnen mit Freuden Modell gestanden.«

»Nein, verstehen Sie, das wär nicht dasselbe gewesen. Denn dann hätten Sie's gewußt und hätten anders ausgesehen – es war die Art, wie Ihr Haar fiel, und das Licht . . . Sie müßten es selbst sehen.« Er riß sich die Mütze vom Kopf und strich sich das Haar über den kahlen Fleck. Seine Augen leuchteten. »Sie sind schön.«

Er hatte so ein aufrichtiges, ernstes Gesicht. Lucille schaute ihn zum erstenmal richtig an und sah einen Mann, der früher mal durchaus ansehnlich gewesen sein mußte, bevor er Fett ansetzte und die Haare ihm ausfielen. Wäre er zehn Jahre jünger gewesen oder Lucille zehn Jahre älter, man wäre sich bestimmt irgendwie einig geworden.

»Warum sagen Sie mir das, Norman? Sie hätten mich doch einfach absetzen und später Ihre Bilder anschauen können. Ich hätte nie etwas davon zu erfahren brauchen.«

»Ich weiß nicht, das wäre mir unfair vorgekommen. So als ob

ich Ihnen was gestohlen hätte.« Er brachte eine Kodak Instamatic mit einem abgebrannten Blitzwürfel und eine Filmkassette zum Vorschein. »Hier ist der Film, falls Sie ihn wegwerfen wollen oder so.«

Sie sah die Kassette an. »Ich weiß nicht, was ich sagen soll. Ich war noch nie in so einer Situation.«

Er hielt sich die Mütze vors Herz. Seine Augen wurden ganz romantisch. »Ich liebe Sie, Miss Clay. Ich hab mich in Sie verliebt. So, jetzt ist es raus.«

»Ich bitte Sie, Norman. Machen Sie sich nicht lächerlich. Sie kennen mich ja gar nicht. Fahren Sie mich zum Hotel.«

Er kniete sich auf den Sitz. »Ich werde Sie immer lieben, Gott sei mein Zeuge«, sagte er. »Ich habe noch nie solchen Liebreiz in meiner Limousine erblickt.«

»Sie machen sich über mich lustig.« Lucille entsicherte die Tür, für den Fall, daß sie ihr Heil in der Flucht suchen mußte.

»Aber verstehen Sie denn nicht? Wir haben uns genau zum richtigen Zeitpunkt kennengelernt. Sie sind jetzt ein freier Mensch. Und meine Frau und ich haben uns vor einem halben Jahr getrennt. Sie und ich, wir sind füreinander bestimmt. Kommen Sie mit mir zurück nach Las Vegas. Ich werde immer für Sie sorgen. Dieser Wagen gehört mir, wissen Sie. Ich fahre Sie, wohin Sie auch wollen.«

»Ich will aber nicht zurück nach Las Vegas. Ich habe sehr lange gebraucht, um dahin zu kommen, wo ich jetzt bin. Also, wenn ich bitten darf . . .«

»Mein Leben lang habe ich auf eine Frau wie Sie gewartet«, sagte er. »Ich kann Sie jetzt nicht gehen lassen.«

»Norman.«

Er legte die Ellbogen auf die Rückenlehne. »Hören Sie zu. Ich will Ihnen nichts vormachen. Ich bin ein ganz normaler Durchschnittsmensch. Ich bin nicht reich, aber ich hab soviel auf der hohen Kante, daß wir uns ein angenehmes Leben leisten können.«

»Norman –«

»Ich weiß, daß ich eigentlich nicht gut genug bin für Sie. Ich bin nicht mehr der Jüngste, und mir ist klar, daß ich nicht gut aussehe. Ich habe nicht mehr viel Haare. Aber wenn Sie mir die Gelegenheit geben würden, Ihnen zu beweisen –«

»*Norman!*«

»Ja?«

»Sie drehen sich jetzt brav wieder um und lassen auf der Stelle den Motor an, sonst hören Sie von hier hinten ein Geräusch, das Sie noch kahlköpfiger macht, als Sie ohnehin schon sind. Haben Sie mich verstanden?«

Seine Schmeicheleien waren rührend, aber Lucille hatte jetzt die Nase voll.

Norman seufzte. »Ich fahr ja schon. Keine Sorge.« Er ließ den Motor an. »Aber ich mußte es Ihnen einfach sagen. Ich konnte Sie nicht gehen lassen, ohne es Ihnen zu sagen.«

»Das ist schon in Ordnung«, sagte sie. »Fahren Sie los.«

Er wendete in der Auffahrt des Hexenhauses und fuhr den Hügel hinunter. »Eines Tages werden Sie mich heiraten. Warten Sie's ab.«

»Ich heirate niemanden«, sagte Lucille. »Das hab ich hinter mir.«

»Naja, wir werden sehen. Ich bin eigentlich ein furchtbar netter Kerl, wenn man mich erst mal richtig kennt.«

»Ich glaube, Sie sind schon zu lange in Las Vegas. Ich glaube, die Hitze ist Ihnen zu Kopf gestiegen.«

»Kann schon sein«, sagte er mit einem Blick nach hinten, »aber ich merk's noch, wenn ich eine tolle Frau vor mir habe.«

Sie fuhren auf den Sunset Boulevard hinaus. Sofort sah Lucille ein dezentes, in einem Palmenhain verstecktes Schild: THE BEVERLY HILLS HOTEL. »Also waren wir schon ganz in der Nähe«, murmelte sie.

»Hier, bitte. Meine Karte. Wenn Sie es sich doch noch überlegen sollten, können Sie mich jederzeit anrufen, Tag und Nacht. Dann komme ich Sie abholen.«

»Danke, Norman. Ich heb sie gut auf.« Sie ließ das Kärtchen in eine der leeren Einkaufstüten fallen.

Das Beverly Hills Hotel sah aus wie der Campus einer feinen Universität: ein langes Gebäude im Stil einer spanischen Mission, flankiert von mehreren eleganten modernen Anbauten und allerliebsten rosa Bungalows, die in üppigen tropischen Gärten verstreut waren. Alle Bauten waren so intensiv rosa, daß es Lucille ganz warm im Gesicht wurde.

Die Auffahrt führte einen sanften Hügel hinauf, unter einem Beton-Vordach hindurch, das grün und weiß gestreift war, so daß es einer Markise ähnelte. Zwei in Stein gehauene Affen flankierten den mit einem roten Teppich ausgelegten Eingang.

Norman kam nach hinten, um das Gepäck auszuladen. »Vergessen Sie nicht, was ich Ihnen gesagt habe.«

»Ich glaube nicht, daß ich das je vergessen werde.« Sie ließ sich beim Aussteigen helfen und gab ihm die Instamatic-Kassette zurück. »Wissen Sie was, Sie können die Fotos behalten. Ich hab keinen blassen Schimmer, was ich damit anfangen sollte.«

Er strahlte förmlich. »Oh, vielen Dank. Ich wußte ja, Sie würden mich verstehen. Sie sind die netteste Frau, der ich je begegnet bin. Warum heiraten Sie mich nicht?«

Sie warf ihm einen schrägen Blick zu. »Norman, fahren Sie zurück nach Las Vegas.«

Ein Boy erschien. Norman übergab ihm das Gepäck und sämtliche Tüten. »Das ist Miss Clay. Kümmere dich um sie, verstanden?« Er warf Lucille eine Kußhand zu, legte den Finger an die Mütze und stieg wieder ein.

Sie sah ihm nach. Nun, da sie wußte, daß er harmlos war, tat er ihr vor allem leid. Der arme nette alte Mann. Wahrscheinlich war er sein Leben lang einsam gewesen. Und wahrscheinlich würde er das auch immer bleiben.

Aber wer war denn dieser hochaufgeschossene junge Bursche mit dem blonden Beatle-Schopf, der sich gerade ihres Gepäcks annahm?

Sieh ihn dir gut an, Lucille. Mhm. Mhm. Ein kleines blondköpfiges Stück vom Himmel.

»Guten Tag«, sagte er. »Sie steigen bei uns ab?«

Lucille zwinkerte. »Darauf können Sie wetten, Süßer. Wie heißen Sie und wo kann ich Sie bestellen?«

Er lachte und sagte, er heiße Ted. Er streckte die Hand nach der Hutschachtel aus.

»Vorsicht«, sagte Lucille. »Da ist der Kopf von meinem Mann drin. Der ist schwer.«

Ted lachte auch darüber. Gemeinsam gingen sie auf dem roten Teppich ins Beverly Hills Hotel.

19
PEEJOE / Industry

Als ich aufwachte, hatte Wiley mir die Hände um den Hals gelegt. »Ich könnte dich auf der Stelle umbringen«, flüsterte er und drückte mit den Daumen auf meine Luftröhre.

»Laß den Quatsch«, krächzte ich. »Das tut weh.«

Er drückte fester zu. »Alle würden glauben, du bist an deinem Auge gestorben. Mir würde keiner was tun.«

»Denkste.« Ich versuchte, seine Finger umzubiegen. »Die würden die Würgemale sehen und dich ins Kittchen stecken.«

Wiley war in der Unterwäsche von seinem Bett am anderen Ende des Raums herübergekommen, um mich aufzuwecken, indem er mich folterte.

Tage waren vergangen, seit ich ihn im Liebesnest mit Mabel überrascht hatte. Er hatte nicht mehr davon gesprochen, und *ich* würde das Thema bestimmt nicht mehr anschneiden. Ich war überzeugt, daß ich ihn vor einem schrecklichen Schicksal bewahrt hatte und er mir eines Tages dafür dankbar sein würde.

Spät am Abend lag ich auf meinem Bett und dachte an seine Hände auf Mabels BH. Eines Nachts hatte ich zu meinem Entsetzen ganz plötzlich einen Ständer, bloß weil ich daran gedacht hatte. Ich wußte nicht, was ich tun sollte, und so lag ich einfach da und dachte an Jesus und die Hölle und den Teufel, bis es wieder verging. Es war eine ungemütlich hautnahe Begegnung mit einem völlig neuen Gefühl. Ich versuchte, nicht mehr daran zu denken.

Oft fand ich Mabel noch spätabends allein im Sarg-Austellungsraum sitzen und sich mit den Menschen unterhalten, die sie da drin hörte. Wiley fand auch, daß sie von Tag zu Tag komischer wurde. Sie schien immer tiefer und tiefer unter den Bann dieser Stimmen zu geraten.

Ich fragte Dove, ob sie verrückt werde. Er meinte, das glaube er nicht, das sei nur so eine Phase, die junge Mädchen eben durchmachten.

Wiley hob ein Kopfkissen hoch, um mich zu ersticken. »Ich

könnte dich auch so umbringen. Dann würde man keine Male finden.«

Er fing an zu drücken.

Ich heulte: »Paß auf, mein Auge!«

Sofort ließ er das Kissen fallen.

Mein Auge war mein verläßlicher neuer Verbündeter. Abgesehen vom tödlichen Unfall unserer Eltern und der Schaufel, die Opa Joe Wiley den Garaus machte, war es das schlimmste Unglück, das je einem Bullis zugestoßen war. Es erzwang Respekt – und einen besorgten Anruf von Meemaw jeden Abend, obwohl sie sich Ferngespräche eigentlich nicht leisten konnte.

Mir war die meiste Zeit schwindlig und ein bißchen übel. Ich wankte mit meinem weißen, den Schädel umschließenden Verband herum wie ein Monster. Alle zuckten zusammen, wenn sie mich zum erstenmal sahen, und zum Ausgleich machten sie dann ein Mordstheater und beteuerten, ich sähe richtig gut aus.

Wenigstens machte Wiley da nicht mit. Er nannte mich Popeye und Einauge und Helen Keller und Blindfisch und erfand jeden Tag neue Namen. »Hallo, Mumienschädel, weiß du schon das Neueste? Heute wird Taylor Jackson in Dog Junction begraben.«

Ich schielte zu ihm hinauf. »Wieso erst jetzt? Es ist doch schon über eine Woche her.«

»Dove sagt, Farbige schieben es lieber raus.«

»Geht Dove hin?«

»Weiß ich nicht«, sagte Wiley.

»Vielleicht würde er uns mitnehmen.«

»Glaub ich kaum. Ich glaube, er läßt dich dein Leben lang nicht mehr aus dem Haus.«

»Aber wir waren dabei, wie Taylor ums Leben kam. Wir müssen zu seiner Beerdigung gehen.«

»Es ist ein Nigger-Begräbnis, Peejoe. Wir haben da nichts verloren.«

»Das stimmt nicht. Jeder kann hingehen.« Ich wollte mich aufsetzen, verlor das Gleichgewicht und wäre beinahe vom Bett gefallen.

Er hielt mich an den Schultern fest. »Siehst du? Du kannst dich noch nicht mal alleine aufsetzen.«

»Mir geht's gut. Ich frag Dove, ob er uns mitnimmt.« In dem Moment, als ich Wileys Hände abschüttelte, begann der Raum sich zu drehen.

Wiley fing mich auf und hielt mich fest, bis ich meine Füße wieder unter mir hatte. Er hielt mir das Hemd, bugsierte meinen Arm in den Ärmel.

Earlene rief: »Frühstück.«

Nach dem warmen Sommermorgen im alten Teil des Hauses kam es uns in der Wohnung vor wie im tiefsten Winter. Earlene saß mit hochgelegten Füßen im Sessel, aß mit Puderzucker bestreute Doughnuts und hörte Gouverneur Wallace im Fernsehen zu.

Ich sagte: »Morgen, Tante Earlene.«

Sie schaute auf. »Du bist wacklig auf den Beinen. Ist dein Auge schlimmer geworden?«

»Nein, alles bestens. Ich hab nur ständig das Gefühl, daß ich gleich irgendwo anstoße.«

»Sofort nach dem Frühstück gehst du wieder rauf«, sagte sie. »Ich habe Dude Cranford und Layne Reynolds und Betty Jernigan zum Mittagessen hier und will dich nicht um die Beine haben.« Sie zog einen ihrer wuscheligen Hausschuhe aus und kratzte sich am Zeh.

»Ich hab gedacht, ich –«

»Pst.« Sie wedelte mit der Hand. »Ich will das hören.«

Der Gouverneur stach mit dem Zeigefinger nach dem Interviewer. »Das ist das typische rührselige Gemaule, das wir von euch Reportern aus Washington immer zu hören kriegen«, schäumte er. »Die guten Menschen des Staates Alabama haben das in der Verfassung verbriefte Recht, selbst über ihr Leben zu bestimmen.«

»Ja, gib's ihm, George«, sagte Earlene. »Wißt ihr, ich bin ja nicht mit allem einverstanden, was der so von sich gibt, aber ich find's einfach zu schön, wenn er diesen Yankees die Hölle heiß macht.«

»Ich geh raus«, verkündete ich. »Wiley hat mir ein Buch aus der Bücherei mitgebracht.«

»Meinetwegen, aber komm mir nicht in die Quere«, sagte sie. »Laßt euch nicht blicken, wenn wir hier Mittag essen.«

Es überraschte mich nicht, daß Earlene nicht gerade vor Mitgefühl wegen meines Unfalls zerfloß.

Wiley leerte eine Packung tiefgefrorenes Orangensaftkonzentrat in einen Krug. »Wo ist denn Mabel?«

»In ihrem Zimmer«, sagte Earlene. »Ich weiß nicht, was sie in letzter Zeit hat. Sie benimmt sich noch komischer wie sonst.«

Wiley warf mir einen Blick zu: *Halt bloß den Mund!*

»Peejoe, ich weiß ja, du bist *verletzt* und so«, sagte Earlene, »aber ist es zuviel verlangt, daß du deine Comic-Hefte aufhebst, statt sie überall rumliegen zu lassen?«

An manchen Tagen war Earlene nichts als ein stachliges, vor Klagen und Anweisungen starrendes Nadelkissen. Ich ging an den Küchenschrank, um mir Doughnuts zu holen. Ich machte das Auge zu und stellte mir einen von Meemaws großen, lockeren, von Butter und Sorghumhirse überfließenden Buttermilchkeksen vor . . .

Doves große Hände auf meinen Schultern. »Huh.«

»Hallo, Onkel Dove.« Ich blinzelte zu ihm hinauf.

»Du siehst gut aus heute morgen«, sagte er. »Earlene, hat John Doggett angerufen?«

Sie schüttelte den Kopf, ohne den Blick vom Fernseher zu nehmen.

Dove hob mein Kinn, um mich genauer anzusehen. »Na, wie geht's dem Auge, Sportsfreund?«

»Ungefähr so wie gestern.«

»Hast du heute besser geschlafen?«

»Ich bin ein paarmal aufgewacht.«

»Du müßtest ihn hören«, sagte Wiley. »Man könnte meinen, jemand traktiert ihn mit Nadeln.«

»Ja, ja, tut mir leid, ich geb mir ja Mühe, still zu sein. Kann auch nichts dafür, daß es so weh tut.«

Dove stupste mir mit dem Daumen auf die Nase. »Er hat recht, Wiley. Vielleicht schläfst du besser woanders, wenn er dich stört.«

»Nein, ist schon gut.« Wiley sah auf seine Knie. »So war's nicht gemeint.«

»Ich muß weg, wird ein furchtbarer Tag heute«, sagte Dove. »Und was macht ihr?«

Wiley sagte: »Ich geh ins Schwimmbad.«

»Ich dachte, die hätten noch gar nicht wieder auf.«

»Doch, seit gestern«, sagte Wiley. »Da ist jetzt ein großes Schild, darauf steht NUR FÜR WEISSE.«

»Ich will mit.«

Dove wusch sich an der Spüle die Hände und sah mich dabei von der Seite an. »Ich will nicht, daß ihr ins Schwimmbad geht. Wartet ab, bis sich alles beruhigt hat.«

»Ach, komm, Onkel Dove«, stöhnte Wiley, »hier gibt's doch nichts zu tun.«

»Du bleibst hier und leistest deinem Bruder Gesellschaft. Wo er doch auf keinen Fall das Grundstück verlassen darf – hörst du, Peter Joseph?«

»Ja, Sir.«

»Und noch was. Ich will nicht, daß ihr heute irgendwann auch nur in der Nähe von Dog Junction auftaucht. Ich gehe nicht zu der Beerdigung, und ihr auch nicht.«

Wiley sah mich an: Kann er Gedanken lesen?

Earlene sagte: »Wie kommst du darauf, daß sie auf dich hören? Auf mich hören sie nie.«

»Mir ist es ernst, Jungs. Habt ihr verstanden?«

»Ja, Sir«, sagten wir gleichzeitig.

»Earlene, hast du meine blaue Krawatte wo gesehen? Ich hab um neun einen Termin, und es ist fünf vor.«

»Auf dem Kleiderbügel mit deinem guten Anzug.«

Ich ging hinter Wiley her ins Erdgeschoß. »Ich will gar nicht schwimmen gehen«, sagte er leise. »Ich wollte ihn bloß ablenken.«

»Was meinst du?«

»Für alle Fälle, verstehst du, falls wir uns doch die Beerdigung ansehen.«

»Im Ernst? Würdest du mit mir hingehen?«

»Na, es kann doch nichts schaden, wenn wir von der Straße aus einen Blick drauf werfen.«

»Und Mabel?«

»Ach was, ich hab keine Lust, hier rumzuhängen und darauf zu warten, daß sie sich herabläßt, mit mir zu reden. Man könnte meinen, es wär alles meine Schuld. Dabei hat sie angefangen. Die ist wirklich komisch.«

Insgeheim jubelte ich. Das bedeutete, daß ich Wiley zurückbekam.

Am Nachmittag schlichen wir uns davon, nur wir beide. Earlene machte sich zuviel Sorgen wegen ihrer Gäste, die schon eine halbe Stunde überfällig waren, um uns weggehen zu sehen.

Wir gingen eine Meile an den Eisenbahnschienen entlang nach Dog Junction, wo sich mit Dachpappe verkleidete Hütten bis an den Bahndamm drängten. Die ungepflasterten Straßen wimmelten von Farbigen in gestärkten Kleidern und Sonntagshüten, weißen Hemden und gebügelten Hosen.

Wir ließen uns in der Menschenmenge treiben, die zur *Holy Redeemer Full Gospel African Methodist Evangelical Church* zog, wo eine noch viel größere Menge sich im Kirchhof drängte und sogar auf eine große Wiese überschwappte. Allem Anschein nach waren sämtliche Schwarze aus dem ganzen Kreis Cotton, Männer, Frauen und Kinder, gekommen, um Taylor Jackson die letzte Ehre zu erweisen. Eine lange Reihe von Trauergästen schlängelte sich durch die einfache Holzkirche. Das mußten die sein, die Taylor in seinem Sarg sehen wollten.

Auf der Wiese liefen die Menschen umher, standen in Gruppen und unterhielten sich, Frauen mit weißen Handschuhen und schwarzen Sonnenschirmen, alte Männer mit Hosenträgern, ganze Scharen von Mädchen und jungen Männern, rennende Kinder. Manche hatten Decken im Gras ausgebreitet wie zu einem Picknick.

»Ich hab gar nicht gewußt, daß es so viele Farbige auf der Welt gibt«, sagte ich.

»Man sieht sonst auch nie so viele auf einmal«, sagte Wiley.

Wir erregten natürlich einiges Aufsehen, mit unserer weißen Haut und meinem häßlichen Kopfverband. Manche zeigten mit Fingern auf uns, als ob wir Halloween-Masken trügen. Eine Frau sagte: »Armer Junge, issn mit deim Gesicht passiert?« und streckte die Hand nach meinem Verband aus. Ich duckte mich weg.

»Hast du schon mal so viele Hüte gesehen?« fragte mich Wiley. »Da, Peejoe, sieh dir die an.«

Er zeigte auf eine riesige Frau, die mit einem Haufen Wachsfrüchte auf dem Hut vorbeirauschte.

Plötzlich änderte sich sein Gesichtsausdruck. Er schaute mit zusammengekniffenen Augen hinter mich. »Mist, da drüben ist Dove.«

Ich schaute in die Richtung, in die er zeigte, und sah sechs oder sieben weiße Männer, die auf der Straße standen und die Menge beobachteten. Dove war ins Gespräch mit einem Mann vertieft, der einen braunen Filzhut trug.

Wir liefen rasch hinter eine riesige Virginische Eiche, die ihre Äste über die Kirche breitete. Wiley schlug mit der Hand auf den Stamm. »Klettern wir rauf.«

Mir wurde vom bloßen Hinaufschauen schwindlig. »Wiley. Du weißt doch, daß ich auf keinen Baum klettern kann.«

»Willst du, daß er uns sieht? Schau, hier ist ein niedriger Ast, mit dem kannst du anfangen. Komm, ich helf dir rauf.«

Er führte mich mit beiden Händen von Ast zu Ast, bis ich ungefähr fünfzehn Fuß hoch in einer mehrarmigen Astgabel saß. Das Laub war so dicht, daß man uns nicht sehen konnte, aber ich hatte die ganze Wiese im Blickfeld.

»Du hast recht«, sagte ich, während ich mich zurechtsetzte, »hier oben ist es besser.« Von da oben sah Taylors Beerdigung wie ein Volksfest aus, eine Gartenparty an einem Sommernachmittag. Obwohl ich Eltern ihre ungebärdigen Kinder zurechtweisen und hier und da eine Frau weinen hörte, war mir in der luftigen Höhe leicht zumute, fast feierlich. Alle schienen begeistert, weil so viele gekommen waren. Freunde gaben sich überschwenglich die Hand: »Wie geht's dir denn? Siehst *gut* aus!«

Manche hatten noch ihre Feldarbeiter-, Gärtner-, Hausmädchen-bei-einer-weißen-Familie-Kleider an; der Anblick der vielen Menschen auf der Straße mußte sie direkt von der Arbeit weggelockt haben.

»Wiley, das sind zu viele Leute für eine Beerdigung. Das muß was anderes sein.«

»Hab ich auch gerade gedacht.« Er streckte sich auf dem Ast über mir aus und ließ die Beine baumeln. »Weißt du noch im Fernsehen, die Sauerei in Selma?«

Es war an einem Sonntagabend gewesen, ein paar Wochen, bevor Tante Lucille daherkam, um unser Leben durcheinander zu bringen. Wir sahen »Bonanza«. Der Sender Montgomery schaltete sich mit einem Sonderbericht ein. Berittene Staatspolizisten ritten Schwarze nieder, prügelten sie mit Schlagstöcken und nebelten sie mit Tränengas ein. Auf Meemaws Geheiß mußten wir abschalten.

Aber an diesem schwülen Nachmittag in Industry sah ich keinen einzigen Gesetzeshüter. Wenn alle diese Menschen hier im selben Moment beschlossen, etwas zu unternehmen, konnte ich mir nicht vorstellen, was sie dann noch aufhalten sollte.

»Schau –« Wiley zeigte nach unten. »Sie tragen ihn raus.« Unruhe entstand vor der Tür der Kirche, Männer beeilten sich, aus dem Weg zu gehen.

Da war sie, eine Kiste aus gelbem Kiefernholz auf den Schultern von sechs Männern. Stille breitete sich wellenförmig durch die Menge aus, erreichte den Rand der Wiese, prallte an den Bäumen ab und brachte im Zurückströmen Bewegung in die Menschen, die sich nun rührten, näher herangingen.

Ein uralter blauer Pickup fuhr rückwärts an die Kirchentreppe. Die Träger hoben Taylor Jacksons Sarg über die hintere Klappe auf die Ladefläche. Jemand anderer brachte ein Mikrofon und einen tragbaren Verstärker zum Vorschein: »Hörprobe ... eins, zwei ...«

Nehemiah Thomas nahm das Mikrofon und ging auf den Pickup zu. Mit dem rechten Arm gebot er Ruhe. Er sah größer aus, als ich ihn in Erinnerung hatte, wie er so im dreiteiligen schwarzen Anzug mit rotgepunkteter Fliege vor der riesigen Versammlung stand.

»Freunde!« Seine tiefe Stimme beruhigte die Menge. »Freunde, ich weiß, Reverend Williams wäre glücklich, wenn alle in seine Kirche kommen könnten, aber wir sind einfach viel zu viele.«

Beifälliges Gemurmel lief durch die Versammlung auf der Wiese, dann kam verstreuter Applaus auf und steigerte sich zur Ovation. Die Leute klatschten und pfiffen.

Nehemiah hielt die Hand hoch: Wartet.

»Ein Junge ist tot«, sagte er. »Bitte sammelt euch eine Minute lang und denkt darüber nach. Ein Junge ist tot. Deshalb sind wir hier. Sein Name war Taylor Jackson. Er war sechzehn Jahre alt. Ich kannte ihn vom Tag seiner Geburt an. Das ist kein Anlaß, Beifall zu klatschen.«

Beschämt wurden die Menschen still.

Nehemiah betupfte sich die schweißglänzende Stirn. »Taylor ist der Sohn meiner Schwester, er ist Matties Junge«, sagte er. »Mattie hat dieses Jahr zwei Söhne verloren. Das sollte keine Mutter ertragen müssen.«

»Amen.«

»Sehr richtig.«

»Aber sie hat diese zwei Söhne nicht einfach nur *verloren*. Sie sind nicht einfach nur *gestorben*. Sie haben ihr Leben für eine Sache gelassen. Für *unsere* Sache. Andere mußten vor ihnen sterben, und es werden noch mehr sterben müssen, bevor es vorbei ist.«

Seine Zuhörer traten von einem Bein aufs andere und blickten sich um, als wollten sie raten, wer der nächste sein könnte.

»Ihr kennt mich alle, ich bin Geschäftsmann, ich betreibe ein Gewerbe. Ich bin kein Prediger, ich bin nicht der Mann, Reden zu halten oder mich wichtig zu machen.« Seine heisere Stimme trug weit. »Als sie das Haus niederbrannten, in dem sich diese Wahlrechts-Leute aus Atlanta aufhielten, sagte ich nichts. Und als Isie Waters' Sohn Calvin zusammenschlagen und halb verblutet draußen am Cooper's Creek gefunden wurde und er erzählte, daß vier Männer auf ihm herumgetrampelt hatten, sagte ich mir, Calvin hätte sich das bestimmt selber zuzuschreiben.

Wißt ihr, ich dachte, dieser Ort wäre besser als Selma. Ich dachte, er wäre besser als Montgomery oder Birmingham. Ich dachte, wir hätten gute weiße Menschen hier bei uns, unsere guten weißen Menschen, die die Abzeichen tragen und diese Stadt verwalten. Ich dachte, sie würden uns beschützen. Freunde, laßt euch sagen: Ich habe mich geirrt. Es sind dieselben. Wenn es darum geht, die Schwarzen zu beschützen, ist Sheriff John Doggett kein Haar besser als Jim Clark oder Bull Connor oder George Wallace. Er ist aus demselben Holz geschnitzt.«

»Recht hat er!«

»Nun gibt es hier bestimmte weiße Menschen, die alles gut finden, so wie es ist. Wenn wir versuchen, die Dinge zu ändern, werden sie versuchen, uns umzubringen. Und Sheriff Doggett wird keinen Finger rühren, um sie daran zu hindern.«

Jemand schrie: »Sie können uns nicht alle umbringen!«

»Nein, Bruder, das können sie nicht. Aber sie haben David Jackson umgebracht, als er Leuten helfen wollte, sich als Wähler registrieren zu lassen. Und sie haben Taylor Jackson umgebracht, als er in einem öffentlichen Schwimmbad schwimmen wollte, das mit den Steuern gebaut wurde, die wir alle entrichten, ob Schwarze oder Weiße. Freunde, damit muß Schluß sein. Wir müssen Schluß damit machen. Jetzt gleich.«

»Ja! Amen!«

Wiley stieß mich mit der Zehe an. Er zeigte auf die Straße hinter Dove und den anderen Weißen. Ein bronzefarbener Streifenwagen hatte sich neben Doves weißen Leichenwagen gestellt. Ganz in der Nähe stand ein Mann, der wie John Doggett persönlich aussah, und musterte die Menge mit einem Feldstecher.

Nehemiah sagte: »Taylor Jackson ist zu dem Schwimmbad gegangen und hat sich hingesetzt. Und dafür haben sie ihn umgebracht.«

Protestgeschrei erhob sich.

»Aber das ist noch nicht alles«, sagte er. »Leute, ich kann nicht schwimmen, bin meiner Lebtag nie geschwommen. Aber wißt ihr, was ich jetzt mache? Ich marschier jetzt zu dem Schwimmbad runter. Und ich bring Taylor da hin. Dieses Schwimmbad ist der Fluß der Freiheit, meine Freunde. Ich will in dem Fluß schwimmen.«

Ein Murmeln kam aus den hinteren Reihen der Zuhörer.

»Sie können uns umbringen«, rief Nehemiah, »aber sie können uns nicht ewig unterjochen!«

Das Murmeln schwoll zu einem Brüllen an. Die Menschen umringten den blauen Pickup. Nehemiah fuchtelte mit den Händen.

Ich sah zur Straße hinüber. Sheriff Doggett war genauso unauffällig verschwunden, wie er gekommen war. Dove und die anderen Männer standen auf dem Abhang auf der anderen Straßenseite dicht beisammen und besprachen sich.

Wiley rutschte auf dem Ast zu mir herunter. Seine Augen leuchteten. »Mann, das ist besser als Fernsehen!«

»Der Sheriff macht sich anscheinend keine großen Sorgen«,

sagte ich. »Er hat sich's nur mal kurz angesehen und ist wieder weggefahren.«

»Was hätte er sonst tun sollen? Das wär ja, na ja, tausend gegen einen.«

Nehemiah Thomas stieg von dem Pickup, wurde von der Menge verschluckt, auf die Schultern gehoben und wie ein siegreicher Held zur Straße hinübergetragen.

Taylor Jacksons Sarg schaukelte hinter ihm her, getragen von sechs starken Männern, die ein Heer anführten. Auf der Straße wurde eine zwanzig Mann breite Kolonne daraus, die schwankend und singend Richtung Industry marschierte.

Ain't gonna let She'f Doggett turn me around
Turn me around
Turn me around

»Komm, wir gehn mit.« Wiley ließ sich wie Tarzan auf den nächsten Ast fallen und sprang hinunter, um mir beim letzten Teil des Abstiegs zu helfen. »Hier. Stell deinen Fuß da rein.« Stück für Stück lotste er mich herunter.

Zum Schluß hing ich an einem Ast. Er faßte mich um die Taille und stolperte rückwärts – wir stießen an den Baumstamm und ließen uns lachend auf die Erde fallen.

Eine streng dreinblickende Frau sah mißbilligend zu uns her. Ich dachte an Opa Joe Wileys letztes Begräbnis und steckte mein Lächeln weg.

Wir wurden vom Strom mitgerissen, vorbei an der Stelle, wo Doves Leichenwagen gestanden hatte. Anscheinend war er weggefahren, als er sah, daß Nehemiahs kleine Ansprache in eine Demonstration ausuferte. Dove konnte Konflikte nicht ausstehen, er haßte es, wenn Menschen schrien und Transparente trugen. Er hatte es gern friedlich. Manchmal sagte er einen ganzen Abend lang »ja, mhm, sicher«, um einem Streit mit Earlene auszuweichen.

Ich war da ganz anders. Ich war fasziniert von Menschen, die sich nicht mehr in der Gewalt hatten und impulsiv handelten, denen die Maske vom Gesicht gerissen wurde, so daß sie sich zeigen mußten, wie sie wirklich waren. Ich spürte immer noch den Schauder, der mich erfaßt hatte, als Tante Lucille Chesters Kopf hochhielt, damit wir ihn alle sehen konnten – und die anschließende Verwirrung, die zugleich schrecklich und aufregend gewesen war. Die Frauen in Mattie Jacksons Haus, die sich ganz ihrem Kummer hingaben, Taylor Jackson, wie er dem Bademeister die Stirn bot, Nase an Nase, nur durch den Drahtzaun getrennt ... dasselbe schwindelerregende Gefühl hatte ich jetzt, während wir mit diesem aufgestachelten Mob auf etwas Gefährliches und Neues zumarschierten.

Ich blieb stehen und hob eines der gelben Flugblätter auf, die überall herumlagen.

> MASSENKUNDGEBUNG
> *Schwarze Bürger von Industry, erwacht!*
> Kommt am Donnerstag um 3 Uhr zur Holy Redeemer A. M. E. Church, um unserem lieben verstorbenen Taylor Jackson die letzte Ehre zu erweisen. Die Rechte der Schwarzen dürfen nicht länger in den Schmutz getreten werden von denen, die an den Schalthebeln der Macht sitzen. Alle Bewunderer der gewaltlosen Lehren von Rev. M. L. King sind willkommen.

Also das war der Grund, warum der Tod irgendeines Jungen die Schwarzen aus dem ganzen Kreis dazu gebracht hatte, die Geborgenheit ihrer Häuser zu verlassen und mit ihren Kindern diese Straße entlangzumarschieren.

Das war unmißverständlich. Das war nicht rückgängig zu machen.

Nehemiah hatte bestimmt die ganze Woche zu tun gehabt mit den Vorbereitungen – die hektographierten Handzettel, das Mikrofon und der Verstärker, der Pickup zur richtigen Zeit am richtigen Ort.

»Schau, die armen Menschen sind eingeschlossen.« Wiley zeigte auf drei Autos mit Weißen, die vom Strom der Marschierer an den Straßenrand abgedrängt worden waren.

Ich sagte: »Sieht aus, als ob sie sich zu Tode fürchten.« Eine dicke Frau in einem ramponierten Rambler stieß ihren Mann an, zeigte auf mich und sagte etwas. Ich winkte und ging weiter.

Weit vor uns wies Taylor Jacksons Kiefernkiste den Weg in die Stadt. Ein neues Lied pflanzte sich von den vorderen Reihen nach hinten fort:

Freedom, freedom
Freedom, freedom
It ain't a long ways to go.

Wir zogen durch die Stadtrandviertel von Industry. Die Spitze der Kolonne stieß auf ein Hindernis. Wir schlossen auf und traten auf der Stelle.

»Bist du der Junge, auf den geschossen wurde?«

Ich drehte mich um. Eine magere braune Frau mit kurzgeschorenen Haaren musterte mich stirnrunzelnd. Es war dieselbe, die uns vorhin unter der Eiche wegen unseres Gelächters so strafend angesehen hatte.

»Sprechen Sie mit mir?«

»Ich hab gefragt, ob du der Junge bist, auf den geschossen wurde.«

»Nein, Ma'am, auf mich hat keiner geschossen.«

»Sag nicht ›Ma'am‹ zu mir. Ich bin Lydia Combs. Was ist dir dann passiert?«

»Ich hab einen Stein ins Auge gekriegt.«

»Nee, du bist es schon, du und die alte weiße Frau«, sagte sie. »Ich hab gehört, auf dich ist geschossen worden, weil du dich für Taylor eingesetzt hast. Am Schwimmbad. Sie haben dir das Auge ausgeschossen.«

»Nein, Ma'am«, widersprach ich.

»Wieso bist du dann hier?«

»Ich versteh nicht.«

»Red ich dir zu schnell? Ich hab gefragt, wieso du dann hier bist, wenn du nicht der bist, den ich mein.«

Wiley tat so, als würde er mich nicht kennen.

»Hat mich eben interessiert«, sagte ich.

»Wie heißt du denn?«

»Peter Joseph. Bullis.«

»Aber dann bist du's ja doch.« Sie riß den Arm hoch und rief: »Hey! Dassis der Junge, auf den sie geschossen haben! Er isses, der weiße Junge, der Taylor in Schutz genommen hat. Schaut her!«

Alle in Hörweite drehten sich um und starrten, erst auf sie, dann auf mich. Ich wurde unter meinem Verband rot.

»Der kleine Bullis?« fragte ein älterer Mann.

»Wer soll das sein?«

»Habt doch von ihm gehört. Die haben Oscar Simmons und Derek Wayfield eingesperrt, weil sie angeblich auf ihn geschossen haben, aber jeder weiß, daß es ein Weißer war.«

Alle Leute um uns herum schienen ein bißchen was darüber gehört zu haben. Einige behaupteten steif und fest, die Kumpane vom Sheriff hätten mir aufgelauert und auf mich geschossen, als Warnung an alle anderen weißen Jungen, die auf dumme Gedanken kämen. Andere wußten sogar, ein Hilfssheriff habe auf mich geschossen, während ich mich am Schwimmbad für Taylor einsetzte. Sie stritten über die Einzelheiten.

Ich machte noch einen Versuch: »Hört doch, es war ein Unfall. Ehrlich.«

»So was wie Unfälle gibt's nicht«, sagte Lydia Combs. »Hast du nicht gehört, was Bruder Thomas gesagt hat? Die wollen jeden umbringen, der nicht kuscht vor ihnen. Keine falsche Bescheidenheit, wir wissen alle, was du getan hast. Wir sind stolz auf jeden, der für Taylor eintritt, Weiße besonders. Und du siehst ja, was du davon hast.«

Wiley hatte sich unauffällig hinter Lydia Combs geschoben und machte mir aufgeregt Zeichen, wir sollten hier verschwinden.

Ich rührte mich nicht von der Stelle. Ich hätte mir noch mehr Mühe geben können, sie von der Wahrheit zu überzeugen, aber irgendwie gefiel mir ihre Version ganz gut. Es wäre mir nicht schwergefallen, selbst daran zu glauben. Schließlich *hatte* ich mich für Taylor eingesetzt. Zumindest eine Minute lang.

Langsam kam die Menge wieder in Bewegung. Lydia Combs drängte sich nach vorne durch, um Nehemiah zu erzählen, wie tapfer ich gewesen sei.

»Was ist denn mit dir los. Spinnst du?« Wiley packte mich am Arm.

»Laß mich los! Mann, du tust mir weh!«

»Ich rühr dein Auge nicht an. Komm mal rüber hier.« Er zerrte mich an den Straßenrand. »Weißt du nicht, daß Dove seit vier Tagen versucht, dem Gerede über dich ein Ende zu machen? Weißt du überhaupt, wie tief du dringesteckt hast, Peejoe? Der Sheriff wollte dich wegen Falschaussage anklagen, das ist ein Verbrechen! Um ein Haar hätte er's wirklich getan. Und du stehst hier rum und läßt dich als Held feiern.«

»Wovon redest du überhaupt?«

»Doggett behauptet, du hättest den Männern beim Piggly Wiggly erzählt, daß jemand aus dem Gebüsch auf dich und die alte Frau geschossen hat.«

»Ich hab denen gar nichts erzählt! Ich bin ohnmächtig geworden!«

»Das spielt keine Rolle. Wichtig ist, was der Sheriff sagt. Er hat's auf dich abgesehen, Peejoe. Er hat dich an dem Tag am Schwimmbad gesehen. Er hat Dove gesagt, du bist ein Unruhestifter. Und wie er dann die beiden verhaftet hatte, die angeblich auf dich geschossen hatten, mußte er sie wieder freilassen. Und hat wie der letzte Trottel dagestanden. Natürlich hat er's auf dich geschoben, irgend jemand mußte ja schuld sein.«

»So wie er Taylor die Schuld zugeschoben hat an dem, was ihm passiert ist«, sagte ich.

Wir stiegen auf einen kleinen Hügel. Sechs Häuserblocks vor uns strömten die Menschen in den grünen, sonnenhellen Park. Ich versuchte mich mit dem Gedanken vertraut zu machen, daß ich stadtbekannt geworden war, während ich auf meinem Bett gelegen und mit einem Auge die Deckenplatten gezählt hatte.

»Wiley, warum hast du mir das nicht eher gesagt?«

»Dove hat gesagt, das wichtigste ist, daß du erst mal drüber wegkommst.«

Von dem Heer waren hier hinten nur ein paar einzelne Familiengrüppchen übriggeblieben. Ältere und Gehbehinderte schleppten sich mühsam die Straße entlang. Nehemiahs verstärkte Stimme hallte von den Hauswänden wider – er hatte zu einer zweiten Predigt angesetzt. Der Aufruhr hatte Weiße aus ihren Häusern gelockt. Manche blieben im Schatten ihrer Veranda und sahen mit angstvollen Augen hinaus.

Wir bogen um die Ecke. Das Schwimmbad war geschlossen, ein stilles blaues Rechteck, umgeben von menschenleerem weißem Beton, der hohe Maschendrahtzaun – und draußen Hunderte von Menschen, die hineinwollten.

Taylors Sarg stand auf der Ladefläche des alten blauen Pikkups, nicht weit von der Stelle, wo er gestürzt war. Nehemiah wandte sich zum zweitenmal an die Versammelten. »Es ist unser gutes Recht, hier zu sein!«

Ich sah vier Polizeiautos, die beim Dairy Dog oben auf dem Hügel geparkt waren. Die Hilfssheriffs saßen auf den Motorhauben und leckten an Eistüten. Sie behielten die Szene unten im Auge, aber man konnte sich nicht vorstellen, was sie angesichts einer solchen Übermacht hätten tun können.

». . . und wenn die denken, sie können uns mit so einem albernen Vorhängeschloß und ein bißchen Maschendraht draußen halten, dann haben sie sich geirrt. Ich schlage vor, wir nehmen dieses Schwimmbad jetzt in Betrieb.«

Ein Schrei brach los. Die Leute direkt vor dem Tor begannen, auf den Zaun einzuschlagen, ihn hin und her zu reißen. Ein Junge packte einen Ziegelstein und drosch auf das Vorhängeschloß ein. Ein anderer schob ihn zur Seite und bearbeitete es mit einem Hammer.

Das Schloß riß ab. Die Jungen strömten hinein.

Nehemiah sprang herunter und ließ sich von der Menge durch das Tor schieben. »Aber nichts kaputtmachen, Leute. Ein bißchen Respekt, wenn ich bitten darf.«

Wiley und ich drängten uns dicht hinter ihm hinein. Kleine Jungen liefen aufs Sprungbrett hinaus, kreischten vor Vergnügen und sprangen in ihren guten Sachen ins Wasser.

Nehemiah schüttelte sein Jackett ab, gab es der Frau, die neben ihm stand, und fing an, sich die Weste aufzuknöpfen.

Die Frau sah ihn entsetzt an.

»Keine Sorge, Miss Dora. Ich habe nicht vor, mich zu entblößen.« Er zog Weste, Schuhe und Socken aus, so daß man seine knorrigen braunen Zehen sah. Dann ging er an den Beckenrand und ließ seine Hosenträger schnalzen.

Die Leute feuerten ihn an: »Spring, Bruder Thomas. Spring rein!«

»Na schön. Das ist für Taylor.« Nehemiah hielt sich die Nase zu, schloß die Augen und machte einen Schritt vorwärts.

Prustend kam er wieder hoch. Die Menge applaudierte begeistert, Pfiffe und Hochrufe ertönten.

Nehemiah paddelte zur Leiter und zog sich hoch; das Hemd klebte ihm am knochigen Körper. »Halleluja, das Schwimmbad ist eröffnet. Gebt mir mal bitte ein Handtuch.«

Er kündigte noch etwas an: Massenversammlung, Freitag abend um acht vor der *Holy Redeemer*, weitersagen. Dann trocknete er sich ab und fuhr mit Mattie Jackson und ihren Angehörigen los, um Taylor an einer Kirche auf dem Lande zu begraben.

Die Menschen wurden ernst, als der Wagen mit dem Sarg an ihnen vorbei auf die Straße fuhr.

Dann sprangen die Jungen von dem Sprungbrett, und im Handumdrehen wurde aus der Totenfeier ein Volksfest. Immer mehr Kinder zogen ihre Hosen aus und sprangen ins Wasser. Erwachsene Männer entledigten sich ihrer Jacken und Schuhe, warfen sie an den Zaun und hechteten ins Becken; manche lieferten sich regelrechte Wettläufe zum Wasser.

Die Leute nahmen das Schwimmbad in Beschlag. In kürzester Zeit spielten sie Radiomusik über die Lautsprecheranlage. Sie tanzten im Wasser, am Beckenrand, am Kiosk. Mehrere Hundert standen geduldig draußen vor dem Zaun und warteten darauf, daß sie an die Reihe kämen. Sie gingen zu zehnt oder zwölft hinein, sprangen ins Wasser und kamen gleich wieder heraus, lachend und schulterklopfend. Prediger vollzogen am seichten Ende Taufen.

Nackte Kinder wimmelten im Planschbecken herum. Ältere Kinder schwammen in Unterhosen, Männer in Boxershorts oder in ihren Sonntagshosen. Die Frauen standen größtenteils abseits, nur darauf bedacht, nicht naß zu werden. Die wenigen, die den Mut hatten, im Sonntagskleid ins Wasser zu springen, ernteten lauten Beifall.

Keiner rührte das Schild NUR FÜR WEISSE an der Wand neben dem Kiosk an. Sie ließen es hängen, jedermann sollte es sehen.

Offenbar hatte jemand beschlossen, das Schwimmbad den ganzen Nachmittag den Schwarzen zu überlassen.

Die Sonne sank in die Bäume, Schatten streckten sich in jede

Ecke des Parks, und noch immer gingen die Feierlichkeiten weiter, nach wie vor warteten Dutzende darauf, auch noch ins Wasser zu kommen. Es war Ehrensache, klitschnaß zu werden und sich von dem jungen Weißen mit dem grauen Filzhut fotografieren zu lassen, der von allem und jedem Blitzaufnahmen machte. Junge Burschen rissen sich darum, in möglichst verrückten Stellungen für ihn zu posieren.

Wiley sah mit zusammengekniffenen Augen über die Wiese. »Es wird dunkel. Wo sind eigentlich die Hilfssheriffs alle geblieben?«

Vom Hügel aus sah eine große Schar Weißer dem Treiben zu, aber die Hilfssheriffs hatten sich mit ihren bronzefarbenen Autos sang- und klanglos aus dem Staub gemacht.

»Die haben aufgesteckt, Wiley! Hättest du das gedacht?« Welch eine Veränderung hatte sich an diesem einen Nachmittag in der Stadt vollzogen! Das war ein gewaltiger Sieg für Nehemiah Thomas und die Schwarzen. An der Wand hing das Schild: NUR FÜR WEISSE. Und im Becken schwammen die Schwarzen. Sie hatten gewonnen. Das Bad gehörte ihnen. Sheriff Doggett hatte keinen Finger gerührt, sie aufzuhalten.

Flackernd gingen Lampen rings um das Becken an. In der Dämmerung fingen die Leute zu frösteln an. Mütter riefen ihre Kinder aus dem Wasser, und bald zog ein Strom von Menschen über die Wiese Richtung Dog Junction.

»Vielleicht gehen wir jetzt besser heim«, sagte Wiley. »Könnte ja sein, daß noch keiner was gemerkt hat.«

Ich nickte. »Macht sowie keinen Spaß, andern beim Schwimmen zuzusehen.«

Der Mann mit der Kamera vertrat mir am Tor den Weg. »Entschuldige, Junge, ich brauche deinen Namen, ich hab ein Bild von dir gemacht.«

»Von mir?« Ich wich einen Schritt zurück. »Wann?«

»Vor einer Minute. Ich weiß nicht, ob sie es bringen werden, aber ich brauche deinen Namen, für alle Fälle.« Er zückte ein Notizbuch.

»Ich heiße Peter, Joseph, Bullis.«

Ich mußte ihm »Bullis« buchstabieren, und er schrieb es auf. »Ach ja, ich hab von dir gehört. Wie alt bist du, Peter?«

»Zwölf. Warum haben Sie mich fotografiert?«

»Danke, Jungs. Ich muß los.« Er wandte sich ab.

»Na großartig.« Wiley verdrehte die Augen. »Jetzt kommt deine häßliche Visage in die Zeitung, und Dove weiß, daß wir hier waren.«

»Du bist ja bloß neidisch, weil er dich nicht fotografiert hat«, sagte ich.

»Ja, stimmt.«

Genau in dem Augenblick barst die Lampe am tiefen Ende des Beckens. Glassplitter regneten auf den Beton herab, blitzten im Wasser auf wie Diamanten. Kinder kreischten und rannten davon.

»Das ist ja komisch«, sagte Wiley.

Besorgtes Gemurmel lief durch die Menge.

Die Lampe beim Kiosk explodierte.

Im nächsten Augenblick zerbarst die Lampe an dem Mast neben dem Eingang.

Plötzlich lag das ganze Schwimmbad im Dunkeln. Aus dem vereinzelten Kreischen wurde allgemeines Angstgeschrei. Ich höre jemanden ins Wasser fallen.

»Was ist denn los, Wiley? Ich seh nichts mehr!«

»Die schießen die Lampen aus.«

Wir überlegten einen Moment, dann liefen wir, so schnell es ging, zur Straße. Wiley zog mich an der Hand. »Nicht nach oben schauen!«

Hinter uns schrien die Leute, die alle auf einmal durchs Tor hinaus wollten.

Die Lampe an dem Mast direkt über uns explodierte. Glassplitter regneten auf uns herab.

Ein kleines schwarzes Mädchen kreischte und klammerte sich so verzweifelt an mich, daß ich fast gestürzt wäre.

Ich tätschelte ihr die Schulter. »Ist ja gut, nichts passiert, dir fehlt nichts. Los, lauf nach Hause.«

Aus dem Wald rechts von uns hörte ich Motorenlärm. Das kleine Mädchen versteckte sein Gesicht in meinem Hemd.

Oben auf dem Hügel explodierte die Lampe vor dem Dairy Dog.

Der ganze große Park war jetzt in Dunkel getaucht, bis auf

einen Lichtblitz hier und da – der Mann mit dem Filzhut machte weiter Bilder von den rennenden und schreienden Menschen.

»Peejoe, komm! Hier lang!«

Das kleine Mädchen umklammerte mich immer noch. Ich machte mit sanfter Gewalt ihre Arme los. »Lauf nach Hause. Schnell!« Dann rannte ich hinter Wiley her.

Wir brachen durch die Büsche – und standen auf einer Lichtung voller Männer. Es waren mindestens drei Dutzend, riesige Kerle mit Gewehren und Knüppeln und Jagdmützen, eine ganze Schwadron weißer Männer, die durchs Gebüsch gegen den Park vorrückte. Ihre Geländewagen hatten sie unter den Bäumen abgestellt.

Das war ein Hinterhalt.

Fünf Männer lösten sich von den anderen und kamen mit drohend erhobenen Flinten auf uns zu.

»Nicht schießen!« rief Wiley. »Wir sind Weiße.«

Wir rissen die Hände hoch.

Ich sah direkt in die beiden Mündungslöcher einer Schrotflinte. Wenn die losging, war ich tot.

Eine Taschenlampe ging an. Der Strahl tanzte über den Boden, an meinem Bein hoch und über mein Hemd zu meinem gesunden Auge hinauf.

Mein anderes Auge ließ sie aufstöhnen.

Eine barsche Stimme: »Was ist denn mit dem passiert?«

»Er ist verletzt, wir brauchen einen Arzt.« Wiley sprach betont ruhig und behielt die Hände oben. »Wir können hier lang gehen oder auch zurück, wo wir hergekommen sind. Ganz, wie Sie wollen.«

Der vorderste Mann deutete mit dem Gewehrkolben hinter sich. »Geht weiter.«

»Ja, Sir.«

»Vielen Dank, Sir.«

Ich wagte nicht, sie anzusehen, sonst hätten sie mich bestimmt umgebracht. Wir gingen schnell an ihnen vorbei und durch einen Haufen von leeren Bierdosen und Kartoffelchips-Tüten. Sie hatten unter den Bäumen gesessen, sich die Bäuche vollgeschlagen und in aller Gemütsruhe abgewartet, bis es dunkel wurde.

Wir versteckten uns hinter einem mit Kot bespritzten Dodge-Kombi, der mit Aufklebern vollgepflastert war: Goldwater ›64, George Wallace – der Mann für Alabama, Lieber tot als rot, Castro raus aus Kuba, Besucht Rock City, Eßt mehr Schweinefleisch, Setzt Earl Warren ab, Wenn Sie das lesen können, gehen Sie mir gefälligst von der Stoßstange.

»Meinst du, *die* haben die Lampen zerschossen?«

»Ich meine, die haben hier eine astreine Falle aufgebaut«, sagte Wiley. »Schau. Da gehen sie. Die wollen den Park räumen.«

Wir richteten uns so weit auf, daß wir die schattenhaften Gestalten sehen konnten, die jetzt mit Gebrüll aus den Büschen hervorbrachen, ein Rebellenruf, dem entsetzte Schreie antworteten.

Wären wir nicht zufällig auf die Männer gestoßen, hätten wir jetzt auch geschrien: »Aufhören! Bitte nicht! Nein!« Und Geräusche wie beim Holzhacken.

»Wiley, wir müssen was tun.«

»Hast du dein Messer dabei?«

Ich klopfte meine Hosentaschen ab. Onkel Franklin hatte uns zu Weihnachten beiden das gleiche Pfadfindermesser geschenkt. »Ja, aber soll ich vielleicht mit dem Messer auf die losgehen?«

Er klappte seines auf. »Mach schon, hol's raus.«

Er robbte rückwärts an dem Dodge entlang zum hinteren Radkasten. Gewehrfeuer hallte durch die Bäume: drei Schüsse, eine Pause, ein Schuß aus einer Schrotflinte.

Wiley stieß sein Messer bis zum Heft in den Reifen – ein lautes *Ffffschtt*, als die Druckluft entwich. Er schlitzte den Reifen auf. Der Wagen ging in die Knie.

»Beeil dich, Peejoe. Nimm den da drüben. Beide Hinterreifen!«

Ich kroch durch das Gras auf einen Ford-Pickup zu.

Jemand rannte fünfzig Yards von uns entfernt durchs Gebüsch und schrie um Hilfe.

Ich stieß mein Messer in den Reifen und trieb es mit dem Handballen weiter hinein, bis der Griff am Gummi anlag. Dann packte ich es mit beiden Händen und riß es aus Leibeskräften nach allen Seiten. Der Reifen blies mir schale Gummiluft ins Gesicht und wurde platt.

Wir hörten, wie die Männer auf die Schwarzen eindroschen. Wir zerstachen ihre Reifen.

Schließlich sagte Wiley: »Das reicht. Nichts wie weg hier!«

Wir krochen über die Lichtung. Unmenschliche Geräusche kamen von allen Seiten. Keiner konnte diese Laute hören und gleichgültig bleiben. Ein Schrei verfolgte uns: »Nein nein nein nein!«

Das war mit Selma nicht zu vergleichen. Selma war ein TV-Spektakel am hellichten Tag gewesen und hatte nur zwei Minuten gedauert. Das war real, es war live, es geschah in diesem Augenblick und im Dunkeln und hörte gar nicht mehr auf.

Wir schlichen uns durch die Büsche zur Lee Street. Wenn die Männer nicht die Lampen zerschossen hätten, dann hätten wir zusehen können, wie der Kampf sich über die Wiese und den Abhang hinauf bis zum Dairy Dog ausbreitete, aber in der Dunkelheit hörten wir nur die Geräusche und sahen ein unheimliches Schattenballett – hier eine Gruppe von Flüchtenden, dort die Meute der Verfolger – da! schau dahin! da läuft einer. Entkommen.

Das Scheinwerferlicht eines Autos strich über die Wiese, auf der Männer auf allen vieren herumkrochen und andere Männer sie umzingelten, auf sie eintraten.

20
PEEJOE / Industry

Wir wußten nicht, daß es Doves Scheinwerfer waren, bis der weiße Leichenwagen angebraust kam, die hintere Tür aufflog und Dove »Los, rein!« rief.

»Aber –«

»*Wird's bald?*«

Wir sprangen hinein. Milton sah über die Rückenlehne zu uns hinter.

»Onkel Dove . . .«

»Ruhe!« brüllte er. »Ich will nichts von euch hören!«

Ich ließ den Kopf hängen. Dove hatte mich noch nie angeschrien.

Drei Männer rannten dicht vor dem Auto einem Jungen nach.

»Kapiert ihr jetzt, warum ich gesagt hab, ihr sollt nicht hingehen? Habt ihr's jetzt begriffen?« Er fuhr einen weiten Halbkreis und hielt neben einer alten Frau, die auf den Knien lag. »Ma'am, geht's Ihnen gut? Milton, steig aus und mach hinten auf. Ma'am?«

Sie hielt sich mit beiden Händen den Kopf. Dove stieg aus und kniete sich neben sie.

Ich machte mich neben Wiley ganz klein. Der Mond ging jetzt groß und rund über der Wiese auf. In dem silbrigen Licht konnte man undeutlich die Gestalten von Menschen erkennen, die auf der Erde lagen oder davonhumpelten.

Das Maschendrahttor lag flach, die Menge hatte es aus den Angeln gerissen. Der ganze Zaun war auf dieser Seite niedergetrampelt.

Die Männer, denen Wiley und ich auf der Lichtung begegnet waren, durchstreiften jetzt in kleineren Gruppen den Park und die umliegenden Straßen und ballerten mit ihren Gewehren in die Luft. Sie machten Jagd auf alles, was sich bewegte.

Dove und Milton halfen der alten Frau in den Leichenwagen. »Allmächger, mein Kopf«, sagte sie immer wieder, »die ham mir bestimmt den Schädel gespaltet.«

Dove rumpelte über den Bordstein auf die Wiese und hielt bei jedem Verletzten, der im Scheinwerferlicht auftauchte. So sammelten wir zwei Teenager mit blutigen Nasen auf, eine Frau mit gebrochenem Knöchel, einen Jungen, der bewußtlos am Zaun lag, und einen Mann, der stark aus einer bösen Platzwunde am Kopf blutete.

Über die Wiese schallte ein Ruf – »Da rennt er! Lauf, Nigger!« –, gleich darauf eine Flintensalve. Ich hörte Männer lachen und johlen, konnte sie aber nicht sehen.

Der Krankenwagen kam mit Blinklicht und Sirene am Dairy Dog vorbei die Straße heruntergerast.

Dove machte sich mit der Lichthupe bemerkbar und ließ die Fensterscheibe herunter.

Der Krankenwagen hielt neben uns. »He, Dove, wir haben

einen völlig unglaublichen Notruf gekriegt . . .« Als der pausbäckige Fahrer die vielen Schwarzen in unserem Leichenwagen sah, geriet er ins Stottern. »Was zum Teufel . . .«

»Das ist ein regelrechter Rassenkrawall, Eugene«, klärte Dove ihn auf. »Die schießen auf die Leute und schlagen sie zusammen, und wo zum Teufel steckt John Doggett?«

»Weiß ich nicht.« Der Fahrer des Krankenwagens zeigte mit dem Daumen hinter sich. »Sieh dir das an, irgendein Witzbold hat mir oben in der Stadt gerade das Rückfenster eingeschlagen.«

»Das gerät außer Kontrolle«, sagte Dove. »Und genau darauf hat er's abgesehen.«

Eugene besah sich unsere Passagiere. »Wo bringst du die hin?«

»Ins Kreiskrankenhaus. Wenn ich sie abgeliefert hab, komm ich gleich wieder zurück. Da liegen viele für dich.«

»Im Kreiskrankenhaus werden sie die nicht nehmen«, sagte Eugene.

»Was soll das heißen? Die sind verletzt.«

»Trotzdem. Die nehmen niemals so viele Nigger auf.« Eugene angelte sich eine Zigarre aus der Brusttasche. »Glaub mir, ich weiß, wovon ich rede. Vielleicht einen oder zwei, aber garantiert nicht alle.«

»Also Eugene, das ist ja eigentlich dein Job, nicht meiner! Was soll ich mit ihnen machen?«

»Die, die noch gehen können, würde ich nach Hause bringen. Und die andern, ja, weiß ich auch nicht. Wahrscheinlich ist es das beste, du bringst sie zu Doktor Hollis in Dog Junction.« Er brachte seinen Motor auf Touren. »Bis später.«

»Warte! Eugene, das sind Menschen, die da liegen.«

»Ja, weiß ich doch. Aber in den Schlamassel laß ich mich nicht reinziehn.« Er kurbelte sein Fenster hoch und fuhr davon.

»Misser Dove«, sagte Milton, »der da blutet mächtig am Kopf.«

Irgend etwas knallte an unseren hinteren Kotflügel.

Ich sah einen Trupp finsterer Gestalten auf uns zukommen. Einer schrie: »Haut ab, Nigger!«

In dem Moment schmeckte ich das Wasser in der Negertasse.

Ich schmeckte den Eisengeschmack von Blut in dem Wasser. Ich saß da dicht neben ihnen in dem Leichenwagen, atmete den Geruch ihres Blutes ein, teilte ihre Furcht.

Ein Steinbrocken krachte ans Fenster.

»Es ist gesprungen«, rief Wiley. »Onkel Dove, bring uns hier weg!«

Einem von den Männern gelang es noch, die Hand auf unsere Heckflosse zu legen, als Dove das Gaspedal durchtrat. Mit aufheulendem Motor und durchdrehenden Rädern rasten wir los. »Setz dich hin, Peter Joseph, ich muß mich aufs Fahren konzentrieren! Milton, wie geht's dem Mann da hinten?«

»Blutet immer noch.«

»Drück fest die Hand drauf.« Im Licht vom Armaturenbrett sah ich die Schweißperlen auf Doves Gesicht, seine Augen, die von der Straße zum Rückspiegel sprangen und dann mich ansahen. »Dir ist nichts passiert?«

»Nein. Es tut mir leid –«

»Darüber reden wir später. Was hat sich da eigentlich abgespielt?«

»Die sind zum Schwimmbad marschiert, und Nehemiah hat alle zum Reingehen aufgefordert.«

»Und im Wald war ein ganzer Haufen Männer«, mischte sich Wiley ein. »Die haben alle Lampen zerschossen.«

»Die komm vom Teufel«, sagte hinten einer.

Auf der ganzen Old Goshen Road tauchten immer wieder Leute ganz plötzlich in unserem Scheinwerferlicht auf. Wie aus dem Nichts kamen sie auf die Fahrbahn getaumelt. Dove mußte jedesmal das Lenkrad herumreißen, um sie nicht zu überfahren. Mir kam das vor wie in einem Film, diese Gestalten, die uns vor die Kühlerhaube liefen wie Enten auf einem Schießstand.

Die alte Frau stöhnte. Dove bog mit quietschenden Reifen in die Sycamore Street ein. »Milton, kannst du ihr irgendwie helfen?«

»Hab alle Hände voll. Is bloß ein kleiner Knubbel auf ihrem Kopf.«

»Paßt auf, Leute«, sagte Dove, »ich fahr euch jetzt zu Nehemiah, der kann Dr. Hollis rufen. Was Besseres fällt mir nicht ein. Da unten liegen immer noch jede Menge Verletzte.«

Die alte Frau sagte: »Jesus wird's Ihnen vergelten.«

Alle Fenster waren hell erleuchtet im Bestattungsinstitut Blessed Rest, einem alten, ebenerdigen Haus mit einer breiten Veranda. Draußen stand Nehemiahs zerbeulter Lincoln-Leichenwagen.

Durch die Fenster sah es aus, als sei drinnen eine Abendgesellschaft oder eine Versammlung, so viele Leute standen herum.

»Ich brauche Hilfe!« rief Dove. »Ich hab Verletzte hier!«

Eine Frau, die in der Tür stand, drehte sich um und sagte etwas zu den anderen. Vier junge Männer kamen im Laufschritt aus dem Haus und halfen mit Dove und Milton den Verletzten aus dem Auto.

Nehemiah kam aufgeregt angelaufen. »Wir haben's gerade gehört. Hat's noch mehr Verletzte gegeben?«

»Massenweise«, schnauzte Dove. »So ist's recht, Nehemiah. Erst alle zu so was anstacheln, und dann die Leute sich selbst überlassen. Sind Sie jetzt zufrieden? Das ist alles Ihre Schuld.«

Nehemiah sah ihn durch seine Brille an, ohne mit der Wimper zu zucken. »Also, Mr. Bullis, Sie wissen, daß das nicht wahr ist. Ich hab keinem was getan.«

An Doves Schläfe schwoll eine Ader. »Stellen Sie sich jetzt bloß nicht dumm, Nehemiah. Bis heute hab ich gar nicht gewußt, wie selbstgefällig Sie sind. Eine Ansprache, und Sie halten sich gleich für Martin Luther King. Jedenfalls haben Sie erreicht, daß sie alle verprügelt wurden. Sie haben erreicht, daß sie in dem Schwimmbad rumplanschen konnten, na schön. Aber dann sind Sie weggefahren und haben die Leute den Haien überlassen.«

»Wir mußten den Jungen begraben. Hätt ich ahnen können . . .«

Dove stach mit dem Zeigefinger nach Nehemiahs Brust. »Sie haben das angezettelt. Sie hätten dableiben und beenden sollen, was sie angefangen haben.«

»Moment mal.« Nehemiah trat einen Schritt zurück. »Das hat schon lange vor mir angefangen, Mr. Bullis. Aber das ist anständig von Ihnen, was Sie da tun, daß Sie den Leuten helfen. Ich fahr hinter Ihnen her. Ben? Ramsey? Kommt.«

Seine Gelassenheit übertrug sich auf Dove. Sie sahen einander in die Augen.

Dove scheuchte uns in den Wagen zurück, stieg ein, holte das rote Blinklicht unterm Sitz hervor, leckte an dem Saugnapf und befestigte es am Armaturenbrett.

Milton wischte Blut vom Sitz ab. Ich kniete mich hin und schaute zu, wie Nehemiah uns in kürzestem Abstand nachfuhr.

Dove sagte: »Wir halten uns hier keine Minute länger auf als unbedingt nötig. Wiley, du hilfst Milton, die Leute ins Auto zu schaffen. Peter Joseph, du hältst Ausschau, so gut es geht.«

Wir holperten mit heulender Sirene in den Park. Unsere Scheinwerfer strichen über die Wiese und entdeckten eine Gruppe Verletzter nicht weit von dem niedergetrampelten Stück Zaun.

Sie hoben den Blick in unser Licht, ein Moment des Schreckens – dann erkannten sie Nehemiah in dem zweiten Leichenwagen und breiteten die Arme aus. Keiner mußte ihnen beim Einsteigen helfen. Inzwischen hatten sich alle, die noch laufen konnten, in Sicherheit gebracht; wir sammelten hauptsächlich noch alte Leute auf. Sie umringen beide Autos, fummelten an den Türgriffen. Diejenigen, die sich noch auf den Beinen halten konnten, zogen die anderen durch jede verfügbare Tür. Die Luft zitterte von ihrem Schluchzen und ihren dankbaren Rufen. Sie waren übel zugerichtet und vor Angst halbtot – aber nicht ganz tot, jedenfalls fanden wir keinen, der es gewesen wäre.

»Ich seh niemand mehr«, rief Nehemiah.

Wir fuhren los. Alle begannen auf einmal zu reden. Sie erzählten, die Weißen hätten alle im selben Moment aufgehört, wie auf Befehl, und sich in die Bäume zurückgezogen.

Dove umfuhr einen mit dem Wagenheber aufgebockten Pikkup, der halb im Straßengraben lag. Zwei Männer knieten im Dreck und wechselten den Reifen.

Mich durchzuckte es, und ich zog Wiley am Ellbogen.

Er legte den Finger auf die Lippen.

»Das ist der Mann!« rief eine Frau von hinten. »Das ist der, was auf meinen Dolphus geschlagen hat! Anhalten!«

»Kommt nicht in Frage.« Dove gab Gas.

Holpernd kamen wir in Nehemiahs Hof neben seinem Leichenwagen zum Stehen. Ich tastete mich die Stufen hinauf, um den Verletzten die Tür aufzumachen.

Ein Mann schrie etwas ins Telefon. Ich roch den Geruch von medizinischem Alkohol und drückte mich an die Wand. Man hatte die Möbel alle an die Wände geschoben, um Platz für die Verletzten zu schaffen. Der verschrumpelte braune Mann mit dem Stethoskop mußte Dr. Hollis sein.

»Achtung, wir kommen!« Dove kam mit der alten Frau auf den Armen herein. Er setzte sie vorsichtig an der vorderen Wand ab, wo sie niemandem im Weg war.

Nehemiah kam gleich hinter ihm herein. »Ich glaube, jetzt sind alle drinnen. Ein Wunder, daß es bei dieser wilden Schießerei keinen Toten gegeben hat. Mr. Bullis, ich möchte Ihnen noch einmal danken.«

»Ich will keinen Dank von Ihnen. Ich will eine klare Antwort.«

Nehemiah verschränkte die Arme. »Na gut. Wie lautet die Frage?«

»Die Frage lautet: Was wollen Sie? Was zum Teufel bezwecken Sie mit diesem ganzen Theater?«

Nehemiah dachte nach.

»Freiheit«, sagte er schließlich. »Mehr will ich nicht.«

»Ja, stimmt, hab ich schon mal gehört. Und, was noch?«

»Nichts mehr«, sagte Nehemiah. »Das hört sich für Sie vielleicht nicht nach viel an, aber es ist was, was ich nie gehabt habe.«

»Wollen Sie aus unserer Stadt ein zweites Selma machen? Ist es das? Wollen Sie in den Knast kommen, ins Fernsehen? Weil, ich kann Ihnen garantieren, was Sie sich auch immer ausdenken mögen, John Doggett wird der Situation jederzeit gewachsen sein. Er ist genauso hartnäckig wie Sie. Er wird immer einen Schritt hinter Ihnen sein, wohin Sie auch gehen.«

»Völlig richtig. Damit rechne ich.« Nehemiah trat beiseite, um eine Frau mit einem dampfenden Kessel vorbeizulassen. »Aber Sie könnten uns eine große Hilfe sein, Mr. Bullis.«

»Daraus wird nichts.« Dove schüttelte den Kopf. »Ich mach mir damit nicht die Hände schmutzig. Meinetwegen veranstalten Sie und John die größte Bürgerrechtsparty, die die Welt je gesehen hat. Und wenn dabei diese Stadt vor die Hunde geht.«

»Für uns ist das *jetzt schon* ein Hundeleben hier, Mr. Bullis. Ein richtiges Hundeleben. Sehen Sie sich das doch an! Ich führe hier ein Bestattungsunternehmen und kein Krankenhaus. Ich hab zwanzig Leute hier, die auf meinen Fußboden bluten, weil der Sheriff sie nicht schützt und das Krankenhaus sie nicht aufnimmt. Die alte Dame, die Sie hereingetragen haben, das ist Miss Bessie Stringfellow, meine Lehrerin in der zweiten Klasse; sie ist – wie alt sind Sie, Miss Bessie?«

»Dreiundachtzig«, krächzte Miss Bessie stolz.

»Dreiundachtzig. Und die schlagen ihr mit einem Stein auf den Kopf. Wie gesagt, ein Hundeleben.«

»Mir brauchen Sie nicht zu predigen«, sagte Dove. »Sie vergessen, ich weiß, daß Sie bloß ein lumpiger kleiner Bestattungsunternehmer sind.«

Nehemiah lächelte. »Manchmal müssen die Leichenbestatter vorangehen.«

»Ja, *wo zaudernd innehält des Engels Fuß ...*, sagte Dove. »Passen Sie auf.«

Das hätte er vielleicht nicht sagen sollen. Wenn ich daran denke, was als nächstes geschah, meine ich immer, daß Doves »Passen Sie auf« der Auslöser war, der alles in Gang brachte. Als erstes hörte ich von draußen Lärm – einen Automotor, der knatterte und knallte, eine Reihe von Fehlzündungen. Ich drehte mich um. Wie in einem Zeitlupenfilm sah ich mit meinem einen Auge Dr. Hollis und seine Helfer, die zwischen den Leuten am Boden herumliefen, den Synthetik-Store am Fenster, den durchsichtigen, spiralig gedrehten Fliegenfänger an der Fliegendrahttür. In den Bäumen aufflackerndes Licht.

Die Jungen auf der Veranda warfen sich mit dem Gesicht nach unten auf den Boden.

Dove kam von meiner blinden Seite her auf mich zu. Er packte mich mit dem einen und Wiley mit dem anderen Arm und riß uns mit seinem ganzen Gewicht zu Boden. Ein Pickup raste vorbei. *Popp! Popp! Popp!* Ich sah zwei Mündungsfeuer aufblitzen. Ich drückte mich ganz eng an Dove.

Kugeln schlugen ins Haus ein, die Verandawand entlang, rissen Bretter auf, zerschmetterten Fensterscheiben.

Um uns herum ließen sich die Leute auf den Boden fallen, und dann die Schreie, oh, diese Schreie, sie werden wahrscheinlich für immer in meinen schlimmsten Träumen wiederkehren. Diese Menschen hatten nicht bloß Angst, sie waren über die Angst hinaus in einen anderen, fremden Bezirk gelangt.

Ein heiseres Flüstern: »Licht aus!«

Dove rutschte an der Tür vorbei über den Boden, ließ seine Hand zum Schalter hochzucken und tauchte den Raum in Dunkelheit.

Die Jungen von der Veranda kamen wieselflink hereingerobbt.

Dove schrie: »Unten bleiben!« Und schon kam der Pickup aus der entgegengesetzten Richtung angerast, und wieder wurde aus zwei Gewehren geschossen. Wieder klatschten Kugeln die Hauswand entlang. Ich hörte einen Querschläger *pitschiiing!*, wie in »Rauchende Colts«. Alle schrien auf, als seien sie getroffen worden.

Das Auto fuhr mit quietschenden Reifen um die Ecke und verschwand in die Nacht.

Lange Zeit blieben wir regungslos auf dem Boden liegen. Nach und nach hörten die Schreie auf, man hörte nur noch leises Wimmern, das Weinen von Kindern.

Dove kam zu uns herübergekrochen. »Na, ihr zwei. Alles in Ordnung?«

Wir sagten, uns fehle nichts. Er faßte uns an, um sich selbst zu überzeugen, zog uns fest an sich. Sein Rücken war schweißnaß.

Mir klapperten die Zähne. Ich horchte auf das Geräusch des Pickups.

Nehemiah ging mit einer Kerze durchs Haus. »Ist jemand getroffen?«

»Ja.« Das war Dr. Hollis, er kniete neben Miss Bessie Stringfellow.

Ich fand, daß sie ganz normal aussah, an die Wand gelehnt, wo Dove sie abgesetzt hatte, aber als der Doktor seine Hand wegnahm, sah ich das Blut. Die Kugel hatte die Wand durchschlagen und sie direkt ins Herz getroffen. Sie war tot.

Sheriff Doggett erschien in Begleitung von zwei weiteren Polizeiautos. Sie kamen in den Hof gefahren und strahlten die durchlöcherte Hauswand mit ihren Scheinwerfern an.

Der Sheriff kam großspurig auf die Veranda, wo ein paar Männer die Einschüsse zählten. »Wir haben eine Beschwerde wegen einer Schießerei bekommen«, setzte er an – dann sah er Dove in der Tür stehen. Er zog die Augenbrauen hoch.

»Abend, John.«

»Sieh mal einer an, Dove. Was machst du denn hier?«

»Gegenfrage: Wo warst *du* denn?«

»Hab in der Stadt nach dem Rechten sehn müssen«, sagte Doggett.

Dove machte die Tür auf. »Erzähl.«

»Erst mal Licht machen hier«, dröhnte der Sheriff und griff nach dem Schalter. Er war sichtlich überrascht, so viele Menschen auf dem Boden liegen zu sehen. »Was zum Henker ist denn hier los?«

Nehemiah sah von Miss Bessie auf. »Sheriff.«

»Bruder Thomas. Ich hab Sie schon gesucht. Ich hab einen Haftbefehl für Sie.«

»Vielleicht sehn Sie sich erst mal Miss Bessie an«, sagte Nehemiah und berührte leicht ihre Hand. »Ihre Freunde haben sie in den Rücken geschossen. Dabei war sie nur eine harmlose alte Frau.«

»Ich möchte jetzt wissen, was es mit der Ballerei hier auf sich hat«, sagte der Sheriff. »Nachbarn haben sich beschwert.«

»Sie sollten sich lieber um die kümmern, die geschossen haben.« Nehemiah stand auf. »Sie haben sie nur knapp verpaßt. Sie haben einen Ford-Pickup gefahren, braun mit einem weißen Streifen an der Seite. Die Nummer hab ich leider nicht erkannt.«

Doggett runzelte die Stirn. »Woher soll ich wissen, daß ihr die Schießerei nicht selber inszeniert habt, um Aufsehen zu erregen. Darauf sind Sie doch aus, Nehemiah, oder? Aufsehen? Ich hab jedenfalls Anweisung, Sie festzunehmen, und das tu ich jetzt auch.«

»Was soll denn das, John?« sagte Dove. »Was wird ihm vorgeworfen?«

»Alles, was du willst. Unerlaubte Versammlung, Anstachelung zum Aufruhr, Demonstration ohne Genehmigung, Landfriedensbruch, Zerstörung öffentlichen Eigentums . . .«

»Ist ja lachhaft«, sagte Dove.

»Meinst du? Geh runter und schau dir mal das schöne neue Schwimmbad an. Die haben den ganzen Zaun umgerissen wie ein Rudel wilder Tiere.«

»John. Da schießen welche wild in der Gegend herum, eine ganze Reihe Leute ist verletzt und eine alte Frau tot. Und du machst dir Sorgen wegen einem Maschendrahtzaun?«

»Ich will dir mal was sagen, Dove. Mir ist der Zaun wichtiger wie diese Nigger. Verstehst du, es ist mir egal, wie viele von denen was abkriegen. Solche Menschen, die sind Luft für mich. Von mir aus können die reihenweise draufgehn. Das läßt mich völlig kalt.«

»Na wunderbar«, sagte Dove. »Na wunderbar.«

»Ich hab ihnen heute ihren Willen gelassen«, fuhr der Sheriff fort. »Wie dieser miese kleine Aufwiegler hier sich hingestellt und die andern alle aufgehetzt hat, zum Schwimmbad zu marschieren, hab ich mich zurückgelehnt und sie machen lassen. Ich hab sie den ganzen Nachmittag baden lassen und hab keinem ein Haar gekrümmt. Was ihnen hinterher passiert ist, das weiß ich nicht und will es auch gar nicht wissen. Die sollten mir dankbar sein, daß ich sie nicht allesamt eingelocht hab.« Er machte die Handschellen von seinem Gürtel ab. »Wenn ein paar anständige gesetzestreue Bürger beschlossen haben, ihnen mal beizubiegen, wie man sich in dieser Stadt zu benehmen hat, tja, dann soll mir das recht sein.« Nehemiah mußte sich mit gekreuzten Handgelenken vor ihn hinstellen.

»Jetzt kapier ich«, sagte Dove. »Du bist hierhergekommen, um dich zu überzeugen, daß sie ihn auch erwischt haben. Und jetzt, wo du siehst, daß sie ihn nicht getroffen haben, willst du ihn einsperren. Himmel noch mal, John, was waren das für Kerle in dem Pickup?«

»Ich weiß nichts von einem Pickup.« Er ließ die Handschellen zuschnappen. »Ich hab doch schon gesagt, wahrscheinlich hat er die Knallerei selber veranstaltet.«

Dove sagte: »Ich war hier. Ich hab's gesehen. Die ganzen Leute hier sind Zeugen. Du bist nicht der liebe Gott, merk dir das. Es gibt Richter, es gibt Menschen, die hierherkommen und dich zwingen können, die Gesetze zu befolgen.«

Der Sheriff packte Nehemiah an den Schultern und drehte ihn

herum. »Hast das gehört, Bruder Thomas? Er will mir die Richter auf den Hals hetzen. Siehst du, wie ich vor Angst zitter?«

»Ich wollte damit sagen: Du solltest endlich damit anfangen, deine Arbeit zu tun. Diese Stadt ist drauf und dran, vor die Hunde zu gehn.«

»Zerbrich du dir mal nicht meinen Kopf. Ich finde, *du* solltest dir schleunigst überlegen, auf welcher Seite *du* stehn willst.«

»Ich versuche, unparteiisch zu bleiben«, sagte Dove. »Aber dieses Morden muß aufhören.«

»Wieso denn? Ist doch gut fürs Geschäft.« Der Sheriff grinste ihn an. »Kümmer du dich um die Toten, Dove, und überlaß alles andere mir.«

»Mr. Bullis«, sagte Nehemiah, »ich weiß, es ist viel verlangt, aber wo ich allem Anschein nach ab sofort . . . verhindert bin, möchte ich Sie bitten, sich an meiner Stelle um Miss Bessie zu kümmern.«

»Na, siehst du?« sagte der Sheriff.

Dove zögerte. »Das ist im Moment ein bißchen heikel, Nehemiah, das bringt mich in eine üble Lage«, sagte er. »Aber ich will sehen, was ich tun kann.«

»Vorwärts, Gottesmann. Gehn wir.« Der Sheriff zog an den Handschellen. Keiner machte Anstalten, ihn daran zu hindern, Nehemiah zum Auto des Hilfssheriffs abzuführen und ihn auf dem Rücksitz einzuschließen. Wir folgten ihnen nach draußen.

»Nimm ihn mit und halt ihn fest«, wies Doggett den Hilfssheriff an. »Ich komme in zehn Minuten nach.«

Nehemiah lugte aus dem Fenster. Er hielt die Hände hoch, so daß jeder die Handschellen sehen konnte, während der Wagen anfuhr.

Der Sheriff sagte: »Ach ja, Dove, noch was. Ein paar Freunde von mir haben es heute abend mit Vandalismus zu tun gekriegt. Anscheinend hat jemand fast bei allen ihren Autos die Reifen zerstochen. Weißt du zufällig was darüber?«

»Ich, nein, wieso?«

Ich wagte nicht, Wiley anzusehen. Ich konzentrierte mich ganz darauf, ein möglichst normales Gesicht zu machen.

»Die Burschen haben gesagt, sie hätten da draußen zwei

Jungen gesehen. Einer von ihnen hatte angeblich einen auffälligen Kopfverband. Sagt dir das was?«

Dove ballte die Fäuste. »Das ist ja hundsgemein, John, das hätte ich nicht mal dir zugetraut. Laß bloß die Kinder aus dem Spiel. Die waren den ganzen Tag bei mir.«

»Wenn du's sagst. Wahrscheinlich hat der Mann sich geirrt. Vielleicht hat er sich's auch bloß ausgedacht.«

»Halt dich lieber an deinesgleichen«, sagte Dove. »Jungs, ab ins Auto.«

Der Sheriff brauste los. Dove sah ihm nach, die Hände auf den Hüften, und schien über etwas nachzudenken. Dann drehte er sich um und ging noch einmal ins Haus zurück.

Ich sagte Wiley, es tue mir leid. »Dieser blöde Verband hat uns verraten.«

Er hielt sich den Zeigefinger an die Schläfe und drückte ab. »Schon gut. Macht mir nichts aus. Ist mir egal, daß Dove jetzt weiß, was wir gemacht haben. Ich würd's wieder tun.«

Verletzte kamen aus dem Haus geströmt und entfernten sich humpelnd. Offenbar glaubten sie, woanders sicherer zu sein.

Noch vor einer Stunde hatte es so ausgesehen, als hätte Nehemiah einen großen Sieg errungen. Jetzt waren seine Leute versprengt und verwundet und erschossen, sein Haus von Kugeln durchlöchert, er selbst auf dem Weg ins Gefängnis. Er hatte bei Tag triumphiert, aber der Sheriff und seine Freunde hatten am Abend alles zurückgewonnen.

Dove und Milton kamen mit Miss Bessie auf einer Bahre aus dem Haus. Sie rollten sie zum Leichenwagen und schoben sie hinein.

Milton setzte sich zu uns nach hinten. Dove saß vorne allein. »Also, raus mit der Sprache, wer von euch beiden hat die Reifen zerstochen?«

Ich mußte schlucken. »Wir beide.«

»Es war meine Idee.« Wiley beugte sich vor. »Die Männer haben auf die Leute eingeprügelt, Onkel Dove! Wir haben es gesehn! Der Sheriff müßte *die* verhaften, wenn er schon wen verhaften will.«

Dove sah über die Schulter. »Was hast du dir denn dabei

gedacht, Junge? Hast du gemeint, dann müßten sie alle da unten bleiben oder was?«

»Ich weiß nicht«, sagte Wiley. »Wahrscheinlich wollte ich helfen, sie zu fangen. Weil, ich glaub, das hat sonst niemand wirklich gewollt.«

»Habt ihr wirklich denen ihre Reifen kaputtgestochen?« erkundigte sich Milton.

Ich grinste. »Ja, haben wir.«

»Müßt ein Preis kriegen dafür«, sagte er grinsend.

»Jetzt bestärk sie nicht auch noch, Milton. *Ein*mal verbiete ich ihnen was ausdrücklich, und was machen sie? Schlitzen andern Leuten die Autoreifen auf.« Aber dann mußte er doch lächeln. »Ich wette, die haben eine Stinkwut gehabt.«

Er schaltete das Radio ein. Mit Brenda Lee und »Emotions« fuhren wir heim.

Ich war richtig stolz, weil ich die Reifen zerstochen hatte und wir mitten in einem richtigen Rassenkrawall und in einem Kugelhagel gewesen waren und nichts abgekriegt hatten. Es gab nicht viel Jungen in meinem Alter, die das von sich behaupten konnten. Mir tat Miss Bessie Stringfellow leid, die da tot hinter uns lag, aber das war unsere Arbeit, uns um Tote zu kümmern, wo sie auch auftauchen mochten.

Sie hatten auf mich geschossen und mich nicht getroffen. Ich war ganz aus dem Häuschen. Ich war immer noch Peejoe, einäugig, aber quicklebendig und gespannt, wie es weitergehen würde.

Earlene wartete schon auf uns. Sie ging auf und ab. »Ich hab mir solche Sorgen gemacht. Das Telefon hat pausenlos geklingelt.«

Wiley und ich fläzten uns auf den Schafwollteppich vor dem Fernseher und sahen uns einen alten Film ohne Ton an.

»Ich hab gehört, es hat Krawall gegeben«, sagte Earlene. »Und es soll Tote gegeben haben.«

»Bis jetzt haben wir nur eine Frau«, sagte Dove. »Milton bringt sie gerade durch den Hintereingang rein. Sie war eine von Nehemiahs Lehrerinnen an der Grundschule. In den Rücken geschossen.«

»Soll das heißen, es ist eine Farbige?«

»John Doggett hat Nehemiah ins Gefängnis gesteckt«, sagte er. »Die Frau war tot, und es gibt sonst keinen, der sie balsamieren könnte. Nehemiah hat mich darum gebeten – ein Gefallen unter Kollegen. Ich glaube, ich hatte keine andere Wahl.«

»Dove Bullis, du hast eine Farbige in dieses Haus gebracht?«

»Reg dich nicht künstlich auf, Earlene, sie wird dich nicht beißen. Wir halten's einfach geheim, und keiner braucht zu wissen, daß sie hier war.«

»Wird auch besser sein. Ich kann's einfach nicht glauben – als ob du nicht wüßtest, was sich hier in letzter Zeit abgespielt hat.«

»Earlene. Was ist denn mit dir? Du ärgerst dich doch wegen was anderem.«

»Ach, ich hab bloß einen der schlimmsten Tage in meinem ganzen Leben hinter mir«, platzte sie heraus, auf einmal den Tränen nahe. »Ich schufte mich ab, um alles rechtzeitig herzurichten für ein schönes Mittagessen, und dann ruft mich Betty Jernigan eine Stunde nach der vereinbarten Zeit an und sagt, sie hätten Angst, aus dem Haus zu gehen, wegen dem, was man so alles von den Negern hört. Und ich bleib auf meinen vier Dutzend hübschen kleinen Käsesandwiches sitzen. Dove, glaub mir, manchmal fürchte ich, ich halte das einfach nicht durch.« Sie fing zu weinen an.

Dove legte ihr den Arm um die Schulter. »Ist ja gut, Earlene, wir essen die Sandwiches.«

Sie machte sich steif. »Ich hab sie in den Müll geschmissen. Hat die das Recht, mir in letzter Minute einfach so abzusagen? Wahrscheinlich hatten die sowieso nicht vor zu kommen. Ich glaub, es war nur eine blöde Ausrede und sie haben alle drei bei ihr zu Hause gesessen und sich totgelacht über mich.«

Dove sah sie prüfend an. »Du hast vier Dutzend Käse-Sandwiches weggeworfen?«

»Naja, ich hab so eine Wut gehabt«, sagte Earlene, während sie sich die Tränen abwischte. »Werden wir hier jemals einen netten Freundeskreis haben?«

21
LUCILLE / Beverly Hills

Lucille wünschte, sie hätte daran gedacht, von jedem Mann ein kleines Andenken mitzunehmen, sobald sie mit ihm fertig war, eine abgeschnittene Haarlocke zum Beispiel. Vier Männer in einer Woche, und jetzt ein fünfter, der bis über beide Ohren in sie verknallt war. Sie verlor allmählich den Überblick.

Der Trooper in New Mexico verblaßte schon zu einer vagen Erinnerung. Sie überflog jeden Morgen die Zeitungen, sah aber nie eine Meldung von einem Trooper, der nackt und gefesselt in seinem Auto aufgefunden worden war. Sie kam zu dem Schluß, daß er sich wohl irgendwie selbst befreit und sich geniert hatte, irgendwem davon zu erzählen.

Dann Jack, der Hotelboy aus Las Vegas, der so lieb und athletisch war und sich so eingehend mit der Zunge gewissen Regionen gewidmet hatte, die nie zuvor erkundet worden waren. Und Ted, der blonde Page in Beverly Hills, eine Zerstreuung für einen Nachmittag.

Der arme Norman, der liebeskranke Chauffeur, hatte ihr bereits Rosen, Pralinen und Champagner geschickt und jedem neuen Präsent die gleiche Karte beigelegt: »Miss Clay, ich werde Sie immer verehren. Herzliche Grüße, Norman Wirtz.«

Außerdem mußte sie den Mann von gestern abend mitzählen, obwohl sie seinen Namen nicht wußte. Sie hatte ihn nicht einmal richtig gesehen. Sie wurde rot, wenn sie daran dachte, was sie getan hatte. Sie hörte förmlich ihre Mutter sagen: *Mein Gott, wie billig!* Das war es auch. Billig und schmutzig. Sie fand es herrlich.

Lucille hatte sich selbst nie als Schlampe gesehen, aber sie führte sich auf wie eine, das stand fest. Vielleicht hatte der Barkeeper in New Orleans ihre Zukunft vorhergesehen. Es war aufregend, alles zu bekommen, was sie sich immer gewünscht hatte, und dann noch mehr, wieder und wieder, von einem neuen Mann pro Tag.

Der einzige, vom dem sie ein Andenken hatte, war Chester, und dem hatte sie natürlich mehr als eine Haarlocke abgeschnitten.

Jetzt stellte sich heraus, daß Chester in beinahe jeder Hinsicht ein höchst mangelhaftes Exemplar des männlichen Geschlechts gewesen war. Seine Vorstellung von Liebe war, daß er sich die Lippen leckte, Lucille mit einem Stöhnen (nicht vor Lust, sondern wegen seines schlimmen Rückens) bestieg und seinen massigen Körper vor und zurück bewegte, immer im selben tranigen Rhythmus wie eine Waschmaschine im Schongang. Er verstand nichts von dem, was Sex aufregend machte: Keine Spur von den überraschenden Wendungen, dem Mysterium, dem Locken und Hinhalten, die nun einmal dazugehörten.

Warum hatte sie so lange gebraucht, selbst dahinterzukommen? Warum hatte sie ihn in all den Jahren kein einziges Mal betrogen?

An Gelegenheiten hatte es nicht gefehlt, weiß Gott nicht. Dieser Nachbar zum Beispiel, Lewis Abernathy, der sie bei Grillfesten immer mit Blicken auszog, der hatte sie jeden Silvester in der Küche zu küssen versucht. Und der strohblonde College-Student, der das Dach ausbessern sollte, als Chester mit den Kindern zu seiner kranken Mutter gefahren war. Lucille hatte sich mit dem Jungen unterhalten, sich an der Festigkeit seiner Muskeln geweidet, drei Tage hintereinander am Morgen allein mit ihm in der Küche gesessen, sie hatte ihm Kaffee gemacht und ganz dicht neben ihm gestanden – aber als er sie küssen wollte, war sie kühl und hochnäsig geworden, hatte ihn weggeschickt und sich für die restlichen Arbeiten einen anderen gesucht.

Warum hatte sie das getan? Sie wußte es nicht mehr. Sie war damals wie tot gewesen. Als wandelnde Tote war sie herumgelaufen. Die Ehe mit Chester hatte alles in ihr abgetötet, so wie wenn man Jahr für Jahr Gift in einen See gießt, bis alle Fische mit dem Bauch nach oben schwimmen. Lucille zog seine Kinder groß und, ja, hatte sie natürlich auch gern, aber die meiste Zeit brachten sie sie zum Wahnsinn. Sie waren das sichtbare Ergebnis ihrer Heirat mit *ihm*, und sie konnte sich eines gewissen Abscheus nicht erwehren, so sehr sie sich auch bemühte.

Sie war für ein solches Leben einfach nicht geschaffen. Sie war zum sagenumwobenen Hollywoodstar geboren und, ja, zur Schlampe. Sie fühlte sich in Bungalow Sechs des Beverly Hills Hotels mehr zu Hause als jemals im Staat Alabama.

Außerdem lernte sie dazu: Je mehr Sex man bekam, um so mehr wollte man.

Gestern hatte sie an einem kleinen runden Eisentisch am Swimmingpool gefrühstückt, sich in ihrem schicken Jacky-Kennedy-Strandanzug auf ihrer Terrasse gesonnt, *Glamour* und *Modern Screen* gelesen und Sonne getankt, während sie auf Harrys Anruf wartete. Sie hatte drei Daiquiris getrunken und war eingenickt.

Als sie aufwachte, dämmerte es schon, und eine frische Brise war aufgekommen. Sie fröstelte, wickelte ihr feuchtes Haar in ein Handtuch und ging rasch in den Bungalow. Sie war gerade hereingekommen, als das Telefon klingelte.

»Hallo?«

»Hi, Baby.« Eine tiefe Männerstimme. Stille.

»Harry, bist du's?«

»Nein. Wer ist Harry?«

»Wer spricht denn da?«

»Ich hab Sie gesehen.« Seine Stimme hatte ein gefährliches Grollen, wie ein Motorrad. »Ich hab gesehen, wie Sie auf der Terrasse geschlafen haben.«

»Ach, lassen Sie doch den Quatsch, Norman. Sie sind sehr nett, und ich danke Ihnen für die vielen Geschenke, aber es kann nichts draus werden, okay? Ich hab's Ihnen doch schon gesagt. Sie sind einfach nicht mein Typ.«

Der Mann sagte: »Was ist denn Ihr Typ?«

Er hörte sich eigentlich nicht wie Norman an. Seine Stimme war dunkler, geheimnisvoller. Interessant.

»Zum letzten Mal: Wer sind Sie? Was wollen Sie?«

»Ich will mit dir schlafen.«

»Das darf doch nicht wahr sein.« Lucille hielt den Hörer weg und sah ihn an, als hätte er ihr seine nasse Zunge ins Ohr gesteckt. Eine Minute lang wußte sie nicht, was sie tun sollte. Dann kam ihr die Erleuchtung: Leg auf, Dummchen.

Sie legte auf.

Sie starrte das Telefon an. Sie ertappte sich dabei, daß sie dachte: *Bitte ruf wieder an.*

Sie sagte das nicht laut, aber das Telefon klingelte, als hätte es ihre Gedanken gelesen. Sie fuhr zusammen.

Nimm nicht ab, Lucille. Laß es klingeln.

Sie steckte sich eine Zigarette an. Das Telefon klingelte, und klingelte, und klingelte.

Sie dachte, sie hätte den längeren Atem, sie könne das Klingeln länger ertragen, als er es am Telefon aushalten konnte, aber nach dem fünfunddreißigsten Klingeln schnappte sie sich doch den Hörer. »Was *wollen* Sie?«

»Ich habe gesehen, wie Sie aufgewacht sind. Sie waren schön. Sie haben die Arme gestreckt wie eine Katze. Es hat mir gefallen, wie Sie sich das Handtuch ums Haar geschlungen haben.« Seine Stimme kitzelte Lucille an einer bestimmten Stelle. »Ich möchte Sie küssen.«

»Hören Sie zu, Sie Fuzzi«, fauchte sie, »ich weiß nicht, wofür Sie mich halten, aber Sie haben die falsche Nummer gewählt.« Sie knallte den Hörer auf die Gabel und zählte: eins, zwei, drei, vier –

Das Telefon klingelte.

Sie riß den Hörer hoch. »Wenn Sie nicht sofort aufhören, mich zu belästigen, rufe ich den Geschäftsführer! Ich meine es ernst. Lassen Sie mich in Ruhe!«

Natürlich hätte sie jetzt sofort auflegen und dann den Hörer neben das Telefon legen müssen.

Sie tat es nicht.

Sie ließ den Hörer auf den Tisch fallen und trat mit dem nackten Fuß die Badezimmertür zu. Er sollte glauben, sie sei aus dem Zimmer gegangen. Dann beugte sie sich zum Hörer hinunter, gerade nahe genug, um ihn sagen zu hören: »Ich weiß, daß du da bist, Baby. Mach den Vorhang auf.«

Lucille legte vorsichtig die Hand über die Sprechmuschel und hob den Hörer ans Ohr.

»Sei ein braves Mädchen. Geh ans Fenster und zieh den Vorhang auf. Laß dich anschauen.«

Sie fing an, sich den Mann vorzustellen, der zu dieser Stimme paßte. Bestimmt war er groß. Seine Stimme war sehr überzeugend.

»Komm schon, mein kleiner Schatz. Tu, was ich dir sage.«

Einen Moment lang flackerte Chesters Bild vor ihrem inneren Auge auf. Sie drehte sich um und überzeugte sich, daß die

Hutschachtel noch auf der Kommode stand, wo sie sie abgestellt hatte.

Nicht einmal Chester konnte aus dem Jenseits ein Telefon zum Läuten bringen.

Sie nahm die Hand von der Sprechmuschel. »Wer sind Sie denn nun wirklich?«

»Ich bin der Mann deiner Träume.«

»Mir geht dieses Spielchen langsam auf die Nerven. Ted, bist du's?«

»Nein, hier ist kein Ted und kein Norman und kein Tom, Dick oder Harry. Sie haben ganz schön viele Freunde, stimmt's?«

Lucille knipste die Lampe aus und zog den Vorhang eine Handbreit auf. Warme Lichter glommen in den benachbarten Bungalows. Draußen war niemand zu sehen.

»Ah, jetzt seh ich dich«, sagte er. »Warum hast du das Licht ausgemacht? Bist du schüchtern?«

»Ich hör mir das keine Sekunde länger an . . .«

Lucille mußte an die Cartoons denken, in denen eine Katze mit einem Stück Käse eine Maus aus ihrem Loch zu locken versucht und der dampfähnliche Käseduft die Gestalt eines Schlangenbeschwörers annimmt, so daß die Maus nicht anders kann, als mit ausgestreckten Ärmchen steifbeinig und verklärten Blicks direkt in ihr Verderben zu laufen. In diesem Augenblick verhielt sich Lucille genau wie diese Maus.

»Nein, ist schon gut«, sagte er, »laß es dunkel. Ich hab's lieber im Dunkeln.«

»Ich weiß nicht, für wen Sie mich halten«, sagte Lucille.

»Schließ deine Tür auf und leg dich aufs Bett. Schlaf einfach ein. Nach einer Weile komm ich dich besuchen. Ich komme in deine Träume.«

Ein Klicken, ein Summton.

Lucille legte auf.

Sie spähte in die Nacht hinaus, brennend vor Neugierde. Und wenn es nun wirklich der Mann ihrer Träume war? Würde der sich einfach so bei ihr einführen?

Seine Stimme war jedenfalls faszinierend.

Lucille nahm die Pistole aus der Handtasche und schob sie unter das Nachtkästchen, wo sie sie im Notfall sofort erreichen konnte. Sie schloß die Tür auf und streckte sich auf dem Bett aus, bloß um über alles nachzudenken.

Was konnte es schaden, wenigstens festzustellen, wie er aussah? Was konnte das schaden? Wenn er nicht nett war, würde sie Zeter und Mordio schreien und ihn mit der Pistole verjagen.

Komisch, daß sie so schläfrig war, wo sie doch so lange in der Sonne gedöst hatte. Sie gähnte und zog die Füße unter die Decke.

Nach einer langen Zeit hörte sie das Klicken der Tür und das Rascheln von jemandem, der ins Zimmer kam. Sie stellte sich schlafend. Sie hörte, wie er sein Hemd aufknöpfte, sich das Unterhemd über den Kopf zog; das Klimpern seiner Gürtelschließe, das Sssst! des Reißverschlusses, in der Tasche klingelnde Münzen, als die Hose fiel.

Dann war er neben ihr auf dem Bett, und seine Hand kroch verstohlen zu ihrer Brust hoch. Heißer Atem an ihrem Ohr. »Wach auf, Baby.«

Sie drehte sich um. In der Dunkelheit erkannte sie nur die Gestalt eines großen, kräftigen Mannes. Sie ließ ihre Hand über seine Brust gleiten. »Ich hab so was noch nie gemacht.«

»Ich zeig dir, wie's geht.« Er beugte sich herab und küßte sie auf den Hals. Er war glattrasiert, hatte kurzgeschorenes Haar und roch nach Old Spice. Sie lagen nun Angesicht zu Angesicht, und Gott sei Dank, er war gutaussehend, mit kantigem Kiefer, wie einer von der Army ... aber vielleicht lag das an dem kurzen Haarschnitt. Irgendwie war er ihr vertraut. Es war so dunkel, daß sie ihn nicht richtig sehen konnte.

Sie fuhr mit dem Fingernagel die Linie seiner Schulter nach. »Wer *bist* du?«

Er küßte sie aufs Ohr. »Hast du von mir geträumt?«

Lucille umschlang ihn und zog ihn zu sich unter die Decke. Er war warm und schön und hart, er war da und für sie entflammt. Ihr Leben lang hatte sie von einem schönen starken Mann im Dunkeln geträumt, und jetzt war er da, und sie gab sich ihm hin.

Sie küßten sich. Der leichte Zimtgeruch seines Mundwassers war so wirklich, daß sie einen Moment lang denken mußte, *Lucille, was in aller Welt tust du?* –, aber sie schob diesen Gedanken beiseite und küßte den Mann wieder. Ihre Zungen stießen aufs angenehmste zusammen.

Sie streichelte sein dichtes Stoppelhaar. Er hatte es nicht eilig. Er arbeitete sich langsam ihren Körper hinab. Wenn er irgendwo eine Zeitlang geknabbert und gekostet hatte, kam er wieder zu ihrem Mund, sich einen Kuß holen, so als schöpfte er Sauerstoff aus ihr.

Dann drehte er sie herum und begann auf das zu zielen, worauf es ihm ankam. Seine Zärtlichkeit löste sich in etwas Hartes auf. Sie wehrte sich, verlegte ihm den Weg, aber er setzte unermüdlich immer wieder aufs neue an.

Als es vorbei war, küßte er sie und entschwand lautlos in die Nacht. Lucille schlief traumlos.

Das war gestern abend gewesen. Heute war der Hotelpool Mittelpunkt hektischen Betriebes, obwohl kein Mensch auch nur eine Zehe ins Wasser tauchte. Der ganze Rummel spielte sich auf der Terrasse an Tischen mit rosa und grün gestreiften Sonnenschirmen ab. Kellner in weißen Jacken flitzten mit Cocktail-Tabletts und phantasievollen Salaten umher. Gut gekleidete Leute mit glitzerndem Schmuck beobachteten einander durch Sonnenbrillen. Einige Tische standen in Lauben aus rosa Segeltuch, die auf einer Seite um den Pool gruppiert waren wie Zelte in einem Scheich-Film.

Alle paar Minuten kam ein Philip-Morris-Liliputaner in einer roten Uniform durch und rief: »Mr. Silverstein, Mr. Elliot Silverstein, Sie werden am Telefon verlangt.« Aber Mr. Silverstein war offenbar nie in Hörweite, sein Name verhallte in der Ferne, und nach einer Minute erschien ein anderer Page und rief: »Mr. Mankiewicz, Mr. Joseph Mankiewicz . . .«

Lucille streckte sich auf ihrer Liege aus, trank einen Schluck von ihrem Erdbeer-Daiquiri und entfaltete ihren Plan von den Domizilen der Stars. Mit Lippenstift machte sie rote Punkte an diejenigen, die sie sich unbedingt ansehen wollte: die von Elvis, Gregory Peck, Lucille Ball und Julie Andrews und natürlich auch das, das Marilyn Monroe gehört hatte.

Alle Stars wohnten im Umkreis von wenigen Meilen, an gewundenen Straßen mit Namen wie Viewmont und Hillcrest und Wonderland Drive. Falls mal jemand eine Bombe auf dieses Viertel werfen sollte, wäre dies das Ende des Kinos.

Wäre es nicht herrlich, hier zwischen Mickey Rooney und Lana Turner zu wohnen, mit Kathryn Grayson auf der anderen Straßenseite und Marlon Brando an der nächsten Ecke? Mit solchen Nachbarn hätte man festliche Grillpartys veranstalten können.

Eine sensationell blonde Frau stakste mit gezückter Zigarettenspitze vorbei, und zwei klitzekleine Chihuahuas trippelten hinter ihr her. Aus der Größe ihrer Sonnenbrille und ihrem selbstbewußten Auftreten schloß Lucille, daß sie berühmt sein mußte.

»Lucille? Schätzchen, sind Sie's wirklich?«

Fast wäre sie von ihrer Liege aufgesprungen. Sie hatte den großen Mann nicht kommen sehen.

»Nicht bewegen!« Er bildete mit den Händen einen rechteckigen Rahmen. »Ich möchte Sie genau so in Erinnerung behalten. Mein Gott, welch ein Anblick!« Er war ein hochgewachsener, strahlender, glatzköpfiger Mann in einem changierenden stahlblauen Anzug, einem schwarzen Polohemd mit offenem Kragen und einer Gandhi-Brille mit winzigen grünen Gläsern.

»Harry?«

Er entfaltete seine Finger. »Wer sonst? Willkommen in Hollywood. Wie wär's mit einer Umarmung?« Er umarmte sie, gab ihr auf beiden Seiten einen Luftkuß. Sein Kölnisch roch nach Jasmin. »Na, wer sagt's denn. Da sind Sie ja!«

»Da bin ich.« Sie lächelte.

Er zog eine Augenbraue hoch. »Sie haben einen vorzüglichen Geschmack, was Herbergen angeht. Sie haben mir verschwiegen, daß Sie im Geld schwimmen.«

»*Tu* ich gar nicht, genaugenommen. Ich wollte nur einmal im Leben in einem anständigen Hotel wohnen.«

Harry sah aus wie der Sultan irgendeines obskuren nahöstlichen Königreichs, mit seinem Vollmondschädel und den komischen kleinen Brillengläsern. »Passen Sie auf, Schätzchen, ich sitze da drüben mit ein paar Leuten. Leisten Sie uns doch Gesellschaft!«

Lucille folgte ihm den Pool entlang mit der Hutschachtel und ihrer Nummer von *Glamour*. Sie war froh, daß sie ihre schicken weißen Strandshorts und eine teure Seidenbluse anhatte, denn Harry führte sie zu einem Tisch, um den lauter hyperelegante Leute saßen. Sie hatten allesamt goldbraune Haut und Sonnenbrillen. Unter ihnen war die auffallende große Blondine mit dem großen Busen und den winzigen nackten mexikanischen Hündchen, die jetzt ihre Ketten um die Stuhlbeine wickelten.

Harry sagte: »Alle mal herhören, ich möchte euch mit meiner neuesten Entdeckung bekanntmachen – Schätzchen, wie war doch Ihr neuer Name?«

»Carolyn Clay«, sagte Lucille.

»Ladies und Gentlemen, Miss Carolyn Clay aus Alabama!«

»Entzückend«, sagte ein Mann, der Goldkettchen in seinem Brusthaargestrüpp trug. »Sind Sie mit dem Banjo auf den Knien gekommen?«

Lucille grinste. »Tut mir leid, das hab ich zu Hause vergessen.«

Harry setzte sich in einen Liegestuhl und zeigte auf eine gußeiserne weiße Bank. »Kommen Sie, setzen Sie sich dem Meister zu Füßen, meine Liebe.«

»Harry, wo um alles in der Welt hast du sie denn aufgetan?« wollte die Blondine wissen.

»Ist sie nicht umwerfend? Wir haben uns gerade vorhin zum erstenmal gesehen. Diese blinden Verabredungen zerren immer ein bißchen an meinen Nerven. Nach einem Foto kann man nie hundertprozentig sicher sein.«

Die Frau nippte an ihrer Zigarettenspitze. »Was macht sie denn?«

»Ich bin Schauspielerin.« Lucille schob Chester unter die Bank.

Harry sagte: »Walter Weitzman von Filmways warf nur einen Blick auf ein Acht-mal-zehn-Foto von ihr und war gleich ganz aus dem Häuschen.«

»Aha«, sagte die Blonde. »Fernsehen.«

»Trag die Nase nicht so hoch, Joan«, erwiderte Harry. »Du wirst noch mal froh sein, was beim Fernsehen zu kriegen, bevor alles aus ist.«

Der distinguierte grauhaarige Mann schob seine Sonnenbrille

in die Stirn, um Lucille besser zu sehen. »Tja, sie ist einfach phantastisch, Harry, ich weiß nicht, wo du die immer wieder findest. Ich sehe natürlich Veronica Lake – das Haar und der schwüle Schmollmund –, Gloria Grahame, eine Spur Novak, aber auch noch etwas anderes, etwas Neues. Eine leise Ahnung von, ich weiß nicht, Gefahr – *femme fatale?* Undefinierbar. Kann sie spielen?«

»Wir werden sehen«, sagte Harry.

Lucille kam sich vor wie ein neues Haustier oder ein Auto, irgendein Gegenstand, über den zu reden war, an den man aber nicht das Wort zu richten brauchte. Aber solange sie nur Schmeichelhaftes über sie sagten, war es wahrscheinlich das klügste, einfach dazusitzen und zu lächeln.

»Haben Sie sie schon Hitchcocks Leuten gezeigt?« fragte der Mann mit dem Brusthaar Marke Gorilla. »Der braucht für seinen neuen Film noch eine lange Blondine.«

»Bernie, die Rolle soll doch ich kriegen«, sagte Joan.

»Oh, verzeiht, Hoheit. Ich vergesse manchmal, daß Joan Blake die einzige Blondine in der Stadt ist.«

»Wir müssen gehen, Alexander.« Sie stand unvermittelt auf. »Harry, es war ganz reizend, wie immer.«

Der Grauhaarige ging daran, die Ketten der Chihuahuas zu entwirren.

Harry küßte Joan die Hand. »*Mañana* rufe ich dich an, Teuerste. Mach dir keine Sorgen, es ist nicht das erste Mal, daß ein großer Star einer Rolle nachlaufen muß.«

»Harry, bitte! Sprich nicht vor Fremden über meine geschäftlichen Angelegenheiten!« Sie schoß einen Blick auf Lucille ab, der tödlich gewesen wäre, wenn er richtig getroffen hätte.

»Hat mich sehr gefreut«, probierte Lucille.

Joan lächelte mit geschlossenem Mund. »Viel Glück beim Fernsehen.« Sie rauschte mit klickenden Pfennigabsätzen davon. Der Grauhaarige folgte ihr mit den Hündchen.

»Ich nehme an, ich müßte sie kennen«, sagte Lucille.

»Scheinbar sehen Sie sich nie Western an«, sagte Harry. »Joan Blake. Miss Wasserstoffperoxid. Die meiste Zeit sitzt sie in Trapperkleidung auf einem Pferd und läßt ihre Titten auf und ab hüpfen.«

»Harry, werd nicht geschmacklos«, sagte Bernie, der Mann mit den Goldkettchen.

Harry lächelte. »Tut mir leid, Lucille, Sie müssen einen schrecklichen Eindruck von mir kriegen. Sie hat mir im Lauf der Jahre sehr viel Geld eingebracht. Aber Sie müssen mir versprechen, daß *Sie* sich nicht in eine Klapperschlange verwandeln, sobald Sie ein Star sind.«

»Versprochen«, sagte Lucille. Ein Star! Ja!

Bernie sagte: »Ich dachte, sie heißt Carolyn.«

»Künstlername«, erklärte Harry. »Ihr richtiger Name ist –«

»Lassen wir's doch bei Carolyn, Harry«, unterbrach sie ihn rasch. »Ich wollte es Ihnen vorhin schon sagen. Ich benutze meinen alten Namen nicht mehr.«

»Sie redet jetzt schon wie ein Star.« Bernie erhob sich. »Was wollt ihr gegen den Akzent unternehmen?«

»Ich finde, der macht einen Teil ihres Charmes aus«, sagte Harry. »Du weißt schon, Südstaaten-Touch.«

»Vielleicht hast du recht, es heißt ja, die Südstaaten sind jetzt in.« Bernie setzte seine Mütze auf. »Carolyn Clay, schön, Sie kennengelernt zu haben.«

»Bye«, sagte Lucille.

Bernie äffte ihren Akzent nach. »Ist es nicht wunderbar? Ich find's wunderbar.« Er entfernte sich kichernd.

Harry ließ das Eis in seinem Glas klirren, um einen vorübergehenden Kellner auf sich aufmerksam zu machen. »Ich kriege den trockensten Martini, den's gibt. Und Sie, meine Liebe?«

»Die Erdbeer-Daiquiris schmecken toll.«

Der Kellner verbeugte sich und ging.

»Also«, sagte Harry, »jetzt erzählen Sie mir mal alles. Wie war die Fahrt?«

»Es ist ein verdammt langer Weg, wenn man alleine reist.«

»Hatten Sie nicht gesagt, Sie hätten einen Mann?«

»Hatte ich auch noch, als Sie das erste Mal anriefen.« Sie stieß Chester mit der Schuhspitze an. »Jetzt bin ich Witwe.«

»Oh, mein Gott! Nicht möglich, nein! Es tut mir ja so leid, Schätzchen. Was ist denn passiert?«

»Mein Mann ist gestorben.«

Harry blinzelte über die grünen Brillengläser. »Nein, ich ... ich meine, wie? Wenn das nicht zu indiskret ist.«

»Überhaupt nicht«, sagte Lucille. »Ich hab ihm Rattengift in den Kaffee getan.«

Einen Moment lang war Harry verblüfft, dann breitete sich ein Lächeln über sein Gesicht aus. »Na schön. Ich spiele mit. Warum haben Sie ihm Rattengift gegeben?«

Sie lächelte ebenfalls. »Weil er eine Ratte war.«

Er platzte heraus. »Ach, ist das schön! Ich hab noch nie eine *Mörderin* gemanagt. Ich glaube, ich werde Sie ins Herz schließen.«

Harry erklärte ihr, daß er als Agent Provision bekam, pauschal zehn Prozent von allen Gagen, die Lucille möglicherweise kriegen würde. Ohne Vertrag, alles per Handschlag.

»Glauben Sie wirklich, daß ich eine Chance hab, Harry?«

»Liebste Carolyn, wenn ich es nicht glaubte, würden Sie immer noch da drüben am Pool vor sich hinträumen.«

»Ich hoffe wirklich, Sie haben recht. Ich hab verdammt viel aufgegeben, um hierher zu kommen.«

»Lassen Sie mich nur machen.«

Sie saßen in der Sonne, lachten, nippten an ihren Cocktails. Harry schien Lucille für das charmanteste Wesen auf Gottes Erdboden zu halten, und sie selbst merkte schon, wie sie von Minute zu Minute charmanter wurde. Er lachte sich kaputt über ihre Geschichten von zu Hause, von ihren vielen Vorfahren und Verwandten, die alle in der Bestattungsbranche tätig waren.

»Ist ja skurril!« rief er aus. »Komödien wären Ihr Fach, ich weiß nur nicht, ob Sie darin auftreten oder sie *schreiben* sollten.« Er sah auf die Uhr. »Tja, die Zeit verrinnt. Kommen Sie, sehen wir uns mal Ihre Garderobe an. Sie müssen morgen bei Walter Weitzman so gut wie möglich aussehen.«

Sie führte ihn den gewundenen rosa Plattenweg entlang durch den Dschungel zur Tür von Bungalow Sechs.

Er pfiff durch die Zähne. »Moment mal, der kostet zweihundert die Nacht, stimmt's?«

»Zweizwanzig.« Sie schloß auf. »Ich weiß, daß ich mich demnächst nach was anderem umsehen muß, aber es gefällt mir hier so gut.« Sie ging voran ins Wohnzimmer, das mit seinen frischen

Tulpen, japanischen Bildern und Bananenblatt-Tapeten mehr als gemütlich war.

»Im Ernst, ich bin dagegen, daß Sie schon in der ersten Woche Ihr ganzes Geld verpulvern. Es kann eine Weile dauern, bis es losgeht.«

»Ich hab aber keine Weile Zeit, Harry. Ich hab's eilig. Wenn überhaupt, dann muß es möglichst bald passieren.«

Er ließ sich aufs Sofa sinken und faltete wie Buddha die Hände über dem Bauch. »Also, was stehen Sie dann noch herum? Die Modenschau kann beginnen.«

Lucille holte ihre neuen Sachen Stück für Stück aus dem Schrank. Harry schüttelte bei jedem den Kopf. »Nein, zu mondän. Ich will was Unschuldiges. Frisches. Wie eine Margerite.«

»Moment. Ich glaub, ich hab's.« Sie holte das Trägerkleid von Courrèges heraus, weiß mit gelbem Besatz, bei dem auch sie selbst gleich an eine Margerite hatte denken müssen, als sie es gekauft hatte.

»Das ist es!« Er strahlte. »Es ist schlicht und sieht nicht annähernd so teuer aus, wie es ist.«

»Da haben Sie recht«, sagte sie. »Außerdem habe ich passende Stiefeletten und diese Mütze dazu.«

»Lassen Sie die Stiefeletten weg.« Harry erhob sich. »Tragen Sie die Mütze.«

Sie brauchte keinen Text auswendig zu lernen. Harry sagte, dem Produzenten komme es auf den spontanen Eindruck an. Sie verabredeten sich für nächsten Morgen um neun. »Ich muß weiter, den Kampf zwischen Kunst und Kommerz ausfechten, meine Liebe. Sehen Sie zu, daß Sie Ihren Schönheitsschlaf bekommen. Und vergiften Sie nicht noch jemanden.«

»Keine Angst. Ich hab ein neues Kapitel angefangen.«

Er kicherte noch, als sie die Tür hinter ihm zumachte.

Lucille stand vor dem Spiegel und hielt sich das Kleid an. Sie hatte schon immer gewußt, daß sie auf eine normale Art hübsch war, eine gutaussehende Frau mit schönen langen Beinen – aber nicht »umwerfend«. Trotzdem hatte Harry Hall genau dieses Wort gebraucht, und niemand von den schicken Leuten am Tisch hatte gelacht. Offenbar fanden sie das auch. Diese eingebildete Joan Blake war sogar eifersüchtig geworden, weil die Männer sich fast nur um Lucille gekümmert hatten.

Daheim in Cornelia hatte sich Lucille immer wieder einmal kurz im Flurspiegel betrachtet, wenn sie mit einem Korb voll dreckiger Wäsche in den Keller ging, dunkle Ringe unter den Augen, die Haare ungewaschen und zerzaust. Bei diesen zufälligen Begegnungen war sie jedesmal zu Tode erschrocken. *Das bin ich? Seh ich wirklich so aus?* Dann hatte sie sich aufgerichtet und versucht, sich alles ins Gedächtnis zu rufen, was sie je über Haltung und Gang und Vitalität und Persönlichkeit gelernt hatte, aber es fiel ihr schwer, über diesen Anblick einer müden, abgehalfterten Frau in dem Spiegel hinwegzukommen. Ein einziges schrilles »Mami! Er hat mich zuerst geschlagen!«, und alle Vitalität verging einem fürs erste.

Eine ganz andere Frau stand jetzt vor ihr. Die dunklen Ringe waren ebenso verschwunden wie die Fältchen um die Augen. Vielleicht ließ das innere Leuchten, ließ die Wärme der leidenschaftlichen Nächte die Eisschollen in ihrem Herzen allmählich schmelzen. Ihre ganze Schönheit stieg langsam an die Oberfläche. Sie lächelte sich zu.

Das bin ich?

Seh ich so aus?

»Lus-siehl.«

Sie ging ins Badezimmer und machte die Tür zu. Chester plapperte im anderen Zimmer weiter. Sie achtete nicht auf ihn. Der würde ihr dieses herrliche Gefühl nicht verderben.

Sie schloß die Bungalowtür auf, bevor sie zu Bett ging, aber der Mann ihrer Träume kam nicht wieder.

Sie stand früh auf und hatte deshalb viel Zeit, sich verrückt zu machen – der Vorsprechtermin, ihre Haare und Nägel, die Sommersprossen auf ihren Armen, die in dem ärmellosen Courrèges-Kleid nur allzu deutlich zu Tage treten würden. Der Kaffee, den sie sich vom Zimmerservice bringen ließ, machte sie noch nervöser.

Chester babbelte unverständliches Zeug in seiner Hutschachtel. Er ging ihr allmählich wieder auf die Nerven; wer hätte gedacht, daß einem ein abgetrennter Kopf auf die Nerven gehen kann?

Chester brachte es fertig.

Die Scheidung von ihm in Las Vegas hatte Lucille irgendwie tief befriedigt, aber auf Chester hatte sie überhaupt keinen Eindruck gemacht. Er schwieg, wenn jemand anderer in der Nähe war. Aber kaum waren er und Lucille allein, fing er wieder mit demselben Unsinn an, er liebe sie, habe sie immer geliebt, bla bla bla.

Jeden Moment würde sie sich jetzt ernsthaft überlegen, wie sie ihn loswerden konnte. Ein kleines Glöckchen klingelte in ihrem Kopf, als sie im Touristenführer von den Teergruben von La Brea las, aber bei näherer Betrachtung war das ein viel zu allmählicher Untergang für Chester.

Irgendein x-beliebiger Ort kam nicht in Frage. Es mußte schon etwas sein, wo er rasch und unwiderruflich verschwinden würde. Ein Ort, der Höhe und Ferne und Dramatik aufzuweisen hatte, und Wasser, das ihn fortspülen würde, so weit weg und so tief hinab, daß Lucille nie wieder seine Stimme hören würde. Bis dahin hielt er sich ja frisch in seiner Tupperware-Salatbox.

Sie lackierte sich die Nägel und bürstete ihr Haar, bis die Kopfhaut prickelte. Über eine Stunde probierte sie verschiedene Make-up-Effekte aus. Am Schluß wischte sie alles wieder ab und entschied sich für einen feuerroten Lippenstift und einen Hauch Mary-Quant-Lidschatten in Ultramarin, um das Blau ihrer Augen zur Geltung zu bringen.

Sie konnte Chester nicht den ganzen Vormittag unbeaufsichtigt in dem Bungalow lassen. Nicht auszudenken, wenn es ihm plötzlich in den Sinn käme, das Zimmermädchen zu begrüßen. Das würde ihm ähnlich sehen, sich bemerkbar zu machen, wenn sie ihn zum erstenmal länger als eine Minute alleinließ.

»Quäl mich nicht, Lus-siehl«, sagte er gerade. »Ich liebe dich doch so sehr.«

»Halt die Klappe, Chester.« Sie hätte ihn doch vom Hoover Dam werfen sollen, als sie die Gelegenheit dazu hatte.

Das Telefon klingelte. »Miss Clay? Mr. Hall erwartet Sie am Haupteingang.«

Sie rückte ihre Matrosenmütze zurecht, warf sich im Spiegel eine Kußhand zu und trug die Hutschachtel den überwachsenen Pfad entlang zum Empfang. Sie trat zwischen den steinernen

Affen hindurch und stieg die mit dem roten Teppich belegten Stufen hinab. Harry saß am Steuer eines hinreißenden weißen Rolls-Royce-Cabrios und empfing sie mit offenen Armen. »Schätzchen! Ich muß meine Sonnenbrille aufsetzen! Das Kleid ist einfach wundervoll.«

Sie drehte eine kleine Pirouette. »Gefällt's Ihnen?«

»Na, und wie! Steig in mein Traumboot der Liebe.« Er beugte sich vor, um ihr die Tür aufzumachen. Er hatte sich auch feingemacht: schwarzer Zweireiher, gestreiftes Hemd und schmucke rote Krawatte. »Was haben Sie denn da?«

»Meine Talisman-Hutschachtel.« Sie stellte sie vor sich auf den Wagenboden. Die Innenausstattung des Rolls-Royce war hyperelegant – Echtholzfurnier und butterweiches Leder. »Schöner Wagen, Harry.«

»Danke. Ein Geschenk von einem Klienten. Alle sollten glücklich sein. Sind Sie glücklich heute morgen?«

»Ich bin glücklich. Und zu allem bereit.«

»Das hört man gerne. Schließlich haben wir einiges vor.« Der Wagen glitt durch das Palmenspalier auf den Sunset Boulevard hinaus. »Ich glaube, die Rolle kriegen wir ohne weiteres, es ist bloß eine ganz kleine. Was zum Reinriechen. Aber die Herren, die Sie gestern kennengelernt haben, das sind zwei hohe Tiere im Filmgeschäft, und die mögen Sie. Sehr sogar.«

»Ich mag sie auch«, sagte Lucille.

»Nein, ich meine nicht auf der gesellschaftlich-privaten Ebene. Wissen Sie, die mögen überhaupt *niemanden*. Denen gefallen im Jahr vielleicht ein oder zwei von den neuen Gesichter, die sie zu sehen kriegen. Bernie Metzenbaum will bei der Fox einen Test mit Ihnen machen.«

Er gab ihr ein paar Tips für das Vorsprechen. Keine Schauspielerei, sagte er. Seien Sie ganz natürlich, sagte er. Schauspielerei fürs Fernsehen sei das Gegenteil von Theaterspielen; die Kamera übertreibe jede Bewegung, auch die kleinste. »Es schadet nichts, mit dem Produzenten zu flirten, man weiß nie. Wenn er Sie fragt, sagen Sie, Sie seien sechsundzwanzig, ledig, keine Kinder. Am besten, Sie überlassen das Reden mehr oder weniger mir. Dafür bezahlen Sie mich.«

»Ich bin Ihnen so dankbar, ich weiß gar nicht, was ich sagen soll.« Lucille gab sich Visionen von Ruhm und Reichtum hin. Ach, so wohlhabend zu sein, daß man seinem Agenten einen Rolls-Royce kaufen könnte, als *Geschenk.* »Wieso haben Sie überhaupt mein Bild gesehen, Harry? Ich kann mir kaum vorstellen, daß Sie den *Montgomery Advertiser* lesen.«

»Ich habe einen Freund in Atlanta, der mir Ausschnitte von überall schickt. Er hält Ausschau nach Gesichtern, von denen er glaubt, sie könnten mir gefallen. Ihr Bild lag auf dem Stapel zuoberst und sprang mich förmlich an. Ich griff sofort zum Telefon.« Als sie an einer roten Ampel warten mußten, zündete er sich eine Zigarre an. »Jeder in diesem Geschäft hat eine Spezialität. Meine ist es, Mädels aus der Provinz zu finden und Stars aus ihnen zu machen.«

»Das bin ich«, sagte Lucille. »Ein Mädel aus der Provinz.«

»Na, ich weiß nicht.« Er musterte sie. »Mädels aus der Provinz steigen normalerweise nicht im Beverly Hills Hotel ab, und sie tragen keine Kreationen von André Courrèges, die zwei oder drei Riesen pro Stück kosten. Sie sehen, ich kenne mich aus in der Modebranche. Es gibt viel mehr über Sie zu wissen, als Sie mir bis jetzt erzählt haben, stimmt's, Lucille?«

Sie setzte ein möglichst geheimnisvolles Lächeln auf. »Was möchten Sie wissen?«

»Alles«, sagte er. »Aber nicht jetzt. Jetzt müssen wir uns darauf konzentrieren, einen guten Eindruck zu machen.«

Unbestimmt hatte Lucille sich vorgestellt, sie würden am Tor des eleganten, französisch wirkenden Herrenhauses aus den »Beverly Hillbillies« vorfahren, aber sie hielten an einem unscheinbaren Gebäude aus grauen Hohlblocksteinen in einem baumlosen Gewerbeviertel. Sie versuchte, ihre Enttäuschung herunterzuschlucken. Schließlich war das die geschäftliche Seite des Showgeschäfts.

»Sie wollen die Hutschachtel zum Vorsprechen mitnehmen?« fragte Harry. »Das wäre ein Novum für mich.«

»Sie ist mein Glücksbringer.«

Er hielt ihr die Tür auf. »Denken Sie dran, versuchen Sie nicht, Ihren herrlichen Akzent zu verstecken. Die suchen so was. Also, keine Hemmungen.«

»Ich glaub, ich könnt eh nicht anders reden«, sagte Lucille.

»Ja, genau in dem Tonfall! Wunderbar! Hier lang.«

Sie gingen durch ein bescheidenes Foyer in einen Bürotrakt. Lucille fiel das in die Glastür geätzte Signet von Filmways auf, und sie mußte daran denken, wie oft sie das im Fernsehen gesehen hatte: »Das war eine Sendung von Filmways.«

Die damenhafte Sekretärin strahlte übers ganze Gesicht, als sie Harry sah. Sie stand auf und kam hinter ihrem Schreibtisch hervor, um seine Umarmung entgegenzunehmen.

»Maxine, du bist jünger und schöner, als für eine Frau in deiner Position moralisch vertretbar ist«, frotzelte er. »Du mußt auf der Stelle damit aufhören.«

»Ach, sei doch still, Harry Hall. Wo hast du denn die ganze Zeit gesteckt? Fast hätte ich dich nicht wiedererkannt, so lange ist es her.«

»Ach, es ist furchtbar, aber ich bin nun mal ein gefragter Mann«, sagte er. »Aber mit dem Herzen war ich stets hier bei dir.«

Lucille lächelte. Sie bewunderte die Vorstellung. Harry hatte die Art Herzlichkeit, die auf einen zukommt und die Arme um einen legt.

Außerdem war er ein kluger Kopf. Sie durfte auf keinen Fall seine Neugier wecken. Es war ein gefährliches Spiel, das sie da trieb – ihm zu sagen, sie habe ihren Mann vergiftet, den Hotelpagen wahrheitsgemäß zu sagen, was in der Hutschachtel war . . . aber abgesehen von dem kleinen Nervenkitzel, den sie dabei spürte, bot ihr diese makabre Strategie auch einen gewissen Schutz. Die Wahrheit war so ungeheuerlich, daß keiner sie glaubte. Keiner hatte auch nur den leisesten Verdacht. Keiner der Pagen hatte wirklich versucht, in die Hutschachtel zu schauen, aber ein abgetrennter Kopf war sicherlich das letzte, was sie darin vermutet hätten. Harry hatte Lucille nicht einmal ausreden lassen, als sie ihm sagte, sie habe ihren Mann vergiftet, sondern es gleich als Scherz aufgefaßt. Niemand glaubte, daß eine so nett aussehende Frau wie Lucille zu so etwas fähig sein könnte. Sie glaubte es ja beinahe selbst nicht.

Deshalb lief sie als Mörderin immer noch frei herum. Sie brauchte nicht zu befürchten, bei einer Lüge ertappt zu werden, weil sie jedem die Wahrheit sagte.

»Da haben Sie diesmal aber was Hübsches mitgebracht, Harry.« Maxine drückte einen Knopf auf ihrem Telefonapparat und zwinkerte Lucille zu. »Ihre Mütze gefällt mir.«

Sie lächelte und bedankte sich.

»Carolyn Clay, das ist Maxine Dandridge, Hüterin dunkler Geheimnisse.«

Maxine nickte zu Lucille hin und sagte ins Telefon: »Harry Hall und eine Miss Clay für Sie, Sir.« Sie legte auf. »Er gehört euch.«

Harry marschierte zur Tür. »Walter? Komm, setz dich in deinen Sessel. Nein, leg den Putter weg und setz dich hin, ich brauche deine absolute und ungeteilte Aufmerksamkeit.«

»Komm rein, Harry«, sagte eine Männerstimme. »Erzähl mir einen neuen Witz.«

»Ich hab was viel Besseres für dich«, sagte Harry und zeigte hinter sich. Lucille straffte die Schultern und ging hinein.

Harry sagte: »Walter Weitzman, genialster aller Fernsehproduzenten, erlaube mir, dir Miss Carolyn Clay vorzustellen.«

Weitzman stand über einen Putter gebeugt und konzentrierte sich. Mit einem sanften Schlag beförderte er einen Golfball über den Teppich in einen Ballschlucker, der die Form einer Kehrschaufel hatte. Das Gerät fing den Ball auf und spie ihn über den Teppich zu ihm zurück.

Lucille lächelte. »Mit einem Schlag eingelocht.«

Er schaute auf – ein schlanker Mann Ende Fünfzig mit flinken Augen und silbernen Strähnen an den Schläfen. Seine übergroße Brille gab ihm etwas vage Eulenhaftes. »Ja, in der Tat.« Er streckte Lucille die Hand hin. »Carolyn, nicht wahr? Noch hübscher als auf dem Foto. Reizendes Kleid.«

»Danke, Mr. Weitzman.« Sie schüttelte ihm die Hand. »Ich freue mich sehr, Sie kennenzulernen.«

Er lehnte den Golfschläger an seinen Schreibtisch und drückte einen Knopf an der Sprechanlage. »Maxine, schicken Sie bitte Cy und Martin zu mir rein?«

»Na, was hab ich dir gesagt, Walter?« Harry ließ sich in einen zu dick gepolsterten Sessel fallen. »Du sagst mir: ›Harry, ich hab eine winzige Rolle für eine Blondine.‹ Und was bring ich dir? Eine Göttin!«

Weitzman lächelte. »Sind Sie eine Göttin, Carolyn?«

Lucille stellte die Hutschachtel hinter Harrys Sessel auf den Boden. »Ich bin alles, was Harry mir sagt, daß ich's sein soll.«

»Gute Antwort. Hören Sie auf Harry. Er ist der Beste in seinem Metier – halt, nein, ich habe nichts gesagt.«

»Mein Gott, ein Notar muß her!« rief Harry. »Und ein Gerichtsreporter! Ich habe eine Zeugin!«

»Also, Carolyn, diese Rolle bedeutet nur zwei Tage Arbeit, vielleicht drei«, sagte Weitzman, »aber mir liegt daran, weil ich es für möglich halte, daß diese Patsy Belle eine Figur werden könnte, die öfter auftaucht. Wenn wir die richtige Besetzung finden. Ich weiß nicht, ob Harry Ihnen schon ein bißchen was erzählt hat.«

»Nur, daß sie nur einen Satz sprechen muß«, sagte Harry.

»Kennen Sie die Serie?«

»Aber sicher, es ist meine Lieblingssendung«, sagte Lucille. »Mein M. . . Ich seh sie mir jede Woche an. Wirklich raffiniert gemacht.«

»Danke. Wir sind stolz darauf. Na, jedenfalls steht im Drehbuch, daß Patsy Belle plötzlich aus dem Nichts auftaucht; sie ist eine Intrigantin, hat von Clampetts Aufstieg gehört und ist nach Beverly Hills gekommen, um Jethro zu umgarnen, ihn sich zu angeln. Sie hat ihn zu Hause in Arkansas gekannt, sie war eine richtige Sexbombe, das beliebteste Mädchen der ganzen Schule, hat ihn aber nicht mal gegrüßt. Auf einmal ist sie nun in Hollywood und setzt alles daran, ihn rumzukriegen, und da bekommt Max natürlich jede Menge Gegeneinstellungen. Ist ein tolles Drehbuch.«

»Wer ist Max?«

»Max Baer. Jethro«, sagte Weitzman. »Wir haben überlegt, ob wir ihn selber die Patsy Belle spielen lassen sollen, er ist als Frau verkleidet sehr komisch, aber er spielt schon seine eigene Schwester Jethrene, und wir wollen's nicht übertreiben.«

»Dieses Mädchen hat alles, was du dir wünschst, Walter«, sagte Harry. »Schau sie an, sie ist liebreizend, sie ist frisch, ein völlig neues Gesicht – und, wie Alexander Powell gestern sagte, es ist auch so etwas wie ein Hauch von Gefahr an ihr. Dazu kommt, daß du ihr nicht erst den Akzent beibringen mußt. Sagen Sie mal was, Schätzchen.«

»Was soll ich denn sagen?« fragte Lucille.

»Hör dir das an. Ist das nicht perfekt?«

»Klingt sehr authentisch«, sagte Walter. »Wo kommen Sie her, Carolyn?«

»Aus Alabama«, sagte sie. »Ich bin sechsundzwanzig und war nie verheiratet.«

Weitzman sagte: »Du hast sie Alex Powell zuerst gezeigt. Schande über dich, Harry.«

Es klopfte an der Tür – zwei junge Männer stürmten herein und sagten wie aus einem Munde: »Guten Morgen, Walter.« Sie glichen sich wie ein Ei dem andern; beide waren beflissene, vorzeitig kahl werdende Knaben mit schwarzer Hornbrille, weißem Hemd, schriller Krawatte.

Weitzman sagte: »Cy, Marty, das ist Carolyn. Was meint ihr? Ist sie die Richtige für die Patsy Belle?«

Die beiden inspizierten Lucille ungeniert wie einen Kunstgegenstand in einer Museumsvitrine.

»Sieht okay aus«, sagte Marty.

»Kann sie spielen?« fragte Cy.

»Laß sie was vorlesen«, sagte Marty.

Weitzman wühlte auf seinem Schreibtisch und brachte ein Drehbuch zum Vorschein. »Also gut, Carolyn, lesen Sie Patsy Belles Text ab ›Jethro, Sie sind so ein großer starker Mann.‹ Marty, du liest den Max.«

»Ich lese keine Texte. Ich bin Produktionsassistent«, sagte Marty.

»Himmel nochmal«, sagte Weitzman. »Cy, lies du's.«

Cy nahm das Drehbuch. »›Na, so was, Miss Patsy Belle, kaum zu glauben, daß Sie bis nach Kalifornien gekommen sind, bloß um mich zu sehen.‹«

Lucille räusperte sich. »Bin ich jetzt dran?«

»Ja«, sagten die Männer.

»›Jethro, Sie sind so ein großer starker Mann, natürlich bin ich Ihretwegen hier.‹ Moment. Kann ich's noch mal machen?«

»Ich weiß nicht. Walter?«

»Laß sie's noch mal lesen«, sagte Cy. »Äh, ›nicht zu fassen, daß Sie bis nach Kalifornien gekommen sind, bloß um mich zu sehen.‹«

Lucille setzte ein sexy Lächeln auf und schlang Cy die Arme um den Hals. Er riß die Augen auf. »›Aber Jethro, Sie sind so ein starker Bär von einem Mann, natürlich bin ich Ihretwegen hier!‹«

»Stop.« Cy entwand sich ihren Armen. »Es heißt nicht ›starker Bär von einem Mann‹, es heißt, ›großer starker Mann‹. Sie hat den Text verändert.«

»Sie darf den Text nicht verändern«, sagte Marty.

»Es ist besser so, wie sie's gemacht hat.« Weitzman verschränkte die Arme. »Mach weiter, Cy.«

»Okay. Äh ... mußte immer an Sie denken, und dann sagt er: ›Waren Sie denn schon bei Großmama, die wird vor Freude außer sich sein, jemand von zu Hause wiederzusehen.‹«

»›Doch, ich war schon bei ihr‹«, sagte Lucille. »›Sie wollte mir eine Dosis von ihrer Medizin geben. Nein wirklich, so eine reizende alte Dame!‹«

»›Was denn, Sie haben doch wohl nichts von dem Zeug getrunken? Onkel Jed sagt, ein Löffel von ihrem Tonikum, und es wachsen sogar einem kahlköpfigen –‹«

»Danke, Cy, das genügt«, sagte Weitzman. »Also, was sagt ihr?«

Cy sagte: »Ich weiß nicht ...«

Marty zuckte die Achseln. »Sie ist okay. Aber ich habe vier Drehbuchschreiber, die bringen sie um, wenn sie sich an ihrem Text vergreift.«

»Ich finde nicht, daß sie okay ist«, sagte Weitzman.

Lucille blieb das Herz stehen.

»Sie ist phantastisch«, sagte er. »Wir nehmen sie für die eine Folge und überlegen uns, was wir mit der Figur machen, wenn wir die Aufnahmen gesehen haben.«

Lucille strahlte. Eine Girlande von Christbaumlichtern fing in ihrem Inneren zu blinken an.

»Phantastisch«, sagte Cy. »Das ist das Wort, nach dem ich gesucht habe.«

»Komm, Cy«, sagte Marty. Sie gingen hinaus.

Lucille war verblüfft, wie schnell es gegangen war. »War das schon alles?«

Harry grinste übers ganze Gesicht. »Was hab ich dir gesagt. Sie ist ein Naturtalent.«

»Morgen ist Probe«, sagte Weitzman. »Sie fangen am Mittwoch um halb acht zu drehen an, bei General Services an der Las Palmas, Maxine sagt Ihnen die Einzelheiten. Wir haben eine Folge herausnehmen müssen, deshalb geht diese schon nächste Woche auf Sendung. Ich werde mit Ihrem Straßenräuber von einem Agenten übers Geld reden. Aber werden Sie nicht übermütig, viel wird's nicht sein.«

»Macht nichts, das ist mir völlig egal. Ich bin einfach hin und futsch.« Sie drückte ihm die Hand. »Mr. Weitzman, wie kann ich Ihnen jemals danken? Das ist meine große Chance.«

»Machen Sie einfach Ihre Sache gut«, sagte er. »Lernen Sie Ihren Text und vergrätzen Sie mir meine Schauspieler nicht.«

»Wo denken Sie hin, ich bin wirklich *sehr* umgänglich.« Lucille merkte nicht, wie zweideutig das klang, bis sie Weitzmans Lächeln sah.

»Davon bin ich überzeugt.« Er blinzelte. »Maxine wird Ihnen ein Drehbuch ins Hotel schicken. Geben Sie ihr Ihre Telefonnummer.«

Harry sagte: »Carolyn, nehmen Sie Ihre Hutschachtel, wir dürfen bei unserer nächsten Verabredung nicht zu spät kommen.«

»Zeig sie niemand anderem, ehe wir nicht geredet haben, Harry«, sagte Weitzman. »Diese Frau hat was.«

Lucille nahm Chester an sich und ging mit Harry hinaus.

Als sie in der Sonne draußen waren, sagte sie: »Habe ich zuviel geflirtet, Harry?«

»Er hat Ihnen aus Ihrer hübschen Hand gefressen.«

»Ich mag ihn.« Sie schritt die Stufen hinunter. »Ich finde, er sieht gut aus.«

»Liebste, mit der Einstellung werden Sie's hier weit bringen.«

Lucille mußte an die Kellnerin in dem Kaff in New Mexico denken, die sie vor den Couchen der Filmbosse gewarnt hatte. Jetzt wußte sie, falls es jemals so weit kommen sollte, daß sie mit einem Mann wie Walter Weitzman schlafen mußte, wenn sie nicht ihre große Chance verpassen wollte, ein Star zu werden, würde sie keine Sekunde zögern, sich mit lächelnder Miene auf seine Couch zu legen.

Auf der Fahrt zum Hotel fragte Harry sie noch ein bißchen aus. Sie warf ihm einzelne Bröckchen von der Wahrheit hin, um ihn von der Spur abzubringen: Sie erzählte ihm, sie habe beim Roulette in Las Vegas sehr viel Geld gewonnen, und das erkläre ihre luxuriöse Garderobe und die feudale Unterbringung. Ohne es direkt zu sagen, vermittelte sie ihm den Eindruck, daß sie Chester zu Hause bei den Kindern zurückgelassen hatte. Sie behauptete nicht, daß sie ihn *komplett* dortgelassen habe.

»Die Familie hat mir nie so sehr viel bedeutet, Harry. Meine Karriere hat immer an erster Stelle gestanden.«

»Anders geht's auch gar nicht; traurig, aber wahr. Erfolg und Familienleben lassen sich selten unter einen Hut bringen. Ich muß allerdings sagen, Sie sind sehr selbstbewußt für jemand ohne jede Erfahrung.«

»Das ist das einzige, was ich jemals sein wollte, ein Star. Ich hab immer gewußt, daß ich es schaffen kann. Ich hab mein ganzes Leben auf diese Chance hingearbeitet.«

»Das sagen viele, aber in dem Moment, wo sie vor einem Produzenten stehen, einem, der wirklich was zu sagen hat, klappen sie zusammen. Sie dagegen waren so cool wie eine mit allen Wassern gewaschene Schauspielerin.«

Lucille dachte: Aber ich *bin* eine Schauspielerin. Dreizehn Jahre lang habe ich die Rolle der glücklichen Hausfrau gespielt, die ihren Mann und ihre Kinder liebt. Man hätte mir einen Oscar verleihen müssen. Versuchen Sie mal, dreizehn Jahre lang eine Ehe ohne Liebe durchzustehen, dagegen sind ein paar Zeilen von einem Drehbuch ein Klacks.

»Ich hab zu Hause viel geübt«, sagte sie.

»Ich wollte, Sie hätten das mit dem Geld nicht gesagt«, sagte Harry. »Das hab ich gemeint, als ich sagte, Sie sollten das Reden mir überlassen.«

»Oh, tut mir leid, ich hab mich da wohl hinreißen lassen. Wenn Sie jetzt nicht genug Geld kriegen, zahl ich Ihnen den Rest.«

Er grinste. »Das wird wohl nicht nötig sein. Sie sind anbetungswürdig, Lucille. Sie verstellen sich nicht, oder? Sie sind wirklich so. Normalerweise kriegen wir hier kaum was Echtes zu sehen.«

»Denken Sie dran, Lucille gibt's nicht mehr. Am besten, Sie vergessen sie ganz schnell.«

»Pardon. Von jetzt an nur noch Carolyn Clay, versprochen. Und ehe Sie sich's versehen, werden Sie den Namen in Leuchtbuchstaben lesen.«

Sie fuhren über eine breite Straße, die von lächerlich hohen Palmen mit wehenden grünen Bommeln oben an den stengelartigen Stämmen gesäumt war. Harry lud Lucille zu einer Party am Samstag abend ein – »alle werden da sein, also dürfen Sie auch nicht fehlen« –, bevor er in die Hotelauffahrt einbog.

»Gratuliere, meine Liebe. Hoffen wir, daß ihre ganze Karriere so reibungslos abläuft wie der erste Tag. Aber jetzt müssen Sie erst mal Ihren Text lernen.«

»Danke für alles, Harry. Bis morgen.«

»Ach ja, morgen sind Sie auf sich allein gestellt. Ich handle nur die Verträge aus. Die Arbeit müssen Sie allein machen.« Er sah wohl, wie sehr sie das entnervte. »Keine Sorge, Schätzchen. Sie sind eine wundervolle Frau. Ich rufe Sie am Morgen an und gebe Ihnen die Einzelheiten durch. Wiedersehen.«

»Wiedersehen, Harry.« Sie nahm Chester vom Rücksitz und sah zu, wie der Rolls-Royce davonglitt.

Alles war besser, als sie es sich je erträumt hätte. Sie war in Hollywood und hatte achtzehntausend Dollar Teufelsgeld neben Chesters Kopf in der Hutschachtel. Sie hatte auf Anhieb einen Auftritt in einer landesweit ausgestrahlten Fernsehserie ergattert.

Sie ging beschwingt den roten Teppich hinauf und fühlte sich einfach wunderbar.

»Guten Tag, Miss Clay!« flötete der junge Mann am Empfang. »Schon wieder Blumen für Sie. Soll ich sie Ihnen in den Bungalow bringen lassen?« Er zeigte auf einen Strauß leuchtendgelber Chrysanthemen.

»Ja, bitte.« Dieser Norman. Er würde seine absurde Kampagne demnächst abbrechen müssen . . .

Lucille mußte sich eingestehen, daß es ihr ein klein wenig leid tun würde, wenn es so weit war. Inmitten von Normans Buketts, brünstigen Pagen und unbekannten Männern, die nachts heimlich in ihren Bungalow geschlichen kamen, fühlte sie sich schon ein bißchen wie Marilyn Monroe. Endlich bekam sie die Aufmerksamkeit, nach der sie sich so lange gesehnt hatte.

Sie blieb am Geschenk-Kiosk stehen, um sich eine Schachtel Salem zu kaufen. Unter den Ansichtskarten von Badestränden, lächelnden Bikinimädchen, Orangenhainen und Disneyland fiel ihr das Titelbild einer Zeitschrift ins Auge: ein beunruhigendes Bild auf der neuesten Ausgabe von *Life*.

Es war ein Schwarzweißfoto von einem Rassenkrawall – eine große Gruppe Farbiger in panischer Flucht. Im Vordergrund halten sich ein weißes Kind und ein schwarzes Kind angstvoll umschlungen. Der weiße Junge trägt einen schrecklichen Kopfverband und eine schwarze Augenklappe, in den Armen hält er ein kleines schwarzes Mädchen mit Zöpfchen, dem die Tränen übers verzerrte Gesicht rollen. Die Kamera hat alles eingefangen, die offenbar in Todesangst blindlings flüchtende Menge, den wundersamen Instinkt der beiden Kinder, die einander mitten in dem Aufruhr Trost spenden.

Die Unterschrift lautete: »Nächtlicher Terror in einer Stadt im Süden.«

Es war eines dieser Fotos, die die ganze Tragik der Rassenfrage in einem einzigen Bild zusammenfassen: zwei Kinder, eines weiß, das andere schwarz. Aber auf beiden Gesichtern dieselbe Angst.

Lucille hatte wenig Verständnis für aufrührerische Schwarze, aber erst recht keins für die stumpfsinnigen weißen Proleten, die es fertigbrachten, einen blutigen Krieg daraus zu machen.

Moment mal!

Sie kannte diesen Jungen. Den Jungen, dessen Gesicht zur Hälfte von dem Kopfverband verdeckt war.

Dieser Junge war Peejoe.

Er mußte es sein. Mit zitternden Händen überblätterte sie die Anzeigenseiten, bis sie zum Inhaltsverzeichnis kam. Tatsächlich:

> TITELFOTO: Peter Bullis, 12 Jahre (links), der bei einem mysteriösen Feuerüberfall verletzt wurde, nachdem er sich für schwarze Jugendliche eingesetzt hatte, die am Schwimmbad von Industry, Alabama, für die Rassenintegration demonstriert hatten, nimmt an der Beerdigung von

Taylor Jackson, 16, teil, der bei dem spontanen Sit-in am 14. Mai ums Leben kam. Als die Begräbnisfeier Ausschreitungen von Befürwortern der Rassentrennung zur Folge hatte, schützte der junge Bullis die neunjährige Josie Ella Davis (rechts) vor umherfliegenden Glassplittern. Foto ©1965 by Mike Clemmer. (Artikel auf S. 45.)

»Um Gottes willen«, sagte Lucille.

Der Kassierer schaute von seinem Buch auf. »Kann ich Ihnen helfen?«

»Oh, ja. Eine Packung Salem bitte, und das hier – diese Zeitschrift. Ich nehme sie alle.« Sie hastete in ihren Bungalow, mit allen sechs Exemplaren von *Life* an sich gedrückt, so als könnte das Foto von Peejoe sie verraten.

Sie verriegelte die Tür, schloß die Jalousien und warf sich aufs Bett.

Wie war das möglich? Vor einer Woche hatte sie Dove von Arizona aus angerufen, und er hatte mit keinem Wort – das heißt, Moment mal, vielleicht hatte er es doch erwähnt. Vielleicht hatte er ihr etwas über Unruhen in Industry sagen wollen, und sie war zu sehr mit ihren Abenteuern beschäftigt gewesen, um ihm zuzuhören.

Die ganze Welt zu Hause hatte für Lucille aufgehört zu existieren, bis Peejoes Gesicht sie von dem Zeitschriftenständer angestarrt hatte.

Sie mußte einen kleinen Eifersuchtsanfall niederkämpfen, weil ihr zwölfjähriger Neffe es geschafft hatte, vor ihr aufs Titelbild von *Life* zu kommen.

Armer Peejoe! Was die mit seinem Gesicht gemacht hatten! Hastig blätterte sie die Seiten um. Offenbar war im Kreis Cotton explosionsartig eine ähnliche Lage wie in Selma entstanden, kaum daß Lucille weg war. Der Beweis lag vor ihr, für jedermann in plakativem Schwarzweiß gedruckt.

Mein Gott, da war ja Sheriff John Doggett höchstpersönlich; dickbäuchig und fies wie eh und je stand er auf den Stufen des Gerichtsgebäudes, mit einer Überschrift in zwei Zentimeter hohen Lettern: »›WIR DULDEN HIER KEINE AUFMÜPFIGEN NIGGER‹, SAGT DER SHERIFF.«

Auf der nächsten Doppelseite waren mehrere Fotos von Farbigen abgedruckt, die angezogen in ein Schwimmbecken sprangen, und darunter stand: »BAD IM ›FLUSS DER FREIHEIT‹ ENDET IN TRAGÖDIE.«

Dann noch mehr Fotos wie das auf dem Cover, nächtliche Gewalttätigkeiten zu einzelnen Bildern erstarrt, Horden johlender weißer Männer, blutüberströmte Opfer. Lucille konnte Peejoe auf keinem dieser Bilder entdecken, aber auf einem sah sie im Hintergrund Doves Leichenwagen.

Sie blätterte zu den ersten beiden Seiten zurück.

Ein verschlafenes Städtchen, Industry, Alabama – verschlafener, als der Name vermuten läßt. Von Bäumen beschatteter Sitz der Kreisverwaltung des Cotton County, Zentrum einer überwiegend landwirtschaftlich geprägten Region und Eisenbahnknotenpunkt, hat Industry gut 2000 Einwohner, davon rund eine Hälfte Schwarze, die andere Weiße.

Bis letzte Woche ist die schwarze Hälfte von Industry stets weitgehend ruhig und unsichtbar geblieben.

Letzte Woche nun fanden die Schwarzen der Stadt ihre Stimme, und ihre Stimme verhallte nicht ungehört. Die Bürgerrechts-Revolution, die sich in letzter Zeit wie ein Flächenbrand in den Südstaaten ausbreitet (siehe *Life* vom 8. April), hat nun auch die schwarze Bevölkerung von Industry erfaßt und äußert sich hier mit derselben quasi-religiösen Inbrunst und Entschlossenheit zum gewaltlosen Widerstand, wie sie Martin Luther King in seinen berühmt gewordenen Kampagnen in Selma und Birmingham an den Tag legte.

Ein spontaner Versuch, die Rassentrennung im nagelneuen Schwimmbad von Industry zu überwinden, führte zu einem ausgewachsenen Rassenkrawall. Unbehelligt von den örtlichen Vertretern der Staatsgewalt, fiel eine Horde entfesselter Weißer im Schutz der Dunkelheit über die Demonstranten her und prügelte vierzig Minuten lang wahllos auf sie ein. Auf der Strecke blieben zwei Tote und mindestens 20 Verletzte.

Der schwarze Leichenbestatter Nehemiah Thomas, der führende Kopf der noch in den Kinderschuhen steckenden Bürgerrechtsbewegung von Industry, schmachtet jetzt im Gefängnis des Kreises Cotton, wo er ohne präzise Beschuldigung festgehalten wird. »Unser Kampf hat erst begonnen«, sagt er.

Der bereits dreimal wiedergewählte Sheriff John Doggett (oben) hat eine bündige Erklärung für die Ausschreitungen parat. »Wir dulden hier im Kreis Cotton keine aufmüpfigen Nigger und von außerhalb eingeschleusten Unruhestifter«, sagt er. »Wir haben immer nach unseren eigenen Regeln gelebt und wehren uns, wenn irgend jemand diese Regeln ändern will.«

Doggett und seine 14 Hilfssheriffs ließen sich am Abend des 21. Mai, der Nacht des Terrors und der Schande in Industry, nicht blicken . . .

Lucille las den Artikel dreimal. Kein Wort über Peejoe. Nur das beunruhigende Bild auf der Titelseite.

Sie schob es hinaus, solange sie es aushalten konnte, denn sie war jetzt Carolyn Clay, die Verwandlung war fast perfekt. Es war gefährlich, irgend jemandem aus ihrem alten Leben Hinweise auf sich zu geben.

Dann hielt sie es nicht mehr aus. Sie warf die Zeitschrift quer durchs Zimmer und griff nach dem Telefon.

22
PEEJOE / Industry

Ganze Scharen von Schwarzen versammelten sich jeden Morgen vor dem Gerichtsgebäude mit Schildern und Transparenten, auf denen stand: »Laßt Bruder Thomas frei!« Weiße Jungen verspotteten sie und spuckten vor ihnen aus.

Da Nehemiah im Gefängnis saß, hatte Dove in aller Stille zusätzlich zu seiner weißen Klientel die Balsamierung aller Farbigen übernommen, die im Kreis Cotton starben.

Das war gefährlich, und Tante Earlene war entschieden dagegen, angesichts der vielen Protestmärsche und Ansprachen und Gebetsversammlungen, die jetzt täglich stattfanden, und der Gerüchte, die in der Stadt umliefen.

Erstens einmal, erinnerte Earlene ihren Mann, sei es im Staate Alabama verboten, ein Bestattungsinstitut für Weiße und Schwarze zu führen. »Und zweitens geht dich das alles nichts an. Warum können die sich nicht um ihre eigenen Toten kümmern?«

»Ach, laß mich doch in Ruhe«, sagte Dove.

»Schwimmbäder und Lokale sind *eine* Sache«, fuhr sie fort, »aber die Leute sollten die Möglichkeit haben, ihre toten Angehörigen aufbahren zu lassen, wo sie wollen.«

»Und was ist mit den Farbigen?« fragte Dove. »Die sind genauso tot. Was soll ich deiner Meinung nach mit denen tun?«

Earlene sagte: »In letzter Zeit frage ich mich öfters, ob du dir absichtlich Ärger einhandeln willst.«

»Jedenfalls will ich nicht mit dir streiten, soviel steht fest«, sagte Dove.

»Wenn die Leute erfahren, daß du heimlich durch die Hintertür schwarze Leichen reinbringst, während in den vorderen Salons ihre eigenen Großmütter aufgebahrt liegen, dann, mein Lieber, tja dann werden sie uns aus der Stadt jagen. Im allergünstigsten Fall mußt du dein Geschäft aufgeben, und wir werden unser Leben lang nie mehr irgendwohin eingeladen.«

»Aber was soll ich denn machen, Earlene? Der Mann sitzt nun mal im Gefängnis. Ich kann doch die Balsamierung dieser Leute nicht aufschieben, bis es John Doggett beliebt, ihn freizulassen.«

»Das ist nicht deine Sorge.«

»Eben doch, verdammt noch mal, ich bin der Coroner in unserem Bezirk. Und ich bin der einzige zugelassene Leichenbestatter in der Stadt, der zufällig nicht hinter Gittern sitzt.«

»Aber es geht doch nicht um Leben und Tod, Dove. Diese Menschen sind tot, es schadet ihnen doch nichts, wenn sie ein paar Tage länger in der Kühlung bleiben.«

»Was verstehst du denn davon? Die Angehörigen wollen wie gewohnt um ihre Toten trauern, sie beerdigen. Das ist ihnen wichtig.«

»So ist's recht, schenk dir ruhig noch einen Drink ein«, sagte sie. »Trink dich zu allem andern auch noch zu Tode.«

Irgendwie kamen sie zu einem Waffenstillstand. Bei Tage blieb das Croaker-Moseley nach außen hin ein Bestattungsinstitut nur für Weiße. Falls an dem Tag irgendwelche Farbigen gestorben waren, brachten Nehemiahs Söhne Ben und Ramsey die Leichen zwischen Mitternacht und zwei Uhr morgens. Dove und Randall Mulch arbeiteten dann die ganze Nacht im Balsamierraum, so daß Milton die Leichen noch vor Morgengrauen ins Blessed Rest zurückbringen konnte.

Earlene war nach wie vor sauer auf Dove, Dove war sauer auf den Sheriff und Nehemiah Thomas, diese beiden waren sauer aufeinander und sorgten dafür, daß ihre jeweiligen Anhänger scharenweise sauer wurden. Mabel war sauer auf Wiley, Wiley war sauer auf die ganze Welt.

Ich war eigentlich auf niemanden sauer, aber ich konnte es nicht fassen, daß diese zwielichtigen Kerle einfach aus dem Wald kommen, die Menschen zusammenschlagen, auf das Blessed-Rest-Bestattunginstitut schießen und nach alledem frei herumlaufen konnten und nicht bestraft wurden (abgesehen von der Geschichte mit den Reifen). Wenn es mit rechten Dingen zugegangen wäre, hätten diese Männer anstelle von Nehemiah Thomas im Kittchen gesessen.

Doch der Sheriff dachte gar nicht daran, sie zu verhaften. Sogar Dove sagte, es hätte keinen Sinn, sie aufzustöbern, es würde immer welche geben, die genauso dachten und handelten wie sie.

Aber die eine Nacht im Blessed Rest hatte Dove verändert. Seit dem Moment, als er Miss Bessie Stringfellow mit uns zusammen im Leichenwagen weggebracht hatte, stand er auf der Seite von Nehemiah Thomas und den Schwarzen.

Er tarnte seine Entscheidung, indem er viel im Schutz der Dunkelheit erledigte; vielleicht wußte er selbst nicht, daß diese Entscheidung unwiderruflich war, aber sie war es. Er hat mir nie etwas erklärt, nie mit mir darüber gesprochen. Ich sah es alles in seinen Augen.

Ich sah es spät eines Nachts, als ich durch das Guckloch im Fußboden des Dachzimmers spähte und beobachtete, wie er im

Balsamierraum herumwankte und aus Leibeskräften *Waltzin' Matilda, waltzin' Matilda, Matilda, Matilda, with me* . . . sang.

Der Leichnam eines Mannes im mittleren Alter lag auf dem Tisch. Er mußte weiß gewesen sein, bevor ihn der Blitz traf. Er lag da verkohlt und fettig, wie ein Stück nicht ganz gar gegrilltes Fleisch. Er sah schlimm aus. Ich konnte mir nicht vorstellen, wie es Dove in seinem augenblicklichen Zustand schaffen sollte, ihn so herzurichten, daß er auch nur halbwegs passabel aussah.

Dove sang mit Inbrunst und entfernte sich torkelnd von dem Tisch. Er und Earlene hatten wieder gestritten, ich hatte es trotz des Gedröhns der Klimageräte gehört. Ich wußte, wie sehr Dove Streit verabscheute.

Er schrie »gottverdammich!«, stieß gegen ein Regal und warf einen Stapel Blechschüsseln herunter.

Ich ging mit dem Auge ganz dicht an das Loch heran. Dove lag neben dem Balsamiertisch auf dem Rücken. Er stöhnte und versuchte vergeblich, sich mit den Händen vom Boden abzustoßen, um wieder auf die Beine zu kommen.

Er drehte sich mit einem Ruck auf die Seite, bekam mit einer Hand die Tischkante zu fassen und zog sich hoch – Auge in Auge mit dem gegrillten Mann.

Er grunzte überrascht, taumelte an die Wand zurück und sackte wieder zusammen.

Ich hielt es nicht aus, ihn so zu sehen. Ich hatte ihn lieb. Ich schämte mich für ihn.

Ich tappte die Treppe hinunter. Aus den Aufbahrungsräumen kam die ewige Orgelmusik. Ich tastete mich an den Wänden entlang zur Leichenhalle vor.

Ich öffnete die graue Tür.

Der vom Blitz erschlagene Mann war aus Augenhöhe betrachtet viel eindrucksvoller. In den Formalingestank mischte sich ein so widerlicher Geruch nach gebratenem Fleisch, daß ich in den Flur zurücktaumelte, um Luft zu schnappen.

Zuerst mußte ich den Toten zudecken, damit ich mich überhaupt in dem Raum aufhalten konnte.

Ich hielt die Luft an und rannte hinein, packte eine Plane und breitete sie mit einem Schwung über ihn wie ein knitterndes schwarzes Bettlaken, wobei ich den Blick auf den Boden gerichtet hielt. Wenn ich einmal groß war und Bestattungsunternehmer wurde, mußte ich einen solchen Anblick ertragen, aber vorerst war es besser, nicht hinzusehen.

»Hallo, Peter Joseph. Was zum Teufel willst du denn hier?« Dove sah blinzelnd zu mir auf. »Es ist mitten in der Nacht.«

»Ich weiß, Onkel Dove.« Ich kniete mich neben ihn auf den Boden, ein Knie auf dem Abfluß. »Du mußt jetzt ins Bett gehen.«

»Ich weiß nich«, sagte er, »ich weiß nich. Ich glaub, ich muß noch bißchen was tun, bloß noch bißchen was arbeiten, und dann kann ich ins . . .«

»Du hast heute abend schon zuviel gearbeitet. Versuch mal, ob du den Arm um meine Schulter legen kannst.«

Er schnaubte und stieß meine Hand weg. »Das ist ja lachhaft, du bist verletzt. Dein armes kleines Auge, o mein Gott. Du kannst doch mir nicht helfen.«

»Aber du kannst doch nicht hier auf dem Boden schlafen! Komm, versuch's wenigstens, okay?«

Er versuchte es. Mit letzter Kraft kam er wieder auf die Beine, so daß er sich mit dem Rücken an die Wand lehnen konnte. »Mann . . .« Er wippte auf den Fersen.

Wir machten einen Schritt. Er kam mir mit dem Gesicht so nahe, daß mir von dem Fuseldunst ganz mulmig wurde. »Ich weiß nich, Junge, ich weiß nich. Wo gehn wir hin?«

Ich hörte hinterm Haus eine Autotür zufallen. Dove entglitt mir.

Er sank wieder zu Boden, und mit ihm sank mein Mut. Wenn es nun Ben und Ramsey waren? Ich konnte doch nicht zulassen, daß sie ihn so sahen.

Er kicherte, als ob seine Unfähigkeit, sich auf den Beinen zu halten, ein lustiges Spiel sei. Ich kniete mich hin und packte ihn unter den Armen, aber er war zu schwer für mich. »Ach, bitte, Onkel Dove! Da kommt jemand!«

»Wir kriegen Gesellschaft?« Seine Arme wurden schlaff.

Die Tür quietschte. Milton verging das Begrüßungslächeln, als er sah, was los war. »Abend, Peejoe. Bist mächtig spät noch auf.«

»Bin ich froh, daß Sie's sind. Können Sie mir helfen, ihn ins Bett zu bringen?«

»Naja, ich weiß nich, ob er will.« Er beugte sich herab. »Misser Dove, wolln Sie ins Bett gehn?«

»Nee.«

»Siehst? Er will nich.«

»Aber wir können ihn doch nicht hier liegen lassen.«

»Meistens sonst, wenn er . . . so müd is, leg ich ihn da hinten aufs Sofa«, sagte Milton. »Da schläft er richtig gut da hinten.« Er legte Dove den Arm fest um die Schultern und zog ihn mit einer einzigen geübten Bewegung hoch. »Misser Dove arbeit zu viel in letzter Zeit. Macht ihn fertig.«

»Und ob ich fertig bin, Milton«, murmelte Dove.

Das Telefon klingelte.

»Misser Peejoe, gehs du ran? Ich hab die Hände voll.«

Ich ging an ihm vorbei ins Büro mit seinen Wänden voller Bücher über das Bestattungswesen, seinen übereinandergestellten Registraturschränkchen und wirklichkeitsgetreuen verkleinerten Sargmodellen. Ich nahm den Hörer ab. »Hallo?«

Eine Frauenstimme: »Mit wem spreche ich?«

»Peejoe. Wer ist dort?«

»Peejoe? Mein Gott, geht's dir gut?«

»Tante Lucille, bist du's?«

Langes Schweigen. »Wer ist außer dir noch da?«

»Bloß Dove«, sagte ich. »Und Milton.«

»Ist sonst noch wer da? Kann irgend jemand mithören?«

»Nein. Wo bist du?« Sie klang sehr weit weg, ein Rauschen in der Leitung, wie wenn man sich eine große Muschel ans Ohr hält.

»Gib mir mal bitte Dove.«

In dem Moment bugsierte Milton ihn gerade durch die Bürotür. Dove sah das mit schwarzem Vinyl bezogene Sofa und wankte mit ausgestreckten Armen darauf zu.

»Ich glaube, er kann im Augenblick nicht.« Ich sah zu, wie er in Zeitlupe auf dem Sofa zusammenbrach.

»Schläft er, oder ist er bloß betrunken?«

»Ich schätze, er ist betrunken.«

»Ja, um Himmels willen, Peejoe, ich hab vorhin das Bild gesehen und mir solche Sorgen gemacht! Was ist eigentlich los bei euch? Und was ist mit deinem Gesicht passiert?«

»Welches Bild?«

»Soll das heißen, du hast es noch nicht gesehen?«

»Nein, Ma'am.«

»Dann halt dich fest, mein Kleiner. Du bist auf dem Titelbild von *Life*.«

»Ich bin was?!«

»Es ist die neueste Nummer, die vom, Moment mal, vom ... fünfundzwanzigsten Mai. Da ist ein Bild von dir vorne drauf. Das hast du nicht gewußt?«

»Tja, nein, Ma'am«, sagte ich, »ich weiß überhaupt nichts davon.« Dann fiel mir der Mann mit dem grauen Hut und seiner Blitzkamera ein, am Abend des Massakers am Schwimmbad. »Moment mal. Oh, nein. Hat der wirklich – du hast mein Bild gesehen?«

»Ich und noch ein paar Millionen Leute«, sagte Lucille. »In was für einen Schlamassel bist du denn da geraten, Kind? Wer hat auf dich geschossen?«

Natürlich hätte ich meinerseits tausend Fragen an Tante Lucille gehabt, aber sie ließ mich keine einzige stellen, ehe ich ihr nicht die ganze Sache erklärt hatte, von Taylor am Schwimmbad über meinen Unfall im Garten von Mrs. Boggs bis zu der Schießerei am Blessed Rest.

»Aber hier steht's doch schwarz auf weiß«, beharrte sie. »›Peter Bullis, 12 Jahre, der bei einem mysteriösen Feuerüberfall verletzt wurde.‹ Warum sollten die so was schreiben, wenn es nicht stimmt?«

»Ich weiß es nicht. Das erzählen sich alle, aber es ist nicht wahr.« Ich konnte es nicht fassen – mein Gesicht auf der Titelseite von *Life*! Ich brannte darauf, es Wiley zu erzählen.

Dove schnarchte. Milton sah mich verwundert an.

»Tante Lucille, wo bist du hingefahren?«

Wieder eine lange Pause. »Nach Florida, Peejoe. Ich bin oft am Meer. Es geht mir sehr gut. Ach, übrigens, es tut mir leid, daß du und Wiley von Mama weg und mit Dove mitfahren mußtet. Aber es ging nun mal nicht anders.«

»Hast du immer noch Onkel Chesters Kopf?«

»Psst, nicht – ich weiß nicht, wovon du redest. Es könnte doch jemand zuhören.«

»Keine Angst. Alle schlafen schon, bis auf Milton.«

»Hat der Sheriff dich über mich ausgefragt?«

»Ja, am Anfang. Aber in letzter Zeit ist er anderweitig beschäftigt.«

»Hast du ihm irgend etwas gesagt?«

»Nicht viel. Ich wußte noch den Namen von dem Mann, mit dem du dich treffen wolltest, hab ihn ihm aber nicht gesagt. Ich will nicht, daß sie dich schnappen.«

Sie schniefte ein bißchen. »Ich danke dir, Peejoe. Eines Tages werde ich mich erkenntlich zeigen. Hör mal, ich muß jetzt weg. Sag Dove, daß ich ihn anrufe, wann, weiß ich noch nicht. Ich muß vorsichtig sein. Ich weiß, daß du das verstehst.«

»Kommst du nie mehr zurück, Tante Lucille?«

»Wenn's nach mir geht, nicht, Schätzchen.«

»Werde ich dich irgendwann noch mal wiedersehen?«

»*Das* ist eine ganz andere Frage. Aber bis dahin mußt du gut auf dein Auge aufpassen.«

»Versprochen.«

»Na gut, mein Süßer, Wiedersehen.« Sie legte auf.

»Wer warn das?« wollte Milton wissen.

»Tante Lucille.«

»Hab mir gedacht ich hab so was gehört. Wo is sie?«

»In Florida. Am Meer.«

»Mhm, mhm. Kommt wohl nich mehr hierher zurück?«

»Ich glaub nicht. Ich will aber, daß sie wiederkommt.«

»Ich nich.« Er schüttelte den Kopf. »Nein, danke, Sir.«

»Wieso nicht, Milton?«

»Hast doch gesehn, was sie Misser Chester angetan hat.«

»Sie war wütend auf ihn. Sie wird keinem mehr was tun«, sagte ich. »Wenn sie wiederkäme, könnten Wiley und ich wieder nach Hause.«

Es war das erste Mal seit langer Zeit, daß ich diesen Wunsch äußerte. Lucilles Stimme am Telefon ließ es alles wieder vor mir erstehen – was für ein schönes, leichtes Leben Wiley und ich gehabt hatten, bevor sie nach Pigeon Creek gekommen war und alles durcheinandergebracht hatte. Das Leben hier bei Dove hatte ich mir anders vorgestellt. Man brauchte ihn sich bloß ansehen, wie er da auf dem Sofa lag: Eine Hand hing auf den

Boden herab, der Mund stand ihm offen und entließ ein lautes Schnarchen.

Milton sagte: »So, dann geh ich mal auch ins Bett.«

»Müssen wir ihn nicht zudecken oder so. Sieht aus, als ob ihm kalt ist.«

»Fehlt ihm nichts.«

»Ich hol ihm eine Decke«, sagte ich.

»Gut von dir, daß dich so um ihn kümmerst. Er wär dir bestimmt dankbar. Also dann Gutnacht.« Milton ging in sein Zimmer.

Ich hörte etwas im Ausstellungsraum und spähte an dem Samtvorhang vorbei. Mabel sah mich nicht. Sie murmelte Unverständliches vor sich hin. Die Arme hatte sie ausgebreitet wie Schwingen.

Ich stieg in unser Zimmer unterm Dach hinauf, wo Wiley ebenfalls dabei war, Baumstämme zu zersägen, nahm meine kratzige Militär-Wolldecke vom Bett und schleifte sie hinter mir her die Treppe hinunter. Dove hatte sich inzwischen umgedreht und lag mit dem Gesicht an der Rückenlehne des Sofas. Ich deckte ihn zu, so gut es ging.

Endlich hatte ich das schreckliche Geheimnis hinter der grauen Tür entdeckt, das, was ich auf keinen Fall sehen sollte: Dove selbst, seiner Sinne nicht mächtig.

Ich knipste das Licht aus und holte aus dem Badezimmer im ersten Stock alle Handtücher, die ich finden konnte. Ich legte mich auf mein Bett und deckte mich mit den gegeneinander versetzten Handtüchern notdürftig zu. Mein Auge tat nicht mehr weh, und mir war eigentlich nicht kalt, und es war schließlich nicht Doves Idee gewesen, daß ich unter Handtüchern schlief, während er unter meiner Decke schnarchte. Aber ich fand mich trotzdem ziemlich bedauernswert und genoß eine Zeitlang dieses Gefühl.

Dann fiel es mir wieder ein: Das Titelbild von *Life*!

23
PEEJOE / Industry

Dove hielt sich die Hände vors Gesicht. »Was hat sie gesagt?«

»Sie hat gesagt, sie ist in Florida. Sie kommt nicht wieder.«

Er rieb sich die Schläfen. Sein Gesicht war rot und verschwollen. Die Tasse Kaffee, die vor ihm stand, hatte er nicht angerührt. »Hat sie gesagt, wo in Florida?«

»Nein.«

»Ich glaube, sie lügt. Ich glaube, sie ist direkt nach Kalifornien gefahren, wie sie's von Anfang an vorhatte. Hat sie gesagt, daß sie allein ist?«

»Nein. Ich hab sie gefragt, ob sie immer noch Onkel Chester bei sich hat, aber sie wollte nicht darüber reden.«

Ein Auge blinzelte mich zwischen zwei Fingern hindurch an. »Das hast du sie gefragt?«

»Ich hab mir gedacht, vielleicht sagt sie's mir, wenn sie ihn irgendwo gelassen hat.«

»Warum hast du mich nicht geweckt und mich mit ihr reden lassen?«

Er wußte nicht mehr, in welchem Zustand er gewesen war, da wollte ich ihn auch nicht daran erinnern. »Na ja, du hast ziemlich fest geschlafen, Onkel Dove. Sie hat gesagt, sie ruft wieder an. Aber das Beste hab ich dir noch gar nicht erzählt, das, wegen dem sie angerufen hat.«

Den ganzen Vormittag hatte ich darauf gewartet, daß Dove aufwachen und Wiley, der draußen mit dem Baseballschläger hohe Bälle schlug, hereinkommen würde und ich ihnen die große Neuigkeit eröffnen konnte.

Es sollte nicht sein. In dem Moment kam nämlich Earlene die Treppe herauf und in die Wohnung gestürmt, in der einen Hand ein Bündel Briefe, in der anderen eine Zeitschrift. »Seht euch das an!« kreischte sie. »Da! Seht!« Sie kam mit Riesenschritten durchs Zimmer und knallte das Heft auf den Tisch.

Oh, mein Gott. Da war mein Gesicht, lebensgroß auf der Titelseite von *Life*.

Warum hatte Lucille mir nicht gesagt, wie grauenhaft ich

aussah? Schrecklich! Ich hatte mir so etwas Ähnliches wie mein Schulfoto vom letzten Jahr vorgestellt, mit gekämmtem Haar und einem netten gekünstelten Lächeln. Lucille hatte nicht erwähnt, daß ich wie ein verängstigtes, verwundetes Tier aussah und daß sich ein kleines schwarzes Mädchen an mich klammerte, während im Hintergrund Schwarze in Todesangst flüchteten.

Ich stöhnte auf. »O nein. Ich hab nicht gewußt, daß es so werden würde.«

»Du hast davon *gewußt*?« Earlene riß mir die Zeitschrift aus der Hand, als ob sie mich damit schlagen wollte. »Du hast davon gewußt und keinem Menschen was gesagt? Wer hat dir erlaubt, dich in *Life* abbilden zu lassen?«

»Wovon redet ihr eigentlich?« Dove streckte die Hand aus. »Zeig mal her, Earlene.«

Wiley stand vom Schafwollteppich auf und kam herüber. Er sah das Bild. Die Kinnlade fiel ihm herunter.

Earlenes Stimme zitterte vor Wut. »Das glaub ich einfach nicht, Dove. Das geht zu weit! Da versuchen wir, möglichst nicht aufzufallen und die ganze Geschichte halbwegs mit heiler Haut zu überstehen, und dieser Junge – *dein* Neffe, der unter *unserem* Dach lebt . . . Na, wie findest du das? Umarmt ein Niggerbalg auf der Titelseite von *Life*!«

Dove stieß einen Pfiff aus. »Sieh mal einer an, ich glaube tatsächlich, das bist du, Peter Joseph.«

»Das wollte ich dir doch die ganze Zeit sagen. Deswegen hat Tante Lucille gestern abend angerufen. Sie hat das Bild in Florida gesehen.«

»Und wer ist die Kleine, die sich da an dich klammert?«

»Weiß ich nicht. Sie hat mich gepackt, wie die die Lampen zerschossen haben. Es ist alles so schnell gegangen – ich hab nicht mal mitgekriegt, daß der das Bild gemacht hat. Du kannst dich doch noch an ihn erinnern, Wiley? Wir haben gedacht, er kommt von einer Zeitung.«

Wiley sagte: »Ist das das echte *Life*? Das mit Jackie Kennedy drauf und so?«

»Wir sind erledigt«, jammerte Earlene. »Jetzt können wir einpacken. Ich kann doch in dieser Stadt keinem mehr in die

Augen sehen. Schau dir an, was da steht, Dove: ›Nacht des Terrors und der Schande‹! Ich schäme mich ja so.«

Wiley sagte: »Mann, Peejoe, du bist berühmt.«

»Schau, dein Fuß ist mit aufs Bild gekommen.« Ich zeigte auf den Rand des Fotos.

»Du siehst wirklich mitleiderregend aus, mein Junge.« Dove blätterte das Heft durch. »Mal sehen, wen sie noch . . . ah, sieh dir das an, Earlene. Wenn du denkst, Peter Joseph sieht schlimm aus, dann guck dir mal John Doggett an, wie dem der Bauch über den Gürtel hängt.«

»Dove, du wirst heute abend deine Mutter anrufen.« Earlene war auf einmal ganz ruhig, und sie meinte es todernst. »Sie muß sie zurücknehmen, und damit basta. Tut mir leid, Jungs, ich hab wirklich eine Engelsgeduld gehabt, aber das ist der letzte Tropfen.«

»Mach dich nicht lächerlich, Earlene, Peter Joseph kann doch nichts dafür, daß man ihn fotografiert hat.«

Das Telefon klingelte. Earlene ging ran.

»Hört euch das an.« Dove hielt die Zeitschrift ins Licht. »›Der inhaftierte Organisator des Protestmarsches, Nehemiah Thomas, berichtet, Martin Luther King Jr. habe sich erboten, zu einer Kundgebung nach Industry zu kommen, um die Schwimmbad-Bürgerrechtsbewegung zu unterstützen.‹ Seht ihr, jetzt ist es schon eine ›Bewegung‹. Die werden allen eine Heidenangst einjagen. Ich wette, zehn Minuten, nachdem die das in der Stadt drin gelesen haben, lassen sie Nehemiah frei. Und ich wette, George Wallace wird quieken wie ein abgestochenes Schwein.«

Earlene gab sich Mühe, am Telefon möglichst unbefangen zu klingen. »Nein, Barbara, wir haben nichts davon gewußt, bis wir – naja, wir sind genauso überrascht wie ihr, aber die ganze Geschichte ist ein fürchterlicher Irrtum. Dove hat noch nicht mal – wie bitte? Nun mal langsam, Barbara, ich versteh dich ja.«

»Ach, hört euch das an«, sagte Dove. »›Titelbild: Peter Bullis, 12 Jahre, der bei einem mysteriösen Feuerüberfall verletzt wurde, nachdem er für schwarze Jugendliche eingetreten war, die versucht hatten, die Rassentrennung im städtischen Schwimmbad von Industry, Alabama, zu überwinden.‹ Peter Joseph, die sind finster entschlossen, dich in den ganzen Schlamassel reinzuziehen.«

Ich sah ihm über die Schulter und las mir den Absatz durch. »Ich hab das nie jemand so erzählt, Onkel Dove, ehrlich.«

»Glaub ich dir. Aber wenn so was erst mal in Umlauf ist, kommt man kaum noch dagegen an. Das ist wie mit dem schlangenköpfigen Ungeheuer, weiß du? Man hackt ihm einen Kopf ab, und es wachsen ihm zwei neue.«

Auf der Seite nach Sheriff Doggett erkannte ich die magere, knochige Frau wieder, die mich auf Taylor Jacksons Beerdigungsfeier angesprochen hatte – wie hieß sie noch? Ach ja, Lydia Combs. Hier war sie nun wieder, auf Seite 47, mit einem Schild »LAßT BRUDER THOMAS FREI« auf der Treppe des Gerichtsgebäudes. In der Bildunterschrift wurde sie zitiert: »Wir werden keine Ruhe geben, ehe nicht jeder einzelne von uns frei ist.« Bestimmt hatte sie dem Fotoreporter den ganzen Unsinn über mich erzählt.

»Ich hab John Doggett gewarnt, daß es so kommen würde«, sagte Dove. »Er kann auch keinem andern die Schuld in die Schuhe schieben, das hat er sich alles selber zuzuschreiben. Bestimmt hatte er keine Ahnung, daß dieser Bursche sich da rumgetrieben und Fotos gemacht hat.«

»Ich verstehe nicht, warum du so was sagst, Barbara, wir können doch nichts dafür«, sagte Earlene mit schriller Stimme. »Also weißt du, das ist doch wirklich unfair, oder vielleicht nicht? Wollen wir uns nicht mal zusammensetzen und versuchen, ob wir nicht . . . hallo? Hallo?« Earlene kam mit dem Apparat in der Hand zurück. »Das gibt's nicht. Die hat einfach aufgelegt.«

»Was wollte sie denn?« fragte Dove.

Earlene legte den Hörer auf die Gabel. »Sie hat's gesehen. Alle haben es gesehen. Es ist schon in der ganzen Stadt rum. Die haben das Heft alle heute früh mit der Post gekriegt. Barbara hat's durch einen Anruf von ihrer Mutter erfahren. Sie hat gesagt, wir wären Niggerfreunde, Dove.«

»Das hat Barbara gesagt?«

»Ihre Mutter. Aber Barbara hat gemeint, wir bringen Schande über die ganze Stadt, indem einer von uns so für ein Foto posiert, und wenn es uns hier nicht paßt, könnten wir ja wegziehen.«

»Ich hab nicht posiert«, protestierte ich.

»Das hätte ich ihr nicht zugetraut«, sagte Dove. »Das ist ja ekelhaft. Auf solche Freundinnen kannst du auch verzichten, Earlene. *Du* hättest auflegen sollen.«

»Sie hat gesagt, jeder weiß, daß du Leichen von Nehemiah übernommen hast«, fuhr Earlene fort. »Sie hat gesagt, von jetzt an würden bei einem Todesfall alle zum Brown Service in Dothan gehen. Hab ich's dir nicht gesagt?«

»Ach was, daß ist nichts als heiße Luft«, sagte Dove. »Es sind hundert Meilen nach Dotan und zurück. In einer Woche ist das vergessen.«

Ich betrachtete mein Gesicht auf dem Titelbild. Ich sah genauso verängstigt aus wie das kleine Mädchen, das sich an mich klammerte, die »neunjährige Josie Ella Davis«. Wäre ich das nicht selbst gewesen, hätte ich das Bild als Fremder angesehen, hätte ich gedacht: *Oh, mein Gott, diese armen Kinder.*

»Ich bin so häßlich«, sagte ich.

Earlene fuhr herum und sah mich böse an. »Ich will, daß du aus diesem Haus verschwindest. Dove, du hast die Wahl. Entweder er oder ich.«

»Ach, sei doch still, Peter Joseph bleibt hier. Er hat genug durchgemacht –«

»Ich sage, er muß hier verschwinden, und ich will, daß du mit diesem Wahnsinn mit Nehemiah Thomas aufhörst, bevor du auch noch den letzten Rest von deinem guten Ruf verspielst.«

»Earlene. Die beiden Jungen leben jetzt hier. Sie sind meine Verwandten, ob dir das paßt oder nicht. Und ich werde auch weiter genau das tun, was ich tun will, wie ich es immer gemacht habe«, sagte Dove. »Und wenn das deinen blöden Freundinnen nicht paßt, können *die* ja wegziehn. Und wenn es dir nicht paßt, na ja, Liebling, dort ist die Tür.«

Earlene schäumte. »Dove Bullis, willst du mir drohen?«

»Das ist keine Drohung.« Seine Stimme war so kalt wie ein Mundvoll Eis. »Es ist eine Tatsache. Manchmal vergißt du scheinbar, daß du meine Frau bist. Du bist weder meine Mutter, noch meine Chefin. Ich wünschte, du würdest *einmal* hinter mir stehen, wenn ich versuche, zu tun, was ich für richtig halte.«

»Hört auf, euch zu streiten«, rief ich. »Wenn sie mich hier nicht mehr haben will, dann geh ich eben zu Meemaw zurück! Ich *will* zu ihr zurück!«

Wiley warf Earlene einen bösen Blick zu. »Ich auch.«

»Ihr geht nirgends hin«, sagte Dove.

»Das werden wir ja sehen«, sagte Earlene.

»Gar nichts werden wir sehen.«

Sie starrten sich an.

»Ich halt das nicht aus!« kreischte Earlene. »Ich halt den Gedanken nicht aus, daß sich alle die Mäuler über uns zerreißen!« Sie stampfte hinaus.

Dove klopfte an die Tür von Mabels Zimmer. »Mabel, ich bin's, Daddy. Mach die Tür auf.«

Keine Antwort. Er drehte den Türknauf.

»Mabel, Liebes, schließ die Tür auf, bitte.«

Die Tür flog auf. Mabel hatte ein schmuddeliges Nachthemd an und einen wilden Blick in den Augen. Wimperntusche war ihr über das totenbleiche Gesicht gelaufen. Die Haare hingen ihr in Zotteln um den Kopf.

Dove wich einen Schritt zurück. »Mein Gott, Liebes, wann hast du dich das letzte Mal gekämmt?«

»Geh weg«, fauchte sie. »Laß mich in Ruhe.«

Man konnte richtig Angst kriegen. Ich trat auch einen Schritt zurück.

»Was ist denn mit dir?« erkundigte sich Dove besorgt.

»Ich *hasse* dich«, schrie sie mit flackernden Augen. »Ich hasse euch alle! Seht ihr nicht, daß ich schmutzig bin? Laßt mich in Ruhe!«

Wiley biß sich auf die Lippe und starrte auf den Boden.

Dove sagte: »Mabel, um Himmels willen, was ist denn? Hör mit diesem Quatsch auf und zieh dich ordentlich an. Ich hab auch ohne dich schon Ärger genug.«

Mabel schlug die Tür zu. Man hörte, wie sie den Schlüssel herumdrehte.

Dove packte den Türknauf, rüttelte daran. Er klopfte an die Tür. »May Belle, jetzt komm, Liebes.« Er klopfte wieder. Dann ließ er den Arm herunterhängen. »Wenn mir doch einer sagen würde, womit ich das verdient hab.«

Das Telefon klingelte. Er war sichtlich froh über die Ablenkung.

Ich mußte an unsere Versteckspiele vor langer Zeit denken, bei denen Mabel sich immer in Luft aufgelöst und dann wie durch Zauberei an der »Heimat« wieder aufgetaucht war. Sie war schon immer schreckhaft gewesen, ein bißchen seltsam. Als Kind hatte sie panische Angst vor dem Probealarm im Radio gehabt; sie dachte, der hohe Ton aus dem Lautsprecher bedeute, eine Atombombe würde über Alabama abgeworfen und sie umbringen. Später hatte Wiley entdeckt, daß die hohe »E«-Taste auf Meemaws Harmonium genau denselben durchdringenden Ton produzierte wie der Atom-Probealarm. Wir warteten dann immer, bis Mabel allein im Zimmer nebenan war und ein Comic-Heft las. Ich kniete mich hin und betätigte mit den Händen die Pedale, während Wiley die »E«-Taste drückte. Mabel war dann jedesmal schreiend aus dem Zimmer gerannt. Und wir hatten uns vor Lachen den Bauch gehalten.

Ich drehte mich um. »Was hat sie denn?«

Wiley schüttelte den Kopf. »Glaub mir, Peejoe, hier wird's wirklich langsam unheimlich. Ich hätte nichts dagegen, hier zu verschwinden. Wenn es sein müßte.«

»Aber wir müßten dann bei Meemaw mit Sandra und Cary und Farley und der ganzen Bande unter einem Dach leben«, sagte ich. »Wahrscheinlich müßten wir auf dem Fußboden schlafen.«

Dove sagte ins Telefon: »Dazu kann ich wirklich nichts sagen, ich weiß nicht, was ich in dem Fall tun würde. Wir können uns irgendwo treffen, falls Sie darüber sprechen möchten. Irgendwo außerhalb des Landkreises.«

Ich spitzte die Ohren.

»Ja, teilweise, einer von Nehemiahs Jungen hat sich die ersten drei Ziffern gemerkt. Fünf null sieben. Es war ein brauner Ford-Pickup mit einem weißen Streifen an der Seite, ein älteres Modell, sieben- oder achtundfünfzig, würde ich sagen.«

»Mit wem spricht er?« fragte Wiley mich leise.

Ich zuckte die Achseln.

»Ich weiß nicht, ob sich das machen ließe«, sagte Dove. »Ich wäre bereit, mich mit Ihnen zu treffen und die Angelegenheit durchzusprechen, aber ich kann nichts versprechen. Es ist eine knifflige Situation hier. Wie Sie sich sicher vorstellen können.«

Er merkte, daß wir mithörten, und bat seinen Gesprächspartner, in einer Viertelstunde noch einmal anzurufen. Er legte auf und sah uns mit trüben Augen an. »Jungs, ich weih euch jetzt in was ein. Ihr dürft vorerst niemand was davon sagen, Mabel nicht, Earlene nicht, keinem. Das könnte mich in ernste Schwierigkeiten bringen, versteht ihr? Diesmal mache ich keinen Spaß.«

»Ja, Sir«, sagten wir.

»Ich hab gerade mit einem Mann gesprochen, der diesem ganzen Prügeln und Umbringen ein Ende machen will. Er will, daß ich ihm und seinen Leuten helfe, die Schuldigen zur Verantwortung zu ziehen. Könnte sein, daß er auch eure Hilfe braucht. Es wäre nicht ganz ungefährlich. Wir würden uns ganz schön aus dem Fenster hängen.«

»Was will er von uns?« fragte Wiley.

»Tja, letzten Endes könnte es darum gehen, daß ihr Zeugenaussagen macht. Das heißt, daß ihr vor Gericht erzählen müßtet, was ihr gesehen habt.«

»Kenn ich«, sagte ich. Ich hatte unzählige Male »Perry Mason« gesehen.

»Ich weiß nicht, ob euch klar ist, was das bedeutet. Keiner hier wird euch dafür dankbar sein. Wir würden uns mit ein paar mächtigen Leuten anlegen, allen voran Mr. John Doggett persönlich. Und ihr habt ja gesehen, was er für ein Gemütsmensch sein kann.«

»Und warum brauchen sie ausgerechnet uns, Onkel Dove?«

»Ihr habt gesehen, wie es diesem Taylor ergangen ist, und dann die Sache neulich abends beim Schwimmbad. Und bei Nehemiah. Ich hab manches davon selbst gesehen, aber ihr wart immer dabei. Und, ihr habt keinen Grund, nicht die Wahrheit darüber zu sagen. Wie der Mann vorhin meinte: Ihr seid jung genug und weiß genug, daß euch die Geschworenen mehr glauben würden als irgend jemand anderem, der auch dabei war.«

Ich fragte mich, ob ich unter dem Kreuzverhör zusammenbrechen und irgendein schreckliches Verbrechen gestehen würde, wie es die Zeugen in »Perry Mason« jede Woche taten.

»Dieser Mann will sich mit euch treffen«, sage Dove. »Er will von euch selber hören, was ihr gesehen habt. Hört zu, Jungs. Ihr müßt das nicht machen. Das wird kein Zuckerlecken. Ich bringe euch gerne zu Mama zurück, falls euch das lieber ist. Ihr fehlt ihr sehr. Ich hab für alles Verständnis, ganz gleich, wie Ihr euch entscheidet. Ich hab so ein Gefühl, daß es hier noch ganz schön rund gehn wird, bevor wieder Ruhe einkehrt.«

»Und Tante Earlene?« erkundigte ich mich. »Sie kann mich nicht ausstehen.«

»Du bist nicht die Ursache dieses Problems, Peter Joseph, glaub mir. Überlaß Earlene mir.«

Als ich später darüber nachdachte, wurde mir klar, daß Dove uns von Anfang an am Haken hatte. Er kannte unsere Antwort im voraus. Das war keine wirkliche Wahl – entweder tapfer sein und hierbleiben und ihm helfen, die Bösen zu fangen, oder heimfahren und alles ihm überlassen. Wir waren noch Kinder, und es war eigentlich nicht fair von ihm, uns so auszutricksen, aber so, wie er uns die Lage auseinandergesetzt hatte, fühlte ich mich wichtig und unentbehrlich. Endlich saß ich mit den Erwachsenen an einem Tisch.

Wiley fragte mich: »Was meinst du, Peejoe?«

Ich glaubte, es sei mein selbstloses, heroisches Wesen, das mich zu der Antwort bewog: »Wir sollten hierbleiben und Dove helfen.«

»Ja, finde ich auch.«

Dove sagte: »Danke, Jungs.«

»Was werden sie machen, den Sheriff verhaften?« fragte Wiley.

»Schwer zu sagen. Ihr müßt euch vor allem erst mal völlig klar darüber werden, was ihr eigentlich gesehen habt, sonst hat keiner was davon. Mit ›ich glaube‹ kann ein Gericht nichts anfangen. Und, Peter Joseph, vielleicht gelingt's dir ja, vorerst nicht wieder aufs Titelbild von einer dieser blöden Zeitschriften zu kommen, ja?« Er schüttelte den Kopf. »Du bist mir eine Nummer.«

Das Telefon klingelte wieder. Dove schickte uns mit einer Handbewegung aus dem Zimmer.

Ich zog mich in einen stillen Winkel zurück und betrachtete mein Gesicht auf der Titelseite von *Life*. Ich stellte mir vor, daß Meemaw dieses Bild zu sehen bekam: Sie würde entsetzt sein über mein durch den schmuddeligen Verband und die schwarze Augenklappe verunstaltetes Gesicht. Natürlich tat es mir gehörig leid für uns alle. Aber ich fand es auch aufregend, daß die Leute von *Life* von allen Gesichtern dieser Welt ausgerechnet meines für ihr Titelbild genommen hatten. Zahllose Menschen im ganzen Land sahen in diesem Moment mein Gesicht an und dachten *ach, dieser arme Junge.*

Und ich hatte immer gedacht, ich müßte erst erwachsen werden und etwas *leisten*, bevor ich berühmt wurde.

Jedes Haus in Alabama erhielt sein Exemplar von *Life* am Mittwochmorgen. Das Telefon klingelte den ganzen Tag im Croaker-Moseley. Manche schrien bloß »Niggerfreund« und legten auf. Andere waren Freunde von Dove: Nachbarn und Berufskollegen, die ihr Mitgefühl und ihre Meinung zum Ausdruck brachten.

Earlene kam am späten Nachmittag aus ihrem Zimmer, verkniffen und verheult, mit ihrem babyblauen Samsonite-Koffer in der Hand. »Ich möchte, daß Milton Mabel und mich nach Goshen fährt. Ich gehe zu Erma. Ich halte es hier keine Minute länger aus.«

»Na schön«, sagte Dove. »Ein Tapetenwechsel wird euch beiden gut tun.«

»Ist das alles, was du mir zu sagen hast?«

Dove sah von der Zeitung auf. »Ich wünsch dir viel Spaß. Grüß deine Schwester von mir. Ruf mich an, wenn du abgeholt werden möchtest.«

Ich sagte: »Tante Earlene, es tut mir leid. Ich hab das nicht gewollt, daß mein Bild in die Zeitung kommt.«

Sie beachtete mich nicht. »Dove, wo ist Mabel?«

Wiley sagte: »Sie ist unten und hält wieder Selbstgespräche.«

Earlene verschwand in Mabels Zimmer und kam nach drei Minuten mit einem zweiten Koffer heraus. »Tja«, sagte sie, »dann kann ich ja wohl gehen.« Offensichtlich hatte sie geglaubt, Dove würde sie bitten, bei ihm zu bleiben.

Er sagte nur: »Paß auf dich auf«, und las weiter in seiner Zeitung.

Earlene machte auf dem Absatz kehrt und marschierte hinaus.

Wiley ging ans Fenster, um ihre Abfahrt zu beobachten.

»Keine Sorge«, sagte Dove. »Nach zwanzig Meilen bittet sie Milton, sie wieder heimzufahren.«

Nach zwei Stunden kam Milton zurück, ohne Earlene und Mabel.

Dove sagte, bei Vollmond seien weibliche Wesen immer ein bißchen sonderbar. Er genehmigte sich einen großen Whiskey und schlief vor dem Fernseher ein.

Dr. Ward wickelte die letzte Windung Mullbinde ab. Er zuckte zusammen, als er mein Auge sah. Sofort hatte er sich wieder in der Gewalt, sagte: »Sieht schon viel besser aus« und strich mir das Haar glatt, aber das unwillkürliche Zucken sprach Bände.

Dove sagte: »Er kommt schon ganz gut mit dem einen Auge zurecht, stimmt's, Peter Joseph?«

»Es gibt nicht den geringsten Grund, warum du nicht ein völlig normales Leben führen solltest«, sagte der Arzt. »Dein gesundes Auge hat die volle Sehkraft; das einzige, was dir jetzt fehlt, ist das plastische Sehen. Aber du wirst lernen, das auszugleichen. Der einzige Unterschied zwischen dir und allen anderen ist, daß du wahrscheinlich eine Klappe über dem anderen Auge tragen mußt.«

»Sieht es immer noch so schlimm aus? Darf ich mal sehen?«

Er hielt mir den Spiegel vor.

Ich fuhr zusammen, wie kurz zuvor, als er es mit dem Finger berührt hatte. Seit dem letztenmal hatte das Auge die Färbung einer gequetschten, halb verfaulten Pflaume angenommen. Es sah schrecklich aus.

Ich schluckte. »Wird das immer so bleiben?«

»Es sind viele Blutgefäße durchtrennt worden. Dreh dich herum und halt still, damit ich das hier anbringen kann.« Er hatte ein dickes rundes Polster aus Mull mit Heftpflaster am Rand gebastelt, das er jetzt rings um meine Augenhöhle mit dem Daumen andrückte. »Trag da drüber die Augenklappe. Vielleicht können wir das nächstemal den Verband schon weglassen.«

Dove sagte: »Geh schon mal mit Wiley vor, Junge, ich möchte noch was mit dem Herrn Doktor besprechen.«

Ich ging hinaus. Wiley schaute von seiner Zeitschrift auf. »Du siehst besser aus ohne den blöden Kopfverband.«

»Danke.«

»Was hat er gesagt?«

»Das Auge ist blind. Wahrscheinlich werd ich nie wieder damit sehen können.«

»Das macht nichts«, sagte Wiley. »Du hast ja noch das andere.«

Wir fuhren auf der alten Staatsstraße durch Eureka Springs und Hamlet, durch Vinegar Flat und Pine Ridge bis zu einer Kreuzung unter einer hohen, ausladenden Eiche irgendwo ganz weit draußen. Dove hatte Cracker und Wiener Würstchen, Äpfel, Schokoriegel und Limonade mitgebracht. Wir aßen auf der warmen Motorhaube des Leichenwagens.

»Peter Joseph, du kriegst den überzähligen Schokoriegel, weil du beim Doktor so tapfer warst.«

»Meinst du, mein Auge wird noch mal besser, Onkel Dove?«

»Ich will dir mal was sagen, mein Junge. Ich halte das durchaus für möglich. Ich glaub, der Arzt hat uns einen Gefallen getan. Er hat es uns in den düstersten Farben geschildert. Jetzt weißt du, daß du mit dem Schlimmsten rechnen mußt, und kannst abwarten, wie's weitergeht. Laß die Hoffnung nicht sinken. Das sag ich mir selber auch immer.«

»Ist er das?« fragte Wiley, aber die Limousine fuhr vorbei, ohne anzuhalten.

»Wir sind zu früh dran«, sagte Dove. »Der kommt schon.«

Ich biß in den Schokoriegel. »Sind Earlene und Mabel für immer fort, Onkel Dove?«

»Nee, paß auf, die warten schon auf uns, wenn wir heimkommen.«

»Das hast du gestern auch gesagt.«

»Halt den Mund, Peejoe«, sagte Wiley.

»Ich will euch mal was über die Frauen verraten«, sagte Dove. »Die spielen nie nach irgendwelchen erkennbaren Regeln. Man kann verrückt werden, wenn man rauszukriegen versucht, was sie als nächstes machen werden. Ich weiß genau, daß sie jetzt bei ihrer Schwester neben dem Telefon sitzt und auf meinen Anruf wartet, aber wenn ich es täte, würde sie sofort auflegen. So sind sie nun mal. Ich lasse sie in Ruhe und warte ab, bis sie von selbst zu einem Entschluß kommt.«

Ich sagte es nicht, aber Earlene und Mabel fehlten mir überhaupt nicht. Wiley und ich konnten uns endlich frei im Haus bewegen, und ich hatte meinen Wiley wieder für mich. Wir aßen nach wie vor Törtchen zum Frühstück und Fertiggerichte am Abend, aber keiner nörgelte an uns herum oder zwang uns, »Ben Casey« anzusehen, wenn auf dem anderen Kanal Hitchcock lief . . .

Von Norden her das Singen von Autoreifen. Ein dunkelblauer Ford Fairlane kam langsam um die Kurve und hielt unter der Eiche.

»Na also.« Dove ließ sich von der Motorhaube gleiten.

Der Mann, der aus dem Wagen ausstieg, war groß und kräftig wie Dove. Er trug einen schweren Anzug aus Wollstoff und einen Hut mit schmaler Krempe und einem dreifarbigen Band. Seine großen, fleischigen Ohren lagen dicht am Kopf an; sie waren groß genug, um alles einzufangen. Er hatte Hängebacken, ein kantiges Kinn und eine tiefe Falte über der Nasenwurzel, aber seine Augen waren freundlich. Er kam mit ausgestreckter Hand auf uns zu. »Sie müssen Mr. Bullis sein.«

»Freunde nennen mich Dove. Wie geht's Ihnen?« Sie schüttelten sich die Hand.

»Um die Wahrheit zu sagen, ich komme um vor Hitze. Ich habe nicht die richtigen Sachen für das Klima hier mitgenommen.«

»Das sind meine Neffen, nach denen Sie sich erkundigt haben«, sagte Dove. »Der da ist Wiley, und das ist Peter Joseph.«

»Ja, ich erkenne dich wieder nach dem Foto.« Seine Hand umschloß meine. »Hiram Murphy. Ich bin Anwalt im Justizministerium. Weißt du, was das ist?«

»Nicht genau«, sagte ich.

Er erklärte mir, das sei ein Teil der Bundesregierung in Washington, D. C. »Wir verfolgen schon seit einiger Zeit die Entwicklung in Industry sehr aufmerksam. In den letzten Monaten ist es uns gelungen, einige Fälle vor Gericht zu bringen, wo die örtliche Justiz offenbar versagt hat. Wir wollen vor allem verhindern, daß diese Demonstrationen außer Kontrolle geraten. Könnt ihr mir folgen?«

Wiley nickte.

»Industry hat sich zu einem Brennpunkt entwickelt. Die Titelseite von *Life*, Aufnahmeteams von allen drei großen Fernsehanstalten – in ein paar Tagen wird es bei euch von Presseleuten und Bürgerrechtlern nur so wimmeln. George Wallace setzt alle Hebel in Bewegung, und wir sind informiert worden, daß Reverend King erwägt, Cotton County zu seinem nächsten Operationsziel zu machen. Wenn es uns gelänge, uns einzuschalten und die Lage zu entschärfen, könnte er darauf verzichten.«

»Mit anderen Worten, Sie möchten ihm zuvorkommen«, sagte Dove.

»So etwa könnte man es ausdrücken.« Schweiß tropfte Murphy vom Gesicht, aber er zog sein Jackett nicht aus und behielt auch den Hut auf. »Für den guten Reverend sind Leute wie der Gouverneur oder Ihr Sheriff Doggett ein gefundenes Fressen. Er wird nicht kommen, wenn er nicht sicher damit rechnen kann, daß sich jemand mit ihm anlegt und daß die Jungs von der Presse am Ball bleiben. Meine Aufgabe ist es, den Sheriff kaltzustellen, bevor es dazu kommt.«

»Und wie wollen Sie das erreichen?« erkundigte sich Dove.

»Ich glaube, wenn wir uns nicht zu dumm anstellen, können wir ihn anklagen, wegen Mordes.«

Das Wort hing einen Augenblick in der Luft wie Rauch aus einer Waffe.

»Wegen Mordes«, wiederholte Dove.

»Ja, wir haben den Vorfall mit dem älteren Jungen, David, und den zweiten mit seinem Bruder an dem Schwimmbad, damit ist klar, daß System dahintersteckt. Und ich habe einen Mann, der bezeugen kann, daß Doggett in der Nacht, in der Mrs. Stringfellow umgebracht wurde, mit einem Gewehr in dem bewußten Pickup saß.«

»Sie machen Witze«, sagte Dove. »Wer sollte das sein?«

»Einer, der auch in dem Wagen saß. Er hat uns eine ganze Liste von Namen gegeben. Sie brauchen nicht zu wissen, um wen es sich handelt, so wenig, wie ich ihm von Ihnen erzählen werde. Ich möchte vorerst noch keinen Staub aufwirbeln. Nicht umsonst tagen Grand Juries unter Ausschluß der Öffentlichkeit.«

»Glauben Sie wirklich, daß John Doggett in dem Wagen gesessen hat?« Dove war skeptisch.

»Ich glaube, Sie und die anderen können immerhin soviel aussagen, daß es für eine Anklage reicht.«

»Sind Sie da ganz sicher?«

»Mr. Bullis, ich sage das nur einmal, und wenn Sie mich zitieren, werde ich alles abstreiten. Die Regierung will verhindern, daß aus kleinen Buschbränden eine Feuersbrunst wird. Meine Aufgabe ist es, Sheriff Doggett aus dem Verkehr zu ziehen. Ich glaube, ich kann beweisen, daß er in dem Wagen gesessen hat, oder zumindest, daß er eingeweiht war und die Leute gewähren ließ, und das ist dasselbe, wie wenn er selbst den Finger am Abzug gehabt hätte. Wenn mir das gelingt, kann ich wieder heimfahren. Werden Sie mir helfen?«

Insekten sangen im Gras.

Dove lächelte. »Sie sind ein Yankee, Mr. Murphy, hab ich recht?«

»Naja, ich bin aus Pennsylvania. Also bin ich wohl einer.«

»Hier unten legen wir normalerweise nicht gleich bei der ersten Begegnung alle unsere Karten auf den Tisch«, sagte Dove.

»Die Zeit drängt«, erwiderte Murphy.

»Dann ziehen Sie lieber Ihr Jackett aus. Das kann ein bißchen länger dauern, als Sie denken.«

»Soll mir recht sein.« Murphy streifte es ab, und man sah, daß er große Schweißflecken unter den Achseln hatte. Er setzte sich auf den Kotflügel des Leichenwagens. »Also gut, Jungs, jetzt mal ganz von vorne. Erzählt mir alles, was ihr gesehen habt.«

Spät in der Nacht, als ich allein in meinem Bett lag, weinte ich um mein Auge. Ich ließ alle Tränen strömen, die ich den ganzen Tag über zurückgehalten hatte. Ich konnte mich des Gefühls nicht erwehren, daß ich bestraft worden war für die schrecklichen Dinge, die ich gesehen hatte: Onkel Chesters triefenden Kopf, die Leichen von Taylor und David und all die anderen. Mein Auge war der Preis, den ich dafür zahlen mußte, daß ich zuviel gesehen hatte.

24
LUCILLE / Hollywood

Lucille brachte einen ganzen Nachmittag damit zu, die richtige Garderobe auszusuchen und sich das Haar zu einem eleganten Knoten aufstecken zu lassen. Kaum hatte sie das Studio der General Services betreten, wurde sie flugs in die Maske bugsiert, wo man sie auseinandernahm und neu zusammensetzte. Friseusen wuschen ihr das Haar und toupierten es zu einem glänzenden Busch hoch. Maskenbildnerinnen klebten ihr falsche Wimpern an die Augenlider und bemalten ihr die Wangen mit Rouge und die Lippen mit rotem Lack. Dann zog man ihr Schuhe mit hohen Pfennigabsätzen und ein enges Kleid mit Rüschen am Dekolleté an. Natürlich spielte sie die Patsy Belle, die Sexbombe von Sibly, Arkansas, und Frisur und sonstige Aufmachung gehörten dazu, aber sie kam sich trotzdem lächerlich vor – als ob man ihr ungehöriges Betragen in letzter Zeit durchschaut und sie bewußt als Nutte aufgeputzt hätte.

Lucille mußte sich in Erinnerung rufen, daß »The Beverly Hillbillies« die beliebteste komische Fernsehserie in Amerika war. Und daß sie sich glücklich schätzen konnte, da mitmachen zu dürfen.

Sie lernte die meisten Stars bei der Sprechprobe kennen, Buddy Ebsen in Hawaiihemd und Bermudashorts, Irene Ryan, die in Rock und Pullover und mit ihrem wunderschönen kastanienroten Haar nur halb so alt wie Großmama wirkte ... Wenn diese so normal aussehenden Schauspieler sich nicht scheuten, lächerliche Kostüme zu tragen und jeden Mittwochabend vor ganz Amerika herumzualbern, brauchte sich Lucille auch nicht zu genieren.

Max Baer war genauso schlaksig und gutgelaunt wie Jethro, aber kein bißchen unterbelichtet; mit seinen Tweedsachen und seiner Hornbrille wirkte er eher intellektuell. Donna Douglas war genauso liebenswert und gutmütig wie Elly May; sie hatte ein entzückendes Lächeln und viel Humor. Diese Leute lasen selbstsicher ihre Texte, jeder von ihnen ein echter Profi. Lucille hatte angesichts von soviel Prominenz Lampenfieber und verhedderte sich ein paarmal, weil sie es zu gut machen wollte, aber Max Baer lächelte bloß und sagte: »Machen wir's noch mal.«

Am Schluß sagte Buddy Ebsen: »Schätzchen, Sie kriegen das ganz toll hin. Lassen Sie's einfach auf sich zukommen.«

Jetzt stand sie mit ihren hochhackigen Schuhen vor der einen Kopf kleineren Ausländerin, die ihr partout noch mehr Schminke auflegen wollte. »Die mögen starke Farbe in Gesicht, viel Rouge«, behauptete sie.

Lucille sagte: »Wenn Sie mir noch mehr Rouge auflegen, seh ich aus, als ob ich Grippe hätte.«

Ein Junge steckte den Kopf in die Tür. »Carolyn Clay? Bitte zur Aufnahme.«

»Sehen Sie? Danke. Ich muß gehen.«

Der Junge zeigte ihr den Weg über das Gelände zu einem pastellblauen, scheunenartigen Bau. Sie stöckelte unsicher los, vorbei an einem Ritter in voller Rüstung, drei Clowns und einem gummigesichtigen Monster, das sie an Chester am Tag nach einer Sauftour erinnerte. An der Tür zu Bühne Drei traf sie Max Baer in seinem Jethro-Kostüm: kariertes Hemd, enge, über die Knöchel hochgekrempelte Bluejeans, einen Strick statt eines Gürtels und das berühmte Ganovengrinsen.

»Morgen, Carolyn! Sieh einer an, was die aus Ihnen gemacht haben!«

»Ich weiß. Ich komme mir vor wie die Unschuld vom Lande.«

»Na, die sollen Sie ja auch spielen. Keine Bange, ich bin jede Woche der Volltrottel vom Dienst, und es hat mir bis jetzt noch nichts geschadet. Was ist denn in der Hutschachtel?«

»Mein Hut.« Heute war sie nicht in der Stimmung, ein Risiko einzugehen.

Baer führte sie an vertrauten Dekorationen vorbei, nur daß die statt einer Decke ganze Batterien von Scheinwerfern hatten – Mr. Drysdales Büro, die Auffahrt der Clampetts, die Eingangshalle mit der geschwungenen Treppe, die Küche, der Swimmingpool. Bühnenarbeiter machten sich überall zu schaffen, polierten Fußböden und Möbel, kletterten auf Leitern, um Lampen aufzuhängen. Es war seltsam, diese Räume nebeneinander aufgereiht zu sehen, das Herrenhaus der Clampetts in Einzelteile zerlegt und von fremden Menschen wimmelnd. Im Fernsehen verschmolz das alles nahtlos zu einer glaubwürdigen Phantasiewelt, aber in Wirklichkeit konnte man vom Swimmingpool in Mr. Drysdales Büro und von dort aus direkt in Großmamas Küche gehen.

Max Baer machte Lucille mit Nancy Culp bekannt, der hochgewachsenen Frau mit dem unscheinbaren Gesicht, die in der Serie Miss Jane Hathaway war. »Das ist Carolyn aus Alabama.«

»Endlich mal ein echtes Südstaatenmädchen«, zwitscherte sie mit ihrer Miss-Jane-Stimme. »Bis jetzt hatten wir ja kaum echte Südstaatler dabei.«

»Schön, Sie kennenzulernen, ich mag Miss Jane wirklich sehr«, sagte Lucille. »Sie hat so was Wildes. Wissen Sie noch, wie sie –«

»Nancy, Ray, bitte«, rief Bob Weed, der Regisseur. Lucille fand ein ruhiges Plätzchen hinter zwei Lampenstativen und sah zu, wie Nancy Culp eine Szene mit Raymond Bailey drehte, der den Mr. Drysdale spielte.

»Und . . . Action!«

»Miss Hathaway«, ereiferte sich Bailey, »wenn Sie glauben, diese geldgierige Blondine wird jemals auch nur einen Cent vom Clampett-Vermögen ergattern, dann kennen Sie Milburn Drysdale schlecht.«

»Da wär ich mir nicht so sicher, Chef.« Nancy Culp drückte die Handflächen aneinander wie eine altmodische Schullehrerin. »Ich hab gar nicht gewußt, daß Jethro so zärtlicher Gefühle fähig ist. Es würde mich nicht wundern, in nicht allzu ferner Zeit im Hause Clampett die Hochzeitsglocken läuten zu hören. Und dann, wer weiß? Vielleicht das Getrappel kleiner Füßchen?«

»Wenn die beiden heiraten«, knurrte Bailey, »wird das einzige Getrappel, das Sie hören, von Ihren eigenen kleinen Füßchen auf dem Weg zum Arbeitsamt stammen.«

»Aber *Chef*!«

»Aus! Wunderbar, Leute! Die nächste Einstellung.«

Tags zuvor beim Lesen der Rollentexte hatten die Schauspieler Zeit gehabt, über die eine oder andere witzige Stelle zu lachen, aber jetzt bei den Dreharbeiten lachte niemand. Die Szenen wurden in kleinen Häppchen aufgenommen. Der Regisseur schrie »Aus!«, ein Summer ertönte, und die nächste Einstellung kam an die Reihe.

Die Handlung war für ein Drehbuch von sechsundzwanzig Seiten ziemlich verwickelt: Patsy Belle, die sich einen reichen Mann angeln will, kommt, ganz jieperig nach Jethro, aus Arkansas, flirtet auf Teufel komm raus mit ihm und will ihn mit List und Tücke dazu bringen, sie zu heiraten. Nach ein paar komischen Mißverständnissen im Zusammenhang mit Großmamas geheimem Liebestrank – in einem Krug, auf dessen Etikett XXXX steht –, gewinnt Patsy Belle das Vertrauen der Clampetts, die umfangreiche Hochzeitsvorbereitungen treffen. Als der stets mißtrauische Drysdale Wind davon bekommt, stiftet er das hübscheste Mädchen aus seinem Sekretariat dazu an, Jethro noch erbarmungsloser zu umgarnen. Am Schluß kriegt es Jethro bei all dem Geflirte und Geflenne mit der Angst. Als er schon vor dem Altar steht, sucht er doch noch das Weite. In der letzten witzigen Szene versucht Großmama Jed zu überreden, seinerseits Patsy Belle zu heiraten, wo er schon mal seinen Sonntagsanzug anhat ...

Das Mädchen, das die hübsche Sekretärin spielte, setzte sich neben Lucille auf die Requisitenkiste. Sie strahlte sie mit ihren herrlichen blauen Augen an. »Hallo, wir haben uns gestern gar nicht bekanntgemacht. Ich bin Sharon.«

»Carolyn«, sagte Lucille. »Ist das nicht aufregend?«

»Schon. Wenn man nichts dagegen hat, den ganzen Tag rumzusitzen.«

»Wenigstens haben die Ihnen ein hübsches Kleid gegeben«, sagte Lucille. »*Ich* seh aus wie ein Zirkuspferd.«

»Aber Sie haben die bessere Rolle. Meine Figur hat noch nicht mal einen Namen. ›Ein hübsches Mädchen.‹ Das bin ich.«

»Ich würde liebend gern mit Ihnen tauschen«, sagte Lucille. »Ehrlich gesagt, ich bin ein bißchen nervös. Ich mach das zum ersten Mal.«

»Wem sagen Sie das!« sagte Sharon. »Ich hab drei Jahre hart arbeiten müssen, um diese lausige Rolle zu kriegen.«

Ein Scriptgirl tauchte auf. »Sharon? Ihre Szene kommt als nächste.«

»Hals und Beinbruch«, sagte Lucille.

»Ihnen auch.« Sharon ging mit dem Scriptgirl in die Dekoration, die Drysdales Büro darstellte. Sie war ein waschechtes kalifornisches Strandmädchen mit unbekümmert beschwingtem Gang. Lucille sah zu, wie sie in zehn Minuten ihre Szene spielte, drei Takes, keine Probleme. »Wie Sie möchten, Mr. Drysdale«, zirpte sie, während Raymond Bailey lüsterne Grimassen schnitt.

»Miss Clay? Kommen Sie bitte mit?«

Lucille trug die Hutschachtel in die Dekoration, die die Haustür der Clampetts darstellte. Sie stellte sie auf einem nachgemachten Granitsockel ab, der nicht im Bild war.

»Alles auf die Plätze!«

Lucille trat unter die heißen Scheinwerfer, und da war die Ausländerin wieder da, stellte sich auf die Zehenspitzen und rückte ihr schon wieder mit der Puderquaste zu Leibe. »Nase glänzt bißchen.«

Bob Weed kam von der anderen Dekoration angehetzt. »Morgen, Max, hallo, Carolyn, können wir?«

»Ja, natürlich, Sir.«

»Haben Sie Ihren Text gelernt?«

»Und ob.« Sie war dafür bis um zwei aufgeblieben; die Schnörkel und Schlenker von Patsy Belle waren für immer in ihr Gehirn eingegraben.

Der Aufnahmeleiter zeigte auf die Kreidemarkierung, wo Lucille stehen sollte. Die Kameras waren riesige, mit Hauben versehene Maschinen, auf deren hinterem Teil Männer rittlings saßen.

Max Baer saß in einem Regiestuhl mit dem Namen MAX BAER auf der Rückenlehne und las ein Buch mit dem Titel »Die philosophische Indifferenz der Sünde«. Als alle Scheinwerfer am Platz und eingerichtet waren, legte er das Buch weg und stellte sich auf seine Markierung. Er wurde ernst. »Okay, Bob, dann klär mich mal über meine Motive hier auf.«

»Sehen wir mal. Also du warst vor einigen Jahren rettungslos in sie verknallt«, sagte Bob Weed. »Ihre Aggressivität schüchtert dich ein bißchen ein, aber andererseits bist du auch glücklich darüber. Der kleine Junge im Bonbonladen.«

Max Baer schloß die Augen, um sich das einzuprägen. Er holte tief Luft und streckte die Arme. Als er die Augen wieder aufmachte, war er Jethro mit einem breiten Grinsen und Stielaugen.

Bob rief: »Kamera ab! Uuuund ... Action!«

»Na, so was, Miss Patsy Belle, kaum zu glauben, daß Sie bis nach Kalifornien gekommen sind, bloß um mich zu sehen.«

Lucille grinste so sexy, wie sie konnte, und schlang die Arme um seinen Hals, genau wie beim Vorsprechen. »Aber Jethro, Sie sind so ein starker Bär von einem Mann, natürlich bin ich Ihretwegen hier!« rief sie. »Ich war so einsam zu Hause – ich mußte einfach immer an Sie denken!«

»Ach, äh, so«, stammelte er, »waren Sie denn schon bei Großmama, die wird vor Freude außer sich sein, jemand von zu Hause wiederzusehen!«

»Doch, ich war schon bei ihr«, sagte Lucille. »Sie wollte mir eine Dosis von ihrer Medizin geben. Nein wirklich, so eine reizende alte Dame!«

»Was denn, Sie haben doch wohl nichts von dem Zeug getrunken? Onkel Jed sagt, ein Löffel von ihrem Tonikum, und es wachsen sogar einem kahlköpfigen Opossum wieder Haare!«

»Das ist mir egal, Jethro«, schmachtete Lucille. »Solange ich nur ab und zu eine Dosis von Ihren herrlichen starken Muskeln kriege.«

»Aus! Okay, das war gut, aber wir machen's noch mal«, sagte der Regisseur. »Carolyn, fassen Sie ihn ruhig an, während Sie mit ihm flirten. Und Max, dir muß noch ein bißchen unbehaglicher werden; kehr noch mehr den tumben Jüngling raus. Trag ruhig dick auf.«

Sie machten rasch hintereinander drei Takes. Lucille vergaß die Kameras und konzentrierte sich darauf, für Max Baers Jethro die Patsy Belle zu spielen. Es war genau wie daheim auf der Laienspielbühne, nur daß ihr hier anstelle von Dooley Simpkins als Hauptmann van Trapp ein richtiger Fernsehstar gegenüberstand.

Wenn die Kamera lief, genierte sich Max Baer überhaupt nicht. Er wurde genauso lieb und blöd wie Jethro – und außerdem war er auf eine proletarische Art attraktiv, wie Elvis. Lucille flirtete und lächelte und zog genau wie er alle Register der Schmierenkomödie.

»Aus! Ab damit zum Kopieren! Das war wirklich Klasse, Leute. Den Schwung müssen wir ausnützen. Nächste Einstellung ...«

»Sie sind phantastisch«, sagte Max Baer. »Macht's auch Spaß?«

»Ich bin im siebten Himmel«, sagte Lucille.

Aus dem Augenwinkel sah sie, wie sich ein Kameramann mit ihrer Hutschachtel davonmachen wollte. »Entschuldigen Sie ...« Sie rannte ihm nach. »Entschuldigen Sie, das ist meine.«

»Ist ja gut, Lady, aber passen Sie auf, daß sie nicht aufs Bild kommt«, sagte der Mann.

»Carolyn, wir brauchen Sie«, sagte Bob Weed. »Denken Sie dran, Zeit ist Geld. Also weiter im Text.«

»Tut mir leid.« Sie schob Chester unter ein Scheinwerfergestell und stellte sich rasch wieder auf ihre Markierung.

Schauspielen fürs Fernsehen war harte Arbeit. Schon bald war Lucille der kleinen Frau dankbar, die ihr zwischen den Einstellungen das Gesicht puderte. Sie verpatzte mehrmals ihren Text, aber auch Max Baer versprach sich ein paarmal. Das schwierigste war es jedoch, richtig zur Kamera zu stehen und den Blick auf die Szene gerichtet zu halten, anstatt ihn zu einem Bühnenarbeiter abschweifen zu lassen, der im Halbdunkel einen Kamerawagen herumschob.

Sie drehten bis zur Mittagspause vier Szenen ab, und nach dem Essen sechs. Bob Weed war mit Lucilles Leistung so zufrieden, daß er ihre Szene mit Großmama noch um zwei Sätze verlängerte.

Sie machten fünf Takes von der Szene, in der Patsy Belle Jethro küßte. Max Baer zeigte ihr, wie man sich im Film küßt, ohne die Lippen zu öffnen, aber beim letzten Take zwinkerte er ihr zu und schob ihr die Zunge hinein.

Weed schrie: »Aus!«

Lucille rempelte ihren Partner. »Passen Sie bloß auf, Freundchen.«

Er grinste. »Es hat mich halt überkommen.«

Gegen Ende des Drehtags steckten sie Lucille in ein riesiges, rüschenbesetzes Brautkleid, für die Szene, wo der Bräutigam vom Altar weglaufen mußte. Alle waren für die Hochzeit kostümiert; Irene Ryan trug ein Spitzenhäubchen, Buddy Ebsen einen altmodischen Talar, Donna Douglas ein rosa Brautjungfernkleidchen. Am albernsten sah Max Baer in seinem Smoking aus, der zwei Nummern zu klein war, so daß Hände und Füße herausragten und riesig wirkten.

»Okay, Leute, wenn wir diese Szene noch schaffen, ist Schluß für heute, und morgen könnt ihr alle an den Strand fahren«, sagte Bob Weed.

Die Trauung fand im Foyer der Clampetts statt. Nach den Regieanweisungen mußte Patsy Belle die geschwungene Treppe herunterkommen, drei Schritt hinter Elly May in ihrem Brautjungfernkleid.

Um auf den oberen Treppenabsatz zu gelangen, mußte Lucille um die Fassade des Foyers herumgehen und eine enge Wendeltreppe in dem Gerüst hinaufklettern. Irgendwie schaffte sie es trotz ihres weiten Reifrocks bis auf die kleine Plattform.

»Vorsicht«, sagte Donna Douglas, »die Stufen sind tückisch.«

»Danke.« Lucille hielt ihre Schleppe mit einer Hand hoch und holte tief Luft.

»Kamera ab!« Von einem Tonband kam ein Hochzeitsmarsch. »Uuuund . . . Action!«

Donna Douglas setzte ein breites, sentimentales Lächeln auf, ging in das blendende Scheinwerferlicht hinaus und streute Rosenblätter aus dem Körbchen, das sie in der Hand trug.

Lucille ließ ihren Schleier wehen und trat hinaus, fest entschlossen, die schönste Braut zu sein, die man je gesehen hatte.

Die erste Stufe war höher, als sie gedacht hatte. Ihr Absatz verfing sich im Rocksaum, sie verlor das Gleichgewicht, schlug mehrere Purzelbäume, holterdipolter vorbei an Elly May, und landete unten auf ihren vier Buchstaben.

»Mannomann, Jethro, die Kleine kann's wirklich nicht abwarten, dich zu heiraten«, witzelte Buddy Ebsen.

Alle brüllten vor Lachen.

Lucille stützte sich auf den Ellbogen auf, benommen, der Schleier verrutscht. »Aus!« Bob Weed lief zu ihr hin. »Alles in Ordnung?«

»Ich denk schon.« Sie brach den Pfennigabsatz von einem Schuh vollends ab; ansonsten war alles heil geblieben.

»Phantastischer Treppensturz!« begeisterte sich Bob. »Den lassen wir drin! Buddy, ein Klassespruch! Wir behalten alles. Greg, hast du's im Kasten?«

»Klar, Mr. Weed, das war Spitze.«

»Und Buddy ist mit drauf, wie er den Spruch losläßt?«

Die Schauspieler versammelten sich um Lucille. Buddy Ebsen kniete sich hin, um ihr aufzuhelfen. »Fehlt Ihnen auch wirklich nichts?«

Sie stand auf. In ihren Ohren dröhnte es. Das Team klatschte und pfiff.

»Ich hab Sie noch vor diesen Stufen gewarnt«, sagte Donna Douglas. »Ich an Ihrer Stelle würde Klage einreichen.«

»Aber, aber«, sagte Bob, »ich sorge dafür, daß sie eine Prämie für Stunt-Arbeit kriegt. Carolyn, das war genial.«

Er lief weg, um sich mit den Autoren zu besprechen, während zwei Damen vom Kostümfundus Lucille halfen, sich wieder herzurichten. Als der Regisseur wiederkam, fügte er zur Erklärung für ihren Sturz noch eine Szene ein, in der Patsy Belle vor der Trauung von Großmamas XXXX-Trank kostete. Das bedeutete, daß Lucille in den restlichen Einstellungen die Betrunkene spielen mußte. »Meinen Sie, Sie kriegen das hin?« erkundigte sich Weed. »Es wird viel lustiger dadurch.«

»Ja, natürlich kann ich die Betrunkene spielen.« Sie brauchte sich bloß Chester an einem seiner Freitagabende vorzustellen, alles andere würde sich von allein ergeben.

»Okay, Maureen, richte sie wieder so her, wie sie war, also totale Auflösung. Wir machen dort weiter, wo Buddy ihr aufhilft, und Carolyn, Ihr Text ist dann: ›Ich bin nicht so bedenkt, wie du schwippst.‹ Haben Sie's?«

Lucille hatte immer noch Herzklopfen, aber sie gab sich die größte Mühe, die Szene genau so zu spielen, wie er es sich vorstellte, und hinkte und stolperte mit ihrem kaputten Schuh herum.

Alle waren begeistert. Bob meinte, das sei viel stärker als die ursprüngliche Schlußszene. Sie brauchten vier Takes, bis er restlos zufrieden war, und anschließend mußten sie noch die kurze Einstellung mit dem Schnapskrug drehen.

Als er endlich »Aus! Danke, Leute, genug für heute!« rief, war

Lucille so erledigt, daß sie tatsächlich kaum noch auf den Beinen stehen konnte. Sie hatte keine Ahnung gehabt, was für Schwerarbeit die Schauspielerei war. Wenn sie sich einen Film oder eine Fernsehsendung ansah, hatte sie sich immer vorgestellt, daß eine Filmschauspielerin bloß aufsteht, ein paar Sätze sagt und in ihrer Limousine wieder nach Hause fährt.

Die Techniker begannen, die Scheinwerfer auszuknipsen. Bob Weed nahm Lucille beiseite. »Ich weiß, daß Sie nicht absichtlich gestürzt sind, aber Sie haben die Situation gemeistert wie jemand, der schon seit vielen Jahren auf den Brettern steht. Die Folge wird dadurch viel besser.«

»Vielen Dank, Mr. Weed. Brauchen Sie mich morgen früh?«

»Nein, morgen müssen wir nur noch ein paar Kleinigkeiten in Ordnung bringen. Sie bekommen Ihre Gage für die vollen drei Tage. Ich hoffe, wir arbeiten wieder mal zusammen. Alles Gute.«

Lucille sah sich nach jemandem um, der ihr die Haare waschen würde, aber die Leute von der Schminke hatten schon Feierabend gemacht. Sie fand ihre Sachen in einem Schließfach mit einem Stück Klebeband an der Tür, auf dem »C. Clay« stand. Sie zog sich rasch um und nahm den Klebstreifen als Andenken mit.

Sie war schon fast zur Tür hinaus, als ihr Chester einfiel.

Sie rannte durch Großmamas Wohnzimmer und um den Swimmingpool – sah die Hutschachtel an der Stelle, wo sie sie zurückgelassen hatte, und konnte aufatmen.

»Komm, Chester.« Sie schnappte sich die Hutschachtel.

»Lus-siehl«, flüsterte er. »Ich liebe dich, Schatz.«

»Du hältst den Mund.«

Draußen war es dunkel. Das einzige menschliche Wesen weit und breit war der Wachmann in dem Häuschen am Tor.

Lucille klopfte an die Scheibe. »Könnten Sie mir bitte ein Taxi rufen?«

»Leider nein, ich kann nicht nach draußen telefonieren. Am besten, Sie gehen bis zur nächsten Ecke und halten eins an.«

»Danke.« Die Zehen taten ihr weh von den spitzen Schuhen, aber sie war verdammt zufrieden mit dem, was sie geleistet hatte. Keiner würde sie für einen Emmy nominieren – aber es hatte sie auch keiner als blutige Dilettantin bloßgestellt. Sie hatten ihretwegen nicht öfter als drei- oder viermal einen Take abbrechen müssen. Und sogar ihr uneleganter Sturz hatte sich als komödiantischer Höhepunkt des Tages entpuppt.

Das Steißbein tat ihr weh, ebenso die Schulter, die sie sich am Treppengeländer angeschlagen hatte. Sie mußte unwillkürlich lächeln. Sie hatte genau das erreicht, was sie sich vorgenommen hatte, in dem allerersten Moment, als der Totenkopf mit den gekreuzten Knochen ihr von der Rattengiftdose zugeblinzelt, der Teufel ihr die Idee eingeflüstert hatte. Sie hatte ihr ganzes Leben über den Haufen geworfen, war nach Hollywood gefahren und hatte sich bewährt. Chester hatte nie geglaubt, daß sie dazu fähig wäre. Sie hatte ihn mitgenommen, damit er sich selbst überzeugen konnte. Jetzt war seine Demütigung komplett. Lucille hatte einen monumentalen Sieg über ihn errungen – und über alle anderen, die an ihr gezweifelt hatten.

Alles, was sich seitdem ereignet hatte, war purer Honig gewesen.

Brausender Verkehr in beiden Richtungen. Es kam ihr so vor, als führen die wenigen Taxis, die vorbeikamen, schneller, sobald der Fahrer sie winkend am Straßenrand stehen sah.

Die Gegend war nicht mit Beverly Hills zu vergleichen: Kahle Lagerhäuser, unbebaute Grundstücke, Quecksilberdampflampen, die alles in fahles Licht tauchten. Sie hätte im Hotel Bescheid sagen sollen, daß man sie abholen sollte.

Wo war Norman, jetzt, da sie ihn gebraucht hätte?

Ein Streifenwagen fuhr langsam an ihr vorbei. Der Polizist drehte den Kopf nach ihr.

Lucille ging schneller.

Zwei Taxis kamen vorbei. Sie winkte mit beiden Armen, aber keines von beiden hielt.

Das Polizeiauto tauchte an der nächsten Ecke wieder auf, die Polizisten wollten sie offenbar noch mal in Augenschein nehmen.

Lucille machte kehrt und ging wieder auf das Studiotor zu; sie dachte an ihre Hutschachtel.

Sie spürte die Scheinwerfer im Rücken. *Nicht rennen, Lucille. Auf keinen Fall rennen.* Die Pistole lag in Seidenpapier eingewickelt zwischen Chester und dem Geld, war also nicht griffbereit.

Der schwarzweiße Wagen hielt neben ihr. »Guten Abend.«

Der Cop hatte ein nichtssagendes, pausbäckiges Gesicht und blondgelocktes Haar. Außerdem hatte er noch einen Kollegen dabei, die Pistole hätte ihr also ohnehin nichts genützt.

»Worum geht's, Officer?«

»Können Sie sich ausweisen?«

»Nein, leider nicht. Ich hab meinen Ausweis im Hotel gelassen.«

»Und welches Hotel wäre das?«

»Das Beverly Hills.«

Er musterte sie von Kopf bis Fuß. »Was Sie nicht sagen.«

Plötzlich sah Lucille ihr Spiegelbild im Rückfenster – Patsy Belles hochtoupiertes Haar und das grelle, dick aufgetragene Make-up. Sie hatte am Straßenrand gestanden und versucht, ein Auto anzuhalten ...

»Oh, mein Gott – oh, jetzt wird mir klar, was Sie denken. Also wissen Sie, es ist wirklich komisch, wie viele Leute in letzter Zeit diesen Fehler gemacht haben.«

»Ach, wirklich?« sagte der Polizist. »Wann war denn das letzte Mal?«

»Nein, so hören Sie doch, Officer, Sie irren sich gewaltig. Ich bin Schauspielerin. Ich war heute in dem Studio da, wir haben ›The Beverly Hillbillies‹ gedreht. Das ist mein Bühnenkostüm.«

»Was haben Sie da in der Hutschachtel?«

Lucille erkannte, daß ein rascher Gegenangriff ihre einzige Chance war. Frechheit siegt. »Einen Hut. Was ist damit, ist das verboten?«

Der andere Polizist mischte sich ein: »Du, Ed, ich glaub, das ist wirklich ein Filmstudio.«

»Da haben Sie verdammt recht«, sagte Lucille. »Habt ihr denn nichts Besseres zu tun, als unschuldige Frauen zu belästigen?«

»Der Mann da«, sagte der erste Polizist, indem er auf den Wachmann in seinem Häuschen zeigte. »Könnte der für Sie bürgen?«

»Das möchte ich ihm geraten haben, der hat mir nämlich eben gesagt, ich soll an der nächsten Straßenecke einem Taxi winken. Es hat aber keins angehalten.« Sie ging zielbewußt auf das Häuschen zu.

Der Streifenwagen folgte ihr langsam.

»He, Mister«, rief sie, »würden Sie bitte mal rauskommen und den beiden Herren da sagen, daß ich heute da drin gearbeitet habe? Die denken nämlich, ich arbeite hier draußen.«

Es war nicht bloß das Make-up und die Frisur. Es mußte etwas an Lucilles Auftreten sein, etwas, das ahnen ließ, daß ihr in den letzten Wochen zum erstenmal die Macht des Sex bewußt geworden war. Oder vielleicht war alles auch nur in den Augen der Männer, vielleicht sahen sie Huren, wo immer sie hinschauten, vielleicht hielten sie alle Frauen für Huren, bis auf ihre eigenen Mütter und die Jungfrau Maria.

Der Wachmann kam aus seinem Häuschen und schirmte mit der Hand seine Augen gegen das Scheinwerferlicht ab. »Sie war auf Bühne Drei. Sie hat sich vorhin bei mir abgemeldet.« Lucille stelzte zu dem Streifenwagen zurück. »Hoffentlich sind Sie jetzt zufrieden. Ich warte auf Ihre Entschuldigung.«

»Hören Sie, Lady«, sagte der Polizist, »das war ein verzeihlicher Irrtum, in dieser Gegend. Wir müssen die öffentliche Ordnung aufrechterhalten.«

»Sie sollten sich nicht nur bei mir entschuldigen«, sagte Lucille. »Ich finde, Sie sollten mich auch in mein Hotel fahren.«

In letzter Zeit konnte sie einfach nicht widerstehen, mit der Gefahr zu flirten, jedesmal, wenn die Gefahr ihr mit dem Finger winkte. Die beste Verteidigung, hatte Chester immer gesagt, ist eine gute Beleidigung.

»Das geht nicht«, sagte der Polizist. »Wir sind im Dienst.«

»Ja, und Sie nehmen ihn verdammt ernst, das sieht man.« Sie können GEWINNEN! Beim Roulette!

»Ach, komm schon, Ed, wir fahren sie hin. Schließlich haben wir einen Fehler gemacht.«

»Jawohl«, sagte Lucille, »und ich kann's gar nicht erwarten, meinem Anwalt davon zu erzählen.«

»Steigen Sie ein«, sagte der erste Polizist.

So kam es, daß Lucille vom Studio zum Beverly Hills Hotel gefahren wurde, unter den Fittichen der Polizei von Los Angeles, mit Chesters Kopf und einer Pistole und achtzehntausend Dollar in einer Schachtel auf dem Schoß. Ein guter Witz.

Die Polizisten waren ganz freundlich. Sie wollten Insider-

Klatsch über Jed und Großmama und vor allem über Elly May wissen.

Der Portier des Beverly Hills zuckte nicht mit der Wimper. Er kam herbei und öffnete die hintere Tür des schwarzweißen Wagens, als ob es sich um eine große Limousine handelte. »Guten Abend, Miss Clay. Willkommen zurück.«

»Danke«, sagte sie. »Danke fürs Herbringen, Jungs.«

Die Polizisten winkten und fuhren ab.

»Wirklich nett«, sagte Lucille. »Sie haben mich heimgefahren. Alle sind so freundlich hier.«

Harry Hall holte sie an einem warmen Samstagabend mit seinem weißen Rolls-Royce ab. Er sah blendend aus in dem weißen Smoking am Steuer seines Wagens. Lucille drehte sich einmal um die eigene Achse, um ihn ihre letzte Neuerwerbung bewundern zu lassen, ein glitzerndes schwarzes Partykleid mit Pailletten und einem hauchzarten Tuch über ihren nackten Schultern. »Gefällt's Ihnen? Es ist neu.«

»Phantastisch«, sagte er, »aber geht Ihnen denn nicht langsam das unredlich erworbene Geld aus?«

»Nein, noch nicht.«

»Und die unvermeidliche Hutschachtel, natürlich.« Der Rolls schnurrte in die laue Sommernacht hinaus. »Es ist mein sehnlichster Wunsch, eines Tages einen Blick auf diesen Hut zu werfen.«

»Es ist nicht nur ein Hut, Harry. Ich hab da drin alle meine wichtigen Sachen.«

»Den meisten Mädels reicht dafür ein Handtäschchen«, sagte er.

Sie lächelte. »Ich bin nicht wie die meisten Mädels.«

»Das können Sie laut sagen. Walter Weitzman hat mich angerufen, er war ganz aufgeregt. Anscheinend ist Ihnen ein Mißgeschick passiert, aber sie konnten es verwenden?«

»Ich bin die Treppe runtergefallen.« Lucille legte sich das Tuch um den Kopf, um ihre extravagante französische Frisur vor dem Fahrtwind zu schützen. »Sie fanden es lustig.«

»Sieht ganz so aus. Nach dem, was Walter sagt, sind sie ganz aus dem Häuschen. Er hat uns einen Vertrag angeboten. Sie wollen Patsy Belle in vier Folgen einbauen, die im Herbst ausgestrahlt werden.«

»Sie machen Witze! Ach, Harry, das ist ja toll.«

»Ja und nein. Es ist toll, daß Sie denen gefallen, aber ich weiß nicht, ob wir jetzt schon eine feste Verpflichtung eingehen sollten. Es könnte sein, daß Alexander Powell etwas viel Größeres bei Paramount für uns hat. Das ist seine Party heute abend. Seien Sie nett zu ihm, aber versprechen Sie nichts.«

Sie fuhren auf einer schmalen, kurvenreichen Straße in die Berge. Der Fahrtwind roch nach Eukalyptus. Die Lichter der Stadt funkelten in der Ferne, glitzerten wie die Christbaumkerzen in Lucilles Innerem. Diese Tage in Hollywood waren die schönsten in ihrem ganzen Leben gewesen. Jeden Tag forderte sie ihr Schicksal heraus, und jeden Tag überreichte ihr das Schicksal ein Päckchen Glück, eingewickelt in glänzendes Geschenkpapier. Während die Menschen daheim in Alabama kämpften und marschierten und starben und sich die Augen ausschlagen lassen mußten, während ihr altgewohnter Lebensstil in die Brüche ging, schmiedete Lucille sich ihr wundervolles neues Leben. Sie wußte nicht, wie lange das noch so weitergehen konnte, daß ihr Glück immer noch größer und größer wurde, ohne daß sie für das büßen mußte, was sie getan hatte.

Seit Tagen spürte sie jetzt schon, daß ihr ein Schatten folgte, eine dunkle Silhouette, die ihrem Glücksgefühl unterlegt war. Sie wußte, daß dies nicht ihr richtiges Leben war, sondern nur ein herrlicher Urlaub vom Leben, ein Urlaub, der jetzt seinem unvermeidlichen Ende entgegenging. Sie war in ihrem Bungalow geblieben, weil sie das Gefühl hatte, daß dieser Teil ihrer Reise schon fast vorbei war, und sie wollte jeden Augenblick auskosten.

Lucille hatte ein paar schreckliche Eigenschaften – sie war eitel, egoistisch und aufbrausend und hatte neuerdings einen gewissen Hang zur Gewalt und zum Sex, aber dumm war sie nicht. Bei allem Glanz ihres plötzlichen Erfolges vergaß sie nicht, welch gewaltiges Risiko sie einging, indem sie auf diese Weise ihren Traum auslebte. Sie konnte ihr Gesicht nicht mehr in der grauen Wolke verstecken. Die Wolke war nirgends zu sehen. Sie wußte, was wahrscheinlich am Mittwoch abend geschehen würde, wenn ihr Gesicht über zwanzig Millionen Bildschirme flimmerte. Sie konnte sich nicht über den Äther ganz Amerika vorstellen und trotzdem erwarten, anonym zu bleiben.

Sie klammerte sich an die vage Hoffnung, Patsy Belles Make-up und Frisur könnten sie so vollständig verwandelt haben, daß keiner sie erkennen würde, aber das war ein allzu dünner Strohhalm.

Ihre Koffer standen alle fertig gepackt im Schrank von Bungalow Sechs, so daß sie jederzeit sofort verschwinden konnte.

Wann und wohin, das wußte sie noch nicht. Sie wußte nur, daß sie den anderen immer einen Schritt voraus sein mußte. Das war durchaus möglich, sie konnte weitermachen, wenn sie nur endlich den richtigen Ort fand, um sich Chester vom Hals zu schaffen. Sie durfte ihn einfach nicht mehr mit sich herumschleppen. Er wurde ihr zu schwer. Die Hutschachtel mußte inzwischen an die fünfzig Pfund wiegen.

»Sie sind so still heute«, sagte Harry.

»Ich denke nur nach. Ich hab hier so viel Glück gehabt.«

»Das Glück der Tüchtigen, Kindchen. Nehmen Sie zum Beispiel mich. Ich hab mit nichts angefangen. Ich habe mir alles, was ich habe, selbst erarbeitet.«

Sie zündete sich eine Salem an. »Hören Sie zu, Harry, wenn irgend etwas passieren sollte, wenn ich mich entschließen sollte, für ein paar Tage zu verschwinden, dann machen Sie bitte kein Riesentheater darum, ja?«

»Was soll das heißen, verschwinden? Wir haben gerade erst angefangen! Zwei Tage Arbeit, und schon wollen Sie in Urlaub fahren?«

»Ich bin mir ja noch nicht schlüssig.« Sie blies den Rauch aus. »Es könnte sein, daß ich für ein Weilchen weg muß. Ich hab noch was zu erledigen.«

»Was ist denn los, Lucille?«

»Bitte, Harry, stellen Sie keine Fragen. Und vergessen Sie nicht, ich bin jetzt Carolyn.«

»Nein, ich möchte mit Lucille sprechen. Von Angesicht zu Angesicht, Harry mit Lucille. Was führen Sie im Schilde? Wollen Sie alles hinwerfen und heimfahren, wo ich gerade dabei bin, Sie aufzubauen?«

»Nein, ich fahre nicht heim. Wahrscheinlich fahr ich gar nicht weg. Ich wollte Ihnen nur sagen, daß Sie sich keine Sorgen machen sollen. Im Falle eines Falles. Und daß ich Ihnen sehr, sehr dankbar bin.«

Er trat auf die Bremse. »Sie meinen es ernst, stimmt's? Was hat das denn alles zu bedeuten?«

»Nichts! Tut mir leid, daß ich davon angefangen hab.«

»Ehrlich gesagt, hab ich nämlich schon ein hübsches bißchen Zeit in Sie investiert. Ich bin kein unbeteiligter Dritter mehr. Wenn Sie also etwas in der Hinterhand haben, sollten Sie's mir sagen. Ich kann Überraschungen nicht leiden.«

Sie hielt ihm beide Hände hin und drehte sie um. »Schauen Sie, Harry, nichts in der Vor- und nichts in der Hinterhand.«

»Unternehmen Sie nichts, ohne es vorher mit mir zu besprechen«, sagte er. »Ich sage das nicht zu jeder, aber Sie haben, glaube ich, wirklich eine Zukunft. Sie sind keine Hauptdarstellerin, denn Sie sind leider schon ein, zwei Jährchen über die Dreißig, aber Sie haben das Zeug zu einer wirklich erstklassigen Komödiantin. Walter hat gesagt, Sie hätten Ihren Sturz weggesteckt wie eine Lucille Ball.«

»Das war wirklich nicht beabsichtigt«, sagte sie. Hollywood! Der einzige Ort auf der Welt, wo man zur erstklassigen Komödiantin werden konnte, indem man auf den Arsch fiel.

Sie hielten vor einem steinernen Tor, das sich wie durch Zauberhand öffnete. Die Auffahrt führte zunächst bergauf, und vom höchsten Punkt aus sah man einen prächtigen weißen Palast in einer natürlichen Mulde liegen, umgeben von einem Königreich von Gärten und Teichen, das von Menschen und Musik und Lampen in den Bäumen nur so strahlte.

Tief drunten breitete sich Hollywood aus, ein glitzernder Teppich von Lichtern und unbegrenzten Möglichkeiten. Die Lampen ließen alle Sterne am Himmel verblassen.

Lucille gaffte. »Das ist sein Haus?«

»Eins seiner Häuser. Er hat Häuser in Malibu, Paris, Cap d'Antibes. Außerdem eine Wohnung in New York.«

Ein aufgeweckter junger Mann kam, um den Wagen einzuparken. Lucille und Harry gingen einen Plattenweg hinauf. »Meinen Sie den netten grauhaarigen Mann? Der sich so beflissen um die kleinen Hunde seiner Frau gekümmert hat?«

»Genau den.«

»Und ich hab ihn fast nicht beachtet!«

»Das sollten Sie auch heute abend nicht tun«, sagte er. »Joan ist bissig. Sie läßt ihn nie weg – hallo, Alexander, guten Abend!«

»Harry, alter Gauner, willkommen! Wie ich sehe, hast du deine reizende Miss Clay mitgebracht.«

»Hallo, Mr. Powell«, sagte Lucille. »Danke für die Einladung. Ich finde Ihr Haus einfach umwerfend.«

»Ach ja? Danke. Uns gefällt's auch. Fühlen Sie sich wie zu Hause – ach, da seid ihr ja, Bob! Dolores, du siehst hinreißend aus!«

Guter Gott, das war kein anderer als Bob Hope, der da mit seiner Frau den Weg heraufkam, keine fünf Schritte von Lucille. Am liebsten hätte sie sich das nächste Telefon gesucht und Mama angerufen. Mama hatte von jeher viel für Bob Hope übrig gehabt.

Harry packte sie am Arm. »Kommen Sie, meine Liebe, machen Sie den Mund wieder zu, ja, so ist's brav. Es werden heute abend jede Menge Leute vom Film hier sein, und ich möchte nicht, daß Sie sie anstarren. Das können die nämlich nicht ausstehen.«

»Okay, ich geb mir Mühe.«

Ein Kellner schwebte mit einem Tablett voller Champagnerkelche vorbei.

»Ach du meine Güte«, sagte Lucille, »Cary Grant!«

»Zeigen Sie bloß nicht mit dem Finger auf ihn. Hallo, Cary.«

»Harry Hall! Wie geht's Ihnen?« Sie gaben sich die Hand. Er war wunderbar, wenn auch ein bißchen älter, als sie ihn sich vorgestellt hatte.

»Gut, danke. Das ist Carolyn Clay, eine Klientin von mir.«

»Und noch dazu eine so reizende.« Cary Grant nahm Lucilles Hand und küßte sie dicht oberhalb der Knöchel.

Sie schmolz dahin. »Oh, ich danke Ihnen, Mr. Grant. Ich habe Sie in so vielen Filmen gesehen, daß ich das Gefühl habe, ich müßte eigentlich *Ihnen* die Hand küssen.«

»Aber bitte sehr, nur zu.« Er streckte ihr die Hand hin.

Sie beugte sich darüber und küßte sie. Diesen Moment würde sie nie vergessen: Ihre Lippen auf Cary Grants Hand.

»Eine charmante Geste«, sagte er. »Ich muß sie unbedingt all meinen Bekannten beibringen. Hat mich sehr gefreut, Sie kennenzulernen, Miss Clay. Bis dann, Harry.« Er lächelte und strebte zur Bar.

Sie hätte ihm gerne gesagt, daß sie ihren zweiten Sohn nach ihm benannt hatte, war aber zu schüchtern gewesen. »Ich könnte auf der Stelle sterben vor Glück, Harry. Hab ich Sie blamiert?«

»Überhaupt nicht. Küssen Sie die Hand, wem Sie wollen. Aber tun Sie mir einen Gefallen und verstauen Sie diese Hutschachtel irgendwo, wenigstens für zehn Minuten.«

»Ja, gut . . .«

Das Haus tat sich auf, als Lucille es betrat, immer größere Räume führten zu einer Glaswand, durch die man einen herrlichen Blick auf einen türkisgrün leuchtenden Swimmingpool und die funkelnde Stadt drunten hatte. Ein Pianist im weißen Frack saß an einem Flügel und spielte die »Rhapsody in Blue« für die berühmten und eleganten Leute, die rauchten und tranken und sich unterhielten.

»Harry, ich finde schon was, wo ich sie hinstellen kann.«

»Aber verlaufen Sie sich nicht.«

Die Räume waren alle in einem asketischen, hypermodernen Stil eingerichtet – kahle weiße Wände, weiße Möbel und weiße Teppiche, keinerlei Zierat. Lucille trug Chester einen langen leeren Korridor entlang und sah in jedes Zimmer. Wenn diese Leute auch etwas besaßen, das nicht weiß war, hatten sie es gut versteckt.

Endlich fand sie einen Raum, in dem Pelzstolas und Abendmäntel in willkommenem Durcheinander auf einem Bett lagen und Handtaschen an einer Wand aufgereiht waren. Sie stellte Chester unters Bett und flüsterte ihm zu, er solle sich ruhig verhalten.

Sie nickte dem Hausmädchen zu, das ihr mit einem Armvoll Pelze entgegenkam. Das Ganze hier kam ihr mehr wie ein elegantes Hotel als wie ein Privathaus vor. Sie konnte sich beim besten Willen nicht denken, wozu ein so großes Haus mit nichts drin gut sein sollte. Elegant war es ja wohl, auf eine kalte, leere Art – aber nicht auszudenken, was zwei, drei Kinder aus all den weißen Teppichen gemacht hätten.

Natürlich hatten die schicken Leute auf dieser Party keine Kinder und verschütteten auch nie ihre Drinks. Lucille hatte endlich über ihre Herkunft triumphiert: Sie war in einem Raum voller Filmstars und Menschen, die sich darauf verstanden, mit Filmstars zu reden, ohne sich zu verhaspeln und rot zu werden. Niemand machte Anstalten, sie hinauswerfen zu lassen.

Sie sah Harry am Kamin in einer Gruppe, zu der auch Joan Blake gehörte, die große Blonde vom Pool im Beverly Hills. Sie sah blendend aus in ihrem mit Goldperlen bestickten Kleid und hatte sich die platinblonden Haare zu einer Frisur nicht ganz unähnlich der hochtoupieren lassen, die Lucille fast eine Verhaftung auf dem Santa Monica Boulevard eingetragen hätte. Joans Chihuahuas waren von der Kette und japsten und schnappten nach den Fußgelenken aller Leute, als wären sie auf Diätpillen gesetzt.

Lucille genoß den Anblick von Richard Chamberlain, Donald O'Connor und Mitzi Gaynor in einer Ecke des Raums. Richard und Donald lachten gerade über einen Witz. Mitzi stand in einem Kreis von Bewunderern und erzählte eine Geschichte, der alle gespannt lauschten. Der Pianist spielte »Taking a Chance on Love«.

Lucille straffte die Schultern und schlängelte sich durch, in einer Hand den Champagnerkelch, so wie sie es aus den Filmen kannte. Harry sagte: »Joan, du erinnerst dich an Carolyn, nicht wahr?«

»Aber natürlich.«

»Sie haben ein wunderschönes Haus, danke für die Einladung.« Lucille spürte ein Zupfen von unten, blickte hinunter und sah, daß einer der Chihuahuas den Saum ihres neuen Kleides zwischen den Zähnen hatte. »Nein, pfui«, sagte sie und versuchte, ihn abzuschütteln. »Sei jetzt ein braves Hündchen und laß los.« Aber der Hund gab nicht so leicht auf. Er fletschte das Gebiß und zerrte noch heftiger.

Lucille brachte ein Lächeln zustande. Sie beugte sich hinunter, versuchte, ihn wegzuscheuchen. Sie hörte das *Ssst* von reißendem Stoff.

Joans Stimme wurde quäksig. »Was hast du denn, Binkum, riechst du was? Hm? Riecht mein kleiner Liebling was?«

Der Hund knurrte und riß ein handbreites Stück Saum von Lucilles neuem Kleid ab.

»Geh *weg* von mir!« Sie gab ihm mit dem Handrücken einen Klaps aufs Hinterteil. Der Hund jaulte auf und ließ von ihr ab.

Als sie später darüber nachdachte, war Lucille fest überzeugt, daß der Hund ihr einen frechen Blick zugeworfen hatte. Seine schwarzen Augen hatten etwas Tückisches gehabt.

Der zweite und dritte Chihuahua machten jetzt mit; sie kläfften und stellten sich auf die Hinterbeine.

Joan Blake sagte: »Sie hätten ihn ja nicht gleich schlagen müssen!« Sie kniete sich hin und ließ es zu, daß die Hunde an ihr hochsprangen. »Komm her, mein Süßer, hat sie dir weh getan, nein, es fehlt ihm nichts. Es fehlt ihm nichts.«

»Joan, haben Sie eigentlich jemals daran gedacht, richtige Kinder zu kriegen?« fragte Harry.

»Halten Sie den Mund, Harry.« Sie richtete sich zu ihrer vollen Größe auf. »Entschuldigt mich. Ich bring sie lieber weg.« Sie stelzte davon, die drei Kläffer hinterher.

»Der blöde Hund hat mir mein neues Kleid zerrissen«, sagte Lucille. »Tut mir leid, Harry, ich hätte ihn nicht schlagen sollen.«

»Machen Sie sich nichts draus. Früher hatte sie vier von den kleinen Mistviechern. Einer hat mich mal in den Knöchel gebissen. Aber nur einmal.«

Lucille mußte lachen. »Haben Sie ihn vergiftet?«

»Nein, nein. Er ist eines natürlichen Todes gestorben, glaube ich. Vielleicht war die eine Kostprobe von meinem Bein tödlich. Hören Sie zu, Schätzchen, ich seh da gerade ein paar Leute, mit denen ich unbedingt sprechen muß. Anschließend stelle ich Sie allen vor. Kommen Sie so lange allein zurecht?«

»Aber sicher, Harry. Ich amüsiere mich prächtig.«

Sie stellte sich neben den Klavierspieler. Er sah mit einem Zwinkern von den Tasten auf. Sie wünschte, jemand hätte in dem Moment ein Bild von ihr gemacht, damit sie immer eine Erinnerung daran hätte, wie sie in ihrem hinreißenden schwarzen Kleid aussah, das sich in der gläsernen Wand spiegelte, während in der Ferne die Lichter der Stadt blinkten und der Mann am Klavier »Whatever Lola Wants« ganz allein für sie spielte.

Jemand stand plötzlich dicht neben ihr, aber es war nicht Harry.

»Hallo, Baby.«

Ein Schock: Es war er. Der Mann ihrer Träume. Im Smoking.

Sein Lächeln war strahlend, sein Gesicht viel schöner, als es ihr neulich im Dunkeln erschienen war.

»Oh, mein Gott.« Sie wich einen Schritt zurück.

»Ich kann's nicht fassen, daß Sie hier sind«, sagte er. »Im ersten Moment hielt ich es für eine Fata Morgana.«

Sie errötete. »Gehen Sie«, flüsterte sie ihm zu.

»Hab ich Sie erschreckt?«

»Es könnte uns jemand sehen.«

»Ach, ich verstehe.« Er hob die Hand und trat einen Schritt zurück. »Sie sind verheiratet. Verzeihung. Vergessen Sie, daß ich hier war.«

»Nein, warten Sie, das ist es nicht.« Wenn doch der Pianist ein bißchen lauter gespielt hätte. Sie hatte das Gefühl, die ganze Party sei zum Stillstand gekommen und alle sähen sie und den Mann an, der zu ihr in den Bungalow gekommen war, den Mann, dessen Namen sie nicht einmal wußte. »Ich – ich war nur überhaupt nicht darauf gefaßt, Sie wiederzusehen.«

»Ich doch auch nicht. So ein Zufall, was? Ich wohne nicht mehr in dem Hotel. Ich habe ein Haus gleich oberhalb vom Sunset gemietet.« Er senkte die Stimme. »Sind Sie noch in dem Bungalow?«

»Ja, schon, aber ich reise demnächst ab.«

»Wohin?«

»Ich weiß noch nicht. Japan, Argentinien, jedenfalls ganz weit weg.«

Er sagte: »Ich bin Toby Clark. Ich glaube, wir haben uns ... ich meine, wir haben uns nicht bekanntgemacht, oder?«

»Ich bin Carolyn.« Sie räusperte sich und lächelte gezwungen. »Ach, könnten Sie mir bitte ein Glas Champagner besorgen? Ich hab auf einmal eine knochentrockene Kehle.«

»Natürlich, geben Sie mir Ihr Glas. Bin gleich wieder da.« Sogar im Abendanzug sah er aus wie ein Soldat, kräftig gebaut und mit beiden Beinen auf der Erde stehend, mit rosigem, geschrubbtem Gesicht und jungenhaftem Kurzhaarschnitt. Und jetzt wußte sie auch, warum. Er war Toby Clark. Lucille hatte mit Toby Clark geschlafen! Ach, wenn das jemals den Frauen von Cornelia zu Ohren käme, sie würden aus purem Neid tot umfallen.

Sie kannte sein Gesicht, seit er in den vielen Strandfilmen die zweite Geige gespielt hatte, aber berühmt geworden war er erst in letzter Zeit, als einfacher Soldat in *Der letzte Aufrechte*, dem Film über den Zweiten Weltkrieg, der mit sämtlichen Oscars ausgezeichnet worden war. Sie erinnerte sich noch gut an die große Sterbeszene, als ihm das Bein oberhalb des Knies weggeschossen worden war und er glaubte, wieder daheim in Kansas zu sein. Er hatte nach seiner Mutter geschrien. Lucille hatte damals um ihn geweint.

Das mußte man sich mal vorstellen – Toby Clark, dieser arme, verwundete, typisch amerikanische Junge war im richtigen Leben ein Mann, der eine wildfremde Frau in ihrem Hotelzimmer anrief, so lange auf sie einredete, bis sie ihn in ihr Bett ließ, sie stürmisch liebte und dann wieder verschwand, ohne ihr auch nur seinen Namen zu sagen.

Andererseits war Lucille die Frau, die ihre Tür aufschloß, um ihn einzulassen. Waren sie damit nicht so ziemlich quitt? Welches Recht hatte sie, ihn zu verurteilen?

Er kam zurück, mit einem Grinsen und zwei Gläsern Champagner.

»Sie hätten mir neulich in der Nacht sagen sollen, wer Sie sind«, sagte sie. »Jetzt bin ich verlegen. Ich fand Sie toll in *Der letzte Aufrechte*.«

»Ich hielt das nicht für wichtig. Aber danke.« Er hob das Glas. »Zum Wohl.« Sie stießen an.

Lucille sagte: »Wenn Sie mir am Telefon Ihren Namen gesagt hätten, dann hätte ich Sie eingeladen, und wir hätten uns richtig kennengelernt.«

Er grinste. »Schon, aber ich fand's sehr schön, so wie's gelaufen ist. Sie nicht?«

»Doch, sicher.« Jetzt war es heraus. Sie hatte die Wahrheit gesagt. »Es war mal was anderes für mich.«

»Für mich auch. Wie wär's mit einem Gegenbesuch, irgendwann demnächst?«

»Hmmmm . . . nein, ich glaube nicht«, sagte sie. »Ich bin ja nicht mehr lange hier.«

»Ach ja, richtig, Argentinien. Sagten Sie ja.« Er stieß noch einmal an. »Auf Argentinien.«

»Was ich Sie fragen wollte: Würde es Ihnen was ausmachen, mir ein Autogramm zu geben? Es ist für meine . . . meine Nichte, die ist ein großer Fan von Ihnen.«

Er lächelte und nickte, aber sie sah ihm an, daß es ihn schmerzte. Von einem Moment auf den anderen war aus ihr eine Verehrerin geworden, die nach einem Stift und einer Serviette suchte. Die Stimmung war kaputt.

»Bitte widmen Sie es Lucille«, sagte sie. »Schreiben Sie irgendwas . . . irgendwas Sentimentales.«

Er schrieb: *Für Lucille – auf ewig der Ihre. Herzlichst, Toby Clark.* »Bitte sehr.«

»Ach, da wird sie sich aber freuen.« Lucille faltete die Serviette zusammen. »Entschuldigen Sie – das geht Ihnen sicher schon auf die Nerven.«

»Niemals«, sagte er mit einem routinierten Lächeln. »Wissen Sie was, Carolyn, da drüben steht mein Produzent. Ich bin in ein paar Minuten wieder zurück und sehe nach Ihnen, ja?«

»Aber bitte. Es war . . . es war nett, Sie wiederzusehen.« Sie sah ihm lächelnd nach. Wie konnte sie nur so blöd sein! Da hatte sie Toby Clark ganz für sich, in ihrem eigenen Bett – denselben Toby Clark, dessen hübsches Gesicht Tausende von Frauen im dunklen Kino schneller atmen ließ – und vergraulte ihn in kürzester Zeit.

Sie wünschte, er wäre in ihren Träumen geblieben, statt leibhaftig aus dem Nichts aufzutauchen, nur um gleich das Interesse an ihr zu verlieren.

In diesem Moment kam ein Schrei aus einem der hinteren Räume – ein so gellender, markerschütternder Schrei, daß das Piano verstummte und alle Gespräche bis zur anderen Seite des Swimmingpools jäh abbrachen.

Alle drehten sich herum.

Joan Blake erschien in der Tür am Ende des Raums. Sie kreischte und schlug mit den Armen um sich, als ob sich ein Hornissenschwarm auf sie gestürzt hätte. Sie stolperte, fing sich wieder und rannte in blinder Panik durch den Raum, von unsichtbaren Furien gehetzt.

Die Gäste traten beiseite, um sie durchzulassen. Getrieben von ihren verzweifelten Schreien lief sie weiter, fiel hin, stand auf und rannte mit vollem Tempo durch die Glaswand am anderen Ende des Raums.

Das Glas barst über ihr in einem blendend weißen Schauer.

Joan Blake strauchelte und stürzte blutüberströmt in den Pool.

Wenn so etwas passiert, reagiert einer instinktiv und alle anderen folgen ihm. Lucille erinnerte sich immer gern daran, daß es Toby Clark gewesen war, der durch die Glasscherben gerannt und in den Pool gesprungen war, um Joan Blake zu retten, was alle anderen veranlaßte, hinter ihm her aus dem Zimmer zu laufen – alle bis auf Lucille. Sie schlug die entgegengesetzte Richtung ein.

Sie hastete den Gang entlang, dem Gekläff der kleinen Hunde nach. Sie hatte schon so eine Ahnung, was sie vorfinden würde, und wappnete sich innerlich.

Ja.

Chester war aus der Schachtel draußen.

Er war aus der Schachtel und dem Tupperware-Behälter heraus und lag neben dem Bett auf dem Boden, umzingelt von Chihuahuas, die sich ihre kleinen Lungen aus dem Leib bellten. Einer hatte Chester an den Haaren und versuchte, ihn über den Teppich zu schleifen.

Lucille war verblüfft – er sah sich immer noch sehr ähnlich. Es war sein Gesicht. Die Haut hatte nicht mehr die richtige Farbe, sie war blauschwarz, aber es waren seine Züge, unverkennbar. Sie sah ihn nicht genauer an. Sie befreite ihn mit einem Tritt von dem Hund, packte ihn an den fettigen Haaren und stopfte ihn wieder in den Tupperware-Behälter. Bei dem quatschenden Geräusch drehte sich ihr der Magen um.

Sie mußte kräftig drücken, um ihn wieder hineinzubekommen. Sie schluckte den säuerlichen Geschmack im Mund herunter. Eine dunkle Flüssigkeit war aus der Salatbox ausgelaufen und hatte den makellosen Teppich ruiniert.

Die Hunde bellten und bellten.

Mit angehaltenem Atem wühlte Lucille in den Pelzen auf dem Bett, fand den Plastikdeckel und setzte ihn auf den Behälter. Sie drückte ihn ringsherum mit dem Daumen fest, stellte die Box in die Hutschachtel zurück und stülpte gerade den Deckel drauf, als Harry Hall zur Tür hereingelaufen kam.

Er starrte den Fleck auf dem Teppich an. Chesters Geruch stieg ihm in die Nase, und er wurde bleich. Der Patentverschluß hatte Wunder gewirkt, aber Chester war jetzt schon wochenlang da drin, und man konnte nicht umhin, den Geruch zur Kenntnis zu nehmen.

»Hallo, Harry.« Sie knotete mit zitternden Fingern die Bänder zusammen. »Ich nehme an, mein Hut hat Joan nicht gefallen.«

»Ja, aber – aber –«

»Sie hat ihre Nase in Sachen gesteckt, die sie nichts angehen.« Sie schnappte sich die Hutschachtel, gab Harry ein Küßchen auf die Wange und huschte an ihm vorbei durch den Korridor, vorbei an dem Aufruhr am Swimmingpool und den Männern im Smoking, die im Haus herumliefen. Sie stapfte zur Haustür hinaus und steuerte geradewegs auf die erste Limousine zu.

»Ich gebe Ihnen hundert Dollar, wenn Sie mich zum Beverly Hills Hotel fahren«, sagte sie zu dem Chauffeur. »Und zwar auf der Stelle.«

Seine Miene erhellte sich. »Steigen Sie ein.«

Sie ließ sich auf den Beifahrersitz gleiten. Der starke Motor sprang brüllend an. Der Wagen machte einen Satz nach vorne.

Lucille machte sich aus dem Staub.

25
PEEJOE / Industry

Kaum hatte *Life* den Bericht über Industry gebracht, kamen Reporter und Fotografen und Aufnahmeteams von überallher, um Bilder zu machen und Fragen zu stellen.

Man sah sie jeden Vormittag vor dem Gerichtsgebäude, genauso entschlossen mit ihren Blitzbirnen und Notizblocks wie die Schwarzen mit ihren »LASST BRUDER THOMAS FREI«-Schildern. Zur Mittagszeit saßen sie in ihren kurzärmeligen weißen Hemden mit den schmalen Krawatten beim Essen in dem Café am Südende der Beauregard Avenue. Die Einheimischen gingen mittags hin, bloß um die weißen Reporter in dem Schwarzencafé beim Essen zu sehen.

Nach dem Essen zogen sie wieder los, um zuzuschauen, wie die Demonstranten sich zu einem Zug formierten und »We Shall Overcome« singend am Dairy Dog vorbei den Berg hinunter zum Schwimmbad marschierten. Der Maschendrahtzaun war repariert und oben mit Stacheldrahtspiralen gesichert worden. Auf einem handgemalten Schild stand BIS AUF WEITERES GESCHLOSSEN. Das Wasser war trübe, und obenauf schwammen Blätter und Zweige von dem Gewitter vor einer Woche.

Niemand durfte mehr hinein, seit Nehemiah seine Leute ins Wasser geführt hatte, aber der Zaun gab einen vorzüglichen Hintergrund für Fotos und Ansprachen ab.

Jeden Tag hielt ein anderer eine Volksrede, ein schwarzer Prediger oder einer von den Bürgerrechtlern, die aus Atlanta und Birmingham angereist waren, um bei den Protestdemonstrationen mitzumachen. Jeden Tag trugen sie aufs neue die Liste ihrer Forderungen vor:

1. Sofortige Freilassung von Nehemiah Thomas und allen seit seiner Festnahme verhafteten Demonstranten.
2. Sofortige Aufhebung der Rassentrennung im Schwimmbad, auf dem Ballspielplatz, in allen Geschäften, Cafés, Imbißstuben, öffentlichen Toiletten und an allen Trinkbrunnen von Industry sowie im Ritz-Kino und im Autokino Star-Lite.
3. Sofortige Verurteilung der Mörder von David Jackson, Taylor Jackson und Bessie Stringfellow sowie dreier weiterer Personen, deren Mordtaten in den vergangenen Jahren unaufgeklärt geblieben waren.
4. Wahlrecht für alle Schwarzen im Cotton County.

Der *Progress* druckte diese Liste täglich ab, zusammen mit einem kleinen Kalender, aus dem hervorging, wie viele Tage Industry jetzt schon im Belagerungszustand war. Weit davon entfernt, die Invasion ihrer Pressekollegen in Industry zu begrüßen, brachten die Redakteure des *Progress* vielmehr wie die meisten weißen

Einwohner von Industry ihre Scham darüber zum Ausdruck, daß ihre Stadt plötzlich in *Time* und *Newsweek* und im Fernsehen von Huntley Brinkley porträtiert wurde – nicht etwa als verschlafener Provinzflecken mit Blumen und Bäumen und netten Leuten, sondern als Brutstätte gewalttätiger, stumpfsinniger Rassisten, die Straßenlampen zerschossen und dann im Dunkeln hilflose Schwarze angriffen und halbtot prügelten.

Aus den Leserbriefen an den *Progress* sprach flammende Empörung über die schwarzen Scharfmacher und die Yankee-Reporter, vor allem jedoch über Sheriff Doggett, der fast täglich mit einer neuen aufwieglerischen Äußerung den Konflikt schürte. Die Leserbriefschreiber nannten ihn »sturköpfig« und »gefährlich« und »strohdumm« und belegten ihn mit Schimpfwörtern, die von der Redaktion durch gewissenhafte Benutzung der X-Taste entschärft wurden, wie zum Beispiel in »Doggett ist ein xxxxxx xxxxxxx, das uns alle ins Unglück stürzt«. Die meisten dieser Briefe trugen Unterschriften wie »Ein zorniger Bürger«.

Es gab auch andere Briefe. Bündelweise trafen sie jetzt im Bestattungsinstitut ein, täglich acht bis zehn oder mehr, adressiert an »Peter Bullis, Industry, Ala.« Sie klangen alle so ähnlich wie der allererste:

> Lieber Peter,
> eben habe ich Dein Bild in der Illustrierten gesehen. Ich versichere Dich meines aufrichtigen Mitgefühls. Du bist bestimmt ein sehr tapferer Junge, und es tut mir leid, daß Du verletzt wurdest. Ich hoffe, Du wirst Dir mit dem Beiliegenden ein neues Spielzeug oder eine Arznei kaufen, je nachdem, was Du dringender nötig hast.
> Sag bitte Deinen Eltern, daß sie sich glücklich schätzen können, einen so tapferen Sohn zu haben. Vertraue auf den Herrn, er wird Dich leiten.
>
> Herzliche Grüße,
> Mrs. Mavis R. Fain,
> Elgin, Illinois

Ein Fünfdollarschein war aus diesem ersten Umschlag geflattert. Inzwischen belief sich meine Ausbeute auf hundertzweiunddreißig Dollar, vier Bibeln, zwei gerahmte Jesusbilder und ein Buch mit dem Titel »Die Autobiographie von Malcolm X«. (Ich las ein paar Seiten, aber weil nirgends erklärt wurde, wie ein Mensch zu einem so komischen Nachnamen kommt, wurde es mir langweilig.)

Die meisten Briefe waren von Frauen aus den Nordstaaten. Ich versuchte, mir aufgrund der schnörkeligen Handschrift und des blümchengeschmückten Briefpapiers eine Vorstellung von ihnen zu machen. Zuerst meinte Dove, ich müsse das Geld zurückschicken, aber als immer mehr Briefe ohne Absender eintrafen, sagte er, es sei schon in Ordnung, wenn ich das Geld fürs College sparte.

Dove gab sich die größte Mühe, so zu tun, als sei alles in Ordnung, obwohl Earlene und Mabel nicht zurückgekommen waren und Mabel noch seltsamer geworden war, seit sie Industry verlassen hatte.

Eines Tages fing sie aus unerfindlichen Gründen zu weinen an und konnte gar nicht mehr aufhören. Earlene mußte sie zur Beobachtung ins Krankenhaus Goshen bringen. Dort bekam sie eine Schere in die Finger und versuchte, eine Hilfsschwester ins Bein zu stechen. Daraufhin kam sie in ein Zimmer mit einem Schloß an der Tür, und die Ärzte begannen, von Bryce zu reden.

»Sie hatte einen sogenannten Nervenzusammenbruch«, sagte uns Dove. »Manche kommen da schnell drüber weg, bei anderen dauert es etwas länger.«

Ich fragte ihn, was die Ursache sei. Dove sagte, das wisse er auch nicht. Ob wir sie besuchen könnten, erkundigte sich Wiley. Dove sagte nein und ging hinunter, um sich ein Gläschen zu genehmigen.

»Was hast du denn mit ihr angestellt, Wiley?«

»Nichts! Wie du uns überrascht hast, das war das einzige Mal, ich schwör's dir. Außerdem war es ihre Idee. Eigentlich haben wir überhaupt nichts gemacht, aber wie du reingeplatzt bist, hat sie einen fürchterlichen Schreck bekommen. Und von da an war sie richtig komisch. Als ob sie Angst vor mir hätte.«

»Willst du's Dove sagen?«

»Was sollte ich denn sagen? Tut mir leid, Onkel Dove, ich hab mit Mabel in der Kammer geschmust und ich will's auch nie wieder tun? Was würde das nützen?«

»Aber Wiley, er weiß, daß was passiert ist.«

Er atmete hörbar aus. »Ach, die fängt sich schon wieder.«

Dove hatte inzwischen kaum noch Arbeit als Bestattungsunternehmer. Er meinte, zum Glück habe er noch die Schwarzen aus dem Blessed Rest zum Balsamieren; die Weißen brachten jetzt ihre Toten alle nach Dothan, abgesehen von ein paar Unfallopfern, bei denen niemand einen besonderen Wunsch äußern konnte – ein Landstreicher, der sich vor einen Güterzug geworfen hatte, eine Familie aus Ohio, die bei einem Verkehrsunfall ums Leben kam. Dove war natürlich nach wie vor Coroner, fuhr immer noch zu jeder Tages- und Nachtzeit hinaus, um Totenscheine auszustellen, aber meistens kam er mit leerem Leichenwagen und langem Gesicht zurück.

Er trank jede Menge Old Grand-Dad. Nach den ersten zwei Gläsern fing er meistens an, die jämmerlichen Scheißer zu verfluchen, die ihm das eingebrockt hatten, allen voran Sheriff Doggett und Nehemiah Thomas, und machte so lange weiter, bis er so gut wie jeden im Cotton County verflucht hatte.

Als er wieder mal in dieser Stimmung war, schnauzte er Randall Mulch, seinen Teilzeit-Kosmetiker, einmal zu oft an. Randall schnappte ein, bekam einen roten Kopf und schrie: »Ich bin der einzige in der ganzen Stadt, der überhaupt noch mit Ihnen redet! Wenn Sie meinen, mich anbrüllen zu müssen, kündige ich!«

Auf diesen Ausbruch war Dove nicht gefaßt gewesen. Er blinzelte. »Nein, gehen Sie nicht, Randall. Es tut mir leid. Sie haben recht. Sie haben immer gute Arbeit geleistet.«

»Ich weiß nicht, Mr. Bullis«, sagte Randall. »Ich wollte sowieso schon mit Ihnen reden. Meine Mutter will nicht, daß ich weiter hier arbeite. Sie meint, ich werde noch furchtbaren Ärger kriegen deswegen.«

»Machen Sie immer, was Ihre Mutter Ihnen sagt?« fragte Dove.

Randall wand sich. »Natürlich nicht, aber –«

»Sie finden es nicht richtig, den Schwarzen dieselben Dienste zu leisten wie den Weißen, wenn sie sterben?«

»Doch, schon, Sie kennen mich doch«, sagte Randall. »Ich hab alles getan, um Ihnen zu helfen. Ich habe ja das ganze Kosmetiksortiment extra für die bestellt. Aber was habe ich davon? Meine Mutter schreit mich an, und Sie schreien mich an, und ich weiß nicht, was ich tun soll.«

»Ich hätte Sie nicht anschreien dürfen. Ich entschuldige mich dafür«, sagte Dove. »Wenn sie darauf besteht, daß Sie aufhören, dann bleibt Ihnen wohl nichts anderes übrig. Ich kann es mir sowieso nicht mehr leisten, Sie zu behalten, bei diesem Geschäftsgang.«

Sie sahen einander an. Randall kratzte mit der Schuhspitze am Boden. »Es tut mir leid. Ich hab gerne bei Ihnen gearbeitet.«

Dove goß sich noch einen Whiskey ein. »Wenn Sie sich's anders überlegen, rufen Sie mich an.«

Randall sammelte seine Make-up-Kästen auf und ging.

Wir waren allein in dem großen alten Haus. Dove trank. Milton blieb in seinem Zimmer. Wiley und ich sahen fern. Tante Lucille rief nicht an.

Eines Morgens weckte uns Dove noch vor Tagesanbruch, und wir mußten unsere Sonntagssachen, die Krawatten und die guten Schuhe anziehen. Mit dem weißen Leichenwagen fuhren wir zwei Stunden auf dem Highway 31 nach Montgomery zu einem imposanten Justizgebäude dicht unterhalb der weißen Kuppel des Capitols. Mit seinen halbrunden Säulen in der Fassade wirkte das Bauwerk sehr wuchtig. Über jeder Tür war ein Spruch in einer geheimnisvollen Sprache eingemeißelt: FAVETE LINGUIS und FESTINA LENTE und PRO BONO PUBLICO. Ich kaute auf den ungewohnten Wörtern herum.

Hiram Murphy holte uns in der Eingangshalle ab und führte uns eine Treppe hinauf in ein kleines Zimmer mit einem Tisch, Stühlen und einem klapprigen Deckenventilator. Wir warteten stundenlang, spielten Karten und blätterten in alten Ausgaben des *American Lawyer*.

Dann kam Murphy wieder. »Tut mir leid, Leute, daß es so lange dauert, aber das ist unser wichtigster Zeuge, und er liefert uns wertvolle Informationen. Am besten, ihr geht erst mal was essen, und so gegen halb zwei oder zwei seid dann ihr dran.«

Wir gingen in ein piekfeines Restaurant in der Nähe, es hieß

»Elite«. Wir setzten uns in eine der geschnitzten, mit schwarzem Vinyl bezogenen Nischen und bestellten das Blaue Menü Spezial, das sich als Schweinekoteletts mit Kartoffelbrei und Erbsen entpuppte – das beste Essen, das ich gekriegt hatte, seit wir von Meemaw weg waren.

Dove sagte: »Hoffentlich machen die jetzt mal ein bißchen flott. Nichts hasse ich so, wie herumzusitzen und warten zu müssen.«

Wir gingen in das kleine Zimmer in dem Justizgebäude zurück und warteten noch ein bißchen. Der Rauch von Doves Camel stieg kräuselnd auf und zog hoch oben durch ein Fenster ab.

Nach einer Weile kam Hiram Murphy Dove holen.

»Jungs, ihr wartet hier und benehmt euch«, sagte Dove.

»Wird gemacht.« Ich versenkte mich in die *Legion der Superhelden*. The Flash war mein Lieblingsheld. Er konnte in ein paar Minuten das ganze Land durchqueren (ohne dabei ins Schwitzen zu geraten!) und hatte den herrlichsten feuerroten galaktischen Anzug an, mit goldenen Flügeln auf dem Helm.

Ich las das Heft dreimal, bis hin zu der kleingedruckten Anzeige, in der stand, daß man ein Murray-Fahrrad als Prämie bekam, wenn man 1350 Päckchen Zinniensamen verkaufte.

Der Türknauf klapperte. Ich drehte den Kopf und sah mit meinem gesunden Auge Dove. »Peter Joseph, jetzt bist du dran. Keine Sorge, es ist ein Kinderspiel.«

Wiley sagte: »Übertreib nicht.«

Hiram Murphy führte mich durch einen langen Korridor, das Klacken seiner Absätze auf dem Marmorboden hallte von den kahlen Wänden wider. »Also, Peter, eine Grand Jury tagt unter Ausschluß der Öffentlichkeit, damit die Zeugen die Wahrheit sagen können. Die Geschworenen sind ganz normale Leute. Sei ganz natürlich und versuch, dein Bestes zu geben.«

Wir blieben vor einer hohen Tür stehen. Murphy machte sie auf. Das Gemurmel verebbte.

Es war ein langer, düsterer Raum mit hoher Decke. Durch große Fenster schien die Sonne herein. Achtzehn Männer saßen um einen langen Tisch und starrten mich an. Murphy führte mich zu einem Stuhl am Kopfende des Tisches. Er hielt mir eine

Bibel hin. Ich legte die Hand darauf und schwor, die ganze Wahrheit zu sagen.

Murphy fragte mich, ob ich an dem Abend, als Dove den Totenschein für David Jackson ausstellte, mit ihm in Dog Junction gewesen sei.

Ich bejahte.

»Nun, Peter, als ihr in das Haus kamt, war da David Jackson noch am Leben?«

»Nein, Sir. Er war tot.«

»Hat euch irgend jemand gesagt, wie er starb?«

»Mr. Thomas sagte, ein paar Männer hätten ihn von einem Wagen geworfen.«

»Hat er gesagt, wer?«

»Er sagte, es wären Freunde des Sheriffs gewesen.«

Murphy kam zu den Einzelheiten dieses Abends und des Tages, an dem Taylor Jackson am Schwimmbad starb. Ich erzählte, wie es angefangen hatte: Der Bademeister befahl zwei jungen Farbigen, das Becken zu verlassen. Taylor und seine Freunde tauchten aus dem Wald auf und setzten sich an den Zaun. Plötzlich waren der Sheriff und seine Gehilfen da. Taylor wollte nicht aufstehen, und die Hilfssheriffs packten ihn. Er wollte sich freimachen, fiel hin und schlug mit dem Hinterkopf auf der Betonkante auf.

»Bitte denk mal genau nach, Peter«, sagte Murphy. »Ist er hingefallen? Oder hat ihm jemand ein Bein gestellt?«

»Ich weiß nur, daß sie ihn an den Armen gepackt hatten. Er hat versucht, sich loszumachen.«

Murphy kam immer wieder aus verschiedenen Blickwinkeln auf dieses Detail zurück. Ich mußte ein ums andere Mal sagen, daß ich es nicht wußte. Ich sollte offenbar sagen, ja, es war Sheriff John Doggett persönlich, der Taylor zu Boden stieß und ihn damit umbrachte, aber ich konnte das nicht beschwören, sonst wäre ich in die Hölle gekommen. Sicher, der Sheriff hatte sich schuldbewußt benommen, als er vor Taylors Leiche stand und beteuerte, er könne nichts dafür, aber ein Schuld*beweis* war das nicht.

Murphy ging weiter zu dem Tag von Taylors Beerdigung, dem Marsch zum Schwimmbad, den nächtlichen Ausschreitungen, dem Feuerüberfall auf das Blessed Rest. Ich versuchte, mich genau zu erinnern, was der Sheriff zu Dove gesagt hatte: Ist doch mir egal, wie viele von denen draufgehn. Von mir aus können die reihenweise draufgehn. Das läßt mich völlig kalt.

»Noch eine letzte Frage, mein Junge. Hat die Verletzung an deinem Auge irgend etwas mit diesen Vorgängen zu tun?«

»Nein, Sir. Das war ein Unfall.«

»Ich danke dir, Peter, du hast uns sehr geholfen. Meine Herren, wir unterbrechen für fünf Minuten.«

Ich stand von dem Stuhl auf. Es war gespenstisch, daß keiner der Männer die ganze Zeit über auch nur ein Wort gesagt hatte. Sie hatten bloß dagesessen und zugehört, sich im Stillen ihre Meinung gebildet.

Hiram Murphy begleitete mich durch den Korridor zurück. »Du hast dich ganz hervorragend geschlagen.«

»Tut mir leid, aber ich bin immer noch ganz verwirrt, was die Geschichte mit Taylor angeht. Ich bin mir nicht sicher, was da wirklich passiert ist. Ich glaube, er ist einfach nur hingefallen.«

»Du wirst dich schon noch erinnern, wenn wir weitermachen. Wir mußten erst mal die Grundsituation klären, und das ist uns gelungen. Wir haben genügend Material für die Anklagen beisammen. Ich habe es an ihren Augen gesehen, als du erzählt hast, was Doggett an dem Abend zu Nehemiah gesagt hat. Deinen Bruder brauchen wir gar nicht mehr.«

Wiley war am Boden zerstört. Den ganzen Tag hatte er so getan, als ob das alles ihn zu Tode langweile, aber als er hörte, daß er nicht gebraucht wurde, riß er sich die Krawatte ab und ließ auf dem Weg zum Leichenwagen den Kopf hängen.

Ich versuchte ihn zu trösten. »Denk dir nichts, Wiley, so toll war das auch nicht. Bloß ein paar alte Knaben in einem Raum. Er hat mir zwanzigmal dieselbe Frage gestellt.«

»Halt den Mund«, sagte er.

Dove ließ den V-8-Motor an. »Jungs, ich bin gleich stolz auf euch beide. Es gehört Mumm dazu, hierher zu kommen und seine Pflicht zu tun.«

Wiley sagte: »Ich hab überhaupt nichts getan, außer den ganzen Tag in einem Zimmer herumzusitzen und so eine blöde Zeitschrift zu lesen.«

»Du warst da für den Fall, daß du gebraucht würdest. Das ist das einzige, was zählt. Der schwierige Teil kommt erst noch.«

»Wie meinst du das?«

»Von jetzt an bleibt nichts mehr geheim. Die ganze Sache kommt an die Öffentlichkeit. John Doggett ist kein Dummkopf. Sobald die Anklageschriften zugestellt werden, weiß er, wer hinter seinem Rücken ausgepackt hat.«

»Meinst du, er wird versuchen, uns was anzutun?«

»Das wird er nicht wagen. Hiram Murphy vertritt die Regierung der Vereinigten Staaten. Das ist allemal was anderes als ein County Sheriff. Aber wir müssen verdammt aufpassen, wir dürfen ihm keinen Anlaß geben. Ich möchte, daß ihr zu Hause bleibt, daß ihr euch nicht vor dem Gericht herumtreibt – du brauchst gar nicht so unschuldig zu schauen, Peter Joseph, ich weiß, daß ihr jeden Tag dort wart. Und ich möchte nicht, daß ihr vor euren Freunden damit angebt.«

»Wir haben keine Freunde«, sagte Wiley.

»Na, dann eben vor euren Feinden.« Dove angelte unter dem Sitz nach der Whiskeyflasche, drehte die Kappe ab und trank einen kräftigen Schluck. »Wir kommen da heil durch, wir müssen nur zusammenhalten.«

26
PEEJOE / Industry

Es war schon fast dunkel, als wir in Industry ankamen. Seit die Unruhen ausgebrochen waren, war der Gerichtsplatz nachts immer menschenleer. Es gab abendliche Zusammenkünfte in den Kirchen der Farbigen, und manchmal drehten weiße Rabauken mit ihren Pickups nächtens ein paar Runden auf dem Platz, hupten, schwenkten Konföderiertenflaggen und stießen Rebellenrufe aus. Aber die meisten Weißen ließen abends die Rollos herunter und blieben zu Hause.

Wir fuhren die lange Auffahrt zum Bestattungsinstitut hinauf, und vor der Tür stand Sheriff Doggett an den Kotflügel seines Wagens gelehnt und wartete.

»Sagt nichts, Jungs.« Dove hielt an und machte die Tür auf.

»Abend, John. Ich hab dich gestern in den Fernsehnachrichten gesehen.«

»Hey, Dove. Ihr habt euch ja so feingemacht. Wo wart ihr denn?«

»Hatte was in Montgomery zu erledigen«, sagte Dove, »und hab die Jungs mitgenommen. Was gibt's?«

»Das wollte ich eigentlich dich fragen«, sagte der Sheriff. Er legte seinen Hut auf die Motorhaube und verschränkte die Arme. Mir war nie aufgefallen, was für muskelbepackte Arme er hatte; wenn er wollte, hätte er mich glatt in zwei Teile zerbrechen können. »Die bringen es in einer Tour im Radio. Eine Grand Jury hat heute nachmittag ein Verfahren gegen dreizehn Leute eröffnet, in insgesamt achtundneunzig Anklagepunkten. Ich selber hab allein sieben. Was sagst du dazu?«

Wiley und ich stiegen aus und stellten uns hinter Dove.

»Was wird dir vorgeworfen?« fragte Dove.

»Ach, Verschwörung, Verstoß gegen irgendwelche Bürgerrechte und so. Ich hab nicht alles mitgekriegt. Hab mir gedacht, du könntest mich über die Einzelheiten aufklären.«

Dove zuckte die Achseln. »Die haben mich als Zeugen vorgeladen und mich über die Todesursachen in zwei von unseren Fällen hier befragt. Ich hab ihnen genau das gesagt, was ich gesehen habe, dasselbe, was in meinen Berichten stand. Und die hast du gelesen, als ich sie geschrieben hab.«

»Die behaupten, ich wär in dem Wagen gesessen, aus dem auf Nehemiahs Haus geschossen wurde. Hast du ihnen das gesagt, Dove?«

»Nein. Das müssen sie von jemand anderem haben. Stimmt es denn?«

Der Sheriff schnaubte. »Ich hab meiner Lebtag noch keinem ein Haar gekrümmt, außer in Ausübung meines Amtes.«

»Na, dann läßt sich das ja leicht widerlegen«, sagte Dove.

»Das FBI hatte einen V-Mann in dem Wagen«, sagte Doggett. »Einen Spitzel. Ich weiß, wer da drin war, und ich weiß, was sie getan haben, aber ich war nicht dabei. Der Mann lügt, wenn er das behauptet.«

»Ich kann dazu nichts sagen«, meinte Dove. »Ich war wie gesagt als Coroner dort. Das ist alles.«

»Das ist noch längst nicht alles. Die haben ja auch die Jungen vorgeladen. Was wollten sie von ihnen?«

»Du hast anscheinend einen guten Informanten in Montgomery sitzen«, sagte Dove. »Grand Juries tagen geheim.«

»Zahlt sich eben aus, wenn man Freunde hat«, erwiderte Doggett. »Und es hätte sich vielleicht auch für dich ausgezahlt, da mal drüber nachzudenken.«

Dove drehte sich um. »Peter Joseph? Sag dem Sheriff, was sie dich gefragt haben.«

Ich sagte: »Sie haben mich nach Ihnen gefragt.«

»Und was hast du ihnen gesagt?«

»Sie wollten wissen, ob Sie Taylor gestoßen haben, wissen Sie, als er mit dem Kopf aufschlug. Ich hab ihnen gesagt, daß er gestolpert und hingefallen ist.«

»Da hast du auch verdammt recht damit.« Der Sheriff musterte mich mit seinen eisblauen Augen. »Hast du gehört, Dove? Die wollen mir jeden verdammten Nigger in die Schuhe schieben, der sich in unserem Kreis jemals die Birne angehauen hat. Irgendwer hat's auf mich abgesehen.«

»Ich bin's nicht«, sagte Dove.

»Mag sein. Aber du hilfst denen. Und das, Dove, kann ich einfach nicht zulassen.«

Dove wurde abweisend. »Ich wüßte nicht, was du dagegen tun könntest.«

»Ach, ich laß mir schon was einfallen.« Doggett griff nach seinem Hut. »Ich hab sehr viele Freunde. Wenn sich das erst mal rumspricht, hast *du* keinen einzigen mehr, darauf kannst du Gift nehmen.«

»Das laß mal meine Sorge sein, John.« Dove verschränkte die Arme. »Ich schlaf ziemlich gut.«

»Ich schlaf auch nicht schlecht«, sagte Doggett. »Die erreichen mit ihrer Anklage überhaupt nichts. Es gibt jede Menge Richter, die genausoviel gegen die Nigger haben wie jeder anständige Mensch.«

»Wenn du dir keine Sorgen machst, warum bist du dann hergekommen und fragst mir Löcher in den Bauch?«

»Ich wollte mich nur überzeugen, daß ihr wohlbehalten nach Hause gekommen seid.« Er lächelte so kalt, daß es mich überlief.

»Übrigens, das wird dich auch interessieren: Die haben den Wagen gefunden, den Lucille in New Orleans geklaut hat. Sie hat ihn in Las Vegas stehengelassen. Wir kommen ihr näher, Dove, das hab ich im Gefühl. Wir kriegen sie. Ich kann's kaum erwarten.«

»Wenn's sonst nichts ist«, sagte Dove. »Ich hab zu arbeiten.«

Der Sheriff tippte sich an die Hutkrempe und setzte sich hinters Steuer.

Wir sahen ihm nach.

»Er hat Angst«, sagte Dove. »Er hat die Hosen gestrichen voll. Hätte ich nicht gedacht.«

»Ist mir nicht aufgefallen«, sagte Wiley.

»Aber er *hat* Schiß. Er hat nichts, womit er uns drohen könnte. Er weiß, daß er bis zum Hals drinsteckt.«

Wir gingen hinter Dove her in den älteren Teil des Hauses. Er blieb wie angewurzelt stehen. »Moment mal. Irgendwas hat sich hier verändert.«

»Schau, die Standuhr.« Ich zeigte auf die unausgebleichte Tapete in der Ecke.

»Was zum Teufel –« Dove ging zu der Tür unter der Treppe und klopfte mit der Faust an. »Milton? Bist du da drin?«

Keine Antwort. Dove rannte die Treppe hinauf.

Die Wohnungstür war sperrangelweit offen. Milton stand mitten im Wohnzimmer, einen Besen in der Hand, zu seinen Füßen ein Häufchen Kehricht. Das Zimmer war praktisch leergeräumt, von Wand zu Wand.

Das blausamtene Sofa war weg, ebenso der Schafwollteppich, die Sessel, der Couchtisch, Lampen, Bilder, Barhocker, das Aquarium, sämtliche Bücherregale und Bücher, der Jetson-Kronleuchter, die Klimageräte aus den Fenstern. Alles war weg, bis auf Doves Sessel, den Fernseher und das Telefon.

Milton sagte: »Hey, Misser Dove.«

»Hallo, Milton.«

»Hab bißchen aufgefegt, bis Sie kommen.«

»Ich nehme an, Earlene war da, hm?«

»Ja, Sir, war da. Sie und der Schwager von ihr, wie heiß er noch? Misser Francis? Er und noch zwei Kerle. Sind mit dem Lastwagen dagewesen.«

»Kann ich mir denken.« Dove ging hinein. »Die hat sich ja so ziemlich alles unter den Nagel gerissen, hm?«

»Kann man so sagen, Misser Dove.«

»Und wieso hat sie den Fernseher dagelassen?«

»Sie hat gesagt, sie hat kein Platz nich, wo sie ihn hinstellen kann. Ich hab denen sagen wollen, Misser Dove, hab ich ehrlich probiert, hab sagen wollen, daß Sie auch ein Wort mitreden wollen vielleicht, aber Sie wissen ja, was für eine scharfe Zunge die Lady hat. Eieiei.«

»Da hast du recht. Der Himmel weiß, daß ich keinem wünschen würde, ihr in die Quere zu kommen, wenn sie ihren Koller hat.« Er seufzte tief. »Na, was sagt ihr dazu, Jungs? Sieht so aus, als könnten wir uns ab sofort nur noch abwechselnd hinsetzen.«

»Macht nichts.« Meine Stimme klang hohl und falsch in der leeren Wohnung. »Wir haben ja noch die vielen Klappstühle oben.«

Wiley fragte: »Haben die Sachen denn alle ihr gehört, Onkel Dove?«

Er ließ die Schultern hängen. »Anscheinend ja. Obwohl ich mich zu erinnern glaube, daß ich sie bezahlt hab.« Er ging zur Schlafzimmertür. »Ein Bett hat sie mir immerhin gelassen. Heißen Dank, mein Schatz.«

Milton hatte die Kehrschaufel in der Hand und suchte nach einem Behältnis, wo er den Dreck hineinkippen konnte. Es stellte sich heraus, daß Earlene sogar den Abfalleimer aus der Küche mitgenommen hatte.

»Ich hol uns ein paar Stühle«, sagte Wiley und lief hinaus.

Dove und Milton fuhren nach Vinegar Flat, um eine alte Frau abzuholen, die an der asiatischen Grippe gestorben war.

Ich machte es mir in Doves Sessel bequem und nahm die Augenklappe mit dem elastischen Band ab. Ich konnte das Ding jetzt schon stundenlang tragen, ohne es zu bemerken, aber am Abend hatte ich immer ein Gefühl, als ob mir den ganzen Tag ein Stahlreifen das Gehirn zusammengepreßt hätte. Ich lehnte mich zurück und rieb mir mit den Daumen die Ohren.

Wiley kam wieder, um sich die »Patty Duke Show« anzusehen, in der Patty zwei Cousinen spielte, die sich aufs Haar glichen. Mir hatte sie in dem Film über Helen Keller gefallen, aber das war eine bescheuerte Serie. Wenn sie neben sich selber stand, wirkte sie wie zwei richtig doofe, zickige Mädchen.

Dann kamen die »Beverly Hillbillies«.

Wiley machte Rumpfbeugen beim Fernsehen. Er wollte seine Muskeln entwickeln. Mir schien, daß er mindestens eine Handbreit gewachsen war, seit wir nach Industry gekommen waren. Der schwärzliche Flaum auf seiner Oberlippe wurde von Tag zu Tag ein bißchen dunkler. Er wurde unserem Daddy auf dem Foto immer ähnlicher.

»Peejoe, sag mir, daß ich Gespenster sehe.«

Er zeigte mit dem Finger auf den Bildschirm, wo Jethro Bodine gerade mit einer aufgedonnerten Blondine schäkerte. Er verschlang ihren aufregenden Körper in dem enganliegenden, rüschenbesetzten Kleid förmlich mit den Augen.

»Die Blonde da.« Wiley ging ans Gerät und stellte es lauter. »Sag mir, wer das ist.«

»Das ist mir egal, Jethro«, sagte sie gerade, »solange ich nur ab und zu eine Dosis von Ihren herrlichen starken Muskeln kriege.«

Diese Stimme hätte ich jederzeit und überall erkannt. Diese Stimme hatte mir eine Geschichte erzählt, die ich nie vergessen würde.

Die Schminke und die Frisur machten sie älter, aber kein Zweifel, es war Tante Lucille, die da ihre langen Fingernägel an Jethros kariertem Hemd hochkrabbeln ließ.

Sie machten einen Schnitt auf einen Werbespot für Cornflakes. Ich sprang vom Sessel auf. »Sie hat Stein und Bein geschworen, daß sie nach Hollywood fährt, um in dieser Serie aufzutreten, und sie hat's geschafft! Ist das nicht unglaublich?«

Als die »Hillbillies« weitergingen, war Mr. Drysdale wegen irgend etwas auf achtzig. Miss Jane gab ihm wie üblich schnippische Antworten, Großmama war mit Hochzeitsvorbereitungen beschäftigt, und Elly Mays Bälger waren überall im Weg.

»Vielleicht war sie's doch nicht«, sagte Wiley.

Aber schon in der nächsten Szene tauchte sie wieder auf und weihte eine Frau, die sie in ein Hochzeitskleid mit Reifrock einschnürte, in ihre Pläne ein. »Wenn ich erst mal Mrs. Jethro Bodine bin, gehören die vierzig Millionen mir«, sagte sie. »Dann ist es nur noch eine Frage der Zeit, bis ich jeden einzelnen von diesen Clampetts um den Finger wickeln kann.«

»Sie ist es«, staunte ich. »Sie ist ziemlich gut.«

Wiley stimmte zu. »Ich kann's einfach nicht glauben, daß sie das hingekriegt hat.«

»Sie hat ja immer gesagt, daß sie eines Tages ein Star sein wird – pst! Da ist sie wieder.«

Lucille im Hochzeitskleid blickte sich um, ob auch niemand sie beobachtete. Sie zog den Korken aus einem Krug mit der Aufschrift XXXX und trank einen Schluck. Sie schnitt eine lustige Grimasse, die ganz allmählich in ein breites Grinsen überging.

Dann kam eine Szene, in der sämtliche Clampetts sich im Sonntagsstaat in der Eingangshalle versammelt hatten und erwartungsvoll die geschwungene Treppe hinaufsahen. Jethro wirkte nervös in seinem Hochzeitsanzug; er erfand alle möglichen Vorwände, um sich davonzustehlen, aber Großmama packte ihn jedesmal am Schlafittchen und schleifte ihn zurück. Jemand spielte auf einem verstimmten Klavier den »Hochzeitsmarsch«. Dann erschien Elly May oben auf der Treppe, strahlte übers ganze Gesicht und streute Rosenblätter aus einem Korb – und siehe da, hinter ihr quetschte sich Tante Lucille in ihrem weiten Hochzeitskleid durch die enge Tür.

Sie machte einen Schritt, verlor das Gleichgewicht und purzelte die ganze Treppe hinunter, wobei sie auch noch Elly May mitriß.

Wir prusteten los.

»Mannomann, Jethro, die Kleine kann's wirklich nicht abwarten, dich zu heiraten«, sagte Onkel Jed.

Ich klatschte in die Hände. »Sie ist einsame Spitze!«

Wiley schüttelte nur noch den Kopf. »Da, schau, jetzt ist sie blau.«

Wir schauten und staunten und lachten lauter als das falsche Publikum im Fernseher. Unsere Tante Lucille stand da mit verrutschtem Brautschleier vor dem Altar, kämpfte gegen den Schluckauf und hielt sich nur mühsam auf den Beinen, während der Geistliche das Ehegelübde sprach. Sie war eindeutig der Star der Sendung.

Im letzten Moment bekam Jethro kalte Füße, brannte mit einer Sekretärin aus Mr. Drysdales Bank durch und ließ eine schluchzende Lucille am Altar zurück. Großmama tätschelte ihr die Schulter und bot ihr noch einen Schluck aus dem Krug an.

Dann wurden wir alle eingeladen, uns auch nächste Woche wieder bei den Clampetts einzufinden und ihre legendäre Gastfreundschaft zu genießen. »Das war eine Produktion von Filmways«, sagte Elly May.

Wiley und ich starrten einander an.

Das Telefon klingelte.

Ich war als erster am Apparat. »Croaker-Moseley.«

»Mit wem spreche ich?« Eine barsche Stimme.

»Peejoe. Und wer ist dort?«

»Gib mir mal Dove.«

Der Sheriff. Der ganze Glanz von Lucilles magischem Auftritt erlosch auf einen Schlag.

»Dove ist nicht da.«

»Aha. Wo ist er?«

»Weggefahren, eine tote Frau holen.«

»Habt ihr zufällig die ›Beverly Hillbillies‹ gesehen?« wollte er wissen.

»Nein, Sir.«

»Na, jedenfalls will ich auf der Stelle tot umfallen, wenn da nicht Lucille Vinson mitgespielt hat«, sagte er. »Ich seh mir seit einem Monat ihr Bild an, ich würde das Gesicht überall wiedererkennen. Schnell mag sie ja sein, aber besonders hell ist sie nicht. Wenn ich jetzt auflege, rufe ich sofort meinen Cousin Eddie in Kalifornien an. Du kannst Dove sagen, daß wir bis Ende der Woche Lucille wieder hier haben.« Und weg war er.

Ich hatte kaum aufgelegt, da klingelte das Telefon schon wieder. Diesmal schnappte sich Wiley den Hörer. »Hallo? Ach, hallo, Meemaw«, sagte er. »Ja, klar! Hast du sie gesehen? Wir haben unseren Augen nicht getraut! Sie war richtig gut! Mhm. Mhm. Ja, ich glaub, sie hat neulich abends mal Peejoe angerufen und behauptet, sie wär in Florida. Mhm. Ja. Ach, ich glaub, es geht ihm einigermaßen. Der Arzt – nein, weiß ich nicht. Ja, Moment. Hier ist er.« Er verdrehte die Augen und gab mir den Hörer.

»Hallo, Meemaw.«

»Ach, Schätzelchen, wie geht's dir denn? Ich mache mir solche Sorgen um dich.«

»Mir geht's gut. Du fehlst mir.«

»Was macht dein Auge?«

»Ich glaub, es ist besser. Es tut nicht mehr so weh.«

»Warst du beim Arzt?«

»Ja. Er sagt, es bleibt blind.«

»Das hat mir Dove schon gesagt, aber ich glaub's nicht. Du wirst wieder damit sehen können, wenn es erst mal geheilt ist. Bist du auch tapfer?«

»Glaub schon«, sagte ich.

»Gib mir mal Dove.«

»Der ist nicht da. Er muß eine Tote abholen.«

»Na dann Earlene.«

»Die ist auch nicht da. Sie ist ausgezogen.«

»Ausgezogen? Um Himmels willen, Kind, was ist eigentlich los bei euch?«

»Ach, sie hat die Wut gekriegt und ist mit Mabel zu ihrer Schwester nach Goshen gefahren. Und Mabel ist im Krankenhaus. Und Earlene war heute noch mal da und hat die ganzen Möbel und alles mitgenommen.«

»Ihr beiden seid allein im Haus?«

»Ja, Ma'am. Aber uns fehlt nichts.«

»Gütiger Gott, Junge, das kann ich einfach nicht glauben«, sagte sie. »Ich hatte ja keine Ahnung, daß es so schlimm steht. Dove hat mir kein Wort davon gesagt.«

»Der Sheriff hat gerade angerufen«, sagte ich. »Er hat Tante Lucille auch im Fernsehen gesehen.«

»Das kann man sich denken«, sagte sie mit lauter werdender Stimme. »Die ganze Welt hat mit angesehen, wie sie sich blamiert hat. Ich hab fast einen Herzanfall gekriegt. Peejoe, Tante Seale hat mir dein Bild aus dieser Zeitschrift gebracht. Mir ist gar nicht wohl dabei, daß du ganz allein da unten bist, bei diesem Schlamassel.«

»Ich bin nicht allein. Wiley ist auch da.«

»Sag Dove, er soll mich anrufen, sobald er wieder da ist, hörst du? Bleib auf, bis er wiederkommt.« Ich hörte weinende Kinder und die alte Sandra, die irgend jemanden herumkommandierte. »Ich bleib hier am Telefon sitzen, bis er anruft, hast du verstanden?«

»Ja, Ma'am.«

Ich legte den Hörer auf. Ich wußte nicht, wie ich jemals auf den Gedanken kommen konnte, zu Meemaw zurückzugehen, solange die Vinsons da noch herumhampelten.

Wiley und ich machten uns Pommes frites zum Abendessen und tranken Brauselimonade dazu. Wir sahen uns die »Danny Kaye Show« an und nickten auf den Kopfkissen ein, die wir von oben mitgebracht hatten.

Onkel Dove kam heim und fand uns schlafend auf dem Fußboden. »Aufgestanden, ihr beiden, und ab ins Bett.«

»Meemaw hat angerufen.« Ich gähnte und streckte mich. »Und der Sheriff auch. Er hat Tante Lucille im Fernsehen gesehen.«

»Er hat *was*?« Er rüttelte mich vollends wach und ließ sich alles erzählen. »Bist du sicher, daß sie's war?«

»Sie war's. Ich hab sie gesehen, und Wiley auch, und Meemaw, und der Sheriff und . . .«

Wiley nickte schlaftrunken.

Dove sagte: »Schwesterchen wird mir ewig ein Rätsel bleiben.«

27
LUCILLE / Auf Achse

Lucille zählte fünfzehntausendachthundertdreiundsiebzig Dollar auf dem Samtpolster ab. Sie legte die Scheine zu ordentlichen Bündeln zusammen, streifte Gummiringe darüber und steckte sie in den Leinenbeutel zurück.

»Lus-siehl.«

»Sei still, Chester. Ich will keinen Piep von dir hören. Ich hab genug von deinen Sperenzchen.«

»Aber Schatz, ich liebe dich doch so sehr«, gurrte er. »Ich hab dich immer geliebt.«

»Die einzige mondäne Party in meinem ganzen Leben, und

du mußt sie mir verderben. Ich hab wirklich die Nase voll von deinen Schweinereien.«

Chester war wieder in seiner durchscheinenden Box eingesperrt. Lucille hätte ihn nie alleinlassen dürfen. Sie schwor sich, darauf zu achten, daß der Patentverschluß nicht noch einmal geöffnet wurde. Irgendwie bekam sie diesen Geruch nicht aus der Nase.

Nach seinem letzten Auftritt hatte sie ihre Meinung von den wundersamen Eigenschaften von Tupperware revidiert. Chester war schon als Lebender unappetitlich gewesen, und die vier Wochen in der Plastikbox hatten ihn nicht zu seinem Vorteil verändert. Trotzdem, so grauenerregend, daß man deswegen gleich durch eine Glaswand laufen mußte, sah er nicht aus. Allerdings hatte Lucille ihn auch nicht zum erstenmal gesehen.

Vielleicht war es ja auch zuviel verlangt, daß ein Kopf in einer Salatbox, auch wenn sie luftdicht verschlossen war, so lange frisch und geruchlos blieb.

»Die Hunde waren schuld«, maulte Chester.

»Bestimmt hast du was zu ihnen gesagt, oder zu diesem Weib.« Sie wickelte den Geldsack wieder in das Seidenpapier. »Hättest du dich nicht eine Stunde ruhig verhalten können?«

»Kleine Hunde«, sagte er, »kleine, haarlose Hunde.«

»Ich hätte da bleiben und eine erstklassige Komödiantin werden können«, sagte sie, obwohl sie wußte, daß es nie dazu gekommen wäre; sie war ja in Hollywood vom ersten Moment an darauf gefaßt gewesen, Knall auf Fall abreisen zu müssen. Die ganze Zeit hatte sie gewußt, daß solches Glück nicht von Dauer sein konnte.

Zu dumm, daß Joan Blake zerschnitten und blutüberströmt in den Swimmingpool fallen mußte, aber das sollte sie lehren, künftig nicht mehr ihre große Nase in anderer Leute Hutschachteln zu stecken.

Wieder einmal blätterte Lucille die Morgenzeitungen nach Berichten über ihre kriminellen Vergehen durch. Entweder hatte Joan der Polizei nicht gesagt, was sie gesehen hatte, oder Harry Hall hatte die Veröffentlichung verhindern können. Der einzige interessante Artikel war ein Interview von Associated Press mit John Doggett, dem berühmt gewordenen rassistischen Sheriff von Industry. »Wir werden im Interesse unserer anständigen weißen Bürger dafür sorgen, daß unsere Stadt so bleibt, wie sie ist«, hatte er dem Reporter gesagt. »Es ist nicht meine Aufgabe, diese ortsfremden Aufwiegler zu schützen, die bloß herkommen, weil sie scharf darauf sind, bei Walter Cronkite im Fernsehen aufzutreten.«

Wenn Doggett für die Suche nach ihr zuständig war, dann hatte Lucille nicht viel zu befürchten.

Die Trennscheibe ging herunter. »Sagten Sie etwas, Miss Clay?«

»Ich führe nur Selbstgespräche.«

Norman sah verstohlen über die Schulter. »Sie sehen bezaubernd aus. Die Farbe bringt das Blau Ihrer Augen zur Geltung.«

»Das reicht jetzt. Denken Sie an unsere Abmachung.« Sie strich ihren rosa Cashmere-Rock glatt. »Lassen Sie die Trennscheibe hoch und fahren Sie.«

Lucille war so schnell aus dem Beverly Hills ausgezogen, wie es ging, ohne den Eindruck einer in Panik flüchtenden Mörderin zu hinterlassen. Die Rechnung beglich sie in bar. Sie hatte keine Ahnung, wo sie als nächstes hinfahren oder wie sie da hingelangen sollte.

Als sie zwischen den Steinaffen hindurch aus dem Hotel trat und Norman an seiner Limousine lehnen sah, nahm sie das als einen Fingerzeig Gottes und befolgte ihn. Sie sagte Norman, sie lasse sich gern von ihm chauffieren, vorausgesetzt, er bleibe vorne, lasse sie in Ruhe und verzichte auf alles Gerede von Liebe. Dann wies sie ihn an, nach Norden zu fahren.

Am ersten Abend nahmen sie in einem schrecklichen Strandmotel bei Santa Barbara möglichst weit voneinander entfernte Einzelzimmer mit Blümchentapeten und schmierigen Flickenteppichen. Norman ging Brathähnchen bei Kentucky Fried Chicken holen, die sie an einem Picknicktisch aus Beton oberhalb der donnernden Brandung verzehrten. Lucille bekam Gänsehaut in der kühlen Brise, die vom Wasser heraufwehte.

Norman sagte, er habe seinen Wohnwagen in Las Vegas verkauft um mit Lucille bis ans Ende der Welt fahren zu können.

»Ich weiß ja, daß ich nur Ihr Fahrer bin, vorerst«, sagte er, auf einem Hühnerbein herumkauend, »aber ich möchte Ihnen viel mehr bedeuten.«

»Fangen Sie nicht schon wieder damit an.« Lucille löffelte Kartoffelbrei aus einem Styroporschälchen. »Sie können mich bis nach San Francisco fahren, und dann trennen sich unsere Wege.«

Lucille hatte eine Idee, und San Francisco war der richtige Ort dafür. Norman war die bequemste Möglichkeit, dorthin zu gelangen, sonst nichts. Sie benutzte ihn, benutzte seine hündische Ergebenheit und seine Limousine – aber sie war wenigstens ehrlich, spielte ihm nichts vor.

Tags darauf machten sie einen Umweg von hundert Meilen, weil Lucille sich das Anwesen von William Randolph Hearst ansehen wollte, einen riesigen Steinhaufen auf einem Berggipfel. Herden von Giraffen und Springböcken tummelten sich auf dem weitläufigen Gelände.

Sie mieteten sich im Hearst Castle Motel nicht weit vom Haupttor ein. In der Dämmerung saßen sie im Freien, aßen Burgers und Pommes frites und lasen die Touristenbroschüren. Lucille dachte, wie schön es wäre, so reich zu sein, daß man sein Haus dem Staat Kalifornien vermachen mußte, weil niemand auf der Welt reich genug wäre, um es kaufen zu können.

»So reich möchte ich eines Tages auch sein«, sagte sie.

»Bleiben Sie bei mir, dann sind Sie es eines Tages vielleicht«, sagte Norman. »Ich hab immer wieder mal eine Glückssträhne beim Würfelspiel.«

»Ich bin müde, Norman. Ich geh jetzt ins Bett. Gute Nacht.«

»Schlafen Sie gut. Ich bleib noch ein Weilchen hier draußen.«

Sie sagte ihm nicht, was in sechs Minuten im Fernsehen kam. Er sollte es nicht sehen. Wer weiß, vielleicht war sie schlecht. Sie würde es an seinen Augen sehen. Er würde zwar so tun, als sei sie gut, aber sie würde es trotzdem merken.

Sie legte die Kette vor, schaltete das Gerät ein, verstellte den als Antenne dienenden Drahtkleiderbügel, um ein besseres Bild zu bekommen, und ließ sich auf der harten Matratze nieder. Dieses Hotel war himmelweit vom Beverly Hills entfernt.

Die »Hillbillies« begannen. Lucille sah sich auf dem Bildschirm umhergehen und hörte sich sprechen, ein leuchtender elektronischer Traum.

Zu ihrer Überraschung war sie keineswegs schlecht. Sie sah albern aus mit dieser aufgebauschten Frisur und den falschen Klunkern, aber sie fand sich auch nicht schlechter als die anderen Darsteller. Die Einstellungen waren so geschnitten worden, daß alles Schlag auf Schlag ablief. Sogar ihr Treppensturz wirkte raffiniert in den komischen Ablauf der Szene eingebaut; ein rascher Schnitt auf Buddy Ebsen, und das Pseudo-Publikum brach in schallendes Gelächter aus. Lucille hätte am liebsten ihre Mutter angerufen und sie nach ihrer Meinung gefragt, aber bestimmt wurde ihr Telefon längst abgehört, und Lucille wollte nach wie vor um jeden Preis einer Verhaftung entgehen.

Sie wußte, daß Norman jetzt da draußen auf der Motorhaube seiner Luxuslimousine saß, eine Zigarette rauchte und sehnsüchtig zu ihrem hellen Fenster herschaute. In mancher Hinsicht war er der ideale Reisegefährte: Er sah ihre Stimmungen voraus, hatte Verständnis, wenn sie allein sein wollte, beklagte sich nie und wurde nie müde am Steuer. Chester hätte von ihm das eine oder andere lernen können, was Reisen anbelangte.

Sie knipste die Nachttischlampe aus und sah hinaus zu dem gemütlichen Glimmen seiner Zigarette. Sie hörte ein leises Lachen im Dunkeln; das Schnauben der Zebras, die sich hinter den Mauern des Hearst-Palastes zur Nachtruhe hinlegten.

Es hatte ihr nicht viel Freude gemacht, ihren großen Augenblick im Fernsehen ganz allein an einem fremden Ort erleben zu müssen, weit weg von den Menschen, denen etwas an ihr lag. Was nützte es, ein Star zu werden, wenn sie ihr Glück mit niemandem teilen konnte? Sie hatte gedacht, das Ganze nur einfach durchzustehen, würde schon aufregend genug sein, aber als der Zeitpunkt gekommen war, die Früchte ihres Erfolgs zu genießen, versteckte sie sich in einem Hotelzimmer mit billigen Kiefernmöbeln und dem Krach dicht vor dem Haus vorbeifahrender Autos.

28
PEEJOE / Industry

Wiley und ich fochten unterm Dach ein Duell mit Vorhangstangen aus. Er hielt mitten in einem Ausfall inne. »Hör mal.«

Der Wind trug Stimmen vom Schwimmbad herüber, das zehn Häuserblocks entfernt war – Hunderte von Menschen sangen im Chor »We Shall Overcome«.

Ich nutzte die Ablenkung für eine Parade, die Wiley aus dem Gleichgewicht brachte, so daß er auf den Rücken fiel. Ich setzte ihm die Spitze meines Degens an die Kehle. »Wenn ich wollte, könnte ich dich umbringen.«

»Ja, du bist schon ziemlich gut mit deinem einen Auge.« Er stand auf. »Aber wart's ab, bis ich im Ernst kämpfe.«

Der Stimmenchor wurde immer lauter. »Hört sich an, als wären es heute viel mehr, Wiley. Komm, wir gehn mal runter.«

»Du weißt doch, was Dove gesagt hat.«

»Der ist doch nicht da.« Neuerdings verbrachte Dove seine Nachmittage mit Milton angelnd und Bourbon trinkend an Bates's Pond. »Komm, wir schauen mal nach, ob Huntley Brinkley noch in der Stadt ist.«

»Und wenn uns der Sheriff sieht?« gab Wiley zu bedenken.

»Vor dem hab ich keine Angst.« Seit der Anklageerhebung hatte ich die große Klappe, obwohl die Aussichten, daß John Doggett auch nur eine Nacht hinter Gittern verbringen mußte, ziemlich schlecht waren. Der Bezirksrichter in Montgomery war zufällig der Nachbar von Doggetts Cousin ersten Grades. Er hielt Hiram Murphys Anklage so lange zurück, bis Doggett und die anderen allenfalls noch wegen Ordnungswidrigkeiten in Industry, dem »Schauplatz der angeblichen Verbrechen«, belangt werden konnten.

Eine Klage, deren Ziel die Aufhebung der Rassentrennung im Schwimmbad war, wurde von einem anderen Richter hinausgezögert.

Die Protestflut stieg immer höher in den Straßen der Stadt. Als der Sheriff sah, daß er die Demonstranten nicht dadurch loswerden konnte, daß er sie ignorierte, fing er an, sie reihenweise festzunehmen, jeweils ein paar Dutzend auf einmal. Die Zellen im ersten Stock des Gerichtsgebäudes quollen über vor Häftlingen, ebenso das Arsenal der Nationalgarde an der Cornelia Road und die Gefängnisse in vier benachbarten Landkreisen.

So schnell, wie der Sheriff sie verhaften konnte, wurden neue Demonstranten in Bussen aus dem Norden herbeigeschafft und nahmen ihre Plätze bei den Protestmärschen ein. Industry war längst im ganzen Land berühmt, wie Selma und Birmingham, und wurde noch bekannter durch das Schauspiel des Sheriffs und seiner zwölf grinsenden Mitangeklagten bei der Voruntersuchung: Die Füße auf dem Geländer im Gerichtssaal, bissen sie dicke Brocken Kautabak ab und sahen aus wie rechtschaffene Südstaatler, die sich von den gegen sie erhobenen Vorwürfen nicht im geringsten aus der Ruhe bringen ließen.

Es war schon so viel über Industry gesagt und geschrieben worden, daß mein Konterfei auf dem Titelblatt von *Life* kaum noch wichtig war, außer für mich selbst. (Ich bekam immer noch ein oder zwei mitfühlende Briefe pro Tag.) Die Geschichte von Taylor Jacksons spontanem Sit-in am Schwimmbad wurde in allen Hochglanzblättern als Beispiel für vorbildliche Zivilcourage abgedruckt. »Er war gerade erst sechzehn, kaum der junge Mann, dem man zutrauen würde, eine Revolution in Gang zu setzen«, schrieb Shana Alexander in *Look*. Nehemiah Thomas blickte in *Newsweek* kummervoll durch die Gitterstäbe seiner Zelle. Die *New York Times* brachte eine vierteilige Serie: »Industry – Stadt am Abgrund.«

Zuerst reagierten die weißen Bürger von Industry, als würde General Sherman von der Goshen Road aus mit Kanonen auf sie schießen. Sie schlossen sich in ihren Häusern ein und trauten sich nur heraus, um sich im Piggly Wiggly mit dem Nötigsten einzudecken. Aber als die Tage vergingen und die Demonstranten stets nur friedlich vom Gerichtsplatz zum Schwimmbad und wieder zurück marschierten, was lediglich Ansprachen, Massenverhaftungen und viel Lärm, aber keine wirkliche Gefahr mit sich brachte, gewöhnten sich die Leute daran. Bald gingen sie ihrem normalen Tagewerk nach, als ob das, was sich da in der Innenstadt abspielte, nur eine Art Jahrmarkt sei.

Manche genossen sogar die Aufmerksamkeit, die ihrer Stadt

zuteil wurde. Zusammen mit den Horden von Reportern und Bürgerrechtlern kamen große Lastwagen mit dem CBS-Auge und dem NBC-Pfau. Die halbe Stadt war auf den Beinen gewesen, um zuzusehen, wie Brinkley vom Parkplatz des Dairy Dog aus eine Direktübertragung machte.

Es kam in Mode, sich von Brinkley oder Frank Reynolds oder einem der anderen berühmten Fernsehreporter interviewen zu lassen und etwas Gemäßigtes in der Art zu sagen, daß Industry seinen schlechten Ruf nicht verdient habe, daß es nur ein paar faule Äpfel in der Stadt gebe usw. Dove sagte, er wünschte, Earlene wäre hier und könnte sehen, wie sich die Damen darum rissen, die bekanntesten Reporter zum Essen einzuladen. Viele waren der Meinung, das gute Südstaatenessen lasse auch den eisigsten Yankee-Reporter dahinschmelzen, obwohl es dafür eigentlich bislang noch keinen Beweis gab.

Sogar George Corley Wallace sprach mit Schaum vor dem Mund in seinem Herrenhaus in Montgomery den Namen Industry aus. Er gab Proklamationen heraus, in denen er gelobte, Gesetz und Ordnung und die Rechte des Staates Alabama zu schützen. In einer Rede vor dem Staatsparlament drohte er, die Samthandschuhe, mit denen man die Demonstranten angefaßt habe, die von Selma nach Montgomery marschiert waren, gehörten der Vergangenheit an. »Wir werden diese ungerechtfertigten, unzulässigen, von Kommunisten angezettelten Übergriffe auf unsere einzigartige Grundordnung hier in Alabama nicht länger dulden«, sagte er. »Wenn die rechtschaffenen Bürger von Industry in ihrem Schwimmbad mit Menschen ihrer eigenen Rasse unter sich sein möchten, so sage ich, das geht Washington nichts an. Und wenn es sein muß, fahre ich persönlich hin, um ihnen meinen Standpunkt klarzumachen.«

Wiley und ich trotteten die Lee Street hinunter. Der Gesang wurde von einer Lautsprecherstimme abgelöst: Jemand hielt eine Rede. Wir hatten ja die besten Vorsätze gehabt, das Versprechen zu halten, das wir Dove gegeben hatten, aber die Versuchung war einfach übermächtig.

Das Bestattungsinstitut war verwaist, zu still. Nicht mal Tote beherbergte es mehr. Die Geister waren mit Mabel verschwunden. Der Organist mit seiner Hintergrundmusik war verstummt, und niemand machte sich die Mühe, das Gerät zu reparieren.

Blauhäher kreischten von den Bäumen. Ein alter Farbiger kniete auf dem Gehsteig und verlegte Platten. Er nickte uns zu, als wir an ihm vorbeigingen. Eine Stimme hallte durch die Straßen: ». . . im Namen der Freiheit und der Gerechtigkeit fordern wir sie auf, das zu tun, wozu sie gewählt wurden . . .« Rauschender Beifall wie bei einem Footballspiel.

Der alte Mann hielt den Kopf schief und horchte.

An der Ecke Beauregard / Lee standen mehrere Übertragungswagen von Fernsehanstalten. Schwarze Kabel schlängelten sich über den Boden, und ein Generator tuckerte wie hinter der Budenreihe auf einem Jahrmarkt. Das Gelände um das Schwimmbad war ein Meer von Demonstranten, Predigern, Kirchengruppen, Reportern, ernsten jungen Männern in dunklen Anzügen, Mädchen mit abstehenden Zöpfchen, Yankee-Nonnen mit Plakaten, bleichen Weißen mit Sonnenbrillen, Schulkindern, farbigen alten Frauen, weißen Studenten, Herumtreibern, Journalisten. Honoratioren drängten sich auf einem Podium am Zaun. Die Leute liefen herum oder saßen auf ausgebreiteten Decken und aßen Brathähnchen. Kinder jagten Hunde. Vor dem Dairy Dog auf dem Hügel standen Trooper und Hilfssheriffs von Cotton County in einer Reihe und behielten alles im Auge.

Der Redner ereiferte sich weiter über Verbote und gerichtliche Anordnungen. Wiley und ich fanden einen Platz, wo wir uns hinstellen konnten, einen Fleck mit niedergetrampeltem Gras seitlich von der Bühne, nicht weit von der Stelle, wo Taylor Jackson gestürzt war.

Ich erkannte Lydia Combs auf dem Podium. In ihrem bunten, knöchellangen afrikanischen Gewand war sie nicht zu übersehen.

Als hätte ich die Hand ausgestreckt und sie berührt, drehte sie sich um und sah mich – und winkte mir über die Köpfe der Menge hinweg zu. Ich winkte zurück.

Die Menschen um uns herum starrten mich an. Als sie meine Augenklappe sahen, rückten sie fast unmerklich von uns ab und fingen zu tuscheln an.

Alle schienen auf irgend etwas zu warten. Sie schauten zu den hinteren Reihen der Menge, zu den Troopern auf dem Hügel, zur Straße.

Der Redner endete und wurde mit freundlich plätscherndem Applaus bedacht. Der Kirchenchor der *Eufaula A. M. E.* stimmte *Over my head I see freedom in the air* an, und alle sangen mit.

Eine Autokolonne tauchte auf dem Hügel auf und rollte langsam auf uns zu. An der Spitze fuhr ein blitzblanker schwarzer Chevrolet. Er bog durch das Tor ein und schob sich langsam in die Menge, die sich teilte wie das Rote Meer in dem Film. Köpfe drehten sich. Das Freiheitslied verstummte. Aufgeregtes Gemurmel lief durch die Menge – »King Kong! King Kong!«

Die Wagenkolonne fuhr im Bogen durch den Park und näherte sich unter zunehmenden Ovationen langsam dem Zaun. Der schwarze Chevrolet blieb stehen, keine zehn Fuß von Wiley und mir entfernt. Die Menge wurde von hektischer Aufregung erfaßt. Alle legten ihre Hühnerschenkel weg, sprangen auf und reckten die Hälse.

In dem Moment wurde mir klar, was sie alle riefen: »King kommt.«

Farbige Männer in dunklen Anzügen stiegen aus den Autos und sammelten sich um den Chevrolet. Es waren Geistliche, das sah man daran, mit welch wichtigen Mienen sie sich die Hosen hochzogen, die Daumen in die Revers hakten und um sich blickten.

Er stieg aus dem Auto. Er sah genauso aus wie im Fernsehen, nur vielleicht ein bißchen schwerer, dem Boden näher. Seine Haut war braun und glänzend wie eine alte Kirchenbank, seine Gesichtszüge fremdartig und schön und irgendwie seltsam orientalisch – die faszinierenden mandelförmigen Augen, die kräftige, breite Nase und der schmale Fu-Manchu-Schnurrbart betonten seine vollen Lippen.

Von einem der Geistlichen ließ er sich in sein dunkles Anzugsakko helfen. Er faßte die Menschenmenge ins Auge, musterte sie. Jemand flüsterte ihm etwas ins Ohr. Er sagte: »Nun denn, laßt uns zu diesen Menschen sprechen«, mit einer Autorität in der Stimme, bei der sich mir die Nackenhaare sträubten wie von statischer Elektrizität.

Die Männer gruppierten sich um ihn und geleiteten ihn durch die hochrufende Menge.

Wiley sagte: »Also deswegen der ganze Rummel.«

Ich war sprachlos vor Ehrfurcht. »Mann, wir waren so nahe bei ihm! Ich hätte ihn um ein Autogramm bitten können!«

Mein ganzes Leben hatte ich diesen Namen sagen hören, mit Angst oder Abscheu. Jetzt sah ich ein eigenartiges Licht um ihn, einen Strahl vom klaren blauen Himmel, der auf ihn gefallen war, als er aus dem Auto stieg, und der ihm jetzt zum Podium hinauf folgte.

Er begrüßte Nehemiahs Söhne, Mattie Jackson, Lydia Combs, Prediger Williams, den Chor. Er nahm sich für jeden einen Augenblick Zeit, schüttelte Hände, legte den Arm um Hälse. Die Menschen strömten in Scharen zu ihm, trampelten über Decken, traten anderen auf die Zehen. Fotografen rannten mit klappernden Kameras herum.

Er drehte sich um und nahm die Ovationen der Versammlung mit einem bescheidenen Lächeln und erhobenen Händen entgegen, wie ein Lehrer, der versucht, eine unruhige Klasse zu bändigen, und dann, als das nichts nützte, verschränkte er die Hände hinter dem Rücken und stand geduldig da und wartete ab, bis sich der Tumult legte.

Endlich trat er ans Mikrofon. »Ich danke euch herzlich, meine Freunde.« Seine Stimme hallte weithin, golden und klar. »Ich freue mich, heute so viele von euch hier zu sehen, und ich freue mich, selbst hier sein zu dürfen. Bruder Lambert hat mich auf der Fahrt in die Stadt daran erinnert, daß ich im Jahre 1955 hier ganz in der Nähe, im Lowndes County, eine Predigt gehalten habe, und wie er ganz richtig sagte: Ich habe einen mächtig weiten Weg gehen müssen, um wieder da anzukommen, wo ich einst begonnen habe.«

Anerkennendes Gelächter.

»Liebe Freunde«, fuhr er fort, »die Kunde von den Ereignissen in Industry verbreitet sich mit Donnerhall über die ganze Welt. Während ich hier stehe und auf eure Gesichter schaue, muß ich an die großen Völker der Geschichte denken, die sich gegen die Mächte der Tyrannei und der Unterdrückung erhoben. Ich sehe die Gesichter des Volkes Israel, die sich hinter den Blutflecken an ihren Türen an jenem ersten Osterabend verstecken. Ich sehe das Gesicht Moses, als er ›Laß mein Volk ziehen!‹ rief und die Israeliten in die Wüste einer zweifelhaften Zukunft führte. Ich sehe die Gesichter der Negersklaven im vorigen Jahrhundert, just hier in eben diesem Lande, die schweißbedeckten Gesichter unserer Vorfahren, die verkauft und verschachert wurden wie das liebe Vieh und die in der Proklamation eines unsicheren Präsidenten ein Mittel sahen, ihre Freiheit zu erlangen.«

Seine Worte strömten wie improvisierte Musik; anfangs klangen sie noch gedämpft, doch dann hallten sie immer kräftiger über die Köpfe seiner hingerissenen Zuhörer hinweg. Alle Gesichter waren ihm zugewandt.

»Und, meine Freunde, wenn ich zu euch hinausschaue, sehe ich die großen Heroen, die unserer Zeit ihren Stempel aufgeprägt haben. Ich sehe eine scheue, freundliche Frau in Montgomery, die sich weigerte, in den hinteren Teil des Omnibusses zu gehen. Ich sehe die jungen Studenten in Greensboro, die sich vor eine den Weißen vorbehaltene Essenstheke setzten und sich dreiundvierzig Tage nicht von der Stelle rührten. Ich sehe die ältere Frau bei unserem Marsch von Selma nach Montgomery, die das Angebot, im Auto mitzufahren, mit den Worten ablehnte: ›Meine Füße sind müd, aber meine Seele ist stark.‹ Ich sehe die vielen Tausend, die marschiert sind – in Alabama, in Georgia und Carolina und Tennessee und Mississippi, in all den großen, gepeinigten Staaten der alten Konföderation, um in dieser historischen Bewegung die uneingeschränkte Freiheit für uns alle zu erringen.«

Die Menschen brachen in Beifall und »Amen«-Rufe aus. Die Sonne brannte senkrecht vom Himmel. Martin Luther King wischte sich mit einem weißen Taschentuch aus seiner Brusttasche den Schweiß ab.

»Heute stehen wir nun hier. Wie Abraham Lincoln einmal sagte: Wir haben uns auf dem großen Schlachtfeld unseres eigenen Krieges versammelt. Tausende junger Männer starben bei Gettysburg für unser Recht auf Freiheit. Nur ein einziger junger Mann, ein schwarzer Junge namens Taylor Jackson, starb an diesem Schwimmbad. Aber ich bin heute gekommen, um euch zu sagen, daß Taylor Jackson genau wie die jungen Männer bei

Gettysburg nicht vergeblich gestorben ist. Und daß der Krieg noch nicht vorbei ist.«

Mattie Jackson brach in Tränen aus.

Kings Stimme schallte bis zu den Bäumen hinüber: »Taylor Jacksons mutige Tat war die großartige und unsterbliche Tat eines tragisch verkürzten Lebens. Durch diese beispiellose Tat hat Taylor Jackson in uns allen, die nach Freiheit lechzen, den Wunsch geweckt, nicht zu erlahmen, den Wunsch, den Marsch fortzusetzen, den Kampf fortzusetzen, immer aufs neue gegen die Mauern des Unrechts anzurennen – ganz gleich, wo wir auf sie stoßen, ganz gleich, wie hoch sie sein mögen.«

Ich hatte noch nie eine solche Predigt gehört. Er sprach jedes Wort wie einen Trompetenton aus. Seine Stimme schwebte empor zum Gipfel eines Satzes und senkte sich am Ende wieder herab, um Kräfte zu sammeln für den nächsten Höhenflug. Er hielt mich in Bann. Ich war allein auf dieser Wiese. Er sprach nur zu mir.

»Gewiß, ich war nicht hier, um diesen Kampf mit euch gemeinsam auszufechten«, sagte er, »ich war anderswo, um Schlachten auf anderen Schlachtfeldern zu schlagen, aber heute bin ich hier. Heute bin ich gekommen, um euch die Nachricht von einem süßen Sieg zu überbringen. Heute haben eure Anstrengungen eine weitere Mauer des Unrechts überwunden. Heute bringe ich euch die Kunde, daß Richter Johnson in Montgomery angeordnet hat, die Rassentrennung im städtischen Schwimmbad von Industry aufzuheben.«

Lauter Jubel brandete auf. Die Menschen schrien und stampften mit den Füßen, umarmten sich, schwenkten Plakate. Ich spähte durch den Zaun. Das Wasser war aus dem Becken abgelassen worden, der schräge Boden war mit Blättern übersät.

»Heute bringe ich euch die Nachricht, daß Richter Johnson des weiteren die Freilassung unseres Bruders Nehemiah Thomas und all der anderen friedlichen Demonstranten binnen sechsunddreißig Stunden angeordnet hat.«

Erneut brach der Tumult los. King mußte lange warten, bis sich der Lärm gelegt hatte und er weitersprechen konnte.

»Das sind frohe Botschaften«, sagte er, »aber unsere Arbeit ist noch nicht getan. Unsere Arbeit beginnt jetzt erst. Schwere Zeiten liegen vor uns. Es stehen uns Prüfungen bevor, es wird Not und Wirrsal geben. Doch heute bin ich nach Industry gekommen, um euch etwas zu versprechen. Wir *werden* siegen.«

Jubel erhob sich in den hinteren Reihen, schwappte nach vorne und brach sich am Rednerpodium. King nutzte die Welle auf ihrem Höhepunkt.

»Wir *werden* die höchsten Mauern des Hasses und der Unterdrückung überwinden, die Menschen in diesem Land errichten können!« rief er. »Wir *werden* die Tyrannei von Männern wie Sheriff John Doggett überwinden, von Männern wie Jim Clark und Bull Connor und George Wallace, die uns vernichten wollen und damit den Keim ihres eigenen Untergangs legen. Wir *werden* die Mauern niederreißen, die eine Rasse von der anderen trennen, zur Schande und zum Schaden beider Seiten. Wir *werden* die Überheblichkeit der Mächtigen und die Gleichgültigkeit der Reichen brechen – und mit dem goldenen Schwert unserer Gewaltlosigkeit *werden* wir die Gewalt jener brechen, die uns aufhalten wollen. Gott ist auf unserer Seite. Mit meinen Augen sah ich die Pracht der Wiederkunft des Herrn! Glory, glory halleluјah!« Er riß den Arm hoch und taumelte einen Schritt rückwärts, überwältigt von der Macht seiner eigenen Worte.

Die Menschen verfielen in Raserei. Eine Frau neben mir schrie immer wieder »Herr Jesus!« und klatschte dabei in die Hände. Babys fingen zu weinen an.

Es war alles so einfach, wenn King es einem erklärte. Wie konnte irgend jemand ihn anhören und es doch nicht verstehen? Es war so sonnenklar wie der Unterschied zwischen einem Weißen und einem Schwarzen, zwischen Nacht und Tag, Augenlicht und Blindheit, Recht und Unrecht.

Auf der einen Seite war dieser wortgewaltige Mann, dem tausend Menschen zujubelten.

Auf der anderen Seite, oben auf dem Hügel, eine Horde bewaffneter Polizisten, ein paar rechtsradikale Jugendliche in Pickups – die hatten keine Chance, die mußten verlieren. Sie waren im Unrecht und mußten letzten Endes den kürzeren ziehen.

Ich nahm Wiley am Arm und zog ihn durch die Menschenmenge zu dem schwarzen Chevrolet hinüber. Ich begriff selbst nicht, was mich dazu trieb, aber ich wußte, daß ich mich diesem Mann einfach in den Weg stellen mußte. Ich mußte in seine Nähe kommen, ihn berühren, um ein klein wenig von dem Licht abzubekommen, das auf ihn herabschien.

Er wurde umringt, kaum daß er vom Podium herabgestiegen war. Die schwarzen Geistlichen, die seine Eskorte bildeten, wurden im Gewühl voneinander getrennt. Mütter hielten King ihre Babys hin, alte Frauen umarmten ihn. Junge Männer drängten sich aneinander vorbei, um seine Hand zu berühren. King ließ sich Zeit, begrüßte jeden und zog die Mehrheit der Versammelten mit sich den Zaun entlang.

Lydia Combs blieb dicht bei ihm und dirigierte ihn, stellte ihm einzelne Personen vor.

Plötzlich tat sich ein Loch auf, und Lydia erblickte mich.

»Doctor King«, sagte sie, »das ist der Junge, der in *Life* war, wissen Sie noch? Dieser Junge ist für Taylor Jackson eingetreten.«

Die Welt holte tief Luft und hielt den Atem an.

Er streckte die Hand aus und berührte mich am Gesicht, eine sanfte, vorsichtige Berührung, fast eine Liebkosung. »Junger Freund«, sagte er lächelnd, »tu weiter Gutes, und es wird sich dir alles zum Guten wenden.«

Ich wollte *danke* sagen. Aber meine Lippen versagten den Dienst. Kings Finger streiften meine Wange, und dann war er weg, von der Menge verschluckt.

Ich spürte ein warmes Nachglühen, wo seine Finger mich berührt hatten. Die Wärme breitete sich über mein ganzes Gesicht aus. Er war ein Heiliger. Er hatte mich berührt. Er hatte mit seiner Berührung mein Auge geheilt.

Ich ließ mich in der Menge zum Zaun hinüber treiben, setzte mich hin und lehnte mich an den Maschendraht. Mit einem Ruck riß ich meine Augenklappe herunter.

Wiley kam mir nach. »Was ist denn?«

»Nichts. Wart einen Moment.«

Ich machte das gesunde Auge zu und betete: *Laß es wahr sein.* Ich griff nach dem Heftpflaster, zog es auf einer Seite ab und hob den Verband an. Ich machte das schlimme Auge auf, strengte mich an ...

Nichts. Nur der gewohnte grünliche Nebel. Ich klappte den Verband ganz auf.

Das Auge war immer noch blind.

Ich drückte das Pflaster wieder an.

»Tut's weh?« erkundigte sich Wiley.

»Nee.« Ich ließ mir meine Enttäuschung nicht anmerken. So leicht würde es nicht gehen. Daß ein Mann auf einer Wiese voller Menschen erschien und sie zu Beifallsstürmen hinriß, daß seine Stimme mir eine Gänsehaut machte – das bedeutete noch lange nicht, daß er Wunder wirken und mein Auge gesund machen konnte.

Ein Mann auf dem Podium schrie: »Was wollen wir?«

Die Menge brüllte ihm die Antwort zu: *Freiheit!*

»Und wann wollen wir sie?«

Jetzt!

Wiley beharrte darauf, mein Auge müsse mir weh tun, sonst würde ich nicht daran herumfummeln. Ich sagte ihm nicht, was ich mir eingebildet hatte.

»Was wollen wir?« *Freiheit!* »Wann wollen wir sie?« *Jetzt!*

»Mein Gott, Peejoe, sieh dir diese Leute an.« Die Ansprache war wie eine Bombe über den Köpfen der Menschen detoniert und hatte sie auseinanderlaufen lassen, aber der Rhythmus des Singsangs holte sie wieder zusammen und übertönte die Fragen, bis ich nur noch stampfende Füße und den Ruf *Freiheit! Jetzt! Freiheit! Jetzt!* hörte.

Die Wagenkolonne fuhr holpernd über die Wiese zur Straße.

Eine Horde Jungen lief dem Chevrolet bis auf den Hügel nach. Als sie außer Puste kamen und zurückfielen, stiegen die Trooper in ihre Autos und hängten sich an den letzten Wagen an.

Prediger Lambert verkündete, Doctor King werde noch einmal in Industry sprechen, bei einer Massendemonstration am Samstag abend aus Anlaß der Entlassung von Nehemiah Thomas aus dem Gefängnis. Alle seien herzlich eingeladen.

Lydia Combs raffte ihren Rock und stieg aufs Podium. Ich bewunderte ihr stolzes Profil und den durchdringenden Blick ihrer schwarzen Augen, den sie über die Versammlung schweifen ließ, während sie die Hand hob und zu singen begann:

Oh-h-ho freedom,
Oh freedom,
Oh freedom over me
And before I'd be a slave
I'd be buried in my grave
And go home to my Lord and be free.

Es war ein Tag der mitreißenden Auftritte. Lydias tiefe, kräftige Stimme trug diese Worte über den Park und das Schwimmbad und die versammelten Menschen hinaus. Sie sagte den Beginn der zweiten Strophe an – »No more segregation« –, und alle sangen mit.

No more segregation,
No more segregation,
No more segregation over me . . .

Wiley und ich machten den Umweg um das Schwimmbad herum. Ich mußte an den schon so weit zurückliegenden Nachmittag denken, an dem ich aus dem tiefen Wasser aufgetaucht war und feststellen mußte, daß ich mit zwei jungen Schwarzen allein im Becken war. Wer hätte sich damals vorstellen können, daß ich, bevor noch der Sommer richtig heiß wurde, an dem Zaun stehen und Martin Luther King über das predigen hören würde, was da vor meinen Augen geschah?

Es ist schon eine seltsame Welt.

King hatte mein Auge nicht geheilt, aber er hatte mir eine neue Sehweise beigebracht. Ich begriff jetzt, daß der Streit in Industry die Fortsetzung eines uralten Streits war, eines Krieges, der jetzt schon seit langer Zeit tobte. Es war zum Staunen: Der Bürgerkrieg hatte nie richtig aufgehört, er war nur vorübergehend abgeflaut. Jetzt war er wieder da, und rings um uns brachen Scharmützel aus. Jeder kämpfte auf der einen oder der anderen Seite.

Endlich begriff ich, warum Taylor Jackson so wichtig war. Er war genauso gestorben wie die jungen Männer bei Gettysburg, und *aus demselben Grund*. Als diese Soldaten fielen, als Taylor sich an den Zaun setzte, als Dove Bessie Lou Stringfellow auf die Bahre legte, als er mich überredete, vor der Grand Jury auszusagen – da schlugen wir alle unsere eigenen Schlachten in ein und demselben Krieg.

Dove, Wiley und ich kämpften auf der Seite der Schwarzen, der Yankees, auf der Seite von Hiram Murphy, Lyndon Johnson und Martin Luther King. Dove hatte uns in diesen Kampf geführt, so wie Taylor Jackson an den Zaun getreten war, blindlings alles riskierend, einfach dadurch, daß er tat, was er für richtig, für rechtens hielt. Dove war ein Held, wie Taylor, wie die Helden in Kings Predigt. Aber außer mir wußte das keiner.

Wir gingen durch die Sträucher, wo wir auf die Männer mit den Gewehren gestoßen waren. Wiley sagte: »Mann, so eine Rede hab ich noch nie gehört. Fast möchte man sich wünschen, man wäre ein Schwarzer.«

»Hast du gehört, was er zu mir gesagt hat?«

»Ja. Du kannst es nicht lassen, den gleichen Zirkus um dein Auge zu machen wie alle andern, was?« Er sprang hoch und schlug mit der Hand nach einem Zweig.

»Aber ich mußte ihn doch begrüßen, nein?«

»Hätt ich auch machen können, wenn ich gewollt hätte«, sagte Wiley. »Übrigens warst du nicht besonders gesprächig.«

»Stimmt, ja. Mir hat's die Sprache verschlagen.«

Wir gingen die Beauregard Avenue hinauf. Der alte Mann kniete immer noch, arbeitete immer noch an demselben Stück Gehsteig. Er grüßte uns, als ob nichts geschehen sei.

29
LUCILLE / Auf Achse

Lucille ließ die Fensterscheiben herab und sah auf der einen Seite die riesige blutrote Sonne tief über dem glitzernden Pazifik und auf der anderen die steil ansteigenden grünen Berge. Kalifornien war zu schön, um zu demselben Land zu gehören wie Cornelia, Alabama. Sie wünschte, sie hätte sich ein Haus bauen können auf einem dieser Felsen, hoch über den Klippen und der Brandung, ein abgerundetes Haus aus rosa Ziegeln, wie die Häuser, die sie in New Mexico gesehen hatte, mit einem Hof und gußeisernen Geländern im New-Orleans-Stil. Aber sie konnte es sich jetzt nicht leisten, irgendwo länger zu bleiben. Die Straße war ihr Zuhause.

Heute abend würde sie sich Chester ein für allemal vom Hals schaffen, morgen ein Schiff finden und eine Passage buchen. Sie würde westwärts fahren, der Sonne nach, so weit nach Westen, bis sie im Fernen Osten war, und dann würde sich ihre Spur unter den zahllosen Völkern der Erde verlieren.

In Hollywood hatte Lucille es eine Zeitlang geschehen lassen, daß ein gewisser Fatalismus ihre Zuversicht untergrub. Jetzt erneuerte sie das inbrünstige Gelübde, das sie Mama und Dove gegenüber abgelegt hatte: *Die kriegen mich nicht!*

Die schwindelerregenden Kurven der Küstenstraße wurden von einer langen, gemütlichen Strecke durch den Badeort Santa Cruz abgelöst. Lucille bewunderte die filigrane Achterbahn, das lange Pier, den breiten Sandstrand. Am Horizont sah sie die Silhouette eines Frachters, der nach Japan unterwegs war.

Die Trennscheibe ging langsam herunter. »Wie wär's mit einem Spaziergang am Strand?«

»Nein, danke«, sagte sie. »Ich kann's kaum noch erwarten. Wie lange dauert's noch?«

»Ungefähr eine Stunde, denke ich.«

»Fahren wir weiter«, sagte sie. »Wenn's Ihnen nichts ausmacht.«

»Ich hab das Gefühl, ich bin einfach noch nicht reif für den Abschied.« Norman trug ein frisch gebügeltes weißes Hemd, eine gestreifte grüne Krawatte und eine rote Mütze, die seinen kahlen Fleck bedeckte. »Es hat mir so gut gefallen, daß ich nicht mal daran denken möchte, Ihnen auf Wiedersehen sagen zu müssen.«

»Waren Sie schon mal in San Francisco, Norman?«

»Ja, einmal, mit meiner ersten Frau Doreen. Wir sind von dort aus per Schiff nach Hawaii gefahren. Sieht phantastisch aus, die Stadt, oder hat sie jedenfalls damals. Die vielen steilen Hügel, die Cable Cars. Aber das ist Jahre her.«

»Wie oft waren Sie verheiratet?«

»Dreimal. Und alle drei waren wunderbar. Ich hatte keine von ihnen verdient.«

»Haben die Sie rausgeworfen?«

»Nur die letzte«, sagte er. »Die ersten beiden waren gut zu mir, wenn man bedenkt, was für eine Last ich sein kann.«

Sie suchte seinen Blick im Rückspiegel. »Haben Sie jemals den Wunsch gehabt, eine von ihnen umzubringen?«

»Und ob! Unzählige Male! Bei meiner dritten Frau, Barbara, sogar zwei Jahre lang fast jeden Abend, ehrlich gesagt.«

»Aber Sie sind nie zur Tat geschritten?«

»Bewahre, nein. Sie haben es wohl mit Ihrem Mann auch nicht immer leicht gehabt?«

»Das können Sie laut sagen.«

»Was hat er getan, Sie geschlagen?«

»Manchmal. Nicht oft. Es war mehr, weil er mich wie in einem Käfig gehalten hat. Wie ein Haustier, irgend so ein dummes Vieh, dem er seine Kunststücke beigebracht hat. Er hat über jede gute Idee gelacht, die ich je hatte. Hat mich für doof gehalten.«

»Ist mir unbegreiflich, wie einer das denken kann«, sagte Norman. »Für mich sind Sie nahezu vollkommen.«

»Wenn Sie das wirklich glauben«, sagte Lucille, »kennen Sie mich überhaupt nicht.«

Sie ließ die Trennscheibe wieder hoch und lehnte sich zurück, um sich darüber klar zu werden, was sie mit Norman machen sollte. Manchmal ging ihr seine hemmungslose Verehrung auf die Nerven. Ab und zu war sie auch dankbar. Ohne recht zu wissen, was er tat, hatte Norman ihr bei der Flucht geholfen, ihr Beihilfe geleistet, und Lucille fand, daß sie deswegen in seiner Schuld stand.

Sie konnte ihm ja nicht gut einen Batzen Geld hinwerfen und ihn mit einem Winken wegschicken, oder? Hatte er sich nicht ein bißchen mehr verdient?

Sie konnte sich nur eines vorstellen, was seinen Diensten voll gerecht werden würde. Sie brauchte ihm nicht den ganzen Klumpatsch zu geben – bei Männern seiner Generation reichte ein bißchen Flirten und So-tun-als-ob für viele kalte Winternächte. Vielleicht würde sie heute abend, wenn sie endlich Chester losgeworden war, mit Norman beim Abendessen eine Flasche Wein trinken und ihm etwas Wärme und Freundlichkeit geben, damit er sie in guter Erinnerung behalten konnte. Sie lächelte bei dem Gedanken, wie sehr er sich darüber freuen würde.

Blieb nur noch ihr Abschied von Chester. Von dem Moment an, da sie ihn nördlich von Mobile auf dem Rücksitz entdeckt hatte, hatte sie sich genauso zäh an ihn geklammert wie er sich an sie. Hundertmal war sie kurz davor gewesen, ihn wegzuwerfen, aber mit jeder nicht wahrgenommenen Gelegenheit wurde es noch schwerer.

Eine Zeitlang hatte sie sich eingeredet, Chester Rattengift in den Kaffee zu tun, sei der einzige Ausweg aus ihrer Misere. Inzwischen neigte sie zu der Auffassung, daß die Gegenwart seines Kopfes irgendwie damit zusammenhing, daß sie so viel Glück gehabt hatte. Sie hatte sich allmählich daran gewöhnt, ihre Abenteuer mit ihm zu teilen. Sie kamen jetzt viel besser miteinander aus als jemals während ihrer Ehe. Bis zu der Party in den Hügeln Hollywoods hatte er ihr immer nur ungeahntes Glück gebracht.

In einem einzigen ekelhaften Augenblick hatte er dann seinen wahren Charakter und damit auch ihr Verbrechen offenbart, hatte er wie ein Blitzstrahl in finsterer Nacht ihre Torheit beleuchtet. Jetzt sah sie ein, daß ihre Anhänglichkeit an Chester zu nichts führen konnte – außer ins Verderben.

Sie hatte den Mut gehabt, ihn zu töten und ihm den Kopf vom Rumpf zu trennen, aber dann war ihr die Puste ausgegangen. Sie hatte es nicht über sich gebracht, den letzten Schritt zu tun: ohne ihn zu leben. Sie schleppte ihn als Symbol ihrer Leistung mit sich herum, so wie ein kleines Mädchen stolz seine Buntstiftzeichnungen und Freischwimmerabzeichen und Pfadfinder-Ehrennadeln überallhin mitnimmt.

Lucille wußte, daß sie keine andere Wahl hatte, als ihn auf eine Weise zu beseitigen, die eine Rückkehr für alle Zeiten ausschloß.

Sie suchte sich den geeigneten Ort aus einem Ansichtskartenheft mit dem Titel »Berühmte Sehenswürdigkeiten Kaliforniens« heraus. Sie ließ sich Zeit, näherte sich San Francisco auf denkbar verschlungenen Wegen, bereitete sich darauf vor, sich ihren beiden schlimmsten Ängsten auf einmal zu stellen: ihrer Höhenangst und der Furcht davor, Chester wegzuwerfen. Erst, wenn sie diese beiden Ängste überwunden hatte, würde sie wahrhaft frei sein.

Die Straße schlängelte sich durch baumlose braune Hügel, die wie die Rücken großer schlafender Tiere aussahen, und dann hinab zu einem breiten Strand. Der Ozean warf gewaltige Brecher auf den Sand. Auf der anderen Seite bogen sich immergrüne Bäume im Wind.

Die wilde Natur wich unversehens der Großstadt – leuchtend blau und safrangelb und rosa gestrichenen Reihenhäuschen mit Flachdächern. Es war wie das Bild eines phantastischen Königreichs aus einem Märchenbuch, in den warmen Farben des Sonnenuntergangs. Hauchfeine Traumwolken trieben vom Pazifik herüber und streiften die Gipfel der Berge. Rosa Felsen ragten senkrecht vom Strand auf.

Norman lenkte die Limousine eine steile, in den Fels gehauene Straße hinauf. Lucille drehte sich um und sah zu, wie der Ozean verschwand.

Sie fuhren über eine Kuppe. Auf der linken Seite tat sich eine überwältigende Aussicht auf: zwei majestätische Bergketten und dazwischen eine riesige Bucht, überspannt von dem mächtigsten Bauwerk, das Lucille je gesehen hatte – der Golden Gate Bridge. An Wucht und Anmut übertraf sie die Pontchartrain Bridge und den Hoover Dam und alle Brücken und Straßen und Großstädte des Westens zusammengenommen – zwei himmelhohe rote Türme breiteten ihre Schwingen zwischen zwei fernen Ufern aus und trugen einen glitzernden Verkehrsstrom in unvorstellbarer Höhe über das Wasser.

Lucille drückte den Knopf der Sprechanlage. »Anhalten.«

Norman fuhr rechts ran und hielt. Lucille stieg aus. Sie kannte natürlich Bilder, aber keines davon vermittelte auch nur halbwegs einen Begriff von der Dramatik dieser ins Meer abfallenden Berge und der an Spinnenfäden aufgehängten Brücke.

Tief drunten fuhr ein riesiger Tanker aufs offene Meer hinaus, winzig klein wie ein Spielzeug.

Normans Fenster ging herunter. »Nicht schlecht, was?«

Lucille stieg wieder ein. »Da will ich hin. Fahren Sie mich da hin.«

»Sie meinen, zur Golden Gate Bridge?«

»Ich muß da was erledigen«, sagte Lucille. »Es wird nicht lange dauern.«

Er fuhr wieder an. »Sie denken doch nicht daran, mir durchzubrennen, oder, Miss Clay?«

»Nein, Norman, noch nicht. Nicht vor morgen, ich versprech's. Ich dachte mir, wir könnten heute abend zusammen essen. Sie wissen schon, unser letzter Abend und so.«

Er blickte über den Sitz. »Im Ernst?«

Sie lächelte. »Sie sind so schrecklich nett zu mir. Sehen Sie auf die Straße.« Sie griff nach unten und hob die Hutschachtel an den Bändern hoch.

Die Brücke war einfach *zu* hoch, Lucille bekam schon ein seltsames Gefühl in der Magengrube, wenn sie sie bloß ansah. Aber es mußte sein. Das war die richtige Zeit, der richtige Ort. Dutzende pilgerten jedes Jahr hierher, um sich von dieser Brücke zu stürzen, wegen ihrer Höhe und der Aussicht und der Gewißheit, daß jeder, der auf dieses Wasser aufschlägt, auf der Stelle tot ist, aufs Meer hinausgetrieben und nie gefunden wird. So sollte es auch mit Chester gehen: ein harter Aufschlag und dann eine starke Strömung, die ihn ins Tiefe hinaussog, wo er nie wieder jemanden belästigen würde.

Es schien alles ganz einfach. Die Brückenbauer hatten auf der ganzen Länge einen breiten Gehsteig angelegt, der nur ein brusthohes Geländer hatte.

Jetzt mußte Lucille all ihren Mumm zusammennehmen, um allein auf diese Brücke hinauszugehen und es zu tun. Sie dachte an all die tapferen und dummen Sachen, die sie gemacht hatte. Die Türme lugten nach ihr über die Wipfel der Tannen hinweg. Sie spürte, wie die Golden Gate Bridge sie herausforderte: Na komm schon, trau dich!

Es gab Erdbeben hier in der Gegend, richtig schwere Erschütterungen, die eine ganze Großstadt in Trümmer legen und sogar eine solche Brücke in die Knie zwingen konnten. Würde es nicht ein Akt der Gerechtigkeit sein, wenn es ein Erdbeben gäbe, genau in dem Moment, in dem Lucille da draußen war, um sich des Beweisstücks zu entledigen?

Das wäre unbestreitbar gerecht. Aber es war sinnlos, über so etwas zu spekulieren. Wenn sie ihren Alptraum loswerden wollte, mußte sie dieser Brücke trauen, mußte sie den Männern trauen, die sie gebaut hatten, mußte sie auf Gott vertrauen, daß er die Brücke nicht gerade dann zerstören würde, wenn sie darauf war.

Norman hielt vor einem Andenkenladen, der die Form einer

fliegenden Untertasse hatte. Die Brückentürme schauten auf Lucille herab und blinkten mit roten Lichtern.

Sie versuchte zu schätzen, wie tief es hier hinunterging, vom Geländer bis zu dem schwarzen Wasser. Sie war froh, daß sie so lange gewartet hatte.

»Soll ich wirklich hier halten?« erkundigte sich Norman.

»Oh, ja. Ich hab lange drüber nachgedacht«, sagte Lucille. »Ich hoffe nur, ich bringe den Mut dazu auf.«

Er wandte sich ihr zu und sah sie mit einem seltsamen Ausdruck an. »Den Mut wozu? Was haben Sie vor?«

»Ich muß was loswerden, Norman. Ich hätte es schon längst tun sollen, aber ich habe immer gewartet und gewartet, und jetzt hab ich keine Wahl mehr.« Sie machte die Tür auf und stieg mit der Hutschachtel aus der Maison Blanche in der Hand aus. »Das ist jetzt zu kompliziert zu erklären.«

Norman stieg auch aus. »Lassen Sie mich mitgehen.«

»Nein. Das muß ich allein machen. Sie bleiben hier. Ich bin in Nullkommanichts wieder da.«

Ein paar Touristen auf dem Parkplatz drehten sich um und starrten die Luxuslimousine an. Lucille stieg rasch die Stufen zu dem Gehsteig hinauf. Ein kalter Wind blies hier oben – jetzt hätte sie doch einen der Nerzmäntel aus der Maison Blanche gebrauchen können –, aber sie wollte es ja schnell hinter sich bringen und gleich wieder zum Auto zurückgehen.

Vom Gehsteig aus konnte man die Mautstelle mit der großen Neonuhr und den drängelnden Autos gut überblicken. Das Dröhnen und Brummen der vielen Autos brachte Lucille einen Moment lang aus der Fassung. Sie mußte sich am Geländer festhalten.

Die Brücke fühlte sich kalt an. Lucille spürte einen Strom in dem Stahl, ein Vibrieren. Sie würde es schaffen, wenn sie sich einredete, sie befinde sich auf dem Gehsteig einer belebten Straße, und die furchterregende Wahrheit leugnete.

Sie packte die Hutschachtel fester. »Also dann los«, sagte sie laut und setzte sich in Bewegung. Ein Lastwagen donnerte vorüber, und sein Fahrtwind ließ sie vorwärtstaumeln. Sie stieg Stufe um Stufe hinauf, einen Fuß vor den anderen setzend, die ersten Schritte ihres Marsches in die endgültige Freiheit.

Die Sonne war inzwischen im Meer versunken. Der Himmel leuchtete rosa und hellblau. Fährboote glitzerten in der Bucht; auf einer Felseninsel blinkte ein Leuchtturm. Als Lucille die Brücke selbst betrat, kam das ganze funkelnde Panorama von San Francisco in Sicht. Einen Moment lang vergaß sie Chester und alles andere vor Begeisterung über diese riesige Stadt, die die Hügel wie mit einer Kruste von polierten und sauber gefaßten Edelsteinen überzog.

Sie trat ans Geländer, faßte sich ein Herz und schaute hinunter. Sie war immer noch über Land und blickte direkt in den Hof einer sternförmig angelegten Festung hinab. Sie sah winzige Menschlein, die da unten herumliefen, und einen weißen Brandungssaum an den Küstenfelsen.

Sie ging weiter.

Als sie über dem offenem Wasser anlangte, spürte Lucille, daß sie weiche Knie bekam. Sie schluckte schwer. Lastwagen und Busse rauschten vorbei. Sie zog mit den Augen eine Linie in der Mitte des Gehsteigs, ging auf dieser Linie weiter und zählte bis vierzig.

Sie blieb stehen.

Eigentlich hatte sie bis zur Mitte der Brücke gehen wollen, aber das mußte ungefähr eine Meile sein. Aber sie war auch hier bestimmt schon dreihundert Fuß über dem Wasser.

Am liebsten hätte sie die Schachtel über das Geländer geworfen und sich gleich auf den Rückweg gemacht, aber in ihren tagelangen Überlegungen war sie zu dem Schluß gekommen, daß sie die Tupperware-Box aus der Hutschachtel nehmen und den Deckel abmachen mußte, bevor sie Chester den Tiefen anvertraute. Sonst hätte der Patentverschluß dafür gesorgt, daß die Schachtel oben blieb und Chester womöglich mit dem erstbesten Boot kollidierte, das vorüberfuhr.

Sie meinte, ihn »Lus-siehl« flüstern zu hören, aber seine Stimme wurde vom Wind verweht. Hier draußen war die Vibration ziemlich stark. Die Brücke schwankte richtig.

Lucille nestelte an den Bändern. Der Schachteldeckel wurde vom Wind erfaßt und segelte davon, ab in die dunkle Tiefe. Sie sah ihm nach.

Ein Auto hupte.

Sie langte tief in die Hutschachtel – aber Chester war jetzt so schwer. Sie packte die Salatbox an der Unterkante und hob sie aus ihrem Seidenpapiernest.

Zu spät merkte sie, daß sich die Schnur des Leinenbeutels um ihr Handgelenk gelegt hatte. Als sie die Salatbox aus der Hutschachtel hob, fiel der Beutel herunter.

O mein Gott.

Sie schaute über das Geländer. Dicht unterhalb des Gehsteigs war ein ungefähr anderthalb Fuß breiter Stahlträger. Auf dem lagen jetzt vierzehntausend Dollar, eine Handbreit von der Ewigkeit entfernt.

»So ein Mist!« Sie stellte die Hutschachtel auf dem Gehsteig ab und drückte Chester wieder hinein, damit er nicht davonrollte.

Sie trat wieder ans Geländer. Eine schöne Bescherung. Lucilles gesamtes Vermögen auf der falschen Seite des Geländers.

Der nächste Windstoß konnte es wegblasen.

So schwierig hatte sie es sich nicht vorgestellt.

Aber sie konnte es schaffen. Bestimmt. Es war wie Schauspielern. Sie war daheim bei Mama. Das Eisengeländer war der Stangenzaun an der hinteren Weide. Auf der Weide war ein wütender Stier, der mit den Hufen scharrte. Lucille brauchte nur mit einem Bein über den Zaun steigen und sich dabei gut festhalten, in die Hocke gehen, den Leinenbeutel packen und wieder zurück über den Zaun in Mamas sicheren Garten hüpfen, bevor der Stier angriff.

Daß sie für vierzehntausend Dollar jederzeit über das Geländer der Golden Gate Bridge klettern würde, stand sowieso außer Frage. Mit diesem Geld würde sie sich ihre Freiheit erkaufen.

Sie stieg mit einem Fuß auf die unterste Geländerstange und zog sich hoch. Als sie das Bein über das Geländer schwang, hörte sie Reifen quietschen. Sie sah nach unten, um etwas zu finden, wo sie sich daraufstellen konnte, und hielt sich dabei so krampfhaft fest, daß ihr die Hände noch tagelang weh tun würden.

Sie zwang sich mit äußerster Willensanstrengung, mit der linken Hand nach einer tieferen Stange zu greifen, und tastete nach dem Beutel. Gott sei Dank fand sie ihn auf Anhieb. Sie hob ihn auf, warf ihn über das Geländer und richtete sich dann langsam wieder auf.

Aus einem vorbeifahrenden Auto schrie jemand: »Spring!«

Für einen Moment vergaß sie, wo sie sich mit der Hand festhalten mußte und wie um alles in der Welt sie es geschafft hatte, ihr Bein über das Geländer zu schwingen. *Spring!*, hatte er gesagt. Ein wildfremder Mensch. Wußte rein gar nichts von ihr und rief ihr einfach *spring!* zu.

Nicht nach unten sehen, Lucille. Reiß dich zusammen. Heb das Bein hoch und über das Geländer. Du bist auf der falschen Seite von Mamas Weidezaun, und der Stier geht auf dich los.

Vielleicht sollte sie den Rat des Fremden befolgen. Vielleicht sollte sie loslassen und sich rücklings durch Zeit und Raum fallen lassen, bis zu dem harten Aufschlag, den sie Chester zugedacht hatte. Aber nein! Sie wurde wütend. Wie konnte er es wagen, ihr so was zuzurufen! Bloß um des Kitzels willen, sie fallen zu sehen!

Zähneknirschend hob Lucille das Bein über das Geländer und ließ sich auf der sicheren Seite herunterfallen. Sie packte den Leinenbeutel und rappelte sich mühsam auf, noch zu schwach auf den Beinen, um den Uniformierten zu sehen, der auf sie zugerannt kam, sich auf sie warf und sie zu Boden riß. Autos bremsten mit quietschenden Reifen.

»Lassen Sie mich los!« Lucille wehrte sich. Der Mann hielt sie mit seinen starken Armen umfaßt, ein schlaksiger Mensch in blauer Uniform. Mütze und Brille waren ihm heruntergefallen. An der Mütze war ein Schild »Golden Gate Bridge Patrol«.

»Ich lasse das nicht zu«, keuchte er. »Ich hab gesehen, wie Sie es sich anders überlegt haben. So schwer ist das Leben doch gar nicht. Es gibt genug, wofür es sich zu leben lohnt.«

»Verdammt noch mal, ich will doch gar nicht springen«, schrie sie. »Lassen Sie mich los! Sie brechen mir ja sämtliche Rippen.«

»Nicht, bevor ich Verstärkung kriege.«

Auf der Fahrbahn ging nichts mehr, ein Hupkonzert setzte ein. Die Leute stiegen aus, um sich anzusehen, was der Mann da mit Lucille vorhatte.

»So hören Sie doch, mir ist was runtergefallen, und ich mußte es mir zurückholen«, sagte sie flehentlich. »Ehrenwort. Es ist die Wahrheit. Lassen Sie mich gehen. Hier, sehen Sie den Beutel? Da ist mein ganzes Geld drin, und es ist mir über das Geländer auf den Träger da unten gefallen.«

Er ließ ein wenig locker. »Das glaube ich nicht.«

»Schaun Sie doch rein. Es sind vierzehntausend Dollar. Ich mußte sie zurückholen, bevor sie der Wind wegblies. Ich geb Ihnen was ab, wenn Sie mich gehen lassen!«

Zu spät. Drei Männer kamen angerannt, zwei davon richtige Polizisten mit Schlagstöcken und Pistolen. »Was gibt's denn?«

»Sie sagt, sie wollte gar nicht springen, aber ich hab gesehen, wie sie über das Geländer geklettert und dann zurückgekommen ist.«

»Laß sie nicht los«, sagte der dritte Mann. »Die versuchen es alle noch ein zweites Mal.«

»Tut mir leid, Ma'am«, sagte der eine Polizist, »aber wir müssen Ihnen zu Ihrer eigenen Sicherheit Handschellen anlegen, bis wir von der Brücke runter sind.«

Lucille sagte: »Ich schwöre Ihnen, Officer, ich wollte nicht runterspringen.«

Er half ihr auf und legte ihr vor dem Körper die Handschellen an.

»Was ist denn das?« Sein Kollege bückte sich und hob den Leinenbeutel auf. Er lockerte die Schnur, sah hinein und stieß einen Pfiff aus. »Da ist eine Menge Kohle drin, Frank.«

»Es sind vierzehntausend Dollar«, sagte Lucille. Sie wollte ihnen von Las Vegas erzählen und sie dabei sachte von der Stelle abdrängen, wo Chester groß und breit in seiner Tupperbox auf dem Pflaster stand. Sie dachte schon, es würde gelingen, die Polizisten waren schon zehn Fuß von der Box weg und wollten gerade gehen, als der eine sie doch noch sah und fragte: »Gehört das Ihnen, Ma'am?«

Lucille blinzelte. »Nein, ich hab keine Ahnung, was das ist.«

Das war natürlich die falsche Antwort, denn jetzt wurde er neugierig. Er ging hinüber und bückte sich nach der Hutschachtel.

Und da kam auch Norman an, keuchend und schnaufend, mit vor Besorgnis verzerrtem Gesicht. »Ach, da sind Sie ja, Gott sei

Dank! Tut mir leid, Miss Clay, aber ich konnte Sie das einfach nicht tun lassen!«

»Norman«, sagte sie, »was sind Sie doch für ein Narr!«

Der Polizist drückte mit dem Daumen den patentierten Deckel hoch und nahm ihn ab. Er griff in die Box und fühlte Chesters Haare, und dann stieg ihm der Geruch in die Nase. Er verdrehte die Augen und kippte nach hinten um.

»Keine Sorge, Schatz«, flüsterte Chester. »Es wird dir nichts geschehen. Ich pass auf dich auf.«

30
PEEJOE / Industry

Dove saß in seinem Büro und sprach leise ins Telefon. Er antwortete nur mit »mhm« und »nein« und sagte sonst kaum etwas. »Also gut. Ruf mich zurück und sag mir die genaue Uhrzeit. Ich besorge inzwischen einen Anwalt. Noch was, John. Immer mit der Ruhe, ja?« Er legte auf, ohne sich zu verabschieden. »Sie haben Schwesterchen erwischt.«

»O nein.« Ich war wie vor den Kopf geschlagen.

»Laß gut sein, Peter Joseph. Es kann ihr nichts passieren. Sie bringen sie heim. Früher oder später mußte es so kommen.«

»Wo ist sie?« wollte Wiley wissen.

»In San Francisco.« Er trank einen Schluck Kaffee. »Sie haben sie auf der Golden Gate Bridge verhaftet. Die Polizei sagt, sie wollte runterspringen, aber das würde ihr gar nicht ähnlich sehen.«

Das Telefon klingelte. Dove nahm ab. »Hallo? Ja, am Apparat. Wer? Wer, sagten Sie?« Er runzelte die Stirn. »Nein, ich glaube nicht, daß ich dazu etwas sagen möchte. Nein. Hm? Na, weil ich eben nicht will. Okay? Danke.« Er legte auf. »Die *Los Angeles Times*. Alle möglichen Leute haben schon angerufen. Das muß da drüben die größte Sensation sein.« Er stützte das Kinn auf die Hand. »Vielen Dank, Schwesterchen. Das hat mir gerade noch gefehlt.«

»Sie bringen sie hierher?«

»Eigentlich wollten sie sie dortbehalten, aber auf Johns Betreiben hat jemand in Montgomery dran gedreht. Sie bringen sie heute abend mit dem Flugzeug rüber. Ich muß dort sein, wenn die Maschine landet.«

Ich stellte mir vor, wie Lucille ihre Kinder bei Meemaw abholte und das Leben wieder so wurde, wie es vorher gewesen war. »Wirst du sie nach Hause mitnehmen dürfen?«

»John wird sie hier ins Gefängnis sperren. Ich muß Chesters Kopf abholen.«

»Sie hatte immer noch seinen Kopf dabei?« fragte Wiley.

»Die Liebe geht oft seltsame Wege.« Dove streckte sich und stand auf. »Wollt ihr mitkommen, Jungs?«

Auf der Fahrt aus der Stadt fragte er, was wir den ganzen Tag so getrieben hätten. Ich platzte mit der Wahrheit heraus: Daß wir beim Schwimmbad unten gewesen waren und Martin Luther King gehört hatten.

Wiley warf mir einen empörten Blick zu. Dove war zu verblüfft, um wütend zu werden. »Ich dachte, wir hätten ausgemacht, daß ihr zu Hause bleibt.«

»Aber es war doch nichts dabei, wir haben ihn uns bloß angehört und sind gleich wieder heimgegangen.«

Er seufzte. »Ihr werdet mich wohl nie ernst nehmen, was?«

Wiley sagte: »Ich hab schon aufgepaßt. Alles war ganz harmlos.«

»In letzter Zeit ist hier nichts mehr harmlos, Junge. Jedenfalls für uns nicht. Alle beobachten uns jetzt. Wir müssen der Wahrheit wohl ins Auge sehen: Peter Joseph steht gern im Rampenlicht.«

»Ja, Martin Luther King ist auf ihn zugekommen und hat mit ihm geredet«, sagte Wiley. »Erzähl's ihm, Peejoe.«

Ich berichtete ihm, was King über gute Taten gesagt hatte.

Dove verdrehte die Augen. »Wiley, es sieht so aus, als hätten wir einen regelrechten King-Fan und Friedensmarschierer unter uns. Was meinst du?«

Im Nachglanz meiner Begegnung mit dem großen Mann war Doves Frotzelei eine kalte Dusche für mich. Auf einen Schlag kamen mir all meine schönen Vorstellungen von ihm und mir und Martin Luther King, Seite an Seite in unserem gerechten

Kampf, ziemlich lächerlich vor. »Aber er ist doch auf unserer Seite, Onkel Dove. Er ist gekommen, um uns zu helfen.«

»Er ist gekommen, weil die Fernsehkameras da waren«, sagte Dove. »Man kann es ihm nicht verübeln, aber es ist wahr. Er ist genauso scharf auf Publicity wie George Wallace.«

Damit war das Thema abgeschlossen. Wir fuhren über die Landstraße, und aus dem Radio kam Brenda Lees durchdringendes Organ: *You tell me mistakes are part of bein' young* ... Geigen machten die Kiekser ihrer Stimme nach. Hinten im Auto klapperte das Sarggestell.

»Ich hab heute morgen mit Earlene gesprochen«, sagte Dove. »Mabel geht es schlechter. Der Arzt sagt, es ist Schizophrenie.«

Wiley und ich schluckten.

Eine Zeitlang sagte keiner etwas. Auf den geraden Strecken jagte Dove den Wagen auf achtzig, neunzig hoch.

Dann sagte Wiley: »Wirst du Chester ausgraben und ihn wieder zusammensetzen, bevor er endgültig begraben wird?«

»Ich denke, wir werden nur seinen Kopf begraben, da, wo auch das übrige liegt. Der liebe Gott wird schon klarkommen.«

»Vielleicht könnten wir Tante Lucille aus dem Gefängnis befreien«, überlegte ich.

»Die würden sie bloß wieder einfangen, und dann wär's noch schlimmer«, sagte er, als hätte er selbst schon daran gedacht. »Irgendwo weiß sie, daß sie sich verantworten muß für das, was sie getan hat.«

»Ich weiß nicht, Onkel Dove. Es kam mir nicht so vor, als ob es ihr leid täte, als ich mit ihr telefoniert hab.«

»Ich hab nicht gesagt, daß es ihr leid tut, Peejoe. Aber sie ist schuldig, und sie weiß es. Das ist was anderes, als wenn einem etwas leid tut. Es ist stärker. Es ist das, was einem schlaflose Nächte bereitet.«

Im Radio sang Elvis »Peace in the Valley«. Dove fuhr langsamer, als das Hinweisschild auf den Flugplatz Dannelly auftauchte.

Die Befeuerung der Landebahn bestand aus unheimlichen blauen, aus Punkten und Strichen zusammengesetzten Linien in der Ferne. Kleinflugzeuge standen auf Lichtinseln beisammen.

Dove parkte am Bordstein in der kreisförmigen Zufahrt. Wir

gingen mit ihm in die Halle, wo eine Frau hinter einem Schalter uns den Weg wies: durch eine Glastür und einen überdachten Gang entlang bis zum letzten Flugsteig, an dem einiger Trubel herrschte.

Ich bewunderte die glänzenden Gepäckwagen und die großen fahrbaren Treppen auf der Rollbahn, die oben abbrachen.

Dove sagte: »Na, was haben wir denn da?« In der wartenden Menge erkannte ich einige der Reporter und Fotografen wieder, die in den letzten Tagen Industry unsicher gemacht hatten, und in der Mitte stand kein anderer als Sheriff Doggett höchstselbst und kämmte sich in einem Handspiegel, den ein TV-Reporter ihm hielt. In seiner schwarzen Paradeuniform, umgeben von seinen Hilfssheriffs, sah er aus wie die leibhaftige Verkörperung von Recht und Gesetz.

Dove blieb mit uns im dunklen Hintergrund.

Fernseh-Scheinwerfer gingen an. John Doggett zog den Bauch ein. Der Reporter hielt ihm das Mikrofon hin.

»Hier ist Bob Ingram von WSFA-TV auf dem Flugplatz Dannelly. Wir sprechen mit John Doggett vom Cotton County, der in den letzten Wochen viel von sich reden gemacht hat. Sheriff, bitte sagen Sie unseren Zuschauern, zu welchem Zweck Sie heute abend hier erschienen sind.«

»Bob, ich bin hier als Vertreter der Bürger des Cotton County, um eine gefährliche Person in Gewahrsam zu nehmen, die sich bislang der Strafverfolgung durch Flucht entzogen hat. Dies ist ein Moment des Stolzes für mich und meine Leute. Wir waren an diesem Fall von Anfang an dran und freuen uns, daß es nun endlich zur Verhaftung gekommen ist.«

Dove wandte sich angewidert ab.

»Die Rede ist natürlich von Lucille Vinson«, sagte Ingram, »der Fernsehdarstellerin und Mutter von sechs Kindern aus Cornelia, die beschuldigt wird, ihren Mann getötet und enthauptet zu haben. Dieser sensationelle Fall steht heute im Mittelpunkt des öffentlichen Interesses. Sheriff, warum halten Sie Mrs. Vinson für gefährlich?«

Doggett warf sich in die Brust. »Sie hat sich als rücksichtslos und grausam erwiesen, Bob. Wir haben deshalb alle Vorkehrungen getroffen, damit sie nicht wieder entflieht. Sie wird von mir und drei meiner Männer in eine Zelle in einem Hochsicherheitstrakt gebracht. Sie wird niemandem mehr etwas zuleide tun, das versichere ich Ihnen.«

»Können Sie uns etwas zum Motiv des Verbrechens sagen, Sheriff?«

»Nicht, daß ich wüßte. Es erscheint mir völlig sinnlos. Wie ich höre, verweigert die Verdächtige bis jetzt jede Aussage.«

»Streben Sie die Todesstrafe an?«

»Das habe nicht ich zu entscheiden. Ich bin einzig und allein zu dem Zweck hier, die Verdächtige in Gewahrsam zu nehmen.«

»Ein paar Worte zu der gegen Sie schwebenden Anklage vor der Grand Jury?«

Doggett blickte direkt in die Kamera. »Dazu kann ich nicht viel sagen, aber vor Gericht wird sich herausstellen, daß nicht mehr hinter der Sache steckt als ein einzelner Yankee-Jurist, der sich auf meine Kosten einen Namen machen will.«

»Ich danke Ihnen, Sheriff.« Die Scheinwerfer gingen aus und hinterließen ein leuchtendrotes Glühen. Der Sheriff schüttelte dem Reporter überschwenglich die Hand. Er wirkte zufrieden mit sich selbst. Er hatte kein Wort über Nigger oder eingeschleuste Unruhestifter oder Martin Luther King zu sagen brauchen. Es war ihm gelungen, das Augenmerk ganz und gar auf Tante Lucille zu lenken, die berühmte Mörderin.

Dove trat aus dem Schatten, Wiley und ich dicht hinter ihm. Ein Reporter erkannte meine Augenklappe wieder und machte seinem Fotografen ein Zeichen, aber Dove stellte sich zwischen mich und die Kamera. »Hallo, Leute, laßt doch bitte die Jungen aus dem Spiel, ja? Die haben nichts damit zu tun.«

John Doggett grinste. »Jungs, ihr kennt bestimmt alle Dove Bullis, unseren Coroner. Dove hat mir schon versprochen, daß er sich bei seiner Untersuchung nicht davon beeinflussen lassen wird, daß Miss Vinson eine nahe Verwandte von ihm ist, nicht wahr, Dove?«

»Natürlich nicht.«

Die Reporter umringten uns und zückten Bleistift und Notizblock. »Mr. Bullis, können Sie uns sagen, warum Lucille Vinson ihren Mann umgebracht hat?«

»Ich werde mich zu alledem nicht äußern«, sagte Dove. »Ich bin hier, um meine Pflicht zu tun.«

»Haben Sie schon mit ihr gesprochen?«

»Nein.«

»Warum hat sie ihm den Kopf abgeschnitten?« – »Buchstabieren Sie bitte Ihren Nachnamen.« – »Haben Sie sie in den ›Beverly Hillbillies‹ gesehen?«

Dove speiste sie alle mit höflichen, nichtssagenden Antworten ab. Wiley und ich lehnten an dem weißen Eisengeländer und bewunderten, wie kalt ihn das Kreuzverhör ließ. Er sei auf Geheiß des Sheriffs gekommen, sagte er, um bestimmte Überreste für die Beisetzung in Empfang zu nehmen. Darüber hinaus sagte er so gut wie nichts. Wenn sie Wert auf eine wirklich gute Reportage legten, sollten sie nach Industry fahren und Martin Luther King interviewen.

Das trug ihm ein eisiges Lächeln des Sheriffs ein. »Ja, Dove kann Ihnen alles darüber sagen«, sagte er unter dem emsigen Kritzeln der Bleistifte. »Er ist ein erstklassiger, astreiner Niggerfreund. Er war von Anfang an auf ihrer Seite.«

»Ihr seht, Jungs, der Sheriff kann ebensowenig seine große Klappe halten, wie er in der Lage ist, in Industry für Ruhe und Ordnung zu sorgen«, sagte Dove. »Ich glaube, er kriegt allmählich kalte Füße wegen dem, was er da unten angezettelt hat. Richter Johnson hat ihn eben dazu verdonnert, sämtliche Demonstranten wieder freizulassen. Er hat sich heute abend hierher begeben, weil er hoffte, Sie alle dazu zu bringen, von etwas anderem zu reden.«

Singendes Motorengeheul in der Dunkelheit. Weit draußen, über den Bäumen im Osten, näherten sich zwei schwankende Lichter dem Flugplatz.

Ein Düsenflugzeug wurde sichtbar, ein riesiger silberner Vogel, der mit schräg nach oben gestelltem Bauch herabstieß. Aus dem Heulen wurde ein Donnern. Die Maschine kratzte die Rollbahn an und rauschte an uns vorbei.

Zwei Männer rollten eine Treppe an den Flugsteig. Ein anderer stellte sich mit orangenen Lampen in jeder Hand auf. Eine gelbe Zugmaschine kam mit einer Reihe von Gepäckwagen im Schlepptau angetuckert.

Die riesige Maschine der Eastern Airlines tauchte aus der Düsternis auf und kam bedrohlich auf uns zu. Mir war unbegreiflich, wie etwas so Großes und Schweres jemals vom Boden abheben konnte.

Die Fernsehleute schalteten ihre sämtlichen Scheinwerfer ein. Sheriff Doggett stolzierte mit seinen Männern zum Fuß der Treppe.

Bob Ingram sprach in die Kamera: »Wir sind hier auf dem Flugplatz Dannelly . . .«

Ich erinnerte mich an eine Szene auf Meemaws flackerndem Schwarzweißfernseher: Ein riesiger Jet kam aus der Dunkelheit in das grelle Licht von Fernsehlampen gerollt. Ein toter Präsident in einem Sarg, seine blutbefleckte Frau in der Frachttür der Maschine, und vor einem Wald von Mikrofonen ein Vizepräsident mit Leichenbittermiene, der versicherte, alles werde wieder ins Lot kommen.

Ingrams Worte gingen im Lärm der Triebwerke unter, die noch einmal auf Touren gebracht wurden und dann allmählich verstummten.

». . . jetzt jeden Moment erscheinen. Sie ist heute abend in San Francisco gestartet, wo sie am Donnerstag festgenommen wurde . . .«

Die Reporter drängten sich durch das Tor, als die vordere Luke geöffnet wurde. Eine Stewardeß in marineblauer Uniform hob die Hand gegen das gleißende Licht. Sie sagte etwas zu den Leuten in der Maschine, und sie kamen heraus und gingen im Gänsemarsch an ihr vorbei die Treppe hinunter – Geschäftsleute mit Aktenkoffern, Familien, die sonnengebräunt aus dem Urlaub zurückkamen.

Nach dem letzten Passagier kam eine ganze Weile niemand mehr. Ich hielt die Luft an. Vielleicht war sie ihnen entwischt . . .

Dann erschien ein Mann in einem dunklen Anzug in der Luke, und hinter ihm . . . ja, doch, da war sie.

Sie sah wunderschön aus. Sie trug ein ärmelloses weißes Kleid mit gelbem Besatz, glänzendweiße Stiefeletten und ein strahlendes Lächeln für die Kameras. Ihre Hände waren mit silbernen Handschellen gefesselt. Sie warf den Kopf herum, daß ihre Haare flogen, und posierte auf der obersten Stufe. Sie hob die

Hand an die Lippen und warf allen eine Kußhand zu, wie eine große Diva.

Die Fotografen drängelten, blitzten. Birnchen fielen klimpernd auf den Asphalt.

Vorsichtig stieg Lucille die Treppe herab, sichtlich darauf bedacht, ihre langen Beine zur Geltung zu bringen. Einen Moment lang dachte ich, gleich würde ihr jemand mit einem Strauß roter Rosen entgegeneilen. Sie wirkte braungebrannt und erholt und jung, ganz anders als das nervöse, kettenrauchende Wrack, das seinerzeit mit der Tupperware-Box in Meemaws Garten aufgetaucht war. Das war ein ganz neuer Mensch.

Der Sheriff leierte seine Litanei herunter, bla, bla, bla, übernehme ich hiermit die Gefangene. Der Mann im dunklen Anzug hielt ihm Formulare zum Unterschreiben hin.

Die Reporter schrien auf Lucille ein: »Warum haben Sie es getan?« – »Warum haben Sie ihm den Kopf abgeschnitten?« »Empfinden Sie Reue?« – »Wollten Sie von der Brücke springen?«

Lucille lächelte. »Es ist so schön, wieder daheim zu sein.«

»Fühlen Sie sich schuldig?«

Sie warf den Kopf herum. »Nicht im geringsten.«

»Werden Sie ein Geständnis ablegen?«

»Ich habe nichts Unrechtes getan.«

»Haben Sie ihn getötet?«

»Ich habe nichts Unrechtes getan«, wiederholte sie lächelnd.

»Haben Sie Ihren Mann geliebt, Mrs. Vinson?«

Sie blinzelte. »Ich weiß nicht, was Sie meinen.«

»Woher haben Sie das viele Geld?«

»Ich hatte eine Glückssträhne.«

Der Sheriff trat vor. »Das reicht. In der Verhandlung wird sie noch genug Fragen beantworten können.«

»Ach, hallo, Sheriff«, sagte Lucille. »Ich hab Sie in *Life* bewundert. Wie ich sehe, haben Sie immer noch zehn Kilo zuviel auf den Rippen.«

Die Reporter lachten. Doggett machte Schlitzaugen. Er packte Lucille am Arm. »Gute Frau, ich hab lange nach Ihnen suchen müssen.«

Er führte sie aus dem Scheinwerferlicht und kam mit ihr direkt auf uns zu.

Ich rief: »Tante Lucille!«

»Ach, du meine Güte – Peejoe! Hey, Wiley! Hey, Dove!« Sie wollte uns winken, aber die Handschellen waren ihr hinderlich.

»Schwesterchen«, sagte Dove, »geht's dir gut?«

Doggett zog sie an uns vorbei, ohne auch nur langsamer zu gehen. »Phantastisch«, rief sie über die Schulter. »Komm mich im Gefängnis besuchen.«

Die Hilfssheriffs nahmen sie in Empfang und schirmten sie gegen die Horde der Reporter und Fotografen ab. Die anderen Passagiere ließen sich im Strom treiben, offensichtlich überrascht, mit einer notorischen Verbrecherin in derselben Maschine geflogen zu sein.

Der Mann im dunklen Anzug, der Lucille dem Sheriff übergeben hatte, stand am Fuß der Treppe und sah seine Papiere durch. Wir gingen hinter Dove her über die Rollbahn.

Er streckte dem Kalifornier die Hand hin. »Dove Bullis. Ich bin ihr Bruder. Ich hoffe, sie hat Ihnen keine Schwierigkeiten gemacht.«

»Detective Rubacky.« Der Mann schüttelte Dove mißtrauisch die Hand. »Überhaupt nicht. Gegen die Häftlinge, mit denen ich es normalerweise zu tun habe, war sie das reine Zuckerschlekken.«

»Ich bin hier, um die Überreste in Empfang zu nehmen«, sagte Dove.

»Ach ja, richtig. Wir mußten das als Gepäck aufgeben. Das war das einzige Mal, wo sie ihren Willen durchsetzen wollte; sie verlangte, das Ding solle mit uns in die Kabine, aber sie fügte sich, als sie sah, daß ich hart blieb.« Er zog ein Blatt hervor. »Hier. Das müssen Sie vorlegen, damit man es Ihnen aushändigt. Außerdem sind noch zwei Koffer dabei, ihre persönlichen Sachen.«

Dove dankte ihm für seine Hilfe und führte uns ins Flughafengebäude zurück. In einer Ecke kamen Koffer und Taschen auf einem Förderband angefahren. Dove stellte sich an den Anfang des Bandes und musterte jedes Stück, das durch die Gummilappen aus dem Gepäckraum kam. Er hob zwei braune Lederkoffer herunter und verglich die Anhänger mit den Abschnitten, die er bekommen hatte, und dann kam die Sperrholzkiste auf uns zu;

sie hatte zwei Fuß Kantenlänge und rote Aufkleber mit der Aufschrift ZERBRECHLICH.

Dove hob die Kiste mit einem Grunzer herunter und setzte sie hart ab.

»Man könnte meinen, die hätten ihn in Blei gepackt«, sagte er und winkte einem Gepäckträger.

»Abend, der Herr.« Dove und der Träger hoben die Kiste auf den Handkarren und stellten Lucilles teure Koffer oben drauf.

Wir gingen hinter den beiden her nach draußen. Der Sheriff hatte Tante Lucille schon weggebracht. Die Reporter, die um den Leichenwagen herumstanden, wurden munter, als sie uns kommen sahen, aber Dove wimmelte sie ab und machte sich daran, die Kiste auf dem Sarggestell festzuzurren.

Wiley und ich waren ordentliche Mitglieder des Todesclubs. Dove ließ uns alles sehen. Die meisten Männer hätten uns von diesen Dingen ferngehalten. Dove wollte, daß wir sie sahen.

Während der Heimfahrt döste ich mit dem Kopf auf seinem Schoß. Kurz hinter der Grenze des Cotton County tauchte ganz plötzlich ein Fahrzeug aus der Dunkelheit auf. Dove machte ein riskantes Ausweichmanöver.

Das rechte Vorderrad kam von der Fahrbahn ab. Fluchend riß Dove das Steuer herum und brachte den Wagen wieder auf die Straße. Ich wachte auf, während er sich nach beiden Seiten umdrehte, um zu sehen, womit wir beinahe zusammengestoßen wären.

Im Schein unserer Rückleuchten war nur noch ein unbeleuchteter Kleintransporter zu erkennen.

31
PEEJOE / Auf Achse

Wiley behauptete steif und fest, jemand habe versucht, uns umzubringen. Er war kreidebleich.

Dove sagte, er solle nicht so melodramatisch sein, wahrscheinlich sei es nur irgendein alter Säufer gewesen, der seine Nase in die Straße hinausgestreckt hatte, ohne nach links und rechts zu schauen.

Er ließ seinen Blick zum Rückspiegel wandern. Er nahm die nächste Abzweigung, eine schlecht befestigte Nebenstraße, die meilenweit durch unbesiedeltes Waldland führte.

Ich war jetzt hellwach. Ich kroch über die Rückenlehne nach hinten, um mir Onkel Chesters Kiste genauer anzusehen, die aus Sperrholz und Kanthölzern zusammengenagelt war. Auf dem Aufkleber stand: VORSICHT, MENSCHLICHE ÜBERRESTE und Z. H. D. BULLIS, BESTATTUNGSINSTITUT CROAKER-MOSELEY, INDUSTRY, AL. Chester war auf dem Gestell festgezurrt wie Gulliver im Liliputanerland.

Ich zog mir am Deckel einen Splitter ein und lutschte an dem Finger, während ich das Kleingedruckte zur Überführung menschlicher Überreste las. Wie Martin Luther King hatte Chester einen weiten Weg zurückgelegt, um dorthin zurückzukehren, wo er hergekommen war.

»In dem Leichenwagen sind wir die reinsten Schießscheiben«, hörte ich Wiley sagen. »Jeder sieht uns schon aus großer Weite kommen.«

»Onkel Dove, was meinst du, wie sein Kopf jetzt aussieht?«

»Ich weiß es nicht, Peejoe, und ich hab auch keine Lust nachzusehen. Laß ja die Finger von dieser Kiste.«

Wiley sagte: »Er hat noch nicht mal die Scheinwerfer angehabt. Er ist einfach aus dem Nichts aufgetaucht.«

»Ich sag dir doch, Junge, es war nichts. Hörst du jetzt endlich auf damit? Du machst mich nervös.«

Ich fragte: »Dürfen wir dir helfen, das Loch zu graben?«

»Ja«, sagte Dove. »Ehrlich gesagt hab ich sogar drei Schaufeln mitgenommen.«

»Na gut. Hast du das gehört, Wiley? Wir dürfen ein *Grab* graben.«

Dove bremste, als die Lichter des Wohnwagenparks auftauchten, und fuhr unter dem schmiedeeisernen Bogen des *Meadow Acres Memorial Park* durch. »Wiley, würdest du das Tor aufmachen?«

Als es offen war, fuhr Dove an dem Wärterhäuschen vorbei bis zu dem Standbild von Jesus, der die Arme hochreckte wie ein Baseballspieler, dem ein Touchdown gelungen ist, und ließ den Wagen ausrollen.

Die Grillen zirpten aus Leibeskräften, die Laubfrösche quakten, und ein dreiviertelvoller Mond hastete hinter Wolkenfetzen über den Himmel. Vom Wohnwagenpark kam leise Radiomusik.

Der Strahl von Doves Taschenlampe tanzte auf den bronzenen Grabplatten. Neben einer hohen Myrte sah ich einen Haufen verdorrter Blumensträuße. »Hier ist er!«

Wiley schleppte die drei Schaufeln an.

Dove richtete seine Taschenlampe auf die Grabplatte: CHESTER ARTHELL VINSON 1923-1965. Der Strahl teilte sich zu unseren Füßen und warf abenteuerliche Riesenschatten auf den Rasen. Dove zog mit der Schaufelspitze einen Kreis. »Fangt hier zu graben an. Ich geh ihn schon mal holen.«

Ich setzte meine Schaufel in den Kreis, trat mit dem Absatz auf die Kante und hob den ersten Klumpen Erde aus. Es war kaum einen Monat her, daß wir den anderen Teil von Chester begraben hatten; der Boden war noch nicht fest, so daß das Graben einfach war. Mit jedem Spatenstich wurde unser kleiner Hügel um einen hübschen Klumpen Lehm höher.

Leise vor sich hin fluchend, schleifte Dove die Kiste durchs Gras. Er ging noch einmal zum Leichenwagen zurück, einen Hammer holen. Ich hörte zu graben auf und hielt ihm die Taschenlampe.

Mit der Klaue des Hammers hebelte er eine Ecke des Kistendeckels hoch und zog die Nägel einen nach dem anderen wie Zähne. Dann machte er es auf der anderen Seite genauso und hob die Sperrholzplatte ab.

Ich leuchtete in die Kiste: zusammengeknülltes Zeitungspapier. Dove beugte sich vor und schnupperte. Er zuckte die Achseln und holte das Zeitungspapier heraus. Zum Vorschein kam eine glänzend weiße achteckige Schachtel, deren improvisierter Pappdeckel mit eleganten schwarzen Bändern festgebunden war.

»Eine Hutschachtel«, sagte Dove. »Öfter mal was Neues.«

Ein Windstoß trieb die Zeitungen über die Gräber.

Dove faßte mit der Hand unter die Hutschachtel, hob sie heraus und geriet unter ihrem Gewicht ins Taumeln. »Mein Gott! Wiley, hilf mir mal bitte.«

Zu zweit mußten sie die Schachtel zwanzig Yards weit schleppen. Sie setzten sie neben dem frischen Erdhaufen ab. »Das Loch ist groß genug«, sagte Dove, »aber es muß noch ein bißchen tiefer werden.«

Wir gruben, bis das Loch so tief war, daß wir nicht mehr zu zweit weitermachen konnten. Wiley stieg als erster hinein und schippte weiter, während Dove und ich schwitzten und uns ausruhten. Er warf ungefähr zehn Schaufeln heraus, dann stieß er auf etwas Hartes.

»Aha, fündig geworden«, sagte Dove. »Das ist der Sarg. Peter Joseph, reich Wiley die Hand.«

Ich half ihm aus dem Loch. »Machst du den Sarg auf, Onkel Dove?«

»Kommt nicht in Frage. Wir legen ihn bloß irgendwie obendrauf.« Dove wischte sich den Dreck von den Händen und ging neben der Hutschachtel in die Hocke. »Also gut, dann schaun wir mal, was wir da haben.«

Er löste die Bänder, nahm den Deckel ab und schob mehrere Lagen dünnes grünes Seidenpapier zur Seite, unter denen die grüne Tupperbox mit etwas Dunklem darin sichtbar wurde.

»Erkennst du das wieder, Peter Joseph?«

Ich nickte. Ich mußte daran denken, was Meemaw gesagt hatte, als sie die Box zum erstenmal gesehen hatte: *Ach, wie nett. Tupperware.*

Dove steckte die Hand tief in das Seidenpapier, stieß einen Pfiff aus und brachte eine kleine, gedrungene Pistole zum Vorschein. »Da haben die in Kalifornien was übersehen. Kein Wunder, daß Schwesterchen das Ding bei sich in der Kabine haben wollte.«

Er ließ das Magazin aus dem Pistolengriff schnappen, schüttete eine Handvoll Patronen heraus und ließ beides in Chesters Grab fallen. »Falls euch irgendwer fragt, Jungs, ihr habt nichts gesehen, klar? Ihr wißt überhaupt nichts von irgendeiner Waffe. Verstanden?«

Wir nickten.

Eine dünne Wolke zog vor den Mond. Der Wind trug ein Geräusch herbei – es war nur ein Wispern, der schattenhafte Geist eines Geräusches »Lus-siehl . . .«

Dove rollte mit der Schuhsohle Chesters Behälter auf das Loch zu. Die Box hüpfte einmal, fiel hinein und landete hörbar auf dem Sarg.

»Lus-siehl.«

Dove kickte auch noch die Hutschachtel hinein. Er packte eine Schaufel und fing an, Erde in das Grab zu schaufeln. »Kommt, sehen wir zu, daß wir fertig werden und hier verschwinden.«

Angespornt von den wie wild zirpenden Grillen, schaufelten wir die Erde viel schneller wieder hinein, als wir sie ausgehoben hatten. Ich hörte ein paar Takte Musik.

Ich richtete mich auf – eine Gitarre, die Stimme eines Mannes, der aus einem Radio im Wohnwagenpark kreischte: *Luciiiiil! You don't do yo daddy's will!*

Hab ich das wirklich gehört? Ich weiß es nicht mehr, aber ich war jedenfalls heilfroh, als wir die letzte Schaufel Erde in das Grab geworfen und Chester ade gesagt hatten.

32
Lucille / Auf Achse

Chester umzubringen und ihm den Kopf abzuschneiden, war der extremste und unwiderruflichste Akt, den Lucille sich vorstellen konnte – und nicht einmal das hatte sie wirklich befreit. Chester hatte sie in den Klauen, er zerrte sie zurück nach Alabama. Sie hörte, wie er unten im Frachtraum leise ihren Namen rief.

Man konnte nicht einfach sein altes Leben wegwerfen und sich ein neues suchen. Das alte Leben holte einen immer wieder ein.

Detective Rubacky war ein kräftiger, dunkelhaariger Mann, der wenig Worte machte. Lucille hatte mehrmals die Beine übereinandergeschlagen, in der Hoffnung, wenigstens einen Funken Interesse zu wecken – vage dachte sie daran, ihn in die Toilette zu locken, ihm die Waffe abzunehmen, die Maschine in ihre Gewalt zu bringen –, aber er biß nicht an. Er hatte sich in eine Taschenbuchausgabe von *Psycho* vergraben.

Sie hatte den Sergeant in San Francisco gebeten, sie für den

Heimflug statt des formlosen Gefängniskittels ihr Courrèges-Kleid anziehen zu lassen. »Die machen doch Fotos von mir«, bat sie. »Es könnte meine letzte Gelegenheit sein, was Hübsches zu tragen.«

Er fand in seinen Vorschriften nichts, was dagegen sprach, blieb aber eisern, als sie auch noch die dazu passende Matrosenmütze aufsetzen wollte. »Versuchen Sie nicht, mich unter Druck zu setzen«, sagte er. Sie gab nach.

Lucille knabberte geröstete Mandeln und betrachtete den Flickenteppich Amerika, der unter dem Flugzeug durchglitt. Wenn sie nur schon früher gewußt hätte, wie einfach das Fliegen war. In fünf Stunden überwanden sie eine Entfernung, für die sie auf der Straße eine ganze Woche gebraucht hatte.

Der Detective war so klug, ihr bei der Zwischenlandung in Atlanta wieder die Handschellen anzulegen; als er durch eine lautstarke Auseinandersetzung an einem Schalter abgelenkt war, sah Lucille ihre Gelegenheit gekommen, durch eine Gepäcktür zu entwischen. Sie hätte es auch versucht, wenn sie irgendeine Möglichkeit gesehen hätte, die Handschellen loszuwerden, bevor irgend jemand sie damit sah.

Die Stewardeß auf dem Katzensprung nach Montgomery sah den Namen LUCILLE VINSON auf dem Ticket und wurde bleich. Nach einer hastigen Besprechung mit der Crew führte sie Lucille und den Detective zur hintersten Sitzreihe und sperrte die drei Reihen vor ihnen ab.

Der Flug nach Montgomery bestand praktisch nur aus Start und Landung. Als die Räder auf der Rollbahn aufsetzten, sah Lucille Fernsehlampen am Flugsteig. Durch die Frischluftdüsen kam der warme, feuchte Geruch von Alabama, ein grasgrüner Duft nach Feldern und Bäumen und Pflanzenschutzmitteln.

Die Stewardeß bat sie, zu warten, bis die anderen Passagiere alle die Maschine verlassen hätten. »Ich hatte schon sehr viele Berühmtheiten auf meinen Flügen«, sagte sie, um das unbehagliche Schweigen zu überbrücken. »Also, sehen wir mal, da waren Gregory Peck, und Soupy Sales, und Dion. Dion war der netteste. Er schenkte jedem von uns ein Foto mit Autogramm.«

»Und jetzt ich«, sagte Lucille.

»Und jetzt Sie.«

»Tut mir leid, daß ich kein Foto für Sie habe«, sagte Lucille.

Das Mädchen wurde rot. »Um Himmels willen, das wollte ich damit nicht sagen.«

Lucille stand von ihrem Platz auf. »Auf, auf, Mr. Detective. Stellen wir uns meinem Publikum.«

Rubacky hielt ihre Jacke hoch, um damit die Handschellen zu verdecken, aber sie zog die Arme zurück. »Nein. Die sollen sie ruhig sehen. Sie sollen sehen, was Sie angerichtet haben.«

Lucille folgte ihm durch den Mittelgang und trat in das blendende Licht hinaus. Sie warf den Reportern eine Kußhand zu, stellte sich für ihre Kameras in Positur. Sie stieg die Treppe hinunter und nahm sich in acht, um nicht vor den vielen Kameras Patsys Sturz zu wiederholen. Schließlich hielt sie auf der Rollbahn eine improvisierte Pressekonferenz ab, mit lauter nichtssagenden kurzen Bemerkungen.

Sheriff John Doggett kam anstolziert wie der größte Hahn im Hühnerhof, schwadronierte und tat furchtbar wichtig. Sie machte ihn mit ihrer Bemerkung über seinen Bauch lächerlich. Er packte sie am Arm und zerrte sie fort.

Sie hörte jemand »Tante Lucille!« rufen, und tatsächlich, da standen Wiley und Dove und der bedauernswerte einäugige Peejoe und sahen sich das ganze Spektakel an.

Sie konnte nur einmal kurz winken, dann hatte Doggett sie schon an den dreien vorbeigezogen und bugsierte sie durch die Halle zu seinem Streifenwagen. Er wartete, bis die Kameraleute aufgeholt und ihre Scheinwerfer eingeschaltet hatten, und machte eine Riesenshow daraus, wie er Lucille zwischen zwei Hilfssheriffs auf dem Rücksitz unterbrachte. Er setzte sich höchstselbst ans Steuer und fuhr mit aufheulender Sirene los.

»Du meine Güte«, sagte sie, »nennt ihr das Südstaaten-Gastfreundschaft? Wissen Sie, daß Sie mir wahrscheinlich einen riesigen blauen Fleck am Arm gemacht haben?«

»Beschweren Sie sich beim Richter«, sagte Doggett.

Lucille hatte schon eine schlagfertige Erwiderung auf der Zunge, überlegte es sich aber anders. Sie konzentrierte sich auf das nicht ganz und gar unangenehme Gefühl, mit drei Männern im Auto zu sitzen. Diese aggressive Mischung aus Schweiß und After-Shave hatte sie nicht mehr gerochen, seit sie mit Dove und

Franklin und deren Kumpels aus der Highschool in dem 39er Dodge durch die Gegend gegondelt war.

Der Sheriff fuhr rechts ran und stellte die Sirene ab. »Billy, du fährst, und du kommst auch nach vorne, Melford. Ich muß ein Wörtchen mit Lucille reden.«

Man tauschte Platz. Als sie wieder losgefahren waren, hielt Lucille die Handgelenke hoch. »Könnten Sie mir die abnehmen, oder ist das zuviel verlangt? Ich verspreche, daß ich keine Dummheiten mache.«

»Das geht nicht«, sagte Doggett. »Ich bin für Sie verantwortlich. Es darf Ihnen nichts passieren.«

»Hoffentlich haben Sie sich wenigstens den Schlüssel geben lassen. Ich hab keine Lust, mit den Dingern alt zu werden.«

»Keine Sorge, ich hab ihn.«

Der Sheriff war nicht so unansehnlich wie auf dem Bild in *Life*. Auf einem Foto mit so einem Weitwinkelobjektiv sah jeder Bauch dick aus. Lucille hatte es mit Wohlgefallen vermerkt, daß Doggett die Ausgehuniform angezogen hatte, um sie abzuholen. Sein Bizeps beulte den Hemdsärmel aus. Sie fing an, die besondere Konjunktion der Sterne und ihrer eigenen Tricks zu berechnen, die dazu führen könnte, daß sie diesen Mann attraktiv fand und diese Anziehung dazu benutzte, aus dem Gefängnis freizukommen.

»Wie ich höre, ist Ihr Gefängnis ziemlich überfüllt«, sagte sie. »Wissen Sie was, Sheriff, Sie sind ein vielbeschäftigter Mann, und ich lege keinen Wert darauf, mit einem Haufen Bürgerrechtlerinnen in eine Zelle gesperrt zu werden. Warum lassen Sie mich nicht einfach laufen, und wir vergessen alles, was gewesen ist?«

Doggetts Lächeln verwandelte sich in ein geschmeicheltes Grinsen. »Sie haben von mir gelesen?«

»Natürlich. Sie sind in allen Zeitungen drüben in Kalifornien.«

»Hast du das gehört, Melford junior? Ich bin in Kalifornien berühmt.« Er wand sich förmlich vor Stolz. »Mein Telefon steht seit Tagen nicht mehr still. Manche meinen, ich sollte als stellvertretender Gouverneur kandidieren.«

»Berühmt genug sind Sie«, sagte Lucille.

»Nicht, daß ich mich nach dem Posten drängen würde«, sagte er, »aber scheinbar will sich sonst keiner hinstellen und sagen, was die Menschen hier wirklich denken.«

Sie sagte: »Ja, ich weiß genau, was Sie meinen«, und dachte dabei: *So ein Idiot*. Sie traute ihren Ohren nicht. Seit ihr klargeworden war, daß sie gesucht wurde, hatte Lucille sich den Mann, der die Jagd nach ihr organisierte, als eine unerbittliche Kraft vorgestellt, die draußen in der Dunkelheit lauerte und nur darauf wartete, sich auf sie zu stürzen, wenn sie auch nur den geringsten Fehler machte.

Als sie ihn dann in den Zeitungen gesehen hatte, war er ihr wie ein rassistischer weißer Schwachkopf vorgekommen, der das Maul nicht halten konnte. Jetzt begriff sie, daß er ein zu groß gewordener kleiner Junge war, der Spiele spielte – Räuber und Gendarm, den großen bösen weißen Sheriff, den Möchtegernpolitiker.

Sie würde ihm genau das sagen, was er hören wollte, bis sie sich einen anderen Plan zurechtgelegt hatte.

»Ganz egal, was Sie getan haben«, sagte er gerade, »ich hoffe jedenfalls, Sie haben mehr Verstand als Ihr Bruder. Ich und Dove kennen uns seit Jahren und sind immer gut miteinander ausgekommen. Aber in letzter Zeit benimmt er sich, als ob er nicht mehr alle Tassen im Schrank hätte.«

»Wieso, was hat er denn getan?«

»Er läßt sich mit den Niggern ein, und mit den niggerfreundlichen Typen vom Justizministerium.«

»Aber doch bestimmt nur, weil er jemandem was Gutes tun will. So ist er nun mal.«

»Mir tut er überhaupt nichts Gutes«, sagte Doggett. »Sie werden mit ihm reden. Und Sie werden ihm stecken, daß er und die beiden Jungs sich genau überlegen sollen, was sie vor Gericht aussagen, weil es davon nämlich abhängt, was mit Ihnen wird.«

»Wie soll ich das verstehen?« Lucille schlug die Beine übereinander und sah Doggett aufmerksam blinzelnd an. »Erklären Sie's mir.«

»Es kann Ihnen schlecht gehen, und es kann Ihnen gut gehen«, sagte er. »Je nachdem.«

»Also ehrlich, Sheriff, ich kann mir nicht vorstellen, daß es mir noch schlechter gehen könnte als jetzt. Außer natürlich, Sie lassen es sich einfallen, mich zusammenzuschlagen.«

»Ich hab noch nie eine Frau geschlagen«, sagte er.

Lucille lächelte. »Dann wollen wir's auch dabei belassen.«

»Der zuständige Staatsanwalt ist ein Freund von mir«, fuhr der Sheriff fort. »Er hört auf mich. Wenn Dove spurt und Sie dem Psychoklempner die Verrückte vorspielen, könnten wir Sie, glaube ich, vor dem Gefängnis bewahren. Der Typ in New Orleans hat sein Auto wieder und ist bereit, auf eine Anzeige zu verzichten, wenn Sie ihm das Geld zurückzahlen. Und dann kriegen Sie ein hübsches ruhiges Zimmer in Bryce.«

»Klingt ja fabelhaft«, sagte Lucille. »Ich werde mit Dove darüber sprechen.«

»Der ist stur. Sie werden ihn überzeugen müssen.«

»Eine Frage: Wie sieht das genau aus, wenn es mir gut geht? Und wie, wenn es mir schlecht geht?«

Sein kaltes Lächeln gab ihr die Antwort. »Na ja, ich lasse die Leute aus Kalifornien antanzen, den Trooper aus New Mexico, ich lasse sie allesamt vorladen – Ihre Kinder, Ihre Mutter, Dove und die Jungs –, einfach jeden, den Sie je gemocht oder dem Sie nahegestanden haben. Ich werde dafür sorgen, daß jeder einzelne gegen Sie aussagt. Und wenn das vorbei ist, sorge ich dafür, daß Sie gegrillt werden. Ich kenne den Mann, der in Atmore den Strom einschaltet.«

»Wie praktisch«, sagte Lucille. »Aber lassen Sie mich vorher mit Dove und mit meinem Anwalt reden.«

»Das geht die Anwälte nichts an«, sagte er. »Das regeln wir unter uns.«

»Verstehe. So eine Art Abmachung unter Freunden.«

»Eine Hand wäscht die andere.«

Die Hilfssheriffs hörten geflissentlich weg.

»Was könnten Dove und die beiden Jungen schon groß sagen, was Sie in Schwierigkeiten bringen könnte, Sheriff? Was haben Sie denn angestellt?«

»Es ist eine Verschwörung. Ein Spitzel vom FBI hat gesungen. Er wirft mir Sachen vor, die ich nie getan habe. Die wollen mit Gewalt die Aufhebung der Rassentrennung durchsetzen, und dazu müssen sie mich aus dem Weg räumen. Und Dove Bullis hilft ihnen dabei.«

»Wenn Sie wirklich was Unrechtes getan haben, verstehe ich ihn«, sagte Lucille.

»Ja, kann ich mir denken. Ach übrigens, wie haben Sie ihm eigentlich den Kopf abgeschnitten?« Er wollte sie aus der Fassung bringen, aber sie gab ihm die Frage postwendend zurück.

»Sheriff, schauen Sie mich an. Sehe ich aus wie jemand, der so etwas fertigbrächte?«

»Herzchen, ich weiß genau, was Sie getan haben. Ich war Ihnen die ganze Zeit auf den Fersen. Mich können Sie nicht einwickeln.«

»Das würde ich nie wagen. Darf ich rauchen?«

»Nur zu.«

»Die Zigaretten sind in meiner Handtasche. Der Mann hat sie.«

»Melford, gib der Dame eine Zigarette.«

Lucille merkte, wie deprimierend es ist, auf dem Rücksitz eines Streifenwagens eine Zigarette zu rauchen, wenn man Handschellen trägt und deshalb die Ellbogen auf die Schenkel aufstützen muß, um die Zigarette mit beiden Händen zum Mund zu führen. Sie rief sich die erste Regel für das Überleben in Gefangenschaft ins Gedächtnis, den Trick, dank dem sie die vielen Jahre mit Chester überstanden hatte: Versetz dich im Geiste woandershin. Sie lehnte sich zurück und atmete den Geruch der Eukalyptusbäume am Pacific Coast Highway.

Zum erstenmal seit New Mexico spürte sie, daß der graue Nebel wieder über ihr hing und sich allmählich auf sie herabsenkte. Der Sheriff fragte sie etwas, aber sie gab ihm keine Antwort. Der graue Nebel kam und schloß sie von allem anderen ab.

Meilenweit fuhr sie so im Nebel.

Als er sich lichtete, waren sie am dunklen Rand einer Kleinstadt und fuhren durch eine Seitenstraße mit lauter alten Häusern. Die Luft roch nach Geißblatt. Das Funkgerät knatterte.

Lucille spähte hinaus. »Wo sind wir?«

»Sagen Sie bloß, Sie kennen Industry nicht mehr. Billy, fahr hinten rum, wir wollen keine schlafenden Nigger wecken.« Er wandte sich Lucille zu. »Die haben da so eine Mahnwache mit Kerzen vor meiner Haustür, rund um die Uhr. Ich bin heute zu müde, um noch wen festzunehmen.«

»Wie ich Sie kenne, werfen Sie mich jetzt in Ihr gräßliches Gefängnis, fahren heim und legen sich ins Bett«, sagte sie.

»Erraten.«

Sie fuhren die Beauregard Avenue entlang. Jetzt kannte Lucille sich wieder aus – das war das Ritz-Kino, in dem ein sommersprossiger Jüngling namens David Pardue Lucille ihren ersten Kuß gegeben hatte, genau in dem Moment, in dem Robert Taylor auf der Leinwand Greer Garson küßte.

Der Junge sollte nie erfahren, was er damit in Gang gesetzt hatte.

Der Hilfssheriff hielt vor einer versteckten Tür auf der Rückseite des Gerichtsgebäudes. Als Lucille die Beine aus dem Wagen schwang, hörte sie singen:

Freedom . . .
Freedom . . .
Freedom in Alabama now.

Der Gesang kam von dem Platz vor dem Gebäude, und außerdem auch aus dem kleinen vergitterten Fenster im ersten Stock. Weiche, volle Stimmen hallten über den Platz, wie die Gesänge am Sonntagmorgen im Farbigensender.

»Oh, mein Gott«, sagte Lucille. »Sie können mich doch nicht mit all diesen Menschen zusammensperren. Das wäre seelische Grausamkeit und eine zu harte Bestrafung.«

Der Sheriff führte sie in das Gebäude und in einen hellen Raum, wo er endlich den Schlüssel für die Handschellen hervorholte.

Lucille rieb sich die Handgelenke, um den Kreislauf wieder in Gang zu bringen.

Der diensthabende Sergeant grinste zu ihr hoch. »Hey, ich kenne Sie. Hab Sie in den ›Beverly Hillbillies‹ gesehen.«

»Das ist nett, danke.«

Er hatte einen Adamsapfel von der Größe eines Pfirsichkerns. »Sie haben Glück. Wir haben heute abend ein volles Haus, mußten ein paar Leute rauslassen, damit Sie eine Zelle für sich allein bekommen.«

»Hoffentlich hat's nicht zuviel Umstände gemacht.«

Rollin', rollin',
Rollin' down the freedom road.

Der Sheriff sagte: »Tyrone, tu was gegen die gottverfluchte Singerei.«

»Was soll ich denn machen? Die halten einfach nicht den Rand. Ich könnte die draußen festnehmen, aber es ist ja nichts mehr frei.«

»Ist das Arsenal auch voll?«

»Ja, Sir. Die müssen schon auf dem Boden schlafen.« Tyrone drückte Lucilles Daumen auf ein Stempelkissen, rollte ihn auf einer Karteikarte ab und wiederholte die Prozedur mit allen anderen Fingern. Hinterher gab er ihr eine trockene Papierserviette zum Fingerabwischen und ein Formular zum Unterschreiben.

Er stellte sie an einen auf den Boden gemalten Strich und richtete eine Polaroidkamera auf sie. »Schauen Sie zu mir her.« Blitz. »Jetzt bitte nach links drehen.«

»Auch gut«, sagte Doggett, »sollen sie singen, bis sie schwarz werden.«

Tyrone grinste. »Irgendwann wird ihnen schon die Puste ausgehen.«

»Na gut. Ich geh jetzt heim«, sagte der Sheriff. »Lucille, schön daß Sie wieder da sind. Und sprechen Sie mit Dove, ja?«

»Träumen Sie was Schönes«, sagte sie.

Tyrone gab ihr einen blauen Gefängniskittel, wie sie ihn schon in San Francisco hatte tragen müssen, und führte sie zu einer Kabine mit einem Vorhang. Da drüben hatte sie sich nackt ausziehen müssen und war dann von einer untersetzten Wärterin betatscht worden, aber das hier war Gott sei Dank der Süden, und hier gönnte man sogar einer Mörderin einen letzten Rest von Privatsphäre.

Tyrone tastete sie nur ganz kurz mit beiden Händen ab. Lucille gab ihm ihr Courrèges-Kleid und verzog das Gesicht, als er es kurzerhand zusammenknüllte und zusammen mit ihrem Schmuck und ihrer Uhr in eine Plastiktüte vom Piggly Wiggly stopfte.

Zu dumm, daß sie nichts zum Hineinschmuggeln hatte. In San Francisco hatten sie ihr das ganze Geld abgenommen und ihr eine Quittung dafür gegeben, und seitdem hatte sie es nicht wiedergesehen.

»Hätten Sie was zu essen für mich, ein Sandwich vielleicht oder ein paar Kekse? Der Fraß im Flugzeug war ungenießbar.«

»Tut mir leid. Frühstück gibt's um sieben. Zimmerservice haben wir hier nicht.«

»Darf ich nicht wenigstens einen Anruf machen?«

»Morgen früh. Die Zentrale ist nicht mehr besetzt.« Er führte sie durch eine Flügeltür und die Treppe hinauf in den ersten Stock. Der Gesang der Bürgerrechtler kam aus den Zellen auf beiden Seiten des Flurs. Lucille hielt den Blick starr nach vorn auf die leere Zelle gerichtet. Ein strenger Geruch stieg ihr in die Nase – ungewaschene Menschen, dicht zusammengepfercht –, und sie spürte, daß Dutzende sie beobachteten.

Tyrone öffnete die Gittertür der hintersten Zelle und forderte Lucille mit einer Handbewegung auf, hineinzugehen.

Jericho
Jericho
And the walls come-a tumblin' down . . .

Die Tür fiel ins Schloß, aber der Gesang war immer noch zu hören.

Lucille ließ sich auf die Pritsche fallen. »Mann, das ist ja genauso gemütlich hier wie im Beverly Hills Hotel.«

»Na, um so besser.«

Tyrone entfernte sich durch den Gang. »Laßt gut sein, Leute. Hört jetzt auf mit der Singerei und legt euch schlafen«, sagte er gutmütig. »Es ist schon verdammt spät.«

»Der Herr wird dir verzeihen, Tyrone«, sagte eine tiefe Stimme.

»Wir wollen es hoffen.« Er ging die Treppe hinunter.

Lucille schlenkerte ihre Schuhe weg und streckte sich aus. Ihre

Zelle war etwas von den anderen zurückgesetzt, aber sie konnte die Häftlinge nebenan atmen hören, spürte, wie sie sich anstrengten, sie zu sehen. Sie war ein gefährliches wildes Tier, das im Zoo von den anderen getrennt gehalten wird.

Jemand rief: »Go down, Moses!«, und sie fingen an, dieses Spiritual zu singen. Der Stimmenchor stieg durch die Fenster empor und breitete sich im ganzen Gefängnis aus.

Lucille war plötzlich froh über den Gesang. Er bewahrte sie davor, sich der dunklen Verzweiflung zu überlassen, die in ihr hochkommen wollte. Das hätte noch gefehlt, daß ein Haufen schwarzer Protestler sie weinen hörte.

Let my people go.

Bis jetzt hatte Lucille für aufmüpfige Schwarze nicht viel übrig gehabt, aber sie hatte mit diesen Menschen mehr gemeinsam, als sie sich je hätte träumen lassen. Auch sie wollte frei sein. Wie sie hatte sie etwas Radikales getan, um sich zu befreien – und wie sie war sie im Knast gelandet.

»Pst«, hörte sie jemanden flüstern. »Schwester.«

Sie antwortete nicht.

»Schwester Vinson.« Eine heisere, dringliche Stimme aus der Nachbarzelle.

»Ich weiß nicht, wer Sie sind, aber ich bin jedenfalls nicht Ihre Schwester.« Sie rieb sich die Augen. »Lassen Sie mich in Ruhe.«

»Ich bin Nehemiah Thomas. Ich bin ein Freund von Dove.«

Sie erinnerte sich an sein Bild in *Newsweek*, an die Nickelbrille und die strengen Augen hinter den Gitterstäben. »Was wollen Sie?«

»Ich wollte Ihnen nur sagen, daß Ihr Bruder ein guter Mensch ist, er hat mir oft einen Gefallen getan. Und es tut mir leid, daß Sie in Schwierigkeiten sind. Uns werden sie angeblich morgen freilassen. Wenn ich irgendwas für Sie tun kann . . .«

»Nein, vielen Dank. Es sei denn, Sie hätten was zu essen für mich.« Sie war so hungrig, daß sie Magenschmerzen hatte. Vor drei Tagen hatte sie noch hinten in Normans Limousine gesessen, jetzt mußte sie einen schwarzen Leichenbestatter im Kittchen um was Eßbares anbetteln. Was für ein Abstieg!

Ein Schokoriegel landete mit einem leisen Plopp auf dem Boden dicht vor ihrer Zelle.

»Oh, danke schön.« Lucille drückte sich ans Gitter und angelte ihn sich mit einem Finger. Snickers. Sie roch es durch die Verpackung.

Sie riß das Papier ab und biß die Hälfte auf einmal ab; es schmeckte himmlisch, ein Brei aus Zucker, Erdnüssen und Schokolade, weich und warm, weil ihn jemand in der Hosentasche gehabt hatte. Es war der beste Schokoriegel, den sie je gegessen hatte.

Sie lehnte sich an die kalte Betonmauer und genoß jeden Bissen. Der Gesang verebbte. Aus allen Zellen kamen die Geräusche von Menschen, die sich zur Nachtruhe einrichteten.

»Gott segne euch alle«, rief Nehemiah.

Ein anderer sagte: »Gott segne Martin Luther King.«

»Und unsere Feinde«, ergänzte Nehemiah.

Lucille hüllte sich in die Decke ein. Sie war erfüllt von der Süße des Schokoriegels. Ihr Leben war noch nicht zu Ende. Nur Carolyn Clay war tot. Lucille war jetzt jemand anderer. Das war wieder ein neues Leben. Sie mußte sich etwas einfallen lassen.

33
PEEJOE / Industry

Ein lehmverkrusteter Dodge stand auf dem überdachten Parkplatz hinter dem weißen Leichenwagen. »Das ist Francis' Wagen«, sagte Dove. »Also ist Earlene da. Weiß der Himmel, was sie jetzt noch wegschleppen will.«

»Laß sie uns nicht den Fernseher wegnehmen, Onkel Dove«, sagte Wiley.

»Seid auf alle Fälle nett zu ihr.«

Wir folgten ihm ins Haus. Earlene ging in der Wohnung auf und ab. Sie war aufgetakelt wie eine Fregatte: Zu ihrem burgunderroten Moirékostüm trug sie einen Hut mit Schleier. Ihr Schwager Francis, ein großer, teiggesichtiger Bauerntyp in einem Overall, saß in Onkel Doves Sessel und hatte die Beine hochgelegt.

Earlene wippte mit der Fußspitze. »Wo bleibst du denn so lange? Wir waren vor einer Stunde hier verabredet!«

»Ich hab's vergessen«, sagte Dove. »Ich muß mich auch noch um andere Sachen kümmern. Vermutlich hast du gehört, daß Lucille wieder da ist.«

»Und ob ich das gehört habe. Ich kann dir gar nicht sagen, wie froh ich bin, daß ich nichts mehr mit dir und deiner verkommenen Familie zu tun habe.«

»Was willst du?«

»Wie gesagt, du mußt diese Papiere unterschreiben«, sagte sie. »Wir sind nach wie vor beide Mabels Eltern, ob's dir paßt oder nicht. Hallo, Jungs.«

Wir murmelten »hallo«.

Dove nahm das Bündel Formulare von Earlene entgegen. »Ich würde dir ja eine Sitzgelegenheit anbieten«, sagte er, »aber du hast die Stühle alle mitgehen lassen.«

»Danke, ich stehe gern«, sagte sie.

Dove sah die Unterlagen durch. »Wieso ›Vormund‹? Was soll das heißen?«

»Unterschreib's einfach«, sagte sie.

»Den Teufel werd ich tun. Was hat das alles zu bedeuten?«

»Das hab ich dir doch schon erklärt«, sagte sie. »Wenn ich mit ihr nach Tuscaloosa fahre, muß ich Entscheidungen treffen können. Ich kann dich ja nicht alle fünf Minuten anrufen und nach deiner Meinung fragen.«

»Wieso nicht?«

»Dove, es hat überhaupt nichts zu bedeuten, es ist nur so eine Art Vollmacht. Du bist nach wie vor ihr Vater.«

»Ich unterschreib das andere da«, sagte er, »aber das hier auf keinen Fall.«

»Na schön, dann fährst *du* eben mit ihr hin«, sagte Earlene. »Ich übertrag dir das Sorgerecht.«

»Du weißt genau, daß ich hier nicht weg kann.«

»Ach nein? Du hast doch ohnehin nichts zu tun. Du hast dich ruiniert. Aber das willst du wohl immer noch nicht wahrhaben.«

Francis sagte: »Hat's bei euch die letzte Zeit viel geregnet, Dove?«

»Nein, Francis, es war ziemlich trocken.«

»Unterschreib den Wisch, Dove.«

Dove nahm ihr den Kugelschreiber aus der Hand. »Es reicht

dir wohl nicht, daß du schon die ganzen Möbel mitgenommen hast?«

Er unterschrieb.

»Heißen Dank.« Earlene steckte die Papiere weg. »Komm, Francis.« Sie knipste ihre Handtasche zu. »Ich ruf dich von Tuscaloosa aus an. Jetzt *komm* endlich, Francis!«

Francis erhob sich tranig aus dem Sessel und nickte uns im Hinausgehen zu. »Bei uns daheim hat's auch schon lange nicht mehr geregnet«, sagte er.

Wir trafen gerade rechtzeitig vor dem Gerichtsgebäude ein, um einen kleinen Tumult auf der Treppe mitzubekommen.

»Schaut, da ist Nehemiah«, sagte Dove. »John hat ihn endlich freigelassen.« Nehemiah war von Menschen umringt. Dutzende von Demonstranten kamen nacheinander zur Tür heraus und blinzelten in die Sonne. Einige von ihnen knieten nieder und küßten die Stufen. Sie waren frei, wie Richter Johnson angeordnet, wie Martin Luther King versprochen hatte. Sie schwärmten über die breite Treppe aus, schüttelten Hände und umarmten einander.

Sie stellten sich in Reih und Glied auf, faßten sich an den Händen und starteten einen spontanen Demonstrationszug zum Schwimmbad.

Ein Gerichtsangestellter führte uns durch zwei Türen zum Gefängnis hinauf, einem langen, kahlen Korridor mit Zellen auf beiden Seiten. In der Zelle am anderen Ende saß Tante Lucille im Schneidersitz auf einer eisernen Pritsche und bürstete sich das Haar. Sie trug einen schlichten blauen Kittel ähnlich denen, die sie einem im Krankenhaus verpassen.

»Hallo, Schwesterchen.«

Sie schaute auf. Ihr Ausdruck belebte sich. »Mein Gott, tut das gut, mal freundliche Gesichter zu sehen.«

Der Hilfssheriff schloß uns mit ihr ein. »Peejoe, komm her und gib uns einen Kuß. Ihr seid vielleicht gewachsen!« Ich umarmte sie flüchtig, dann machte ich mich von ihr los und besah mir die Edelstahltoilette und den Ausguß. Schließlich setzte ich mich auf die Pritsche. Ich war ein verzweifelter Verbrecher, dem der elektrische Stuhl sicher war.

»Peejoe, du siehst richtig verwegen aus mit deiner Augenklappe, wie Errol Flynn. Ich würde mir deswegen keine Gedanken machen.« Sie drehte sich um. »Aber du, Dove, du gefällst mir gar nicht. Was fehlt dir denn?«

Er sagte es ihr: Earlene weg, Mabel verrückt geworden, die ganze Stadt gegen ihn, seine Existenz vernichtet, alles in Auflösung begriffen. Er zählte alles ganz sachlich auf, als ob er von jemand anderem spräche.

»Und zu allem Übel jetzt auch noch ich, hm?« sagte sie. »Der denkbar schlechteste Zeitpunkt, Bruder. Es tut mir leid. Und das mit der armen Mabel ist einfach schrecklich. Du hast keine Ahnung, wodurch es ausgelöst wurde?«

Wiley wich zur Wand zurück.

»Sie hört Stimmen«, sagte Dove. »Earlene ist natürlich überzeugt, daß es meine Schuld ist. Sie behauptet, ich hätte mich nie um Mabel gekümmert. Und wahrscheinlich hat sie recht. Ich hab wirklich nie gewußt, was ich mit ihr reden soll.«

»Es heißt ja, wenn man Probleme hat, soll man sich in Behandlung begeben«, sagte Lucille. »Bestimmt wird es ihr da oben bald besser gehen. Wer weiß, vielleicht komme ich auch da hin. Wenn ich Glück habe.«

Eine Verlegenheitspause trat ein. Dove räusperte sich. »Ich freue mich, daß du das Thema anschneidest, Schwesterchen. Das ist nämlich der Weg, den wir einschlagen müssen.«

»Ja, hab ich schon gehört«, sagte Lucille. »Der Sheriff will einen Kuhhandel mit uns machen.«

»Nämlich welchen?«

»Du unternimmst nichts mehr gegen ihn, wegen der Anklage und so. Du sagst nicht als Zeuge aus. Und er macht's mir leicht. Ich bekenne mich schuldig, und die schicken mich nach Bryce statt nach Atmore.«

»Ich hab's gewußt, daß er dich benutzen würde, um mich auszuschalten«, sagte Dove.

»Ich denke nicht daran, mich mit diesem Menschen auf einen Handel einzulassen«, sagte sie. »Die Sache ist nämlich die, Dove: Ich bin gar nicht verrückt. Ich hab genau gewußt, was ich tat. Ich glaube, ich kann es so erklären, daß alle es verstehen. Das ist für mich das wichtigste. Daß ich Gelegenheit bekomme, es zu erklären. Wenn mich jemand unbedingt als Verrückte abstempeln will, wird er es schon beweisen müssen. Danach können sie mich meinetwegen umbringen oder in eine Anstalt stecken, das ist mir dann egal.«

»Mir aber nicht«, sagte Dove. »Mir ist es viel lieber, du bleibst am Leben. Wenn ich mir dich so ansehe, kommst du mir auch nicht verrückt vor. Aber ins Gefängnis darfst du auf keinen Fall. Ich hab schon mit Larry Russell darüber gesprochen, das ist dein Anwalt, und er ist mit mir einer Meinung. Wir können nicht behaupten, du hättest es nicht getan. Wir können nur versuchen, den Leuten begreiflich zu machen, was damals in dir vorgegangen ist.«

»Du kannst ruhig gegen den großen bösen Sheriff aussagen. Ich paß schon selber auf mich auf.« Sie lächelte. »Hast du mich im Fernsehen gesehen, Peejoe?«

»Na klar, Tante Lucille. Du warst Spitze.«

Wiley fragte: »War das eingeplant, daß du da runtergefallen bist?«

»Na ja, ehrlich gesagt nein.« Sie erzählte uns die ganze Geschichte – das Beverly Hills Hotel, Harry Halls weißer Rolls-Royce, Buddy Ebsen und Max Baer und Irene Ryan, das Hochzeitskleid mit dem Reifrock und die enge Wendeltreppe.

»Du kannst von Glück sagen, daß du dir nicht das Genick gebrochen hast«, sagte Dove.

Sie grinste. »Die wollten mir für die Stunt-Arbeit extra was zahlen, aber ich hab da weg müssen, bevor ich meinen Scheck gekriegt hab.«

Dove lehnte neben ihr auf der Eisenpritsche und hatte den Arm um sie gelegt. Sie schienen jünger, wenn sie zusammen waren – ich konnte sie mir als Kinder vorstellen, genauso dicht beisammen auf einem Bett daheim bei Meemaw.

»Du hättest dir seinen Kopf vom Hals schaffen müssen«, sagte Dove.

»Ich weiß. Ich hab's ja auch immer wieder versucht, aber am Ende hab ich doch zu lange gewartet.« Sie zuckte die Achseln.

»Ich und die Jungs haben ihn begraben«, sagte Dove. »In Meadow Acres. Da, wo auch der Rest von ihm liegt.«

»Hat Chester was gesagt?«

Dove lehnte sich zur Seite und sah Lucille scharf an. »Was?«

»Hat er was zu euch gesagt?« Sie meinte es ernst.

»Ich hab nichts gehört«, sagte Dove.

Ich war drauf und dran, von dem Lied zu erzählen, das von dem Wohnwagenpark herüberwehte, als wir das Grab zuschaufelten – aber Lucille kam mir zuvor.

»Er hat manchmal mit mir gesprochen«, sagte sie. »Ich weiß, das klingt irrsinnig, aber es ist wahr. Deswegen hab ich's nicht über mich gebracht, ihn wegzuwerfen. Er hat bis zum Schluß mit mir gesprochen.«

»Aha.« Dove kratzte sich am Kopf. »Also weißt du, Schwesterchen, wenn du nicht willst, daß man dich für verrückt hält, solltest du das keinem erzählen.«

»Ich wollte nicht von der Brücke springen, Dove. Ich wollte diesen gottverfluchten Kopf loswerden, um ihn endlich zum Schweigen zu bringen.«

Der Hilfssheriff kam wieder.

»Nehmen Sie die Jungen mit«, sagte Lucille zu ihm. »Lassen Sie mich noch zehn Minuten mit meinem Bruder allein reden, ja? Jungs, ich danke euch, daß ihr mich besucht habt.«

Wir umarmten sie und gingen mit dem Hilfssheriff nach unten.

Wir warteten an der Tür, bis Dove kam. »Was sagt ihr dazu? Also ich hab noch nie wen gesehen, der im Knast so gut gelaunt war.«

Wir gingen zum Leichenwagen.

»Ich hatte gedacht, es würde mich fertigmachen, sie im Gefängnis zu sehen«, sagte er, »aber wißt ihr was? Sie kommt mir fast zufrieden vor. Sie hat gesagt, Nehemiahs Leute hätten sie in der Nacht in den Schlaf gesungen.«

Wir fuhren weg, den Hügel hinunter am Schwimmbad vorbei, wo Nehemiah Thomas vom Podium aus seine Ansprache gehalten hatte. Dove fuhr nicht langsamer. Auf zwei hastig bemalten Plakaten stand ENDLICH FREI. Wir bogen in die Lee Street ein.

»Ich bin so froh, daß er endlich frei ist«, sagte Dove. »Vielleicht kann er jetzt wieder seine Arbeit machen, und alles geht wieder seinen normalen Gang.«

Ich konnte mir kaum noch vorstellen, wie der normale Lauf der Dinge gewesen war. Offenbar gehörten da jede Menge Tote dazu. Und das riesige, altersschwache Bestattungsinstitut war mir damals viel großartiger vorgekommen – aber da hatte ich es auch noch mit beiden Augen gesehen.

»Kommt mal mit in mein Büro«, sagte Dove. »Ich muß einen Anruf machen, und ich möchte, daß ihr hört, was ich sage.«

Wir gingen mit ihm hinein. Er lehnte sich in seinem Sessel zurück, zog einen Zettel aus einem Karteikasten und wählte eine Nummer. »Ja, Tag. Ich möchte Hiram Murphy sprechen. Ja, Ma'am. Dove Bullis. Gerne.« Er hielt die Sprechmuschel mit der Hand zu. »Höchste Zeit, ein paar Sachen klarzustellen, damit – Hallo, Hiram. Wie geht's? Danke, gut. Ja, also, Hiram, ich hab noch mal mit meinen Jungen geredet, und ehrlich gesagt, also die sind sich nicht mehr so sicher, was sie damals gesehen haben. Es ist ja auch schon eine ganze Weile her, wissen Sie. Genau. Mhm. Nein, ich fürchte, die Grand Jury wird ohne uns auskommen müssen, wir können Ihnen da nicht mehr helfen. Bestimmt haben Sie dafür Verständnis.«

Wir konnten Hiram Murphys empörtes Gequake hören, obwohl wir auf der anderen Seite von Doves Schreibtisch saßen.

»Immer mit der Ruhe, Hiram, Sie sprechen zu schnell«, sagte Dove. »Sie können vorladen, wen Sie wollen, aber wenn Sie mich hinzitieren, werde ich einfach sagen müssen, daß ich mich nicht mehr erinnern kann. Dasselbe gilt für meine Jungs. Ich glaube, Sie begreifen das nicht, mein Freund. Es steht einfach nicht dafür. Ich muß irgendwie mit meinem Leben hier klarkommen, wenn Sie wissen, was ich meine. Neulich hat einer versucht, mich mit seinem Transporter von der – wie bitte? Nein. *Sie* fahren irgendwann wieder zurück nach, was war's doch gleich, Pennsylvania, aber ich muß mit den Leuten hier auskommen. Hören Sie gut zu, das ist das letzte, was Sie von mir hören. Sie müssen sich mit den anderen Zeugen begnügen, die Sie haben. Ich bin aus der Sache raus, ab sofort.«

Er beugte sich vor und legte den Hörer auf.

»So. Das wollte ich schon die ganze Zeit tun, seit er mich das erste Mal angerufen hat. Jetzt kommt alles wieder ins Lot.«

»Wir sagen also nicht als Zeugen aus?« erkundigte sich Wiley.

»Nein. Das war von Anfang an nicht unser Bier. Earlene hatte recht. Es wird langsam Zeit, daß wir wieder so leben wie alle anderen hier. Mach nicht so ein langes Gesicht, Peter Joseph. Davon geht die Welt nicht unter.«

»Es ist wegen Tante Lucille, stimmt's?« sagte ich. »Du hast den Handel mit dem Sheriff abgeschlossen.«

Er sah mich durchdringend an. »Sie gehört zur Familie, Peter Joseph. Sie ist meine Schwester.«

»Aber du hast gesagt, wir könnten ihn aufhalten!« Ich fühlte mich betrogen. »Du hast gesagt, wir könnten ihn hinter Schloß und Riegel bringen.«

»Vielleicht schafft es Hiram ja trotzdem noch. Aber er wird auf uns verzichten müssen«, sagte Dove. »Manchmal muß man im Leben Kompromisse machen.«

Auf einmal war der Krieg für uns zu Ende.

Die Verhandlung gegen John Doggett und seine zwölf Mitangeklagten dauerte achtundvierzig Minuten. Hiram Murphys Hauptzeuge, der FBI-Spitzel, der mit in dem Pickup saß, aus dem auf uns im Blessed Rest geschossen wurde, weigerte sich, vor Gericht zu erscheinen. Dove meinte, er fürchte um sein Leben. Sämtliche Anklagepunkte wurden fallengelassen. Die Männer gingen grinsend hinaus in die Sonne und stellten sich den Kameras.

34
PEEJOE / Industry

Ich war bestürzt über Doves Kapitulation. Zwei Tage lang war ich wütend auf ihn. Wenn er das Handtuch werfen wollte, war das seine Sache, aber was gab ihm das Recht, Wiley und mich als Vorwand zu benutzen? Ich hatte noch nicht vergessen, was er mir beigebracht hatte – daß man zu seiner Überzeugung stehen muß und so –, obwohl er anscheinend vergessen hatte, daß er es mir beigebracht hatte.

Er ließ sich auf einen Kuhhandel ein, um sein Schwesterchen vor dem elektrischen Stuhl zu bewahren. Das war durchaus begreiflich. Sogar ich begriff das, und ich war bloß ein dummer einäugiger kleiner Junge. Dove hatte das Wort wie ein biblisches Gebot ausgesprochen: Sie gehört zur *Familie*, Peter Joseph. Dabei hatte nie jemand bestritten, daß es wichtiger war, Lucille vor dem Gefängnis zu bewahren, als den Sheriff hineinzubringen.

Aber warum mußte er uns anlügen?

Ich liebte ihn nach wie vor mehr als irgend jemand anderen, Meemaw ausgenommen (und vielleicht Wiley, wenn er einen guten Tag hatte), aber jetzt sah ich, wie er auf allen Seiten von dunkler Verzweiflung, vom Scheitern bedroht war. Es ging kein Geld mehr ein; Nehemiah balsamierte die farbigen Toten wieder selbst, zwischen seinen Protestmärschen und Volksreden; entweder starben keine Weißen mehr in Industry, oder es hatte sich noch nicht herumgesprochen, daß Dove jetzt wieder ein ausschließlich weißes Bestattungsinstitut führte. Er saß stundenlang da, mit dem Telefon auf dem Schoß, und trank Old Grand-Dad, und ich frage mich heute noch, worauf er eigentlich wartete – auf einen Anruf vom Himmel vielleicht, übers rote Telefon: »Hallo, Dove, hier ist der liebe Gott, du bist ein guter Mensch, und ich mag dich. Ich sehe, du bist in Schwierigkeiten, deshalb wirke ich jetzt ein paar Wunder, damit sich für dich alles zum Guten wendet.« Der Anruf kam nie.

Wenn er in so einer Stimmung war, gingen Wiley und ich mit unseren Fertiggerichten zu Milton hinunter, in sein Zimmer unter der Treppe. Ich hätte jederzeit mein Swanson Ranchero Fiesta Deluxe gegen einen Teller von den Rühreiern mit Wurst eingetauscht, die Milton sich auf seiner Kochplatte briet, aber ich dachte mir, er ist ärmer als wir, und fragte ihn deshalb nie.

Beim Essen hörten wir uns immer im Radio die Reportagen von den Baseballspielen der Chicago White Sox an. Es knallte, wenn der Schläger den Ball traf, und dann kam Miltons unvermeidlicher Schrei: »Da fliegt er!« Wenn es ein guter Schlag war, sagte er: »Mann, der hat's raus!« War er zu kurz, schüttelte er den Kopf und meinte: »Na ja, fast beinah.«

Ich fragte Milton, warum er nie zu den Versammlungen ging.

»Weil ich nich glaub, daß man sich bei den Weißen beliebt macht, wenn man hingeht und ihn ins Gesicht schreit«, sagte er. »Das könn die Jüngern machen.«

»Aber was ist mit der Freiheit?« fragte ich weiter. »Wollen Sie nicht frei sein?«

»Hör sich einer das an, Freiheit! Wer bin ich? Ich komm und geh. Misser Dove zahlt gut. Ich hab ein schönes Zimmer hier, ein Dach überm Kopf, was brauch ich noch?«

»Haben Sie nie Lust, in die Stadt zu gehen und an der Theke beim Woolworth zu essen?«

»Also, wieso soll ich das wollen, wo ich mir doch dasselbe gegrillte Käsesandwich selber machen kann?«

»Und wollen Sie nicht im Schwimmbad schwimmen?«

Er lachte und stand auf, um seinen Teller abzuspülen. »Ich werd in meiner Badewanne naß genug«, sagte er. »Eins mußt dir merken, junger Mann: Die Weißen denken immer, ein Farbiger hat nur eins im Kopf, nämlich genauso sein wie sie.«

»Peejoe ist jetzt ein Bürgerrechtler«, sagte Wiley. »Seit Martin Luther King ihm die Hand geschüttelt hat.«

»Also dieser Doktor King, also bei dem tät ich schon hingehn, ihm zuhörn. Soll ja so gut reden.« *Plopp!* machte der Schläger. »Da fliegt er!« rief Milton. »Na ja, fast beinah.«

Wenn man Milton so hörte, wäre man nie darauf gekommen, daß die ganze Stadt wegen der bevorstehenden Aufhebung der Rassentrennung den Atem anhielt. Im Schwimmbad hatte man das Wasser abgelassen, das Becken geschrubbt und frisches Wasser eingelassen, zur Vorbereitung auf die von Richter Johnson angeordnete Wiedereröffnung. George Wallace grollte in Montgomery und schwor heilige Eide, er werde nach Industry kommen und persönlich jeden Neger- oder Yankee-Anwalt aufhalten, der versuchen würde, »gegen den Willen der Einheimischen« die Rassenintegration im Schwimmbad durchzusetzen. Hiram Murphy konterte im Namen der Bundesregierung und versicherte, er werde dem Gerichtsbeschluß notfalls mit Hilfe von US-Marshals Geltung verschaffen. Nehemiah Thomas und Martin Luther King kündigten für den Samstag ein allgemeines Swim-in an.

Kings Auftreten und die Sturheit des Gouverneurs hatten auch noch den letzten Rebellenfahnen schwenkenden, rassistischen Pickupfahrer in Alabama alarmiert. Die Straßen von Industry dröhnten von den nicht schallgedämpften Motoren. Hordenweise tauchten diese Kerle bei jedem Friedensmarsch auf, um zu johlen und Steine zu werfen, die Farbigen als Nigger zu beschimpfen und ins Fernsehen zu kommen. Keiner wußte, wo sie übernachteten, aber man hatte beobachtet, daß sie sich in einem Grillschuppen am Dothan Highway zusammenrotteten, der die ganze Nacht geöffnet hatte.

Die Reporter waren überglücklich, daß eine einzige Kleinstadt gleich zwei Sensationen auf einmal zu bieten hatte. So konnten sie über eine Demonstration von Bürgerrechtlern auf der Vortreppe des Gerichtsgebäudes berichten und dann an den Hinterausgang gehen, um die Wärter von Lucille Vinson, der Mörderin aus den Beverly Hillbillies, zu interviewen.

Lucilles Verhandlung war für den nächsten Tag angesetzt, den Tag vor der Integrationsfeier; Dove sagte, die Stadtväter benutzten sie, um die Öffentlichkeit vom Rassenkonflikt abzulenken. Da Sheriff Doggett keine Interviews mit Lucille genehmigte, mußten sich die Reporter mit Gefängnisklatsch und Bruchstücken ihrer Geschichte begnügen, die nach und nach von verschiedenen Etappen ihrer Reise nach Westen zum Vorschein kamen.

Jeder Ladenbesitzer zwischen New Orleans und Kalifornien, der in den letzten drei Monaten beraubt worden war, behauptete, Lucille sei es gewesen. Das gab aufregenden Lesestoff: Angeblich hatte sie ein vierjähriges Mädchen entführt, um Lösegeld zu erpressen, in Des Moines eine Bank ausgeraubt, auf dem Flughafen Phoenix einen Geldtransportwagen gekapert, drei Spirituosenläden in Arizona verwüstet und den Diebstahl einer unbezahlbaren Statue aus einem Museum in Fort Worth organisiert.

Die *Atlanta Constitution* nannte sie »eine moderne Bonnie mit Clydes Kopf in einer Hutschachtel«. Von diesem Artikel war Lucille besonders fasziniert. Sie bat Dove, ihn auszuschneiden und zwischen Saranfolien zu pressen, damit er nicht vergilbte.

Dove hockte stundenlang mit Larry Russell zusammen, dem phlegmatischen Anwalt mit den buschigen Augenbrauen, um Pläne auszuhecken, wie sie Tante Lucille dazu bringen könnten, auf den Handel einzugehen. Nach Doves Opfer – er hatte sein Versprechen gegenüber Hiram Murphy gebrochen und dem Sheriff aus der Patsche geholfen – hatte Lucille jetzt eine neue

Idee. Sie wollte einen Prozeß. Sie wollte in den Zeugenstand treten.

»Sie benimmt sich, als ob das eins ihrer Theaterstücke wäre«, sagte Dove. »Sie will einen großen Auftritt. Das hat sie sich in den Kopf gesetzt. Sie *liebt* das Rampenlicht.«

Die Jury war handverlesen: sieben Männer und fünf Frauen, allesamt Weiße. Dove meinte, wir hätten Glück, daß so viele Frauen dabei seien. An dem Abend war er noch einmal im Gefängnis, um mit Lucille und dem Anwalt die endgültige Marschroute festzulegen.

Die White Sox gewannen Vier zu Null. Milton machte das Radio aus. »Ich muß was für Misser Dove abholen. Wollt ihr mitkomm?«

»Wohin?«

»Seht ihr dann schon«, sagte er geheimnisvoll.

Milton fuhr im Schneckentempo, wie eine alte Frau. Das jahrelange Fahren in Leichenzügen hatte ihn überzeugt, daß man genauso schnell ankommt, wenn man sich Zeit läßt.

Das Schwimmbad lag verlassen da; auf dem Podium am Zaun waren Plakate gestapelt. Jemand hatte die Unterwasserlampen eingeschaltet, wie um durch das kühle blaue Leuchten des Wassers eine friedliche Stimmung zu schaffen. Zu dieser Stunde waren die Demonstranten in der *Holy Redeemer A. M. E. Church* versammelt, um sich für den großen Tag aufzuwärmen.

Das Zentrum von Industry wirkte wie der Schauplatz eines Polizistenkongresses. Trooper des Staates Alabama lümmelten auf der Treppe des Gerichtsgebäudes und spielten Karten. Eine weitere Gruppe saß an den Picknicktischen unter dem steingrauen Blick des Konföderiertensoldaten. Auf der Nordseite des Platzes hatten sich etliche mürrisch dreinblickende Teenager mit ihren Pickups versammelt und beäugten die Autos der Trooper, die auf den drei anderen Seiten geparkt waren.

Milton fuhr rechts ran.

Ein Greyhound-Bus mit der Zielangabe MOBILE kam hupend und Rauchwolken ausstoßend auf den Platz gefahren.

Der Bus hielt genau in der Mitte zwischen den schmuddeligen Teenagern mit ihren Pickups und den Troopern. Zischend gingen die Falttüren auf.

Als erste stieg eine alte, füllige Frau mit einem zerrupften Strohhut aus, die ein barfüßiges Kleinkind auf der Hüfte trug.

Ich mußte zweimal hinsehen.

Es war Meemaw.

Ich rannte über die Straße. Ein Auto kam hupend auf mich zugefahren. Ich wich ihm aus und lief zu Meemaw. Sie sah mich kommen, ließ die kleine Marilyn an ihrem Bein auf den Gehsteig gleiten und breitete die Arme aus.

Ich drückte mein Gesicht in ihren Busen, atmete ihren feuchten Pudergeruch ein. Ich hatte schon geglaubt, ich würde diesen Duft nie mehr riechen . . .

»Hallo, Schätzelchen. Schau, wer alles mitgekommen ist!«

Marilyn zupfte an meinen Hosenbeinen. Sandra stieg die Stufen herunter, und hinter ihr kamen Farley, Cary, Marlon und Judy, die ganze Vinson-Bande, rotznäsig, strohblond. Kaum waren sie an der frischen Luft, fingen sie an, sich zu kratzen und zu quengeln. »Wo sind wir hier?« – »Wie spät ist es?« – »Ich muß mal!«

Meemaw nahm die kleine Judy bei der Hand. »Ich hab sie im Bus nicht aufs Klo gehn lassen. Hab Angst gehabt, sie wird in das Loch gesaugt.«

»Hey, seht euch Peejoe an«, sagte Sandra. »Er sieht aus wie Popeye!«

»Ich wette, du bist noch nie so weit mit dem Bus gefahren«, sagte Farley.

Milton beobachtete uns mit hin- und herspringenden Augen. »Hab doch gesagt, daß ich ne Überraschung hab, stimmt's, Peejoe?« Er griff nach Meemaws Tasche. »Wie geht's immer, Missus Bullis?«

»Ich bin ganz erledigt, Milton. Da drüben sind noch drei Taschen. Hast du Dove gesagt, daß wir kommen?«

»Nein, hab's gemacht, wie Sie gesagt ham.«

Wiley machte sich groß. »Hallo, Großmutter.« Er beugte sich vor und gab ihr einen Kuß auf die Wange.

»Na, komm schon, du bist noch nicht zu groß, um deine Meemaw zu umarmen! Ach, ist das schön, euch wiederzusehn, Jungs!« Sie nahm uns beide in die Arme, drückte uns zusammen.

Cary tippte mich an den Arm. »Ist denn mit deinem Auge?«

»Hab ich dir doch schon gesagt, sei still«, sagte Meemaw. »Milton, wo ist denn Dove?«

»Da drüben.« Er nickte zum zweiten Stock des Gerichtsgebäudes hinauf.

Ich zeigte ihr Lucilles winziges vergittertes Fenster, das fünfte von hinten.

»Mein armes Baby«, sagte sie.

Dem engen Bus entronnen, gerieten die Vinson-Jungen außer Rand und Band und führten sich auf wie die Wilden. Milton verstaute die Taschen im Leichenwagen und kicherte vor Vergnügen, weil die große Überraschung gelungen war.

Judy hakte einen Fuß hinter den anderen und verdrehte sich wie eine Telefonschnur. »Meemaw, ich muß jetzt wirklich.«

Bevor Meemaw reagieren konnte, ertönte ein Schrei vom Gerichtsgebäude: »Marlon?« Ich schaute hin: Ein Kopf erschien im fünften Fenster von hinten. »Marlon Vinson, machst du diesen Spektakel da unten?«

Die Kinder erstarrten. Marlon ließ Farleys Haare los. »Mama?«

»Weißt du eigentlich, wie spät es ist?« rief Lucille. »Du benimmst dich jetzt auf der Stelle, sonst komm ich runter und zieh dir den Hosenboden stramm, daß du noch zu Weihnachten dran denkst. Hast du verstanden?«

»Ja, Ma'am.«

Die Trooper lachten.

»Mami?« Sandra hatte sich auf die Zehenspitzen gestellt und winkte. »Hallo, Mami, ich bin's!«

Lucilles Kopf verschwand aus dem Fenster.

Die Tür flog auf, und Dove kam völlig außer Atem angerannt. »Mama? Mein Gott, was machst du denn hier?«

»Das ist mir ja eine schöne Begrüßung!«

»Entschuldige. Tut gut, dich wiederzusehn.« Er beugte sich herab und umarmte sie und stieß ihr dabei den Hut vom Kopf. »Warum hast du mir nicht gesagt, daß du kommst?«

»Weil du nein gesagt hättest. Tut mir leid, daß ich sie alle mitbringen mußte, Dove. Ich hab's versucht, hab aber niemand gefunden, der auf sie aufpassen wollte. Wenigstens kümmert sich Rusty Carew um Adolf.«

Ich hob ihren Hut auf.

»Aber ich hätte das Haus ein bißchen herrichten können, wenigstens ein paar Möbel besorgen«, sagte Dove. »Wir haben nicht genug Betten. Earlene hat alles mitgenommen.«

»Wir kommen schon zurecht«, sagte Meemaw. »Ich hätte es einfach nicht übers Herz gebracht, bei ihrem Prozeß nicht dabei zu sein, Dove. Sie ist meine einzige Tochter.« Sie setzte den Hut auf. »Ich möchte sie jetzt sehen. Bring mich rauf da.«

»Es ist schon zu spät. Wir sehen sie morgen früh. Komm, wir fahren heim. Du bist doch sicher von der Fahrt ganz erledigt.«

Nachtfalter umschwirrten die Straßenlampe und warfen unruhige Schatten. Der schwarze Leichenwagen war gestopft voll mit Vinsons, die begeistert mit den elektrischen Fensterhebern spielten. Dove beugte sich zum Fenster auf der Fahrerseite herunter. »Kleine Überraschung für mich, Milton, was?«

Milton lachte meckernd. »Ja, Sir, Misser Dove.«

»Schön. Du mußt dich jetzt um sie kümmern. Wir sehen uns zu Hause.«

Milton grinste gequält und fuhr langsam los. Alle sechs Fenster gingen in unregelmäßigen Abständen hoch und herunter.

Ich setzte mich zwischen Meemaw und Dove in den weißen Leichenwagen. Wiley kroch hinten hinein und tat so, als ob ihn das alles kalt ließe.

»Ich verspreche, wir werden euch nicht zur Last fallen«, sagte Meemaw. »Ihr habt doch bestimmt seit Wochen nichts Vernünftiges zu essen gekriegt.«

»Ihr könnt ruhig ein paar Tage bleiben«, sagte Dove, »aber dann fahrt ihr besser wieder heim.«

»Hör mir zu, Dove. Ich geh zu dem Prozeß, ich verpass keine Minute davon, und die Kinder nehm ich mit«, sagte sie. »Die Geschworenen sollen uns sehen. Sie sollen sehen, daß Lucille ein richtiger Mensch ist, daß sie eine Familie hat, die sie liebt und die sie braucht.«

»Mama, du kannst doch von den Kindern nicht erwarten, daß sie den ganzen Tag still im Gerichtssaal sitzen.«

»Die benehmen sich. Du wirst schon sehen.«

»Ja«, sagte er trocken, »ich hab's bis in den zweiten Stock rauf gehört.«

35
PEEJOE / Industry

Die Vinsons tobten durch die Aufbahrungsräume, kreischten vor Entsetzen in der Sargausstellung und polterten die Treppen hinauf und hinunter.

Wiley sagte: »Ich bin froh, daß Meemaw gekommen ist, aber die andern können mir allesamt gestohlen bleiben.«

»Ja, hoffentlich dauert der Prozeß nicht so lange«, antwortete ich.

Dove kam mit einem Stapel Decken von unten herauf. »Hallo, Männer, hab ich euch in euerm Versteck hier oben erwischt. Helft mir doch mal, die zu verteilen, ja?«

»Was, die sollen hier oben schlafen?« empörte sich Wiley. »Das ist unser Zimmer!«

»Naja, wir haben zwei von den älteren Mädchen in Mabels Zimmer einquartiert, und Milton hat für Mama und die Kleinste das fahrbare Bett hochgeholt. Ich hab mir gedacht, die Jungen hättet ihr gern hier oben, nein?«

Wir antworteten nicht.

»Ach, kommt schon, Jungs, es ist doch nicht für lange. Schaut mich an. Seht ihr? Ich lächle.« Er setzte ein Grinsen auf und zauste mir die Haare.

Meemaw überwachte das kollektive Zähneputzen und scheuchte dann die Vinson-Jungen die Treppe hinauf. Sie kam herein, um jedem von uns einen Gutenachtkuß zu geben.

Bei mir angekommen, befühlte sie zuerst das Gummiband an meiner Augenklappe. »Schläfst du auch mit dem Ding, Schätzelchen?«

»Heute nacht schon.« Ich mußte mich vor Cary und Farley und Marlon auf ihren Pritschen am anderen Ende des Raums in acht nehmen. Den ganzen Abend hatten sie mich bekniet, ich solle die Klappe abnehmen und ihnen zeigen, was dahinter war.

Meemaw beugte sich herab und gab mir einen Kuß auf die Nasenspitze. »Es tut mir leid, daß dir das passiert ist«, sagte sie leise. »Ich wollte, ich könnte es heil machen.«

Ich erzählte ihr von meinem Traum im Krankenhaus, wo sie

gekommen war, um mein Auge durch bloße Berührung gesund zu machen. »Ich hätte schwören können, daß du da warst. Es war so real.«

»Ich war ja auch da, Schätzelchen. Ich war die ganze Zeit hier bei euch. Das hast du doch wohl nicht bezweifelt, oder? Aber jetzt schlaf schön. Morgen ist ein großer Tag.«

Meemaw verströmte einen Geruch nach Körperpuder und kirchlicher Wohlanständigkeit, eingezwängt und -gegürtet in ihr hellblaues Ausgehkleid, mit einer falschen Perlenkette um den Hals und einem runden Hütchen auf dem Kopf. Ihre dicken Fesseln in den Nylonstrümpfen sahen aus wie eine Landkarte mit blauen Straßen.

»Du siehst hübsch aus, Meemaw.«

»Na so was, danke, Schätzelchen. Ihr Jungs aber auch. Marlon, putz dir die Nase.«

Irgendwie kriegte sie uns alle in den weißen Leichenwagen, den Milton auf Hochglanz poliert hatte.

Es war bestimmt der heißeste Morgen des Sommers, schwülheiß, und dabei ging die Sonne gerade erst hinter den Bäumen auf. Dove stellte die Lüftung auf höchste Stufe. Meemaw meinte, sie wisse nicht, wann sie zum letztenmal so feudal kutschiert worden sei.

Alles schwatzte, bis das Gerichtsgebäude vor uns auftauchte. Das rote X auf weißem Grund wehte heute über der Nationalflagge.

»Kinder, jetzt hört mir mal zu«, sagte Meemaw. »So still, wie ihr im Moment grade seid, so still müßt ihr heute auch im Gerichtssaal sein.«

»Eure Oma hat recht«, sagte Dove. »Das ist ein Gericht, und da sitzt oben ein Richter, und der kann euch ins Gefängnis schicken, wenn ihr auch nur den leisesten Mucks macht.«

Marlon richtete sich auf. »Ich *will* aber ins Gefängnis. Mama ist auch im Gefängnis.«

»Nein, Marlon, so läuft das nicht«, sagte Dove. »Das ist ein anderes Gefängnis.«

»Ich will auch rein«, sagte Judy. »Ich will meine Mama wiederhaben!«

»Da siehst du, was du angerichtet hast.« Meemaw drehte sich um. »Keiner kommt ins Gefängnis. Wir setzen uns alle rein und sind brav wie die Engel.«

Auf der Turmuhr war es dreiviertel acht, aber auf dem Gerichtsplatz herrschte schon ein Treiben wie am Samstagvormittag. Es waren fast lauter Weiße, die da auf dem heißen Beton um den Flaggenmast herumwimmelten; Buicks und Oldsmobiles und ramponierte Lieferwagen waren Stoßstange an Stoßstange geparkt. Man sah Reporter und die üblichen alten Männer mit Hosenträgern, aber auch Dutzende von älteren Frauen, herausgeputzt wie Meemaw, sowie jüngere Frauen in Hauskleidern und ganze Familien vom Lande. Auch Earlenes Frauenclub war mit einer größeren Abordnung vertreten.

»Du meine Güte«, sagte Meemaw, »so viele Menschen so früh schon auf den Beinen!«

Dove hielt an und ließ uns aussteigen. »Also, Mama, sucht euch eine Bank möglichst weit hinten, falls einer mal raus muß.« Er fuhr wieder los, einen Parkplatz suchen.

Wir reihten uns in den Menschenstrom ein, der zu den Türen des Gerichtsgebäudes strebte. Eine von Earlenes Bekannten sah meine Augenklappe und machte die anderen darauf aufmerksam. Ich tat so, als merkte ich nicht, daß sie mich anstarrten.

Mit den vielen anderen stiegen wir die Treppe hinauf in das hohe Foyer. Ich blieb einen Moment stehen, um Sheriff Doggett zu beobachten, der in einer Ecke ein Interview gab.

Die Zuschauer hatten schon sämtliche Plätze besetzt, bis auf die ersten drei Reihen. Meemaw ging mit uns durch den Mittelgang, und wir setzten uns auf die vorderste Bank.

Der Gerichtssaal war viel imposanter als der Raum, in dem die Grand Jury getagt hatte. Die Decke war bestimmt fünfundzwanzig Fuß hoch, und an drei Seiten zog sich eine Galerie für farbige Zuschauer entlang. Die Fenster waren weit offen, aber für ein bißchen kühle Luft sorgten nur die Pappfächer, die von einem Vertreter der Liberty National Life Insurance verteilt wurden. Die Frauen wedelten schon hektisch mit den Dingern, so daß von allen Seiten Parfümschwaden auf einen eindrangen.

Wiley und ich rutschten ans Fenster, Meemaw setzte sich ans

andere Ende der Bank; die Vinsons kamen zwischen uns, immer abwechselnd ein Mädchen und ein Junge.

Unter den vielen fremden Menschen waren auch ein paar bekannte Gesichter: Mrs. McGuire und Myrtle Yelverton von Earlenes Bridgerunde, J. D. Eldridge und seine verkniffene Frau, zwei Frauen von den Baptisten aus Cornelia, die bei Chesters Beerdigung gewesen waren, und Mr. Peterson vom Schwimmbad.

Vom Eingang kam schrilles Protestgeschrei, als die Gerichtsdiener die Türen schließen wollten, obwohl noch Dutzende von Leuten lautstark Einlaß begehrten. Dove quetschte sich gerade noch durch, als sie die Türen endlich zubekamen. Er blieb hinten stehen und sah sich nach uns um. Ich winkte ihm.

Er verzog das Gesicht und kam den Seitengang herunter. »Was macht ihr denn hier unten?«

»Sonst war nichts mehr frei.«

Er schaute in die Runde. »Jetzt hat sie ja glücklich ihr Publikum gekriegt. Sieh dir das an! Earlene wäre begeistert. Sie hat gedacht, alle diese alten Schrullen interessierten sich überhaupt nicht für uns. Dabei sind wir die größte Attraktion der Stadt.«

Wiley rutschte zur Seite, um ihm Platz zu machen, aber Dove sagte, er wolle am Tisch der Verteidigung neben Tante Lucille sitzen.

Ein Justizangestellter und ein Stenograph nahmen ihre Plätze ein. Sheriff Doggett kam mit dem Kreisstaatsanwalt Hubert Mackie herein, einem freundlich und aufrichtig wirkenden, ernsten Mann mit einer Halbglatze. Er trug seine Aktenmappe unter einem hochgesteckten Jackenärmel, der, wie Dove uns gesagt hatte, eine verdorrte Hand verbarg, die Mackie benutzte, um Mitgefühl bei den Geschworenen zu erregen. Sheriff Doggett setzte sich neben ihn an den Tisch des Staatsanwalts und flüsterte ihm etwas ins Ohr.

Die Tür neben der Geschworenenbank ging auf, und zwölf Bürger kamen im Gänsemarsch herein, blinzelten erstaunt in den voll besetzten Saal und nahmen ihre Plätze ein: Zwei Hausfrauen in gemusterten Kleidern, zwei würdige ältere Damen und eine hakennasige Frau mittleren Alters mit kurzgeschnittenen Haaren. Außerdem sieben Männer, die allesamt weiße Hemden und schmale Krawatten trugen.

Ich weiß nicht, was mich an diesen Männern so störte, vielleicht daß sie sich alle so ähnlich sahen, aber mir wäre gar nicht wohl dabei gewesen, wenn sie über mich hätten urteilen dürfen. Vor allem, wenn ich so schuldig gewesen wäre wie Tante Lucille. Es war mir unvorstellbar, daß sich auch nur einer von ihnen eine eigene Meinung würde bilden können.

Vom Eingang her entstand Unruhe – sämtliche Frauen machten »ahhh«.

Da war sie, der Star der Show.

Als Angeklagte bei einer öffentlichen Verhandlung hatte Lucille das verfassungsmäßige Recht, zu tragen, was immer sie wollte, und das hatte sie weidlich ausgenützt. Sie war die strahlendste Witwe der Welt: ein schwarzes, um die Hüften enges und bis knapp übers Knie reichendes Kostüm, schwarze Seidenstrümpfe, hohe Absätze, ein sensationell großer Hut aus schwarzem Samt, der ihr blondes Haar umrahmte, und eine extravagante, mit Straß besetzte Katzenaugensonnenbrille. Sie kam vor dem sie bewachenden Hilfssheriff zur Tür herein, blieb stehen, bis sie sich der ungeteilten Aufmerksamkeit aller Anwesenden sicher war, hängte sich dann bei Larry Russell ein und machte sich auf den langen Weg den Mittelgang herab.

Sie lächelte nicht, aber ich spürte Freude in ihrem Gang. Sie griff an Russell vorbei, um den Riegel an dem Türchen aufzumachen, und in dem Moment sah sie uns da sitzen: Meemaw, ihre Kinder, Wiley und mich.

Sie nahm die Brille ab. »Kommt zu mir, meine Lieblinge.«

Sandra sprang auf und umarmte sie, und alle ihre Kinder umringten sie und maunzten und hängten sich an sie – alle bis auf Farley, der neben Wiley sitzenblieb und auf den Boden schaute.

Das Publikum machte »ohhhh«: *Seht nur, wie rührend*. Larry Russell kontrollierte mit einem raschen Blick, ob die Geschworenen es auch alle mitbekamen.

»So, nun setzt ihr euch alle wieder hin und benehmt euch.« Lucille beugte sich an Sandra vorbei und küßte Meemaw auf die Wange. »Hallo, Mama. Ich bin so froh, daß du gekommen bist.«

»Ich hätte das nicht um alles in der Welt versäumen mögen«, sagte Meemaw.

»Ich hab Bob Hope kennengelernt, muß ich dir unbedingt erzählen.«

Der Hilfssheriff eskortierte Lucille zum Tisch der Verteidigung, nur zehn Fuß von uns weg. Dove sagte leise etwas zu ihr, und sie lachte, ein helles, klingendes Lachen.

Mit dem Hut sah sie aus wie Marlene Dietrich, wie Ingrid Bergman, wie jede gefährliche Blondine, die jemals in der Nachtvorstellung aus einem Zug gestiegen ist. Sie bemerkte, daß ich zu ihr hinsah, und zwinkerte mir heimlich zu: Hallo, Peejoe.

Ich schloß mein gesundes Auge und machte es wieder auf – mehr konnte ich nicht tun.

Ein Gerichtsdiener kam durch die Tür neben der amerikanischen Flagge. »Erheben Sie sich!«

Wir erhoben uns.

»Hört, hört, hört, die Verhandlung vor dem Schwurgericht des Cotton County ist hiermit eröffnet. Vorsitzender ist der ehrenwerte Richter Lewis S. Mead. Gott schütze dieses ehrenwerte Gericht.«

Richter Mead erschien aufs Stichwort – ein kleiner, adretter, eckiger Mann mit einer ausgeprägten Adlernase und neugierigen blauen Augen hinter einer Nickelbrille. Am Kragen seiner Robe schaute eine lustige rotgepunktete Fliege hervor. Er sprang aufs Podium und setzte sich in seinen grünen Ledersessel. »Nehmen Sie bitte Platz«, sagte er und machte die entsprechende Handbewegung. »Ich muß sagen, daß mir solch großes Interesse an den Verhandlungen dieses Gerichts ungewohnt ist, doch Sie dürfen alle bleiben, vorausgesetzt, Sie halten sich an einige einfache Regeln.« Seine strahlend blauen Augen richteten sich auf uns. »Wie ich sehe, haben wir heute eine ganze Reihe Kinder hier. Also, ich werde keine Gespräche oder Zwischenrufe dulden, überhaupt keinerlei Störungen. Die anwesenden Mütter werde ich bitten müssen, Kinder, die nicht absolut still bleiben, hinauszuführen. Dasselbe gilt natürlich für alle Erwachsenen im Saale.«

Beifälliges Gekicher wollte aufkommen.

»Genau das meine ich«, sagte der Richter. »Hören Sie bitte genau zu: keine Gespräche, kein Gelache, Geflüster, Geweine, Gemurmel, Gekeuche, überhaupt keine Geräusche, die die Verhandlung irgendwie stören könnten. Habe ich mich klar ausgedrückt?«

Man hätte ein Papiertaschentuch auf den Boden fallen gehört.

»Schön. Meine Damen und Herren Geschworenen, Sie wurden vereidigt und mit den Gepflogenheiten im Gerichtssaal vertraut gemacht . . .« So sprach er noch eine Weile mit seiner rauhen, melodischen Stimme. Vom ersten Augenblick an hatte ich das Gefühl, diesem Mann vertrauen zu können.

»Mr. Russell, mir scheint, Ihre Klientin hat sich für nicht schuldig erklärt.«

Larry Russell stand auf. »Das ist richtig, Euer Ehren.« Er hob die Hände, wie um zu sagen: *Was soll man da machen?*

»Herr Verteidiger, bitte kommen Sie zu mir. Mr. Mackie, Sie ebenfalls.«

Sie gingen zum Richtertisch, und die drei steckten die Köpfe zusammen, was ich ziemlich unfair fand, nachdem der Richter gerade so ein Brimborium von wegen Reden im Gerichtssaal gemacht hatte. Andere müssen das auch gedacht haben, denn schon begann wieder leises Stimmengewirr – aber ein einziger Blick von Richter Mead ließ es jäh abbrechen.

Er schickte die Geschworenen hinaus. »Die Angeklagte möchte sich erheben«, sagte er.

Lucille stand auf.

»Mrs. Vinson, trifft es zu, daß Sie Ihren Verteidiger instruiert haben, auf ›nicht schuldig‹ zu plädieren, ungeachtet Ihres früheren Gesprächs mit Sheriff Doggett?«

»Das stimmt, Euer Ehren«, sagte Lucille.

»Sie möchten beweisen, daß Sie unschuldig sind?«

»Wenn ich mich nicht irre, muß Mr. Mackie meine Schuld beweisen und nicht ich meine Unschuld«, sagte sie. »Jedenfalls kann ich mich nicht schuldig bekennen. Ich bin nicht schuldig. Aus Verstandesgründen.«

Der Richter beugte sich vor. »Sie meinen, Sie seien nicht bei Verstand gewesen?«

»Nein, Sir. Ich bin völlig normal. Alle wollen, daß ich so tue, als wäre ich nicht bei Verstand, sie haben sich auf einen Handel geeinigt, damit sie mich nach Bryce schicken und so die ganze Geschichte hinter sich bringen können. Aber mich hat keiner gefragt, und ich mache da nicht mit.« Sie straffte die Schultern. »Ich bin nicht verrückt. Und ich bin nicht schuldig.«

Hubert Mackie fuhr aus der Haut. »Euer Ehren, ich erhebe Einspruch wegen unkorrekter Verhandlungsführung.«

»Machen Sie sich nicht lächerlich, Mr. Mackie«, sagte der Richter. »Ich unterhalte mich nur mit der Dame. Alle Besprechungen, die sie möglicherweise mit dem Sheriff geführt hat, sind durchaus zulässig.« Er wandte sich wieder Lucille zu. »Mrs. Vinson, man kann nicht aus ›Verstandesgründen‹ auf ›nicht schuldig‹ plädieren.«

»Das weiß ich, Euer Ehren. Aber ich glaube, die Menschen hier werden mich verstehen, wenn Sie mir Gelegenheit geben, es zu erklären.«

Er stützte das Kinn auf die Hand und musterte sie. »Wie soll ich das verstehen?«

»Wenn ich schuldig gesprochen werde, schicken Sie mich nach Atmore, stimmt's?«

Mead zog die Augenbrauen hoch. »In Alabama wird das Strafmaß vom Gericht festgesetzt. Die Geschworenen sprechen das Urteil, und das Gericht entscheidet über die Strafe.«

»Gut. Und wenn ich mich auf geistige Verwirrung berufe, schicken Sie mich nach Bryce. Ich will aber weder das eine noch das andere. Ich will freigesprochen werden. Das kann ich nur dadurch erreichen, daß ich mich nicht schuldig bekenne und die Entscheidung den Geschworenen überlasse, stimmt's?«

»Ich wüßte auch keine andere Möglichkeit«, bestätigte der Richter.

John Doggett sah Lucille mit zusammengekniffenen Augen an und lächelte geheimnisvoll.

»Mrs. Vinson, ich würde jedem Angeklagten, dem ein Kapitalverbrechen zur Last gelegt wird, dringend empfehlen, auf den Rat seines Anwalts zu hören«, sagte der Richter, »aber ich akzeptiere Ihre Einlassung. Als Angeklagte haben Sie das Recht, das Vorgehen bei Ihrer Verteidigung selbst zu bestimmen, vorausgesetzt, Sie sind sich über die Folgen im klaren, was offenkundig der Fall ist. Gerichtsdiener, holen Sie die Geschworenen zurück.«

Lucille lächelte triumphierend. Sie strich sich das Haar über die Schulter zurück und setzte sich. Larry Russell musterte sie kopfschüttelnd.

Hubert Mackie beantragte eine Vertagung. »Euer Ehren, da die Angeklagte unerwartet auf ›nicht schuldig‹ plädiert, muß ich eine Reihe zusätzlicher Zeugen aufbieten, um das Gegenteil beweisen zu können.«

Richter Mead sagte, es sei schon mühsam genug, ein Verfahren überhaupt in Gang zu bringen, und er denke nicht daran, die Verhandlung jetzt schon wieder abzubrechen. »Ein tüchtiger Staatsanwalt ist auf alle Eventualitäten vorbereitet, Mr. Mackie«, sagte er. »Bitte fahren Sie fort.«

Mackie sah auf seinen Notizblock und ging zu den Geschworenen hinüber. Die Beweisaufnahme werde zeigen, sagte er, daß »Marjorie Lucille Bullis Vinson am oder um den 3. Mai 1965 innerhalb der Grenzen des Cotton County, Alabama, vorsätzlich den Tod von Chester Arthell Vinson herbeigeführt hat, daß die Angeklagte das Verbrechen aus niedrigen Beweggründen und arglistig begangen hat, daß sie den Leichnam des Verstorbenen kaltblütig verstümmelt und anschließend ein kriminelles Verhalten an den Tag gelegt hat, das jeden Zweifel an ihrer Schuld beseitigen muß.«

Tante Lucille faltete die Hände auf der Tischplatte und legte den Kopf auf die Seite, als ob dies alles viel zu albern sei, als daß es irgend jemand glauben könnte. Dove beriet sich hinter ihrem Rücken mit Larry Russell.

Ich hatte nicht gewußt, daß ihr erster Vorname Marjorie war. Das war auch Meemaws Name.

Hubert Mackie hielt den verkrüppelten Arm an die Brust und legte die gesunde Hand auf das Geländer der Geschworenenbank. »Die Gegenseite wird versuchen, an Ihr Mitgefühl zu appellieren«, sagte er. »Wie Sie sehen, sind all diese Kinder herausgeputzt und in den Gerichtssaal gebracht worden, so daß sie jetzt direkt vor Ihnen sitzen.«

Ich richtete mich auf. Meemaw hatte helle Tränen in den Augen und ein zusammengeknülltes Taschentuch in der Hand; sie konnte jeden Moment losheulen. Alle Vinsons sahen ihre Mutter an: Marilyn streckte das pummelige Händchen aus und winkte, Sandra und Judy und Marlon weideten sich ungeniert an Lucilles Anblick, Cary schaute skeptisch und neugierig drein, wie ein Geschworener, und Farley – tja, Farley nahm sich jedes Wort zu Herzen.

»Wie Sie feststellen werden, meine Damen und Herren, hat die Angeklagte beschlossen, alles auf eine Karte zu setzen«, sagte Mackie gerade. »Sie hofft, der Anblick dieser Kinder werde Sie das schreckliche Verbrechen vergessen lassen, das sie begangen hat. Ich weiß jedoch, daß Sie dafür zu intelligent sind. Ich weiß, daß Sie jedesmal, wenn Sie zu diesen Kindern hinschauen, ihren Vater sehen werden, Chester Arthell Vinson. Sie werden erfahren, was die Mutter dieser Kinder ihm angetan hat. Sie werden den abgetrennten Kopf in einer Schachtel vor sich sehen. Und ich weiß, daß Sie, wenn diese Verhandlung zu Ende ist, das richtige Urteil fällen werden. Ich danke Ihnen.« Er verbeugte sich und ging an seinen Platz zurück.

Larry Russell stand auf. »Euer Ehren, meine Klientin hat eine eigene Erklärung vorbereitet, aber mit Erlaubnis des hohen Gerichts werde ich einige Bemerkungen vorausschicken.«

Mackie sprang auf. »Euer Ehren, dies alles ist, gelinde ausgedrückt, im höchsten Grade ungewöhnlich. Aus mir unerfindlichen Gründen ist der Herr Verteidiger offenbar gewillt zu dulden, daß seine Klientin diese Verhandlung zur Farce macht.«

»Wenn Mrs. Vinson eine Erklärung vorbereitet hat«, sagte der Richter, »möchte ich für mein Teil nicht darauf verzichten, sie anzuhören.«

»Danke, Euer Ehren.« Larry Russell schlurfte zur Geschworenenbank und lehnte sich malerisch auf das Geländer. »Meine Damen und Herren, wie Sie bereits bemerkt haben, ist meine Klientin eine willensstarke Frau. Ich habe noch nie jemanden wie sie kennengelernt. Das bereitet mir nun allerdings kein Kopfzerbrechen, denn jeder Bürger dieses Landes hat das verfassungsmäßige Recht auf seinen eigenen Willen. Nach der Verfassung sind auch diese Kinder berechtigt, dieser für ihre Mutter so folgenschweren Verhandlung beizuwohnen; es ist also abwegig, dahinter finstere Machenschaften zu argwöhnen.«

Dem verhaltenen Gemurmel war zu entnehmen, daß das Publikum derselben Meinung war.

»Nun behauptet Mr. Mackie, Mrs. Vinson setze alles auf eine

Karte. Ich möchte Sie in ein Geheimnis einweihen: Er hat recht. Sie sitzt hier, um Ihnen die Wahrheit zu sagen, die ganze Wahrheit und nichts als die Wahrheit. Und dann wird sie Ihnen die Entscheidung überlassen, ob sie ins Gefängnis kommen soll oder nicht. Sie ist in der Tat bereit, alles auf eine Karte zu setzen: auf *Sie*.«

Es sah so aus, als wollte er noch mehr sagen, doch er steckte die Hände in die Hosentaschen und ging zu seinem Platz zurück.

Tante Lucille trat mit mehreren Blatt Papier in der Hand vor die Geschworenen. »Guten Morgen. Ich glaube, ich kenne niemanden von Ihnen, aber ich habe auf eine Gelegenheit gehofft, zu Ihnen zu sprechen, und mir deshalb ein paar Notizen gemacht.« Sie räusperte sich. »Ich habe bis spät in die Nacht in meiner Zelle gesessen und mit meiner Hochzeitsnacht begonnen. Ich schrieb alles auf, was mir einfiel, alles, was mein Mann mir jemals angetan hat. Es ist eine lange Liste geworden, sehen Sie? Neun Seiten, und dabei ist mir im Jahr zweiundsechzig die Tinte ausgegangen.«

Hubert Mackie sprang erneut auf. »Euer Ehren, ich sehe nicht, was das mit der Sache zu tun hat.«

»Ach was, setzen Sie sich hin und seien Sie still«, sagte Lucille. »Sie waren ja schon an der Reihe.«

Gelächter brach aus. Der Richter klopfte mit dem Hammer auf den Tisch. »Mr. Mackie, ich lasse die Angeklagte weitersprechen.«

»Danke, Euer Ehren.« Lucille wedelte mit ihrer Liste. »Keine Sorge, ich werde Ihnen das nicht alles zumuten, sondern nur ein paar Beispiele vorlesen. Nummer eins, 7. April 1952. Das war unser Hochzeitstag. Chester betrank sich beim Empfang der Hochzeitsgäste dermaßen, daß er mich vergaß und mit seinen Kumpels auf Waschbärenjagd ging. Er blieb drei Tage weg. Als er wiederkam, wurde er wütend, weil ich die Hochzeitsgeschenke schon ausgepackt hatte, was bedeutete, daß er sie nicht mehr in die Geschäfte zurückbringen und sich dafür Bargeld geben lassen konnte.«

Die Hausfrauen nickten. Zweifellos hatten sie zu Hause Männer, denen so etwas ebenfalls zuzutrauen war.

Lucille sah auf das Blatt. »Zwei Wochen danach hat er sich über meine im Badezimmer aufgehängten Strümpfe geärgert und sie alle in den Müll geschmissen.«

Richter Mead unterdrückte sofort das aufkommende Gemurmel.

Tante Lucille ging ihre Liste durch, Monat für Monat, Jahr für Jahr, und hakte nacheinander die Beispiele für Chesters Gemeinheit und Kleinlichkeit und Bosheit ab. Sie vertraute sich ihren Zuhörern an, und diese faßten Zutrauen zu ihr. Sie erzählte, wie sie mit Cary schwanger war und ihre Fruchtblase platzte, während sie mit Chester beim Footballspiel Cornelia gegen Vinagar Flat war. Es war ein Meisterschaftsspiel. Chester ließ sie mit ihren klitschnassen Beinen bis zur Halbzeit auf der unüberdachten Tribüne sitzen und brachte sie erst dann in die Klinik.

Sie erzählte, wie sie einmal einen Ananaskuchen selbst gebakken hatte und Chester ihn dem Hund vorwarf, weil er kein chinesisches Essen im Haus duldete.

»Er hat dafür gesorgt, daß ich insgesamt vierundfünfzig Monate schwanger war«, sagte Lucille. »Er fand es gut, wenn ich schwanger war, weil das bedeutete, daß ich zu Hause bleiben mußte. Mit einer Nadel hat er Löcher in mein Pessar gestochen.«

Ich wußte nicht so recht, was das bedeutete, aber die Frauen wußten es, das sah ich an ihren entsetzten Gesichtern. Allmählich dämmerte mir, wie klug Tante Lucilles Strategie war. Dove hatte ihr erklärt, daß die Jury zu einem einstimmigen Urteil kommen mußten. Ein einziger Geschworener konnte alles vereiteln, so daß der Staatsanwalt aufgeben und noch einmal von vorne beginnen mußte. Tante Lucille war auf die eine Frau unter den Geschworenen aus, die Mitleid mit ihr haben würde – die eine Frau, die Front gegen die vielen Männer machen konnte.

Hubert Mackie sagte: »Euer Ehren, ich möchte mit allem Respekt darauf hinweisen, daß es sich hier nicht um ein Scheidungsverfahren handelt. Warum müssen wir uns das anhören?«

»Es ist wichtig für den Geisteszustand der Angeklagten«, sagte Russell.

»Dem muß ich zustimmen«, sagte der Richter und wandte sich an Lucille. »Sie sagten, Sie wollten nicht die ganze Liste vorlesen.«

»Und ich werd's auch nicht tun.« Lucille faltete die Blätter zusammen. »Ich komme jetzt gleich zum Schluß, zu der Woche, bevor . . . Chester starb.« Sie breitete die ganze Geschichte aus, genau so, wie sie sie mir in Meemaws Garten erzählt hatte – das Foto von ihr im *Advertiser* und Chesters Beleidigungen, der Anruf von Harry Hall, die große Chance ihres Lebens. »Entschuldigen Sie bitte den drastischen Ausdruck«, sagte sie, »aber er sagte mir, ich könnte ihn am Arsch lecken. Und ich sagte ihm, das hätte ich doch dreizehn lange Jahre ständig getan.«

Das Gelächter setzte vorne ein und pflanzte sich blitzschnell bis auf die Galerie fort. Richter Mead hämmerte auf den Tisch. »Ich verwarne Sie zum letzten Mal. Bitte, Mrs. Vinson.«

»Es tut mir leid, Euer Ehren, aber es ist die Wahrheit.« Lucille wandte sich wieder den Geschworenen zu. »Sicherlich könnte jede Frau, die einmal verheiratet war, eine solche Liste aufstellen. Vielleicht würde die sogar genauso lang ausfallen wie meine. Ich konnte nur nicht mehr weiterschreiben, weil mir die Tinte ausgegangen ist. So war es immer zwischen Chester und mir. Es war die Hölle, verstehen Sie? Und trotzdem habe ich es immer irgendwie ausgehalten. Nur daß ich es dann eines schönen Tages plötzlich nicht mehr aushalten konnte. Mir wurde klar, daß man einen Menschen auch anders umbringen kann als mit einer Waffe. Es gibt auch langsamere Tötungsarten. Chester Vinson hatte mich dreizehn Jahre lang ganz allmählich getötet. Man arbeitet den ganzen Tag, um seinem Mann ein schönes Essen zu kochen, und er schlingt es in fünf Minuten runter und sagt noch nicht mal danke – schon stirbt man wieder ein bißchen. Jedesmal, wenn man mit ihm reden möchte und er bloß den Kopf zur Seite neigt, um an einem vorbei auf den Fernsehschirm sehen zu können, tötet er einen. Er schwängert einen und läßt einen barfuß gehen, sieht zu, wie man alt wird und stirbt. Er verbraucht einen regelrecht.«

Sie schüttelte den Kopf. »Ich habe nie etwas getan, was Chester das Recht gegeben hätte, mich so zu behandeln. Wenn er eine Liste über mich aufstellen wollte, würden ihm bestimmt nicht mal drei Sachen einfallen. Ich war gut zu ihm. Ich habe mir nichts vorzuwerfen. Was immer ich getan habe, habe ich in Notwehr getan. Er hat schon vor langer Zeit angefangen, mich umzubringen. Ich mußte von ihm weg. Er ließ mich nicht gehen. Und sehen Sie sich an, was seither aus mir geworden ist. Vielleicht haben Sie darüber gelesen. Ich ging nach Hollywood, ich bekam eine Rolle in einer der beliebtesten Fernsehserien, ich ging hinaus und eroberte mir ein ganz neues, wundervolles Leben. Und das alles geschah in dem Moment, in dem Chester mich nicht mehr aufhalten konnte. Es war nicht nur ein alberner Traum, wie er dachte. Es war Wirklichkeit. Der Traum wurde wahr. Ich sage die Wahrheit, und ich hoffe, Sie glauben mir. Ich danke Ihnen sehr.«

Sie strich ihren Rock glatt und setzte sich.

Das Publikum klatschte Beifall. Sogar zwei Geschworene applaudierten, die Frau mit den kurzen Haaren und eine der würdigen alten Damen.

Na bitte! dachte ich.

Richter Mead hämmerte, bis er ganz rot im Gesicht war. Meemaw tupfte sich die Tränen ab.

»Sie hat schon gewonnen«, sagte Wiley. »Nach dem können die sie nicht mehr schuldig sprechen.«

Farley zupfte mich am Ärmel. »Was ist denn ein Pessar?«

36
PEEJOE / Industry

Richter Mead drohte, den Saal räumen zu lassen, sobald er auch nur den geringsten Mucks von irgend jemandem hörte. »Ich entschuldige mich bei den Kindern für meine Bemerkung von vorhin«, sagte er. »Die ständigen Störungen gehen nicht von ihnen aus. Mr. Mackie, rufen Sie Ihren ersten Zeugen auf.«

»Ich rufe Sheriff John Doggett vom Cotton County in den Zeugenstand.«

Der Sheriff zog seine Hose hoch, ging großspurig in den Zeugenstand, hob die rechte Hand und legte den Eid ab. Er setzte sich auf den Stuhl wie ein Cowboy in den Sattel.

»Sheriff, bitte erzählen Sie uns von den Ereignissen vom 5. Mai dieses Jahres. Hat Mr. Bullis Sie am Vormittag dieses Tages gebeten, nach Cornelia ins Haus der Vinsons zu kommen?«

»Ja.«

»Und was haben Sie dort vorgefunden?«

»Na ja, ich hab eigentlich nichts gefunden, Dove hatte ihn gefunden«, sagte Doggett. »Es war Chester Vinsons Leiche. Er hat sie in einer Tiefkühltruhe im Keller gefunden.«

»Mr. Vinson war also tot?«

»So wahr ich hier stehe«, sagte der Sheriff.

»Könnten Sie den Zustand des Toten beschreiben?«

»Er war steifgefroren. Außerdem fehlte der Kopf.«

»Was genau meinen Sie mit ›fehlen‹?«

»Na ja, ich meine, er war weg. Es sah aus, als sei er mit einem scharfen Werkzeug abgeschnitten worden.«

Alle Anwesenden atmeten hörbar ein.

»Sheriff, haben Sie irgendwelche Anzeichen dafür entdeckt, wie das geschehen sein konnte?«

»Hinter dem Haus war so eine Art Geräteschuppen. Meine Kollegen fanden eine Menge Blut auf dem Boden dieses Schuppens.«

»Sie glauben also, der Kopf wurde dem Mann in diesem Schuppen abgeschnitten, und der Leichnam wurde anschließend in den Keller des Hauses verbracht?«

Larry Russell sprach, ohne aufzuschauen: »Einspruch, der Herr Staatsanwalt stellt eigene Vermutungen an und will sie sich von dem Zeugen bestätigen lassen.« Er war wie eine Schildkröte: Er hob nur ganz langsam den Kopf, aber er schnappte blitzschnell zu.

»Stattgegeben.«

»Lassen Sie es mich kurz machen, Mackie«, sagte Doggett. »Dove sagte mir, seine Schwester hätte ihren Mann in einem Ehestreit umgebracht. Er sagte, sie hätte ihn enthauptet und den Kopf mitgenommen und er wüßte nicht, wo sie sei.«

»Einspruch. Das ist Hörensagen.«

»Stattgegeben. Streichen Sie das aus dem Protokoll«, entschied der Richter. »Sheriff, beschränken Sie sich auf das, was Sie mit eigenen Augen gesehen haben.«

Der Sheriff wirkte fidel und selbstbewußt – und wieso auch nicht? Er war der Strafe für einen Mord – oder etwas, was einem Mord nahekam – entgangen, und jetzt brauchte er sich nicht einmal mehr an die Abmachung zu halten. Er konnte Tante Lucille ohne Bedenken über den Jordan schicken.

Er habe veranlaßt, daß der Bahnhof von New Orleans überwacht wurde, berichtete er, was zur Entdeckung des Galaxie 500 geführt habe; er habe ihre Spur über Fernschreiben des FBI und mit Hilfe seiner vielen Vettern und Informanten bis nach Kalifornien verfolgt, sie in den »Beverly Hillbillies« gesehen und auf eigene Kosten die Behörden in Kalifornien informiert. Und er erzählte, wie Lucille kaum eine Woche danach festgenommen worden war, als sie versucht habe, von der Golden Gate Bridge zu springen.

Mackie hielt ein Schreiben hoch. »Ich beantrage, den Bericht des Polizeipräsidiums San Francisco als Beweisstück A zu den Akten zu nehmen.«

»Mr. Russell, möchten Sie Einspruch erheben?«

»Ich glaube nicht, Euer Ehren. Ich habe nichts gegen einen Bericht, aus dem hervorgeht, in welchem Geisteszustand meine Klientin sich zum Zeitpunkt ihrer Verhaftung auf dieser Brücke befand.«

»Zur Kenntnis genommen.« Der Richter überflog den Bericht, bevor er ihn dem Gerichtsdiener übergab.

Der Sheriff wirkte schrecklich zufrieden mit dem Verlauf der Dinge, was mich bedenklich stimmte. Womöglich hatte ich mich zu früh gefreut, als die Zuschauer sich so offenkundig auf Tante Lucilles Seite geschlagen hatten. Als jetzt Hubert Mackie die Fakten ausbreitete, mußte ich mir eigentlich sagen, daß die Geschworenen wohl kaum an der nackten Wahrheit vorbeikonnten, die ich besser kannte als sonst jemand: Lucille war schuldig.

»*Eine* Frage noch, Sheriff«, sagte Mackie. »Haben Sie Mrs. Vinson schon jemals vorher in Schwarz gesehen?«

»Nein, Hubert. Als sie aus Kalifornien kam, hatte sie so ein Ding mit einem Minirock an. Gelb war es, glaube ich.«

»Ich danke Ihnen, Sheriff. Mr. Russell, Ihr Zeuge.«

Minuten schienen zu vergehen, bis Larry Russell endlich auf die Beine kam. Als er den Zeugenstand erreichte, waren aller Augen auf ihn gerichtet. »Sheriff Doggett, haben Sie Lucille Vinson schon früher einmal gesehen, also bevor Sie sie letzten Freitag ins Gefängnis brachten?«

»Ich hatte Bilder von ihr gesehen. Persönlich gekannt habe ich sie nicht.«

»Am Freitag trug sie also einen Minirock, wie Sie es ausdrückten, und heute trägt sie diese, wie würden Sie sagen, diese schwarzen Klamotten. Können Sie sich erinnern, meine Klientin schon jemals in anderen Kleidern gesehen zu haben?«

»Nur in der Gefängniskleidung«, sagte er. »Das sind so blaue Dinger.«

»Sie sind also eigentlich kein Experte für Mrs. Vinsons Geschmack in Kleiderfragen, Sheriff?«

»Nein, bin ich nicht.«

»Ich danke Ihnen. Also, als Sie am 5. Mai im Haus der Vinsons ankamen, sahen Sie die Leiche eines Mannes, der enthauptet worden war, trifft das zu?«

»Ja.«

»Und Sie haben diesen Mann als Chester Vinson identifiziert?«

»Ja.«

»Darf ich fragen, woher Sie wissen, daß er es war, da er doch keinen Kopf mehr hatte?«

Doggett wirkte ehrlich verblüfft. »Na ja, wissen Sie, wahrscheinlich hab ich mich da auf Doves Angaben verlassen.«

»Aber Chester Vinson war ein Fremder für Sie?«

»Das ist richtig.«

»Es hätte also jeder sein können. Sie haben keine Fingerabdrücke genommen oder nach sonstigen eindeutigen Merkmalen gesucht?«

»Dove sagte mir doch, um wen es sich handelt«, sagte Doggett.

»Halten Sie Mr. Bullis für einen Mann, den man beim Wort nehmen kann?«

Doggett sah zum Tisch der Angeklagten hinüber. »Na ja, manchmal weiß er nicht so recht, auf welcher Seite er steht. Aber ehrlich ist er schon, ja, sicher.«

Dove reagierte mit einem säuerlichen Lächeln.

»Also gut, Sie sagten aus, alles sei voller Blut gewesen. Haben Sie eine Probe davon genommen?«

»Möglich, daß das jemand anderer getan hat. *Ich* habe jedenfalls keine Probe genommen.«

»Sie wissen demnach nicht, wessen Blut es war?«

»Ich nahm an, es sei das von Vinson.«

»Haben Sie Fotos von diesen angeblichen Blutflecken oder von der Leiche machen lassen?«

»Nein – kommen Sie, Larry, dafür bin ich doch nicht zuständig.«

»Beantworten Sie nur die Frage. Nach all dieser akribischen Ermittlungsarbeit, von der Sie uns berichtet haben, machten Sie sich vermutlich auch nicht die Mühe, ein Foto vom Schauplatz des Verbrechens zu machen?«

»Sie wissen doch, daß wir in einem solchen Fall nicht so arbeiten.«

»Sheriff, was haben Sie außer dem angeblichen Blut noch für Spuren oder Beweisstücke gefunden? Fanden Sie eine Waffe?«

Mir gefiel es, wie süffisant Larry Russell immer das Wort »angeblich« aussprach.

»Nein«, sagte der Sheriff. »Schauen Sie, abgesehen von dem, was sie ihm antat, nachdem sie ihn umgebracht hatte, war das doch ein Ehestreit, nicht mehr und nicht weniger. Kommt alle Naslang vor. Wir haben keine Fingerabdrücke genommen und auch nach keinem unbekannten Mörder gesucht. Wir wußten ja, wer es getan hatte.«

»Woher wußten Sie das?« Russell zupfte an seiner Lippe. »Hatten Sie Zeugen?«

»Nein. Es gab keine.«

»Woher wußten Sie es dann?«

»Dove Bullis hat's mir gesagt.«

»Hat er Ihnen gesagt, daß er selbst Zeuge des Verbrechens war? Hat er gesagt: ›Sheriff, ich habe gesehen, wie Lucille Chester Vinson eigenhändig umgebracht hat‹?«

»Nicht so direkt, nein.«

»Hat er Ihnen gesagt, daß sie ihm das Verbrechen gestanden habe?«

»Nein, ihm nicht. Aber einem der Kinder.«

»Welchem Kind?«

»Dem da.« Er streckte den Arm aus und zeigte auf mich. »Dem mit der Augenklappe.«

Dreihundert Augen wandten sich mir zu. Ich konzentrierte mich darauf, dem Blick des Sheriffs standzuhalten.

Larry Russell stellte noch viele Fragen, aber ich hörte minutenlang nur das Blut in meinen Ohren singen. Von allen Menschen, mit denen Lucille seit dem Tag in Meemaws Garten zusammengekommen sein mußte, war ich der einzige, dem sie wirklich gebeichtet hatte, was sie Chester angetan hatte. Ihre Kinder und Meemaw sahen, wie sie seinen Kopf hielt, die Polizei von San Francisco fand den Kopf in dem Tupperware-Behälter, aber niemand außer mir hatte Lucille die ganze Geschichte erzählen hören, wie Chester sich gewehrt und sie noch unmittelbar vor seinem Tod angegriffen hatte, wie sie ihn in den Schuppen hinausgeschleift und in den Teppich eingerollt hatte . . .

Ich würde es keinem sagen. Hubert Mackie konnte mich in den Zeugenstand rufen und mich vierzig Tage und vierzig Nächte verhören, und ich würde es trotzdem nicht sagen. Lucille gehörte zur Familie. Ich mußte zu ihr halten.

Ich konnte ja schon einmal damit anfangen, daß ich alles vergaß. Ich konnte die Rolle des dummen Jungen spielen, der sich nichts merken kann.

Larry Russell klopfte auf der Suche nach Ungereimtheiten die Version des Sheriffs von allen Seiten ab. Marlon und Judy wurden unruhig, zappelten herum und traten gegen die Bank, bis Meemaw uns übrigen einen mahnenden Blick zuwarf und mit den beiden hinausging. Die Zuschauer drehten die Köpfe und blickten ihnen nachsichtig nach, als hätten sie außer diesen beiden noch nie andere Kinder gesehen.

»Also, Sheriff«, sagte Russell gedehnt, »um das ganz klarzustellen. Sie haben keine Tatwaffe. Sie haben keine Zeugen. Sie haben kein Geständnis. Sie haben keine Blutproben oder Fingerabdrücke und keine Fotos oder sonstigen Beweisstücke, abgesehen von einem Verhaftungsprotokoll aus San Francisco. Sie wissen nicht einmal sicher, wessen Leichnam in der Tiefkühltruhe lag, stimmt's?

»Sie haben die Frau selbst gehört«, sagte Doggett. »Sie hat zugegeben, daß sie seinen Tod wünschte. Das reicht doch für eine Verurteilung.«

»Ist es nicht Sache der Geschworenen, das zu entscheiden, Mr. Doggett?«

»Doch, sicher.«

»Könnte man sagen, Sie seien so mit den Rassenunruhen, dem Verfahren vor einem Bundesgericht und ähnlichem beschäftigt gewesen, daß Sie keine Zeit hatten, dieses angebliche Verbrechen ordnungsgemäß zu untersuchen?«

»Einspruch, Euer Ehren. Der Zeuge ist nicht angeklagt.«

»Stattgegeben. Mr. Russell, worauf wollen Sie hinaus?«

»Ich will darauf hinaus, Euer Ehren, daß Mr. Mackie und der Sheriff diesen Geschworenen noch nicht den geringsten Beweis dafür vorlegen konnten, daß überhaupt ein Verbrechen geschah, abgesehen davon, daß sie an ein Verbrechen *glauben.*«

»Er hat sich ja wohl kaum den Kopf selber abgeschnitten«, höhnte der Sheriff.

»Die Fakten sprechen in der Tat für sich«, murmelte der Richter.

»Wie man's nimmt«, widersprach Russell.

»Rufen Sie Dove Bullis auf«, sagte der Sheriff. »Fragen Sie ihn. Er ist der Coroner. Er hat die Autopsie gemacht.«

»Mr. Doggett, haben Sie nicht von Anfang an darauf spekuliert, Mrs. Vinson als Waffe gegen Mr. Bullis benutzen zu können, und war das nicht der Grund, weshalb Sie sich nicht die Mühe gemacht haben, irgendwelche Beweise zu beschaffen?«

»Ich habe gehört, was die da gesagt hat«, erwiderte der Sheriff, »und ich kann Ihnen sagen, daß ich Dove Bullis niemals irgendeinen Handel vorgeschlagen habe.«

»Haben Sie mit Lucille Vinson über eine Abmachung gesprochen?«

Der Sheriff kratzte sich am Hals. »Nein.«

Das war die erste glatte Lüge, die er sich bis jetzt geleistet hatte. Es klang auch wie eine Lüge.

»Sind Sie sicher?«

»Ich bin zu solchen Abmachungen nicht befugt. Ich bin keiner von euch Juristen. Ich bin bloß Kreissheriff.«

»Keine weiteren Fragen«, sagte Russell.

»In diesem Fall vertagt sich das Gericht bis dreizehn Uhr dreißig.« Der Richter schlug einmal mit dem Hammer auf den Tisch und stand auf.

»Bitte erheben Sie sich!«

Wir standen auf. Der Richter ging hinaus, gefolgt von den Geschworenen und den Gerichtsdienern.

Der aufgestaute Lärm eines ganzen Vormittags brach los. Tante Lucille wurde umringt, als sie durch das Türchen trat. Der Hilfssheriff und Dove bahnten ihr einen Weg.

Larry Russell versuchte, sie von den Reportern und den Kameras im Foyer wegzulotsen, aber Lucille setzte ihre Filmstarsonnenbrille auf und steuerte direkt auf sie zu. Wiley und ich gingen hinaus, als jemand sie gerade fragte, warum sie sich entschlossen habe, auf »nicht schuldig« zu plädieren.

»Weil ich es nicht bin«, sagte sie. »Chester Vinson war ein furchtbarer Ehemann. *Ihn* müßte man schuldig sprechen.«

»Glauben Sie, Sie kommen damit durch?« rief ein Mann.

»Ja, sicher. Ich bin überzeugt, die Geschworenen werden mir glauben.«

»Mrs. Vinson –«

»Ich bin nicht mehr Mrs. Vinson«, sagte sie. »Ich habe mich in Las Vegas von ihm scheiden lassen.«

»Sie haben sich scheiden lassen? Nachdem er gestorben war?«

»Ich mußte es einfach tun.«

»Danke, Jungs«, rief Russell und schob Lucille mit sanfter Gewalt durch das Gewühl.

Auf dem Platz wurde überall gegessen – auf Tischen, im Gras, auf den heißen Kühlerhauben von Autos. Drei Dutzend schwarze Demonstranten trugen Schilder herum, auf denen stand: INTEKRATION FÜR IMER UND BÜRGERECHTE SOFORT. Dove wartete am Fuß der Treppe auf uns. »Wiley, geh schon mal rüber zu Oma und den andern«, sagte er. »Peter Joseph, du mußt mal einen Augenblick mit mir mitkommen.«

Wiley war eifersüchtig, gehorchte aber. Ich ging mit Dove in das kühle, dämmrige Gerichtsgebäude. Viele von den Zuschauern hatten sich schon wieder angestellt, als der Gerichtssaal gerade geräumt worden war, um sich die besten Plätze für den Nachmittag zu sichern.

Dove sprach mit dem Gerichtsdiener und führte mich in den leeren Sitzungssaal. Als sich die Türen hinter uns schlossen, hörte ich noch jemanden sagen: »Das ist der Junge aus *Life*.«

»Wo gehen wir hin, Onkel Dove?«

»Wir sind schon da.« Er hob mich auf den Tisch der Verteidigung und setzte sich neben mich. »Paß auf, du hast doch Schwesterchen gehört. Sie hat den Handel platzen lassen. Sie wollte diesen Prozeß. John Doggett hat uns schon abgeschrieben, er fühlt sich nicht mehr verpflichtet, seine Zusage einzuhalten. Ich kann's ihm nicht verdenken. Lucille will sich nicht auf verminderte Zurechnungsfähigkeit berufen, was so ziemlich ihre einzige Chance wäre, und Mackie ist auf einen klaren Schuldspruch aus.«

»Und, was soll ich tun?«

»Es kann sein, daß sie dich als Zeugen aufrufen. Hubert hat mir offiziell mitgeteilt, daß du mitkommen und dich zur Verfügung halten sollst. Ich möchte nur, daß du vorbereitet bist, für alle Fälle.«

»Was soll ich sagen?«

»Sag die Wahrheit, aber sei vorsichtig. Sag nichts, wonach er dich nicht gefragt hat. Versuch, dich an Äußerungen von ihr zu erinnern, die sie ein bißchen – na ja, du weißt schon, verrückt erscheinen lassen. Die müssen mitkriegen, daß Lucille nicht mehr Recht von Unrecht unterscheiden konnte.«

»Soll ich mich wirklich erinnern? Ich kann auch sagen, ich wüßte es nicht mehr.«

»Nein, mein Junge. Larry hat gemeint, wir sollen versuchen, die andern mit der Wahrheit zu verwirren. *Er* bringt dann alle diese kleinen Zweifel ins Spiel. Er hat beschlossen, sie doch als Zeugin aufzurufen. Sie hat bei den Geschworenen einen Stein im Brett, und schließlich werden die einsehen müssen, daß sie, bei dem, was sie getan hat, nicht bei Verstand gewesen sein kann, egal, was sie selber sagt. Das könnte genügen, daß sie zu keinem einstimmigen Urteil kommen. Und das wollen wir erreichen. Wer weiß? Bis jetzt ist sie gut bei ihnen angekommen. Vielleicht sprechen sie sie sogar frei.« Er klopfte mir auf die Schulter. »Du bist ein guter Junge, Peter Joseph. Hier. Da hast du einen Vierteldollar. Nimm's als Bestechung.«

Ich steckte ihn ein.

Die Türen gaben unter dem Druck von außen nach. Der Raum füllte sich mit Schaulustigen, die sich fast um die vorderen Plätze prügelten.

»Halt die Bank da für deine Großmutter frei«, sagte Dove.

Ich stand vor der ersten Reihe, bis Meemaw mit Wiley, Sandra und Cary erschien. Sie hatte Farley und die anderen mit Milton heimgeschickt.

Wiley setzte sich neben mich. »Was wollte Dove von dir?«

»Es könnte sein, daß ich als Zeuge aussagen muß.«

Ich sah ihm an, wie ihn das fuchste – er war der Ältere, der Sportliche, der Sieger, der Champion, der echte amerikanische Junge; warum wollte nie jemand eine Zeugenaussage von ihm? »Wieso immer du?«

»Du hast doch gehört, was der Sheriff gesagt hat. Ich war dabei, wie sie erzählt hat, was sie getan hatte.«

»Ich doch auch. Und Meemaw. Und die andern alle.«

»Du hast nicht alles mitgekriegt. Du bist weggelaufen, weißt du nicht mehr?«

»Ach du«, murmelte er vor sich hin. »Leck mich doch.«

»Wiley hat was Schlimmes gesagt«, verkündete Cary.

»Halt den Mund . . .«

Die Geschworenen kamen mit den Gerichtsdienern und dem Richter herein. Mit am Tisch des Staatsanwalts saß anstelle von Sheriff Doggett jetzt ein junger Mann mit gelocktem Haar, eine Juniorversion von Hubert Mackie.

Mackie rief Dove in den Zeugenstand. Dove war anfangs ziemlich nervös. Ich sah, wie seine Hände zitterten, als er seinen Autopsiebericht hervorholte. »Chester Vinson starb an Herzversagen«, las er vor, »offenbar ausgelöst durch eine giftige Substanz, die von den Jungs vom Labor als Roxylanoprolymol bestimmt wurde, der Wirkstoff in D-Con.«

»D-Con«, wiederholte Mackie.

»Der Markenname eines Rattengifts. Ich vermute, das Gift gelangte in seinen Kreislauf, einige Stunden bevor sein Kopf vom Rumpf getrennt wurde.«

»Haben Sie auch eine Vermutung, wer ihm das Gift verabreicht haben könnte?«

»Ich könnte Vermutungen darüber anstellen, aber meine Schwester hat mir nie gesagt, was wirklich geschehen ist.«

»Und Sie haben sie auch nicht gefragt?«

»Nein.«

»Warum nicht?«

»Ich wußte, daß ich möglicherweise als Zeuge würde aussagen müssen.«

»Aber Sie nehmen an, daß Lucille Vinson ihn vergiftet hat.«

Dove zuckte die Achseln. »Er könnte das Gift genausogut selbst genommen haben. Ich glaube, meine Schwester hat im Augenblick Schwierigkeiten, zwischen Realität und Einbildung zu unterscheiden.«

Lucille zuckte zusammen und sah auf ihre Hände.

»Wollen Sie damit andeuten, daß sie möglicherweise nicht voll zurechnungsfähig ist?«

»Es steht mir nicht zu, darüber Vermutungen anzustellen«, erwiderte Dove. »Ich war gesetzlich verpflichtet, eine sorgfältige Autopsie durchzuführen, und dies sind meine Ergebnisse.«

»Mr. Bullis, Sie haben keinerlei Zweifel, wessen Leichnam Sie in der Tiefkühltruhe gefunden haben?«

»Nein.«

»Und warum nicht?«

»Es war seine Tiefkühltruhe.«

Mackie wedelte mit seinem hochgesteckten Ärmel vor den Nasen der Geschworenen herum. Sie folgten ihm ständig mit den Blicken, unfähig, sich loszureißen. Er befragte Dove fast zwei Stunden lang.

Larry Russell blätterte ostentativ in einem Gesetzbuch. Immer wieder einmal zog er die buschigen Augenbrauen zusammen, rief »Einspruch« und blätterte weiter.

Sämtliche Pappfächer der Welt hätten die Luft in diesem Gerichtssaal nicht zu kühlen vermocht. Zu allem Übel ratterten so viele Lastwagen und Motorräder über den Gerichtsplatz, daß der Gerichtsdiener die Fenster schließen mußte. Von da an spürte man förmlich, wie die Menschen von innen her schmolzen.

Tante Lucille saß mit einer Haltung vollkommener Konzentration da, die gefalteten Hände neben ihrem Hut auf dem Tisch. Sie schien weder zu schwitzen noch sich zu langweilen.

Endlich gingen Mackie die Fragen aus, und Larry Russell war an der Reihe. Er begann ganz einfühlsam: »Dove, das muß ja eine furchtbare Zeit für Sie und Ihre Familie gewesen sein.«

»Die schlimmste in meinem Leben, bisher.«

»Und trotzdem fühlen Sie sich in der Lage, hier vor Gericht zu erscheinen und uns einen aufrichtigen Bericht zu erstatten. Ich spreche Ihnen dafür meine Anerkennung aus.«

»Das ist mein Beruf.« Dove beobachtete Lucille.

Draußen hörte man laute Beifallsrufe, Motoren, die auf Hochtouren gebracht wurden, zunehmende Unruhe.

Russell sagte: »Sie haben ausgesagt, Mrs. Vinson habe Schwierigkeiten, Wirklichkeit und Einbildung auseinanderzuhalten. Haben Sie dafür irgendwelche Beispiele?«

»Nun ja, sie sagte, Chesters Kopf habe mit ihr gesprochen.«

»Mit ihr gesprochen?«

»Ja, drüben in Kalifornien. Deswegen hatte sie Hemmungen, sich seiner zu entledigen, weil er mit ihr gesprochen hat.«

Zwei Reporter rannten zur Tür.

»Fällt Ihnen sonst noch etwas ein?«

Lucille schaute wütend drein.

Dove zögerte und gab sich dann einen Ruck. »Ja, ich würde sagen, das ganze – ihr ganzes Verhalten in dieser Angelegenheit. Sie war ihren Kindern immer eine gute Mutter, immer ein wunderbarer Mensch . . . Es paßt schlicht nicht zu ihr, auf einmal alle im Stich zu lassen und einfach so davonzulaufen. Ich glaube, das läßt sich nur damit erklären, daß sie zutiefst verwirrt war.« Der Schweiß tropfte ihm vom Gesicht. Ich sah ihm an, daß er überall lieber gewesen wäre als hier.

»Dove, halten Sie Lucille für gemeingefährlich?«

»Einspruch, Euer Ehren, der Zeuge ist weder Psychiater noch Richter.«

»Ich lasse trotzdem zu, daß er antwortet.«

»Sie ist mit absoluter Sicherheit nicht gefährlich«, sagte Dove. »Sie ist verwirrt, möglicherweise. Aber ich glaube nicht, daß sie irgend jemandem etwas antun könnte.«

Er hielt inne. Er wußte nicht weiter. Er schaute Lucille an, und sie ihn, und plötzlich sah ich die beiden dicht nebeneinander auf der Pritsche im Gefängnis, Arm in Arm, Bruder und Schwester. Ich sah das Furchtbare, was an diesem Tag in diesem Gericht geschah. Unsere Familie starb. Wir hatten sie hier an die Öffentlichkeit gezerrt, damit alle ihr Todesröcheln hören konnten. Plötzlich schämte ich mich.

»Glauben Sie, sie könnte sich selbst etwas antun?«

Dove hüstelte. »Vielleicht. Ich weiß es nicht. Wenn ihr erst mal bewußt wird, was sie . . .«

»Danke, Dove. Keine weiteren Fragen.«

»Mr. Mackie?«

»Ich behalte mir vor, den Zeugen erneut aufzurufen, Euer Ehren. Danke.«

»Mr. Bullis, Sie können an Ihren Platz zurückkehren«, sagte der Richter.

Hubert Mackie trank einen Schluck Wasser. Er sah auf einen Zettel, den er in der gesunden Hand hielt. »Ich rufe Peter Joseph Bullis in den Zeugenstand.«

Meemaw fuhr hoch. »*Was?!*«

Wahrscheinlich hatte Dove sie nicht gewarnt.

»Ich möchte die Zuschauer bitten, sich jeden Kommentars zu enthalten«, sagte der Richter.

Ich spürte, wie ich hochkam. Mein Körper war auf einmal leicht wie ein Luftballon, schwebte die Reihe entlang, durch das Türchen, über das Parkett und zwei Stufen, dann noch eine Stufe zum Zeugenstand hinauf. Ich hob die rechte Hand und legte den Eid ab.

Ich werde immer die Weisheit derer bewundern, die den Gerichtssaal so gestaltet haben, daß man als Zeuge dem Publikum gegenübersitzt, den Richter zur Rechten, den Angeklagten direkt vor sich, die Flagge, die Bibel, den Eid. Es ist ein Arrangement, das darauf abzielt, einem die Wahrheit förmlich abzupressen. Hunderte von wildfremden Menschen sahen mich an und nur mich. Tante Lucille lächelte zu mir herauf, sie hatte ihre Fassung wiedergefunden. Meemaw konnte nur hilflos zusehen, wie ihr Schätzelchen Zeugnis ablegen mußte. Dove sah mir ernst in die Augen und nickte dann aufmunternd: Sag die Wahrheit, nichts als die Wahrheit – wenn auch nicht unbedingt die ganze Wahrheit.

Mr. Mackie setzte ein liebenswürdiges Lächeln auf. »Hallo, Peter, wie geht's dir? Sitzt du bequem?«

»Ja, Sir, mir geht's gut.«

»Nun, Peter, ich werde dir ein paar Fragen stellen, und ich erwarte von dir nur, daß du sie nach bestem Wissen und Gewissen beantwortest. Wie alt bist du, mein Sohn?«

»Zwölf.« Und ich bin nicht Ihr Sohn.

»In welchem verwandtschaftlichen Verhältnis stehst du zu Mrs. Vinson?«

»Sie ist meine Tante. Sie ist . . . die Schwester meines Vaters.«

»Wie man mir sagte, ist dein Vater gestorben?«

»Ja. Und meine Mutter auch.« Mackie mit dem Krüppelarm war nicht der einzige, der sich darauf verstand, Geschworenen ein bißchen Mitleid abzunötigen.

Ich mußte mich entscheiden, was ich tun wollte. Wenn ich alles erzählte, woran ich mich erinnerte, wie sie mit Chester gekämpft hatte, bevor er starb, wie sie ihn durchs Haus geschleift und nach einem Platz gesucht hatte, wo sie ihn mit dem Tranchiermesser zerschneiden konnte, hätte sie bei dieser Jury keine Chance mehr gehabt.

Ich konnte mich auch sträuben, mich zurückziehen, mich an nichts mehr erinnern. Aber dieser Staatsanwalt war gerissen, er würde es merken, wenn ich versuchte, ihn hinters Licht zu führen.

Eine alte Frau in einer der hinteren Reihen hatte einen Hustenanfall. Als sie die Tür aufmachte, um hinauszugehen, kam Lärm herein: Eine Art Feier war auf dem Gerichtsplatz im Gange.

»Peter, erinnerst du dich an den 5. Mai, den Tag, an dem deine Tante Lucille ins Haus deiner Großmutter kam?«

»Ja, Sir.«

»Erzähl uns, was da geschah.«

»Sie war schon da, als wir heimkamen . . .«

»Könntest du ein bißchen lauter sprechen, junger Mann?« polterte der Richter. »Ich kann dich kaum verstehen.«

»Ich sagte, sie war schon da, als Wiley und ich nach Hause kamen. Sie fing an, von Onkel Chester zu sprechen. Sie sagte, er habe sie zum Wahnsinn getrieben.«

»Sagte sie das wörtlich? ›Er trieb mich zum Wahnsinn‹?«

»So ungefähr.«

»Na schön. Und was noch?«

»Sie sagte, sie hätte ihn umgebracht.«

»Hat sie dir auch gesagt, wie?«

»Mit D-Con.«

Mackie kam so nahe heran, daß ich die weißen Härchen

zählen konnte, die aus seinen Nasenlöchern kamen. »Erzähl uns genau, was sie sagte, Peter.«

»Sie tat ihm Rattengift in den Kaffee.«

»Hat sie dir gesagt, warum sie das tat?«

»Sie sagte, Onkel Chester sei ihr auf die Nerven gegangen.«

Die Zuhörer unterdrückten ein Kichern.

»Er wollte sie nicht nach Kalifornien fahren lassen«, sagte ich. »Er hielt sie für pervers, weil sie eine Rolle in den ›Beverly Hillbillies‹ haben wollte. Aber sie hat's dann sogar geschafft. Sie hat da mitgespielt.«

Lucille lächelte und winkte mir.

»Hat sie dir gesagt, warum sie ihm den Kopf abgeschnitten hat?«

»Sie hatte Angst, er könnte noch am Leben sein. Sie hat ziemlich viel geredet, wissen Sie – ziemlich verrücktes Zeug.«

Lucilles Lächeln verschwand. Jetzt war ich wie Dove, nannte sie vor all diesen Menschen eine Verrückte. Aber es gab auch viel, was ich nicht sagte: daß sie die Tat wochenlang geplant, ihn am Abend beim Fernsehen angestarrt und sich dabei die Einzelheiten zurechtgelegt hatte.

»Erinnerst du dich noch an etwas Bestimmtes?«

»Sie sagte, man hat nur ein Leben. Und sie will nicht herumsitzen und auf das nächste Leben warten. Und sie zeigte uns seinen Kopf. Das fand ich völlig verrückt. Wir mußten ihn ansehen.«

»Was noch?«

»Ach, wissen Sie, eigentlich nur das, was Onkel Dove vorhin schon gesagt hat. Daß der Kopf mit ihr geredet hat.«

»Denk genau nach, mein Sohn. Hat sie gesagt, daß sie ihm das Rattengift spontan gab, oder hatte sie es vorausgeplant?«

Ich zögerte. »Das weiß ich nicht mehr.«

»Hat sie gesagt, daß sie das Rattengift eigens dafür gekauft hatte, oder war es schon im Haus gewesen?«

»Darüber hat sie nicht gesprochen.« Eine Lüge für dich, Tante Lucille, bitte sieh mich nicht dauernd so an. Ich wußte noch sehr genau, daß sie Chester aufgetragen hatte, das Rattengift aus dem Eisenwarenladen mitzubringen; sie hatte ihm gesagt, irgend etwas krieche im Haus herum, ein Tier, das sie umbringen wollte. Bring starkes Gift mit. Sie sagte ihm, es wäre wohl eine Ratte, aber sie sei sich nicht sicher.

Das sagte ich nicht.

»Das ist jetzt sehr wichtig«, sagte Mackie. »Hat sie gesagt, ob sie wußte, daß es unrecht war, ihn umzubringen?«

Die große Frage – Dove hatte mich davor gewarnt. Ich dachte scharf nach, bevor ich antwortete.

»Nein. Anfangs schien sie mir ganz froh darüber zu sein. Aber später fing sie dann zu weinen an, und sie meinte, sie wüßte nicht, was mit ihr los ist.«

»Womit hat sie ihm den Kopf abgeschnitten?«

»Mit einem elektrischen Tranchiermesser.«

Lucille bearbeitete den Rand von ihrem Hut mit den Fingern. Die Geschworenen setzten sich aufrechter hin. Dove nickte kaum wahrnehmbar: *guter Junge.*

»Was meinst du damit, daß sie froh darüber war?«

»Sie war ganz begeistert, wissen Sie, daß sie jetzt nach Hollywood fahren konnte und im Fernsehen auftreten. Sie sagte, sie wär vielleicht verrückt, aber sie wär am Leben, und Chester wär tot. Darüber wär sie froh.«

Eine Tür flog auf, und alle erschraken. Der Gerichtsdiener kam den Gang herunter und ging durch das Türchen direkt auf den Richtertisch zu. »Entschuldigen Sie die Störung, Euer Ehren«, sagte er und gab dem Richter einen Zettel.

Richter Mead las ihn und wandte sich an Hubert Mackie. »Herr Staatsanwalt, sind Sie mit Ihrer Befragung dieses Zeugen im großen und ganzen fertig?«

»Ja, Sir, so ziemlich.«

»Gut.« Er wandte sich den Geschworenen zu. »Meine Damen und Herren, ich hatte gehofft, wir würden es an einem Tag schaffen und Sie nicht weiter behelligen müssen. Ich bitte Sie, mit niemandem über die Einzelheiten dieses Falles zu sprechen, keine Zeitungen zu lesen und nicht fernzusehen. Ich habe soeben die Nachricht erhalten, daß unser Gouverneur Industry einen Besuch abstattet und das Gerichtsgebäude aus diesem Anlaß geschlossen wird. Das Gericht vertagt sich daher auf Montag morgen neun Uhr.« Er schlug mit seinem Hammer auf den Tisch und ging hinter den Geschworenen hinaus.

Schlagartig herrschte Tumult im Saal. Die eine Hälfte des Publikums drängte hinaus, um zu sehen, was sich draußen tat. Andere strömten durch das Türchen, umringten Tante Lucille, baten um Autogramme, beglückwünschten sie zu ihren Kindern und wünschten ihr alles Gute.

Ich dagegen saß vergessen auf dem Zeugenstand. Der Gouverneur von Alabama hatte mir meinen großen Auftritt verpatzt.

37
PEEJOE / Industry

Ein hartes, gefährliches Licht lag über dem Platz. Die jungen Kerle mit ihren Pickups waren alle in die Nachmittagshitze herausgekommen, um Gouverneur Wallace zu empfangen. Sie schwenkten Rebellenfahnen und sangen »Dixie«. Die Schwarzen verkrümelten sich in die Seitenstraßen.

Milton hastete mit Sandra und Cary zum Leichenwagen.

Eine Flotille von Polizisten auf Motorrädern bog in die Jackson Avenue ein, und die Luft zitterte vom Dröhnen der Harleys. Es mußten an die vierzig Trooper vom Staat Alabama sein, die da mit ihren klotzigen Maschinen auf den Rasen fuhren, die Leute verscheuchten und das Kommando über den Platz übernahmen. Vier von ihnen stampften die Treppe hinauf. Der Oberste klappte sein Visier hoch und rief »Den Platz räumen!« mit einer Stimme, die nur eine Antwort zuließ: *Ja, Sir*. Ich sagte es, und Wiley sagte es auch. Sie scheuchten uns von der Treppe zu den Picknicktischen hinüber, wo wir Meemaw fanden, die uns gesucht hatte.

Drei schwarze Chrysler kamen auf den Platz gerauscht. Männer in grauen Anzügen stiegen aus dem ersten aus und bauten auf der Treppe, auf der wir eben noch gestanden hatten, ein Podium und eine Lautsprecheranlage auf.

»So ein Rummel«, sagte Meemaw, »das ist wirklich des Guten zuviel.«

»Wieso kommt der heute schon? Der Tag der Rassenintegration ist doch erst morgen.«

»Der ist eben schlau«, meinte Wiley. »Er weiß, daß der gute

alte King nach Atlanta gefahren ist und bestimmt nicht vor morgen früh wiederkommt. Steht alles in der Zeitung. Ich wette, unser guter George hat sich gedacht, er fährt nach Industry und stiehlt ihm die Schau.«

»Wie redest du denn?« tadelte ihn Meemaw. »Immerhin ist er unser Gouverneur.«

Ich dachte an die Bilder auf ihrem Nachtschränkchen: Jesus, Großvater Joe Wiley und George Wallace.

Der Gouverneur sprang aus seinem Wagen, ein kompakter Pfropfen von einem Mann in einem weißen Hemd mit hochgekrempelten Ärmeln. Seine Haare glänzten von Pomade; er lächelte strahlend nach allen Seiten; er war drahtig und flink auf den Beinen. Die Menge ging konzentrisch auf ihn zu – »Hallo, George!« und »Gib's ihnen, Gov'neur!« Auf dem ganzen Weg zu dem Podium auf der Treppe verteilte er nach rechts und links leutselige Grüße und Händedrücke.

Er sah aus wie eine Bulldogge, mit seinem bohrenden Blick und seiner Mopsnase. Außerdem war er kleiner als alle um ihn herum. Die Menschen vergötterten ihn; er griff zwischen den Troopern hindurch, um ihre Hände zu berühren. Wie ein Wirbelwind riß er sie mit sich fort.

Die Trooper schlossen ihren Kordon enger und führten ihn zum Mikrofon hinauf.

Die Menschen drängten nach, unter Winken und Hochrufen. Die Begeisterung der Menge war genauso fieberhaft wie seinerzeit am Schwimmbad, als Martin Luther King aufs Podium gestiegen war. Ich sah dasselbe Leuchten in den Augen.

Meemaw stellte sich auf die Zehenspitzen und schwenkte ihren Freiheitsstatuenfächer.

»Hallo, Freunde!« Wallaces Stimme ließ die Schaufensterscheiben vibrieren. »Schön, so viele von euch zu sehen, hoffentlich nehmt ihr's mir nicht übel, daß ich so Knall auf Fall bei euch aufkreuze. Rückt noch ein bißchen dichter zusammen da hinten und macht Platz, damit alle was hören können.«

»Yippie!« schrie ein Mann. »Zeig's ihnen, George. Jawohl!«

»Danke, ich danke euch, Freunde. Wißt ihr, als ihr mich gewählt und nach Montgomery geschickt habt, hätte ich mir nie träumen lassen, daß ich eines Tages nach Industry kommen und euch würde helfen müssen, euch Martin Luther King und die Yankees vom Halse zu halten!«

Die Menschen brüllten vor Lachen.

»Nein, ich hätte nie geglaubt, daß sich die Bundesregierung eines Tages erdreisten würde, hier herunter zu kommen und euch vorzuschreiben, mit wem ihr in eurem eigenen Schwimmbad schwimmen gehen sollt.«

Er wartete auf den Applaus, und er kam, und er sonnte sich darin. »Die haben da jetzt einen Bundesrichter in Montgomery, Frank Johnson heißt er«, sagte er, und wedelte mit den Händen, um die vereinzelten Buhs zu bekräftigen. »Ich hab den guten alten Frank schon gekannt, als wir beide oben in Tuscaloosa Jura studiert haben. Und ich kann euch sagen, Leute, es ist heute noch dasselbe wie damals – wo ich auch hinschaue, sind mir Frank Johnsons Quadratlatschen im Wege.«

Das war so richtig nach dem Geschmack der Leute. Sie johlten und stampften und schwenkten ihre Fahnen. Eine Kette von Crackern ging los: *pop! pop! pop!*

»Jetzt hat Frank also eine gerichtliche Anordnung erlassen, und das ist so ziemlich das einzige, was er heutzutage noch zustande bringt. Darin belehrt er euch, daß ihr, wenn ihr ein Schwimmbad für eure Kinder baut, auch jeden andern reinlassen müßt, ohne Rücksicht auf Farbe, Rasse, Weltanschauung, Glauben oder Zugehörigkeit zur Kommunistischen Partei.«

»Nein! Nie!« brüllte ein Mann von hinten. »Zum Teufel mit den Niggern!«

»Moment mal«, sagte Wallace. »So was können wir nicht brauchen. Wir sind heute friedlich zusammengekommen. Wir sind genauso friedfertig und *gewaltlos* wie Mister Martin Luther King persönlich. Ihr wißt, ich hab überhaupt nichts gegen den Neger. Wie ich schon immer gesagt habe, bin ich ja mitten unter ihnen aufgewachsen, genau wie ihr. Es hat immer Neger gegeben, die mich bei meinen Wahlkämpfen unterstützt haben, und ich kann euch sagen: Viele von ihnen wollen genauso wenig mit diesem ganzen Bürgerrechtsmist zu tun haben, der ihnen da aufs Auge gedrückt wird, wie wir. Ihr würdet euch wundern, wie viele Freunde Lurleen und ich unter den Negerwählern haben. Ich habe noch nie schlecht von den Negern geredet, und ich werde es auch nie tun. Aber das bedeutet noch lange nicht, daß ich tatenlos zuschaue, wenn Frank Johnson euch einreden will, ihr müßtet eure Kinder mit ihnen spielen und schwimmen und zur Schule gehen lassen. Ich bin heute hierher gekommen, um dem Einhalt zu gebieten.«

Ein Jubelgeschrei brach auf dem Platz los, und dahinter ein tieferes Geräusch – ferner Kanonendonner.

»Gestern abend erfuhr ich, daß King und seine Elemente sich klammheimlich vorbereitet haben, heute hierher zu kommen und die Rassentrennung in euerem Schwimmbad aufzuheben, bevor ich auftauchen und ihnen in den Arm fallen könnte. Als ich davon Wind bekam, schob ich alle wichtigen Staatsgeschäfte beiseite und sagte mir, ich fahr da hin und stelle mich vor all die guten, aufrichtigen, anständigen, gesetzestreuen, hart arbeitenden weißen Bürger im Cotton County!«

Er wurde mit einer weiteren Ovation belohnt. Meemaw klatschte wie alle anderen. Ich behielt die Hände in den Hosentaschen.

Ob Meemaw immer noch diesem Mann Beifall klatschen würde, wenn sie einmal Martin Luther King gehört hätte? Der Gouverneur sprach für die Weißen, für den Sheriff und dessen Kumpel mit den Pickups, aber auch für normale Menschen, die einfach nur Angst hatten oder alt waren wie Meemaw. Dieser Mann erzählte allen genau das, was *sie* dachten, was *sie* fühlten und wünschten. Er war ihr Held, ihr King.

Um die Ecke am Planter's Mercantile kam die High School Marching Rebel Band von Industry in all ihrer rotweißen Pracht unter Trommelschlagen in zackigem Gleichschritt anmarschiert.

Wallace war im ersten Moment verärgert über diese Unterbrechung, überspielte diese Regung aber sehr schnell. Er verschränkte die Hände hinter dem Rücken und stand mit einem glatten Lächeln da, während die Band an Parker's Drug Store vorbeizog.

An der Spitze tänzelte eine kräftige, kantige Gestalt. Ich erkannte ihn sofort wieder. Es war Randall Mulch, Doves Teilzeit-Kosmetiker.

Er trug einen großen, pelzbesetzten Hut mit einer roten Feder, hatte das Kinn zurückgezogen und eine Trillerpfeife zwischen den Zähnen. Er schwenkte sein weißes Cape und rief seiner Truppe barsche Kommandos zu, so daß sie um die Motorräder herummarschierte, sich durch die Menschenmenge zwängte und sich auf dem Platz zur Rechten des Gouverneurs neu formierte.

Die Trommeln verstummten nach einem ohrenbetäubenden abschließenden Wirbel. Randalls Pfeife schrillte, und die Gruppe brachte ein flottes »Dixie« zum besten. Als das Lied zu Ende war, ließ Mulch seine Leute in Habtachtstellung gehen. Die Zuschauer brachen in lokalpatriotischen Jubel aus.

»Sehr schön«, sagte Wallace. »Ich danke euch, Jungen und Mädchen, vielen Dank. Das ist mein Lieblingslied, und ich bin euch zutiefst dankbar für diesen herzlichen Empfang. Also, Freunde, wie gesagt, ich bin heute hier bei euch, um für eure Rechte einzutreten. Und genau das werde ich jetzt ohne viel Federlesens tun. Alles, was ich von diesen eingeschleusten Unruhestiftern zu hören bekomme, ist: ›Wir werden dorthin marschieren‹, die ganze Zeit marschieren, immer nur marschieren – das sind die marschierendsten Menschen auf Gottes weiter Welt.«

Alles lachte.

»Da hat er aber wirklich recht«, sagte Meemaw.

»Aber heute werde ich ihnen die Suppe versalzen«, krähte der Gouverneur. »Heute, Freunde, sind wir mal an der Reihe mit Marschieren.«

Damit erntete er beifällige Zurufe.

»Ich marschiere jetzt zu diesem Schwimmbad hinunter und ich stelle mich dort in den Eingang, und wenn irgend jemand Lust hat, auch hinzugehen und unsere Rechte mit Füßen zu treten, muß er erst mal an mir vorbei. Wollt ihr alle mitmarschieren?«

Die Menge rief ja, ja.

»Also, dann kommt! Wir können auch marschieren.«

Randall schaffte mit Hilfe seiner Pfeife und seines Stabes Platz für seine Band. Die Truppe zog zu den Klängen einer Fanfare ab. Wallace kam von einem Keil von Troopern umgeben im Sturmschritt die Treppe herab.

Die eine Hälfte der Trooper folgte der Band, und die begeisterte Menge schloß sich an. Die meisten nahmen an, der kampflustige kleine Gouverneur sei irgendwo in der Phalanx der Polizisten, die am Dairy Dog vorbei den Hügel hinunter zum Schwimmbad marschierte. Tatsächlich handelte es sich um ein klassisches Täuschungsmanöver. Ich sah, wie Wallace sich blitzschnell dem Kontingent anschloß, das sich vom Hauptstrom absonderte und den geparkten Chryslers zustrebte.

Er sprang in seinen Wagen und fuhr auf einem Umweg zum Schwimmbad, wo er wieder ausstieg und über das Gras lief. Die Kameras zeigten ihn dann, wie er an der Spitze der ersten Gruppe der Marschierer vor dem Schwimmbad ankam. Vielleicht haben Sie diese Bilder gesehen, vielleicht haben Sie von George Wallaces berühmtem Marsch zum Schwimmbad von Industry gelesen, aber ich sage Ihnen: Er ist gefahren.

Wir halfen Meemaw die abschüssige Wiese hinunter. »Ist er nicht ein liebenswerter kleiner Kampfhahn?« sagte sie. »Er ist der einzige, der sich zu sagen traut, was er denkt.«

»Aber Meemaw«, sagte ich, »er haßt die Farbigen.«

»Ist doch nicht wahr. Du hast ihn doch gehört. Er findet nur, daß wir uns nicht alles von ihnen gefallen lassen sollten, und ich muß sagen, da hat er recht.«

Die Band spielte »Stars Fell on Alabama«. Die Menschen strömten in den Park. Der Gouverneur stand zwischen dem Podium und seinem Wagen und sah auf die Uhr.

Wenn der Gouverneur vorgehabt hatte, die vielen Menschen hier mit einem Haufen militanter Schwarzer zu konfrontieren, hatte er sich verrechnet. Ich suchte die Menge nach einem einzigen schwarzen Gesicht ab. Für eine Konfrontation war nur die halbe Besetzung angetreten: Wallace war da, die Trooper waren da, ebenso die Menschen, die dem Gouverneur aus der Hand fraßen; Sheriff Doggett stolzierte am Zaun auf und ab und kam sich wichtig vor – aber wo blieben die eingeschleusten Unruhestifter? Die Befürworter der Rassenintegration? Der Feind?

Die einheimischen Honoratioren wetteiferten darum, dem Gouverneur vorgestellt zu werden. Es war peinlich anzusehen, wie sie sich erniedrigten. Wallace begrüßte alle bis hin zu den Mitgliedern der Band. Randall Mulch nahm Haltung an und grüßte militärisch. Ein unbeholfenes, von hemmungsloser Verehrung triefendes Lächeln trat auf sein Gesicht. Er streckte den Arm aus und schüttelte dem Gouverneur die Hand.

Ich mußte wegsehen.

Dabei sah ich zwei dunkelblaue Limousinen, die über die Wiese auf den Eingang des Schwimmbads zugefahren kamen.

Der Gouverneur sah sie auch. Er ließ Randall mit ausgestreckter Hand und dem blöden Grinsen stehen. Er machte seinen Troopern mit einem Finger ein Zeichen und ging zum Zaun hinunter, auf das ramponierte Tor zu.

Das Schwimmbad funkelte in der prallen Sonne, auch nicht der kleinste Lufthauch kräuselte die Wasseroberfläche. Das Schild NUR FÜR WEISSE war auf Anordnung des Bundesgerichts entfernt worden.

Zwanzig Alabama-Trooper stellten sich in zwei Reihen vor dem Tor auf, mit vorgehaltenem Gewehr und gespreizten Beinen. Wallace bezog vor und etwas neben ihnen Posten, so daß die Kameras ihn und die Trooper und das Schwimmbad mit einer einzigen Einstellung erfassen konnten.

Ein Raunen ging durch die Menge. Alle drehten sich um und sahen dem anrückenden Feind entgegen.

Der Feind war eine kleine Gruppe unter Leitung von zwei US-Marshals mit weißem Helm und grüner Uniform. Sie waren unbewaffnet, hatten nicht einmal einen einzigen Schlagstock. Der rechte sah immer wieder nervös zu seinem Kollegen und dann wieder zu der murrenden Menschenmenge hin.

Es waren insgesamt neun, ein jämmerliches Häuflein, das sich jetzt anschickte, Spießruten zu laufen, um den Gouverneur von Alabama herauszufordern. Hinter den Marshals ging unser alter Freund Hiram Murphy, der Anwalt aus dem Justizministerium. Trotz der drückenden Hitze trug er wieder den dreiteiligen Anzug und den Hut mit der schmalen Krempe. Drei weitere Marshals, die genauso nervös wirkten, bildeten die Nachhut.

Außerdem waren noch drei Schwarze mit von der Partie: Nehemiah Thomas und seine Söhne Ben und Ramsey. Nehemiah ging furchtlos mit hocherhobenem Kinn. Seine Söhne sahen aus, als seien sie mitten beim Anziehen für eine andere Veranstaltung kurzerhand rekrutiert worden; Ramsey hing das Hemd aus der Hose, und Ben hatte ein Stückchen Toilettenpapier vor dem Ohr kleben – offenbar hatte er sich beim Rasieren geschnitten.

Sie mußten diesen Showdown in letzter Minute improvisiert haben. Wie konnte Hiram Murphy sich einbilden, mit drei Schwarzen und fünf unbewaffneten Marshals etwas gegen die Übermacht der Trooper, des Gouverneurs und der riesigen feindseligen Menschenmenge ausrichten zu können?

Die Fernsehkameras schwenkten vom Gouverneur über das Schwimmbad und die Trooper auf die näherkommenden Demonstranten. Ein Reporter sagte leise in sein Mikrofon: »... und da kommt Hiram Murphy, der heute die Regierung Johnson hier vertritt. Murphy wurde bekannt dadurch, daß er verschiedene Staatsdiener in Bürgerrechtsfällen angeklagt ...«

Was für ein Spiel sollte das werden, dreihundert gegen neun? Wenn George Wallace ein solches Kräfteverhältnis für fair hielt, war er um kein Haar besser als John Doggett, genauso ein Grobian wie dieser. Man brauchte sich bloß die vielen Trooper anzusehen, die an ihren Gewehren herumfummelten. Lauter Grobiane.

Ich hatte die Nase voll von Grobianen. Hatte es satt, sie gewinnen zu sehen. Warum gewinnen immer die Starken? Warum sind es nie die Guten, sondern immer die Starken?

Die johlende Menge siedete, als sie sich teilte, um die neun durchzulassen. Diese neun Menschen nahmen alle Sünden der Menschen um sie herum auf sich. Das war mir klarer als jede biblische Geschichte.

Wiley und ich waren von lauter Menschen umgeben, die eben noch dem Gouverneur zugejubelt, über seine abgeschmackten Scherze gelacht hatten. Sie zischten und schnitten Grimassen, sie schrien »Nigger« und »Bimbos« und Schlimmeres. Die Trooper wurden nervös, traten von einem Fuß auf den anderen.

Und da fiel mir Dr. Kings goldenes Schwert der Gewaltlosigkeit ein. Das war die Waffe, die diese Menschen trugen, das unsichtbare Schwert und dazu die Schulterklappen mit der US-Flagge an den Uniformen der Marshals. Mochten die anderen sie verhöhnen, mochten sie lästern und ausspucken und die Gesichter verzerren – nichts konnte diesen neun Menschen etwas anhaben. Sie gingen allein mitten durch diese haßerfüllte

Menge. Sie bezwangen den Haß durch ihre Gelassenheit. In dem Augenblick, dachte ich, waren sie heiliger als irgend jemand sonst, einschließlich Jesus Christus.

Wiley packte mich an der Hand. »Komm, Peejoe.«

»Jungs?« Meemaw wollte uns zurückhalten. »Jungs! Kommt sofort zurück!«

Wiley führte mich an der Hand. Er führte mich von Meemaw weg zu den Schwarzen und Marshals und Hiram Murphy auf ihrem Weg zum Schwimmbad.

Ich frage mich heute noch manchmal, warum er es tat. Vielleicht war es der aufgestaute Neid – ich im Zeugenstand, aller Augen auf mich gerichtet, ich auf der Titelseite von *Life*. Vielleicht schämte sich Wiley genau wie ich, seit wir Hiram Murphy mit dreizehn Verdächtigen und keinem einzigen Zeugen hatten sitzenlassen. Vielleicht wollte er Murphy beweisen, daß wir nach wie vor auf seiner Seite standen.

Murphys Augenbrauen zuckten hoch, als er uns sah. »Was macht ihr denn?«

Ein Mann schrie: »Verdammte Niggerfreunde!«

»Geht wieder, Jungs«, sagte Murphy. »Geht zurück. Uns passiert nichts.«

»Wir gehen mit Ihnen«, sagte Wiley. Und wir taten es. Wir schoben uns hinter Ben und Ramsey und glitten durch diese haßerfüllte Menge, geschützt durch Kings goldenes Schwert.

»Keinen Schritt weiter«, blaffte ein Mann.

George Wallace trat vor, ein Auge auf den Kameras und das andere auf den Marshals, die Hand zu einer ungelenken Geste der Zurückweisung erhoben. »Ich bin heute im Namen der Bürger des Staates Alabama hierher gekommen, um mich jedem in den Weg zu stellen, der versucht, diesen ungesetzlichen, unmoralischen, verfassungswidrigen, tyrannischen, kommunistisch gesteuerten Gerichtsbeschluß durchzusetzen«, sagte er. »Kraft der mir verliehenen Macht gebiete ich Ihnen, umzukehren und dorthin zurückzugehen, wo Sie hergekommen sind.«

Hiram Murphy trat zwischen den beiden Marshals hindurch, um, nur durch den fünf Fuß breiten Gehweg von ihm getrennt, dem Gouverneur direkt gegenüberzustehen. Kameras klickten wie wild. Ich weiß, daß Sie alle sich an dieses Bild erinnern – die

Trooper mit ihren Helmvisieren und ihren Gewehren, Wallace, der die Hand hebt wie ein Schülerlotse, der den Verkehr anhält – und auf der anderen Seite drei höfliche, stille Schwarze und Hiram Murphy mit verschränkten Armen. Murphy wirkte entschlossen, aber auch ein bißchen amüsiert darüber, daß dieser Provinzpolitiker ihm den Weg vertrat. Bei genauer Betrachtung sieht man im Hintergrund, noch hinter den Marshals, Wiley und mich nebeneinander.

Meemaw rief immer noch unsere Namen.

»Gouverneur Wallace«, sagte Murphy, »ich habe hier einen rechtskräftigen, bindenden Gerichtsbeschluß, unterzeichnet von Richter Johnson vom Middle District von Alabama. Sie wissen sehr gut, daß Sie trotz all ihrer großen Reden kein Recht haben, diese Bürger am Betreten dieser öffentlichen Einrichtung zu hindern. Ich muß Sie deshalb bitten, den Weg freizumachen.«

Wallace nahm eine andere Pose ein. »Ich weigere mich im Namen der Bürger von Alabama«, sagte er. »Wir kennen unsere Rechte, und wir lassen uns von niemandem aus Washington D. C. herumschubsen.«

»Gouverneur, Sie haben keinerlei rechtliche Handhabe dafür, mich auf diese Weise zu behindern«, sagte Murphy. »Ich fordere Sie noch einmal auf, freiwillig zur Seite zu treten, damit ich diesen Gerichtsbeschluß durchsetzen kann.«

»Ich habe geschworen, die Bürger von Alabama gegen diese ungesetzliche Aggression zu verteidigen«, sagte Wallace, und man sah ihm an, daß es ihm Spaß machte.

»Und ich bin durch meinen Amtseid gehalten, den Beschlüssen des Bundesgerichts Geltung zu verschaffen. Ihnen steht in dieser Angelegenheit keinerlei juristische Kompetenz zu.«

Ben Thomas sah verwundert auf mich herunter. »Was macht ihr denn hier? Ihr seid doch Doves Jungen?«

Ich nickte. »Wir wollten helfen.«

Hiram Murphy sagte: »Gouverneur, werden Sie jetzt zur Seite treten und uns passieren lassen?«

»Niemals.« Wallace warf sich in die Brust. »Ich werde nie nachgeben. Die Bürger von Alabama werden nie nachgeben.«

»Sie lassen uns keine andere Wahl«, sagte Hiram Murphy. Wie auf Befehl machte unsere Gruppe kehrt, so unvermittelt, daß

Wiley und ich beinahe inmitten der feindseligen Fremden zurückgeblieben wären.

Wir trabten ein Stück, um die anderen einzuholen. »Wo geht's denn jetzt hin?« wollte Ben wissen. »Ist es vorbei?« Mir schien, daß wir uns ziemlich weit aus dem Fenster gehängt hatten, nur um dabei zu sein, wie Hiram Murphy ein paar Worte mit dem Gouverneur wechselte und dann den Rückzug antrat.

Ben sagte: »Kapierst du nicht? Es ist alles bloß Schau.«

»Eine Schau? Was soll das heißen?«

»Es ist alles die Schau vom Gouverneur«, sagte er. »Er war nicht Manns genug, morgen zu kommen, wenn Dr. King hier ist.«

Wir erreichten den rettenden Hafen – die etwas abseits geparkten glänzenden Ford-Limousinen. Die Menschenmenge zog in die andere Richtung, um zuzuschauen, wie der Gouverneur im Triumph abfuhr.

»Er hat gestern abend in höchster Panik angerufen«, sagte Murphy. »Er hat Angst gehabt, wenn er erst morgen gekommen wäre, dann wäre er zusammen mit King aufgenommen worden, und das hätte das Ende seiner Karriere bedeutet. Er hat mich angefleht, das heute zu machen, damit er sich in den Eingang stellen konnte.«

»Soll das heißen, das Ganze war gespielt? Alles war nur Theater?«

»Wir haben die Einzelheiten heute morgen besprochen. Ich war ziemlich perplex, als ich euch beide hinter uns sah. Ein falsches Wort von euch, und ihr hättet womöglich alles vermasselt.«

»Und was nun?« erkundigte sich Wiley.

»Es sind weitere Marshals hierher unterwegs, und die sind bewaffnet«, sagte Murphy. »Wallace garantiert uns, daß er nicht eingreift und daß er den Sheriff anweist, seine Leute nicht einzusetzen. In zwei Stunden, sobald sich die Menschen hier zerstreut haben, steht dieses Schwimmbad jedem offen.«

Nehemiah lächelte. »Und der Gouverneur ist wieder in Montgomery, legt die Beine hoch und bewundert sich in den Sechsuhrnachrichten.«

»Jungs, ich glaube, es ist besser, ihr geht jetzt heim«, sagte

Murphy. »Ich kann die Verantwortung für euch nicht übernehmen.«

Wir verabschiedeten uns von Nehemiah und seinen Söhnen. »Sagt bitte eurem Onkel einen schönen Gruß von mir«, sagte Nehemiah.

»Richtet ihm auch von mir etwas aus«, sagte Hiram Murphy. »Sagt ihm, auch wir aus dem Norden legen nicht immer alle Karten auf den Tisch, bevor das Spiel begonnen hat.«

38
PEEJOE / Industry

Die Fernsehkameras hatten uns hinter Ben und Ramsey Thomas erspäht, wie wir auf den Eingang vom Schwimmbad zugingen.

Dove starrte auf den Bildschirm, ohne ein Wort zu sagen.

Der Reporter sagte: »Gouverneur Wallace stellte sich heute den Bundes-Marshals und Beamten des Justizministeriums in den Weg – sein trotzigster Akt der Auflehnung seit Selma.«

Das Bild wechselte zu der Konfrontation zwischen Wallace und Murphy. Und da war ich schon wieder. Verschüchtert schaute ich hinter Nehemiah hervor.

»Ich werde nie nachgeben«, sagte Wallace. »Die Bürger von Alabama werden nie nachgeben.«

Der Bericht endete mit einer siegesbewußten Abschiedsgeste des Gouverneurs, als er in seinen Wagen stieg. Doves Miene verdüsterte sich. Er sah uns mit zusammengekniffenen Augen an. Er war verärgert.

»Sieh mich nicht an«, protestierte ich. »Es war Wileys Idee.«

»Hat Hiram Murphy euch das eingeredet, Wiley?«

»Nein, Sir.« Er trat von einem Bein aufs andere. »Ich dachte nur, wir – naja, die waren so hoffnungslos *unterlegen*.«

Meemaw sagte: »Ich weiß ja nicht, was du ihnen alles hast durchgehen lassen, Dove, aber die sind mir einfach weggelaufen.«

»Mama, ich verstehe nicht, wie du zulassen konntest, daß sie mit Nehemiah mitgehen, um dieses verdammte Schwimmbad für die Schwarzen zu öffnen.«

»Moment mal, ich hab's nicht zugelassen –«

»Bitte nicht böse sein, Onkel Dove«, sagte ich. »Es ist ja nichts passiert. Uns fehlt nichts.«

»Peter Joseph!« brauste er auf. »Ich will das nie mehr von dir hören. Es ist mir egal, ob *euch* was passiert oder nicht. Denkst du eigentlich nie daran, was du jemand anderem antun könntest? Los, raus mit dir! Ab auf dein Zimmer!«

Ich rührte mich nicht vom Fleck. »Nein, Sir.«

»Was?«

»Ich hab nein gesagt. Ich geh nicht auf mein Zimmer.« Ich war ganz erfüllt vom Geist des gewaltlosen Widerstands.

Dove stand aus seinem Sessel auf. »Was erlaubst du dir?«

»Komm, Dove, beruhige dich«, sagte Meemaw. »Sie haben's doch nur gut gemeint.«

»Du hast das nicht miterlebt, Mama. Immer, wenn ich ihnen den Rücken zudrehe, sind die da unten und reiten mich noch ein Stück tiefer rein! Mir steht der ganze verfluchte Mist bis hier!«

»Dove!«

»Du hast doch bloß Angst«, platzte ich heraus. »Mr. Murphy hat's auch gesagt, er hat gesagt, oben im Norden legt man nicht alle Karten auf den Tisch, bevor das Spiel auch nur angefangen hat.«

Ich weiß nicht, was für ein Teufel mich ritt, daß ich ihm solche Sachen sagte. Er machte zwei Schritte auf mich zu. »Das hat Murphy zu dir gesagt?«

»Ja, hat er.«

Wiley stellte sich neben mich. Einen Moment lang sah es so aus, als könnte Dove sich vergessen und mich schlagen.

»Mama«, sagte er mit erstickter Stimme, »ich möchte, daß du morgen wieder heimfährst. Nimm die beiden da mit. Ich hab's verdammt noch mal satt.« Er stakste aus dem Zimmer.

»Onkel Dove hat was Schlimmes gesagt«, sagte Cary.

»Geh, lauf ihm nach, Peejoe, und entschuldige dich«, sagte Meemaw.

»Aber es tut mir nicht leid.«

»Sei nicht aufsässig. Das war schrecklich, was du zu ihm gesagt hast, wo er so gut zu dir war! Na los, mach schon.« Sie zeigte mit dem Finger auf die Tür. Ihr Blick bedeutete: Ich meine es ernst, junger Mann.

Ich ging hinunter und fand Dove in seinem Büro, vornübergebeugt, das Gesicht in den Händen vergraben.

Ich dachte, er weint, aber als ich sagte: »Tut mir leid, Onkel Dove«, sah er mich trockenen Auges an.

»Setz dich.« Er nahm einen Stapel Sargkataloge von dem Stuhl, holte seine Flasche aus dem Bücherregal und goß sich ein halbes Glas Bourbon ein. »Mir tut's auch leid, mein Junge. Ich will natürlich nicht, daß ihr beiden weggeht. Der Himmel weiß, daß ihr mir beigestanden habt. Nicht mal meine eigene Frau hat das fertiggebracht.« Er nahm einen kräftigen Schluck.

»Ich glaube nicht wirklich, daß du Angst hast«, sagte ich. »Ich weiß, du wolltest nur Tante Lucille helfen.«

»Hör mal, Peter Joseph, es ist leicht, zu wissen, was man tun soll, wenn man noch ein Kind ist. Man sieht alles in Schwarzweiß. Viele denken, ich bin der größte Idiot, weil ich mich so weit vorgewagt habe. Man kann's eben nicht jedem recht machen.« Er trank noch einen Schluck. »Ach, was soll's. Wenigstens hat John Doggett gemerkt, daß er nicht alle terrorisieren kann, wie's ihm beliebt. Und jetzt werden sie die Rassentrennung im Schwimmbad aufheben, und alle werden einsehen, daß deswegen auch nicht die Welt untergeht.«

»Ich versteh sowieso nicht, warum die so einen Zirkus da drum machen«, sagte ich. »Die wollen doch bloß drin schwimmen.«

»›Und die Kinder werden sie führen‹«, sagte Dove. »Geh und hilf deiner Großmutter, den Tisch zu decken. Ich komme gleich nach.«

Ich ging zur Tür.

»Peejoe.«

Dove hatte mich noch nie mit meinem Spitznamen angeredet. Überrascht drehte ich mich um.

»Ich war stolz auf dich heute im Gericht. Du hast die richtigen Sachen gesagt.«

»Danke.«

Das Telefon klingelte. Ich ging die Treppe hinauf.

Meemaw sagte: »Ich hab heute einen unheimlich netten Mann kennengelernt.«

»Ach ja?« Dove griff nach seinem Glas. »Nämlich wen?«

Die kleineren Vinsons waren alle eingenickt. Wiley, Sandra und ich sahen uns die »Lawrence Welk Show« an. Sechs langbeinige blonde Mädchen, die als Margeriten verkleidet waren, hüpften auf dem Bildschirm herum und sangen *Sag mir, wo die Blumen sind*.

»Ich hab mir seinen Namen nicht gemerkt«, sagte Meemaw, »Aber er ist extra zu dem Prozeß von Kalifornien rübergefahren. Ist das nicht unglaublich? Er ist einer, den Lucille da drüben kennengelernt hat.«

»Wo bist du ihm begegnet?«

»Er ist im Gerichtssaal zu mir gekommen. Ich fand ihn schrecklich nett, warum, weiß ich eigentlich nicht. Er hatte einfach ein gutes Leuchten in den Augen. Du hättest sein Auto sehen sollen, das ist zweimal so lang wie dein Leichenwagen.«

»Du mußt ihn mir unbedingt zeigen«, sagte Dove.

»Ich frag Lucille nach ihm.« Sie seufzte. »Weißt du, das hat ihr immer gefehlt, ein netter Mann, der sich um sie kümmert.«

»Wär nicht schlecht, wenn er Psychiater wär«, sagte Dove.

Dove rüttelte mich wach. »Steh auf, mein Junge«, flüsterte er. »Sei leise. Weck die andern nicht auf.«

Ich rieb mir das gesunde Auge. »Wie spät ist es? Was ist los?«

»Komm schon, steh auf, wir müssen eine Fahrt machen.« Ich roch eine warme Bourbonwolke, aber er war anscheinend nicht betrunken.

»Und Wiley?«

»Laß ihn schlafen. Zieh dich an und komm runter zum Auto. Beeil dich.« Er ging vorsichtig um die Pritsche voller schlafender Jungen herum.

Ich zog mich rasch an. Mich fröstelte, so mitten in der Nacht aus dem warmen Bett und meinen Träumen gerissen, während Wiley und die anderen ungerührt vor sich hin schnarchten.

Ich tastete mich die Treppe hinunter.

Dove wartete in dem weißen Leichenwagen mit laufendem Motor. In seinem Gesicht sah man noch die Knitter vom Kopfkissen. Auf dem Rücksitz saß Milton mit weit aufgerissenen Augen, hellwach und voller Angst.

Ich stieg vorne ein. »Wohin fahren wir?«

Dove fuhr rückwärts die Auffahrt hinunter.

Milton sagte: »Misser Dove, das sollten Sie sich zweimal überlegen.«

»Da gibt's nichts zu überlegen, Milton. Was soll ich denn tun, den Mann einfach dort liegen lassen?«

»Was ist passiert, Onkel Dove?«

»Lassen Sie das wen anders machen«, beharrte Milton. »Sie haben schon mehr getan, wie Sie müßten.«

»Es ist doch kein anderer *da*«, sagte Dove. »Peter Joseph hält mich für einen Angsthasen. Ich will ihn vom Gegenteil überzeugen.«

Ich sah ihn von der Seite an. Seine Stimme war heiser vom Schlaf. War das ein böser Traum, daß Dove mich aus dem Bett holte, um wieder mit unserem Streit anzufangen?

»Ich würde's ja am liebsten auch nicht machen«, sagte er, fast wie im Selbstgespräch. »Aber es ist kein anderer da.«

»Eine furchtbare Sache«, sagte Milton.

Wir schleuderten mit quietschenden Reifen um eine Kurve.

»Ich hab's ihm gesagt, daß das passieren würde«, sagte Dove. »Er brauchte sie bloß noch ein bißchen mehr zu reizen, nur jedesmal noch ein kleines bißchen mehr.«

»Ja, Sir . . .«

Die Scheinwerfer von drei Autos beleuchteten ein klaffendes Loch in der Vorderseite des Bestattungsinstituts Blessed Rest. Dove schnupperte: »Riecht ihr das? Kordit.«

»Was ist das?«

»Dynamit.«

Er fuhr auf den Rasen, holperte über zerfetzte Holzbalken. Die halbe Veranda war weggerissen. Zerbrochene Dachbalken ragten in das Loch. Die konvergierenden Scheinwerfer lieferten eine gespenstisch grelle Beleuchtung. Eines der Autos gehörte Sheriff John Doggett, der mit der Stiefelspitze in den Überresten der Veranda stocherte.

Dove stieg aus. »Peter Joseph, du rührst dich nicht von der Stelle. Milton, komm, hilf mir.«

Der Sheriff schirmte seine Augen mit der Hand ab. »Dove?«

»Ja, ich bin's. Wo ist er?«

»Drinnen.«

Milton schob die klappernde Trage auf das Haus zu.

»Du willst ihn doch hoffentlich nicht zu dir mitnehmen?« fragte der Sheriff.

»Doch, was sonst?«

»Ich sag doch, ich würde das nicht machen.«

»Der Mann ist tot. Willst *du* ihn vielleicht balsamieren? Sonst ist keiner da.«

»Ich sag's noch mal, ich würde das nicht tun. Du unterschreibst wegen der Todesursache und überläßt ihn seinen eigenen Leuten.«

»Das geht nicht«, sagte Dove, »weil diese Schweine sein Haus in die Luft gesprengt haben. Warst du diesmal in dem Geländewagen, John?«

»Es war kein Geländewagen«, sagte der Sheriff, »es war ein Plymouth Valiant, neueres Modell, dunkelgrün. Wir haben eine gute Beschreibung und die Zulassungsnummer. Die kriegen wir.«

»Davon bin ich überzeugt.«

»Mir geht das an die Nieren, Dove. Wir hatten unsere Meinungsverschiedenheiten, aber Nehemiah war in Ordnung.«

Eine Frau kam, um die Tür aufzumachen, als ob Dove und Milton nicht durch das klaffende Loch hineingekonnt hätten. Ich erkannte sie wieder: Mattie Jackson.

Das war ein böser Traum. Sie brachten Nehemiah Thomas auf der Bahre heraus – ein unwahrscheinlich kleines Häufchen unter einer schneeweißen Decke.

Ich mußte daran denken, wie er mich als künftigen Berufskollegen ermuntert hatte. Inzwischen war mir dieser Beruf reichlich suspekt geworden.

Die Männer waren mit ihrem Plymouth in den Vorgarten des Blessed Rest gefahren und hatten die Ladung durch ein Fenster geworfen. Die Explosion hatte sämtliche Fenster im Haus und jedes zweite Fenster in den anderen Häusern der Straße zerspringen lassen, aber es war niemand ums Leben gekommen – ein Wunder, sie schliefen alle auf der Hinterseite.

Die Männer richteten ihre Scheinwerfer auf die Tür und warteten. Als Nehemiah in seinen langen Unterhosen herausgerannt kam, erschossen sie ihn.

Wir nahmen ihn mit nach Hause.

39
PEEJOE / Industry

Der Regen setzte kurz nach dem Morgengrauen ein und hielt den ganzen Tag über an. Bei Einbruch der Dämmerung kamen Ben und Ramsey ihren Vater abholen.

»Er sieht so friedlich aus«, sagte Ramsey. »Sie haben gute Arbeit geleistet.«

Ich beobachtete sie durch das Guckloch in der Decke. Nehemiah lag auf dem Stahltisch, bis zum Kinn mit einem Laken zugedeckt. Seine Söhne standen ihm zu Füßen.

Dove fragte sie, wo sie ihn aufbahren wollten.

»Wir haben an die A. M. E. Kirche gedacht«, sagte Ben.

Dove schüttelte den Kopf. »Die ist viel zu klein. Die alten Leute bei dem Regen im Freien, die holen sich ja eine Lungenentzündung.«

»Wir wissen aber kein größeres Gebäude«, sagte Ramsey.

Dove sagte: »Warum macht ihr es nicht hier?«

»Nein, Sir, vielen Dank, aber das wäre ein zu großes Risiko für Sie.« Ben hustete. »Ich danke Ihnen für das Angebot, aber Sie haben genug getan.«

»Wenn ich genug getan hätte«, sagte Dove, »wäre Nehemiah vielleicht noch am Leben. Das mindeste, was ich jetzt noch für ihn tun kann, ist ein anständiges Begräbnis. Er hätte für mich dasselbe getan.« Sein Blick wanderte von dem Toten nach oben, zu meinem Versteck. »Weg da, Peter Joseph«, befahl er.

Ich gehorchte.

Dove machte an diesem grauen, regnerischen Sonntag die Türen des Croaker-Moseley auf und begrüßte alle. Er hatte sich ganz auf die andere Seite geschlagen, genauso bewußt, wie Wiley mich von Meemaw weggezogen hatte.

So viele Farbige kamen von Dog Junction herauf, daß die Reihe der Trauernden im strömenden Regen die halbe Auffahrt hinunterreichte. Dove ließ Wiley und Sandra an der Schlange auf und ab laufen und Becher mit heißem Kaffee verteilen, so schnell Meemaw ihn aufbrühen konnte.

Nehemiah war im vorderen Salon in einem prächtigen Bronzesarg aufgebahrt, dem »Ewigen Soldaten«, Bestellnummer 1075 im Katalog von Imperial Casket, Listenpreis 2145 Dollar. Das Fehlen von Möbeln im Haus war ein Segen, weil das Erdgeschoß im Nu überfüllt war und die Leute in den ersten Stock auswichen.

Nehemiahs Frau war schon vor Jahren gestorben; die Rolle der trauernden Witwe war auf fünf ausladende Frauen in raschelnden schwarzen Kleidern verteilt: zwei Schwestern, zwei Nichten und eine Tante. Sie standen allesamt weinend an der Tür und begrüßten jeden. Vom Treppenabsatz aus sah ich, daß diese Damen Ursache des Verkehrsstaus waren; wenn sie sich nicht an der Tür, sondern weiter drinnen aufgestellt hätten, dann hätte niemand im Regen zu stehen brauchen. Dove war nirgends zu sehen.

Ich ging zu den Frauen hin und fing an, sie unauffällig nach der Seite abzudrängen. Erst, als ich sie glücklich in Salon Zwei hatte, merkten sie, daß sie verlegt worden waren.

Der Sheriff hatte am Samstag abend dreimal angerufen und Dove vor dieser Demonstration gewarnt, aber am Sonntag schickte er vier seiner Hilfssheriffs, die sich am unteren Ende unseres Rasens neben ihre Autos stellten und darauf achteten, daß alles friedlich blieb. Dove meinte, Doggett sei so froh über das Regenwetter am Tag der Rassenintegration, daß er sich zur Abwechslung einmal relativ vernünftig aufführe.

Nachdem ich die fünf Damen aus dem Weg geschafft hatte, ging der Vorbeimarsch der Trauergäste am Sarg zügig voran. Ich hatte noch nie so viele Menschen auf einmal plappern hören, so viele eindringliche Gespräche, die mit Seufzern und Wehklagen skandiert wurden, sobald die Betreffenden Nehemiah da liegen sahen, den stillsten Mann im ganzen Haus.

Dove konnte als Kosmetiker dem Experten Randall Mulch nicht das Wasser reichen, aber er hatte immerhin einen lebensähnlichen Schimmer wie von unpoliertem Mahagoni auf Nehemiahs Haut gezaubert. Nehemiah lag mit gefalteten Händen da und wirkte wie ein Mann, der sich in seinem besten Anzug zu einem Nickerchen hingelegt hat.

Ich ging hinauf, um Meemaw zu helfen. Ich sah sofort die Panik in ihren Augen: So viele Schwarze, die überall herumwimmelten, aus unseren Tassen tranken, unsere Toiletten benutzten; sie würde eine ganze Woche brauchen, um das Haus zu desinfizieren. Ob sie die Tassen alle wegwerfen und neue kaufen mußte?

»Na, wie geht's, Meemaw?« Ich griff nach einem Tablett mit vollen Kaffeetassen, um es hinunterzutragen.

»Nicht doch, mein Süßer, du wirst es fallenlassen. Warten wir lieber, bis Wiley oder einer von den anderen kommt.«

»Aber ich kann's doch, schau her.«

»Peejoe. Hör auf mich. Geh und hol wen andern.« Das Blitzen in ihren Augen sagte mir, daß ich zu gehorchen hatte.

Sie war immer noch durcheinander von dem Anruf, der sie am Morgen aus dem Schlaf gerissen hatte. Eine Männerstimme hatte gefragt: »Ist da das Croaker-Moseley?«

»Ja.«

»Niggerfreunde! Ihr müßt sterben!«

Klick.

Dove sagte ihr, sie solle sich nichts daraus machen, das sei nur ein übelgelaunter Rassist gewesen. Das Schlimmste hätten wir hinter uns, meinte er. Nehemiahs Tod habe anscheinend allen den Atem verschlagen, Schwarzen wie Weißen. Ein Mann sei tot, und die Menschen seien entweder wütend oder glücklich oder gleichgültig, aber es sei nicht dasselbe wie damals, als Taylor Jackson gestorben sei. Die Stadt sei erschöpft.

Wallace und King, sagte Dove, könnten sich jetzt wieder in ihre Ecken zurückziehen, ihre Leute mitnehmen und es den Menschen von Industry überlassen, die Scherben aufzusammeln. Die Übertragungswagen vom Fernsehen stünden nur noch wegen Tante Lucilles Prozeß auf dem Gerichtsplatz und würden anschließend verschwinden.

Dove sagte, Schwarze und Weiße müßten wieder ganz von vorn lernen, miteinander auszukommen.

Meemaw war nicht wie Earlene, sie regte sich nicht großmächtig auf über die vielen Schwarzen im Haus, aber sie war den ganzen Tag ziemlich kurz angebunden. Der anonyme Anruf war ihr in die Glieder gefahren. Sie verbannte die jüngeren Vinsons in den zweiten Stock, mit der Anweisung, sie sollten gefälligst oben bleiben und Ruhe halten, sonst . . .

Ich linste mal durch den Türspalt, um mich zu vergewissern, daß sie nicht alles zu Kleinholz machten. Marilyn lag in einer Kommodenschublade und spielte die Leiche in einer von den anderen veranstalteten Begräbnisfeier. Ich störte sie nicht.

Ich suchte mir in dem Gedrängel einen Weg nach unten. Ich fand Dove im Vorraum der Leichenhalle, wo er an der grauen Tür lehnte und sich mit Ben Thomas unterhielt.

Ben empfing mich mit einem gutmütig-nachsichtigen Lächeln: »Da ist ja unser kleiner Marschierer.«

Dove legte mir den Arm um die Schulter. »Wie schlägt sich Mama?«

»Sie kommt mir nervös vor.«

»Ich finde es wirklich nett von ihr, daß sie damit einverstanden ist, daß wir alle heute hier sind«, sagte Ben. »Papa hätte das bestimmt auch zu schätzen gewußt.«

»Tut mir leid, was passiert ist.« Es klang überflüssig, aber ich sagte es trotzdem. »Er war immer richtig nett.«

»Danke, Peter Joseph«, sagte Ben. »Das ist sehr freundlich von dir.«

Ich war überrascht, daß einer praktisch neben dem Sarg seines toten Vaters stehen und so routiniert höflich sein konnte – aber er war schließlich der Lehrling seines Vaters, war in Etikette für Leichenbestatter bestens geschult: Halte Distanz zu den Familienmitgliedern, gib ihnen Raum zum Trauern. Sprich leise. Kein Kaugummi, nicht rauchen, nicht lächeln oder lachen, wenn jemand von der Familie in der Nähe ist.

Selbst, wenn es deine eigene Familie ist.

Dove sagte: »Das heute ist ein neuer Anfang, Ben. Sehen Sie sich an, wie schnell John die Duboce-Jungen verhaftet hat. Ich glaube, diesmal können wir mit einer Verurteilung rechnen.«

Der Sheriff hatte drei dicke Duboce-Brüder draußen auf dem Land wegen des Mordes an Nehemiah festgenommen. Im Kofferraum ihres grünen Plymouth, Baujahr 1963, waren Zündkapseln und leere Patronenhülsen gefunden worden. Jetzt saßen sie im Gefängnis des Cotton County ein, vier Zellen von Lucille entfernt.

»Mir ist es gleich, ob sie verurteilt werden«, sagte Ben. »Davon wird er auch nicht wieder lebendig.«

»Nein, sicher. Aber es wäre ein Beweis, daß es was geändert hat.«

»Paps war kein alter Mann, wissen Sie. Dreiundsechzig. Er war schon in jungen Jahren ergraut.«

»Das hab ich nicht gewußt«, sagte Dove.

Plötzlich aufgeregtes Stimmengewirr an der Haustür, alle redeten auf einmal. Ein Mann mit einem regennassen, elfenbeinfarbenen Filzhut stand mit dem Rücken zu uns da und schüttelte seinen Regenmantel aus, während er auf Nehemiah hinabsah. Die Trauergäste strömten aus Salon Zwei und umringten den Mann unter lautem Wehklagen.

»Paps hat nie ein Wort über Bürgerrechte verloren, bis sie meinen Cousin David umgebracht haben«, sagte Ben gerade. »Das hat ihn so verändert. Als er sich einmal zu Wort gemeldet hatte, wußte er, daß er genauso enden konnte wie David und Taylor, aber er fürchtete sich nicht.«

Die Frauen erdrückten den Fremden fast, drängten ihn in ihrer Begeisterung immer weiter in unsere Richtung. Er wollte sich vor dem Ansturm in Sicherheit bringen und drehte sich um – und seine Miene erhellte sich, als er Ben sah, doch dann trat ein Ausdruck unendlicher Trauer in seine Augen.

Er umarmte Ben. Er drückte Ben mit dem einen Arm an sich und hielt gleichzeitig Dove die Hand hin. »Hallo. Martin King.«

»Dove Bullis.« Dove schüttelte ihm die Hand. »Willkommen in meinem Haus.«

»Ach, Sie wohnen auch hier? Wie schön. Ich dachte immer, nur schwarze Leichenbestatter wohnen über ihren Geschäftsräumen.«

Dove lächelte. »Das kommt auch bei manchen von uns Weißen vor.«

Ich stand da mit aufgestellter Augenklappe und hoffte, er würde mich bemerken und sich an mich erinnern.

»Dove hat uns von Anfang an sehr geholfen, Dr. King«, sagte Ben. »Er hat vor der Grand Jury gegen John Doggett ausgesagt.«

»Ach, wenn es doch mehr Männer Ihres Schlages gäbe«, sagte King. »Mr. Bullis, haben Sie ein ruhiges Zimmer, in das ich mich für ein Weilchen mit Ben und seiner Familie zum Gebet zurückziehen könnte?«

»Natürlich.« Dove ging voraus. »Bitte kommen Sie mit, Sie können mein Büro nehmen.« Hinter ihnen gingen die fünf Damen hinein, die ob der Aussicht auf eine Audienz bei dem berühmten Mann vorübergehend ihre Trauer vergaßen. Auch Ramsey ging mit, und Mattie Jackson und zwei von den Geistlichen. Sie schlossen die Tür hinter sich.

Ich lief zu Meemaw hinauf. »Rat mal, wer unten ist!«

»Keine Zeit, mein Süßer, ich hab alle Hände voll zu tun. Sandra, die Tassen da sind schmutzig. Waschen wir lieber die hier ab.«

»Aber Meemaw, es ist Dr. King!«

»Ich kenne keinen Dr. King. Nicht die, Schatz. Diese hier.«

»Die sind aber nicht schmutzig«, sagte Sandra. »Die hab ich gerade abgewaschen.«

Meemaw senkte die Stimme. »Ich hab gesagt, du sollst sie noch mal abwaschen, also tu, was man dir sagt.«

»Meemaw, jetzt hör doch mal, es ist Martin *Luther* King! Er ist hier, in diesem Haus!«

Das verschlug ihnen die Sprache. Alle sahen mich einen Moment lang ungläubig an, dann liefen sie zur Treppe.

»Allmächtiger«, sage Meemaw. »Hoffentlich geht er bald wieder. Dieser Mann zieht das Unglück förmlich an.«

»Willst du nicht runterkommen und ihn sehen?«

»Den hab ich schon oft genug im Fernsehen gesehen.«

Sandra trocknete sich die Hände ab. »Da muß ich hin.« Sie rannte los.

»Du kommst sofort zurück!« Mama stützte die Hände auf die Hüften. »Peejoe, komm her und wasch die Tassen ab.«

Als sie mich endlich entließ, hatte Dr. King seinen Beileidsbesuch beendet und war wieder abgefahren. Im Erdgeschoß standen alle herum und erzählten sich gegenseitig, was er zu ihnen gesagt hatte.

Dove war in seinem Büro. »Wo ist er hin?«

»Zurück nach Atlanta, nehm ich an.« Er griff nach einer Zigarette. »Ich muß schon sagen, er hat ausgezeichnete Manieren, offenbar aus guter Familie. Sehr eloquent. Hellere Hautfarbe, als ich gedacht hatte.«

»Er war ganz anders, als er gepredigt hat«, sagte ich. »Heute hat er ausgesehen wie ein, na ja, wie ein Mann halt.«

»Das ist er auch, Peter Joseph. Ein Mann wie jeder andere. Wie ich. Wie du einmal einer sein wirst.«

»Ich bin froh, daß er zu uns gekommen ist, Onkel Dove.«

»Ja.« Er lächelte. »Wir werden eine Tafel anbringen müssen. Jedenfalls sieht's so aus, als brauchte sich John keine Sorgen mehr zu machen. Der Reverend ist hier fertig. Er hat von einem Marsch auf Washington gesprochen. Soll sich Lyndon Johnson eine Weile mit denen rumärgern.«

Die Beileidsbesuche hielten den ganzen Nachmittag an. Am Abend schlossen Dove und Milton Nehemiahs Sarg. Sie schoben ihn in den weißen Leichenwagen und fuhren an der Spitze einer langen Kolonne aufs Land, um ihn in der Nähe seines Geburtsortes zu beerdigen.

Ich wollte auch mit, aber Meemaw meinte, ich hätte schon genug gesehen.

Wir bekamen erst ein Abendessen, nachdem wir ihr geholfen hatten, sämtliche Fußböden aufzuwischen, die Toiletten zu putzen und die Kaffeetassen mit Clorox zu desinfizieren.

»Das sind doch ganz normale Menschen, Meemaw«, sagte ich. »Die haben keine *Krankheiten.*«

»Der eine oder andere vielleicht doch«, sagte sie. »Man kann nie wissen. Sie sind anders wie wir, das ist alles.«

»Nein, sind sie nicht. Sie haben bloß eine andere Hautfarbe.«

»Du mußt erst noch älter werden, bevor du über dich selbst hinaussehen kannst, Peejoe. Es gibt einen großen Unterschied. Diese Menschen sind nicht wie wir. Sie kommen vom anderen Ende der Welt.«

Das war ihr letztes Wort zu diesem Thema. Sie gab uns zu essen und schickte uns ins Bett.

Am Montag morgen war es kühl, und die Stadt prangte in frischem Grün. Der böse Traum von Freitagnacht begann zu verblassen: Hatte ich wirklich Dynamit gerochen und gesehen, wie Nehemiah durch das rauchende Loch in der Hauswand getragen wurde?

Hatten die ihn wirklich umgebracht, bloß weil er seine Rolle in der Pantomime des Gouverneurs gespielt hatte?

Sie warteten ab, bis er sich als Sieger fühlte, dann brachten sie ihn um. Das war das Fieseste dabei.

Zum erstenmal seit Wochen lag das Schwimmbad am hellichten Tag verlassen da, weit und breit keine Badelustigen und keine Demonstranten. Der Wasserspiegel war um drei Fuß gesunken, trotz des vielen Regens. Ein neues Schild: WIEDERERÖFFNUNG DONNERSTAG. Dove sagte, Mr. Peterson habe wegen des ewigen Hin und Hers gekündigt.

Wir fuhren zum Gerichtsplatz hinauf. Alle Zuschauer vom Freitag standen am Eingang Schlange, und es waren auch noch Neue dabei, denen die anderen von Tante Lucille erzählt hatten.

Wir setzten uns wieder vorne hin. Lucille zögerte ihren Auftritt bis zum letzten Moment hinaus. Diesmal trug sie ein weinrotes Leinenkostüm, ein Halstuch mit bunten Blumen und den schwarzen Samthut. Sie lächelte und ging an Doves Arm bis an ihren Tisch.

Larry Russell zeigte mit dem Finger auf mich. »Hubert wird dich nicht mehr aufrufen, mein Junge, und ich auch nicht«, sagte er. »Du hast deine Sache am Freitag sehr gut gemacht.«

Ich versuchte, mir meine Enttäuschung nicht anmerken zu lassen. Ich hatte die halbe Nacht wachgelegen und mich innerlich auf den zweiten Teil meiner Aussage vorbereitet.

Der Richter trug eine lustige gelbe Fliege. Er kam herein, begrüßte die Anwesenden und rief die Anwälte zu sich; eine Stunde lang steckten sie die Köpfe zusammen, schickten die Geschworenen hinaus, holten sie wieder herein.

Meemaw verteilte Malbücher und Buntstifte an die jüngeren Vinsons. Farley war mit Milton zu Hause geblieben; noch einen Verhandlungstag hätte er nicht durchgestanden.

Hubert Mackie fragte eine endlose Reihe von Hilfssheriffs in geisttötender Detailbesessenheit nach ihren Beobachtungen am fünften Mai in Lucilles Haus. Das Blut in dem Geräteschuppen, die tiefgefrorene Leiche – es ging immer und immer wieder um dieselben Dinge. »In diesem Augenblick bemerkte ich eine gewisse Menge einer dunklen Flüssigkeit, bei der es sich allem Anschein nach um menschliches Blut handelte«, und so weiter, den ganzen Vormittag und auch noch eine Zeitlang am Nachmittag.

Das war nicht annähernd so aufregend wie Lucilles Erzählung von den nicht endenden Folterqualen, die Chester ihr bereitet hatte, und längst nicht so nervenzerfetzend wie meine Aussage im Zeugenstand. Ich nahm meinen Liberty-National-Fächer und bemalte die Freiheitsstatue mit einer Perlenkette und Raffzähnen. Cary sah es und kicherte los, und der Richter warf uns einen strafenden Blick zu.

Meemaw beugte sich herüber und knuffte mich. Lautlos verwarnte sie mich: Benimm dich. Ich schloß mein Auge und legte den Kopf auf die Bank, um das Schwindelgefühl loszuwerden.

Plötzlich hörte ich Hubert Mackie sagen: »Die Anklage schließt hiermit ihre Beweisaufnahme, Euer Ehren.«

Das war's? Das waren schon alle Beweise, die er ins Feld führen wollte? Vielleicht war mir etwas entgangen. Gab sich Hubert Mackie geschlagen?

Offenbar nicht. Larry Russell wirkte keineswegs erfreut. Er kratzte sich eine Minute lang den Kopf, während er seine Unterlagen durchsah – bis der Richter ihn schließlich ermahnte: »Mr. Russell?«

»Ja, Euer Ehren«, sagte er und erhob sich so langsam wie Rauch von einem Feuer.

»Mr. Mackie hat seine Beweisaufnahme geschlossen.«

»Ja, Euer Ehren, das habe ich gehört«, sagte Russell. »In diesem Fall rufe ich Mrs. Lucille Bullis Vinson als Zeugin auf.«

Lucille stand auf und ging zum Zeugenstand. Vier Frauen standen auf und klatschten ihr Beifall. Die vier hatten am Freitag in der ersten Reihe gesessen; man sah ihnen an, daß sie schlichte, abgearbeitete Hausfrauen waren, aber als sie Lucille ansahen, leuchteten ihre Augen vor Erregung und einer Art Bewunderung.

Der Richter sah sie streng an, bis sie sich wieder hinsetzten.

»Offensichtlich sind Ihre Manieren übers Wochenende nicht besser geworden«, sagte er eisig. »Ich möchte, daß die Geschworenen sich die Erklärung der Angeklagten anhören, ohne daß Sie, meine Damen, Ihre Kommentare dazu abgeben.«

Lucille schwor, die Wahrheit zu sagen. Am Schluß sagte sie: »So wahr mir Gott helfe.«

»Lucille, bitte erklären Sie uns«, sagte Larry Russell, »warum haben Sie den Kopf Ihres Mannes nach Kalifornien mitgenommen?«

Die Geschworenen merkten auf.

Lucille überlegte einen Moment. »Ich weiß, es hört sich verrückt an. Sie müßten Chester kennen, um mich zu verstehen.«

»Bitte. Lassen Sie sich Zeit.«

»Nun ja, ich konnte ihn nicht einfach wegwerfen. Ich meine, er war zwar tot, aber das war doch ein Teil von ihm, ja? Solange ich ihn bei mir hatte, war er irgendwie noch lebendig. Ich wollte ja immer nur von ihm weg, aber als es dann so weit war, hatte ich wahrscheinlich Angst.«

»Wovor?«

Sie zögerte. »Angst, allein zu sein.«

Da. Das war die Wahrheit, wie Tante Lucille sie sah. Für mich hörte sich das verrückt genug an. Damit hätte eigentlich alles klar sein sollen. Jetzt hätte sie nichts mehr sagen sollen.

Aber sie sprach weiter. »Ich bereue nicht, daß ich es getan habe« sagte sie. »Ich bin froh, daß er tot ist. Er war ein besserer Mensch, nachdem ich ihn umgebracht hatte. Er sagte mir, daß er mich liebt. Solange er lebte, hat er das nie gesagt. Ich hätte es schon viel früher tun sollen. Er war wirklich *immer* ein Scheißkerl.«

Russell kam näher. »Chesters Kopf hat also mit Ihnen gesprochen?«

Sie faltete die Hände. »Von Zeit zu Zeit.«

»Und was hat er gesagt?«

»Er sagte, er liebt mich.« Lucille warf den Kopf herum, daß die Haare flogen. »Er hat mir nichts übelgenommen.«

»Keine weiteren Fragen«, sagte Russell. »Ihre Zeugin, Mr. Mackie.«

Hubert Mackie faßte Lucille sehr sanft an. Er ging ihre Geschichte in allen Einzelheiten mit ihr durch. Sie legte sich seine Fragen so zurecht, daß sie ihre Ehe in den düstersten Farben schildern konnte: Chester war ein gemeiner Mensch, der sie ständig beleidigte und dauernd etwas an ihr auszusetzen hatte. Lucille war eine begabte, frustrierte Frau, die sich danach sehnte, ihr Glück zu versuchen. Immer wieder kam sie darauf zurück, wie wundervoll ihr neues Leben war, wie um aller Welt zu beweisen, daß ihr altes Leben einfach enden mußte – um jeden Preis.

»Schön«, sagte Hubert Mackie, »lassen Sie uns jetzt über die Nacht vom dritten Mai sprechen. Sie haben ausgesagt, Sie hätten zufällig eine Schachtel D-Con-Rattengift in dem Regal über der Waschmaschine entdeckt. Und Sie hätten sich gefragt, wieviel davon wohl nötig sei, um einen Menschen zu töten. War das das erste Mal, daß Sie daran gedacht haben, Ihren Mann umzubringen?«

»Ja.«

»Und wie ging's weiter?«

»Ich nahm das Rattengift mit in die Küche. Ich steckte die Kaffeemaschine ein, um ihm seinen Kaffee zu machen.«

Mackie hielt sie lange da oben fest, kehrte immer wieder zum Ausgangspunkt zurück und versuchte, sie in die Falle zu locken, aber Lucille gab nicht zu, daß sie den Mord an Chester geplant hatte. Sie sei einfach nicht der Mensch dazu, versicherte sie, herumzulaufen und von langer Hand zu planen, jemanden umzubringen. Es sei eine spontane Handlung gewesen. Sie habe die Kaffeemaschine eingesteckt, und dann habe sich dichter grauer Nebel über sie gesenkt. Sie habe in diesem Nebel die Orientierung verloren. Was danach geschah, daran erinnere sie sich eigentlich nicht mehr. Ihr Gedächtnis setzte erst zwei Wochen später wieder ein, als sie schon in Kalifornien war.

Sie versuchte verzweifelt, ihren Hals aus der Schlinge zu ziehen, aber ich merkte, daß die Geschworenen ihr nicht glaubten. Je länger sie versuchte, alles zu erklären, um so verschlossener wurden ihre Gesichter.

Hubert Mackie rieb die Hände aneinander. »Danke, Mrs. Vinson, das wär's.«

Der Richter sagte: »Sie können herunterkommen.«

Die Anwälte hielten kurze Plädoyers. Hubert Mackie erklärte

Lucille für schuldig. Russell beteuerte, sie sei nicht schuldig, nicht schuldig; jeder, meinte er, könne auf den ersten Blick sehen, daß Lucille nicht ganz bei Verstand sei. »Sie würden der Gesellschaft keinen Dienst erweisen, wenn Sie sie ins Gefängnis schicken«, sagte er. »Erklären Sie sie für nicht schuldig, und lassen Sie uns versuchen, ihr Hilfe zukommen zu lassen.«

Lucille wirkte verärgert, sagte aber nichts.

Der Richter las den Geschworenen eine Liste von Anweisungen vor und entließ uns dann bis zur Urteilsverkündung.

Wir gingen mit Dove durch die Tür der Geschworenen und ein Gewirr von Treppenhäusern hinaus auf den Platz. Er versuchte Meemaw zu überreden, uns nach Hause zu bringen, aber sie wollte unbedingt die Urteilsverkündung abwarten.

Die Reporter überfielen sie mit Fragen: Hatte Lucille schon als Kind Anzeichen von geistiger Verwirrung erkennen lassen? Hatte sie jemals einen Menschen verletzt oder bedroht? »Mrs. Bullis, stimmt es, daß Sie und Ihr Sohn gestern abend einen privaten Empfang für Martin Luther King gegeben haben?«

»Das ist das Lächerlichste, was mir je zu Ohren gekommen ist. Bitte gehen Sie jetzt und lassen Sie uns in Frieden.«

Ein anderer Mann kam an unseren Tisch, doch Meemaw schickte ihn nicht weg, sondern ihr Gesicht verklärte sich. »Ach, guten Tag! Sie sind also noch da!«

»Ja, Ma'am. Ich sagte Ihnen doch, daß ich bis zum Schluß bleiben werde.«

»Das hier sind alles Lucilles Kinder – das ist Sandra, das sind Cary, Marlon und Judy, und dieser kleine Engel ist Marilyn. Ach, und Peejoe und Wiley. Die gehören zu mir.«

Der kleine Mann nahm die Mütze ab, und man sah das schüttere Haar, das er über einen kahlen Fleck gekämmt hatte. »Freut mich, eure Bekanntschaft zu machen«, sagte er. Er hatte einen Goldzahn.

»Tut mir schrecklich leid«, sagte Meemaw, »aber ich habe mir Ihren Namen nicht gemerkt.«

»Norman Wirtz.«

Norman Wirtz hatte dunkle Bartstoppeln, Cowboystiefel, ein weißes Hemd, das sich über dem Bauch spannte, und eine schmale Cowboykrawatte. Er sah uns an; wir sahen ihn an.

»Sagen Sie, Mr. Wirtz, wie haben Sie Lucille kennengelernt?«

»Ich hatte das große Vergnügen, sie von Las Vegas nach Los Angeles zu fahren.«

»Gegen Bezahlung?«

»Ja, sicher.«

»Sieh einer an, sie ist vornehm geworden«, sagte Meemaw. »Ich kann es einfach nicht glauben, daß Sie extra den weiten Weg gemacht haben, um an dieser Verhandlung teilzunehmen. Das sind doch Tausende von Meilen!«

»Sie ist die schönste Frau, die ich je gesehen habe.« Seine Augen leuchteten. »Ich möchte einfach in ihrer Nähe sein. Aber jetzt werde ich Sie nicht länger aufhalten.« Er ließ seinen Goldzahn aufblitzen und ging zu einer unheimlich langen Cadillac-Limousine, die vor dem Ritz-Kino geparkt war. Er winkte uns und stieg ein.

»Er redet lustig«, sagte Marlon. »Wird das unser neuer Daddy?«

»Nein, Schatz, das glaube ich nicht.«

Sandra sagte: »Ich finde ihn nett. Ich möchte in dem Auto mitfahren, dürfen wir, Meemaw?«

»Das Auto von Onkel Dove ist genauso schön wie das.«

»Das ist nicht dasselbe. Doves Auto ist für tote Leute.«

»Es ist für jeden da, der das Glück hat, drin mitfahren zu dürfen, und damit basta.« Sie griff nach ihrem Fächer. »Mein Gott, ist das schon wieder heiß. Man möchte meinen, es hätte sich ein bißchen abgekühlt nach dem Regen.«

Als sei ein unhörbares Glöckchen erklungen, schauten alle auf dem Platz in diesem Moment gleichzeitig auf. Sie griffen nach ihren Handtaschen und Hüten und gingen auf die Treppe zu.

Dove kam uns holen. »Kommt, gehn wir wieder rein. Es wird jetzt nicht mehr lang dauern.«

Mir klopfte das Herz. War es möglich, daß Tante Lucille ungeschoren davonkam? Darauf hatte ich natürlich die ganze Zeit gehofft, seit sie in dem weißen Galaxie aus Meemaws Garten abgerauscht war. Aber jetzt, wo es so aussah, als bestünde wirklich eine Chance, daß sie freigesprochen wurde, war ich ganz verwirrt. Was würde das bedeuten, wenn man einen Mann vergiften und ihm den Kopf abschneiden konnte, und die Geschworenen würden einen freisprechen? Wäre die Ermordung von Onkel Chester überhaupt noch ein Verbrechen gewesen, wenn niemand dafür bestraft wurde?

Der Richter war noch nicht im Saal. Im Publikum wurden Vermutungen ausgetauscht. Wir setzten uns auf die vorderste Bank. Dove nahm am Tisch der Verteidigung Platz und las eine Zeitung.

Ich sah, wie ein paar Männer Geld für eine Wette zusammenlegten. Mein Herz klopfte immer wilder. Ich drückte beide Daumen, um es zu beruhigen. Ich hoffte, meine Verwirrung würde sich nicht auf die Geschworenen in ihrem Beratungszimmer übertragen und irgendwie Tante Lucilles Chancen versauen.

»Erheben Sie sich!«

Dove schaute von der Zeitung auf.

Alle hasteten zu ihren Plätzen. Der Richter kam als erster herein, dann die Geschworenen. Ich hatte nie zwölf so ernste Gesichter gesehen – sie sahen zuerst Lucille an, dann uns Kinder, und dann richteten sie den Blick auf Richter Mead und kapselten sich innerlich von allen anderen in dem Saal ab.

Nicht schuldig, sagte ich lautlos vor mich hin. Nicht schuldig, nicht schuldig, nicht schuldig.

Tante Lucille saß mit aneinandergelegten Fingerspitzen da. Die Tür ging auf – Schicksal, nimm deinen Lauf.

»Meine Damen und Herren Geschworenen«, sagte der Richter, »sind Sie zu einem Urteil gelangt?«

»Ja, Euer Ehren.« Der Sprecher überreichte dem Gerichtsdiener einen Zettel, und der brachte ihn dem Richter.

Er warf einen Blick darauf und faltete ihn zusammen. »Bitte, fahren Sie fort, Mr. Dawkins.«

Der Sprecher hielt sein Notizbuch vor sich hin. »Im ersten Anklagepunkt, Mord, erachten die Geschworenen die Angeklagte für schuldig.«

Er sagte es ganz sachlich, ohne jeden Ausdruck, wie ein Radiosprecher, der die Tagespreise von Sojabohnen abliest.

Ein ungläubiger Aufschrei hallte durch den Saal. Reporter rannten zum Telefon.

»Im zweiten Punkt, vorsätzliche Schändung und Verstümmelung einer Leiche, erachten wir die Angeklagte für schuldig.«

Meemaw weinte. Sandra und die anderen Mädchen stimmten ein, und bald wurde lautes Geheul daraus.

»Im dritten Anklagepunkt, gesetzwidrige Flucht zur Vermeidung der Strafverfolgung, erachten die Geschworenen die Angeklagte für schuldig.«

Dove kam durch das Türchen und umarmte Meemaw. Cary und Marlon starrten auf den Boden. Wiley wandte sich mir zu, die Tränen standen ihm in den Augen. »Schuldig. Wie können die sie schuldig sprechen?«

»Aber, Wiley, sie *ist* schuldig.« Mein eigenes Herz war so kalt wie eh und je.

». . . vierten Punkt, widerrechtliche Benutzung eines Fahrzeugs zur Begehung eines Verbrechens, erachten wir, die Geschworenen, die Angeklagte für schuldig.«

Während der ganzen Litanei stand Lucille mit vor dem Körper verschränkten Händen da, ein geheimnisvolles kleines Lächeln auf den Lippen. Es war eine reife Leistung. Sie sah aus, als wollte sie jeden Moment hinübergehen und sich bei jedem Geschworenen persönlich bedanken, aber sie bekam keine Gelegenheit dazu. Drei Gerichtsdiener traten zu ihr und schirmten sie gegen die Zuschauer ab. Die Geschworenen gingen im Gänsemarsch hinaus, ohne sie noch einmal anzusehen.

Richter Mead sagte, er werde das Urteil tags darauf um halb sechs Uhr nachmittags verkünden. Die Gerichtsdiener führten Lucille durch die Geschworenentür hinaus. Sie drehte sich um und warf uns eine Kußhand zu. Dann war sie verschwunden.

Im Foyer hörte ich einen aufgeregten Reporter sagen: ». . . hat die Angeklagte soeben in allen Punkten schuldig gesprochen, und Richter Lewis S. Mead hat die Urteilsverkündung auf morgen nachmittag angesetzt. Mrs. Vinson nahm den Schuldspruch ohne erkennbare Gemütsbewegung entgegen . . .«

Meemaw und Dove suchten uns zusammen, dann gingen sie mit uns hinaus. Es war die Phase der Abenddämmerung, wenn der Himmel noch leicht violett getönt ist. »Na komm, Sandra, du kannst genausogut zu Hause weinen«, sagte Meemaw. »Marlon, gib deinem Bruder die Hand.«

Norman Wirtz wollte uns heimfahren, aber Meemaw sagte: »Entschuldigung, aber wir müssen jetzt gehen.«

Wir stiegen in den Leichenwagen. Dove fuhr los.

»Wir haben es ihr gesagt, Mama«, sagte er, »aber sie wollte den Prozeß. Sie hat alles auf eine Karte gesetzt und verloren. Jetzt kommt es auf den Richter an.«

40
LUCILLE / Industry

Lucille öffnete den Umschlag mit zitternden Fingern.

Liebe Carolyn Clay,
Die Erinnerung an Sie verfolgt mich. Ich rieche Sie an meinen Fingern. Warum sind Sie abgereist, ohne auf Wiedersehen zu sagen? Die Party war richtig peinlich – wie alle diese Partys –, jeder will ein Stück von mir – ich wollte *Sie* ganz, auf der Stelle – ich denke ständig an Sie und bin bei Ihnen. Aber ich bin von Ihnen weggegangen. Ich ließ Sie allein, mit dem, was Sie wußten, nach dem, was Sie getan hatten – unfähig, sich dem Mann anzuvertrauen, der Sie als einziger ganz verstehen würde. Der Verbrecher bin ich. Ich weiß, daß Sie mir nie verzeihen können – Sie sind nicht der verzeihende Typ, das sehe ich an den Schlagzeilen –, aber bitte geben Sie mir wenigstens die Chance, alles zu erklären. Ich habe versucht, Sie zu erreichen – um Ihnen zu sagen, was mir auf der Seele liegt. Ist es zu spät? Können wir jetzt bitte nach Argentinien fahren?

Der Mann Ihrer Träume,
Toby

Lucille streckte sich auf der Pritsche aus und dachte an seine süßen Küsse. Das war doch einmal ein richtiger Mann . . .

Lärm auf dem Gang vor ihrer Zelle riß sie aus ihrer Träumerei.

Nirgendwo in der Verfassung stand, daß sie sich anhören mußte, wie Roy und Lester Duboce ihren Bruder beschimpften, weil er sie alle drei ins Gefängnis gebracht habe.

Sie rief ihnen zu, sie sollten den Mund halten. Sie antworteten, komm doch her, dann stopfen wir dir deinen, Blondchen, na komm schon, Blondie. Sie schrie und schlug mit ihrer Blechtasse an die Gitterstäbe, bis der diensthabende Sergeant die Treppe heraufgetrampelt kam und die Brüder Duboce anschnauzte, sie sollten verdammt noch mal Ruhe geben oder er würde ihnen die Matratzen wegnehmen.

Lucille faltete den Brief wieder zusammen und fuhr fort, sich die Augenbrauen auszuzupfen. Jedes schmerzhafte kleine Härchen, das sie ausriß, war ein weiterer Duboce.

Es war ihre letzte Nacht, zumindest in diesem Gefängnis. Morgen abend – wo mochte sie da wohl sein? Atmore – Gefängnis? Bryce – Nervenklinik? Alles war möglich. Ihre Fähigkeit, die Zukunft vorherzusehen, war ihr ungefähr zu der Zeit abhanden gekommen, als sie auf der Golden Gate Bridge herumspazierte.

Erst hatte sie sich noch eingebildet, sie könnte Detective Rubacky verführen, dann Sheriff Doggett. Aber das waren kalte Fische – oder aber ihr Sexappeal schwand in der Gefangenschaft.

Dann dachte sie, sie könnte die Geschworenen dazu bringen, sie freizusprechen. Eine Zeitlang war sie überzeugt, auf dem richtigen Weg zu sein, aber in Wirklichkeit hatten die ständig gelächelt und genickt und dabei nur eins gedacht: *Schuldig, Schuldig im Sinne der Anklage, Schuldig wie der Teufel.*

Wenn sie begriffen hätte, daß am Schluß alles an Richter Mead hängen würde, dann hätte sie ihm von Anfang an mehr Beachtung geschenkt. Jetzt war es zu spät. Er war irgendwo da draußen in der Nacht und entschied über ihr Schicksal. Sie konnte nur hoffen, daß er gut zu Abend gegessen und eine delikate Nachspeise bekommen hatte. Sie hoffte, er würde schöne Träume haben und in großmütiger Stimmung aufwachen.

Ihr loses Mundwerk hatte sie überführt. Sie hätte Chester nicht einen Scheißkerl nennen dürfen. Das war der Augenblick gewesen, in dem sich die Gesichter der Geschworenen veränderten. Die Frau mit der Amelia-Earhart-Frisur hatte von dem Moment an nur noch finster dreingeblickt.

Dove konnte die Veränderung von seinem Platz aus nicht wahrnehmen. Er hatte nicht wie Lucille ständig die Gedanken der Geschworenen gelesen. Nur das hatte sie befähigt, so liebenswürdig zu lächeln, während der Sprecher die Schuldsprüche verlas. Sie hatte den Tumult im Gerichtssaal ignoriert, sich ganz darauf konzentriert, so harmlos und vernünftig wie möglich zu erscheinen, damit der Richter sie ins Bryce und nicht nach Atmore schickte.

Zum Teufel mit ihrem großspurigen Gerede über die Chance, alles zu erklären. Sie hatte sie bekommen. Jetzt brauchte sie eine Chance, nicht auf dem elektrischen Stuhl zu schmoren. Dove hatte recht, Larry Russell hatte recht, sie hätte auf mangelnde Zurechnungsfähigkeit plädieren sollen.

Aber ihre Vorstellung war erstklassig gewesen. Das Publikum hatte sie ins Herz geschlossen.

Jetzt mußte sie schon dankbar sein für eine hübsche Gummizelle in Tuscaloosa. Bitte, Herr Richter.

Aus dem alten Mann war sie nicht schlau geworden. Hätte sie sich etwas davon versprochen, dann hätte sie ihr Courrèges-Minikleid zur Urteilsverkündung angezogen und versucht, ihn umzustimmen, aber er kam ihr so steif und adrett vor wie seine Fliege.

Lucille hatte einmal zu oft auf ihren guten Stern vertraut. Sie hatte ihr ganzes Geld auf die Dreizehn gesetzt. Das Rouletterad hatte sich gedreht, und sie hatte verloren. Alles.

Sie hatte noch elftausend Dollar, nachdem sie den Barkeeper in New Orleans ausbezahlt hatte, damit er sie nicht wegen Autodiebstahls anzeigte. Das Geld würde sie Meemaw geben, damit sie sich um die Kinder kümmern konnte, solange sie im Gefängnis war.

Aber elftausend Dollar würden nicht lange reichen, und was dann?

Das hättest du dir überlegen müssen, als du es mit vollen Händen für Kleider und Hüte rausgeworfen hast.

Für ihren letzten Auftritt vor Gericht wählte sie ihre dezentesten Sachen, ein Schneiderkostüm in gedecktem Rosa und eine schlichte weiße Seidenbluse. Den ganzen Tag saß sie auf der Pritsche und hörte sich das Gebelfer der Brüder Duboce an, während sie alte Nummern von *Life* durchblätterte.

Dann war es endlich so weit: Sie sprühte sich mit Charles of the Desert ein und ging, sich den Anwälten, dem Richter, ihrem Schicksal zu stellen.

Lucille hielt den Richter für einen gerechten Mann, und sie bewunderte Larry Russell dafür, daß er für sie getan hatte, was er konnte, aber Hubert Mackie war für sie ein widerliches Schwein von einem Mann. Sie wünschte, seine andere Hand würde auch verdorren. Wie konnte er es wagen, den armen Peejoe auf den Zeugenstuhl zu zitieren und ihn gegen seine Tante Lucille aussagen zu lassen!

Es hatte ihr einen Stich gegeben, als sie ihre eigenen verrückten Worte aus Peejoes Mund vernahm. Er konnte nichts dafür, er beantwortete die Fragen, die ihm gestellt wurden, Gott segne ihn; sie sah, wie er da oben mit sich rang, wieviel er sagen sollte. Am Ende war es nicht Peejoe, der zuviel erzählt hatte, sondern Lucille selbst.

Jetzt brachte man sie in den Gerichtssaal, und Mackie war da und Larry und ihre ganze Familie. Die Bänke waren gesteckt voll mit aufgeputzten Damen und schmuddeligen Hausfrauen. Lucille spürte eine latente düstere Stimmung, eine Unterströmung von Ärger über den gestrigen Schuldspruch. Ein paar hatten Einkaufstaschen auf dem Schoß.

»Passen Sie auf, Lucille«, sagte Larry Russell, »ich möchte, daß Sie auf jede Eventualität vorbereitet sind. Lewis Mead ist ein launischer Mensch. Was immer auch passiert, vergessen Sie nicht: Wir können in die Berufung gehen.«

»Was kann er mir im schlimmsten Fall aufbrummen?«

»Ich meine, das wissen Sie selbst.« Er räusperte sich. »Was auch geschieht, fangen Sie keinen Streit mit ihm an. Wenn es Bryce ist, dann heißt das ein Jahr, vielleicht zwei, wir kriegen ein Gutachten vom behandelnden Arzt, und Sie spazieren da raus. Wenn es Gefängnis ist, gehen wir in die Berufung. Sagen Sie nichts, was ihn gegen Sie aufbringen könnte.«

»Werde ich meine Kinder noch mal sehen können, bevor sie mich wegbringen?«

»Normalerweise muß die Strafe sofort angetreten werden.«

»Erheben Sie sich!« Der Gerichtsdiener bat den Segen Gottes auf die Verhandlung herab, und Richter Mead kam flott herein, offenbar so gutgelaunt wie immer. Seine Fliege war diesmal dunkelgrün. Lucille zerbrach sich vergebens den Kopf, was das für ein Omen sein mochte.

Die Geschworenenbank war leer. Es tat ihr leid, daß sie nun nicht mehr dazu kommen würde, jedem einzelnen dafür zu danken, daß sie ihr Leben zerstört hatten.

»Guten Tag, Mr. Russell«, sagte Mead. »Möchten Sie Ihrem Plädoyer noch etwas hinzufügen?«

Larry nahm all seine juristische Weisheit zusammen, und es gelang ihm, sich von seinem Stuhl zu erheben. »Euer Ehren, wir empfehlen uns der Milde des Hohen Gerichts an.«

Richter Mead sagte: »Ich habe nichts anderes erwartet. Mr. Mackie?«

Mackie stand auf.

Würde ich gerne mein Tranchiermesser an deinem Hals ausprobieren, dachte Lucille und lächelte dabei liebenswürdig.

»Mit Erlaubnis des Hohen Gerichts möchte ich Euer Ehren lediglich daran erinnern, daß die Angeklagte kaum Mitleid mit Chester Vinson zu erkennen gab.«

»Ist das alles?«

»Ja, Euer Ehren.«

Der Richter sah auf die Uhr. »Ich weiß, wir sind ein bißchen spät dran, aber ich möchte Mr. Russell fragen, ob ich die Angeklagte einen Moment in meinen Räumen sprechen darf?«

Larry Russell riß die Augen auf. »Euer Ehren?«

»Es dauert nur einen Moment, Mr. Russell.«

»Ohne ihren Anwalt?«

»Wenn Sie nichts dagegen haben.«

Larry überlegte einen Moment. »Nein, Sir, kein Einwand.«

Der Richter stand auf. »Mrs. Vinson? Bitte kommen Sie mit mir.«

Larry flüsterte ihr zu: »Seien Sie vorsichtig!«

Lucille folgte dem Richter in sein behagliches Büro mit lauter Bücherregalen an den Wänden. Er bot ihr einen Sessel an.

»Ich wollte Ihnen nur sagen«, sagte er, »daß meine Frau und ich Sie in den ›Beverly Hillbillies‹ gesehen haben und Sie beide sehr komisch fanden.«

Lucilles Hoffnungen stiegen. »Oh, vielen Dank, Euer Ehren.«

»Ich habe Sie beobachtet, Lucille«, sagte er. »Sie sind wirklich eine bemerkenswerte Schauspielerin. Vielleicht ist Ihnen aufgefallen, daß auch ich ein bißchen schauspielern muß, in diesem

Beruf. Ich muß mich sehr viel strenger geben, wenn wir draußen vor den Anwälten sind.«

»Ja, das habe ich bemerkt«, sagte Lucille. »Ich hatte keine Ahnung, daß Sie so nett sind, Sir.«

Sie plauderten wie alte Freunde. Es stellte sich heraus, daß der Richter unter seiner Robe ein einsamer Mann war; seine Frau mußte nach seiner Schilderung eine alte Nörglerin sein. Lucille schaute verstohlen auf die Uhr an der Wand, sie konnte sich denken, daß Larry Russell sich inzwischen die größten Sorgen machte. Das Gespräch folgte gemächlich einem friedlichen, gewundenen Pfad.

Nach einer Weile schüttelte sie dem Richter die Hand und folgte ihm zurück in den Saal. Larry Russell war von seinem Stuhl aufgestanden und ging unruhig auf und ab.

Sie warf ihm einen raschen Blick zu: *Alles in Ordnung, Larry.*

Richter Mead nahm Platz. »Mrs. Vinson, dieser Fall stellt mich vor ein interessantes Dilemma. Und dies keineswegs deshalb, weil diese Reporter mich bei Tag und Nacht belästigt haben. Die Geschworenen haben Sie schuldig gesprochen. Ich glaube, sie haben sich nach Anhörung der Zeugenaussagen von dem beeinflussen lassen, was nach dem Mord geschah. Sie haben Ihnen Ihre Verteidigung nicht abgenommen – die, wie ich sagen muß, ein klein wenig unkonventionell war. Ich bin der Meinung, Sie hätten Ihre Verteidigung auf verminderter Zurechnungsfähigkeit aufbauen sollen, anstatt gegen den instinktiven Rat Ihres Anwalts zu handeln. Ich glaube, die Geschworenen hätten Sie dann für nicht schuldig befunden, und ich hätte Sie, wie Sie ja schon vermuteten, nach Bryce geschickt.«

Atmore, ich komme. Lucille mußte sich anstrengen, um ihr Lächeln nicht zu verlieren.

»Aber das haben sie nicht getan«, fuhr er fort. »Sie haben Sie schuldig gesprochen. Um ehrlich zu sein, mir behagt dieser Schuldspruch nicht. Er belohnt scheinbar Mr. Mackie und das Büro des Sheriffs für eine der dilettantischsten Untersuchungen, die ich je erlebt habe. Ich bin restlos bedient von Staatsanwälten und Gesetzeshütern, die glauben, sie könnten sich als Richter und Geschworene aufspielen, bevor der Fall vor Gericht kommt.«

Hubert Mackie sah stirnrunzelnd auf den Boden.

»Sie haben schlampig recherchiert, und Sie, Lucille, haben den Rat Ihres Verteidigers in den Wind geschlagen. Ich sehe auf beiden Seiten keinen Anlaß für ein Wort der Anerkennung.«

Lucille atmete hörbar durch zusammengebissene Zähne ein.

»Nach dem Gesetz kann ich diesen Schuldspruch nach meinem eigenen Gewissen auslegen, ihn also auch aufheben, aber das werde ich nicht tun. Ich lasse ihn bestehen. Die Geschworenen haben ein Recht darauf, sich nach den vorgetragenen Beweisen ein Urteil zu bilden.«

Lucilles innere Achterbahn stürzte ins Bodenlose ab.

»So stehen also die Dinge. Sie sind vier schwerer Verbrechen überführt. Ich könnte Sie nach Atmore schicken, aber ich kann mir beim besten Willen nicht denken, wem damit gedient sein sollte. Gefängnisse sind für Menschen wie Sie einfach nicht gemacht.«

Danke, Richter. Da haben Sie recht.

»Ich könnte Sie nach Bryce schicken, damit sich die Ärzte dort die Zähne an Ihnen ausbeißen. Aber ich habe lange und gründlich über diese Möglichkeit nachgedacht und bin zu dem Schluß gekommen, daß man auch dort nichts für Sie tun könnte. Denn, offen gesagt, Mrs. Vinson, ich habe Sie durchschaut. Ich glaube nicht, daß Sie verrückt sind. Ich glaube, Sie sind raffiniert. Sie sind eine ehrgeizige Frau. Sie sind eine Schauspielerin. Und Sie sind viel zu normal für Bryce. Wahrscheinlich würden Sie entweder einen der Ärzte verführen oder sie alle an der Nase herumführen und in kürzester Zeit wieder entlassen werden.« Er blickte über den Rand seiner Brille. »Es gibt ein Wort dafür, was Sie sind, aber ich glaube, die Medizin hat es noch nicht entdeckt. Ich habe hier nichts gehört, was mich überzeugt hätte, daß Sie für irgend jemanden außer Ihrem Mann eine Gefahr darstellen könnten, und für ihn ist es ohnehin zu spät. Daher, Mrs. Vinson, habe ich beschlossen, Sie zu zehn Jahren Haft im Zuchthaus Atmore zu verurteilen.«

Lucille wankte innerlich, hielt aber trotzdem an ihrem Lächeln fest.

»Und da ich der Ansicht bin, daß Sie von Ihren Kindern dringender gebraucht werden als in Atmore, setze ich die Strafe zur Bewährung aus. Sie sind frei. Die Verhandlung ist geschlossen.« *Peng!*

Ein Wunder.

Die Frauen jubelten. Hubert Mackie schäumte und stammelte.

Im Nu war Lucille umringt, von ihren Kindern, von Dove, Mama und Larry, Peejoe und Wiley. Sie umarmte sie alle. Über Doves Schulter sagte sie: »Danke, Euer Ehren.«

Mead ließ seinen Aktenkoffer zuschnappen. »Leben Sie wohl, Mrs. Vinson. Alles Gute.« Er zwinkerte ihr zu und verließ den Saal.

Sie ging hinter Dove her zur Tür hinaus, mit den lärmenden Kindern um die Beine.

Norman Wirtz holte sie im Foyer ein.

Sie hatte ihn längst gesehen, obwohl er sich immer im Hintergrund des Gerichtssaals versteckt hatte. Seit Tagen wies sie beharrlich die Blumen und Karten zurück, die er ihr in die Zelle zu schicken versuchte.

Aber jetzt stand er da mit seinem Hundeblick und der lächerlichen Schnurkrawatte, in der Hand die Autoschlüssel. Sie hörte, wie die Menschen draußen auf dem Platz klatschten und nach ihr riefen.

»Norman, was zum Teufel machen Sie hier?«

»Sie sind frei!« jubelte er. »Das ist die beste Nachricht, die ich je bekommen habe. Ich wußte, daß Sie unschuldig sind! Ich hab's die ganze Zeit gewußt. Verstehen Sie denn nicht, das ist unsere Chance! Jetzt können wir wirklich an eine gemeinsame Zukunft denken.«

»Norman, gehn Sie zu Ihrem Auto und warten Sie dort. Diese Leute wollen mit mir sprechen.«

»Ich hab vollgetankt, der Wagen ist abfahrbereit«, sagte er. »Wohin Sie auch wollen.«

»Norman . . .«

»Ich wußte, die konnten Sie nicht einfach einsperren, Sie mir wegnehmen, wo wir doch so –«

»Norman!«

»Ja?«

»Wenn Sie mich nicht auf der Stelle in Frieden lassen und zu

Ihrem Auto gehn, dann schwöre ich, daß ich –« Sie schlug die Augen nieder. »Dann komme ich nicht mit Ihnen mit.«

Sein Goldzahn blitzte auf, er grinste bis zu den Ohren, wie ein Kind. »Ich warte. Lassen Sie sich Zeit.« Er stieß die Faust in die Luft – Sieg!

»Und holen Sie mein Gepäck aus dem Gefängnis.«

»Schon unterwegs, schöne Frau.« Er stolzierte schlüsselklimpernd davon.

Lucille trat in die letzte Tageshitze hinaus, Gott sei Dank war es noch nicht so heiß wie im August, sie würde nie wieder ein Verbrechen begehen, ich danke dir, Gott.

Sie erschien oben auf der weißen Marmortreppe. Die vier Frauen, die im Saal hinten gesessen hatten, warteten auf sie und beglückwünschten sie unter Tränen.

Lucille lächelte. Sie warf ihnen eine Kußhand zu.

Eine der Frauen stellte ihre Einkaufstasche auf den Boden und holte etwas heraus. Sie hielt es mit beiden Händen hoch, damit alle es sehen konnten.

Tupperware. Ein Tupperware-Salatbehälter, durchscheinend grün, mit patentiertem, luftdichtem Verschluß.

Applaus brandete auf.

Auch die zweite brachte eine Tupper-Salatbox zum Vorschein, ebenso die dritte, dann die vierte. Vier Frauen, vier Tupperware-Behälter.

Lucille lächelte unbehaglich. Sie nahm an, sie sollte damit geehrt werden, für das, was sie getan hatte. Sie bemerkte nicht den merkwürdigen Ausdruck der Freude in den Augen der Frauen. Sie begann, die Stufen hinunterzusteigen. Die Frauen traten beiseite, um sie durchzulassen. Sie hielten ihr die Plastikboxen wie Opfergaben hin.

Lucille wandte sich von ihnen ab und drückte Meemaw eine Quittung in die Hand. »Geh damit zur Kreiskasse, da kriegst du ein bißchen Geld dafür.«

»Lucille, wo willst du hin?«

»Ich ruf dich an, Mama.«

Sie ließ alle stehen und ging über die Straße zu der Limousine. »Wir müssen vorher noch kurz wo Station machen«, sagte sie.

Norman lächelte und hielt ihr die Tür auf. »Steigen Sie ein.«

41
LUCILLE / Industry

Lucille fand sich in der fremden Dunkelheit nicht zurecht. Sie zog einen Vorhang auf, damit wenigstens ein bißchen Licht von der Straße hereinfiel.

Norman saß auf der Motorhaube seines Wagens, rauchte eine Zigarette und beobachtete das Haus. Es interessierte ihn nicht, was sie hier drinnen machte. Er stellte keine Fragen, hatte es nicht eilig. Er würde notfalls die ganze Nacht da draußen warten, und wenn sie so weit war, würde er bereit sein, mit ihr wegzufahren.

Sie fand den Lichtschalter und ging daran, ihr zerzaustes Haar zu richten und sich den verschmierten Lippenstift abzuwischen. Sie ließ Wasser in das rostfleckige Becken laufen und suchte nach einem Waschlappen.

Es war unverkennbar das Badezimmer einer alten Frau: Spitzendeckchen, bestickte Handtücher, gehäkelte rosa Häubchen für das Toilettenpapier. Kein Wunder, daß der arme Mensch so einsam war, mit einem angetrauten Eheweib, das ein Bild von Herbert Hoover über die Kommode hängte.

»Lucille«, rief er, »komm zurück zu Daddy.«

Sie trocknete sich das Gesicht an einer Ecke eines feudalen Handtuchs ab und machte das Licht aus. »Ob du willst oder nicht, ich komme!« Sie tastete sich in das muffige Schlafzimmer zurück.

»Schnell, schnell«, sagte er leise. »In einer Stunde kommt sie zurück.«

Lucille glitt unter die Bettdecke. »Wo ist sie eigentlich?«

»Im Gartenclub. Eine Diskussion über exotische Kamelien, glaube ich.« Er war dürr und mickrig, eigentlich nur Haut und Knochen, aber er fühlte sich warm an, als er sie in die Arme nahm. »Du bist das süßeste kleine Mädchen, das ich je gesehen habe.«

Sie schloß die Augen und stellte sich vor, er sei so jung wie seine Küsse. »Na komm, du großer böser Richter.« Sie drückte ihre Hüften an seine und erfüllte ihren Teil des Vertrags.

42
PEEJOE / Industry

Wir fuhren am Schwimmbad vorbei.

»Ich begreif das nicht, wie sie einfach so abhauen kann«, sagte Meemaw. »Anscheinend macht sie sich überhaupt nichts aus ihren eigenen Kindern.«

»Ach, Mama, du weißt doch genau –« Dove bremste abrupt am unteren Ende der Lee Street.

Er ließ das Fenster herunter und schnupperte. Sein Blick wanderte die Lee Street hinauf, bis zur höchsten Stelle des Hügels.

Ich beugte mich vor bis dicht an die Windschutzscheibe und sah dasselbe, was Dove sah.

Feuer.

Er trat aufs Gaspedal, daß die Räder durchdrehten. Ich hielt mich am Sitz fest. Wiley taumelte nach hinten und krachte gegen die Heckklappe. Dove überfuhr das Croaker-Moseley-Schild und stellte den Wagen auf dem Gras quer.

Das ganze Haus brannte, in jedem Fenster vom Erdgeschoß bis zu den Dachgauben blühte ein Flammengarten. Dove fiel aufs Knie, als er ausstieg. In seinen Brillengläsern spiegelte sich die Feuersbrunst. Er kam hoch und rannte auf das brennende Haus zu. »Farley! Milton!« Wiley lief ihm nach.

»Um Himmels willen«, schrie Meemaw, »Farley ist da drin, wir müssen ihm *helfen*!« Die Kinder heulten und schrien.

Ich rannte los. Das Haus ächzte und zischte, Balken krachten, und über allem lag dieses unbeschreibliche Geräusch, das dumpfe Fauchen eines Feuers, das Luft ansaugt. Ein glühendes Holzstückchen kam aus einem der oberen Fenster auf mich zugesegelt und brannte mich in die Wange.

Ich stolperte um die Hausecke und fand Dove auf den Knien neben Farley. »Was ist passiert, Junge? Sag doch was? Ist Milton noch da drin?«

Farley schüttelte den Kopf. Er wandte sich mit schrecklich hohlen Augen vom Feuer ab und zeigte auf die Platane am Autoabstellplatz.

Milton hing an diesem Baum, einen schmierigen Strick um den Hals, die Hände auf dem Rücken, eine weiße Augenbinde um den Kopf, und drehte sich langsam in dem vom Feuer entfachten Wind.

Ganz weit weg setzte ein dunkler Sirenenton ein und steigerte sich allmählich zu einem durchdringenden Geheul.

Das alte Herrenhaus brannte, als sei es zum Brennen erbaut worden. Das Feuer verzehrte es gierig, sprang von Kiefernbrettern aufs Geländer über, kletterte behend an Samtvorhängen hinauf, stieg in breiter Front rasend schnell an verstaubten alten Tapeten hoch und verschlang den Seidenausschlag von Särgen. Wir standen dicht beisammen auf dem Hof und sahen zu, wie es brannte.

Dove ging Milton abschneiden. Er kam mit einem zusammengeknüllten Zettel zurück, den er in der Tasche von Miltons blauem Arbeitshemd gefunden hatte.

Wir lasen die aufgeklebten Zeitungslettern im rotglühenden Licht des Feuers: DeR NiGger VOn deN NIggErfReuNden.

Krachend stürzte das Dach ein.

Die Feuerwehr kam erst, als nichts mehr zu retten war, außer den nackten Mauern des alten Hauses. Die Männer richteten den Schlauch auf die glühende Asche, und fette schwarze Rauchwolken stiegen in die Höhe.

»Es ist so sinnlos«, sagte Dove, mehr zu sich selbst. »Die Leute werden trotzdem sterben. Und wer soll sich jetzt um sie kümmern?«

Er kniete nieder und legte die Arme um Milton. Das war das einzige Mal, daß ich ihn weinen sah.

43
PETER JOSEPH / Industry

Ich versuche, nicht über alles nachzudenken, was damals geschah. Ich versuche es, aber die Erinnerung kommt immer wieder. Ich sehe mich im Hof stehen, als das Bestattungsinstitut abbrannte, als die Welt unterging.

Ich sah Dove auf den Knien, die Arme um Milton geschlungen. Ein seltsames Kribbeln begann vorne auf meinem Gesicht und breitete sich bis hinter mein Ohr aus. Ich streifte mir das Gummiband vom Kopf.

Ich zog den Verband ab und schloß mein gesundes Auge.

Ich sah das Licht von dem Feuer.

Was ich durch das verletzte Auge sah, war nach wie vor ganz verschwommen, aber der leuchtende grüne Nebel war von einem orange glühenden Feuerlicht aufgezehrt worden, das hinter welligem Glas tanzte und sprang.

Ich sah das Feuer und Dove, der um seinen Freund weinte, und das Licht kehrte in mein Auge zurück. Ich werde das nie begreifen.

Hatte ich endlich alles gesehen, was ich sehen sollte?

Etwas Großes tauchte aus dem Verschwommenen auf, etwas Lebendiges. Ich machte beide Augen auf. Es war Wiley.

»Los, wir müssen weg hier.« Er zog mich am Arm.

Ich ging mit ihm um das brennende Haus herum und schloß abwechselnd das eine und das andere Auge, um mich zu überzeugen, daß es stimmte. Ich hatte Angst, es laut zu sagen, es konnte ja alles Einbildung sein.

Wir gingen an Meemaw vorbei, an die sich die entsetzten Kinder klammerten, den Hügel hinunter bis ans Ende der Lee Street und durch die Büsche. Beim Schwimmbad kamen wir heraus.

»Schau mal, was die da machen«, sagte Wiley.

Der Maschendrahtzaun war weg. Das Becken war trockengelegt worden, bis auf eine Handbreit Wasser am tiefen Ende. Zwei Kipper von der Kreisverwaltung waren rückwärts an den Rand des Beckens gefahren und füllten es mit heißem Asphalt auf. Schwarze Arbeiter standen neben den Lastwagen und kratzten im Scheinwerferlicht das schwarze Zeug mit Schaufeln von der Ladefläche. Der Teer zischte, wenn er ins Wasser klatschte.

Wir zogen uns auf den Wiesenhang unterhalb des Dairy Dog zurück und sahen zu.

Sobald ein Kipper seine heiße, dampfende Ladung los war, nahm ein anderer seinen Platz ein.

Über uns, auf dem Hügel, sahen wir den Glanz von allem, was in Flammen aufging – unser Leben, Doves Zukunft, das Bild von

Mama und Daddy. Stundenlang saßen wir im Gras und sahen zu, wie der Feuerschein über dem Hügel verblaßte, während die Arbeiter das Schwimmbecken mit schwarzem Teer auffüllten.

»In der gerichtlichen Anordnung stand wahrscheinlich nur, daß das Bad geöffnet werden muß«, meinte Wiley. »Aber nichts darüber, daß auch Wasser drin sein muß.«

»Aber das ist doch bescheuert«, sagte ich, »jetzt kann keiner mehr schwimmen gehen.«

Die Männer tappten mit an die Füße gebundenen Brettern über den schwammigen Asphalt, stampften die schwarze Masse fest und lachten darüber, wie lustig sie dabei aussahen.

Als sie fertig waren, unterschied sich das Schwimmbad nur noch durch die gebogenen Aluminiumleitern und das Gerüst des Sprungbretts von einem x-beliebigen Parkplatz auf einer Wiese mit einem Häuschen aus Betonblocksteinen am Eingang. Wer heute daran vorbeifährt, käme nie auf den Gedanken, daß da mal ein Schwimmbad gewesen ist.

Aber ich weiß es. Ich kenne das Geheimnis. Es steht Wasser auf dem Grund dieses Beckens. Die scheinbar so kompakte Asphaltmasse schwimmt auf einer Schicht Schwimmbadwasser, demselben Wasser, in dem Nehemiah Thomas schwamm, als er das Schwimmbad für jedermann eröffnete – eine Handbreit Wasser so blau wie Tante Lucilles Augen, für alle Zeiten dort unten eingeschlossen. Was massiv und unverrückbar scheint, muß es nicht unbedingt sein.

»Du hast ja den Verband abgenommen«, sagte Wiley. »Das Auge sieht besser aus.«

»Ja«, sagte ich. »Ich kann jetzt immerhin schon Hell und Dunkel damit unterscheiden.«

Er berührte mein Haar. »Es hat bloß heilen müssen.«

Dann kamen Dove und Meemaw und die Vinsons im Leichenwagen, und wir mußten los.

PETER JOSEPH / San Francisco, 1993

Noch Monate nach dem Brand sprach Farley Vinson kein Wort. Er machte Zeichen mit den Händen, wenn er Durst hatte oder ein sauberes Hemd brauchte. Eines Morgens sagte er: »Meemaw, ich möchte Cornflakes zum Frühstück«, und die ganze Geschichte brach aus ihm hervor.

Vier Männer mit Gewehren hatten das Bestattungsinstitut gestürmt. Sie fanden Milton und Farley vor dem Radio, es lief die Reportage von einem Spiel der White Sox. Sie banden Milton die Hände zusammen und führten beide hinaus. Farley fesselten sie mit einem Strick an einen Baumstamm. Eine Zeitlang prügelten sie auf Milton ein, dann hängten sie ihn vor Farleys Augen am nächsten Baum auf.

Milton hatte noch lange gezappelt, erzählte er. Die Männer trugen Fünfgallonenkanister Benzin aus ihrem Auto ins Haus. Als sie herausgerannt kamen, züngelten schon überall im Haus Flammen hoch. Farley sagte, sie hätten keine Gesichter gehabt, nicht einmal Köpfe. Er sagte, es seien Geister gewesen.

Dove versuchte, den alten Mr. Moseley zum Bau eines neuen Bestattungsinstituts zu überreden. Moseley sagte nein, Dove schulde ihm noch achtzigtausend Dollar für die unversicherten Särge, wenn er das zurückgezahlt habe, könne man weiterreden.

Die Duboce-Brüder bekamen für den Mord an Nehemiah je elf Monate Gefängnis, aber für den Mord an Milton wurde nie jemand verhaftet. Sein Tod ging unter in der Aufregung über Tante Lucilles Freilassung.

James J. Kilpatrick erhob in einem Kommentar den Vorwurf, die gesetzwidrigen Demonstrationen der Schwarzen hätten das Gewebe der sozialen Beziehungen derart zerrissen, daß völlig normale, vernünftige weiße Frauen plötzlich durchdrehten, ihre

Männer umbrachten und ihre Kinder verließen – und die liberalen Richter sie laufenließen.

Lyndon Johnson witzelte angeblich auf einem Staatsbankett, er habe Lady Bird gebeten, alle Tupperware-Behälter aus dem Haus zu schaffen, damit er wieder ruhig schlafen könne.

Richter Mead ging im August desselben Jahres in Pension. Sheriff Doggett unterlag im Kampf um seine Wiederwahl Lester Willis, einem seiner Hilfssheriffs. Der Sheriff starb 1973 bei einer Grillparty an einer Lebensmittelvergiftung.

Tante Earlene zog nach Tuscaloosa, um Mabels Therapie zu überwachen. Die Ärzte am Bryce erzielten beachtliche Erfolge mit einer Elektroschockbehandlung. Nach drei oder vier Jahren sprang Mabel endlich wieder an.

Sie war nicht mehr verrückt, aber sie war auch nie wieder die alte. Ich traf sie Jahre danach zufällig wieder, am Strand. Sie war dürr und ausgemergelt und hatte struppige rote Haare. Sie freute sich, mich zu sehen.

Sie hatte einen Job in einem Supermarkt in Gulf Shores und lebte mit ihrer Mutter in einer Mietwohnung am Strand. Earlene war in mehreren angesehenen Bürgervereinen tätig; 1978 wurde sie von den Kiwanis im Baldwin County zur »Frau des Jahres« gewählt.

Ich ging mit Mabel in die Pizzeria. Sie rauchte Zigaretten, trank eine Cola und bestellte sich ein Stück Pizza, das sie dann aber nicht anrührte.

Von ihrem Vater hatte sie seit Jahren nichts mehr gehört.

Als wir in jener Nacht aus Industry hinausfuhren, hatte Dove außer seiner Flasche Old Grand-Dad keinen einzigen Freund mehr. Er blieb ein paar Monate in Meemaws Haus in Pigeon Creek, legte im Wohnzimmer Patiencen und murmelte dabei vor sich hin. Hin und wieder raffte er sich auf und reparierte einen tropfenden Wasserhahn oder fuhr Meemaws Bügelwäsche aus.

Eines Tages verkündete er, er wolle in den Westen fahren und Lucille besuchen. Er setzte sich in seinen weißen Leichenwagen und fuhr los. Wir haben ihn nie wiedergesehen.

Ich glaube, er ist immer noch irgendwo da draußen. Ich stelle mir vor, daß ihm irgendwo zwischen Alabama und Kalifornien das Autofahren langweilig wurde, vielleicht hat er eine nette, unscheinbare Frau gefunden, die die guten Seiten an ihm zu schätzen wußte. Vielleicht haben die beiden sich tausend Meilen vom nächsten Bestattungsinstitut niedergelassen. Ich hoffe es für ihn. Ich hoffe, daß die Frau gut zu ihm ist. Manchmal muß ich weinen, wenn ich daran denke, wie sehr ich ihn liebte. Ich wollte, er würde mich anrufen, wenigstens ein Mal.

Wir bekamen eine Ansichtskarte von ihm, mit einem Foto von Wes Hatfield's Empire Motel in West Hurley, Kansas. Auf der Rückseite stand: »Bin zum Angeln gefahren. Herzlichst . . .«

Meemaw meinte, er würde wiederkommen, aber der Wunsch ging ihr nicht in Erfüllung. Und auch Lucille kam nicht wieder. Sie schickte Geld, aber sie kam nie zurück.

Meemaw zog uns groß, mich und Wiley und alle sechs Vinsons. Sie brachte uns alle durch die Grundschule und die Highschool und schickte drei von uns aufs College. Sie bügelte bis zum Umfallen für uns. Ehe ich mich versah, waren wir erwachsen und aus dem Haus, übers ganze Land verstreut, und Meemaw taperte durch das große alte Haus und hatte nur noch Marilyn, die in die letzte Klasse der Highschool ging.

Treu und brav kamen alle im August für zwei Wochen und jede Weihnachten für vier Tage zurück. Ich weiß, das waren Meemaws glücklichste Zeiten, wenn sie ihre Enkel und deren Kinder um sich hatte.

Tante Lucille schickte immer Päckchen mit lustigen Geschenken und Geld, so daß Meemaw ein Mädchen anstellen konnte und auf ihre alten Tage wenigstens nicht mehr selbst putzen mußte. An einem kalten Dezembertag des Jahres 1979 fuhr Meemaw das Hausmädchen nach Feierabend heim. Das Hausmädchen hieß Ophelia Winston. Sie sagte, Meemaw habe den alten Rambler-Kombi gefahren und ganz plötzlich »Oh, entschuldige bitte« gesagt, sei rechts ran gefahren, über dem Lenkrad zusammengesunken und gestorben.

Von da an zerfiel unsere Familie endgültig. Ich verlor die Vinsons aus den Augen, einen nach dem anderen. Der Kontakt zu Tante Lucille blieb bestehen, durch ihre sporadischen Anrufe; lange Zeit gab sie uns nicht ihre Telefonnummer.

Noch Jahre nach dem Prozeß bekam sie keine Arbeit. Harry Hall wollte nichts mehr von ihr wissen. Alle redeten gern über die Mörderin aus den »Beverly Hillbillies«, aber keiner wollte sie engagieren.

Lucille ließ sich die Haare kurzschneiden, färbte sie rot und änderte ihren Künstlernamen zu Sylvia Lee. Unter diesem Namen trat sie in mehreren Werbespots auf, und dann ergatterte sie, als Dorothy Winters, eine Dauerrolle in der Klamaukserie »Our Gal Sal«. Sie spielte eine witzige Haushälterin, der eine Schar überkandidelter Waisenkinder anvertraut war.

Die Serie lief sechs Jahre und wird bis heute auf verschiedenen Kabelkanälen wiederholt. Von ihren Ersparnissen konnten sich Tante Lucille und Onkel Norman das Haus in Holmby Hills kaufen, in dem Marilyn Monroe während der Dreharbeiten zu *Manche mögen's heiß* wohnte.

Ich glaube, die beiden wohnen da immer noch. Ich bin oft geschäftlich in L. A., rufe sie aber nie an. Vielleicht bin ich ja ein bißchen größenwahnsinnig geworden. Ich rede mir ein, daß ich schneller vorankomme, indem ich dieses stromlinienförmige Leben führe, ohne Familie und sonstige Verpflichtungen.

Wiley ist jetzt mein einziger Verwandter. Wir telefonieren zwei- bis dreimal die Woche. Er ist Kernphysiker in Massachusetts, hat Frau und Kinder und hat über Elementarteilchen promoviert, die den Namen *Quizzical Dancers* tragen. Wir selbst nennen uns die »allzu weisen Waisenkinder«.

Eines Tages klingelt das Telefon, und, Allmächtiger, Lucille ist dran. All die alten Gefühle sind mit einem Schlag wieder da.

»Peejoe, wo steckst du denn immer?«

»Ach, mir geht's gut, Tante Lucille. Besser denn je. Ich arbeite viel, weißt du, und es gefällt mir.«

»Das sehe ich. Du bist ja richtig berühmt neuerdings.«

»Berühmt oder berüchtigt?«

»Beides. Genau wie deine Tante Lucille. Ich lese gerade die *Weekly Variety*, und da lächelst du mir plötzlich entgegen, von der ganzen Seite drei.«

»Ach, ich hab's noch gar nicht gesehen. Wie geht's Onkel Norman?«

»Wie immer. Er hat täglich zwei Fuhren zum Flughafen und findet, daß er hart arbeitet. Aber wechsel nicht das Thema. Worum geht's in dem Film?«

Ich drücke mit dem Daumen auf die Fernbedienung. Kim Novak geht zum Auto. Ich nagle sie fest. »Welchen meinst du denn, Tante Lucille? Ich habe mehrere Projekte in der Mache.«

»Also, Schätzchen, hier steht, du hast gerade für eine hohe sechsstellige Summe mit Paramount einen Vertrag über ein Drehbuch abgeschlossen, und in dem Film geht's um eine Frau, die ihren Mann umbringt. Stimmt das?«

»Ja. Die Summe ist in Wirklichkeit nicht ganz so hoch, aber die sind anscheinend Feuer und Flamme. Ich hoffe, sie machen es.«

»Und wovon handelt der Film?«

»Es ist so eine Art Komödie. Schwer zu beschreiben.«

»Über mich?«

»Aber nein. Alles frei erfunden. Warum sollte ich über dich ein Drehbuch schreiben?«

»Na gut, aber ist wenigstens eine Rolle für mich drin?«

Ich drücke REWIND. Kim Novak geht rückwärts auf die Veranda zurück, und da steht Jimmy Stewart und verabschiedet sich im Rückwärtsgang.

»Ich weiß nicht, da ist eine Rolle – aber was rede ich denn? Wir könnten nie miteinander arbeiten, Tante Lucille, das weißt du. Du hast nun mal den Ruf, nein, Moment mal, du weißt, daß es stimmt. Jeder in Hollywood sagt, daß du schwierig bist.«

»Ich wäre überhaupt nicht schwierig, wenn du mir eine Rolle in einem Spielfilm geben würdest«, sagt sie. »Komm schon, Peejoe, das ist meine große Chance! Ich hab noch nie einen Neffen gehabt, der Verträge über sechsstellige Summen abschließen konnte. Und du weißt, daß du mir diese Rolle zuschanzen kannst!«

»Moment mal –«

»Peejoe. Weißt du noch, was passiert ist, als das letztemal jemand nein zu mir sagte?«

Spätestens da hätte ich auflegen sollen. Ich hätte es wissen müssen: Wenn meine Tante Lucille sich einmal was in den Kopf gesetzt hat, kann keine Macht der Welt sie mehr aufhalten.